U0905686

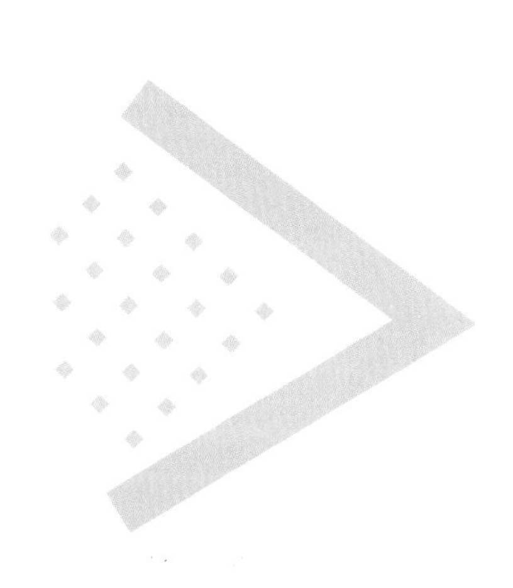

的文体："诗缘情而绮靡，赋体物而浏亮，碑披文以相质，诔缠绵而凄怆，铭博约而温润，箴顿挫而清壮，颂优游以彬蔚，论精微而朗畅，奏平彻以闲雅，说炜晔而谲诳。"他的分类虽兼及作品内容，却主要基于作品风格。刘勰的《文心雕龙》把那时的文类分为诗、乐府、赋、颂赞、祝盟、铭箴、诔碑、哀吊、杂文、谐 、史传、诸子、论说、诏策、檄移、封禅、章表、奏启、议对、书记等二十类。他的分类标准显然不一，但已分得非常细致。现代新文学产生后，以审美的特质来划分文学与非文学，历史上的许多文体便不再被认为是文学了。可见文学艺术的分类由来已久，体现了不同时代人们对文学艺术的样态及其本质的认识。文学艺术由于构成要素的差异和结构方式的不同，产生的功能也不一样，不同类型艺术的产生和发展、消亡都与一定的历史时代的条件相联系，因而，文艺理论家基于自己时代的认识，根据不同的标准原则加以不同的分类，也是很自然的。

回顾我国文学发展的历史，不难发现，我国文类的划分也从简到繁。从最早的神话、传说和歌谣，后来分离出叙事体的历史记载和各种散文、各种诗歌和赋体，逐渐又产生了小说，后来出现戏剧。到了今天，文学的样态更加多样了。诗歌就分为旧体诗（涵盖唐诗、宋词、元曲）和新体诗（包括自由体和格律体）；既有叙事诗，还有抒情诗（包括政治抒情诗、生活抒情诗）以及哲理诗、寓言诗、儿歌等等。小说不但有长篇小说、中篇小说、短篇小说和微型小说（小小说）的划分，还有政治小说、推理小说、言情小说、科幻小说、武侠小说、历史小说与历史穿越小说等的区别。散文也分化为叙事、抒情，还分为政治散文、文化散文、杂文和随笔、小品、报告文学、文学传记、回忆录等等。戏剧不仅有传统戏曲，还有话剧、歌剧、哑剧、小品和舞剧，以及新出现的发展快速的电影和电视剧等综合艺术。分类文学史的学术意义，我以为在于文学样态的发展既体现为反映内容的差异，也表现为艺术形式的不同，根本上则是基于历史渊源和时代原因而导致的作品构成要素、结构方式与产生功能的差异。故而文学史研究的深入，对不同文学样态类型的历史发展进行更细致的考察，便成为学术发展的必然。

我国文学史研究界早已有中国小说史、诗歌史、散文史、戏剧史的分野和著作出版，如今更出现了辞赋史、杂文史、新诗史、笔记小说史、戏曲史、儿童文学史、民族文学史、地区文学史、海外华文文学史等新的著作，还出现了对网络文学等新的媒体特色的研究，因而编撰一套分类文学史，促使文学史研究更加全面和深入，乃属势所必然。山西教育出版社恰好提出这样的出版规划，委托我牵头敦请有关的专家、学者分工协作，编著一套“中国分类文学史”丛书。我便慨然应承，并得到各位分卷主编和执笔专家的热情支持。其间，葛志强同志协助做了诸多组织联络工作，不幸书稿尚未收齐，他便遽然去世。好在山西教育出版社各位领导的执着和负责这套丛书的杨文同志以及各卷责编的努力，终使这套丛书各卷先后完成。

现在出版的“中国分类文学史”丛书10卷，包括诗歌、小说、散文、戏剧、影视、网络文学、民间文学、少数民族文学、华文文学和文论等分卷，分类的视角与标准虽不尽一致，但各有自己研究的范围和学术价值。我希望这套分类文学史著作能够对广大读者了解我国文学各种样态和类型的历史发展有所帮助。当然，本丛书会有欠缺和不足之处，期望能够得到读者和专家的指正、批评。

是为序。

张　炯

中国影视文学史

张　金尧
卞　芸璐等
—— 著

山西出版传媒集团　山西教育出版社

图书在版编目（CIP）数据

中国影视文学史 / 张金尧等著 . -- 太原 : 山西教育出版社，2015.9

（中国分类文学史 / 张炯，郎樱，仲呈祥主编）

ISBN 978-7-5440-7881-8

Ⅰ . ①中… Ⅱ . ①张… Ⅲ . ①电影文学—文学史—研究—中国—1900-2014 ②电视文学—文学史—研究—中国—1900-2014 Ⅳ . ① I207.35

中国版本图书馆 CIP 数据核字 (2015) 第 226854 号

中国影视文学史

ZHONGGUO YINGSHI WENXUE SHI

出版人 李　飞

责任编辑 孙　宇

复　　审 郭志强

终　　审 刘立平

装帧设计 王春声　薛　菲

印装监制 蔡　洁

出版发行 山西出版传媒集团・山西教育出版社

（地址：太原市水西门街馒头巷7号　电话：0351-4729801　邮编：030002）

印　　装 山西人民印刷有限责任公司

开　　本 720×1020　1/16

印　　张 31

字　　数 508千字

版　　次 2021年9月第1版　2021年9月山西第1次印刷

书　　号 ISBN 978-7-5440-7881-8

定　　价 130.00元

总　序

中国文学史的编撰已有百多年的历史，先后出版著作多种。那么现在为什么还要主持编撰一套10卷的“中国分类文学史”丛书呢？应该说，这与文学艺术理论中的类型学有关，也与我国文学史编撰的现状有关。

文学艺术类型实际指的是文艺的样态及其本质的区别。西方从古希腊即对文艺有类型的划分，如古希腊神话有关九位缪斯女神掌管九种艺术的传说，其缪斯体系即包含音乐、诗、舞蹈（以及悲剧、喜剧——它们当时是诗下面的两种体裁）等划分。后来雅典的智者派提出了一种艺术分类方法，即以有益或产生快感为标准，将艺术划分为有益的艺术与产生快感的艺术。柏拉图关于艺术的分类涉及多种不同的标准和视角，影响较大的一种，是他在《理想国》中的如下划分：“我说关于每件东西都有三种技艺：应用，制造，摹仿。”在《智者篇》对话里，柏拉图则把技艺（艺术）分为“厚生学”和“创造学”，前者指“利用自然中存在之物的技艺”，后者则指“创造自然中不存在之物的艺术”。这种分类，大体以艺术对事物的关系为原则。而在《智者篇》中，柏拉图又把艺术分成创造事物的和创造影像的两大类，并进一步把创造影像的艺术再分为二：一类是再现原物外貌，保持适当的色彩和比例；另一类是不管原物的外貌，依靠虚构、变形、幻觉改变它的比例和颜色。此外，柏拉图还提出过其他一些艺术分类的主张，如他把艺术分为基于计算的艺术（如音乐）和基于普通经验的艺术。他对诗（泛指文学）的次一级的体裁划分也进行了开创性的探讨，如他在《理想国》中就划分了诗的三种体裁：单纯叙述、模仿以及这二者的结合。这为后世文学的三分法（抒情诗、戏剧诗、叙事诗）打下了基础。

后来，亚里士多德总结了古希腊的艺术理论，认为艺术作为人类的一种活动，与自然相区别。人类的活动有三种，即认识、实践行动和创造。艺术乃创造。创造不同于认识和实践，在于它能生产产品。另外，亚里士多德也并不认为一切创造都是艺术，而只有“自觉的和以知识为基础的创造”才是艺术。这样就把那些基于本能、一般经验和技能的生产从艺术中区分出来。当然，亚里士多德所谓的艺术，仍是广义的技艺，不是近代所谓的艺术。不过，亚里士多德提出一个实质上已非常接近于近代“美的艺术”的概念，即所谓“模仿的艺术”：包括绘画、雕刻，也包括音乐、诗以及悲剧、喜剧等等。在艺术分类上，亚里士多德沿用了柏拉图的原则，即以艺术对自然的关系为原则，划分为补充自然的艺术和模仿自然的艺术。另外，亚里士多德在《诗学》第一章中，从“模仿所用的媒介不同、所取的对象不同、所采的方式不同”来给“诗的艺术”进行再划分。他的艺术分类学说实际包含三个不同的标准：第一，媒介或材料的标准；第二，对象或题材的标准；第三，叙述、模仿的方式标准（即把诗区分为叙事、抒情、戏剧三大类别）。西方文艺理论家后来还有时间的艺术（如诗歌、小说）和空间的艺术（如雕塑、绘画、戏剧、舞蹈）等不同视角为标准的划分。

我国古代的文艺理论家对当时的文学也有不同标准的分类，如《毛诗序》对古代诗歌的“风”“雅”“颂”的分类标准，做如下解释：“上以风化下，下以风刺上。主文而谲谏，言之者无罪，闻之者足以戒，故曰风。至于王道衰，礼义废，政教失，国异政，家殊俗，而变风、变雅作矣。国史明乎得失之迹，伤人伦之废，哀刑政之苛，吟咏情性，以风其上，达于事变而怀其旧俗者也。故变风发乎情，止乎礼义。发乎情，民之性也；止乎礼义，先王之泽也。是以一国之事，系一人之本，谓之风。言天下之事，形四方之风，谓之雅。雅者，正也，言王政之所由废兴也。政有小大，故有小雅焉、有大雅焉。颂者，美盛德之形容，以其成功告于神明者也。”它主要从作品的内容来划分诗类。陆机的《文赋》则这样论述其时

前　言

纵观中国文艺发展史可以发现，一个时代，因其所具有的独特的时代条件，往往会产生出彪领那个时代又对后世产生深刻影响的主要文艺形式。元人孔齐在《至正直记》中记虞集言论云："尝论一代之兴，必有一代之绝艺足称于后世者。汉之文章，唐之律诗，宋之道学，国朝之今乐府，亦开于气数、音律之盛。"王国维亦在《宋元戏曲考·自序》中称："凡一代有一代之文学，楚之骚、汉之赋、六代之骈语、唐之诗、宋之词、元之曲，皆所谓一代之文学，而后世莫能继焉者也。"而进入"新时期"、改革开放以来，尤其是进入20世纪90年代以来，伴随着影像制播技术的迅猛发展，影视艺术凭借其受众多、覆盖面广、影响力巨大以及这门艺术本身的综合性优势，已形成独立的美学品位和史学品格，在当今社会发挥着其他艺术形式难以取代的独特作用。

论电影和电视剧的共性，那便是二者皆为以影音为文本的叙事艺术。既然为叙事艺术，其艺术性的一个重要方面便体现在文学性上，若无文学性，影视剧艺术内涵的深刻性便无从谈起。文学、电影、电视剧都是在讲述人的故事，在叙事的矛盾、冲突、节奏以及对内容表达的结构上，都具有相似性。因此，诚如周月亮教授所说，"影视剧艺术说到底，离不开文学这根'拐杖'"。在所有的非文学的艺术门类中，影视剧因其叙事性而离文学最近。本书作为中国分类文学史的组成部分，第一次尝试从文学的角度、以史学的眼光审视影视艺术，是否可行，还请方家指正。

从史学角度来说，对于影视艺术这样一种相对成熟的艺术形式，本书首先着力于梳理其叙事技巧发展的来龙去脉。以电影为例，它从最初的"杂耍"到现在所谓各种"类型片"的驳杂并存；以电视剧为例，它从"电视小戏"到当今各种题材剧集的鸿篇巨制，这一步步是如何发展而来的，本书希望能以“文学史”的品质将其脉络厘清。另一方面，文学史也是当然的思想史，故本书亦对不少影视创作现象和影视作品本身进行历史观方面的是其所是、非其所非的评价，如对谢晋电影导演艺术、王朝柱电视剧创作艺术的专题论述以及对混淆“古装剧”和“历史剧”现象的驳斥，对抗日“神剧”的批评等。

当然，影视文学史是否应当大大方方地进入现当代文学史史家视野，确也存在不同观点。而持赞成观点者，仲呈祥当属一家。他在 1983 年出版的《新中国文学纪事和重要著作年表》中对 1949—1966 年文学成果进行了梳理、甄别，此书现在已经成为研究“十七年文学”文学史不可多得的参考资料。仲书弥足珍贵之处就在于他将有关电影、电视剧、戏剧的纪事和评论著作归入其中，不但对这些新兴文学形态的史料进行了收集，也是对影视剧的文学属性的直接回答。这体现出他兼容的学术胸怀和宏阔的学术视域。当然，承认影视剧的文学性，并未否定影视剧特有的表达方式和叙事策略。本书特别强调影视剧的文学性，还有一个原因是针对当下影视剧技巧呈现有余，而文学表达不足这种现象而言。

本书分上、下两编，上编为电影卷，下编为电视剧卷。全书采用以历史分期的划定为框架、以典型作品为核心的体例，坚持美学的、历史的评价标准，以点面结合的方式，析清影视文学发展之历程。通过本书，我们希望打开一个考察影视艺术的新角度，亦为文学研究拓展一个新的领域。

张金尧　卞芸璐

目　录

第七章 市场化以来的中国电影（1990—2013） ………… 176

下编·电视剧卷

上编·电影卷

导 言

上编电影卷将自1905年至2013年的电影文学发展史分为以下七个阶段：一、早期中国电影；二、20世纪30年代的中国电影；三、全面抗战时期至新中国成立前的中国电影；四、“十七年”时期的中国电影；五、“文化大革命”时期的中国电影；六、新时期的中国电影；七、市场化以来的中国电影。

这样划分，既考虑了重大历史事件对电影艺术叙事内容的影响，也照顾到某个阶段电影美学特征的自觉转向。如“十七年”时期的中国电影，由于新中国成立前后截然不同的政治形势、文化氛围和电影产业格局，导致这一时期的电影从叙事内容到叙事风格上出现较大变化。再如“文化大革命”结束后，进入新时期的中国电影，反思与改革的主题占据了叙事主流，这与“文化大革命”时期在“高大全”“红光亮”“三突出”等创作原则约束下的“二元对立”的刻板电影叙事产生了鲜明对比。以上两例是重大历史事件对电影文学史分期的影响。在具体章节的划分中，本编也对第五代导演及其转型、第六代导演等具体的美学转向进行了专题讨论。不过，由于创作艺术内容的艺术家永远或多或少地被裹挟于历史之中，因此艺术史也不可能脱离历史而发展。总体来说，本编对电影文学史的阶段划分采取了以重大历史变革为主要依据的基本原则。

第一章的内容为早期中国电影，时限划定为1905年至1932年。本章从影戏观开始谈起，首先讨论了张石川、郑正秋早期的创作。他们不仅以《难夫难妻》首创中国电影故事片之先例，还以《孤儿救祖记》开故事长片之先河，是中国电影的先驱。随后，详述了早期电影主力导演史东山、孙瑜在受左翼影响之前的作品风格。继之展开的是对中国武侠神怪电影《火烧红莲寺》的论述。最后，则是对中国第一部有声电影《歌女红牡丹》的创作始末与风格特征的讨论。

第二章的内容为20世纪30年代的中国电影，时限划定为1932年至1937年。这个时期出现了中国电影史上的第一个黄金时代。九一八事变导致中国社会格局的变化，也促使国人的民族意识觉醒，那种脱离和逃避生活的武侠神怪、鸳鸯蝴蝶派作品严重脱离现实，遭遇了票房的惨败。大家意识到，新的电影应该肩负起社会责任。1932 年后，迅速兴起的左翼电影文化运动直接促成了新生电影的出现。以夏衍、阿英、郑伯奇、洪深等左翼电影工作者为代表的一大批有共同志向的电影人，以明星公司为主的电影公司为平台，创作了以《狂流》《春蚕》《马路天使》《渔光曲》《小玩意》等为代表的一大批带有鲜明时代特征和社会话语的作品，促成了中国电影整体性的巨变。

第三章的内容为全面抗战时期至新中国成立前的中国电影，时限划定为 1937 年全面抗战时期至 1949 年 9 月新中国成立前夕。1937 年抗日战争全面爆发，国内形势急剧变化，这也深刻改变了中国电影的发展格局。战争形势的变化把中国分割为几个互相隔绝的地区，电影创作也由于所处的地区不同而形成了国统区电影、孤岛电影、根据地电影几个相对独立发展的部分。1945 年抗日战争胜利，中国电影虽结束了战争时期的特殊格局，却要面对更为艰难的局面。国民政府、民族资本家和爱国进步电影工作者共同出现在历史舞台。虽然国民党对电影机构和物资的垄断导致民营电影公司举步维艰，但阻挡不了新的民营影业公司的诞生，他们打破垄断，在商业和艺术上进行探索，拍出了《一江春水向东流》《乌鸦与麻雀》《小城之春》等经典作品，令人称道。中国的古典美学和人文视野在此刻的中国电影中闪耀着光芒，成为中国电影对民族美学和文化探索的经典。

第四章的内容为“十七年”时期的中国电影，时限划定为 1949 年 10 月新中国成立至 1966 年 4 月“文化大革命”前夕。新中国的成立，其“新”体现在各个方面，从社会体制到人的思想意识都发生了翻天覆地的变化。电影创作者一方面受到新中国新气象的鼓舞，创作热情勃发，另一方面又受到一波又一波政治运动的冲击，而渐趋谨小慎微。在这一时期，革命战争影片成为创作主流，出现了《南征北战》《渡江侦察记》《董存瑞》《柳堡的故事》等经典革命战争影片。文学改编电影也发轫银幕，《祝福》《家》便是其中的代表作品。另外，农村题材优秀之作《我们村里的年轻人》《李双双》，少数民族题材电影《刘三姐》《五朵金花》等也相继出现，拓宽了这一时期创作的题材范围。在艺术风格方面，“十七年”时期的电影也在继承“影戏”传统的基础上，或是吸收苏联社会主义现实主义创作手法，或是发扬中国传统美学的诗化风格，形成了对多样美学风格的探索格局。

第五章的内容为“文化大革命”时期的中国电影，时限划定为1966年5月至1976年9月。在这一时期，“文艺服从于政治”被发展到极端，“样板戏”成为电影创作的主要内容素材。“八大样板戏”虽然受政治教条严重束缚，但在艺术家的努力下，其作品还是体现出了一定的艺术和美学价值。到了电影改编阶段，当时的电影创作者在极大的压力和政治风险下进行创作，按照“三突出”“高大全”“红光亮”等规定，最终产生了一系列“样板戏电影”。这是一批在特定政治历史情境下出现的、被复杂的政治权力斗争扭曲了的畸形作品，成为中国电影历史上一道极为特殊的风景。不过值得一提的是，在“样板戏电影”之外，依然有一批电影工作者，借着政治环境短期回暖的间隙，创作出了以《创业》《海霞》《闪闪的红星》为代表的一批经典作品，这在当时的社会氛围下是弥足珍贵的。

第六章的内容为新时期的中国电影，时限划定为1979年10月至1989年。“文化大革命”结束后，旧文化的扬弃与新文化的建设，成为变革时代赋予亟待振兴的中华民族的使命，而这一扬弃与建设的过程，是与新时期一股声势浩大的全民性的文化反思思潮结伴而行的。电影，作为文化诸形态中一种极富群众性的、覆盖面甚广的艺术，自然也汇入这席卷时代的文化潮流中。如文学上出现了“伤痕文学”一样，电影上也出现了“伤痕电影”，其代表作有《泪痕》《苦难的心》《神圣的使命》《巴山夜雨》《小巷名流》等。继而，伴随着全民性文化大反思纵向延伸，新时期的电影业马不停蹄地顺应着民族文化反思的呼唤，相继出现了一批对“文化大革命”前一段历史进行反思的影片，其代表作有《天云山传奇》《牧马人》《燕归来》等。当全民性的文化反思日渐进入自觉状态后，一批敏锐而有才气的中青年导演对多样化的民族文化形态进行了多向的、可贵的艺术探索。如陈凯歌的《黄土地》、滕文骥的《海滩》、黄建新的《黑炮事件》、田壮壮的《盗马贼》《猎场札撒》等。同时，还有一批艺术家把审美目光对准了处于变革中的现实及活跃在变革中的人们的文化心态，拍摄了关注经济变革的《雅马哈鱼档》《男性公民》，描绘农村变革的《野山》《乡民》，彰显民族生存威力与文化更新的《老井》等优秀作品。1989年，张艺谋执导、改编自莫言同名小说的电影《红高粱》横空出世，吸引了世界观众的目光，本章最后将就其所体现的改编新观念展开讨论。

第七章的内容为市场化以来的中国电影，时限划定为1990年至2013年。本章从国家叙事的主旋律创作起笔，既讨论了第五代创作群体在市场化境况中的转型，也观照到了第六代与后六代的崛起。对自《英雄》而刮起的“大片”风潮、自《甲方乙方》兴起的“贺岁档”创作现象，也作了专题论述。经过几十年的电影产业改革，中国电影基本形成了以类型片创作为基础，支持艺术探索与类型创新的可持续性的多元化发展格局。虽然仍然存在“唯票房论”、娱乐化、媚俗化等诸多问题，但不可否认的是，中国电影正在大步流星地走在发展之路上。

第一章 // 早期中国电影（1905—1932）

第一节　概　述

作为舶来品的电影进入中国后，便不可避免地打上中国文化的烙印。这种影响可能是潜移默化的，也可能是电影艺术工作者有意识地融合并汲取外来经验的结果。中国第一代导演侯曜曾言："影戏是戏剧之一种，凡戏剧所有的价值它都具备。"① 徐卓呆也认为："影戏虽是一种独立的新兴物，然而从表现的艺术来看，无论如何总是戏剧。"② 将电影与戏剧进行类比，无非是为了印证电影与戏剧一样具有审美娱乐的功能。电影这种大众化娱乐样式被西方称为"活动摄影"，而中国学者则将这种"舶来品"称之为"影戏"。前者着眼于电影本体，即电影是一种以影像镜头作为内核的新型艺术样式，而后者侧重以戏剧叙事作为基础的叙事本体。

在中国，电影这种新兴的媒介之所以被称之为"影戏"，是与中国传统的文艺思想休戚相关的。就"影戏"字面之意，早期中国电影注重以"影"为形式，而以"戏"为本体。1905 年秋，北京丰泰照相馆用摄影机拍摄了由著名京剧表演艺术家谭鑫培表演的京剧片段《定军山》③。尽管《定军山》具有胶片的照相复制功能，但其镜头对准的是中国戏曲艺术，

①侯曜：《影戏剧本作法》，《中国电影理论文选》，文化艺术出版社 1992 年版，第 47—65 页。

②徐卓呆：《影戏者戏也》，《民新特刊》第 4 辑，1926 年 12 月。

③程季华主编：《中国电影发展史》，中国电影出版社 1963 年版，第 13—14 页。

实际也是将中国传统艺术之本与西方电影之形式结合起来。

作为中国传统文艺思想的内核，“文以载道”从功能目的出发把握文艺创作之方法，是中国文艺者注重实践理性的一种重要思维。宋元以来，中国戏曲因“唱、念、做、打”独具韵味的表演形式而深受观众喜爱，但戏曲创作偏重于叙事，尤其是情节的矛盾冲突、故事的有序化以及艺术形象的完整性，这种审美取向及创作经验势必会对中国早期电影的审美功能和电影工作者的文化心态产生影响。

最早提出唯美主义的是法国作家戈蒂耶。他提倡“为艺术而艺术”的文艺创作主张。法国诗人团体“巴那斯派”继而发展戈蒂耶单纯追求诗歌的造型性和客观性的倾向，而英国诗人王尔德则进一步发展唯美主义理论，成为19世纪末期重要的唯美主义代表作家。由于王尔德憎恨英国虚伪的哲学和道德，追求个人快感，因此，他主张艺术应具有其“独立的生命”，不应受社会道德的约束；艺术并非反映生活，而是生活反映艺术；现实生活是丑陋的，只有美才是永恒的有价值的。[①] 在欧洲这种唯美主义思潮的影响下，中国早期电影中也产生了具有唯美主义倾向的电影作品，这其中最具代表性的便是史东山的创作。史东山导演早期拍摄的影片带有明显的唯美主义倾向。他早期对电影的认识，也是从他的唯美主义的观点出发的，强调电影的“美的作用”，注重电影的形式美以及画面美。史东山认为电影是件包含最广、魔力最大的东西，在美术上论起来，电影（无声电影）除了“音”的美之外，无论“色彩”的美、“线条”的美、“动作”的美，无论“天然”的美、“人造”的美，都能在银幕上有调有序地表现出来。[②]

史东山早期的三部电影《杨花恨》《儿孙福》及《王氏四侠》是“醉心于唯美主义的典型作品”[③]。“《儿孙福》不注重曲折之情节，不炫耀惊人之事迹，而重在描写极平常之片段，完全遵循中国人之伦理。”[④] 影片表面上是对中国传统道德那种“多子多孙多福气”观念的讽刺，强调“花朝月夕”“及时行乐”的人生哲学，实质上包含了对中国传统道德观念中妇

---

①周忠厚主编：《文艺批评学教程》，中国人民大学出版社2010年版，第323—325页。

②史东山：《我们对于社会的两个希望》，《同居之爱》特刊，大中华百合影片公司1926年4月。

③王海洲：《论史东山的电影创作》，《北京电影学院学报》1992年第2期，第66页。

④秋柳：《评〈儿孙福〉》，《国闻周报》1926年第3卷第39期。

女“三从四德”及“传宗接代”教条思想的讽刺，从而唤醒妇女对人格与自由的追求。《杨花恨》（又名《柳絮》）则是以男女私情为描写主题，主要是对女性喜慕虚荣、追求享乐的讽刺。① 在被誉为浪漫派武侠古装片的《王氏四侠》中，导演为了追求感官享受与视觉冲击，甚至不惜牺牲生活的真实度，在画面布景、服装造型等方面都呈现出了唯美主义倾向。该影片中有惊心动魄的开打场面，譬如王引的檐壁飞旋，王氏四侠与罕王党徒的大恶门，再如云梯的攀城、吊桥渡河，确实都是武侠偏重未之前见的凶险场面，但这片子就这样称为武侠片吗？不是，不是，“武侠”在此片中，不过是因剧情的必要而加入的穿插②，而这正是影片中所呈现出的“民族男儿驱除强暴，为祖国英勇奋斗”③ 的场面。

1928 年 5 月 13 日，由上海明星影片公司出品、郑正秋根据平江不肖生所著的《江湖奇侠传》改编、张石川执导的影片《火烧红莲寺》在上海中央大戏院首映。此片公映期间，观众好评如潮，由此，武侠神怪片热潮兴起。由于《火烧红莲寺》票房极佳，导演张石川便决定续拍第 2 集、第 3 集，并由深受观众欢迎的明星胡蝶加盟演出。《火烧红莲寺》续集更加火爆，引起电影界的巨大轰动。为推动电影商业运作，上海明星影片公司于 1929 年将《火烧红莲寺》拍摄至第 9 集，1930 年继而拍至第 16 集。当 1931 年拍摄第 17 集及第 18 集时，上海明星影片公司已经做好了当年要拍摄 36 集的计划。不过，因国内形势急剧变化和社会激烈的舆论，国民党政府不得不下令禁演此片，直到 1938 年才被解禁。④

尽管如此，在《火烧红莲寺》的影响下，短短四年中，中国各电影公司所摄制的 400 余部影片中，其中神怪武侠片就有近 250 部，占国产电影总数的 60%，超越了古装片曾经创下的辉煌历史。

1930 年，摄制有声电影已成为国产电影工作者的重要任务，也是国内观众极为期盼之事。对于各大电影公司而言，摄制国产有声电影也成为占领电影市场的重要武器。正如业内时评所言：“我们的国产影片如果能够伴着我们的国语放映出来，是多么有趣的事，这是多么有益的事……国产影片能够与国语相伴放映，那外国影片就很难与我们相抗了，因为把字幕

①方蒙：《史东山的艺术生活》，《文讯》1948 年第 2 期。

②《〈王氏四侠〉不是武侠片》，《舞影》上海 1938 年第 3 期。

③方蒙：《史东山的艺术生活》，《文讯》1948 年第 2 期。

④《〈火烧红莲寺〉怎样打开冷宫》，《电声》（上海）1938 年第 7 卷第 41 期。

翻成国文在说明书上刊印出来是很容易的……所以我敢说有声电影是我们国产影片的救星。”① 1930 年秋，联华影业公司正式公映其自成立以来的第二部影片《野草闲花》，此被誉为“中国第一部配音有声片”②。这部影片中银幕上一旦出现演员张口唱歌的画面，工作人员便将唱针放在唱片上进行演唱。而早于 6 月，在导演张石川的主持下，明星公司开始了《歌女红牡丹》的紧张拍摄工作。这是国内首次拍摄有声电影，即便此前国内充斥不少国外有声电影，但国内电影工作者仍没有任何实践经验。

1931 年 3 月 3 日，上海明星影片公司与法国百代唱片公司合作拍摄的《歌女红牡丹》在上海光陆大戏院试映；3 月 15 日在新光大戏院进行公映。《歌女红牡丹》是中国第一部有声电影。③ 这部有声电影采用蜡盘配音，不仅声音弱、不清晰、噪声大，而且在遇到断片、跳片时，声音便很难与画面保持同步。尽管如此，国内观众仍给予热情的支持，《歌女红牡丹》在当时影响很大。

第二节　中国早期电影的开创

一、中国早期电影的雏形：《定军山》

1905 年，北京琉璃厂丰泰照相馆的任景丰摄制了中国第一部影片——《定军山》。此片由我国京剧老生表演艺术家谭鑫培主演。谭先生素有“集众家之特长，成一人之绝艺，自有皮黄以来，谭氏一人而已”④ 之评，戏路极为宽博，文武昆乱不挡。《定军山》拍摄时谭鑫培已六十岁，他在片中饰演了黄忠这一角色，其中包含“请缨”“舞刀”“交锋”等场面，表现了主人公的英雄气概。我国第一次拍摄影片的尝试便与民族戏曲结合在

①陈大悲：《有声电影之马后炮》，《电影月报》1929 年第 9 期。

②黄漪磋：《〈野草闲花〉在电影史上之地位》，《影戏杂志》1930 年第 1 卷第 9 期。

③《歌女红牡丹特刊》1931 年 4 月。

④陈彦衡：《旧剧丛谈》，载《清代燕都梨园史料》，中国戏剧出版社 1988 年版，第 874 页。

一起，具有一定的民族文化特征。

囿于当时的技术设备和环境，《定军山》在丰泰照相馆的露天广场上借用日光拍摄。此后又在那里拍摄了《青石山》《艳阳楼》《白水滩》《金钱豹》等剧目的片段，这些京剧片段的武打动作、舞蹈场面都较为丰富。关于电影与戏曲的联姻，可谓“纯粹是中国人按照自己的审美需要和艺术逻辑而产生的奇思妙想，然而它的实践则证明这种奇思妙想不但是合理的，而且是富于创造性的”①。《定军山》是中国早期电影的开端，同时也是外来技术与中国本土文化积极融合的重要表现。电影是西方现代文明的产物，尽管在当时还无法完全作为一门独立的艺术存在，但已然引起不小的轰动，而电影与戏曲的结合也是中国人将自己的审美逻辑和趣味与西方先进技术结合的成果。

二、郑正秋与张石川的早期创作：《难夫难妻》《劳工之爱情》《孤儿救祖记》

郑正秋，原名郑伯常，“正秋”为笔名，经常在当时宣扬革命的报纸上发表剧评，曾被欧阳予倩称为“不畏强御的剧评家”。郑正秋主张改良旧戏，提倡新剧，并将戏剧作为改良社会、呼吁大众的工具。其早期作品《难夫难妻》② 深刻体现了这一点。故事“从媒人的撮合起，经过种种繁文缛节，直到把互不相识的一对男女送入洞房为止”③。影片中男性、女性角色均由男性演员扮演，尽管如此，在当时依然具有重要的意义。此前的拍摄均以戏曲的片段为主要内容，其中也包括一些景物，但没有完整的故事情节。而《难夫难妻》则是第一部具有故事情节的短片，因此也成为我国摄制故事片的开端。郑正秋与张石川联合导演的《难夫难妻》不仅开启了我国故事片的先河，同时涉及社会的现实生活，将作品向现实靠近，通过故事反映了青年男女在封建婚姻的戕害下遭遇的不幸与荒唐，以此抨击了封建礼教。郑正秋没有把电影当作消遣的工具和赚钱的手段，而是将它与社会改良与启发现实结合在一起，具有极大的进步意义。

---

①孟繁树：《戏曲电视剧艺术论》，北京广播学院出版社 1999 年版，第 41—42 页。

②《难夫难妻》（1913）编剧：郑正秋；导演：张石川、郑正秋；主演：丁楚鹤、王病僧；出品：上海新民公司。

③钱化佛（口述）：《亚细亚影戏公司的成立始末》，《中国电影》创刊号，1956 年 10 月。

对于当时影片摄制的情况，张石川是这样描述的："我和正秋所担任的工作，商量下来，是由他指挥演员的表情动作，由我指挥摄影机地位的变动——这工作，现在最没有常识的人也知道叫作导演，但当时却还无所谓'导演'的名目。我还记得，好像一直到后来创办明星电影学校的时候，《电影杂志》编者顾肯夫君将 director 翻译了过来，中国电影界才有了'导演'这一名称。导演的技巧是做梦也没有想到过，摄影机的位置摆好了，就吩咐演员在镜头前面做戏，各种的表情和动作连续不断地表演下去，直到二百尺一盒的胶片拍完为止（当时还没有发明四百尺和一千尺的胶片暗盒）。镜头的位置是永不变动的，永远是一个'远景'……倘使片子拍完了而动作表情还没有告一段落，那么，续拍的时候，也就依照这种动作继续拍下去。"① 可见，当时的电影工作者对电影的概念还比较模糊，对导演的职责与技巧也不甚了解，粗陋的技术与刚刚启蒙的拍摄意识使电影的镜头表现较为简单，但是就拍摄内容而言，在当时是具有一定进步意义的，而郑正秋与张石川也不愧为早期电影创作的拓荒者。

另外值得一提的是，郑正秋虽将《难夫难妻》拍摄成一部具有教化意义的电影，但是其中也不乏娱乐元素。《难夫难妻》中穿插了不少杂技、戏曲等元素，绘声绘色之余也不乏夸张的表现，在内容上既满足教化的目的，在形式上也达到娱乐的效果，可谓"寓教于乐"。而这样的做法一直延续至今。

《劳工之爱情》②，又名《掷果缘》，是中国电影资料馆馆藏中最早的一部国产电影，1922 年由明星影片公司出品，郑正秋编剧，张石川导演，张伟涛摄影。主演有郑鹧鸪（饰演木匠），余瑛（饰演江湖医生的女儿），郑正秋（饰演江湖医生）。《劳工之爱情》其情节较为简单，简短而滑稽，但可称之为中国喜剧电影的奠基之作。该短片采用西方打闹喜剧的方式，讲述了卖水果的商人向医生女儿求爱并成功的故事。原本以做木匠为生的郑木匠因为生意不景气转行成了水果商贩，他对祝郎中的女儿萌生爱意，并将自己摊位的水果赠予祝小姐，并帮她赶走了小流氓，于是二人相互产生好感，并私订终身。怎料，郑木匠去提亲之时被祝郎中拒绝，郎中提

①张石川：《自我导演以来》，《明星》半月刊 1935 年第 1 卷第 3 期。

②《劳工之爱情》（1922）编剧：郑正秋；导演：张石川；主演：郑鹧鸪、郑正秋、余瑛等；出品：明星影片公司。

出：谁能让郎中的生意红火就将女儿许配给谁。郑木匠多日来被家中楼上赌徒吵闹得不得安宁，于是想出了应对之策：他利用自己的木工手艺，将家里楼上的楼梯安装了机关，使扳动后就成为滑梯，于是一群赌徒出门之后便纷纷摔伤，之后便来到祝郎中的诊所就诊，而祝郎中也履行了当初对郑木匠的诺言将女儿许配于他。

尽管木匠最终的胜利在一定程度上显得有违中国传统道德，但是作为喜剧似乎并不影响大家对主人公的认同和戏剧效果的传递。郑木匠虽然投机取巧且利用了“不道德”的手段达到目的，但是他最初是为祝小姐打抱不平而出场，并且木匠自食其力、幽默乐观，最终还用自己的聪明和技艺赢得了爱情，因此，结尾的“不道德”并不影响他的正义形象。郑正秋早期电影中一直呈现的“改良”的思想与“教化”的功能在这部影片中也有所体现。

《劳工之爱情》的影片内容较为简单，但是场景布局却较为生动有趣。该片共有6个场景，这些布景虽都较为简单，多由现场搭建而成，但是前后位置的安排使场景纵深感大大加深，而纵深方向上人物的场面调度使画面的纵深感更加真实而立体，由此也表现出了视听语言的进步性。正如《中国电影史》所指出的那样：“尽管在场面调度和演员表演方面，仍然保留着初期电影中常见的舞台化痕迹（如人物横向入画和出画，布景对称，光线缺少层次），但在镜头调度方面，影片又力图突破舞台思维的羁绊。创作者通过从全景到特写的不同景别的变换和交叉，蒙太奇、叠印、降格摄影、主观镜头等银幕技巧的运用，较为出色地营造出了引人入胜、完整有序的喜剧情景。”①

张石川执导、郑正秋编剧的《孤儿救祖记》② 拍摄时间长达8个月之久，同样也是在露天的环境下完成的。《孤儿救祖记》以前，国产电影基本都是以故事短片为主。为了拍摄故事长片，郑正秋将当时仅剩下的资金都投入在了《孤儿救祖记》这部影片上。可喜的是，由于该片在故事内容、演员服饰以及布景陈设等方面均体现了国人喜闻乐见的民族特色，情节曲折别致，引人入胜，受到观众的广泛推崇，进而使明星影片公司通过

---

①陆弘石、舒晓鸣：《中国电影史》，文化艺术出版社1998年版，第9—10页。

②《孤儿救祖记》（1923）编剧：郑正秋；导演：张石川；主演：郑鹧鸪、周文珠、王汉伦、郑小秋等；出品：明星影片公司。

《孤儿救祖记》取得了商业上的成功。同时受到该电影的影响，中国早期电影迎来了“国产电影运动”。1923 年，我国国产长故事片仅有 5 部，1924 年增长为 16 部，1925 年为 51 部，而且每个月基本都有新的电影公司成立，因而到了 1926 年电影猛增为 101 部。

《孤儿救祖记》主要讲述了富翁杨寿昌误听侄子的谗言将怀有身孕的儿媳赶出家门，多年以后孙子来到富翁创办的学校就读，并获知富翁的侄子正在密谋掠夺财产，孙子在其母亲的帮助下救助了富翁，富翁认出了儿媳，于是一家人再次团圆。在这样一个家庭伦理故事中，创作者批判了封建没落子弟的丑陋行径，不仅赞扬了孙子的善良与孝顺，而且赞扬了儿媳作为贤妻良母所具有的传统美德，体现了中国传统文化中所弘扬的惩恶扬善的道德标准，对忍辱负重、含辛茹苦的贤妻良母形象在道德上进行了肯定与追求。这样的剧情符合当时观众的心理，且凸显了中国传统文化的特色。当时，《申报》对此片作出了这样的评价：“全剧情景，切近目下社会，警发人处，均中肯要……而警士之廉洁从公，尤足为此时贿风盛行、私德丧尽之军政界，清凉药石”“其情节前后一气贯注，甚适于现在社会之环境，丝毫无牵强之病，足以令人哭、令人笑、令人悲”。“此片能于目下社会下一针砭，有益世道人心不浅”。① 可见，影片在当时社会上还是获得了极大认可的。

《孤儿救祖记》是长故事片成功的典范，同时也是郑正秋导演对当时人们的心理状态正确把握的成果。这部长片符合人们当时对社会改良的期待，邪不胜正，好人好报，人们在潜意识中期待的愿望从电影的演绎中得到满足。在这部作品中，编剧郑正秋将人物非常鲜明地分成了“善”与“恶”两类，这个善恶的区分标准是从封建思想观念出发的，在一定程度上宣传封建传统的道德观念，甚至可以说，《孤儿救祖记》是一部维护封建统治利益的具有说教意味的影片。不过，《孤儿救祖记》又将封建道德观念与改良主义结合在一起，导演主张通过义务教育来改良社会，培养穷苦儿童，使社会矛盾得以缓和，反映了其改良主义的思想实质。

三、史东山的唯美艺术观：《杨花恨》《儿孙福》《王氏四侠》

史东山，原名匡韶，浙江杭州人，早年学习绘画，并参加上海晨光美

①《〈孤儿救祖记〉之新评（二）》，《申报》1924 年 1 月 11 日。

术会。美术会的唯美主义主张对史东山后来的电影艺术创作影响很大。史东山一生独立执导作品25部，编导合一的有16部。他擅长将写实与写意完美地结合在一起，体现出一种具有中国特色的艺术情趣。史东山拍摄电影众多，但有相当一部分作品在电影史上始终与主流电影价值评价体系有一段距离。对于史东山在电影史上的地位也是众说纷纭，褒贬不一。作为一位成熟的导演，史东山始终保持着自己的创作风格，并不间断地对镜头与画面表达、故事讲述方式等电影本体问题进行探索，这在中国早期电影中是难能可贵的。

史东山在镜头语言上充满探索精神，对画面构图、场面调度、镜头角度与景别等都有自己独特的见解。《同居之爱》的主演周瘦鹃曾评价说："史东山是个艺术家，所以布景注重图案，无论内景外景，都当得上一个'雅'字。"他"注意小部表演，无论一颦一笑，一举手、一投足都加以细密的研究"①。对表演细节的严格要求，源于史东山在镜头语言上对特写的重视，史东山认为："特写镜头主要的作用，在于迫使观众产生'心理上的视象留迹'，在人物性格的瞬间浓缩和变化中，预示情节的发展和未来。特写镜头可以是'大面孔'，也可以理解为某些特写情节、场景的镜头，反复多次地在影片中作类似的出现。前者的目的是，在局部显微似的视觉感受中，使观众达到感情和心理上的共鸣；后者的目的是，像诗歌中每段之后的'重句'，在不知不觉中缓缓地使观众在情感和心理上由量的增加发生着质的变化"②。在影片《儿孙福》当中，特写镜头达十多次。

对于导演在一部影片中所要承担的艺术责任，史东山也有其独特理解："导演犹如一部交响乐总谱前的指挥。在电影艺术的一度和二度创造之间，导演要完成一个'化合任务'。也即电影艺术通过高超的'化合作用'，成为有机的、浑然整体……像意大利文艺复兴后期的卡拉瓦乔和荷兰的艺术大师伦勃朗的绘画一样，在黑影强光的对照中，一层一层地浮现在观众眼前。"③

1925年，史东山供职的上海影戏公司为了摆脱当时的困境，公开征集

①周瘦鹃：《〈同居之爱〉的导演者》，《同居之爱》特刊，大中华百合影片公司1926年4月。

②汤麟：《忆史东山老师二三事》，《电影艺术》1984年第2期，第54—58页。

③史东山：《我们对于社会的两个希望》，《同居之爱》特刊，大中华百合影片公司1926年4月。

剧本，而《杨花恨》刚巧被选中，因此，史东山便开始有机会担任导演，拍摄自己的第一部影片《杨花恨》①。史东山擅长摄影、绘画，热爱音乐，灯光、美工、布景、道具也是样样精通。周瘦鹃曾说道："史东山是画师，是布景师，是电影演员，我都领教了……《杨花恨》又给史东山立下了一个好导演的令誉，主角韩云珍也因史东山导演得法而成绩很优异……《杨花恨》即告成功，史东山便在上海许多影戏公司的导演中占一个很高的位置。"② 这部影片从选布景到道具、服装，都被认为带有较为浓郁的"欧化"色彩，但在当时，尤其是知识分子中，还是很卖座的。

史东山在随笔《我如何入此门中》中谦逊地写道："在日常生活中，常遇有'何以而使人大笑大悲或大怒者'，遇有其事而记之即成段段小部之情节……插以平日所忆段段小部分之情节而成全剧，即'杨花恨'。"③《杨花恨》的主人公蜀华嫁给了一个小说家，两人虽然生活清贫但是相互爱护，感情笃厚。然而，蜀华后来结识了花花公子何窕华，她爱慕虚荣而与丈夫决裂并与何窕华同居。不久之后，蜀华发现了有妇之夫何窕华的真面目，当蜀华想痛改前非寻找前夫之时，方知前夫已经逝世，悔恨不已。这部作品虽以一个女性的放荡生活为主线，但也饱含对社会的质疑以及对女性的深切同情。本片女主角韩云珍也因出演《杨花恨》而奠定了她性感明星的地位，并获得"风骚派明星"的称号。

《杨花恨》是史东山导演的处女作，和他一生的成绩比较，这部作品虽显得有些不成熟，却承载并印证了一代导演当年的追求和勇气。

由大中华百合影片公司1926年摄制的黑白电影《儿孙福》④ 讲述了何妻这位善良的母亲含辛茹苦将自己的两子两女抚养成人后，却无人养老以至于在路上行乞为生的故事。长子为人忠厚，而妻子厉害，阻止其赡养母亲。次子因不务正业负债累累，且经常独吞长子寄给母亲的钱财。长女嫁

①《杨花恨》(1925) 编剧：史东山；导演：史东山；主演：韩云珍、王乃东；出品：上海影戏公司。

②周瘦鹃：《〈同居之爱〉的导演者》，《同居之爱》特刊，大中华百合影片公司1926年4月。

③史东山：《我如何入此门中》，《民特新刊》第1期"冰清玉洁"号，1926年7月1日刊。

④《儿孙福》(1926) 编剧：朱瘦菊；导演：史东山；主演：周文珠、王乃东、王次龙、谢云卿、杨静我等；出品：月明影片公司、大中华百合影片公司。

给富家子弟，其夫傲慢无礼。而次女早寡，依靠母亲生活。直到母亲病危，儿女们才来探望，但母亲即将离世。《儿孙福》以写实的状态表现生活，客观地表现了生活的原生态。影片的场景、道具、化妆的选择与安排都较为细致和考究，包括一些缝缝补补的破衣烂衫、粗笨的饭碗和桌椅等。而在技术方面，在母亲投河的场面中就已经有了空镜头以及划入、划出的画面，这在当时是难能可贵的。在 1926 年的《儿孙福》特刊上，曾这样宣传这部影片的主旨思想："你丢了你的丈夫在一旁，专心照顾着几个孩子，人生有几个花朝月夕，不是太牺牲了自己的幸福?"因此也有人认为，该影片宣传的是资产阶级个人主义"及时行乐"的世界观和人生哲学。但是史东山认为："我们拍摄这一部戏，不是劝人不要生儿女，也不是教人不要管儿女；不过看得世人对儿女太痴心了，不管儿女品德如何，先着想在儿女的幸福上，费尽一生精力为儿孙谋，竟有可谓鞠躬尽瘁死而后已者，未免有些不以为然。"①

史东山认为："三流导演排场面，二流导演排动作，一流导演排心灵……就电影艺术而言，内容与心灵有关。只有思想、意志的作品是伦理学、哲学；只有性格、感情的作品会偏向纯形式的追求、导向唯美主义。"② 影片在接近尾声处，将母亲何妻病危的一段人物画面表现得极为丰富：套间的房子中有母亲卧病床上，身边围绕着长子夫妻，医生来回行走穿插于整个场面，次子与妻子的纠缠希望可以破镜重圆，人物进进出出，场面调度十分丰富。其中窗户、镜子、柜子等道具的摆放也十分考究，纵深的空间和精心的场面调度使画面活跃、丰富起来，同时又丰富了主人公之间的心理情绪以及内在关系。

《王氏四侠》③ 是史东山受美国西部片影响较大的一部作品，被誉为浪漫派武侠古装片，拍摄于 1927 年。这部作品中，史东山在画面布景、服装造型等方面都表现出他所追求的"唯美"，甚至以牺牲生活的真实度为代价，单纯追求感官享受与视觉冲击。当时，有人在谈到史东山的导演特点时，就赞美他注意图案，无论内景外景，都当得上一个"雅"字，光线的远近，也非常恰当，不致模糊不清，或强烈刺目。这些特征都是唯美主义

---

①《儿孙福》特刊，大中华百合影片公司 1926 年 9 月 24 日。

②汤麟：《忆史东山老师二三事》，《电影艺术》1984 年第 2 期，第 54—58 页。

③《王氏四侠》（1927）编剧：史东山；导演：史东山；主演：王元龙、王次龙、王英之等；出品：大中华百合影片公司。

风格的典型代表，同时也是史东山早期作品的明显风格。

《王氏四侠》的创作构想深受当时全国革命的影响，当时中国正处北伐之时，片中实施暴政的蒙古酋长隐喻着当时凶暴的军阀；处于压迫下的民族，则对应着饱受痛苦折磨的老百姓；而行侠仗义的王氏四侠，则是为民请命的北伐健儿的象征。《王氏四侠》的成功之处在于与当时社会呼声与期待高度一致，而其对现实的反映，进步程度远远超过同类的其他武侠神怪片，该作品表现出来的除暴安良隐喻一场影响轰动而广泛的革命。

在表演上，《王氏四侠》也对国外影片有所借鉴。它“学习美国西部片的成功经验来设计武术动作，有两场恶斗，仿佛脱胎于《荡寇》《黑海盗》，飞海腾跃，美得无以复加，推陈出新，不落俗套。”① “配角也都认真，不假说明书来交代剧情，并没有一些无谓的描写动作。”②

《王氏四侠》剧照

①梯维：《看了〈王氏四侠〉以后》，《电影月报》第1期，1928年4月1日出。

②华但妮：《以〈王氏四侠〉卜国电影之未来》，《电影月报》第1期，1928年4月1日。

此片当时颇有轰动效应，大家都说："要知道国产影片进步到什么程度，便不得不去看《王氏四侠》。"① "出得戏园，走过西国人的身旁，不觉得傲气直冲，不再拿他们当稀罕，转而为国人欣荣。"② "这张令人满意的《王氏四侠》，我认为是国内电影界的一丝曙光。"③

四、受左翼影响之前的孙瑜作品：《故都春梦》《野草闲花》《野玫瑰》

孙瑜，1900 年出生于重庆，从小接受过良好的教育，热爱文学、艺术等。1923 年孙瑜赴美国留学，其间学习了文学、戏剧和电影，也是在那段日子里，孙瑜学习了电影洗印、剪辑等，并在哥伦比亚大学研修电影编剧课程及电影导演、电影分镜头课程。1930 年孙瑜回国后，加入华联影业公司并导演了该公司的第一部影片《故都春梦》以及第二部影片《野草闲花》，因此而受到关注。孙瑜是电影事业的献身者，从拍电影之初就对电影进行自身的反省与批判。

在 1923 年至 1929 年间，在战争与全球经济危机的大背景下，国产电影一直经历着动荡，很多电影公司倒闭，仅存的十几家电影公司也陷入难以自保的境地。在此期间上映的国产电影大多是武侠片、神怪片以及鸳鸯蝴蝶派的一些影片，《故都春梦》④ 则独树一帜，是在这样背景下上映的一部以现实为题材的影片。本片揭露了当时官场的黑暗与腐朽，对都市的虚伪与浮夸进行了无情的鞭挞与批判，与广大群众产生共鸣，得到观众很高的呼声，在全国各大城市上映之后打破了卖座纪录。凌鹤在《孙瑜论》中评述说："从描写官场迷梦为主题的《故都春梦》，却是扬弃了武侠英雄的社会剧，同时这也是中国电影开始走向新路的第一响的炮声。以官宦之家出身的孙瑜来描写此中情景，自觉亲切许多。当时惊奇了观众的眼光，使

---

①周剑峰：《王氏四侠》，《中国电影杂志》1928 年 4 月 1 日。

②华但妮：《以〈王氏四侠〉卜中国电影之将来》，《电影月报》第 1 期，1928 年 4 月 1 日。

③梯维：《看了〈王氏四侠〉以后》，《电影月报》第 1 期，1928 年 4 月 1 日。

④《故都春梦》（1930）编剧：朱石麟、罗明佑；导演：孙瑜；主演：阮玲玉、王瑞麟、林楚楚等；出品：联华影业公司。

知识分子也走到开映中国影片的戏院中来，是大家不会忘怀的事实。”①

《故都春梦》由朱石麟、罗明佑编剧，孙瑜导演，黄绍芬摄影。本片讲述了这样一个故事：军阀统治时期，塾师朱家杰进京谋职，借助妓女燕燕当上了税务局局长。此后他纳燕燕为妾，贪污腐化，逐渐堕落。朱家杰的妻子在了解他在京的情况后，携一双女儿进京。燕燕对母女三人蛮横无理，耍泼示威，朱家杰却不置一语，其妻最终只得携小女儿返乡。后来，在一次官场震荡中，朱家杰劣迹暴露，锒铛入狱。他出狱之后，妓女燕燕已离他而去，大女儿也被骗为娼妓，此时昔日的繁华已恍如春梦，悔恨与自责伴随着主人公朱家杰，他长跪在妻子面前。本片用大量篇幅从人性角度描绘了家庭的纠纷、悲欢离合，塾师朱家杰前后态度的转变和对恍如春梦的前尘回首则是对生命本质的醒悟。影片中旧知识分子宦海沉浮的经历，在一定程度上反映了当时北洋军阀统治下的社会现实，同时，作者也给予了主人公一定的同情。

影片中的道具安排细致巧妙，其中一只烟斗贯穿了主人公朱家杰人生的三种境遇和状态。在当官之前，他拿着烟斗畅想做官会是何等风光，妻子见状为其点燃；而当官得意之时，妻子为他准备烟斗，他却拿出雪茄，拒绝妻子划火柴，而用象征着现代文明的打火机取而代之；最后落魄之时，他形单影只回到老家再次拾起了旧时的烟斗。《故都春梦》在视听语言上注重电影艺术的蒙太奇特性，镜头组接较为流畅，突破了长期以来中国电影流水账式的交代情节的陈规，受到观众的普遍欢迎。

《野草闲花》② 是孙瑜受美国片《七重天》的影响而创作的，同时也有小仲马《茶花女》情节的部分痕迹。本片讲述了在半殖民地半封建社会卖花女丽莲与阔少之间的爱情故事。丽莲的母亲带着还是婴儿的她在冰天雪地里逃荒，母亲冻死了，丽莲却被一个木匠带出灾区流落上海，于是丽莲与木匠一家一起艰难度日。一位爱好音乐的富家少爷黄云因逃婚暂住木匠家隔壁，创作音乐。后来黄云发现丽莲有音乐天赋，于是就培养丽莲唱歌，还与丽莲同台演出他创作的《寻兄词》。丽莲成了红极一时的歌星，并与黄云订婚。黄云的父亲从报纸上得知这个消息，千般阻挠，污蔑丽莲

①凌鹤：《世界名导演评传（中国之部）·孙瑜论》，《中华图画杂志》第45期，1936年8月。

②《野草闲花》（1930）编剧：孙瑜；导演：孙瑜；主演：阮玲玉、金焰等；出品：联华影业公司。

《野草闲花》剧照

是野草闲花，并声称丽莲将要影响黄云的音乐前途。丽莲终于在结婚前一天主动与黄云断绝关系。当晚，丽莲与另一表演者登台表演《寻兄词》时当场昏倒，黄云方得知实情，脱离了富家生活，与丽莲和好如初。

影片在展示上海大都市奢靡生活的同时，充分表现了上海生活受西方影响的一面，正如孙瑜解释的："《野草闲花》描写现代大城市中一个女伶……背景是号称东方纽约或东方巴黎的上海，因为上海太欧化了，所以片中的人物、布景、动作，只要有受欧化熏染可能的，我都让他欧化了。但是此片并非宣传欧化，也非批评欧化，不过描述现实大城市生活的几幕戏而已。"①

《野草闲花》是孙瑜自编自导的影片，他将影片中的歌曲提高到了极为重要的地位。影片插曲《万里寻兄》歌词共有四段，此四段歌词皆出自孙瑜之手，曲谱则由其三弟孙成璧参考俄罗斯民歌悲怆动人的旋律而谱

①孙瑜：《导演〈野草闲花〉的感想》，《影戏杂》第1卷第9期，1930年1月。

成。歌曲由男女主角金焰和阮玲玉主唱，卡尔登西乐队担任伴奏。影片在放映时，配音师双眼紧盯着银幕，只要是金焰或阮玲玉开口唱歌的镜头出现，便立刻把唱针放到唱片上开唱的地方，将歌声播放出来。

当时，孙瑜将其全部激情都投入《野草闲花》的拍摄中。在拍摄之前，他到国外学习了新的拍摄技法。《野草闲花》中所使用的象征、对比手法，其风景镜头的穿插、叠印技巧等对于当时的观众来说都是新鲜事物。影片的镜头运动也较为灵活，片中数次运用升降镜头连接楼上楼下的场景，给人留下了深刻的印象。在故事讲述上，《野草闲花》虽然也涉及了穷苦人的生活，讲述了一个几乎成为悲剧的爱情故事，但是其基本调子是轻快的、略带浪漫色彩的。影片注重运用细节来调节氛围，片中出现的许多可爱的小动物和一些滑稽的小道具，便是如此之用。

总体来说，孙瑜通过《野草闲花》表达出了对底层社会的深切同情以及对封建观念的抵触与抗议。这也使得本片超越了爱情婚姻本身的一般性社会意义。不过，这部影片在结局时回避了本来要继续发展下去的现实矛盾，没有选择"茶花女"式的悲剧表现，而是通过"老爷"的妥协，以中国式的大团圆作结，显露出作者内心潜在的传统道德意识和伦理导向。

《野玫瑰》① 是孙瑜在联华影业公司编导的第三部故事片。《野玫瑰》创作于 1931 年九一八事变的前后，1932 年 4 月 28 日首映于北京大戏院。本片由孙瑜执导，余省三摄影，王人美、金焰等主演。

该影片主要讲述了这样一个故事：某市近郊水乡的野女孩小凤，顽皮倔强，爽直开朗，常集合村中群童玩军操之戏。因小凤貌美，村中人既怕又爱，视之为多刺的野玫瑰。小凤家贫，与父亲同住河边破船中。青年画家江波发现小凤健美，遂与之相识。江波虽系富家子，但喜与心灵纯洁的穷苦人为伍。不久，江波又与街头广告师小李和报贩老枪结成莫逆。一天，小凤父亲发现渔行主胡进窜至船中谋骗小凤，一怒将胡进击昏，引起烛火焚烧，酿成杀人祸，遂抛下小凤畏罪潜逃。江波怜悯小凤孤苦无依，仗义携其回家。无奈小凤过不惯贵族式生活，也不懂上流社会礼节，因此不容于江父。江波为尽保护之责，自愿随同小凤离家出走。他们找到小李、老枪，共同租了两间阁楼栖身，靠画广告和卖报糊口。冬天到来，四

---

①《野玫瑰》（1932）编剧：孙瑜；导演：孙瑜；主演：王人美、韩兰根、志直、郑君里、叶娟娟、金焰等；出品：联华影业公司。

人贫病交加，生计维艰。一天，小凤捡到醉汉丢失的钱包，警察追查时，醉汉在迷糊中诬指江波、小李偷窃，二人遂被拘押。小凤急于营救，恳求江父设法，并自愿从此离开江波。江波恢复自由后，四处寻找小凤。此时，小凤已改名换姓，隐入偏远一家布厂做工。不久，国难来临，江波与小李、老枪一起加入救国义勇军，奔赴抗敌救国前线。

影片通过小凤、江波等青年的成长经历来唤起更多爱国志士共同起来保家卫国，反抗不公平的压迫。孙瑜在主人公小凤身上寄托了自己的理想以及对自由的向往，显示出饱满的爱国热情。影片中，以小凤为代表的“野玫瑰”为身心健康且性情率真的、既不失自我又深明大义的女性形象。这些“野玫瑰”不同于江波家宴上那些女性形象，她们是唤醒如江波这样男性心中自我意识和革命意识的“女神”形象。影片上映于抗战时，对于那些绝望、恐惧，看不到生活出路的青年观众而言，片中四个青年选择共同进退、藐视困难的乐观气概，的确给予了他们勇气。

相对《故都春梦》和《野草闲花》，《野玫瑰》叙事性较为薄弱。由于孙瑜在小凤的身上赋予了过多的理想色彩和浪漫情调，尤其是在小凤遭遇家破人亡的变故后，转变过于传奇化，却少了几分平常人的挣扎，从而使影片的说服力锐减。由于受时代发展的复杂性及导演个人的局限性等诸多因素的影响，影片中小凤的形象显得比较单薄，刻画力度略显不够。导演孙瑜虽未打着唤醒女性觉醒的口号，但其将女性从家庭的后台推向了社会的前台，将女人的命运悲剧和顽强的生命力真实地呈现在银幕之上。这种对女性个体命运的关注和表达，无论在中国早期电影发展史上还是在当下，都是难能可贵的，这也是对20世纪30年代电影的独特贡献。

第三节 由《火烧红莲寺》引发的“武侠神怪”热浪

自1913年第一部故事片《难夫难妻》产生之后，故事片成了当时电影类型的主流。取自《江湖奇侠传》部分内容而编成剧本的《火烧红莲寺》① 由郑正秋编写。本片延续了郑正秋曲折传奇的创作风格特点，融入

①《火烧红莲寺》（1928）编剧：郑正秋；导演：张石川；主演：萧英、郑小秋、夏佩珍、谭志远等；出品：明星影片公司。

中国武侠的飞檐走壁、腾云驾雾等，使内容的表达更丰富、生动，又具有民族特色。该片的摄影是中国第一代电影摄影师董克毅，他熟练掌握了偏光、变速、曝光、镜头纱等先进技术，擅长将绘画与布景进行“顶接”，同时发明了电影中常见的“空中飞人”技术，加上镜头纱的妙用，使镜头中的人物宛如神仙飘然来去。

《火烧红莲寺》的广告宣传力度不断加大，其广告经常占据《申报》头版的整个版面。大力的广告宣传、传奇的故事情节，再加上完全本土化的武侠元素和出神入化的拍摄效果，使得《火烧红莲寺》在1928年首次上映之时便备受关注，观影人蜂拥而至，争相观看。此后，《火烧红莲寺》的放映由每日一场加放至每日四场，而每场放映的前一小时，戏院内早已人满为患。此后，《火烧红莲寺》又进行了续拍，在第1集放映当年就已续拍了第2集、第3集，直到1931年，一共拍了18集，并且一直备受推崇，观影人数与票房收入登峰造极。

《火烧红莲寺》在当时的市场上轰动一时，原因有若干方面。首先，故事情节极具传奇性。“情节繁复，可谓峰回路转，变化多端”，“现代的观众——尤其是中国的观众——大半爱看复杂的影片，《火烧红莲寺》正是适合需要的”①。其次，《火烧红莲寺》是武侠、神怪等本土化元素的巧妙融合。该作品是中国第一部武侠片，同时里面的各种元素、布景皆属中国本土，它是中国最早将中国武术“侠文化”与电影结合的产物，其中特效制造的“飞檐走壁”与具有中国特色的刀光剑影给人制造了新奇、刺激之感，这在一定程度上也反映了电影“奇观”的本性。再次，《火烧红莲寺》是迎合时代心理的主题表达。它以表现劫富济贫、除暴安良为主题，这正是当时处于动乱中人们内心的向往与追求。自鸦片战争以来，处于社会底层的弱势群体过着风雨飘摇的生活，《火烧红莲寺》中那些行侠仗义的侠士与除暴安良的勇者，救万民于水火，满足了当时人们对英雄形象的渴望，弥补了现实社会中英雄形象的缺席。于是，观众通过电影宣泄了日常生活中的压抑与不满，获得了心理上的快感。可见，《火烧红莲寺》不仅在形式上满足了受众对电影的期待，在内容上更满足了底层社会生存者对理想社会的想象，其轰动效应便自然而然了。

继《孤儿救祖记》《空谷兰》之后，《火烧红莲寺》为明星影片公司

---

①郦苏元、胡菊彬：《中国无声电影史》，中国电影出版社1996年版，第228页。

掀起了第三次放映热潮，无论在票房上还是在社会影响上都创造了一次高峰。《火烧红莲寺》的成功也引发了当时武侠神怪片的创作热潮。当时，各大电影公司仅“火烧”系列就拍摄了《火烧青龙寺》《火烧百花台》《火烧剑峰寨》《火烧七星楼》《火烧韩家庄》《火烧平阳城》等多部作品。1928 年至 1931 年，上海约 50 家电影公司摄制了近 400 部影片，其中武侠神怪片有 250 部①。还有一些影片的拍摄仅仅是为了追求商业利益，致使后期武侠片的质量大不如从前，其中不乏粗制滥造之作。包括《火烧红莲寺》后期的作品质量也深受质疑，据说很多情节都来自张石川随心所欲的编造，而且经常上半集拍完之后下半集剧本还未定稿。久而久之，由《火烧红莲寺》引起的武侠热潮渐渐产生争议。在九一八事变之后，全国掀起了抗日救国的高潮，认为武侠片麻痹观众的批评声越来越多。由当局政府成立的电影检查委员会对武侠片进行了诸多批评，并且以“宣传迷信”“破坏社会家庭”等对武侠片进行查禁，而首当其冲的就是《火烧红莲寺》。因此，武侠电影一蹶不振。

1931 年底，《火烧红莲寺》正式被禁，结束了该片连续 4 年创造的辉煌。“早在 1928 年内政部颁发的电影审查条令中就已明确规定，凡是以宗教迷信为题材的影片将一律予以禁止。1930 年颁布的《电影检查法》第四条第二款也重申了同一立场。教育部、内政部合组的电影检查委员会成立伊始，便立刻向全国的电影制片公司发出通知，要求他们尽量多拍一些宣扬爱国精神、传播科学知识和鼓励探险求索的影片。同时告诫制片公司，武侠神怪一类影片与上面这些内容背道而驰。”②《中国电影发展史》曾这样评价《火烧红莲寺》：“这些影片宣传个人的恩怨，借以掩盖阶级的矛盾；宣传因果报应的封建迷信，借以麻痹人们的反抗意志；宣传上山修道的空想，借以引诱人们离开现实斗争的道路。”③《中国无声电影史》的评价也与之较为相似：“神怪片缺少起码的包装，赤裸裸地宣传迷信思想。

---

①程季华等：《中国电影发展史》（第一卷），中国电影出版社 1963 年版，第 132—133 页。

②萧知纬：《南京时期的电影审查与文化重建：方言、迷信和色情》，张英进主编、苏涛译，《上海电影与城市文化》，北京大学出版社 2011 年版，第 204 页。

③程季华等：《中国电影发展史》（第一卷），中国电影出版社 1963 年版，第 136 页。

作为武侠神怪片的鼻祖《火烧红莲寺》，就表现出了这一特点。”①

然而，从历史的角度来看，虽然在20世纪40年代，艺华影业再次重拍《火烧红莲寺》并未获得辉煌成绩，但在20世纪60年代、80年代，武侠电影重返银幕，并且延续至今，已然成为具有中国特色的典型电影类型。由此可见，《火烧红莲寺》在中国早期电影类型的发展中起到了不可替代的作用。

另外，《火烧红莲寺》也促进了电影表现手法的创新。影片使用的一些特技手段在当时技术相对有限的条件下已然是具有进步意义的创新。如驾雾飞行的奇观是演员借助钢丝吊起实现的特技，而里面也有动画与布景合成的重要技术，同时“接顶”的技术使布景与绘画完美结合。因此，《火烧红莲寺》对当时的特技的探索具有重要的创新意义。

在叙事层面，《火烧红莲寺》也有很大突破：在电影结尾放走了住持知圆、知客僧、常德庆三位主恶元凶，“只有这样，在影片受到热烈欢迎之际，才有‘理由’和可能乘胜追击，拍摄续集”。此外，在第一集中“采用了欲扬先抑的方法技巧”，“层层深入”，后面的几集中也始终保持着“新鲜的神秘感或神秘的新鲜感”②。《火烧红莲寺》一连拍摄了18集，这种连续拍摄的方式开启了中国电影连集拍摄的先河。在一定程度上讲，这是电影生产方式的创新。连集拍摄电影不仅可以培养受众稳定的观影习惯与情感，同时也可以反复使用一些场景，大大节省拍摄成本，这在资源匮乏的20世纪20年代是极为有利的。

第四节　从无声到有声：《歌女红牡丹》

1931年3月15日，上海新光大戏院首次公映中国第一部有声片《歌女红牡丹》③，轰动全国。《歌女红牡丹》是中国最早的蜡盘发音有声故事片，由明星公司和百代公司合作录音摄制，并以民众影片公司名义出品。

---

①郦苏元、胡菊彬：《中国无声电影史》，中国电影出版社1996年版，第243—244页。

②陈墨：《中国武侠电影史》，中国电影出版社2005年版，第44—49页。

③《歌女红牡丹》（1931）编剧：洪深；导演：张石川；主演：胡蝶、王献斋、夏佩珍、龚稼农等；出品：民众影片公司。

在这之前，联华影业公司的《野草闲花》曾用蜡盘发音，配有歌曲《寻兄词》，这是中国第一首电影歌曲。后来联华影业公司拍摄的《银汉双星》，也用蜡盘发音的方法，穿插了一些音乐和歌唱。

《歌女红牡丹》由张石川导演，洪深（化名庄正平）编剧，程步高助理导演，董克毅摄影。本片的摄制耗资 12 万元，历时 6 个月，前后经过 5 次收音实验，共录制了 18 张蜡盘。影片讲述了这样一个故事：歌女红牡丹（胡蝶饰演）听从母命，嫁给了挥霍又无赖的丈夫陈发祥。婚后红牡丹因受其虐待、剥削，屡受刺激依旧忍气吞声，致使嗓音受损，沦为配角，生活穷困潦倒。其夫竟起卖女儿为娼之心，在卖掉女儿后又失手杀人，锒铛入狱。然而，红牡丹却对其夫不计前嫌，屡次托人营救，旁人不解。影片将原因归结于“只是怪她没有受过教育，老戏唱得太多了”。最后，在红牡丹的竭力营救下，陈发祥终于幡然悔悟。整个影片虽然教化意味浓厚，但对社会现实作出了有力的批判。影片对于红牡丹这个深受封建意识戕害与摧残的歌女抱有极大同情，也批判了其屡屡遭受折磨与压迫却不知觉醒的愚昧。同时，影片抨击了红牡丹丈夫这一类人的可耻行径，以及社会普遍存在的愚忠愚孝思想对女性的荼毒。这部影片在当时具有一定的进步意义，同时也表现了洪深的改良主义观点和文化启蒙思想。

《歌女红牡丹》的有声技术手段在当时具有较大的先进性，影片利用声音技术的便利条件还穿插了《穆柯寨》《玉堂春》《四郎探母》《拿高登》等节目的片段，这也是观众第一次在银幕上欣赏到戏曲艺术唱白。

编剧洪深曾就有声影片的发展有这样的论述：“影片将来的进步，最重要的，就是设法帮助加重蒙太奇所给予观众的影响。我们从这点去研究近来的种种发明，就觉得着色片或天然色片，都还不如有声的重要了。”“只有将声音完全用做蒙太奇的衬托，而后蒙太奇可以更为发达与完美。如今的有声电影当然还是图画是图画，声音是声音，将来当有一日，那作者情感调和了，可以做到声音和图画的调和，视与听才是一件事了。”他认为“有声电影的文化力量，是未可限量的”①。正因为如此，在洪深等人的积极倡导下，张石川等人最终促成了《歌女红牡丹》的拍摄。

《歌女红牡丹》可谓洪深编剧理念的又一次实践，洪深认为“故事所

---

①洪深：《有声电影之前途》，原载《电影月报》1928 年第 8 期，转引自中国电影资料馆编：《中国无声电影》，中国电影出版社 1996 年版，第 797—798 页。

能引起的兴味”，包括“情节紧张”，调动观众探知欲望的“情节的兴味”，塑造人物“特殊的个性与人格”的“人物兴味”和注意“人物的普遍性和代表性”的“社会兴味”①。《歌女红牡丹》不仅体现了当时的社会伦理道德观念，同时还通过多重事件制造了许多冲突与矛盾，建立了突出的二元对立关系，使剧情一波三折，复杂多变。其中，戏曲的唱白部分有力地突出了人物形象，同时有效地把握了影片的节奏。

总之，《歌女红牡丹》在技术上成功借助了外来技术手段，在内容创作上以歌女为主人公，成功穿插唱腔与对白，促进了传统京剧与舶来技术的结合。其表现内容以传统的家庭伦理剧为载体，迎合了中国早期电影的主流创作，这也是明星电影公司所擅长的表现形式。

（本章执笔：刘一瑾）

①洪深：《编剧二十八问》，《洪深文集》（第四卷），中国戏剧出版社 1958 年版，第 451—452 页。

第二章 // 20 世纪 30 年代的中国电影（1932—1937）

第一节　概　述

1932 年至 1937 年，是中国局部抗战时期，然而这个时期出现了中国电影史上的第一个黄金时代。细究其因，主要有以下几点：

首先，时代的召唤。九一八事变导致中国社会格局的变化，也促使国人民族意识的觉醒。只关心一己情愫的电影作品，已经完全不合时宜。从传统文化和道德图景中去寻求表达思想和情感的途径已经不可能。因此，电影人必须把电影同民族与国家的命运连在一起，才能反映时代的命题，大家都意识到新的电影应该具有社会责任。

其次，1932 年后迅速兴起的左翼电影文化运动直接促成了新生电影的出现。以夏衍、阿英、郑伯奇、洪深等左翼电影工作者为代表的一大批有共同志向的电影人，努力践行充满现实主义色彩的创作理念。同时，积极开展理论和批评的工作，把苏联电影经验和蒙太奇理论介绍并应用到自己的创作中，用批评反哺创作。随之，一大批带有鲜明时代特征和社会话语的作品出现，促成了中国电影整体性的巨变。

再次，电影制片公司功不可没。当时，脱离和逃避生活的武侠神怪、鸳鸯蝴蝶派作品严重逃离现实，遭遇了票房的惨败，电影制片公司为求生存改变制片方针。特别是明星电影公司，大量起用左翼电影人，借鉴左翼的思想文化，创作符合时代精神的作品，揭露黑暗的现实。鉴于时代大背景，这些作品所反映的内容和电影创作时的思维和以往大大不同。此外，电影技术的发展和外国电影文化的传入也大幅提高了这些作品的技术水平。因此，它们不论在思想性、艺术性还是技术层面上都达到了一个前所未有的高度。

第二节　革命现实主义的写实倾向：《狂流》《春蚕》

1933 年被称为“中国电影年”，这一年《狂流》① 《春蚕》② 上映。这两部影片打响了左翼电影运动的第一枪。它们都由进步的左翼电影人夏衍编剧，都反映的是战争中农民的生活与斗争。乡村在战争中不再是世外桃源，物质匮乏、社会凋零、精神境遇悲惨才是真实现状。特别是在左翼电影人看来，乡土空间已经成为精神废园。

《狂流》在左翼电影人看来，是左翼电影运动的第一部影片，它标志着“中国电影新时代”的开始。影片以当时波及多省的大水灾为背景，在叙事中插入大量的新闻素材，带有浓厚的纪实色彩。通过天灾来揭示人祸的根源，张扬了农民在困境中与自然和社会斗争的强烈意识。

《春蚕》是一部带有浓郁写实倾向的革命现实主义作品，具有强烈的现实主义精神和纪实色彩。夏衍依据茅盾的同名小说改编成剧本。同样是反映战争硝烟下农民的生活，但它的手法更加细腻。靠养蚕谋生的老通宝一家本以为丰收年会有好日子过，没想到丰收反而造成了蚕蛹的大降价。丰收不丰年，生活更加困苦。战争中，资本主义对底层人民的剥削变本加厉。这一家人的遭遇就是半殖民地半封建社会底层人民生活的缩影。

这两部影片都由明星影片公司制片、发行。面对那些脱离现实生活的影片遭遇票房滑铁卢的事实，明星影片公司这样的电影公司开始改变制片方针。它们借鉴左翼电影的思想和艺术元素，吸收大量的左翼电影人士，协助发起了电影文化运动。虽然从商业运作的角度来说，左翼更像是一个

---

①《狂流》（1933）编剧：夏衍；导演：程步高；主演：胡蝶、龚稼农、谭志远、王献斋、夏佩珍、朱孤雁等；出品：明星影片公司。

②《春蚕》（1933）编剧：茅盾、夏衍；导演：程步高；主演：龚稼农、高倩苹、艾霞、郑小秋、萧英等；出品：明星影片公司。

《春蚕》剧照

大招牌，用来吸引市场的关注，但其现实的进步作用却十分明显。关注现实、真实反映底层人民的生活，使得中国电影的思想性发生了巨大变化。在具体的创作手法上，这两部影片一方面继承了传统中国电影的基本套路，另一方面也在尝试创新，如《狂流》中插入了新闻素材，以此打破传统“影戏”那种戏剧化的表现手法，《春蚕》则采用了创新的蒙太奇手法来处理故事与环境的关系。这些新尝试改变了传统的电影语言，提升了中国电影的艺术水准。

第三节　女性的呐喊：《姊妹花》《新女性》《神女》

女性在左翼电影的事业中属于弱势群体，但是她们的出现却成为电影银幕上永远的经典。左翼电影人拍摄的以女性为主角的电影绝不是一样的面孔，从《姊妹花》① 到《新女性》② 再到《神女》③，它们经历了一个成长和变化的过程。这三部影片更像是左翼电影人拍摄的女性电影三部曲。《姊妹花》对女性的态度是怜悯和同情。《新女性》中女性形象更为坚强，但仍带着意识形态色彩。《神女》真实展示现实生活中女性的面貌，从人性的高度去关怀女性，成为左翼电影的巅峰之作。

凸显阶级冲突的《姊妹花》是郑正秋导演的作品。影片讲述了贫富不同的两个同胞姐妹的生活，一个是荣耀显贵的达官太太，一个是卑微贫寒的奶妈。两人境遇不同导致不同的命运，这是当时女性的真实写照。左翼电影人用宿命论式的故事传达出阶级冲突意识和阶级斗争观念。虽然悲欢离合的故事获得了观众的同情，可惜结局还是满足大众欲望的家庭伦理片。影片没有脱离其艺术的思想范畴，对女性的关怀并未深入，主要是宣扬新潮的左翼思想。

《新女性》以真实的新闻事件为原型，讲述城市女作家艰难的生活。片名中的“新”主要体现在以下两点：从电影技术层面来看，采用有声技术配音并配以流行歌曲作为插曲。从思想文化来看，加入了左翼的新思想，即男女平等、女性独立的时代精神。女主角的职业身份定位为女作家，在当时是很时髦的，也代表了女性具有知识和话语权。女作家可以用自己的文字来表达自己，可以发出自己的声音，不会被男权社会所淹没。此外，故事中女主角的言行传递出对资产阶级和金钱意识的批判和否定。与之相对，强调了正在崛起的新势力——无产阶级的强大力量。女工人聚集上夜校等场景就是对工人阶级积极向上生活的展示。《新女性》中的女性不再仅仅是被同情和怜悯的对象，她们以具有知识劳动者的形象出现，并试图发出自己的声音。

1934 年，吴永刚导演拍摄的《神女》登上大银幕，影片的主角是一位生活在社会最底层的妓女。她为了孩子必须忍受生活的种种磨难，无论怎么挣扎最终都逃不过生活在悲惨世界的命运。悲剧的人生揭露了社会的黑

①《姊妹花》(1933) 编剧：郑正秋；导演：郑正秋；主演：胡蝶、郑小秋、宣景琳等；出品：明星影片公司。

②《新女性》(1934) 编剧：孙师毅；导演：蔡楚生；主演：阮玲玉、郑君里、王乃东、汤天绣等；出品：联华影业公司。

③《神女》(1934) 编剧：吴永刚；导演：吴永刚；主演：黎铿、阮玲玉等；出品：联华影业公司。

暗，发出了女性的呐喊。

《神女》是无声电影的巅峰之作，也是左翼电影人的扛鼎之作。其魅力和伟大之处，不仅体现于艺术本身，还体现于社会文化意义上。导演站在人道主义的立场，深切地关怀女性的命运与内心的苦痛。阮玲玉饰演的女主角遭遇的悲惨命运是对现实社会的批判。神女的职业是出卖身体的妓女，同时也是一位圣洁的母亲。影片首次对人的双重人格、双重身份和复杂内心进行深刻的表现，突出了这位女性的崇高。是黑暗的社会把神女推向了深渊，影片社会批判的力度和深度有目共睹。批判都市文化，关切女性内心的做法让《神女》成为中国电影文化领域中的一个闪光点，同时也拓展了此前中国电影的文化命题。此外，影片折射出女性在社会中的真实地位，表达出女性内心对男性权威反感却又期待的复杂心理。这不仅使影片从社会批判走向了人性批判，而且还成为一代经典。

第四节　“影戏”传统的继承与发展：《渔光曲》《十字街头》《马路天使》

现实主义倾向是左翼电影剧作的一大特色，后来这一传统和无产阶级革命相结合，开创了中国电影的革命现实主义传统。他们一方面借鉴好莱坞的叙事与剪辑经验，同时又继承发展“影戏”传统，创作出新形态的现实主义作品。

1934 年，中国最早的有声影片之一《渔光曲》① 上映，创造了连续放映 84 天的纪录。此片不仅在国内票房大捷，还获得了国际的关注。1935 年苏联电影工作者俱乐部在莫斯科举行“国际电影展览会”，21 个国家的影片参加电影节。《渔光曲》因“大胆地描写现实，高尚的情调”获得了“荣誉奖”②。1937 年，《马路天使》③ 的上映让左翼批判现实主义的电影创作达到顶峰。作为新现实主义先驱，它的风格深沉隽永，节奏明快诙

---

①《渔光曲》（1934）编剧：蔡楚生；导演：蔡楚生；主演：王人美、韩兰根、罗朋、袁丛美等；出品：联华影业公司。

②《〈渔光曲〉，第一个捧回国际大奖》，《环球时报》2005 年 6 月 6 日，第 12 版。

③《马路天使》（1937）编剧：袁牧之；导演：袁牧之；主演：赵丹、周璇、魏鹤龄、赵慧深等；出品：明星影片公司。

谐。其独特的风格让法国著名电影史学家乔治·萨杜尔惊叹不已，他认为该片是“中国式”的经典。1937 年，明星影片公司还推出了另一部著名的描写青年人生活的影片《十字街头》①。影片用年轻人的故事去召唤中国社会的青春与活力，让无数的中国人产生强烈的共鸣，大大激发了青年人对生活的热情。

这一时期，得益于一批卓越的电影人的努力，既有巨大社会影响力、又有高超艺术水准的影片集中出现。蔡楚生、袁牧之、沈西苓这些经验丰富的电影导演受到左翼文化思潮的影响，把新的文化思潮同中国的现实生活结合起来，在创作中融入鲜明的时代特征和深刻的思想批判力。王人美、赵丹、白杨、周璇这些杰出的表演艺术家用生命去演绎剧中主人公的命运，把一个个真实的人物呈现在银幕上。此外，田汉、贺绿汀等人创作的电影音乐在影片中的使用，既赋予影片强烈的浪漫色彩，又提升了影片的艺术水准。

《渔光曲》由被誉为“中国进步电影的先驱者”“中国现实主义电影的奠基人”的著名导演蔡楚生执导。蔡楚生做过临时演员、剧务、美工、宣传、场记、置景、副导演、编剧等多个工种，有着极其丰富的创作经验。在拍摄本片之前，蔡楚生作品中的现实主义风格并不明显。后来他受到左翼思想的影响，创作风格发生了巨大变化。1934 年《渔光曲》在他的执导下诞生，该片思想内容深刻，有着强烈的艺术感染力。影片聚焦于渔民的苦难生活，通过渔家孩子小猫和小猴的成长经历，展现出旧中国农村的生活图景。影片对资本家欺诈渔民的行为进行了无情的批判，揭露了旧中国人民生活困苦的社会根源。《渔光曲》的女主角小猫的扮演者是堪称传奇的歌舞影剧全能明星王人美。应导演蔡楚生的要求，王人美还到宁波的石埔渔港去熟悉渔民的生活，和当地的渔民姑娘学习摇橹。因此，她在影片中的表演朴实、自然。同时，能歌善舞的王人美还演唱了与电影同名的主题曲，该曲旋律优美、感人肺腑。《渔光曲》这首主题曲最终成就了影片的华彩段落。影片上映后，王人美获得了许多赞誉，她也正因为这部影片，奠定了其在电影界的地位。

《十字街头》是海归派导演沈西苓的代表作。影片讲述了大上海流浪

---

①《十字街头》（1937）编剧：沈西苓；导演：沈西苓；主演：赵丹、白杨、吕班、英茵、沙蒙等；出品：明星影片公司。

者的迷茫、与时代的抗争，描写了处于民族矛盾与阶级矛盾日益尖锐化的20世纪30年代的知识分子的苦闷、彷徨与挣扎。沈西苓从自己的生活体验出发，截取了一个生活横断面，聚焦青年生活，表现了青年人正视现实，冲破个人象牙之塔，离开彷徨的十字街头，走向革命的时代决心。影片既有好莱坞“梦境”般的桥段设计，又打破了传统的三一律，成熟地运用电影语言，是20世纪30年代中国有声电影的最高成就之一。1937年，《十字街头》公映时，可谓轰动上海，《申报》以头版刊登了赵丹和白杨的巨幅剧照。影片中赵丹刻画了阅历不深、稚气、热情、纯朴到有点傻气的知识分子老赵的形象，而白杨虽然只有16岁但是已经表现出表演天赋。两人以默契传神的表演表现出20世纪30年代中国都市中知识分子在现实生活中的苦闷、彷徨与挣扎。影片最后他们离开徘徊已久的十字街头的场景，堪称电影史上的经典。

《马路天使》由著名导演袁牧之执导，影片以深刻的社会意义和极高的艺术水准，成为20世纪30年代中国电影艺术发展的巅峰。《马路天使》是海派城市生活的经典写照，导演不仅对市井生活进行了活灵活现的白描，还运用大量象征与隐喻手法将更宏阔的社会现状投射到故事情境中。

影片以一个隔窗相望的爱情故事为框架，用现实主义的创作手法深刻描绘了生活在社会最底层的妓女、歌女、吹鼓手、报贩、剃头匠和小报摊主等一群有血有肉的艺术形象，真实地再现了他们生活的痛苦和悲惨的命运，具有深切的人文主义关怀。本片由赵丹和周璇主演，两位主角的表演浑然天成，把底层小人物在颠沛流离的市井生活中对自由、爱情和幸福的渴望，以及在艰难的岁月中互相扶持、苦中作乐的生活呈现在观众面前。影片中由周璇扮演的茶楼卖唱女小红，以一曲《天涯歌女》将底层平民的朴素爱情描绘得惟妙惟肖，此曲也成为“金嗓子”周璇的传世佳作。

《渔光曲》《十字街头》和《马路天使》这三部影片秉承了现实主义中注重对时代性、社会性和阶级性进行揭示的传统，通过展示各阶层人民生活的图景再现时代面貌，揭露了现实的黑暗。同时，影片借鉴和尝试新的艺术手法来增加电影的浪漫气息。新的叙事手法和对有声影片技术的探索成为浪漫精神实现的主要手段。

从叙事手法而言，《渔光曲》中塑造了一个具有同情心的资本家形象，这一超越阶级的对人性的描写，突破了左翼电影阶级斗争不可调和的调子，让人物形象更加丰满、真实。《十字街头》和《马路天使》则在主要故事框架下，对小人物群像进行了生动的描绘，这既令观众感到新鲜，又能全面地呈现时代的离乱及大众的苦难生活。

这些影片还对有声片的表达进行了尝试和探索，建立了新的电影视听模式。《渔光曲》的主题曲、《马路天使》里脍炙人口的插曲《四季歌》和《天涯歌女》等不仅丰富了视听语言，而且带有强大的表意功能，成为电影叙事的重要部分。特别是袁牧之导演拍摄的《马路天使》，影片为了表达出流浪者的漂泊意象，通过凄婉的音乐来推动叙事发展，国破家亡的巨大创痛随之展现。可以说，这些歌曲在深化电影主题的同时，通俗地完成了对左翼思想、进步的民主主义和民族意识的大众化宣传普及。在后世的流传中，这些歌曲甚至已经突破了电影文本本身，获得了更深远的文化和艺术影响力。

第五节　浪漫精神与现实主义的结合：《桃李劫》《小玩意》

对时代现实的关切是左翼电影文化运动的一大特征。20 世纪 30 年代上半期，中国社会各地、各阶层的时代文化特征都在这些电影中得到充分的呈现，反帝反封建意识的觉醒成为不少影片的创作关键词。当然，左翼电影人不是机械地理解现实主义，他们是带有理想主义的一群创作者，因此一部分电影人把现实主义和浪漫主义的精神相融合，赋予了作品独特的艺术品格。应云卫导演的《桃李劫》① 和孙瑜导演的《小玩意》② 这两部影片，对帝国主义和半殖民地半封建社会进行了尖锐的批判与否定。影片中主人公对社会进行抗争，却最终逃脱不了走向个体毁灭的命运，成为当时普通中国人生活的缩影。两部影片表现出的社会劫难深刻地刺中了时代要害，成为左翼电影“意识”觉醒的经典之作。

春风桃李花开日，便是夫妻劫难时。1934 年出品的《桃李劫》讲述了一对小夫妻坚持自己的原则，不与社会黑暗同流合污，在经历了失意、反

①《桃李劫》（1934）编剧：袁牧之；导演：应云卫；主演：袁牧之、陈波儿、唐槐秋、周伯勋等；出品：电通影业公司。

②《小玩意》（1933）编剧：孙瑜；导演：孙瑜；主演：阮玲玉、黎莉莉、袁丛美、罗明、汤天绣等；出品：联华影业公司。

抗、挣扎后却被社会彻底吞噬的悲剧故事。他们的悲剧既是对个人苦难的描述，又是对当时整个社会的不解与控诉。两个年轻知识分子毕业后希望能积极进取，过上美满的生活，却被吃人的社会所毁灭。男主人公为了孩子不得不去干苦力，甚至去偷盗，进了监狱，因此影片才取名“桃李劫”。其实电影的重点并不在讲述故事本身，而是要表达自己的理念，对不合理的社会现实的批判与否定始终贯穿着影片。精英阶层在这样的社会背景下也只能陷入沦落，甚至不得不采取暴力的手段来抗争。矛盾的人生际遇，其解决的手段竟然是暴力意识和暴力手段，这真是时代的悲剧。创作者年轻而无畏的创作激情造就了这部极具冲击力的作品，其浓烈的激进、批判色彩让影片冠上了“愤青电影”的名头。

与都市形象不同，《小玩意》呈现并肯定的是诗意的乡村生活。电影中诗情画意的乡村，似乎成了世外桃源。然而，在这种波澜不惊的影像之下，却汹涌着反抗帝国主义、反对封建独裁的时代主旨表达。宁静与汹涌这两种意趣相融，使影片体现出丰富的意蕴。影片由影星阮玲玉主演，其饰演的主角叶大嫂是一位手工业者。她的经历折射出在帝国主义的垄断和军事侵略下，中国民族手工业面临破产的残酷现实。同时，影片也体现出左翼电影一贯坚持的反对强权的立场：对外反对日本帝国主义的侵略，对内反对国民党政府日益强化的独裁思想。孙瑜导演用流畅的叙事和剪辑手法把个人命运与国家和民族的整体命运联系在一起，彰显了时代精神和与时俱进的思想。希望用影像早日唤醒民族意识，是知识分子试图改变现实社会的直接行为体现。本片凸显出的民族立场，为当时和后来左翼电影中民族主义的积极表达奠定了基础。

除了在题材上的激进和批判色彩，技术上的大胆实践和创新也是这两部影片成为经典的关键。《小玩意》成功借鉴好莱坞的剪辑技巧，影像叙事流畅而凝练。同时，导演孙瑜又将民族审美意趣与影像表达相结合，形成影片视觉上独特的诗意风格。《桃李劫》由留美归国的学子创建的“电通”公司拍摄，它可以说是中国电影史上第一部较为全面地掌握有声电影技术，并有意识地按照有声电影的艺术规律进行创作的影片。它利用声音和画面的不同结合方式，将大段音响与叙事有机结合在一起，在扩展画面空间、表现人物的心理、烘托氛围情绪方面做出了较为成功的探索。

（本章执笔：刘思佳）

第三章 // 全面抗战时期至新中国成立前的中国电影（1937—1949.9）

第一节 概 述

1937 年抗日战争全面爆发，国内形势急剧变化，深刻地改变了中国电影的发展格局。20 世纪 30 年代前期中国电影的繁荣景象很快被战争带来的错综复杂的局面所取代。在此后的一段时期里，中国电影经历了曲折的道路。从全面抗战开始之后，电影的创作不再局限于上海一地，而是逐渐向全国各地发展开去。战争形势的变化把中国分割为几个互相隔绝的地区，影片的创作也由于所处的地区不同而形成了几个相对独立发展的部分，这使这一时期的电影呈现了相当复杂的面貌①。虽然时局剧烈动荡，中国电影却在时代的苦难中逐渐走向了成熟。

从时间上来看，这一时期的中国电影包括两个阶段：1937 年—1945 年，全面抗战时期；1945 年—1949 年，抗战结束到新中国成立。

1937 年“七七事变”后，日本侵华战争全面打响。中国社会的政治、经济、文化、艺术等领域发生了深刻的变革。电影人面对纷繁复杂的社会环境，不得不改变电影传统，电影制片企业、电影人才甚至电影观众都不得不面对这个现实。

电影创作的基地和中心发生变化，上海作为电影创作中心的地位开始

---

①钟大丰、舒晓鸣：《中国电影史》，中国广播电视出版社 1995 年版，第 61 页。

动摇。同样，香港电影也在此时发生了重大转型。传统的中国电影业的分布情况改变，直接影响了战后中国电影的产业分布和文化面貌。绝大多数的电影工作者投身到抗日救亡的文化活动中，特别是在大后方，激励群众的抗战电影、人民电影出现。日本帝国主义对中国电影的侵略也随着全面抗战的爆发而展开，满映株式会社的成立成为标志性事件。它主要利用电影来传播和灌输殖民主义思想，不遗余力地毒害人民群众，同时，还利用经济手段垄断华北电影的制片、放映和发行。最终，中国电影形成了大后方抗战电影、租借区商业电影、沦陷区日伪电影与根据地人民电影相伴而生的独特格局①。

1945 年抗日战争取得胜利，中国电影虽结束了战争时期的特殊格局，却要面对更为艰难的复兴局面。国民党政府、民族资本家和爱国进步电影工作者共同出现在历史舞台。虽然国民党对电影机构和物资的垄断导致民营电影举步维艰，却阻挡不了新的民营影业公司的诞生，它们打破垄断，在商业和艺术上进行探索，拍摄出了经典的民族电影作品，令人称道。中国的古典美学和人文视野在此刻的中国电影身上闪耀着光芒，成为中国电影对民族美学和文化探索的经典。

第二节　全面抗战时期的中国电影

1937 年抗日战争全面爆发，中国电影的历史与走向同国家命运一起，被再次改写。黄金时代陨落，取而代之的是错综复杂的电影生态，一条无比曲折、艰辛的电影道路就此展开。曾经以上海为中心的电影创作，由于国内局势的变化，逐渐分布到其他地方。战争割裂了领土，也分隔开了电影创作的不同阵地。国统区、租界区和根据地、沦陷区电影都崭露头角，鼓动抗战、宣传爱国和民族解放的电影实践不断涌现。

大部分电影工作者参加武汉、重庆国民党统治区的抗战电影和戏剧工作；一部分电影工作者转赴香港开展抗战电影制作；还有一部分电影工作

---

①李道新：《中国电影文化史（1905—2004）》，北京大学出版社 2005 年版，第 119 页。

者则继续留在上海，坚持电影创作。另外，以延安为中心的陕北革命根据地也开始了电影工作。不过，延安地区的电影创作，主要是拍摄反映抗战内容和现实生活的纪录片。

全面抗战时期的电影不仅是20世纪30年代中期电影文化运动的延续，更展现出民主救亡的鲜明特色。日本帝国主义的军事进攻，国共两党的政治分歧，电影物资的匮乏和观众欣赏水品的参差不齐，都是此时中国电影所面临的难题。然而就是在这样错综复杂的环境下，中国电影仍然在理论和实践上做出了成功的探索。在战争背景下，“家”与“国”的命题，对个人与国家命运的思考从来没有如此重要地出现在中国电影的文化视野中。

一、走在国统区文化抗战的前沿：《八百壮士》《中华儿女》

在国统区内，以中国电影制片厂（简称“中制”）为代表的“官办”影业主导了电影制作，这是之前中国电影史上没有出现过的情况。国统区的电影绝大部分是抗日宣传片。在国民党统治区的武汉和重庆，部分电影工作者继续创作。他们以拍摄抗战宣传故事片为主，用来揭露日寇的侵略罪行，并动员全民族人民起来投身到抗日斗争中。其中由阳翰笙编剧、应云卫导演的《八百壮士》①，沈西苓编导的《中华儿女》② 最为优秀，这两部影片不仅真实表现了中国人民英勇的抗战精神，而且在艺术上也取得了一定的成绩。

“中制”和中央电影摄影场（简称“中电”）是全面抗战时期最为重要的两个制片机构，它们充分体现出国营电影机构的特性，不论是人员构成还是影片的拍摄和发行环节都带着国营色彩。1938年在周恩来的直接领导下，国民政府军事委员会将汉口摄影场改建为中国电影制片厂，简称“中制”。武汉时期“中制”的电影人致力于拍摄抗战电影，大多讲述日本帝国主义的暴行及我国军民的英雄事迹。虽然故事和技术都很简单，但是在当时却起到了不可估量的宣传作用，宣传了抗日爱国的进步思想。

国策电影理念是电影服务于抗战的一种必然选择，也受到了苏联电影的影响。为了达到服务战争、广泛宣传抗日进步思想的目的，电影机构提

①《八百壮士》（1938）编剧：阳翰笙；导演：应云卫；主演：袁牧之、陈波儿、洪虹等；出品：中国电影制片厂。

②《中华儿女》（1939）编剧：沈西苓；导演：沈西苓；主演：赵丹、顾而已、魏鹤龄、白杨等；出品：中央电影摄影场。

倡电影不应以盈利为目的，并且建立“全国放映网”。《八百壮士》和《中华儿女》面向大后方的中小城市流动放映，激发了广大人民群众的抗战热情，起到了相当好的宣传教育的目的；另一方面，制片厂还利用各种发行的策略开拓国际宣传路线，使影片在香港、菲律宾、缅甸、法国、瑞士等国家上映，并受到欢迎和好评。

二、战斗精神与思想艺术的完美结合：《孔夫子》《孤岛天堂》

租界区电影主要以上海和香港为基地。除了少数反映社会现实的影片外，绝大多数电影都是迎合大众为目的的商业电影。虽然其中不乏唯利是图、粗制滥造的作品，但是它们仍然以更加个性化的方式来反映与表现国破家亡的漂泊乱世。民族电影以一种特殊的生存智慧出现在战火之中，成功保全了中国商业电影和类型电影的流脉。

上海是中国传统的电影产业基地，它沦陷后因为租界的身份没有被日本人占领，因此被人们称为“孤岛”。战争迫使大批优秀电影人去了大后方，从整体上看，“孤岛”的创作不如20世纪30年代，但就在这种艰难的条件下，还是出现了《孔夫子》[①] 这样思想和艺术都达到较高水准的影片。费穆导演1940年拍摄的这部影片采用古装历史片的形态以古喻今，力图从中国圣贤的家国梦想和心路历程出发，深入探寻中华民族的精神源泉与文化之根。影片肃穆庄严，带有浓郁的讽谏精神，在以家为国的电影叙事里，抒写着无奈、屈辱的悲情。《孔夫子》虽披着商业化的外衣，却完成了家、国置换的叙事，开中国电影史之先河。“孤岛”的这些历史古装片成为发展中国电影商业脉络的主要手段，为1945年以后中国电影家国命题的大放异彩打下了基础。

除上海之外，香港也在发展自己的电影事业。日军占领上海后，一批电影人从上海来到香港，陪都重庆的电影人也南下。于是，外来电影人和香港本地的电影创作者，合力打造出一个新的电影世界。

在香港，有许多反映中国人民抗日战争的优秀影片问世，如蔡楚生的

---

①《孔夫子》（1940）编剧：费穆；导演：费穆；主演：唐槐秋、慕容婉儿、张翼、屠光启、吴景平等；出品：民华影片公司。

《孤岛天堂》①。1939 年 6 月 25 日，香港大地影业公司完成了第一部故事片《孤岛天堂》，这是蔡楚生根据赵英才的原著改编的。影片描写上海沦为“孤岛”后，一群爱国青年的故事。爱国青年的活动得到许多贫苦市民，如哑巴小贩、卖报小孩、流亡舞女等的支持和帮助。最后，他们巧妙地把汉奸特务一网打尽，并参加了游击队。

三、根据地纪录电影的繁荣：《四万万人民》《生产与战斗结合起来》

根据地电影是全面抗战时期一道独特的风景线。随着抗日战争的推进，不少进步的电影人来到延安，投身到抗日的大潮中，并拍摄了不少纪录片。除我国的电影人，被革命热情召唤的还有外国的电影人。荷兰纪录片导演伊文思来到中国拍摄了纪录片《四万万人民》。这不仅成为他电影生涯的代表作，也是他与中国 50 年情谊的开端。

1938 年，日本帝国主义全面侵略中国，伊文思表示坚决支持中国的抗战。他在爱国华侨的资助下亲赴前线，拍摄了纪录中国人民抗击日本帝国主义侵略的电影纪录片《四万万人民》。影片在现实战争环境和国民党的审查机制中逐渐演变，最终呈现出介于好莱坞与新闻片风格之间的、自发性拍摄和场景排演拍摄相结合的团结电影风格。影片成为关于中国全面抗日战争的真实写照，也让人们看到 1938 年中国人民生活的片段——呼吁抗战、对日作战、日军炮火下死伤的平民、上层人士的运筹帷幄等，起到了声援中国人民抗日战争的积极作用。这些影像成为后来中国抗战影片的重要素材②。伊文思在临走之前，秘密地把一台埃摩摄影机和几千尺胶片交给了左翼电影人吴印咸，吴印咸后来成为共和国摄影艺术的拓荒者。1938 年秋，吴印咸和袁牧之两人带着这台摄影机和从香港购得的全套电影器材到达延安，在延安建立了第一个电影机构“延安电影团”，成为中国红色电影的开端。

20 世纪 40 年代，延安电影团拍摄了多部新闻短片，主要在根据地露天放映。1942 年，吴印咸率领摄制组到达南泥湾，深入八路军 359 旅王震

---

①《孤岛天堂》（1939）编剧：蔡楚生；导演：蔡楚生；主演：黎莉莉、李清、姜明、李景波、洪虹等；出品：大地影业公司。

②托马斯·沃：《〈四万万人民〉（1938）与团结电影：介于好莱坞与新闻片之间》，《电影艺术》2009 年第 2 期。

部队采访，拍摄了大型纪录片《生产与战斗结合起来》（又名《南泥湾》）。此片记录了这支部队响应党的号召，在荒无人烟的南泥湾披荆斩棘、屯田生产、丰衣足食、练兵习武、坚持抗战的模范事迹。

这个时期尽管物资匮乏、设备简陋，拍摄的新闻纪录电影数量不多，质量不算上乘，但是这些纪录电影一开始就担负着政治使命。虽然这些电影的影像内容十分简单，却起到了强大的引导作用。它所确立的“真实地反映斗争和生活真实”的创作原则以及求真务实、艰苦奋斗、开拓创新的延安电影精神，是当代人民纪录片制作者的精神源头。这些在硝烟战火中凝聚成的影像给我们留下了无法重生的“历史的现场”，并且显示了真实而超越时空的穿透力量。

第三节　抗战胜利后至新中国成立前中国电影的发展

1945 年抗战胜利以后，中国电影结束了战争时期形成的独特局面，以上海为中心开始其充满艰难困苦却不乏勃勃生机的产业复兴和艺术探索，并取得了令人叹为观止的成就。虽然面对国民党官办电影的不断挤压，但还是涌现出了“昆仑”“文华”等重要的民营电影公司，它们以思想和艺术风格等方面的不同追求形成了各自的影片特点。这一时期的创作，既有史诗风格的鸿篇巨制，又有着眼平民日常生活的现实主义佳作；既有以“嬉笑怒骂”讽喻社会的喜剧杰作，又有开启中国现代主义电影先河的艺术精品。因此，这一时期电影在中国电影的发展中占有独特的历史地位。

一、应运而生的史诗巨作:《一江春水向东流》《八千里路云和月》

抗日战争和抗战胜利后的社会动荡，把大批电影艺术家推向生活的激流中，使他们同民族和人民一起，经受了前所未有的忧患、困苦和磨砺，这使他们的艺术视野大大开阔起来。他们把自己对中国社会的观察和分析倾注在创作中，创作出了一大批站在历史高度上的、具有史诗般宏伟气魄的优秀影片。其中，由蔡楚生、郑君里联合导演的《一江春水向东流》①，更是以其史诗般的气质、高度的思想和艺术成就，成为中国电影在艺术上走向成熟的一个里程碑。②

《一江春水向东流》的成功有多方面的原因。首先，该片由蔡楚生和郑君里两位现实主义风格的电影大家联合编剧、执导。其次，该片由红极一时的白杨、陶金和上官云珠等知名演员出演。再次，该片将中国古典小说、诗歌、戏曲、绘画等艺术的表现技巧融会于电影艺术的表现形式之中，其艺术风格是广大观众所喜闻乐见的。该片融合了经典大片所具备的一切成功元素：宏大的历史背景、曲折的人物命运、深刻的人性洞悉、严密的叙事结构、强大的演员阵容等，因此，在上海公映后反响十分热烈。影片连映 3 个多月，创下新中国成立前国产片的最高上座纪录。观众人数达 70 多万人，占上海全市人口的 14. 39%，即上海市无论老幼贫富，平均每 7 人中就有 1 人看过此片。

《一江春水向东流》叙事宏阔，分上、下两集。影片通过一个曲折动人的家庭悲剧故事，概括地反映了抗战胜利十余年的历史时期中，国民党统治区社会各个层面的时代生活和广阔的历史面貌。《一江春水向东流》采取的是典型的戏剧式叙事结构，情节完整，脉络清晰。在这种戏剧结构框架中，又浓缩了众多的人物和复杂的人物关系，把戏剧式电影具有的以线性结构为核心的基本特点，与叙事过程中几条相对独立的情节线索共同推进融合在一起，形成了一种有高度概括力的结构方式。

由史东山编导的《八千里路云和月》③ 是这一时期史诗片中的又一代表作。影片的片名语出宋代岳飞《满江红·怒发冲冠》，如同古词的意蕴一样，以战争为故事背景，讲述战争中的故事，并对战争进行反思。

导演史东山以抗战时期抗敌演剧队四、九两队的生活为蓝本，采用纪实的拍摄手法，描写了演剧队员们战时和战后的遭遇。通过江玲玉、高礼彬等爱国青年及民众的艰苦抗战和周家荣大发战争之财的鲜明对比，从一个侧面反映了国民党统治区的社会真实面貌；通过对抗战岁月的追忆和对

---

①《一江春水向东流》（1947）编剧：蔡楚生、郑君里；导演：蔡楚生、郑君里；主演：白杨、陶金、上官云珠、舒绣文、吴茵等；出品：联华影艺社。

②钟大丰、舒晓鸣：《中国电影史》，中国广播电视出版社 1995 年版，第 71—72 页。

③《八千里路云和月》（1947）编剧：史东山；导演：史东山；主演：陶金、白杨、高正、黄晨、周峰等；出品：联华影艺社。

战后现实的批判性展示，展现了创作者的忧患意识和人生使命感①。影片表现出的对信念的坚守感人至深。片中高扬的清正之气穿越时空，至今仍然能够激荡和洗涤人们的心灵。

《八千里路云和月》于 1946 年 9 月在极其简陋的条件下开拍，1947 年 2 月拍摄完成上映，轰动了海内外，受到了广大观众的热烈欢迎。报刊纷纷发表评论，赞扬它取得的成就，认为它替战后中国电影艺术奠定了一块基石，挣到了一个水准。

二、述市民日常之苦难：《哀乐中年》《万家灯火》

战后电影中还有另一类反映市民日常生活的影片，它们在遵守戏剧式电影的基本创作原则的前提下，把更多的精力放在了对电影叙事和造型的写实主义风格的追求上。与情节剧史诗电影中那些带有明显传奇色彩的人物不同，这些影片把视点对准普通人，努力从人们司空见惯的生活琐事中揭示社会和人民遭受的苦难。在这类影片中，最具代表性的影片就是桑弧编导的《哀乐中年》② 以及阳翰笙编剧、沈浮导演的《万家灯火》③。

《哀乐中年》表面上讲述的是两个年龄悬殊的教员之间的爱情，实则表现的是父子之间在婚姻生活、在传统现代变换之际的剧烈的观念冲突。电影在含情脉脉、平淡朴实的叙述过程中，一种难以抗拒的力量却做了主导，这种力量既来自于传统世俗观念，也来自于一种集体势力。《哀乐中年》对矛盾冲突主题的推进，用了当时并不常见的轻喜剧方式。喜剧所具有的娱乐性更符合个性的张扬和人性的解放，因此，该片可以视为一个更“开放”也更“现代”的标志。如果从文化角度来看，这部有着鲜明“桑弧风格”的“作者电影”也是“文华风格”系列创作中最有特色的一部。它深深根植于时代生活的底层，彰显出上海特有的都市市民文化的底蕴。

《万家灯火》描绘了抗日战争胜利后国统区小资产阶级以及底层人民的生活。虽然本片以小职员胡智清一家生活变迁为中心内容，却是当时社会的一个缩影。影片以细腻的情感和绵密的手段，展现出乱世之中身处都

---

①程季华：《中国电影发展史》，中国电影出版社 2005 年版，第 212 页。

②《哀乐中年》（1949）编剧：桑弧；导演：桑弧；主演：石挥、朱嘉琛、沈扬、李浣青、韩非等；出品：文华影片公司。

③《万家灯火》（1948）编剧：阳翰笙、沈浮；导演：沈浮；主演：上官云珠、蓝马、吴茵、齐衡、高正等；出品：昆仑影业公司。

市的母子、夫妻、婆媳、兄妹之间的亲情与同事、朋友、路人之间的关系。编导者使城市、乡村的景象与生活相互联系，相互对照，不仅扩大了影片的内涵，开阔了观众的视野，也使影片所反映的社会视角更加广阔。

《万家灯火》与《一江春水向东流》《乌鸦与麻雀》，都可谓20世纪40年代中国电影艺术主流创作最为重要的代表作品。沈浮和同时期的许多电影艺术家一样，完成了从朴素自发的现实主义向自觉的革命现实主义的转变。大多数评论者都高度赞赏《万家灯火》在“新写实主义”“现实主义”方面的杰出成就，认为影片不仅在中国电影史上创造了最辉煌的一页，即便放到国际影坛上，也并不逊色。①

三、都市喜剧的繁荣：《乌鸦与麻雀》《假凤虚凰》《太太万岁》

战后电影现实主义的发展和深化，是把现实主义作为一种处理艺术与生活关系的准则来看待，而不是仅仅作为一种具体的创作手法。因此，这种深化主要体现在对社会生活本质的准确度和深刻程度的把握上，而在艺术手法上则是丰富多样的。在反映社会生活矛盾的现实主义电影中，还有一类运用夸张、变形的手法进行表现的影片创作，这就是都市喜剧电影。

在20世纪40年代后期喜剧电影的创作中，成就最突出的是《乌鸦与麻雀》②。这是一部把讽刺与隐喻成功结合起来的优秀影片。它以一所房子来隐喻国民党统治的摇摇欲坠，这是一个十分精巧却含有深刻意义的艺术构思。伪官僚和姘妇霸占了房子，反而要把房主人赶走，他们为准备逃命要顶出房子，惊动了所有的房客，为此引起了一系列风波。人们想办法各奔前程，但都一无所获，最后还是靠团结起来，终于把房子夺了回来。

《乌鸦与麻雀》以活泼、流畅的风格，生动地表现了城市市民群众在国民党压榨下、在革命胜利形势鼓舞下的觉醒。这一时期喜剧电影都有严肃的社会问题意识，直接针对当时的社会时弊进行讽刺和抨击。③

---

①李道新：《中国电影文化史（1905—2004）》，北京大学出版社2005年版，第213—215页。

②《乌鸦与麻雀》（1949）编剧：沈浮、王林谷、徐韬、陈白尘、赵丹、郑君里；导演：郑君里；主演：赵丹、吴茵、上官云珠、孙道临、李天济、黄宗英等；出品：昆仑影业公司。

③钟大丰、舒晓鸣：《中国电影史》，中国广播电视出版社1995年版，第74—76页。

在讽刺类喜剧发展的同时，文华影片公司的一些创作人员如桑弧、佐临、石挥等，又在另一方面做了尝试。他们创作的影片没有讽刺类喜剧具有的那样强烈的政治色彩，而是以喜剧的风格反映当时的日常生活，表现人们的生活方式和理想，歌颂善良、正直、互助、友爱等美德，同时也讽刺和揭露了一些社会上的恶风恶俗。《假凤虚凰》《太太万岁》等影片是这方面的代表作。这些影片情节结构构思巧妙，人物形象生动，对话风趣，在喜剧艺术方面也作了有益的探索。

1947 年，大光明影院上映了文华影片公司拍摄的喜剧影片《假凤虚凰》。这是桑弧在战后创作的第一个剧本，影片主旨是揭露旧社会尔虞我诈的生活方式。同年，文华影片公司推出了另一部都市喜剧《太太万岁》①。这部影片改编自张爱玲的同名小说，桑弧导演约请张爱玲亲自改编，因此，电影剧本的“张氏风格”很重。这部影片迎合了当时社会文化心理，是一部能够提供与众不同的观影感受的作品。

《太太万岁》讲述了这样一个故事：女主角陈思珍与唐志远结婚以后，每天都使出浑身解数，争做贤惠太太。为了丈夫的事业，她不得不在娘家和婆家两边撒谎周旋，结果搬起石头砸了自己的脚。故事最终以双方家庭和谐的相处收尾。② 影片没有展示宏阔的社会背景，而是把关注点放在一个普通女性的身上。从表面上来看，平淡的故事与波澜壮阔的社会现实并不合拍，实际上正是因为平淡，这部影片才赢得了大众的认可。“乱世”中的“偷欢”是对电影故事最恰当的总结。所谓乱世，就是被认为“怒其不争”的黑暗社会。而“偷欢”想必更多指向讽刺意味。生活在上海租界的张爱玲，不流于自在闲适，而是把目光与笔触投在了那些乱世男女的身上，特别是这些小人物注定要被冷酷现实所嘲弄的欲求，并用喜剧的形式来深刻地反映社会的纷繁复杂。

精致旖旎的影像风格，让本片成为都市喜剧的独特样本。上官云珠扮演的交际花施咪咪和蒋天流扮演的陈思珍，还有石挥扮演的思珍父，不仅让观众看了就喜欢，而且印象深刻，久不能忘。与一般喜剧夸张的表演风格不同，他们的表演质朴自然，恰到好处地传递出喜剧的精髓。

---

①《太太万岁》（1947）编剧：张爱玲；导演：桑弧；主演：上官云珠、石挥、汪漪、张伐、路珊、蒋天流等；出品：文华影片公司。

②赵秀敏：《张爱玲电影剧本研究》，华中师范大学 2014 年博士论文。

影片另一个突出的特点是女性意识，一方面源于编剧张爱玲的女性身份，另一方面也依赖桑弧导演流畅的电影语言的表现功力。影片的第一个镜头就是象征旧封建礼教的神像，接着一个镜头，出现中产阶级的太太。接下来是破碎的碗，象征反抗和打破陈规。这些有意味的蒙太奇，逐一出现，自然而然地铺陈了整个影片的基调，新旧并存的社会下女性在夹缝中的命运起伏得到了充分的体现。这是文字无法企及的效果，也使得影片中思珍这个人物形象获得了如原著小说人物一样的丰富性。

四、中国现代主义电影开山之作：《小城之春》

费穆在中国电影文化史上是可以载入史册的大家，他的巅峰之作《小城之春》① 在世界电影史上同样享有盛誉。影片一方面浸润着中国传统文化意蕴与古典精神，另一方面又表现出现代主义的气质。《小城之春》正是中国现代主义电影的开山之作。

首先，从叙事的层面看，费穆导演延续了他一贯的风格，即探求古典美学与电影之间的内在联系，寄托遥远、高格的电影意境。《小城之春》讲述了一段三角恋情，在动荡的时局下，这个看似不合时宜的故事却极有深意。故事发生在一个小城市中，包括三位主角在内的五位人物撑起了整部影片。玉纹的丈夫礼言一直抱病在床，玉纹和丈夫两人早已相对无言。某天，突然到来的旧时恋人打破了平静而沉闷的生活，于是被压抑的情绪突然爆发。女主角和曾经的爱人相遇后那种“发乎情、止于礼”的试探和伤害，充溢着人伦与人欲的纠缠。② 情人的离开，虽然感伤却也意味着某种光明。这个故事正是导演在巨大的社会变迁与深刻的民族文化心理的复杂关系间获得的，中国儒家“发乎情、止乎礼”的情理观在主人公情感欲望和道德的剧烈冲突中得到体现。

其次，从电影的形式看，不论是画面构图，还是气氛的营造都以民族风格和中国传统美学为立足点。在电影的构图上，以类似中国泼墨山水画的风格来表现；在电影的氛围上，突出人与环境同化的微妙境界；在影调上，则以灰色调子传递古老中国的沉重情绪。

---

①《小城之春》（1948）编剧：李天济；导演：费穆；主演：石羽、李纬、韦伟、张鸿眉、崔超明等；出品：文华影片公司。

②李道新：《中国电影文化史（1905—2004）》，北京大学出版社 2005 年版，第 201 页。

《小城之春》剧照

影片中导演大量使用“慢动作”和“长镜头”以及剪辑的“无技巧”。这些拍摄手法恰如其分地体现出了中国传统美学的韵味，达到把诗词绘画和中国戏曲美学融入电影的境界，同时也传达着中国文化的中庸之道。

费穆导演在本片中的尝试，大大促进了中国电影民族风格的成熟。本片通过借鉴现代电影技巧，探索中国电影语言，探讨厚重而复杂的主题。影片的魅力在很大程度上来自于对电影艺术的永恒主题——“人性”的思考。颓废破败的小城构成电影的意境，冬日刚走，那春天般的气息寄托着导演深沉、满怀悲凉的家国情怀和文化感知。

（本章执笔：刘思佳）

第四章 //“十七年”时期的中国电影（1949.10—1966.4）

第一节 概 述

1949年10月，经历了漫长的战争岁月，中国人民终于在中国共产党的领导下，驱逐了帝国主义侵略者，打倒了蒋介石为首的国民党反动派，建立了中华人民共和国。“新中国”的“新”体现在各个方面，从社会体制到人的思想意识都发生了天翻地覆的变化。在文学艺术研究领域，从1949年新中国成立到1966年“文化大革命”之前的这段时间，被约定俗成地称为“十七年”，这十七年是社会主义中国一边摸索道路、一边发展建设的十七年，是进一步传播马列主义、毛泽东思想，对民众进行革命思想教育的十七年，也是政治风云激烈变幻、路线斗争渐趋紧张的十七年。而电影，作为中国共产党高度重视的宣传教育工具，前所未有地被政治渗透并裹挟，电影创作者一方面受到新中国新气象的鼓舞，创作热情勃发，一方面又因为一波又一波政治运动的冲击，而渐趋谨小慎微。尽管艺术创作过多地受到政治气候的影响，在十七年时期，新中国电影仍然取得了可喜的成果，诞生了一批诠释社会主义主流价值观的优秀作品，这些影片影响了一代观众，被称为“红色经典”，是新中国文艺发展史上浓墨重彩的一笔。

一、革命战争影片为主流

新中国成立初期，上到最高领导人毛泽东，下至中宣部和电影管理部门的各级干部，都高度关注新中国的电影事业，对于从今以后要拍摄什么样的电影，与旧中国电影业有什么不同作出了种种批示，并对原有电影业进行大刀阔斧的改革重组。毛泽东《在延安文艺座谈会上的讲话》成为指导社会主义新文艺创作的纲领和指南，“表现工农兵、为工农兵服务”口号的提出，深刻地影响了中国电影的题材选择、人物塑造和语境修辞，拍摄“工农兵电影”成为亟待所有电影创作者摸索、尝试的新任务。

这个时期的中华大地上，革命战争影片是最适应革命意识形态宣传的类型。中国现代革命的特征是“农村包围城市，武装夺取政权”，要想通过影像手段全面回顾和再现中国无产阶级革命的光荣传统，反映工人、农民阶级的武装斗争，对于建立和巩固新中国的意识形态价值体系至关重要。这要求电影创作者经过政治学习，自觉运用中国共产党的历史观来阐释中国近半个世纪的革命战争历史，通过生动的艺术形象说明新中国人民民主政权取代国民党政权的必然性和合理性，通过工农军队浴血奋战，驱逐日本侵略者（抗日战争），回击帝国主义（抗美援朝战争）的英勇事迹，激发全民的爱国主义民族情感，巩固诞生的新政权。

另一方面，政治气候瞬息万变、各种矛盾错综复杂，创作者对于革命战争题材的把握更加明确、直接，这也是革命战争题材成为创作主流的重要原因。中华民族与帝国主义势力之间的冲突，不同阶级之间的压迫与反抗，此类题材本身就更便于呈现为“二元对立”的通俗情节剧模式，黑白分明，英雄形象的高大与敌人的猥琐构成鲜明反差。《南征北战》（1952）、《渡江侦察记》（1954）、《董存瑞》（1955）、《铁道游击队》（1956）、《上甘岭》（1956）、《柳堡的故事》（1957）等经典革命战争影片，塑造了一系列生动感人的英雄人物，这些英雄形象作为民众的榜样被一再颂扬。

二、文学改编发轫银幕

文学作品一向是电影创作汲取素材的宝库，新中国成立后，五四以来的新文学作品、左翼文学作品得到更进一步的认可，直接反映土地改革、军旅生活的解放区革命文学作品更是受到重视。大量在新中国诞生前后已经取得广泛影响的文学作品被搬上银幕，比起原创的电影剧本，这些文学改编影片具有很多得天独厚的优势。

与电影几乎同期诞生的“十七年文学”，这些新中国文学作品问世之初，已经经过了充分的讨论和分析，优点和问题都有较明确的结论，更便于电影选择改编。

对于改编文学作品的技巧，文学家、剧作家夏衍做出了重大贡献，他的文学改编剧本为新中国文学改编电影树立了标准。早在 20 世纪 30 年代左翼文艺运动时期，夏衍身为左翼文艺的成员活跃在上海电影界，积累了丰富的电影剧本创作经验。新中国成立后，1955 年至 1965 年期间，夏衍担任文化部副部长，在这十年时间里，他充分发挥“专家领导”的优势，撰写了《写电影剧本的几个问题》，把自己多年的创作经验总结并传授给新中国电影界的同仁。他的文学改编剧本代表作《祝福》《林家铺子》《早春二月》等被拍成电影，成为“十七年”银幕上的经典。这些作品最终呈现的面貌，与夏衍剧本的扎实、深刻、艺术技巧密不可分，甚至可以说夏衍本人对于这些影片的成功起着决定性的作用。

三、题材多元化

除了对革命战争题材和经典文学作品改编之外，“十七年”中国电影较之新中国成立前以市民生活和趣味为指向的电影，还开拓了更广泛的题材领域，这一时期反映农村劳动生活、工业建设成果的影片大量涌现，积极响应着“文艺为工农兵服务”的口号。

新中国成立前中国电影业的中心是上海，各民营电影公司注重娱乐性和商业回报，以维持自身的循环再生产，观众群体也仅限于城市市民群体。新中国成立后，一方面逐渐将电影业收归国有，另一方面大力发展电影放映网络，将电影推广到广大农村地区，利用电影媒介直白、形象、生动的特色，教育广大农村群众，宣传党的光荣历史，解释党的政治决策。在这种语境下，农村题材的影片大量涌现，这在以往以城市观众为主要目标受众的电影业是不可想象的。《我们村里的年轻人》（1959）、《李双双》（1962）等影片表现了人民公社成立、如火如荼建设的进程。

新中国电影题材多样化的另一大亮点是少数民族题材影片的繁荣。新中国成立前的电影业集中在上海，由于成本、条件等多方面的限制，少数民族题材几乎没有在银幕上得以呈现。到了社会主义新中国，少数民族地区获得了前所未有的安定和团结。国营电影制片厂整合了各方面人力、物力，真正深入少数民族地区，拍摄了表现少数民族地区风土人情和优美自然景观的作品。《五朵金花》（1959）、《刘三姐》（1960）、《农奴》（1963）等作品既向全国各地介绍了少数民族的文化，也以歌舞、风景赢得了观众的兴趣和喜爱，更重要的是，还宣扬了各民族携手团结共进的社会主义理想。

四、多样美学风格的探索

题材范围的开拓也促使中国电影美学风格趋于多样化。中国电影自诞生之初，就形成了自身独特的“影戏”传统，注重情节编排和道德教化，也受到美国好莱坞情节剧风格的影响，依赖“二元对立”冲突和戏剧性巧合完成叙事。“影戏”美学在新中国成立前的上海电影中已得到充分发展，与20世纪30年代兴起的左翼电影潮流结合，产生了一批电影佳作，最具代表性的便是蔡楚生导演的《一江春水向东流》(1947)，此片以家庭离散写国家命运，是中国电影家国叙事传统的典型。

新中国成立后，中国电影人除继承“影戏”美学传统之外，也开始向苏联电影学习社会主义现实主义的创作方法，与中国人民的生活现实相结合，创作出一批态度乐观、昂扬的影片。虽然也表现了新中国社会制度变革过程中先进分子与保守者、城市与乡村、干部与群众等不同主体之间的矛盾，但影片一反新中国成立前左翼电影的灰暗、批判色彩，在喜剧风格方面多有开拓，塑造了一批健康向上的社会主义新人形象，如《李双双》中快言快语的双双、《五朵金花》中热情奔放的男女青年、《今天我休息》中的热心民警马天民等。

由于革命战争影片的大量涌现，影片大气恢宏的革命史诗风格得到了充分展现，战争惊险片也应运而生。这种混合了革命英雄主义、悬念和娱乐性的美学风格，广受观众喜爱。1953年北京电影制片厂出品的《智取华山》是这一美学风格的开山之作，《人民日报》的评论将其称为“我们新中国电影艺术中的第一部惊险片，从惊险样式方面来看，它又是我们的惊险影片的一个良好的开端。”① 此后，惊险美学结合谍战“反特”题材的模式也繁荣起来，出现了一批情节曲折、引人入胜的“反特”电影。这些电影或赞颂新中国成立前中国共产党地下工作者的牺牲精神，或表现新中国成立后我公安人员的英勇和智慧，情节紧凑、悬念迭生，受到了广大人民群众的欢迎。

除了这些让工农兵群众更加喜闻乐见的美学尝试，在电影的艺术性、

---

①袁文殊：《评影片〈智取华山〉》，《人民日报》1954年1月9日。

诗化风格方面，新中国电影人也积极探索，且提升电影的美学品格。如谢铁骊的《早春二月》（1963），淡化戏剧性矛盾，以流水般的叙事节奏，丝丝入扣地讲述小资产阶级知识分子的内心痛苦。其细腻流畅的风格，在或波澜壮阔或紧张激烈的革命叙事中显得独树一帜。

五、政治氛围逐渐紧张

新中国成立后，如何用影像表现新生的人民民主政权，如何贯彻“为工农兵服务”的方针，是摆在新生国有电影制片厂和原有私营电影制片厂面前的共同问题。电影创作者在经历了战争的动荡、经济的崩溃、民生的水深火热之后，普遍对新中国充满期待，也渴望在百废待兴的新环境中有所作为。然而，新中国成立后特殊的政治语境相当程度上限制了电影人的表达自由，革命、战争为纲的政治思维与以经济建设为目标的现代化思维相冲突，以都市上海为代表的城市文化和知识分子成为被批判的对象。这样疾速的转向，使得大批来自旧上海电影业的创作者极度不适应，他们倾注心血试图迎合新中国主流意识形态的作品非但不受认可，还遭到激烈的政治批判，承受了巨大的压力。从“反右”到“拔白旗”，从农村“合作化”到全民“大跃进”，总有电影创作者因没能准确把握政治气候而“惹火烧身”，一次又一次的“运动”严重地打击了电影创作者的积极性。

新中国成立初期，上海私营电影企业文华影片公司便因《关连长》（1951）遭到责难，评论指责该片故意歪曲人民解放军和革命英雄的形象。昆仑公司的《我们夫妇之间》（1951）则被批为丑化革命干部形象，宣扬小资产阶级立场。更大规模的对上海私营电影企业的打击接踵而来，1951年5月20日，《人民日报》发表的《应当重视电影〈武训传〉的讨论》在全国范围内掀起了批判大潮，资深导演孙瑜酝酿多年拍摄的《武训传》（1950）被完全否定，这场大批判的余威使全国故事片的拍摄陷入了低谷，也直接影响上海私营电影业从萎缩到完全消失。

1956年，生产资料所有制的社会主义改革基本完成，整个社会文化环境趋于宽松，中共中央提出“百花齐放、百家争鸣”的方针，提倡放宽文艺标准，中国电影创作环境获得了暂时的宽松，一些电影开始突破革命历史与工农兵题材的局限，涉足更加广阔的现实生活。然而，宽松的气氛并没有持续多久，1957年上半年，整风运动开始，中央提倡“大鸣大放”，文艺界虽表现活跃，却埋下了危机的种子。1957年6月8日《人民日报》

发表社论《这是为什么?》，中共中央向全党发出题为《组织力量，反击右派分子的猖狂进攻》的革命指示，“反右派斗争”拉开了序幕。1957 年 8 月至 9 月，电影界的反右斗争达到高潮，北京、上海、长春等制片厂纷纷召开揭发本单位“右派”的大会，很多在“大鸣大放”期间公开发表过批评言论的电影人被打成了“右派”。电影评论家钟惦棐也因 1956 年底发表的《电影的锣鼓》一文被批为“反党分子”，他在文中提出的许多合理主张也全部被批倒。

1958 年，“拔白旗”运动如火如荼，电影创作跌入谷底，许多优秀的影片被禁映。电影创作的凋敝使得中共中央再次发出繁荣电影创作的倡议，借着 1959 年新中国成立十周年献礼的契机，电影界创作了一批兼顾艺术性和欣赏性、尽可能迎合国家政治意识形态需要的作品。经过几番“运动”的“洗礼”，无论是来自延安解放区的革命电影工作者，还是老上海私营电影业的创作者，都逐渐能够把握影片的政治话语尺度，不那么轻易“触礁”了。

1959 年至 1961 年，在我国国民经济处于严重困难的时期，中共中央带领全党决心总结经验教训，纠正错误，在 1961 年初开始对国民经济和社会政治关系等方面进行调整。在科学、教育、文化领域，中央制定相关条例，调整党和知识分子的关系，落实知识分子政策；执行“双百”方针，健全必要的规章制度，恢复正常秩序，保证各方面工作的顺利进行。在调整过程中，广大知识分子的心情较为舒畅，专心从事业务工作的条件也大有改善。为了避免文艺创作完全停滞，1961 年 6 月根据中共中央的指示，全国文艺工作座谈会和全国故事片创作会议在北京新侨饭店召开，周恩来亲自发言，为文艺工作者“松绑”。在中央的提倡和鼓励下，1963 年至 1964 年，电影创作又迎来一个短暂的繁荣期，涌现出一批题材多样的经典之作，电影观众在这段时期达到 46 亿人次，新中国电影的影响力达到了前所未有的高峰。但是，中国电影的暖春未能持续很久。由于中央领导层对形势估量和工作指导上的分歧逐渐扩大，加上 20 世纪 50 年代后期开始的中苏两党争论的不断激化，毛泽东在 1962 年 9 月召开的中共八届十中全会上重提“阶级斗争”。中共八届十中全会后，全党全国工作出现一种复杂局面：经济调整和恢复工作大体上按原计划进行并在 1965 年胜利完成；政治上阶级斗争扩大化的“左”倾错误则进一步发展。这两者是相互矛盾的，但矛盾被暂时控制在一定范围之内。正是在这种复杂的局面下，中国电影短暂的暖春遭遇了意识形态领域的错误批判。1963 年 12 月和 1964 年 6 月，毛泽东对文艺工作作出两个批示。这两个批示错误地强调“修正主义上台”和“资本主义复辟”的危险，没有能够实事求是地全面估计文艺界的形势，对文艺界的工作基本采取否定态度。

江青等野心勃勃的政治人物则利用毛泽东的批示，对电影界大张挞伐，夺取文艺领域的指挥权，此前获得观众评论认可的一批优秀影片再次被打倒，被批为“毒草”。电影界渐渐万马齐喑，滑向了“文化大革命”的黑暗深渊，直到“文化大革命”结束之后，这些“十七年”经典之作才得到重新评价，获得了中国电影史上应有的地位。

第二节　新中国成立初期的电影探索

1949 年至 1952 年是新中国社会主义电影事业的初创时期，电影业体制和艺术创作都处于摸索状态，在努力尝试适应新政权的经济模式和意识形态话语模式。

首先，在中共中央的领导下，整合新接收的国民党电影官营电影工业，创建了一批社会主义国营电影制片厂。其实早在 1946 年解放东北地区时，中国共产党已经建立了自己的电影生产基地——日伪电影公司“满映”被改造为“东北电影制片厂”，即长春电影制片厂的前身。1949 年新中国成立之后，北京电影制片厂、上海电影制片厂先后成立，其基础主要是国民党中央电影企业公司下辖的中电一厂、二厂、三厂等官营电影机构。北影、上影、长影三大国营电影制片厂构成了新中国社会主义电影事业的核心，社会主义中国对于电影事业极为支持，在人力、物力上尽量给予充分保障，使之摆脱了新中国成立前民营电影工业被票房牵制的处境，可以按照新政权的要求拍摄电影，以教育民众为目的，而不是一味迎合观众的娱乐需要。

另一方面，新中国成立初期还存在着一批私营电影机构，文华、昆仑等电影公司曾经是上海电影工业的重要组成部分。面对新政权，私营电影企业的经营者和创作者也纷纷表示拥护，愿意拍摄宣传新中国和共产党的影片，尝试“工农兵”影片的拍摄。

回顾新中国成立初期的中国电影创作，能够看到在后来十几年中逐渐发展壮大的几股电影潮流的萌芽。

一、真实朴素的战争史诗：《南征北战》

在新中国成立初期建立的三个国营电影制片厂中，上海电影制片厂的根基最悠久，先期具有的各种资源显然胜过北影和长影。虽然在“十七年”之中，电影事业的中心发生了“北移”，北京电影制片厂在中共中央和电影管理部门的直接关心下，实力迅速增强，但上海电影制片厂历史形成的传统和艺术底蕴仍然不能小觑。新中国成立初期，北影、长影缺乏故事片的创作经验，新中国电影事业以上海电影业为基础，拍摄了反映革命历史和新中国成立后现实生活的影片，“红色经典”初具雏形。

《南征北战》① 是新中国成立初期表现革命战争历史影片的一次成功尝试，对后来同类题材影片的创作影响深远。影片由成荫、汤晓丹执导，是计划向 1952 年“八一”建军节献礼的影片。根据中共中央“电影指导委员会”指示，这部影片的主题是表现毛泽东军事思想的科学、正确，题材重大。1951 年，由于整风运动，文艺创作政策收紧，各电影制片厂的故事片创作被叫停，唯有这部影片获准拍摄。

最终，成荫和汤晓丹，以及三位有军旅经历的剧作者沈西蒙、沈默君、顾宝璋成功完成了任务，演员也各自奉献了到位的表演。影片视野宏阔，风格大气沉稳，以解放军华东某部队的作战经历为引线，解放战争波澜壮阔的画卷在观众面前徐徐展开，堪称一部真实朴素的战争史诗。

出于要教育民众，使之了解中国共产党革命战争历史的目的，“十七年”时期的革命战争影片，在片头都会以字幕和画外音的方式交代历史背景，对影片表现的事件的政治意义进行解释，电影相当于银幕版的历史教科书。《南征北战》片头有这样一段话：“1947 年初，蒋介石匪帮在全国战场上遭到我军严重打击后，改变战略部署，集结了优势兵力，对我西北、华东两解放区进行重点进攻。我华东部队执行了毛主席的战略方针，于苏北的七战七捷之后，为粉碎蒋匪重点进攻，实行了大踏步地后退。”

①《南征北战》（1952）编剧：沈西蒙、沈默君、顾宝璋；导演：成荫、汤晓丹；主演：陈戈、汤化达、王力、冯喆、仲星火等；出品：上海电影制片厂。

随着战争背景的交代，影片很快展现了在华东解放军撤退过程中，部队内部、指战员之间存在的矛盾和疑虑，这一点构成了叙事的核心线索之一。相比与国民党敌人的激烈战斗，如何解决部队内部的思想问题，常常占据主要情节。影片通过对解放军战士、指挥员、拥护解放军的当地民众等这一组群像的描绘，解释了解放军为何是正义之师，为何能够在科学、正确的指挥下夺取胜利。

影片第一个场景是浩浩荡荡的解放军队伍在行军，也有老乡跟随部队后撤，而部队中的战士们对后撤山东的决定议论纷纷，明明在苏北打了胜仗，为什么不进反退，被国民党军队撵着走。眼看即将撤过大沙河，到达桃村，之前这支部队曾经驻扎在那里，战士刘永贵就是桃村人，妻子孩子还留在村里。可是未打胜仗便撤回老家，让刘永贵很不甘心，其他战友赌气地说："反攻，反攻，返到山东。再往北撤，意见多了。"镜头随即转向高营长和教导员，对于毛泽东"运动战"的策略，军队干部也心存疑虑。高营长虽然觉得思想上难以想通，但还是服从上级命令，尽量安抚部队战士，让他们耐心等待战机。

在展现我军内部矛盾之后，影片对比展现了国民党军队的状态。从视觉符号上强调国民党及其武装是大资产阶级支持下的政权，无论乘坐的轿车、开会时的建筑、室内装潢、军备，乃至喝的饮料等都透着高档和"洋味儿"，而他们的领导者张军长及其参谋长，阴险狡诈，又刚愎自用。与共产党、解放军内部团结一心、奋勇争先的战斗状态相反，国民党军队内部派系林立。开会时张军长、李军长等人各自打着自己的小算盘，敌首张军长相当于蒋介石的代言，创作者寥寥几笔就勾画出国民党政权当时的丑态。

高营长的部队来到桃村之后，与乡亲们相见甚欢。当年在这里驻扎时，他们便与乡亲们结下深情厚谊，但对于如何向乡亲们解释解放军的后撤也成了难题。影片着意表现了在共产党的教育领导下，解放区打破男女不平等的落后习俗，妇女顶起半边天，赵大娘的女儿赵玉敏已经成长为村干部，刘永贵的妻子永贵嫂、村姑二嫚等也积极参与到革命服务中。上级向高营长和赵玉敏解释了毛泽东军事战略的要点，两人齐心协力，耐心做战士和群众的思想工作。高营长对于个别因撤退而赌气，甚至要求留在地方工作的战士进行了批评。

解放军内部矛盾解决之后，影片进入了真正的战争场面。在当时极为有限的物质条件下，导演成荫、汤晓丹带领摄制人员、演员，与中央派来支持影片拍摄的解放军部队数千人组成了庞大的战争场面摄制组，将与敌人激烈战斗的摩天岭、凤凰山两场战役拍摄得气势磅礴。本片战争场面的拍摄还注重摄影构图的纵深与画面元素的丰富性，为此后革命战争电影的战争场面树立了新的标杆。

最终，高营长的部队在耐心等待之后，根据上级命令，抓住机会，发动反攻，歼灭了装备精良的国民党军队，起初骄纵不可一世的张军长狼狈投降。解放军战士与桃村当地民众热烈庆祝胜利，整个部队士气高昂，期待着全面反攻奔赴大决战战场。影片在师领导的讲话中结束，最后的讲话再次强调了毛泽东军事战略对于解放战争胜利的决定作用，紧扣影片主题。

二、历史变迁的诗性表达：《我这一辈子》

表演艺术家石挥自导自演的《我这一辈子》① 改编自作家老舍的同名小说，讲述了新中国成立前，一位北京老巡警安分守己却被黑暗社会逼到家破人亡的悲惨人生。原小说创作于 1937 年，是老舍创作生涯前期的代表作品。老舍是北京人，对于京城的风土人情、方言特色有切身而细微的体察。原小说中浓浓的北京味被石挥原汁原味地搬上了银幕。另外，石挥还在情节上加以合理的改编，拓展了故事的年代和背景，删减与主线较疏离的枝蔓，增加了人物细节，尤其强化具有革命精神的角色。

集导演、主演任务于一身的石挥，与作家老舍的经历有着相似之处。石挥自幼生活在北京底层市民之中，对于京城市井生活耳濡目染，加之惊人的表演天赋，使他成为演绎这部老舍名著的最佳人选。石挥的表演生涯在 20 世纪 40 年代的上海已经达到高峰，被誉为“话剧皇帝”，同时又主演了一批文华公司的电影佳作，如《假凤虚凰》（1947）、《哀乐中年》（1949）等。新中国成立后，他踌躇满志，投身新中国电影事业。《我这一辈子》是其电影才华的集大成之作，也成为世界公认的中国电影经典，被乔治·萨杜尔、米特里等外国电影史家、评论家盛赞。

影片开场便生动描绘了一幅京城底层大杂院的日常生活画卷，主人公

①《我这一辈子》（1950）编剧：杨柳青；导演：石挥；主演：石挥、魏鹤龄、王敏、田太宣、崔超明、梁明等；出品：文华影片公司。

"我"与老巡警赵大爷一家、洋车夫孙元一家合住在一个破旧的四合院里，各家生活都颇艰辛，但彼此照应，人情温暖。创作者删去了原小说中"我"做裱糊匠练就的人情世故本领和妻子与人私奔的枝蔓情节，有意将故事从私人生活视角转向更能够折射出时代的"平民史诗"方向，将底层平民的悲欢离合与时代变革更加紧密地结合在一起，还添加了一位追求进步的革命者角色——申先生。片中"我"的儿子海福并非死于劳役，而是在未婚妻被日军征做慰安妇失踪后，毅然加入革命队伍，上山打游击。而"我"的结局也并非如小说中那般消极，而是在国民党警察的严刑拷问下拒绝说出儿子的下落，一生对体制曲意奉迎，仍然逃不脱被侮辱、被损害的命运，"我"到了生命尽头，终于忍无可忍，激发出反抗的意识。

主人公在邻居赵大爷的建议下从裱糊匠改行做巡警，成了自己昔日开玩笑挖苦的"臭脚巡"，本想苟安糊口，也曾短暂有过衣食无缺的安稳日子，然而好景不长，随着社会的几番动荡，"我"一家的生活一日不如一日，最终家破人亡。影片创作者巧妙地将主人公与杂院邻居们的生活编织到时代的经纬当中。原著中"我"只是看到辫子军杀害十几岁的孩子，"我"并不认识被残杀的小孩，影片则设计巡警赵大爷的独生子小锁被辫子军杀害，这样的改编合情合理而且更有力度。又如原作写于1937年，电影改编则将故事时间跨度拉长：从清末到民国，从军阀混战到日军占领，从抗战结束到国民党接收北平，"我"目睹了北平学生抗议袁世凯签订"二十一条"的五四运动场景，也眼睁睁看着准儿媳被日军强征为慰安妇。与"我"的凄惨命运相对照，污吏秦大人及其亲族却能在历朝历代占有特权和地位，无论民国成立还是抗日战争胜利，都不会动摇统治阶层的根基，"我"这样的底层小人物却只能沦为牺牲品。影片借原作中没有的人物——早年参加学生运动后投身革命事业的申先生——说出了"我"一生的悲剧根源："我们从民国八年认识起，无论谁掌权，都没为老百姓打算过，中国人欺负中国人还不算，还勾结外国人勾结帝国主义，你想，这还能得好吗？有钱的阔死，没钱的穷死。帝国主义、封建势力、军阀、官僚、财主、老爷，他们吃了我们老百姓五千多年的血！可你呀，你给这些浑蛋们做了一辈子的奴才、走狗，你替他们装门面，维持治安，站岗守夜，替他们收捐收税，替日本人找花姑娘，替特务们抓共产党，当奴才的还有什么好下场吗？您想想，您活的这一辈子冤不冤？"

在老舍原著中，主人公没有寻到的答案在电影中借由先进革命者之口讲了出来。电影《我这一辈子》的艺术性和思想性都达到了相当高度，上映后打动了无数观众，获得了文化部颁发的1949年至1955年间优秀电影二等奖。

三、关于《武训传》《关连长》的批判及其反思

电影《武训传》早在新中国成立前5年就开始酝酿，1948年7月在国民党官营电影企业“中国电影制片厂”投入拍摄，中间因资金不足停拍。后来，私营电影公司昆仑公司购买了版权和已拍出的胶片。导演孙瑜对这个未完成的计划念念不忘，新中国成立后，他借参加第一次全国文艺工作者代表大会的机会，再次提起拍摄《武训传》的想法，得到了包括周恩来在内的与会领导人的首肯，于是孙瑜将全部身心投入到这部夙愿之作的拍摄中，主演赵丹也在武训这个角色上倾注了极大的心血。1950年底，这部长达3个多小时的影片终于完成并上映，精湛的艺术手法和真实感人的表演获得了观众的肯定，被《大众电影》杂志列为年度十佳的当然之选。

《武训传》剧照

然而1951年5月20日，国家最高领导人毛泽东在《人民日报》上发表了社论《应当重视电影〈武训传〉的讨论》引发了全国对《武训传》的大批判。社论措辞严厉而尖锐：“《武训传》所提出的问题带有根本的性质。像武训那样的人，处在清朝末年中国人民反对外国侵略者和国内反动封建统治者的伟大斗争的时代，根本不去触动封建经济基础及其上层建筑的一根毫毛，反而狂热地宣传封建文化，并为了取得自己所没有的宣传封建文化的地位，就对反动的封建统治者竭尽奴颜婢膝的能事，这种丑恶的行为，难道是我们所应当歌颂的吗？……承认或者容忍这种歌颂，就是承认或者容忍污蔑农民革命斗争，污蔑中国历史，污蔑中华民族的反动宣传为正当宣传。”① 毛泽东作为国家领导人和党的领袖，其威望与话语地位在当时的社会文化语境中，几乎强大到无可估量，他的直接批判让之前曾对《武训传》表示称赞的舆论迅速噤声并转向。

以当下的眼光看《武训传》，并不难发现这部影片有引起中共中央领导人反感的敏感之处。本片虽然艺术手法娴熟精准，表演传神，但主人公武训为达到让穷孩子也能上学的目的，所采用的手段丧失了作为人的尊严。他装疯卖傻乞讨，面对曾经欺骗压榨自己的封建士绅和家丁，也能为了几个银钱而折腰，他逢人便跪，向统治者乞怜。尽管他的初衷是全然无私的，出于朴素的教育理想，但这样的人物绝对是打碎铁链、勇敢反抗的无产阶级英雄的反面。武训的逆来顺受，几乎到了常情难以解释的程度。他与在乡绅张举人家结识的穷苦少女小桃互有好感，小桃被张举人和张家四奶奶逼到走投无路，本希望与武训私奔，却发现武训无心救她脱离苦海，一心只想着通过乞讨筹资兴办义学。小桃为了不拖累武训，成全他的“远大理想”，悬梁自尽。如此深仇大恨，武训的反应却是变本加厉地“自虐”，向“仇人”卑躬屈膝。他行乞、积钱，却被地主和地主家丁欺骗，前功尽弃；当他最终积下足够兴办义学的钱财，却又被地方官员们利用，作为自己的政绩向上层邀赏。影片虽表达了对武训人品和精神的敬佩，但实际并未全然认同他的行为。导演特意在结尾用官员们的蝇营狗苟，说明了武训的良好愿望在黑暗的封建社会是不可能实现的，而武训本人是孤独的悲剧人物。武训也并非全无反抗，他拒绝披上皇帝御赐的黄马褂便是他

①毛泽东：《应当重视电影〈武训传〉的讨论》，《毛泽东选集》第五卷，人民出版社1977年版，第46—47页。

内心对封建统治势力不满的反映。除了武训，影片也塑造了更加坚决地与封建统治者决裂的反抗者——农民起义领袖周大。武训虽然没有走朋友周大的道路，但他对于周大的选择也表示尊重。不过客观来看，武训这种温和的改良思路无疑是革命武装斗争的反面，影片创作者深受陶行知等近代教育思想的影响，却没有意识到民主改良思路与中国共产党“武装夺取政权”革命道路的龃龉。

不光是《武训传》因没能准确把握意识形态话语模式而遭到狂风暴雨般的攻击，另一部私营电影企业文华电影公司出品的《关连长》也因“歪曲丑化解放军形象”而遭遇了被口诛笔伐的命运。《关连长》根据作家朱定的同名短篇小说改编，电影创作者拓展了原小说的情节，塑造了一位性情耿直率真的解放军连长的形象。影片由石挥自导自演，充分发挥了他对底层平民日常生活状态把握精准的优势。他饰演的关连长操着山东方言，虽目不识丁，但纯朴可爱，爱兵如子又脾气火爆，气急会骂娘，这些个性特征没有减损他的人格魅力，反而因“缺点”显得更加可亲，赢得了观众的喜爱。通过比较，能够看出这位连长与此后“十七年”战争电影中常见的战斗英雄有诸多差别，但正是这些差别使得影片被扣上了“歪曲丑化解放军形象”的帽子。高度统一的政治话语要求的是几乎完美的解放军指战员形象，智勇双全、代表党的声音，坚定执行党的指示。事实上，除关连长之外，在“十七年”电影中极少有文盲指战员。另外，像他为了保护上海虹桥战区内某保育院的孤儿，临时改变作战计划，放弃远距离炮击，改为战士近身突入敌人所居建筑，这种行为也因违背了解放军作战的军规而充满争议。究竟是保护孩子们的生命，还是不惜一切代价完成战斗任务，类似的战争环境下的道德难题在西方战争电影里时有出现，却是中国革命战争电影刻意避免的。革命的正义叙事要求非黑即白，回避那些道德暧昧且残酷的灰色地带，影片创作者在《关连长》中用人道主义的方式处理这样的道德困境，显然不符合革命叙事的要求。

必须承认，石挥的创作思路本身并没有过失。作为一名来自平民阶层的表演艺术家，他的艺术理念来源于现实生活的磨砺。他从现实出发塑造了有血有肉的解放军形象，这也是后世再评价《关连长》，认为其艺术性高于很多概念化的“十七年”战争影片的原因。但那时的石挥没有意识到，艺术性和传统的写实主义并不是新中国成立初期政治气候所需要的，政治宣传恰恰依赖于那些高度概念化的英雄形象，他在艺术上对政治宣教的超越成了被攻击的靶子。石挥的遭遇可被视作来自旧上海电影工业的电影艺术家命运的缩影，他们精通艺术技巧，对现实生活有深入挖掘，却远不如来自延安解放区、亲身参加过革命的电影工作者那样擅长用影像诠释政治理念。

第三节　“一五”时期的电影

新中国成立后，在短短的3年时间内结束了国民党反动统治留下的混乱局面，实现了政治、经济、社会的稳定。在各方面都取得超出预期成绩的基础上，中共中央决定从1953年起执行发展国民经济的第一个五年计划，并提出向社会主义过渡的总路线。过渡时期总路线的基本内容后来正式表述为：“从中华人民共和国成立，到社会主义改造基本完成，这是一个过渡时期。党在这个过渡时期的总路线和总任务，是要在一个相当长的时期内，逐步实现国家的社会主义工业化，并逐步实现国家对农业、手工业和资本主义工商业的社会主义改造。”

在“一五”计划和过渡时期总路线的指引下，各行各业干劲十足，争先恐后为完成本行业的“一五”目标而努力，新中国的电影工作者也不甘人后，积极投入到国家的建设事业之中。这一时期的电影在技术手段、艺术风格和思想意识上都有所提升，更加适应时代的需要。1956年5月，毛泽东提出了“百花齐放、百家争鸣”的“双百”方针，极大地鼓舞了电影工作者的创作积极性。

一、革命战争作品主导银幕：《渡江侦察记》《铁道游击队》《董存瑞》《上甘岭》《柳堡的故事》

经过新中国成立后数年的尝试和摸索，革命战争影片逐渐形成了较稳定的创作模式和规律，创作者充分发挥艺术创作的能动作用，对经典的革命战争叙事进行这样或那样的微调，涌现出了一批富有特色的佳作。

影片《渡江侦察记》[①] 是继开战争惊险片先河的《智取华山》（1953）之后将这一叙事样式进一步发展完善的优秀作品，于1957年获得文化部颁发的1949年—1955年优秀影片一等奖。影片由擅长战争片创作的导演汤晓丹执导，沈默君编剧，孙道临饰演主人公英雄人物李连长。孙道临作为著名演员，一向以气质温文尔雅、擅长演绎文人形象著称，此番尝试扮演解放军指挥员，发挥异常出色，大大地拓宽了本人的戏路，顺利完成了自身在银幕上的转型。

影片在这样的背景下展开：1949年淮海战役胜利后，渡江战役前夕，中国解放军某部驻扎在长江北岸。为了摸清长江南岸国民党军队的布防情况，部队特别派遣了一个由精兵良将组成的侦察小队，由队长李连长带领，先于大部队渡江侦察。他们的任务是到江对岸与当地游击队取得联系，在游击队同志的掩护下获取情报，并及时将情报传回北岸。准确的情报能够让解放军渡江部队知己知彼，避免不必要的伤亡。

影片成功塑造了一个团结、友爱又英勇无私的战斗集体，主人公、侦察小队队长李连长高大英武、智勇双全，几乎是完美的英雄形象；老班长性格幽默爽朗，爱喝两口烧酒，也爱讲故事和笑话；小马、周长喜、杨威等战士各有特色。不过，本片最成功的一笔，还是对革命爱情的巧妙映射，含蓄又令人遐想。影片开始不久，就埋下了一个伏笔。战士们缠着李连长讲战斗故事，李连长讲述了自己的一段亲身经历：八年之前，他从皖南事变的战斗中死里逃生，在长江边又与日军狭路相逢，肩膀负伤，正在危难之际，一名十来岁的女孩不顾生命危险搭救了他，划船送他过江到达安全地带。李连长最初在江岸遇到她，她家人被日寇杀害，渔船火光熊熊，划船渡江的路上女孩一直沉默不语，李连长也没有顾及询问她的姓名，但临别时，他郑重保证：“小姑娘，我永远忘不了你。我们一定为你父亲报仇，我们一定会打回江南去。”如今，再次来到长江边，往事浮上心头，当年的小姑娘还能再遇到吗？——这是一个重要的悬念。这段搭救渡江的戏，拍得紧张而优美，女孩的沉默比哭泣或语言更富有力量，军民之间同仇敌忾的情感无声地传递给观众，而其中又暗暗埋藏着某种情愫。

悬念在侦察队渡江之后渐渐揭开，李连长和战士们通过当地老乡联络

---

①《渡江侦察记》（1954）编剧：沈默君；导演：汤晓丹；主演：孙道临、李玲君、齐衡、孙永平、康泰、中叔皇等；出品：上海电影制片厂。

到隐藏在山地的游击队，前来接应的是一位英姿飒爽的女游击队队长刘四姐。在刘四姐的协助下，侦察小分队抓捕了当地蒋伪保安队长侯登科，而此人正是当年日伪时期跟着日寇为虎作伥，害死女孩家人、打伤李连长的汉奸头子。八年之后，他摇身一变，又成了国民党统治下的地方官，通过这种延续，影片暗指大资产阶级支持的国民党与日本帝国主义实为一丘之貉，都是人民百姓的敌人。影片通过很多细节刻画了刘四姐这位女性战斗者。她在行动中冷静沉稳，面对侯登科被捕后的假意讨好，则赫然表明身份。当得知眼前这位就是自己悬赏缉拿已久、大名鼎鼎的游击队队长时，侯登科吓得弃船逃跑，刘四姐则以准确的枪法将其一枪击毙。

刘四姐的干练作风让李连长感到钦佩，而她轻巧跳上船头和划船的动作，让他感到似曾相识。他终于忍不住向刘四姐问及当年搭救之事，悬念揭开，当年的小姑娘已成长为优秀的女战士。这段揭开谜底的戏发生在上山与游击队会合的路上，创作者用满山的鲜花衬托主人公喜悦的心情，而花朵的意象往往与爱情有关，与这个段落相呼应。随着并肩战斗彼此了解，刘四姐与李连长的默契逐渐加深。一日，李连长在桌上看到一束插在瓶中的鲜花，负责勤务的小战士说是刘四姐让放在他桌上的，因为他说过喜欢山里红。闻言，身经百战的英雄脸上竟有一丝羞赧。孙道临巧妙地演绎出这种在革命斗争中欲言又止的情愫。原本在构思剧本时，对于爱情情节有更直露的表达，但影片中的男女情感最终呈现为朦胧隐晦的面貌，也因此成就了“十七年”电影处理爱慕情感时的特色修辞。

除了这些正面人物，影片还塑造了极具特点的反面形象。如脑满肠肥的保安队长侯登科，他被游击队逮捕时正在姨太太家中喝酒享乐。如果说侯登科属于能够轻而易举战胜的对手，陈述饰演的国民党情报处长就更加老奸巨猾，几次盘问乔装改扮的侦察队员，气氛紧张，让人悬心。侦察小队集体扮成国民党军队深入江岸防御工事的段落也令人叫绝，面对敌人，李连长、老班长对答如流，充分体现了解放军英雄的智慧和胆识。最终侦察队成功完成了任务。影片结尾，部队奔赴新的战场，李连长对刘四姐说：“我们要走了，我相信用不了多长时间，我们就会再见面的。”刘四姐眼含泪花：“不管时间长短，我一定会等你。”这两句台词既是含蓄的爱情宣言，也是主人公分别代表军队和革命群众对革命胜利做出的期许。

与《渡江侦察记》叙事模式类似，同为上海电影制片厂出品的《铁道游击队》① 也将惊险片的情节节奏与战斗集体齐心协力的故事相结合，将背景搬到了抗日战争时期的华北。《铁道游击队》由赵明导演，改编自作家刘知侠的同名长篇小说。电影由原作者刘知侠亲自编剧创作，故事素材则取自真实的英雄事迹。1940 年初，山东鲁南地区枣庄一带，一批煤矿工人和铁路工人不堪忍受日本侵略者的奴役和杀戮，在中国共产党的秘密领导下，组成游击队。他们以微山湖地区为据点，利用熟悉铁路和火车的优势，活跃在经过山东的几条铁路干线上。游击队劫持日军列车，破坏铁路，获取物资，支援抗日部队作战，立下赫赫战功。他们成功地粉碎了敌人的清剿阴谋，直到抗战胜利，才正式加入部队，投入新的战斗。

影片中铁道游击队的战士们是纯正的工人阶级出身，深受资本主义和帝国主义的双重压迫，是名副其实的最进步的革命力量。故事从游击队创建讲起，枣庄被日军占领，铁路工人们被迫在日军的压榨下劳作。此时主人公刘洪秘密回到枣庄，带来了党的指示，要武装斗争，干扰日军作战。刘洪先是带领工人假借开办炭厂之名集会和谋划，党委派到游击队的李政委则不断向工人兄弟们灌输党的思想，不能只靠盲目而朴素的民族感情作战，而要让思想提升到更高的层次。有的战友性格鲁莽，有勇无谋，有的在炭厂工作渐渐心满意足，舍不得放弃安逸，这些思想问题都在刘洪和李政委的帮助下一一化解。在一段精彩的乔装劫持火车情节之后，铁道游击队从枣庄转战微山湖，与当地负责地下工作接应的芳林嫂接上了头。

与《渡江侦察记》异曲同工，影片《铁道游击队》含蓄地表现了队长刘洪和芳林嫂之间朦胧的情愫，就像《渡江侦察记》中李连长和刘四姐的组合一样，男性代表党和军队，女性代表革命群众。芳林嫂的丈夫是铁路工人，被日寇杀害，芳林嫂就像失去父亲的刘四姐，是与革命军队同仇敌忾的受害者。在原小说中，对刘洪和芳林嫂的爱情有更加直接的描绘，电影则更加收敛和朦胧化，仅仅通过言语玩笑和细节来表达。如刘洪受伤后在芳林嫂家养伤，得到芳林嫂无微不至的照料，芳林嫂烤了地瓜拿给刘洪，战友们当着两人面开玩笑地说：“大嫂，你现在可真像我们的大嫂啊。”李政委也难得说笑：“要说你像不像大嫂，这我不知道，咱们大队长一直在你这里养伤，这得问咱们大队长了。”芳林嫂闻言略显羞赧出门，

①《铁道游击队》（1956）编剧：刘知侠；导演：赵明；主演：曹会渠、秦怡、冯喆、冯奇、冯笑、邓楠等；出品：上海电影制片厂。

刘洪则低头微笑不语。又如两人扮成穿着体面的新婚夫妇外出侦察，芳林嫂对镜打扮停当，转身笑问刘洪："怎么样?"刘洪笑答："真像个新娘子。"然而，革命的爱情"发乎情、止乎礼"。两人仅有的肢体动作也不过是刘洪教芳林嫂使用手榴弹时，情急之下握住她的手以及影片接近尾声时，被解救的芳林嫂见到刘洪后晕倒，刘洪伸手扶住了她。

本片的头号反派角色——阴险狡诈的日军特务队长冈村由陈述饰演，延续了他在《渡江侦察记》中的形象。在情节上，也有与《渡江侦察记》类似的铁道游击队假扮日军的桥段。值得一提的是，本片的插曲《弹起我心爱的土琵琶》，曲作者吕其明借鉴了山东民歌小调中的旋律，抒情又激越，配合影片中重要的道具土琵琶，铁道游击队员一同唱歌的场景，既表现了战友之间的深厚情谊，又富于生活气息，充满了革命乐观主义精神。

"十七年"时期的革命战争故事片除了讲述战斗集体的英勇战绩，也有以个体主人公为叙事中心的英雄成长故事。由长春电影制片厂拍摄的影片《董存瑞》① 便是其中的代表。影片取材自英雄董存瑞的真实事迹。董存瑞（1929—1948）牺牲时不满 19 岁，他是河北怀来人，出身贫农家庭，1945 年参加八路军，后加入中国共产党。他因作战英勇多次获得奖励，包括一枚"毛主席奖章"。1948 年在解放隆化的战役中，董存瑞带领战友奉命炸毁敌人碉堡，在无处安装炸药包的危急关头，董存瑞用身体托起炸药包，并完成了任务，避免了进攻部队的大量伤亡。新中国成立后在1950 年召开的全国战斗英雄、劳动模范代表会议上，董存瑞被追认为全国战斗英雄。

表现这样一位英雄人物，电影创作者没有落入为保持英雄形象的完美而牺牲人物个性的窠臼，反而塑造了一位性格活泼直率甚至有些顽皮的少年董存瑞形象。影片为人物设计了幽默风趣的台词，演员表演也带有喜剧色彩，以此衬托出他在部队中的成长进步。影片开头，抗日战争末期，八路军解放了董存瑞的家乡，"四虎子"（董存瑞乳名）因自己不够参军年龄而闹情绪，快言快语还十分倔强。在与新入伍的战士摔跤的一场戏中，他无论被摔倒多少次，不把对方摔倒决不下场，这个少年给赵连长、王平政委留下了深刻印象，开玩笑地叫他"刺儿头"。这时四虎子的思想还十分单纯朴素，需要党的引导，当王平同志问他为何非要参军，四虎子用顺口

---

①《董存瑞》（1955）编剧：丁洪、赵寰、董晓华；导演：郭维；主演：张良、杨启天、张莹、周凋、任颐、张辉等；出品：长春电影制片厂。

溜式的语言回答说：“枪炮子弹，大打大干，走南闯北，东游西转，光荣体面。”他的回答让王平同志哑然失笑。王平语重心长地对他说：“真正的战士不是一口气吹起来的，得要好好地锻炼，要懂得怎样才算是个真正的战士，他是为了谁去作战的。”此时四虎子的眼神仍然似懂非懂，他将要在战斗中逐渐体会到王平同志的深意。

当日军大规模反扑，四虎子和少时伙伴郅振标目睹王平同志率领的八路军为保护乡亲与日军奋战的情景，毅然不顾王平同志的反对，跟随部队加入到战斗当中。四虎子目睹了战士们如何舍生忘死，也看到个别人临阵脱逃，亲历了战争的惨烈，反而更加坚定了从军的决心。相当于其“精神导师”的王平同志在这场战斗中牺牲了，临终要四虎子将党费带给组织。从王平同志身上，四虎子第一次切身地感受到何谓为革命牺牲，为人民服务。四虎子和郅振标上山找到赵连长和部队，告知了王平同志牺牲的消息。他的热忱打动了赵连长，他如愿成为一名八路军战士。

影片对于董存瑞在部队中受到的磨炼进行了浓墨重彩的描绘。全片主体部分是磨炼，而非最终的战斗和就义。初次行军，董存瑞就因弹夹不满而在行军过程中出列向连长追问，遭到了严厉批评。晚上开会检讨时，他才明白八路军弹药紧缺，其他战士的弹夹都不是满的，看上去鼓鼓囊囊那只是伪装，让日军看不出底细。再反观他自己在初次战斗中的表现，对弹药不够节省，使他自觉羞愧。赵连长作为董存瑞革命道路上的领导者，也一直关心、监督着他，既严厉又慈爱。初次战斗之后，赵连长找董存瑞谈心，问道：“这股革命的劲儿叫什么？”董存瑞沉思着回答：“为人民服务。”赵连长补充：“前面还要加上几个字，无限地忠诚，要禁得起革命的锻炼和斗争的考验。这种革命的劲儿，就是人生的宝贝，人要是没有了它，活着没有作为，死了没有价值，白来一世。想想王平同志，还有那些英雄们，就是死了也还活在人们心里。”赵连长的话深深地鼓舞了董存瑞，也为他在危急关头的选择埋下了伏笔。随后影片用一系列蒙太奇展现了董存瑞的训练过程，政治学习、射击、安装炸药包等，还特别设计了一段董存瑞带领乡亲们唱民歌的戏。“十七年”时期的革命战争电影中常有歌唱段落，抒发主人公情感，也通过合唱展现凝聚力。董存瑞这段演唱富有民间风味，契合他在片中的活泼性格。

从影片中段开始，董存瑞开始大踏步前进，快速成长为一名优秀的共产主义战士。他先是积极申请加入共产党，又在实际战斗中见机行事，指出班长的指挥过于保守，不顾班长反对挺身涉险，建立奇功。获得嘉奖的同时，他也顺利加入了中国共产党。在影片高潮——解放隆化的总攻即将来临之际，董存瑞已经从被老兵们取笑的“刺儿头”四虎子转变为众人信任的爆破队长。在全连进行的爆破队长投票选举中，他高票当选。他不计前嫌，在分派任务时将“火力组长”的锦旗交给了与自己竞争爆破队长的战友。在这场选举戏中，董存瑞不再是那个爱开玩笑的调皮小伙子，他严肃、坚毅、自信、沉稳，是一个战斗经验丰富的成熟军人，对其性格发展的步步铺垫，也使得他最终舍身炸碉堡的行为显得富有合理性。本片的优点还在于注重对解放军战士日常生活状态、人际关系的描绘，董存瑞身边的次要人物个个富有特色，如讲话啰唆的老班长、不断被妻子来信困扰的牛玉和、为了争取立功有些小心眼儿的王海山，以及与董存瑞从小一起长大、性格温厚并处处维护他的好友郅振标。在这些人物的衬托下，董存瑞的成长显得更加真实可信，其性格也在与这些人物的互动中得到展现。

“十七年”时期的革命战争电影，除了表现新中国成立前的各个战争阶段，也把目光投向了硝烟刚刚散去的朝鲜战场。1950 年，中国志愿军开赴朝鲜参加“抗美援朝”战争。在这场反抗以美国为首的帝国主义势力的战争中，有无数可歌可泣的事迹，成为电影创作者的素材，其中最著名的代表作便是长春电影制片厂出品的《上甘岭》①。该片首开抗美援朝电影之先河，素材来自抗美援朝战争中的著名战役“上甘岭战役”。

影片截取了整场宏大战役中的一个片断：志愿军某部八连奉命坚守主峰阵地，敌人如潮水般涌来，他们退守坑道，在地下坑道中顶着敌人的炮火，忍受着缺水导致的干渴虚脱，足足坚守了 43 天。终于我军开始反攻，他们又与敌作战，重新夺回了主峰阵地。影片以一本手记为线索，按照时间顺序讲述，在情节构思方面的特点在于，不仅表现了枪林弹雨的战斗场景，还细腻描绘了战场上恶劣的生存条件给生命带来的威胁。《上甘岭》影片中的英雄人物面对的最大挑战，并非冲锋陷阵时瞬间的危险，而是漫长的、消磨意志的地道生活，干渴、饥饿、缺氧、因敌人在上方随时可能发动攻击而持续的精神紧张……有时候，这种漫长的等待和消耗比激烈战斗更加难熬，这对于志愿军战士们的思想意志是一次巨大的考验。也正是通

①《上甘岭》（1956）编剧：林杉、沙蒙；导演：沙蒙、林杉；主演：高保成、刘磊、徐林格、张良、李树楷等；出品：长春电影制片厂。

过恶劣生存条件的衬托，主人公的革命精神才显得更加坚韧，令人敬佩。

水，是这部影片的关键词。创作者一开头就埋下了伏笔，三营八连年轻的通信兵杨德才跟随连长张忠发来到师部参加会议，师长命令张忠发即刻开赴五圣山主峰，支援已经在那里奋战了数日的七连。师长看到小战士杨德才，关切地询问他入伍多久，还查看了他身上背的水壶。在谈及连长张忠发时，小战士杨德才特意提到张连长在战斗时总是口渴，嚷着要水喝，因此张连长总是把身上的水壶灌得满满的。师长则开玩笑提起张连长的另一个“脾气”，因为是机枪射手出身，张连长一听见机枪响就忍不住手痒，想要亲自上阵。短短几句，已经暗示了后续的情节，也粗略勾勒出主人公张忠发的个性。

《上甘岭》剧照

八连赶到主峰阵地之后，看到七连伤亡惨重。七连指导员双目受伤，蒙着纱布仍不肯退下火线。张忠发带领战士们接替七连死守主峰阵地，在一阵激烈的战斗之后，却接到师部的命令，要求放弃一直坚守的阵地，转移到地下坑道。张忠发虽想不通为何要放弃阵地，但还是服从组织命令，为此被不明就里的七连指导员指责。在坑道中除了战士们，还有一名女卫生员王兰。性格粗犷的张忠发起初嫌王兰是女同志，会拖累战斗，要王兰撤离。王兰急得哭了起来，又让张忠发束手无策。正在这时，师部来电，张忠发一再向师部请战，申请留在坑道内等待反攻机会。王兰的决心打动了张忠发，坑道内的状况也需要有卫生员的协助，王兰留下来与战士们并肩战斗。

杨德才奉连长命令返回师部，报告了主峰阵地的情况，八连获准留在阵地坑道内寻机反攻。张忠发和战士们感到很振奋，然而漫长的煎熬此时才刚刚开始。在后续的情节中，影片详细描绘了坚守坑道过程中所遭遇的各种困难，围绕着“水”来作文章。由于水和食物紧缺，王兰把所有战士的水壶收到一处，统一分配，以此方式来节约饮水。杨德才却私下找到王兰“走后门”，希望给连长单独留一壶，并再次提到张忠发打仗时爱喝水的习惯，也借此细节表现了战士对指挥员的衷心爱戴。见王兰对张连长的脾气颇有微词，杨德才向她讲述了张忠发的英雄业绩，特别提到张连长立下战功后，在北京见到了毛主席，竟然因紧张而忘记了敬礼。听了杨德才的讲述，王兰对于脾气急躁的张连长由怄气转为仰慕。

为表现张忠发的脾气，创作者设计了一个细节：八连撤入坑道之后，仍不放弃歼灭敌军的有生力量，时不时发动突袭，有力地牵制了敌军。而张忠发看到机枪手不够敏捷，亲自冲上前，不料，却因此被师部批评说指挥员亲自冲锋是大忌。而张忠发也不乏幽默，在向师部汇报战果时，说出了两位立功的同志，至于“第三位”（即张忠发自己），他则调侃自己道：“他犯了错误了，他放弃了上级交代的主要任务，私自出去打了这一仗。”

当敌人切断地下坑道的补给线时，战士们完全失去了水源，同志们躺卧在坑道中忍受着口渴的煎熬。张忠发不断鼓舞大家的士气，开玩笑地说：“坑道里又没声了。”并让爱说书的一排长来给大家讲一段活跃气氛。一排长提起精神为大家讲了《三国演义》中曹操带兵“望梅止渴”的典故，由此说开，战士们纷纷说起自己家乡的水果，靠想象来相互打气。类似的细节还有：同志们在坑道中捉住一只小松鼠时的喜悦，将小松鼠饲养起来，与部队一起度过最难熬的日子。师部派炊事员等同志冒着生命危险送来一些物资，包括两个苹果。镜头跟随苹果移动，从一个战士手中传到另一个战士手中，却谁也舍不得吃。大家口干得咽不下食物，张忠发带头把军用干粮塞到嘴里，噎到喘不上气，仍拼命往下咽；七连指导员本已负伤，虽生命力耗尽，却坚持不肯喝一口水，他要把水留给能够作战的同志；敌军在坑道内施放毒气，王兰舍弃自己的面罩，保护正在射击的连长不吸入毒气……影片用大量感人的细节，描绘出战斗环境的极度艰苦和革命战士们钢铁般的意志。最终部队迎来了反攻，一举歼灭了占据主峰阵地的敌人，成功夺回阵地。年轻的通信兵杨德才却在执行爆破任务时英勇牺牲了，他像董存瑞一样，用自己的身体做杠杆，把炸药投入敌人的地堡。

《上甘岭》电影的另一个亮点就是插曲《我的祖国》，这首动人的歌曲由王兰在坑道中为战士们演唱，引发了深情的合唱：“一条大河波浪宽，风吹稻花香两岸，我家就在岸上住，听惯了艄公的号子，看惯了船上的白帆。这是美丽的祖国，是我生长的地方……朋友来了有好酒，若是那豺狼来了，迎接它的有猎枪。”这首插曲既优美动人，又铿锵有力，并传唱大江南北，至今仍是革命歌曲中首屈一指的代表作。

“十七年”时期的革命战争电影，虽然时有对爱情情愫的含蓄描绘，但正面讲述战士恋爱故事的影片很少，《柳堡的故事》① 是一次成功的尝

《柳堡的故事》剧照

①《柳堡的故事》（1957）编剧：胡石言、黄宗江；导演：王苹；主演：廖有梁、陶玉玲、徐林格等；出品：八一电影制片厂。

试。该片由八一电影制片厂出品，导演王苹为这部影片注入了女性创作者特有的细腻和优美，在一片阳刚气质的革命战争影片中独具特色。影片改编自胡石言的同名小说，剧本由胡石言与黄宗江共同创作。

故事发生在1944年的春天，新四军某部击退日军，来到江苏省宝应县柳堡地区。当地乡亲们由于对革命队伍缺乏了解，起初充满疑惧。在新四军战士的热情帮助、真心关怀下，乡亲们渐渐放下戒备，与战士们建立起感情。影片开头便聚焦于新四军年轻战士李进，他与战友来到村民田老头家中，通过开玩笑与田老头的幼子小牛建立友谊。但田老头胆小怕事，仍然对军队十分恐惧。尤其当小牛走嘴说出“二姐什么时候回来”时，被田老头马上制止。此时女主人公未出现，就会在观众心中引起好奇：一个年轻姑娘，在战乱之中被父亲尽可能保护起来，她若遇到这群朝气蓬勃的年轻战士们，会发生怎样的故事呢？

李进提议帮助田老头修缮房屋，战士们热火朝天地干了起来，原本不信任新四军的田老头脸上也有了发自内心的笑容。本片的插曲《九九艳阳天》是“十七年”时期电影插曲中极其罕见的直接歌颂爱情的歌曲。歌曲推出后传唱大江南北，片中由李进在劳动场景中自然地唱出，战友们合唱应和：“九九那个艳阳天来哟，十八岁的哥哥坐在河边……风车呀风车那个依呀呀地转，小哥哥为什么呀不开言？”镜头一转，被田老头藏在亲戚家的二女儿田学英（小名二妹子）坐着小船回到了村里。创作者充分运用江南水乡的优美风景，伴随着美妙的音乐，充满抒情韵味。二妹子下船正听到李进的歌声：“九九那个艳阳天来哟，十八岁的哥哥想把军来参……”她首先被歌声打动，一进家门，小牛兴奋地迎上来，姐弟相见，笑逐颜开。

小牛对二妹子讲了许多新四军来后的事，尤其说起副班长李进，二妹子从墙缝瞥见李进的身影，暗暗埋下了情愫，而当她听田老头说起新四军早晚要离开，又陷入了惆怅。影片用许多细节表现二妹子与李进的感情进展：当伪军来犯，战友小马鞋带断了，李进问小牛有没有绳子。二妹子果断解下腰带上的绳子交给李进。战斗结束后，李进将线绳还给二妹子，并说道“没舍得用”，二妹子脸上露出害羞和喜悦的神情。在这场与伪军的战斗中，李进手臂受了轻伤，留在田家休养，与二妹子朝夕相处，二妹子鼓起勇气，提出要跟随部队一起走。在这段对话中，二妹子的语言从小心试探，到变得大胆，终于表白：“就是到天边，我也去。”同样对二妹子有好感的李进心中既喜悦又吃惊，正不知如何回答，平日就爱说笑的战友小马闯了进来，看出二人神情有异。有快嘴的小马在，李进与二妹子的恋情很快传到了指导员那里。革命军队的纪律不允许战斗过程中与当地百姓产生这样的纠葛，指导员很严肃地找李进谈话。李进性格坦诚，竟大方承认了对二妹子的喜爱，还对未来作了打算，让指导员十分无奈。指导员对李进晓之以理，这里是解放新区，当地百姓的信任来之不易，需要小心处理军民关系，倘若战士们人人动了私情，会严重地影响军队形象和军民关系。李进很明了事理，提出搬出田家，避免再与二妹子接触。

痴心的二妹子却锲而不舍，一会儿派小牛询问指导员新四军可否娶亲，一会儿又趁部队训练的间隙，让小牛约李进相见，但几番都被拒绝。直到一天夜里，她哭着找到李进，告知伪军保安队长刘胡子看上了自己，放言如果不嫁就要强抢，而她的亲姐姐大妹子就是被迫嫁给刘胡子之后被折磨死的，二妹子恳求李进搭救。这次见面被部队领导和战友们误会，要李进检讨。李进激动地说出事情原委：“同志们，我真该死，昨天晚上我听了她那么一讲，真像当头挨了几十个巴掌，老百姓遭那么大的罪，我还想我个人的心思。我现在也说不出什么漂亮话，同志们，以后看我的好了。”李进这番话意味着对二妹子情感的升华，不再是私人恋情，而是上升到一种对广大受苦受难群众的同情，对统治阶级的愤恨。战友们听了也义愤填膺，纷纷检讨自己光顾着讲他人的闲话，却忘记了革命的根本目的。

正在部队考虑如何攻打蒋桥，端掉当地伪政权的老窝，从根本上帮助田家和所有当地百姓的时候，小牛赶来求助：二妹子被地主汪掌柜抓走，要献给伪保安队长刘胡子。李进和战友们闻言紧急出动，在河上拦住汪掌柜的船，及时把二妹子解救出来。紧接着，在攻打蒋桥的战役中，李进虽表现出色，但随着战事的进展，部队也将要移师开赴新的战场。对于李进和二妹子之间无法言说的情感，创作者一反爱情情节需要男女双方演对手戏的方式，反其道而行之，不让李进和二妹子在同一场景中出现，分别展现他们各自相思又隐忍的状态。如二妹子被解救后，来不及与李进说话，两人只是隔水相望；攻打蒋桥胜利大会前，二妹子对镜精心梳妆，李进则在夜里辗转难眠，神情复杂；小牛带李进去看二妹子悄悄为李进缝制的女红；在船上，战友小马唱起《九九艳阳天》，勾起了李进的心事……

革命战争影片中，两人的爱情必须建立在共同的革命理想之上，而绝不能是纯粹私人的感情。因此，当二妹子还是群众身份，剧情就不能明确李进与她的爱情关系。直到最终结尾，解放战争取得胜利，李进随部队重新回到柳堡，再次见到了二妹子，她已经加入中国共产党，成长为一名地方干部，也成了革命者，此时两人才能够坦然地走到一起。两人最终相见时的场景也耐人寻味，背景还是便于抒情的水乡河道，小船摇摇摆摆，二妹子出现在船头，她背着枪，剪短了头发，不再是那个情窦初开的小姑娘，更像个革命女战士了。李进对她喊出口的是“田学英同志”，其称呼的变化揭示出二妹子身份的变化。《九九艳阳天》的歌声再度响起，配上优美的空镜，影片结束在二人微笑的对视瞬间。此时是两个革命战士的结合，这爱情与之前的儿女情长不同，是建立在革命理想之上的升华。

二、文学名著改编电影发轫大银幕：《祝福》《家》

“一五”计划包含大量向社会主义苏联学习取经的项目，电影事业也不例外，文化部电影局组织了“赴苏实习团”，于 1954 年 9 月底到达苏联。实习团汇集了电影局、北影、上影、长影的业务骨干，根据个人专业，先在莫斯科国立电影大学学习课程，由著名导演罗姆、普图什科等专家讲授课程，学习后再到苏联资深导演的摄制组中实习。

根据电影局的指示，赴苏实习团的任务是：1. 学会彩色影片的全部摄制过程，回国后要能自己拍摄和洗印彩色影片。在技术方面，还要学会苏联的特技、活动，马斯克布景设计和置景的工艺过程、录音以及宽银幕、立体声、彩色印染拷贝技术等。2. 学习苏联制片厂的管理、创作、生产技术、行政领导。着重在生产领导方面，我们学得越具体越好……具体了解电影厂如何领导创作剧本的审查制度，厂里如何召开艺委会，编辑部如何进行工作，如何制订生产计划，怎样领导生产，摄制组的成立与摄制周期的计算方法，成本的制定，对摄制组的领导及摄制组的工作方法。了解各种奖金制度以及如何分配。学习各种生产、行政、人事制度，搜集各种表格和了解其执行情况。摸清他们技术管理的情况和新技术的发展动向，参加各种会议，如艺委会生产会议、调度会、创作讨论及审查样片、看影片等制片厂的一些活动。了解苏联其他制片厂的情况和外景基地。3. 学习苏联的创作经验。了解苏联电影发展的历史情况，深入一个摄制组学习苏联导演的创作与工作方法。同时，了解其他有关摄制组的一些创作情况，分析和研究苏联过去和现在的一些影片。多看些在苏联放映的外国影片，了解其他一些国家电影的动向。①

赴苏实习团圆满学成归国，根据电影局的指示，学成归来的电影人留在北京电影制片厂工作，这个备受瞩目的团体面临的首次练兵便是改编鲁迅的名作、短篇小说《祝福》②。时任北京电影制片厂厂长的汪洋，也是当时赴苏实习团的团长，决定对《祝福》进行拍摄。他专门请剧作家夏衍改编剧本，在导演人选方面，因为之前上海电影制片厂已经在为1956年鲁迅逝世二十周年纪念筹备拍摄同一素材，北影遂与上影磋商，导演桑弧，主演白杨、魏鹤龄等仍然按照上影厂的计划，其他主创人员由北影厂赴苏实习归来的成员担任。

剧本经夏衍精心改编，非常精彩、扎实。原作小说很短，叙事容量并不大，夏衍增添许多情节，让故事更加丰满，并且亲自帮助导演桑弧修订分镜头剧本，以使影像最大程度重现剧作的故事情节。《祝福》上映后获得了巨大成功，成为中国影史上又一里程碑式作品。它是中国第一部彩色故事片，实现了电影技术方面的突破，同时也是一次极为成功的名著改编尝试，为新中国文学名著改编电影树立了全新的标杆。影片在国外参展也大获好评，在莫斯科公映后创造了中国影片在苏联上映的最高票房纪录，还获得了包括捷克斯洛伐克“卡罗维发利国际电影节”评委会特别奖在内的多个国际奖项。

影片删除了鲁迅原作中第一人称“我”的角色，不是从第三人称的视角旁观祥林嫂的悲剧，而是从祥林嫂的角度讲述整个故事，强化了封建统治者在精神和经济上双重压迫底层人民的情节。尤其为人称道的改编是增加了祥林嫂第二任丈夫贺老六的戏份，魏鹤龄传神地演绎了这个纯朴、善良的山民形象。他虽然木讷，但心地温厚善良，当看到祥林嫂为了拒绝改嫁宁可撞头寻死之后，并没有恼羞成怒，反而安抚照料祥林嫂，还答应送她去她想去的地方。当他问祥林嫂：“你想回你婆婆那里，还是回鲁镇？”祥林嫂反而茫然无措地哭了起来，她其实无家可归，也被贺老六的善良感动，遂安心留下来和他一起生活。生下儿子阿毛后，贺老六更是对妻子照料周到，连祥林嫂下床都要阻拦。

---

①苏叔阳、石侠：《燃烧的汪洋》，北京：中国电影出版社1999年版，第224页。

②《祝福》（1956）编剧：夏衍；导演：桑弧；主演：白杨、魏鹤龄、李景波等；出品：北京电影制片厂。

然而，这样一位体贴的好丈夫，却在地主的残酷剥削下，过度劳碌而死去。原著中只提到贺老六死于伤寒，夏衍做了合理的改编。贺老六为了还清娶亲时支付给祥林嫂婆婆的彩礼钱，在地主家卖命劳作，腰腿受了伤还忍痛去拉纤，在烈日下昏厥，从此一病不起。在他重病之际，地主还派人来逼债，祥林嫂忙于应付地主，一不留神，儿子阿毛被狼拖走吃掉。夏衍精通电影叙事的法则，将原作中发生在不同年份的事件集中到戏剧矛盾爆发的时刻，比起原作的一笔带过，电影强调的是封建地主的剥削压迫，直接导致祥林嫂家破人亡，且再度沦为女佣。

祥林嫂第二次回到鲁镇后的情节，基本与小说相符，值得注意的是，夏衍的剧作增加了祥林嫂的反抗性。她一度向封建制度和迷信习俗屈服，因为不能参加祝福而痛苦，又为了“赎罪”避免在阴间被两任丈夫争夺劈成两半，而用尽积蓄去寺庙捐了门槛。然而，当她意识到捐门槛也不能使她被吃人的封建制度接纳时，她直接质问老爷，还冲到寺庙，疯狂地用砍刀破坏自己用辛苦钱捐下的门槛，此举可视为她无奈而绝望的反抗。此后，她并没有像小说中那样沉迷于封建迷信，反复追问人是否有灵魂，而是沉默地走向生命的尽头。演员白杨的演技十分精湛，仅通过眼神变化，便将祥林嫂从怀有希望到完全绝望的心路历程演绎出来。

这个时期另一部重要的文学名著改编电影是上海电影制片厂出品的《家》①，由陈西禾导演、编剧，改编自巴金的代表作“激流三部曲”中的第一部作品《家》。原著小说写于1930年初期，描写了1920年四川成都某封建大家庭的腐朽堕落，通过这家三位青年男性成员觉新、觉民、觉慧的不同性格和命运，控诉了封建家长制度对于人性的摧残。

《家》的改编比较忠实于原著，最出彩的是演员的表演。影片明星云集，由孙道临饰演长孙觉新，以他的形象、气质扮演封建家族“书香门第”的少爷子弟，可谓轻车熟路，生动地演绎出觉新的犹疑、懦弱，对梅表姐的念念不忘和对妻子瑞珏的怜爱。张瑞芳饰演李瑞珏，充分证明了她宽阔的戏路，既能够扮演干练泼辣的革命女性或农村妇女，也能演绎温柔敦厚的大家族少奶奶。由黄宗英饰演凄苦柔弱的梅表姐，含蓄隐忍的表演让人为梅表姐的悲惨命运而痛心。王丹凤饰演的鸣凤，起初以明艳灵巧的

①《家》（1956）编剧：陈西禾；导演：陈西禾、叶明；主演：魏鹤龄、王丹凤、张辉、黄宗英、张瑞芳、孙道临、蒋锐、戴耘等；出品：上海电影制片厂。

面貌登场，当得知自己要被卖给年纪老迈的冯乐山做小妾，情绪转变为绝望，在求助于觉慧不成之后投湖自尽。前后的状态两相对照，格外震撼人心，充分印证了鲁迅的判语：“悲剧是将美好的事物撕碎给人看。”魏鹤龄饰演封建大家长高老太爷，将他的专制、跋扈、昏庸、多疑演绎得惟妙惟肖。

遗憾的是，由于拍摄条件上种种的限制，《家》没能更好地利用演员们演技的优势，故上映后不少熟读原著的观众都反映电影剧情过于浅表，不如小说塑造人物那般深刻，有隔靴搔痒之感。巴金也曾撰文含蓄地谈了对这部电影的意见，并登载在1957年第20期《大众电影》杂志上，巴金谈道：“作为影片的观众，我有这样的一个印象：影片抓住了不少的东西，样样都不肯放手，但样样都是一瞬即逝，没有得到充分的发挥。好像影片只是在对我们讲故事，并不能让我们看清楚人物的面貌和内心。”“像瑞珏这样重要的人物，为什么不让她在银幕上、在我们的面前多停留一些时候，让我们看清楚她的可爱的精神面貌，那么她的命运也许更能紧紧抓住我们的心，激起我们对旧社会的更大的恨。又如觉新，为什么他总是那么匆忙地闪来闪去，不肯停下来为我们打开他的‘灵魂的一隅’，让我们看到他的内心矛盾？”①

巴金看到的问题其实是“十七年”时期电影共有的局限，即过多从政治的角度考虑，却削弱了原著中人物的丰富性、矛盾性和暧昧性，代之以非黑即白的平面化表达，也因此丧失了生活的实感。如影片对觉新与瑞珏的爱情刻画不足——这本是小说中最动人和最悲情的一笔。《家》作为一部人物众多的小说巨著，很难在两个小时的常规电影时间内充分展开。总之，《家》的不足是诸多原因造成的遗憾，但演员们的精彩表演在今天看来仍令人称道、赞叹。

第四节 “大跃进”与中国电影的真实跃进

这个时期的新中国电影业迎来了一次名副其实的发展高潮，1958年下半年，中共中央决定组织一批重点项目向新中国成立十周年献礼，其中就

①巴金：《谈影片的〈家〉》，《大众电影》1957年第20期。

包括“新中国成立十周年献礼片”的拍摄。文化部为此召集了北影、上影、长影、八一等电影制片厂人员开会，会上提出，“要保证我们时代的政治尖端题材，如人民公社、全民炼钢、全民办工业、工农业大跃进等方面的题材，创造出生动活泼的敢想敢做的新人的典型，同时，要很好地反映我们党所领导的几个革命历史时期的某些重大题材，题材方面还应该力求广泛多样。而在艺术形式方面，提倡革命现实主义与革命浪漫主义相结合的方法，大胆创造，提高技巧，力求富有地方色彩和民族色彩，创造出更加为群众喜闻乐见的民族风格的影片，继续贯彻百花齐放的方针。大家一致认为电影创作应做到三好：即内容好（共产主义思想）、风格好（即民族形式）、声光好（电影各种技术的提高），这是一个奋斗的目标”①。

随后，各电影制片厂的创作者投入到紧张的创作之中，催生了一批佳作。这些作品在1959年9月25日至10月24日文化部举办的庆祝新中国成立十周年国产新片展览月中集中亮相，观众反响热烈，形成了新中国电影的第一次高潮。

一、从小说到电影的诗化改编：《林家铺子》

在为庆祝新中国成立十周年献礼的影片中，北京电影制片厂出品的文学名著改编影片格外引人注目，北影厂也因此获得了“文学名著改编厂”的赞誉。北影厂出品的《林家铺子》② 成为改编新中国成立前“五四”新文学名作的典范。

电影《林家铺子》由水华导演，改编自1932年茅盾撰写的同名短篇小说，由剧作家、文化部副部长夏衍改编。影片讲述了1930年初，浙江杭嘉湖地区某小镇，一位小生意人林老板在帝国主义、封建势力、官僚资本主义的压榨下，勉强支撑却终免不了破产的命运。这部影片的突破在于，丰富了新中国电影人物画廊，刻画了一位小资产阶级主人公。他既可怜又可恨，在帝国主义、官僚资本主义面前，他是受迫害者；在贫苦劳工面前，他又是压榨者。通过林老板一家的遭遇，影片再现了旧社会普通民众生活在水深火热之中的切身苦难，既有批判，也有同情。

---

①《明年大放电影“卫星”：创造社会主义共产主义的民族新电影》，《大众电影》1958年第22期。

②《林家铺子》（1956）编剧：夏衍；导演：水华；主演：谢添、陈述、张亮、丁蓝、林彬等；出品：北京电影制片厂。

《林家铺子》剧照

影片开头用利落的手法交代了环境——江南水乡，一条水道，两边民居林立，本应富庶安逸的小镇却显得颇为萧条，林老板的独生女儿明秀最先出场，她低头赌气似的走出学校大门，快步走回家去。镜头跟随明秀的脚步在小镇街头穿行，她走过小桥，一群同龄的学生正在进行抗日演讲，彼时刚刚发生了九一八事变，日本悍然占领东北三省，爱国学生纷纷呼吁抵制日货。明秀从演讲聚集的年轻人中间穿过，低着头快步走过没有停留，好像在逃避什么。她走到自家所在的商店街街口，望着小街上较其他地方略稠密的人群和鳞次栉比的招牌，神情复杂。

明秀回到家中，十分苦闷，影片巧妙地利用了原小说中描述的细节：明秀的宠物小猫急于跟主人撒娇，跳上床依偎在她身边，明秀心烦意乱，把小猫推下床去撒气。明秀的母亲林大娘和父亲林老板赶来劝慰。原来明秀是为了身上穿的日本产的棉旗袍而烦恼，同学们号召抵制日货，可她身上穿的、家里卖的都是日货，在同学面前抬不起头来。林老板则对学生们的倡议十分不满，因为国民对日货的抵制，将会影响他店铺的生意。

影片比照原著，最明显的改动是明秀的形象。本片中明秀是一名追求进步的女学生，对于同学们抵制日货的倡议，她表现出拥护，也愿意参与其中，对于家里卖日货的行为，她虽然没有办法，可内心却是反对的。而原作中的明秀是一个不谙世事、娇生惯养、思想觉悟并不高的年轻姑娘，典型的小资产阶级情调，对于各种精巧的日本物件恋恋不舍，家里的店铺快要倒闭了，还缠着父亲买好布料，做新旗袍。影片的改动，试图为人物增加进步色彩，使之比原来的形象更加可爱，也更让人同情。

演员谢添完美地演绎了主人公林老板，原作中有大量对林老板的心理描写，一位谨小慎微、精打细算的小商人形象通过内心描绘跃然纸上。电影不像文学作品那样擅长直接揭示人物内心，然而谢添很传神地通过微妙的表情、肢体语言变化、讲话神态强调等细节，塑造了令人信服的林老板形象。他逢人便表三分好，和气、热情，对女儿疼爱，对妻子体贴，对学徒伙计也不耍威风；他也有世故的一面，懂得在商会会长等掌权者面前如何恭顺巴结，如何巧言打发来讨利的底层劳工张寡妇、朱三太等人，如何打肿脸充胖子，明明面临破产窘境，仍然维持人前的体面。谢添活脱脱演出一个受“夹板气”的小老板，上受人剥削，下压榨他人。无奈底层已经被上层剥削殆尽，林老板难以获利，必然走向破产。

剧作以春节前后林家铺子生意的几沉几浮为结构线索，每当生意稍有起色，就又出现新的困境：刚刚行贿商会，获得卖日货的默许，就面临货降价也难卖的尴尬，因经济萧条，来赶市的乡下农民贫困潦倒，根本无钱买小百货；刚有一点收益，上海来的收债人便赶来坐在店里不走，钱庄不肯借钱，反而催还债务，林老板苦盼学徒寿生收账回来，悉数被收债人拿走，汇票则被钱庄扣留；一·二八淞沪抗战爆发，上海难民逃到小镇，林老板和聪明的寿生合计用“一元货”的方式搭售日用品，小赚一笔，却又被商会、党部的官僚盯上，同行则借机陷害，警察局卜局长竟乘人之危要强娶明秀做姨太太，林老板为此被扣……一系列的打击雪上加霜，寿生几经周折保出林老板，林家铺子已经名存实亡。为了保护明秀、逃避追债，林老板只剩出走一途。而他的出逃，则把更贫困的张寡妇、朱三太等人逼入了绝境。

影片最后一幕十分震撼，各债主哄抢林家铺子，国民党警察维护的是这群资产者的利益。张寡妇等贫苦人的血本被林老板卷走，拼命想冲进铺子却被拦下。群情激奋之际，警察暴力驱散民众，张寡妇的孩子被混乱奔走的人们踩踏，张寡妇陷入疯狂之中。于蓝饰演的张寡妇虽然戏份不多，却十分出彩，充分表现出一个贫苦女人的疑虑、忧惧与绝望。

二、质朴清新的现实喜剧:《我们村里的年轻人》

因新中国成立十周年献礼而催生的电影创作高潮中，主题乐观向上、情调热烈昂扬的“乡村创业史”影片格外契合“大跃进”的时代背景。

《我们村里的年轻人》① 堪称此类“乡村创业史”影片的典型，鲜活地刻画了新一代青年在社会主义建设中的新风貌，洋溢着理想主义的激情。该片由长春电影制片厂出品，苏里导演，山西作家马烽编剧。影片叙事将农村公社的建设与青年男女的爱情故事巧妙地结合在一起，爱情的选择实为政治理想和价值的抉择，三位性格迥异的男性主人公代表了农村经济合作化大潮中三种不同的典型人格，而几乎完美的女主人公既是对于男性的感召，也是对先进者的奖励。

主人公高占武（李亚林饰）是一名参加了抗美援朝战争之后返乡工作的退伍军人，他虽是土生土长的农民出身，但在部队中学习了科学和工业知识，精通爆破技术，对水利建设也有兴趣钻研。回乡后，高占武首先想到的是帮助缺水的家乡修一条引水渠，将山上的水源引到村子里，改变村里排长队打水、庄稼因缺水而收成不佳的状况。高占武的想法得到了从小一起长大的同伴——村民曹茂林（梁音饰）的支持。在追求建设社会主义新农村理想的道路上，高占武扮演着引领者的角色，而曹茂林是坚定的追随者。与两人态度相反的“后进”人物是初中毕业生李克明，他自恃受过中学教育，比村里其他年轻人更有文化，从功利利己角度出发，不甘心留在乡村劳动，心心念念想到城市找工作。从肖像学层面看，高占武高大沉稳，显得老成；曹茂林黝黑朴实，心憨口拙；李克明是个俊俏的小伙子，总是打扮得干净利落，显然很注重外表。

高占武要修水渠的提议遭到了村中老一辈干部的反对。老社长认为高占武是在空想，要实现修水渠的目标困难太多，几乎是不能完成的任务，三年五载拖不起。在高占武和曹茂林等年轻人的坚持下，老社长勉强同意他们带一些自愿参加修水渠劳动的年轻人上山尝试一下。

在报名修水渠的动员会上，初中毕业回到家乡的女青年孔淑贞自告奋勇，第一个报名参加。开始，她还因身为女性而遭到高占武的“歧视”，

---

①《我们村里的年轻人》（1959）编剧：马烽；导演：苏里；主演：李亚林、梁音、金迪、杨洸、刘增庆等；出品：长春电影制片厂。

老支书和男青年拿淑贞的辫子开起了玩笑。不料淑贞立刻拿了剪刀，当场剪掉两条辫子变成飒爽短发。她的决心打动了高占武，第一个登记上了她的名字。影片从各个侧面塑造淑贞的美好形象，她第一次出场伴随着清脆甜美的歌声，从田边经过，三位男主人公站在田间看入了神，也预示着他们对待淑贞的态度。高占武没想到当年的小丫头已经成长为初中生，既惊讶又感慨。田茂林则与淑贞最相熟也最了解，不无赞赏地告诉高占武，淑贞虽然是文化人，但每年都要回到村里参加劳动。李克明在田间与同伴们打闹抢水喝的细节已然透露出他的小聪明和小自私，他明明在村里有相好的姑娘小翠，却忍不住望着远去的淑贞发呆，把水洒了一地，而之前他对表哥谈起小翠，还略带不甘地说小翠文化低，言下之意是与他这个初中生不够般配。

后续的情节表明淑贞不仅人美歌甜，而且在劳动上也巾帼不让须眉，但她也曾因为“急躁”而遭到高占武的批评。在炸山修渠的过程中，高占武对淑贞产生了好感。与淑贞青梅竹马的曹茂林在听说淑贞愿意在农村找对象之后，心思也活了。李克明原本厌倦农村生活，但为了能接近淑贞，也报名参加了修渠的队伍，把对自己实心实意的小翠抛到了脑后。在思想进步方面，李克明甚至不如小翠有觉悟，木匠家庭出身的小翠也希望能来修渠，无奈父亲生病走不开。她的缺席倒正中李克明下怀，正好可以追求同为初中生的淑贞。在李克明有等级色彩的眼光来看，有文化的淑贞才是自己的理想配偶，而他追求淑贞的方式是买糖果讨好之类，带有小资产阶级色彩，当然不能得到淑贞的芳心。

淑贞和高占武是最先进的引领者，曹茂林和小翠是满腔热忱但还不够有主见的追随者，而李克明虽然最终在其他先进人物的感召下有了进步，也打消了进城工作的念头，真心愿意留在农村参加公社建设，但他之前的错误思想，已经使他失去了小翠，也不可能得到淑贞的青睐，遭遇了爱情“鸡飞蛋打”的教训。孔淑贞与高占武的感情，是建立在并肩劳作建设新农村的理想之上的，他们的共同觉悟让他们彼此心意相通，走到了一起。高占武最初压抑自己的感情，欲成全茂林对淑贞的喜爱，他的退让恰恰说明了他无私高尚的品格。憨厚的茂林发现自己与纯朴的小翠更加相配，他坦然承认不再惦念淑贞，解除了高占武的顾虑，最终皆大欢喜。

本片中并没有一个真正的反面角色，即使后进人物也能够在进步人物的感染下投入到农村的建设之中。不仅李克明，就连最初宣扬封建迷信的风水先生孔阴阳也“人尽其才”，为修水渠出谋划策。也正因为如此，影片呈现出一派欣欣向荣的风貌，展现的是社会主义新农村的和谐局面。青年男女恋爱时的羞涩和小误会使影片带有轻喜剧色彩，让人忍俊不禁。此外，郭兰英演唱的插曲《人说山西好风光》也传唱大江南北。

三、少数民族题材与音乐歌舞片的巧妙融合：《五朵金花》《刘三姐》

1959 年这次电影创作高潮，在题材开拓方面最大的成就是少数民族题材影片的开花结果。这些在少数民族地区拍摄的影片，一方面有促进民族团结、宣传党的民族政策的目的，另一方面也因为少数民族风俗习惯的特殊性，在视觉修辞和情节编排上比一般现实题材电影更加灵活多彩。

新中国少数民族影片的代表作《五朵金花》① 便诞生在这次创作高潮中。该片由长春电影制片厂出品，王家乙导演，赵季康、王公浦编剧。故事发生在云南大理白族自治州，苍山、洱海的美丽风景，天然地为影片增添了浪漫、梦幻的色彩。对于少数民族题材影片而言，地区自然风景的表现一向是创作的不二法门，这种手法能让广大中国观众看到祖国山河的秀丽多姿，生发出爱国之情。

在大理一年一度的“三月街”盛会上，来参加传统赛马会的白族青年阿鹏邂逅了美丽的少女金花（杨丽坤饰）。初次见面，阿鹏就以乐于助人的品格和精湛的马术技艺打动了金花的芳心，阿鹏也爱上了这位相貌出众、歌声美妙的姑娘。按照民族节日“三月街”的惯例，男女青年都会借这次机会对歌调情，寻觅伴侣。阿鹏与金花在蝴蝶泉边唱歌互诉衷肠。为了考验阿鹏，金花与他约定来年“三月街”再会，到时如未变心再真正定情。

影片以次年“三月街”到来之际，阿鹏前往苍山脚下寻找金花为线索，牵出了大理地区人民公社热火朝天的建设图景。《五朵金花》属于喜剧类型，但这种喜剧抽离了这一体裁天然带有的讽刺现实的特长，代之以误会、巧合构筑的桥段，即所谓“歌颂性喜剧”。片中唯一人为制造“麻烦”的人物是“爱管闲事的老叔”，而老人家糊涂、贪杯、爱打岔的缺点不过是性格上的弱点，不减损他心地的善良，反而因瑕疵显得可爱。

---

①《五朵金花》（1959）编剧：赵季康、王公浦；导演：王家乙；演员：杨丽坤、莫梓江、王苏娅、孙静贞、谭尧中等；出品：长春电影制片厂。

《刘三姐》剧照

阿鹏独自来到大理人民公社寻找金花，他为人热心，沿路不断帮助他人。譬如在船上遇到长春电影制片厂来采风的两位同志，阿鹏向他们讲起自己和金花的故事。当他听说摇船大妈的女儿就是金花，正跟伙伴们一起在洱海里捞海肥，阿鹏兴奋地跳入洱海去寻金花，却发现对方只是重名，并非他的金花。尽管弄错，可阿鹏还是帮助姑娘打捞掉到水底的镰刀，展示了好水性。一身湿漉漉的上岸后，阿鹏帮助长影的同志赶车去各处采风，搜集民歌。影片安排种种阴差阳错的巧合，让阿鹏与金花实际近在咫尺，却各自蒙在鼓里，几度错过。阿鹏途中曾帮助金花的爷爷捡回掉落山崖的草药，也不知对方就是心上人的家人。创作者把阿鹏塑造成劳动能手，样样能干，水性好、擅骑马，攀山岩身手利落，有一副好歌喉，还了解炼钢铁的窍门。他在公社错过了自己的金花，一路经过洱海、畜牧场、矿山、拖拉机农场、炼铁厂，遇见了四位不同行当的金花姑娘，有的已经婚配，有的已有恋人，有的正逢大喜，观众的心情一方面随着阿鹏的“希望一失望”而跌宕，另一方面也为看到了其他社会主义新人意气风发的精神面貌，看到他们成双成对的幸福生活而感到欣喜和振奋。虽然影片表现了爱情，但这爱情是升华的、高度理想化的，片中每一对恋人都是工作中的搭档，劳作与恋爱密不可分。

最终阿鹏与金花解除了种种误会，在蝴蝶泉边重逢，其他金花带着自己的恋人为他们唱歌祝福，影片结束在动人的歌声中。少数民族能歌善舞的特色被电影创作者着意运用，这一时期的少数民族影片比起其他题材的影片，格外具有观赏性。在人物肖像学方面，少数民族女性角色比其他题材影片中的革命女性更具有女性美。由于故事情景的规定，女主人公不是《我们村里的年轻人》中淑贞式的女性。淑贞为上山开渠毅然剪断长发，《五朵金花》等少数民族题材影片，女性主人公仍然保留着发型、衣着上较艳丽繁复的装饰，对于广大观众来说，无疑是更加赏心悦目。

有了《五朵金花》的成功经验，长春电影制片厂于1960年推出少数民族题材佳作《刘三姐》①，由苏里导演，乔羽编剧。故事取材于广西壮族关于“歌仙”刘三姐（刘三妹）的民间传说，该传说在南宋已有记载，明清时在当地广为流传。相比《五朵金花》，《刘三姐》更加注重少数民族歌舞元素的运用。该片属于典型的“音乐风光片”，主要情节由刘三姐的歌唱表演串联起来。故事发生在封建专制的古代，创作者强调了刘三姐故事中阶级斗争的内容。影片开头是甲天下的漓江风光，远远回荡着嘹亮婉转的歌声：“山顶有花山脚香，桥底有水桥面凉。心中有了不平事，山歌如火出胸膛。山歌好像泉水流，深山老林处处有。若还有人来阻挡，冲破长堤泡九州。虎死虎骨在深山，龙死龙鳞在深潭。唱歌不怕头落地，阎王殿上唱三年。”正在江上打鱼的老渔夫和儿子阿牛听歌入了神，抬眼望去，只见刘三姐划着小船款款驶来。这个开头打动了无数观众，景美、人美、歌更美，而歌词铿锵有力、掷地有声，洋溢着不屈不挠的斗争精神，运用了传统诗歌的比兴手法，朗朗上口。这种歌曲风格贯穿整部电影中刘三姐的唱段，与地主秀才滑稽、拙劣的唱段形成了鲜明对比。

老渔夫和阿牛热心地与划船来的姑娘打招呼，当得知这位姑娘就是名满漓江的刘三姐，两人十分惊喜，坚持收留三姐在家中。刘三姐广受爱戴不只是因为她的歌喉出众，更重要的是她用歌声唱出了劳动人民的苦难，对封建剥削阶级极尽讽刺嘲骂，让老百姓闻歌后更加坚强团结。不过，她

①《刘三姐》（1960）编剧：乔羽；导演：苏里；主演：黄婉秋、刘世龙、梁音、张巨光、夏宗学等；出品：长春电影制片厂。

也因此得罪了地主，被设计暗害。三姐死里逃生来到此地，风声传出，四方贫苦百姓纷纷赶来与三姐会歌，要把反抗压迫的歌调带回自己的家乡去。当地的财主莫怀仁则心怀鬼胎，担心刘三姐唱歌传歌将威胁自己对此地的统治，他一面派管家假意向刘三姐示好，试图收买三姐，不再唱咒骂统治者的山歌；另一面则召集迂腐的秀才们商议对策，妄图以其人之道还治其人之身，用对歌的方式打压民众对刘三姐的热情。不同于三姐、阿牛等人的反抗姿态，片中也设定了“后进人物”——三姐的亲兄弟刘二。刘二胆小怕事，认为妹妹唱歌出风头才引火烧身，希望三姐能同他隐姓埋名逃走，不要再生事端。

当莫怀仁恶意霸占茶山，不许乡亲们采茶，刘三姐不顾刘二的反对，毅然挺身而出，愿与莫家以对歌定胜负，如果对歌输了，甘由莫老财处置。对歌是本片的华彩段落，刘三姐和乡亲们的歌曲带有劳动人民日常生活的烙印，鲜活生动。秀才们绞尽脑汁，搜肠刮肚也想不出个像样的歌词。创作者展现了大量劳动场景，刘三姐、舟妹、阿牛等人，打鱼、织网、采茶、砍柴，劳动虽苦，但人们乐观坚强，苦中作乐。影片赞美的是朴素的民间艺术，借古说今，劳动人民的精神文化与统治阶级所谓的“经典”、虚伪的“仁义道德”势不两立。对歌段落也注重幽默，如猜谜环节，刘三姐和乡亲们出的谜题多与日常劳作相关，秀才们四体不勤、五谷不分，答得驴唇不对马嘴；三姐则反应机智，对答如流，对莫老财和秀才们百般讽刺，惹得乡亲们哄堂大笑，财主和亲信灰头土脸。

莫老财对歌失败，又生歹心，见刘三姐美貌聪颖，竟妄想霸占三姐，遂派家丁把三姐抢回家中关了起来。幸好莫家丫鬟同情钦佩刘三姐，平日她们受莫老财欺压打骂，未尝没有反抗意识，她们趁此机会砸碎了莫老财心爱的古董，出了一口恶气，印证着影片“天下穷人是一家”的主题。影片结尾，趁乡亲们冲击莫府之时，阿牛从莫家救走了刘三姐。莫老财带人追赶，却被乡亲们用调包计耍得团团转。阿牛和刘三姐从容逃脱，继续传唱反抗的山歌，劳动人民获得了最终的胜利。

影片对于少数民族男女的爱情也有较直接的表现，如阿牛初遇刘三姐时一见钟情，不知如何表达，只好跳下水去展示捉鱼本领，三姐见他脱衣跳水，低头露出羞涩的表情；又如刘三姐偷偷缝制绣球被舟妹发现，阿牛在一边偷听，得知三姐愿意自己，既欢喜又紧张，失手将大鱼遗落在院外，自己慌张跑远……影片保留了自然奔放的人情、人性，使观众获得了罕有的情感宣泄。

《小蝌蚪找妈妈》剧照

四、水墨动画的诞生：《小蝌蚪找妈妈》

在“大跃进”时期，中国电影达到第一次高峰，动画片也获得了长足的发展。1957 年上海美术电影制片厂成立，人员构成除了一批来自老上海电影业的动画电影先驱外，还有一批新中国成立后毕业于北京电影学院等各美术学院的青年美术工作者。中国动画电影创作最初向苏联学习，后来更多地结合自身民族特色进行创作，从传统绘画、民间美术中寻找灵感，终于在 1960 年达到了中国民族动画的第一次高峰，许多作品水准之高、创意之奇、画风之美至今仍然被视为经典。水墨动画片《小蝌蚪找妈妈》①便是民族艺术风格与动画片技术结合的典范之作。

水墨动画片《小蝌蚪找妈妈》由特伟、唐澄导演，上海美术电影制片厂出品，时长 15 分钟，讲述了一个充满童趣的小故事。青蛙妈妈在池塘里

①《小蝌蚪找妈妈》（1960）导演：特伟、唐澄；出品：上海美术电影制片厂。

生下一群小蝌蚪，一时没守在旁边，小蝌蚪便纷纷游走了。它们看到其他小动物——小鸡、乌龟、金鱼都有自己的妈妈，跟在妈妈身边很幸福，小蝌蚪羡慕不已，一路寻找自己的妈妈。小蝌蚪逐渐打听到，它们的妈妈“长着两只大眼睛”，“有着白肚皮”，“四条腿”，“孩子跟妈妈总是一个样”。在经历了几番错认妈妈的误会之后，小蝌蚪终于与青蛙妈妈相认。最初它们还不敢相信，因为青蛙妈妈和自己长得不一样，青蛙妈妈解释道：“你们长大就像妈妈了。”母子终于相认，且欢快地游走了。作为一部面向儿童的动画片，影片既普及了自然科学常识，又表现了动人的母子亲情，还赞美了母爱和天伦之乐。

片中出现的小鸡、虾、青蛙、金鱼等各种水生物，原画都是基于国画大师齐白石的名作，在画家们的妙手之下，齐白石的画作活了起来，动作流畅优美又不失原作的风韵。该片出国参展，令外国同仁惊羡不已。此片先后获得了第十四届瑞士洛迦诺国际电影节短片银帆奖、第一届《大众电影》“百花奖”最佳美术片奖等奖项。

第五节　20 世纪 60 年代初期的中国电影

1959 年的电影创作高潮并没有延续很久，进入 20 世纪 60 年代，国际政治风云变幻，中国共产党八届十中全会提出了“千万不要忘记阶级斗争”的口号，文艺界对于中央的响应体现为对资产阶级人性论的激烈批判，那些没有直接表现阶级斗争的影片遭到冷遇，原本正常的人情、人性表达被批为资产阶级思想。这场反对修正主义的斗争使刚刚勃兴的中国电影再次陷入低谷，创作者畏缩不前。面对这种局面，党中央也试图采取措施，鼓励电影创作。为此于 1961 年 6 月在北京新侨饭店召开了“新侨会议”，即全国文艺工作座谈会和全国故事片创作会议。在会上，周恩来批评了文艺领域滥用政治话语打击创作的弊病。次年，党中央再次明确了知识分子政策，承认知识分子也属于社会主义劳动者群体，而非资产阶级。电影艺术创作因高层的推动开始回暖，1963 年—1964 年，中国电影又经历了一次创作高潮。

一、现实题材喜剧的难得佳作：《李双双》

“十七年”时期的喜剧创作由于政治上的种种限制，被拔除了“讽刺”这一利器，失去了讽刺性的喜剧只能“歌颂”美好生活，这样的喜剧多起来，缺乏实质内容，显得过于欢闹、浮浅，缺乏打动人心的力量。上海电影制片厂拍摄的喜剧《李双双》① 极为难得地打破了束缚喜剧题材的条条框框，将夫妻婚姻关系与农村农业合作化过程中出现的现实问题巧妙地结合起来，既有赞扬也有善意的讽喻。

《李双双》由鲁韧导演，李准编剧，影片改编自李准之前发表的小说《李双双小传》。剧本对于原作改动较大，将原作中开办食堂的主要情节改为农业合作化生产记工分制度的改革，主人公李双双泼辣、快语的个性和她大公无私的美好品质在剧本中得到了进一步的雕琢和拓展。

影片在人物塑造上借鉴了民间艺术中“彩旦”类角色的特征，这类女性角色出身底层，但性格爽快、头脑灵活、讲义气，能够热心助人，在与男性的斗智斗勇上往往占据上风。李双双是一位农家妇女，比起胆小懦弱、习惯扮演老好人的丈夫孙喜旺，她更加正直、率真，认准道理便绝不妥协。村里实行了农业合作化，村民们反应各异，有真心拥护的，也有浑水摸鱼的。双双看不下有些人不仅不积极劳动，还占公家便宜，挺身而出指责，因此得罪了一些觉悟不高的村民。喜旺非但不支持双双，反而认为她影响了自家几辈“老好人”的声誉。明明双双比他更聪慧能干，他却始终要摆大男人大丈夫的架子。影片围绕着双双与喜旺的婚姻矛盾展开，背后则是进步思想与落后观念的冲突。

喜旺仍怀有小农意识，各人自扫门前雪，多一事不如少一事，双双却偏要“多管闲事”。对于记工分制度，双双指出了现有计分方法的模糊和不合理，要求准确计分不姑息。她还将自己的主张编成顺口溜贴在村口的布告栏。她的主张得到了老支书的支持，却也触动了富农孙有、干部金樵的利益。喜旺一方面赞赏双双的才智，一方面又想躲开是非，不料双双在众村民面前力荐喜旺做工分记分员，喜旺无奈只好硬着头皮答应。然而，在记工分的过程中，喜旺总是顾虑私情，做不到公正严明，每次被双双拆

①《李双双》（1962）编剧：李准；导演：鲁韧；主演：仲星火、张瑞芳、张文蓉、赵抒音、李康尔等；出品：上海电影制片厂。

《李双双》剧照

台，又想维持一家之主的架子。片中喜旺两次“离家出走”，便是对双双铁面无私行为的抗议。创作者把双双的角色设计得十分丰满，并非刻板的教化传声筒。她也会体贴宽容丈夫的小心眼儿，包揽家务，只在最关键的原则问题上才会与喜旺闹翻。她性情率真，喜怒不假掩饰，影片中特意安排了几次她大笑、大哭的情节，可见爱憎分明。对于周围其他女性，她一向对事不对人。她曾当众指责队长金樵的妻子大凤娇气逃避劳动，但发现大凤怀孕后，又真心关怀，感动了对方。双双每次“多管闲事”都触及社会主义农村建设的关键问题，譬如富农孙有家贪慕城市生活，不顾女儿二春已在村里有了对象，一心把女儿嫁到城里，这既是包办婚姻的封建思想作祟，又是受资产阶级思想影响。双双在聆听了二春的烦恼之后，亲自找城里来的相亲小伙子谈话，害孙有夫妇的如意算盘落空，成全了二春的爱情。

喜旺在几番周折之后，终于完全认同了双双，不再向金樵等人妥协，而是勇敢地当面批评金樵自私、功利的错误。影片结尾，喜旺与双双重归于好，开玩笑说“先结婚，后恋爱”。影片既是乡村创业故事，也是爱情喜剧。演员张瑞芳完满地诠释了李双双的外表与内心，表演入木三分，堪称“十七年”时期银幕上最经典的女性角色之一。

二、从《二月》到《早春二月》

号称“文学名著改编厂”的北京电影制片厂在此时期也有代表作问世。电影《早春二月》① 改编自作家柔石的中篇小说《二月》，由谢铁骊导演。柔石是20世纪30年代早期获得鲁迅激赏的青年作家，1930年加入中国共产党，参与组建中国左翼作家联盟，担任“左联”执委、编辑部主任，与鲁迅为首的进步作家们用笔作武器，并肩战斗。1931年，年仅29岁的柔石被国民党逮捕杀害。柔石1929年发表的小说《二月》，细腻地描绘了近代中国普通知识分子的苦闷与彷徨，带有个人经历的痕迹。导演谢铁骊在赴苏联参加电影交流活动后，听到外国电影人对中国社会主义电影的评价，认为激烈恢宏有余，艺术韵味欠缺，他始终为给人留下这种印象而耿耿于怀，渴望创作出一部抒情性的作品来证明中国电影不是不能细腻刻画情感的。在一番遴选之后，谢铁骊下定决心拍摄《二月》。

夏衍十分支持《二月》这个项目，亲自参与剧本创作并反复修改。正是在夏衍的建议下，电影名称由原小说题目“二月”改为“早春二月”。这一看似小小的修改实际颇具深意，电影比原小说的情感基调更加积极、进取，将悲观惆怅转化为前进的动力。增加“早春”二字，令人联想到春日乍暖还寒的气候，片中知识分子主人公对世事不满，满怀理想却又看不到出路，但毕竟春天的气息已经来临，暂时的寒冷阻挡不了春天的脚步。

《早春二月》（1963）一反强烈戏剧冲突的起承转合，运用了散文式的结构和叙事节奏，在“十七年”电影中显得卓尔不群。影片场景变换频繁，充分利用江南水乡的秀美景色，靠意境来抒情，烘托主人公的内心世界，语言对话极为悠缓、沉静，没有为调动戏剧性而安排夸张、激烈的表演动作。主人公萧涧秋是一名受过师范教育的小知识分子，接受了进步思想的熏陶，对中国20世纪20年代的军阀混战局面感到失望。他无父无母，孤身一人，对于人生的价值和未来的出路感到彷徨。为了逃避都市的各种纷扰，他来到好友陶慕侃的家乡芙蓉镇，投奔在芙蓉镇办教育的陶慕侃。

①《早春二月》（1963）编剧：谢铁骊；导演：谢铁骊；主演：孙道临、谢芳、上官云珠、高博等；出品：北京电影制片厂。

最初，他以为这里是平静的世外桃源，能够安心教书，靠教育帮助中国民众，不料旧中国无处不在的封建观念、人际争斗很快打破了他的幻想。

萧涧秋在来芙蓉镇的船上邂逅了昔日好友李志豪的遗孀。李志豪毕业于黄埔军校，在北伐战争中牺牲，留下妻子文嫂和两个孩子。萧涧秋自己虽没有参加革命战争，但对于李志豪的选择十分敬佩，对文嫂和两个孩子充满同情。他自认没有家室之累，自愿从经济等方面帮助文嫂。文嫂十分感激。与此同时，陶慕侃美丽聪慧的妹妹陶岚也在日常交往中渐渐爱上了萧涧秋，她性格热情爽朗，毫不掩饰自己的好感，令萧涧秋既欣喜又不安。陶岚与萧涧秋的亲近让一直爱慕陶岚的另一位教师钱正兴愤恨不已。钱正兴家道富足，阔少爷习气，不惜下重金聘礼要迎娶陶岚。被陶岚坚决拒绝后，钱正兴不择手段中伤萧涧秋。小小的一个芙蓉镇，流言蜚语总是传播迅速，萧涧秋本就是“外人”，易被人打量挑剔，如今他与陶岚、文嫂的接近使他蒙上了不检点的罪名。陶岚性情刚烈，不为所动，誓与封建观念、流言蜚语对抗。贤淑、敦厚的文嫂却因无法承受来自外界的压力，又遭遇幼子病故的打击，自杀身亡。萧涧秋富有人道主义情怀，品行高尚，却没能帮助这两位性格各异但同样美好的女性，反而给她们带来了很多痛苦。影片借萧涧秋的遭际反思了知识分子群体的集体性弱点，从深层次上揭示了为何他们空有一腔愿望，却无法改变现实。

本片的表演堪称经典，孙道临饰演的萧涧秋，谢芳饰演的陶岚，上官云珠饰演的文嫂，都高度符合小说中的描写。孙道临很好地把握了萧涧秋优柔寡断的性格，他温文尔雅，面对他人提出的各种问题，总是习惯于避重就轻，不正面回答。谢芳则演活了敢爱敢恨的陶岚，她美艳又端庄，洋溢着活力与正气，萧涧秋回避问题，她却每每要将事情挑明，讲个清楚，甚至大胆表白：“我要和你好，我要让他们看着我们好！让他们笑骂吧，让他们嫉妒吧，让他们在石壁上碰死！”然而，萧涧秋处理问题的方式与陶岚截然相反，他明知自己心爱的是陶岚，却试图通过娶文嫂来完成自己的人道主义理想，以此种方式来对抗他人的诽谤。这不是反抗，而是一种妥协。影片在刻画萧涧秋和陶岚的内心世界时，运用的是诗化的手段，而非直白的戏剧动作，如萧涧秋在从文嫂小女采莲处听说他人对他和文嫂的恶意中伤后，回家路上风声呼啸，黑云压城，外在景色风物暗示着他悲愤的心境；又如他与陶岚互通心曲，通过他在镜子反射中深情凝视陶岚来表现潜藏的爱情。诸如此类的细节在影片中俯拾即是，在艺术性上超越同时代诸多程式化的作品，至今仍散发着不朽的魅力。

为了让影片思想基调显得更加积极，影片结尾萧涧秋的离去不是无奈的逃避，而是更加从容、坚毅。片中他留给陶慕侃、陶岚兄妹的信，与小说结尾的信比较，可见截然不同的心态。创作者在表现了他的彷徨之后，仍然对这一人物寄予理想和希望，暗示他将走上革命的道路。

三、“十七年”黑白影片高峰之作：《农奴》

民族问题在任何多民族国家都是敏感的政治领域。新中国成立后，建立了56个民族共同的大家庭，“十七年”的民族题材影片不仅表现少数民族解放后的幸福生活场景（如《五朵金花》），还要表现少数民族推翻作威作福的统治者，通过革命融入新中国社会主义大家庭的奋斗史、血泪史。

八一电影制片厂拍摄的《农奴》① 是“十七年”末期的重要影片，堪称此时期黑白影片的巅峰之作。影片将少数民族题材与阶级斗争革命叙事完美地熔于一炉，是中国电影历史上第一次展现西藏地区少数民族风貌的一部作品。影片的主要角色全部请藏族演员来担任，演员们虽然不是家喻户晓的明星，却因切身了解西藏地区农奴生活而产生了无与伦比的真实质感。在影像方面，创作者在用光、构图上突出“雕塑感”，主人公强巴“不能”说话，但他饱经风霜的坚毅面孔已经说出了千言万语，影片具有《格萨尔王》式的民族史诗风貌，只不过主人公不是帝王英雄，而是一名普通的农奴。

故事从农奴强巴出生时讲起，他生下来就失去了父母，父亲被土司老爷鞭打致死，还没来得及看刚出生的儿子一眼，母亲追随父亲也被土司害死，年迈的奶奶在倾其所有上缴了出生税之后，独自抚养强巴。土司的管家在收出生税时详细登记了强巴的各种信息，这个细节说明了农奴从出生起就像牲口一样处于领主的残暴统治之下，毫无人身自由可言，父母是农奴，子子孙孙永远是农奴。

强巴因饥饿偷吃寺庙里的贡品，被狠毒的喇嘛抓住，按律会被处以残酷惩罚。在奶奶的苦苦哀求下，狡猾的土登活佛对信众们恩威并施，放过强巴刑责，但诅咒他变成哑巴。强巴竟然真的不再说话了。当管家把他带

---

①《农奴》（1963）导演：李俊；编剧：黄宗江；主演：旺堆、拾崔卓玛、强巴等；出品：八一电影制片厂。

《农奴》剧照

到领主少爷朗杰面前，要他给少爷当马骑，他奋力挣扎却不能发出任何声音，从此被当作哑巴。只有青梅竹马一起长大的铁匠女儿兰尕知道，强巴不是哑巴，因为强巴亲口对她说，他宁可做哑巴，也不要喊“老爷”“少爷”这些话。

在日复一日艰辛的劳作中，强巴从孩子长成了健壮的小伙子，兰尕也出落成美丽的姑娘。一日，兰尕充满向往地告诉强巴，“金珠玛米”（中国人民解放军）要到他们的地方来了，但无论毛主席也好，菩萨也好，解放军也好，菩萨兵也好，是为了解救广大农奴的苦难而来，她的话让强巴燃起希望。

影片中一个具有点题意义的视觉母题是领主朗杰骑在强巴身上，这个视觉母题在片中重复了三次，每一次的结果都是强巴将朗杰摔在地上，他虽然发不出声音，但这行为是无声的反抗。第一次是小时候被管家带到当时还是少爷的朗杰面前。第二次是朗杰心怀鬼胎拜会解放军，在渡河时，他骑在强巴的背上，强巴的脚步在河水中踉跄，并在河岸把朗杰摔下，恼羞成怒的朗杰对强巴狠狠踢打，是解放军将强巴扶起疗救。从此，强巴相信兰尕所说的话，解放军是菩萨兵，要解救受苦受难的农奴们。最后一次是朗杰逃亡，在翻越雪山时，仍旧骑在强巴身上，用枪支驱逐着他，强巴在多年的隐忍之后终于爆发了，摔开朗杰与之英勇搏斗。

本片的剧作结构十分扎实，各情节点彼此支撑、照应，反动活佛土登最早诅咒强巴变成哑巴，是为了在信众中博取佛恩浩荡的威信；土登第二次赦免强巴，是在强巴与兰尕私奔被捉回之后，朗杰要处死强巴，此时解放军已经来到西藏，土登老奸巨猾，为了收买人心，再次免强巴死罪，但要求强巴出家做喇嘛。日日夜夜，强巴随善良老实的老喇嘛为佛像塑金身。但宗教实际并没有给人们带来任何希望，老喇嘛双目失明，土登活佛则在佛像里藏了武器，因为强巴是“哑巴”，土登认定他不会走漏风声。

在私奔时与强巴跳崖失散的兰尕并没有死，而是被搭救后加入了中国共产党，成为一名女干部。当她再次回到家乡，终于与强巴相认。强巴的家乡获得了解放，在兰尕的鼓励下，他开口说话了，“我要说，我有好多好多话要说，毛主席……”影片最后一个镜头是强巴病房墙上贴的毛主席画像。

影片《农奴》有力地宣传了新中国的民族政策，对于民族之间可能存在的张力，影片用共同反阶级敌人暴虐统治的叙事予以淡化和消解，达到了理想的宣传效果。

（本章执笔：陆嘉宁、卞芸璐）

第五章 //“文化大革命”时期的中国电影（1966.5—1976.9）

第一节 概 述

1966 年 2 月，江青在上海组织了部队文艺工作座谈会，会议结束后发表了《林彪同志委托江青同志召开的部队文艺工作座谈会纪要》（以下简称《纪要》），重点提出新中国成立后文化战线上的阶级斗争问题，这意味着全面否定 1949 年新中国成立之后的文艺工作成果，也上溯波及新中国成立前尤其是 20 世纪 30 年代的左翼文艺运动。《纪要》措辞尖锐：“……文艺界在新中国成立以来，基本上没有执行（毛主席著作），被一条与毛主席思想相对立的反党反社会主义的黑线专了我们的政，这条黑线就是资产阶级文艺思想、现代修正主义的文艺思想和所谓 30 年代的文艺的结合。”①《纪要》还列举了“黑线”的代表论点，包括“写真实论”“现实主义广阔道路论”“现实主义深化论”“反题材决定论”“中间人物论”“反火药味论”“时代精神会合论”等。

在对新中国成立后文艺创作及早年的左翼文艺大加挞伐之后，《纪要》唯一肯定的方面是现代京剧和京剧革命，也就是肯定江青大力提倡并主导进行的京剧现代戏创作。早在 3 年前，江青组织批判《海瑞罢官》时，就

①《林彪同志委托江青同志召开的部队文艺工作座谈会纪要》，《人民日报》1967 年 5 月 29 日。

提出“舞台上、银幕上帝王将相、才子佳人、牛鬼蛇神泛滥成灾”①，从此传统戏剧作品及戏曲改编电影都被批判，各地剧团纷纷根据江青的论断及其附和者、上海市市长柯庆施“大写十三年”的口号排练现代戏。1964 年 6 月，全国京剧现代戏观摩大会在北京举办，18 个省市 29 个剧团参加，京剧《红灯记》《智取威虎山》《芦荡火种》《杜鹃山》等后来成为“样板”并拍成电影的剧目都是在这次观摩大会上脱颖而出的。江青在观摩后的座谈会上发表了讲话《谈京剧革命》，从此进一步控制了现代京剧创作及将其他剧种改编为京剧的工作，文艺成为其实现政治目的最重要的工具。此后数年，江青着力培植“样板戏”创作，视之为自己的“试验田”，抛弃古老的戏曲艺术传统，用刻板、僵化的“三突出”等原则取而代之，只许表现现代生活和工农兵形象，主题只能是阶级斗争，这就是 1966 年《纪要》高度评价的成果。

1966 年 2 月的部队文艺工作座谈会是“文化大革命”全面爆发的预告，紧接着 1966 年 5 月，中共中央在政治局扩大会议上成立了中央“文化大革命”小组，陈伯达任组长，江青任副组长，康生任顾问。1966 年 5 月 16 日《中国共产党中央委员会通知》发布，史称“五一六通知”，宣告“文化大革命”正式开始。江青 1964 年所做的《谈京剧革命》讲话于 1967 年公开发表。掌握了全国文化工作领导权的江青，马上把推广“样板戏”提上日程。1967 年是毛泽东《在延安文艺座谈会上的讲话》发表 25 周年，各地举行纪念活动，江青在北京组织了“八大革命样板戏”会演，展示自己的“试验田”成果。会演从 1967 年 5 月 1 日持续到 6 月 17 日，共演出 218 场。这些“样板”包括京剧《智取威虎山》《红灯记》《沙家浜》《奇袭白虎团》《海港》和芭蕾舞剧《红色娘子军》《白毛女》以及交响乐《沙家浜》等。“样板”一词正式确立源于会演期间 5 月 31 日的《人民日报》社论，题为《革命文艺的优秀样板》。会演之后，“样板戏”开始在全国推广普及，并将这些“样板”的舞台演出转化为更具传播影响力的电影。

在培植“样板戏”的过程中，江青对于演出人员精挑细选，都是业内最拔尖的演员、创作人才。尽管受到政治教条的严重束缚，是“文艺服从政治”的典型案例，但在艺术家的努力下，尽可能体现出一定的艺术和美

①戴嘉枋：《样板戏的风风雨雨》，知识出版社 1995 年版，第 6 页。

学价值。到了电影改编阶段，面对江青及其随附者们的苛刻要求和政治压迫，当时的电影创作者在极大的压力和政治风险下进行创作，常常一个素材几度重拍，按照“三突出”“高大全”“红光亮”等硬性规定，最终产生了一系列“样板戏”电影。这是一批在特定政治、历史情境下出现的，被复杂的政治权力斗争扭曲了的畸态作品，成为中国电影历史上一道极为特殊的风景。

第二节　“样板戏”的艺术样板

首开“样板戏电影”美学先河的作品是八一电影制片厂拍摄的《智取威虎山》①。本片将现代京剧《智取威虎山》搬上银幕，由上海京剧团剧组集体改编并出演，童祥苓扮演打入土匪内部的英雄杨子荣，沈金波饰演我军参谋长。这个题材更早的缘起是军旅作家曲波于1956年完成的长篇小说《林海雪原》，根据作者真实的战斗经历创作，该小说于1960年改编为同名电影上映，由八一电影制片厂制作，刘沛然导演。后又被上海京剧团结合早先改编的话剧转化为京剧剧目，在1964年的全国京剧现代戏观摩大会上得到关注，1967年跻身“八大革命样板戏”之列。

1969年3月，江青接见北京电影制片厂的谢铁骊、钱江，指定二人拍摄京剧电影《智取威虎山》。江青为这部电影的创作提供了各种条件和保障，创作者也因此处于严密的控制之下。导演谢铁骊早年参加新四军，在军中积累了丰富的文艺工作经验，新中国成立后进入电影界，在北影厂担任导演，在拍摄“样板戏”电影之前已经有了艺术上广受认可的代表作《早春二月》（1963），他的创作风格细腻、清新，富有韵味。正如之前扶持舞台“样板戏”一样，江青利用艺术为达到政治目的，也考虑到创作者的艺术才华，选择精兵强将来拍摄“样板戏”电影。然而，获得江青“赏识”，对于创作者而言却是如履薄冰，如何贯彻江青等人强调的“三突出”

①《智取威虎山》（1970）编剧：上海京剧团《智取威虎山》剧组集体改编；导演：谢铁骊；主演：沈金波、童祥苓、施正泉、齐淑芳、张佑福等；出品：八一电影制片厂。

“高大全”原则，谢铁骊和创作团队费尽心力，每一段样片拍好，都要接受江青麾下“样板团”领导的苛刻审查，江青本人也亲自过问和审看。

《智取威虎山》讲述了这样一个故事：解放战争初期，中国东北地区国民党残余勾结当地山中土匪，活动猖獗，负隅顽抗，危害山下民众。我解放军小分队在参谋长的率领下，进驻当地村庄，发动群众，建立民兵武装，并派遣智勇双全的战士杨子荣假扮土匪胡彪，以东北各地土匪联络图为诱饵，潜入威虎山匪首座山雕的老巢，取得座山雕及众匪的信任，及时传递情报，制订作战计划。趁着座山雕寿辰“百鸡宴”威虎山防备松懈之时，杨子荣与小分队里应外合，一举歼灭山中残匪。这一题材本身就具有浓厚的传奇色彩，杨子荣面对老奸巨猾的座山雕，机智勇敢、应付自如，既体现了革命战士的大无畏精神，也符合广大民众心目中传统的英雄形象。杨子荣初入匪窟见座山雕的段落，敌我双方用土匪“黑话”对暗号，妙趣横生，“天王盖地虎”“宝塔镇河腰”等台词广为人知，已成为新中国特色的文化典故。

《智取威虎山》的创作人员在当时的政治教条束缚下，努力将京剧舞台演出转化为更符合电影媒介特性的艺术产品。

一方面，影片在拍摄时，不能对舞台演出作任何改动。影片要保持原剧结构不变，严格按照原剧的分场、分幕拍摄，甚至不能按照一般拍摄电影的方式（不严守故事情节顺序，在同一场景中把所有的此场景的戏全部拍完），而是遵照“样板团”上级的指示，按照故事情节顺序拍摄，以保持演员表演和情绪的连贯性，最大限度地“还原舞台”。此外，虽然是电影，但也不能按照普通故事片的现实感去拍，而是要保持舞台感，模拟正面观看舞台演出的观众视角，正面拍摄表演，在不破坏舞台演出感的前提下运用镜头运动、景别变化等电影手段。为完整记录舞台表演，镜头普遍较长，多用全景，视歌唱或舞蹈表演的节奏，插入一些特写镜头，突出演员表情。

另一方面，也要发挥电影媒介的特性，实现“高于舞台”。譬如，利用电影摄影机镜头“近大远小”的特点，在调度时让英雄人物站位靠近镜头，敌人处于后景远离镜头，能够比舞台演出更凸现“我大敌小”的效果，使英雄人物的高大和敌人的渺小形成更加鲜明的对比。又如，比起舞台上的单片布景，在更大的摄影棚中可以搭建复杂的立体布景、半立体布景，以加强画面的纵深感，既保留了舞台的人工感，又让画面显得更加丰富、美观。

通过对《智取威虎山》的拍摄和将其反复送审修改，“敌小我大，敌远我近，敌俯我仰，敌暗我明”的十六字方针以及色彩方面的“敌寒我暖”等创作规则渐渐成型，对此后的“样板戏”电影创作的影响深远。这些创作规则在《智取威虎山》拍摄中被摸索出来，充分运用，为“样板戏”电影的畸态美学确立了标准。1970 年 10 月，《智取威虎山》在京沪正式放映，中影公司和两地的文化管理部门对于这部电影极为重视，调动了一切宣传力量，印行了大量拷贝，加之艺术创作者在艺术层面种种精益求精的努力，首部“样板戏”电影取得了轰动效应。

另一部京剧“样板戏”电影《红灯记》① 与《智取威虎山》同年上映，由八一电影制片厂制作，成荫导演，浩亮饰演主要英雄人物李玉和，高玉倩饰李奶奶，刘长瑜饰李铁梅，三个人物在故事中构成了没有血缘关系的“红色家庭”。

《红灯记》的故事，缘自此前由长春电影制片厂制作的电影《自有后来人》（1963），原电影的导演是于彦夫，第一编剧是创作过《渡江侦察记》（1954）、《南征北战》（1952）等电影剧本的沈默君。原电影剧本的灵感来自沈默君在 20 世纪 60 年代初在北大荒农场劳动时，从东北铁路兵老战士那里听说的铁路工人与日伪政权作斗争的故事。沈默君以此为素材构思了一家祖孙三代为革命前赴后继的动人故事，斗争情节之中还埋伏着重大的身世之谜，“不是亲人，胜似亲人”使得这个故事更加感人肺腑。沈默君调入长春电影制片厂之后，不断完善剧本，专程前往东北三省铁路基层部门搜集资料，并听取意见。1963 年，电影拍竣上映，广受好评。由于电影故事发生在伪满时期的东北，哈尔滨京剧院很快改编上演京剧版，名为《革命自有后来人》。

1967 年的“八大样板戏”会演，使京剧《红灯记》传遍全国，1970 年，由八一电影制片厂制作的“样板戏”电影也获得了成功。尽管被政治教条和“样板戏”法则牢牢束缚，片中祖孙三代的亲情和无私的革命精神仍然打动了无数观众。《红灯记》讲述了铁路扳道工李玉和一家三口、祖孙三代为了保护党的秘密情报，与日寇和伪军顽强斗争、宁死不屈的故

①《红灯记》（1970）导演：成荫；主演：浩亮、高玉倩、刘长瑜、袁世海、谷春章、夏美珍等；出品：八一电影制片厂。

事。主要英雄人物李玉和临危不乱，先是在铁路沿线与交通员接头，取得党的联络密电码，后又在敌人搜查时，机智地将密电码藏在饭盒盛装的粥中躲过一劫。当他因为叛徒的出卖被捕时，李玉和将情报托付给老母李奶奶和女儿李铁梅，让她们务必把密电码交给山上的游击队。铁梅虽然年少，却已经意识到父亲投身的是伟大的事业。李玉和被捕之后，李奶奶决定把隐藏了十七年的秘密告诉铁梅，原来他们祖孙三代并无血缘关系，奶奶的丈夫、铁梅的父母都在京汉铁路大罢工时牺牲了，罢工中幸存的李玉和转入地下，他收养铁梅并照料奶奶，革命的火种在这个“红色家庭”中代代相传。铁梅惊闻自己的身世，对于父亲和奶奶更加感激敬佩，更坚定了斗争的决心。日本宪兵队长鸠山传讯铁梅和李奶奶，两人面对威逼利诱，绝不屈服，她们见到了被严刑拷打的李玉和，亲人们相互鼓励，愿用生命保护密电码。李玉和与李奶奶英勇就义，鸠山施计释放铁梅，妄想通过监视铁梅获得情报。铁梅将计就计，在穷苦同伴邻居慧莲母女的协助下，摆脱敌人，将密电码送交山上的游击队，自己也加入游击队成了一名真正的战士。剧中李玉和夸奖铁梅的“穷人的孩子早当家”，临被捕前大义凛然的“临行喝妈一碗酒，浑身是胆雄赳赳”等经典唱段流传至今。

在“样板戏”中，《红色娘子军》也是一个被多次改编的文本。上海电影制片厂摄制的电影《红色娘子军》① 由谢晋导演，取材于第二次国内革命战争时期海南岛上“红色娘子军”的武装斗争经历。女主角吴琼花从地主家的女奴成长为有觉悟的共产党员，朴素的阶级仇恨升华为坚定的革命意志。电影上映后好评如潮，在第一届“百花奖”评选中获得了“最佳故事片奖”“最佳导演奖”“最佳女主角”等奖项。此后，被改编为芭蕾舞剧、京剧等多种艺术形式，并反复上演。尤其是芭蕾舞剧《红色娘子军》，1964 年由国家芭蕾舞团首演，堪称芭蕾舞这一艺术形式传入中国之后的里程碑式作品，完美地融合了西方传统芭蕾舞和中国的民族舞蹈。配合舞蹈的音乐也是经典之作，《娘子军连连歌》《万泉河水清又清》等歌曲脍炙人口。

1970 年，北京电影制片厂把芭蕾舞剧《红色娘子军》搬上银幕，由刘庆棠饰演主要英雄人物红军指导员洪常青。刘庆棠除担任主角外，他作为

---

①《红色娘子军》（1960）编剧：梁信；导演：谢晋；主演：祝希娟、王心刚、向梅、金乃华、陈强、牛犇、陈述等；出品：上海电影制片厂。

资深舞蹈演员，实际上还相当于片中芭蕾舞段落的艺术负责人。影片导演是潘文展、傅杰，在制作方面发挥重要作用的创作者则是摄影师李文化。影片根据芭蕾舞艺术的特性，设计每一个镜头和镜头运动。影片尽量多用长镜头，保持舞蹈演出情绪上的连贯性。

芭蕾舞向来是以女性表演者为中心的艺术形式，男性芭蕾舞演员即使技术出众，也往往处于陪衬位置。芭蕾舞剧《红色娘子军》① 的剧情是海南岛上地主南霸天家的女奴吴清华，逃离魔爪，得到红军指导员洪常青的帮助，加入了红色娘子军，并在洪常青的鼓励和指引下，成为一个有觉悟的革命者。男性角色洪常青作为主要英雄人物，按照“三突出”的原则，应当被电影手段强化，从而强调了共产党在革命中的领导地位。这时芭蕾舞艺术的传统、电影艺术的基本原则与政治教条发生了冲突，因为吴清华有大量复杂高难的舞蹈动作，洪常青在舞蹈动作上只是女演员的支撑和陪衬，而摄影机要捕捉舞蹈之美，必然要以女演员为中心，构图中洪常青处于边缘位置。刘庆棠不同意这样的镜头设计，提出这样安排不符合“三突出”原则中“在英雄人物中突出主要英雄人物”的原则，为此调派完成了《智取威虎山》拍摄任务的谢铁骊、钱江加强创作队伍。协调“三突出”与舞蹈、电影艺术法则之间的冲突，这不仅是形式层面的问题，还涉及党的教育引导与妇女解放这两个主题的平衡，创作人员承担了极大的压力，终于完成了影片。

京剧《红色娘子军》改编自芭蕾舞剧，1972 年由八一电影制片厂搬上银幕，成荫担任导演，但影响力不如舞剧电影。

1971 年，长春电影制片厂也交出了自己的“样板戏”答卷——京剧电影《沙家浜》②。导演由武兆堤、马尔路、姜树森联合署名，洪雪飞饰演主人公地下党员阿庆嫂，谭元寿饰演新四军指导员郭建光，马长礼饰演奸狡的反派人物刁德一。京剧样板戏《沙家浜》改编自沪剧《芦荡火种》，沪剧则是对抗日战争时期真人真事的改编。1963 年由北京京剧团负责创作京剧版，创作组由作家汪曾祺主笔。汪曾祺文学功底深厚，京剧《沙家浜》也因台词精妙而著称，敌我斗智你来我往暗藏玄机，在众多革命现代戏中

①《红色娘子军》（1970）导演：潘文展、傅杰；主演：刘庆棠、薛菁华等；出品：北京电影制片厂。

②《沙家浜》（1971）导演：武兆堤、马尔路、姜树森；主演：谭元寿、洪雪飞、马长礼、万一英、贺永英等；出品：长春电影制片厂。

以其文学性独树一帜。

《沙家浜》的故事线索有两条：一是中共地下党员阿庆嫂借开茶馆之名，在阳澄湖畔沙家浜地区传递情报，掩护新四军伤病员，开展群众工作，与反动军阀胡传魁及其参谋刁德一周旋；二是在沙家浜养病的新四军指导员郭建光，带领众伤员藏身芦苇荡，克服饥饿、伤痛等重重困难，终于等到反击机会，突袭胡传魁老巢，歼灭了敌人。这两条故事线索分别体现了武装反抗和地下工作两种革命斗争形式，塑造了阿庆嫂这一沉着冷静、处变不惊，表面人情练达，内心信仰坚定的典型形象。

剧中最经典的唱段是老奸巨猾的参谋刁德一初见阿庆嫂一段，这段演唱以刁德一、阿庆嫂、胡传魁各自内心活动为对比。刁德一不似军阀胡传魁那般愚蠢无谋，马上看出“这个女人不寻常”；阿庆嫂也立刻提高警惕“刁德一有什么鬼心肠”；胡传魁则始终不明就里，只觉得气氛诡异，反怪刁德一疑神疑鬼。通过这番对比，刁德一的怀疑使观众心情紧张为阿庆嫂捏把汗，胡传魁的愚蠢又增添了喜剧效果，而这些对反面角色的刻画更加突出了阿庆嫂的机警智慧，只见她对答如流，滴水不漏，令人佩服。《沙家浜》的故事一波三折，充满悬念，每每在最危险之际都能化解危机，剧作上十分严整，保留了一些艺术创作的基本原则。

舞剧电影《白毛女》是上海电影制片厂的“样板戏”电影代表作，该素材最早被搬上银幕是1950年东北电影制片厂（长春电影制片厂前身）制作的电影《白毛女》①，由王滨、水华导演，田华、陈强、张守维等主演。该影片改编自贺敬之、丁毅创作的同名歌剧，讲述了贫苦佃农杨白劳与独生女喜儿相依为命，地主黄世仁看中喜儿的美貌，设计逼杨白劳在喜儿的卖身契上签字画押，将喜儿卖给黄世仁抵债。杨白劳悲愤不已服毒自杀，喜儿被抢入黄家，遭到凌辱。与喜儿青梅竹马的邻居王大春满怀仇恨，加入了红军。喜儿在黄家饱受虐待，择机逃入山中，藏身洞穴，靠野菜野果为食，因为缺少盐分，满头黑发变成白色，被人看到并传为“白毛仙姑”。后大春随革命队伍回到故乡，发动群众与地主黄世仁斗争，与喜儿山洞重逢，喜儿终于得以重返人间。乡民们打倒了地主黄世仁，喜儿得以报仇雪恨，头发又渐渐恢复了以往的乌黑。

---

①《白毛女》（1950）编剧：水华、王滨、杨润身；导演：王滨、水华；主演：田华、张守维、胡朋、李百万、陈强、李壬林等；出品：东北电影制片厂。

1958 年，中国京剧院根据原歌剧改编了京剧《白毛女》；1964 年上海舞校也在歌剧基础上改编了芭蕾舞剧《白毛女》，艺术指导是黄佐临，该舞剧跻身八个“样板戏”之列。1972 年舞剧电影《白毛女》① 问世，导演桑弧，茅惠芳饰演喜儿，石钟琴饰演变成“鬼”的白毛女。与早年东北电影制片厂的剧情不同，“样板戏”删去了喜儿被黄世仁污辱并怀孕的悲惨情节，也淡化了喜儿与大春之间的爱情，突出了阶级仇恨与斗争主题。

1972 年，长春电影制片厂的京剧“样板戏”电影《奇袭白虎团》② 上映，以长春电影制片厂《奇袭白虎团》摄制组集体名义署名，改编自山东京剧院的同名“样板戏”剧目，也由山东京剧院主演。该京剧根据抗美援朝战场上真实的英雄事迹创作，最早由人民志愿军京剧团首演，抗美援朝战争结束后，人民志愿军京剧团被编入山东省京剧团，该剧目得到进一步加工，并参加了 1964 年的全国京剧现代戏观摩大会，后成为“八大样板戏”之一。

影片讲述了这样一个故事：1953 年中国志愿军与朝鲜人民军联合作战，沉重打击了美帝国主义及其盟军。美帝国主义眼见不能获胜，启动停战谈判，但李承晚政权的王牌军团“白虎团”却在敌人秘密授意下蠢蠢欲动，在金城集结，妄图趁谈判停火之际，进攻朝鲜。我志愿军某团派主人公严伟才带领突击队深入敌军腹地，机智地闯过重重难关，搜集到重要情报，直捣“白虎团”指挥部，击毙敌首，大获全胜，粉碎了敌人的阴谋。该片表现了我军指导员的有勇有谋和志愿军战士大无畏的革命精神，艺术方面以京剧武戏动作为特色，打斗精彩，主演方荣翔的唱腔也十分出色。

在八部样板戏之中，京剧《海港》是唯一一部反映新中国成立后现实生活和工业建设的剧目，表现的是社会主义与资本主义的殊死搏斗。京剧《海港》改编自淮剧《海港的早晨》，故事讲述了 1963 年夏季，上海港口某装卸队在党支部书记方海珍的带领下，争分夺秒完成装卸任务，抢在台风来临之前把援外的稻种装载上船，并且将即将出口的小麦入舱，免得被暴风雨破坏。在工人队伍中，既有好高骛远的青年工人韩小强；也有破坏分子钱守维，蓄意将稻种混入小麦，假如这样的小麦出口，将严重损害中

---

①《白毛女》（1972）导演：桑弧；主演：茅惠芳、凌桂明、董锡麟、王国俊、石钟琴等；出品：上海电影制片厂。

②《奇袭白虎团》（1972）导演：苏里、王炎；主演：宋玉庆、方荣翔、谢同喜、邢玉民、陈玉申、沈健瑾、栗敏等；出品：长春电影制片厂。

国的形象。方海珍及时发现事故，用党的思想教育了韩小强，提高了他的觉悟，韩小强检举了钱守维。时间紧迫，方海珍率领装卸队彻夜奋战，终于查找到钱守维造成的破坏，及时做了补救。影片通过人物和情节区分了两种不同矛盾——敌我矛盾和人民内部矛盾，反复强调要及时发现混入人民内部的敌人，坚决地予以打击。

第三节　“三突出”创作原则

样板戏创作的“三突出”原则为：在所有人物中突出正面人物，在正面人物中突出英雄人物，在英雄人物中突出主要英雄人物。总之，在任何场景中，反面人物绝不能比正面人物更加突出；一般人物只能在不显眼的位置衬托位于视觉中心的英雄人物；即使都是正面的英雄人物，也必须强调主要英雄人物的中心位置。

“三突出”原则在电影创作中的实际体现就是“十六字方针”：敌远我近，敌暗我明，敌小我大，敌俯我仰。然而这套刻板的法则限制了电影艺术表达的丰富性。在以往的电影创作中，对残暴敌人的写实描绘，常常能起到激发观众情绪的作用，此时被“样板戏”的漫画式敌人形象取代，从艺术效果上，小丑化的敌人未必比凶狠恐怖的敌人更能衬托我党革命者的伟大牺牲与不屈意志。

“三突出”原则还催生“高、大、全”“红、光、亮”等理念。所谓“高、大、全”，即塑造的英雄人物思想伟大，品德高尚，是绝对没有缺点的“完人”，外观形象也要高大威武、英姿飒爽，并且运用摄影手段强调这些特征，与反面人物形成鲜明对比。简言之，在“样板戏”电影中，正面人物近、大、亮，反面人物远、小、黑。至于“红、光、亮”的美学，不仅体现在舞台艺术和电影中，也体现在“文化大革命”时期各种宣传画里。在这些视觉文本中，正面人物无论是领袖、英雄，还是工农兵群众，无不身材健壮，满面红光，穿着和道具必有红色元素，体现一颗红心和党的领导。整体的画面效果绝不会有黯淡或素净的感觉，而是极度明艳，气氛热烈、姿态昂扬。在“样板戏”电影中，年轻女主人公多身穿红装登场，如《红色娘子军》中的吴清华，《白毛女》中的喜儿，《红灯记》中的铁梅，《智取威虎山》中的小常宝，《沙家浜》中的阿庆嫂在最后一场借操办婚礼接应同志的戏里，也换上了红装，既契合婚礼的场合，也暗喻着她终于除下在敌人面前的伪装，骄傲地以革命者的面貌迎接胜利。红色无处不在，除了红旗、红灯，就连杨子荣闯入敌人巢穴，也要用鲜红的烈火来暗示他的赤胆忠心。英雄人物的脸上要打上红光，为了避免红光同时出现在活动在英雄人物周围的反面人物脸上，只好把反面人物的面部特意涂上颜色，即使被红光照到也不会泛红破坏法则。红色在当时特殊的文化语境中，是一种鲜明的政治符号，呼唤着银幕前亿万观众的认同。

按照以往电影拍摄的原则，即使是反面人物，只要表演精彩，也会成为摄影机关注的重点。最初拍摄《智取威虎山》时，创作人员在杨子荣入匪窟对暗号的一场戏中，正面拍摄匪首座山雕，渲染他的可怖，为了突出众匪的威逼盘问，杨子荣在构图中位于匪徒下方，形成了被俯视的效果。这些处理遭到了严厉批判，从此严禁以正面角度展现反面人物，也绝不俯拍英雄人物。

第四节　“样板戏”对“百花齐放”的背离

“样板戏”在艺术创作者的努力下，尽可能克服政治教条造成的各种难题，取得了一定的艺术成就。然而，总的来说，这些“样板”的出现是对于文艺创作“百花齐放”方针严重背离。一时间除了这些“样板”之外，中国文艺界“百花凋零”，电影创作的发展更是基本陷入停滞。

1973 年，周恩来接见文艺工作者代表，周恩来特别指出：“群众提意见，说电影太少了，这是对的。不仅电影，出版也是这样，这是我们的大缺陷。总结七年来这方面的工作，还是薄弱的，文化组要把电影工作大抓一下。”①周恩来总理的讲话对于文艺工作的短暂回暖起到了作用，各电影制片厂纷纷开始创作一些非“样板戏”范畴的故事片，如长春电影制片厂的《创业》、北京电影制片厂的《海霞》、八一电影制片厂的《闪闪的红星》等。

①陈播：《中国电影编年纪事（制片卷）》，中央文献出版社 2006 年版，第 119 页。

《创业》剧照

这时电影的创作者顶着巨大的政治压力，试图在“样板戏”之外做出探索，艺术上不乏可圈可点之处。

长春电影制片厂的《创业》① 由于彦夫导演，张连文、李仁堂等主演。影片以新中国石油工人艰苦创业，历尽波折终于在东北发现大油田，甩掉西方列强强加的“贫油国”帽子的事迹为素材，在建设新中国这一波澜壮阔的大背景下，塑造了比较丰富的人物群像。主人公周挺杉早年在西北戈壁的小油田裕明油矿做苦工，受尽了美帝国主义和国民党匪军的残酷压迫。解放在即，匪军和美国人蓄意破坏油田，这遭到石油工人的坚决反抗，周挺杉眼看自己的父亲、工人领袖老周倒在血泊中，他从此继承了父亲遗志，成为一个坚定的革命者。裕明油矿解放后周挺杉成为新中国的石油工人，虽屡次获得表彰，但他没有为此满足，反而迫切地想要寻找新的油田。他永远记得油矿解放那天，他与外方专家狭路相逢，对方轻蔑地诅咒，新中国没有“美孚”将陷入瘫痪。为了粉碎敌人的诬蔑和嘲笑，周挺杉一听说东北发现了可能的油田，就立刻奔赴新的前线。然而在新发现的

①《创业》（1974）编剧：张天民；导演：于彦夫；主演：张连文、李仁堂、陈颖、朱德承、官喜斌等；出品：长春电影制片厂。

沉积盆地石油战场，一场路线斗争正在明里暗里进行。除了对党和毛主席一片忠心的周挺杉，主要人物还有正面人物、党的正确路线的执行者华程政委，中间人物、知识分子章易之总工程师，反面人物、革命叛徒和破坏者冯超副指挥。此外，还有性格各异的石油工人群像，如参加过抗美援朝的转业军人秦发奋、思想不坚定的青年工人赵春生、朴实的老工人范师傅、敢于创新的女技术员姚云明等。

总工程师章易之思想保守，束缚于既有理论，瞻前顾后，又缺乏革命者的胆识和勇气，但他心底纯正，为人真诚，不像冯副指挥那般见风使舵，毫无原则。冯超只着眼于个人利益得失，工作上无所用心，出于私心给钻井队制造了重重障碍，满口注重生产，实际是修正主义者，甚至不惜为了掩盖自己的丑陋行径，蓄意破坏油田，好在被周挺杉及时阻止。

影片围绕着周挺杉展开，他克服各种困难，坚持正确的革命路线，在毛泽东《矛盾论》《实践论》的指引下，力排众议寻找大油田。周挺杉先是甩开勘探，抢上龙虎滩，在经历了富农偷移坐标等波折后，在龙虎滩发现了油储。他并不满足于这初步的发现，又抵住反对意见的压力，登上无名地，闯过缺少物资、钻头断裂等难关，终于发现了无名高地下埋藏的黑色宝藏，破除了国外关于中国“贫油”的谣言。

本片尽管在塑造典型人物时不乏动人之处，但思想上局限于对“大跃进”精神的美化和对领袖个人崇拜的强调，人物基本遵循“三突出”和“高大全”的原则。然而，这部赞颂工人阶级、赞颂毛泽东思想的作品却遭到了江青及其党羽的猛烈挞伐，恐怕是因为江青看出该片没有迎合以她本人为首的“四人帮”的指令，只追随毛泽东思想，在她眼中已然是跟她唱对台戏。《创业》的创作人员们蒙受冤屈，此影片引发的轩然大波惊动了毛泽东，他对影片作出较中肯的批示：“此片无大错，建议通过发行，不要求全责备。而且罪名有十条之多，太过分了，不利于调整党内的文艺政策。”

这一时期，北京电影制片厂拍摄了故事片《海霞》。[①]《海霞》改编自黎汝清的小说《海岛女民兵》，本来是北京电影制片厂导演谢铁骊看好的素材，他打算亲自执导，但1974年春谢铁骊被任命为北京电影制片厂的负

①《海霞》（1975）编剧：谢铁骊；导演：钱江、陈怀皑、王好为；主演：吴海燕、蔡明、赵联、田冲、陈强等；出品：北京电影制片厂。

责人，遂把电影交给长期搭档的钱江执导，并让陈怀皑、王好为两位导演也到《海霞》剧组，充实这部电影的创作。此前北京电影制片厂的凌子风已经拍出《海霞》样片，此番是第二次尝试拍摄这个故事。

《海霞》讲述了女民兵排长李海霞从受反动渔霸迫害的穷苦少女成长为革命战士的历程。李海霞是渔民李八十四的独生女儿，刚生下时差点被父亲遗弃，只因母亲没有奶水，家徒四壁，没法养活。邻居渔民刘大伯将她从海上抱回，让自己的妻子哺喂，刘、李两家阶级情谊深厚，海霞也与刘大伯的儿子石头情同兄妹。渔霸陈占鳌残酷剥削渔民，引发了渔民们的反抗，李八十四与刘大伯都冲在前面。陈占鳌一面假意安抚渔民，一面用卑劣的手段暗算，借海匪黑风之手杀害了李八十四与刘大伯，杀鸡儆猴，威慑其他渔民。陈占鳌为斩草除根，设毒计害刘大婶和石头哥哥葬身火海，收走李家赖以为生的渔船。海霞的母亲气极病故，海霞与爷爷相依为命。解放战争即将胜利，退至海边的国民党士兵逼迫爷爷做苦力，还占据了海霞的家。幸好解放军及时赶到，把粮食分给海霞，他们的真诚帮助温暖了海霞的心。解放军与国民党军队的战斗打响了，海霞冒着枪林弹雨给战士们送水，与解放军方指导员等人建立了深厚的感情，并在他们的指点下开始学习毛主席的教导。镜头一转，海霞已经从少女成长为英姿飒爽的民兵女战士，她背上钢枪，带领同伴们保卫海岛，巾帼不让须眉。影片的中间人物既有思想落后的普通农妇大成婶，也有在和平环境中放松警惕的党员干部双和叔，只有方指导员一直与海霞站在同一立场，坚持革命路线不放松。新中国成立后被捕的渔霸陈占鳌潜逃到了台湾地区，他从前的跟班尤二狗也贼心不死，以认罪的态度骗取了双和叔和村民的信任，海霞保持着战士应当有的警惕性，监视着尤二狗的一举一动。与陈占鳌一道投靠了国民党的海匪黑风，假扮大成婶失散多年的哥哥，潜入同心岛，引起了海霞的怀疑，紧随着他上岛发生的一系列破坏民兵组织的事件更印证了海霞的判断。海霞得到了方指导员的支持，指出了双和叔的错误，革命干部和群众联合起来，将计就计，粉碎了陈占鳌和黑风反攻同心岛、破坏革命成果的阴谋。

《海霞》由北京电影制片厂的骨干队伍打造，制作精良。扮演少年海霞的小演员蔡明表演尤其出色，表演清新自然，在黑暗的旧社会，她经历的一次次生离死别催人泪下。成年海霞由京剧演员吴海燕扮演，她的表演带有比较浓重的程式化印记，《海霞》毕竟是故事片而不是舞台“样板戏”，为了避免给人生硬过火的印象，创作者苦心设计镜头，尝试更灵活的构图方式，反而更加符合电影艺术的根本属性，回归“样板戏”美学之前的创作传统。

在“文化大革命”期间短暂的文艺“回暖期”，八一电影制片厂创作了故事片《闪闪的红星》①。影片从儿童的视角展现了革命斗争历史，塑造了小英雄潘冬子的光辉形象。小演员祝新运的外形气质十分符合角色，既有调皮、机灵、可爱的一面，又有小大人般懂事的一面。影片由李昂、李俊导演，改编自军旅作家李心田的同名小说。

故事开头是1931年，大土豪胡汉三在柳溪镇呼风唤雨，作威作福。革命红军正在攻打柳溪，男孩潘冬子的父亲潘行义前去接应红军。胡汉三早已把具有革命倾向的潘行义视为眼中钉，当他发现潘行义不在镇上，便拷打潘冬子，逼孩子说出父亲的下落。冬子年纪虽小，却铮铮铁骨，他忍受吊打，毫不屈服。胡汉三的残暴激怒了村民，正在此时，由潘行义带路的红军攻入镇子，胡汉三仓皇出逃，冬子被解救下来，见到了红军吴指导员。指导员看到孩子脸上的鞭伤，满怀义愤。在红军的带领下，百姓们打土豪分田地，柳溪成为红色根据地的一部分，冬子也受到了革命的洗礼。他加入了共产儿童团，差点儿抓住潜逃的土豪胡汉三，但因为年纪小力气单薄被敌人打晕，没能活捉敌人。父亲潘行义加入了红军，在战斗中负伤，为了节省麻药，忍住疼痛让医护人员取子弹，这一切都教育了小冬子，使他成长起来。

不幸的是，由于党内路线错误，偏离了毛泽东的正确战略，红色根据地第五次反“围剿”失败了，红军主力被迫撤离，潘行义也要跟随部队远走，冬子含泪告别父亲。后来冬子的母亲也加入了共产党，投入地下斗争之中。红军撤离后，胡汉三仗着国民党军队撑腰，反扑回来，变本加厉地迫害柳溪工农群众。冬子母亲为了掩护乡亲，用自己做诱饵引开了敌人，在大火中牺牲了。冬子决心报仇，与宋大爹一起想方设法为吴指导员领导的山上游击队输送食盐等物资，机智躲过敌人盘查，多次立下功劳。为了摸清胡汉三和国民党军队的动向，冬子被吴指导员派到镇上米店做学徒打探情报。冬子和小伙伴春伢子圆满地完成了任务，并且趁胡汉三到米店的机会手刃仇人，报了血海深仇。

---

①《闪闪的红星》（1974）编剧：王愿坚、陆柱国、李心田；导演：李俊、李昂；主演：高保成、刘继忠、祝新运等；出品：八一电影制片厂。

在革命的风雨中，潘冬子逐渐成长为一名小战士。当父亲随红军再次回到故乡，准备与吴指导员一道开赴抗日前线之时，冬子正式戴上闪闪的红星，并加入红军队伍，扛起钢枪，与父辈一道奔赴新的战场。

在远离当时政治历史环境的当下看这部儿童影片，固然会发现过多生硬口号、冬子许多台词不符合儿童身份、在母亲被大火焚烧时冬子的反应过于冷静坚强等问题，但这仍是“文化大革命”时期难得的优秀影片。片中对冬子一家三口亲情的描绘，小伙伴之间友情的刻画，宋大爹、吴指导员等人对冬子不是亲人胜似亲人的关怀，使这部影片获得了感人的力量。故事有血有肉，不同于“样板戏”的僵化刻板，是电影创作者对于革命现实主义创作原则的可贵坚持。

总的来看，“样板戏”严重地损害了新中国电影的创作和发展，违背了毛泽东在1956年中共中央政治局会议上提出的“百花齐放”、繁荣文学艺术创作的方针。普通文艺工作者不但不能按照自己的艺术主张去创作，还要承担令人恐惧的政治风险。在这种特殊的历史语境下，“样板戏”在艺术上取得的特定成就，这是创作者才华和智慧的结晶，至于畸变的意识形态美学，则是在文艺创作无他路可走的情况下，无奈作出的选择。

（本章执笔：陆嘉宁、卞芸璐）

第六章 // 新时期的中国电影（1976.10—1989）

第一节 概 述

“文化大革命”结束后，进入新时期的中国正处在一个新旧交替、新旧交错的变革时代。在这个时期，文化作为历史的主体——人的一种存在方式，也必然处在急剧的蜕变、转折和更新之中。旧文化的扬弃与新文化的建设，是变革时代赋予亟待振兴的中华民族的使命。而电影作为文化诸形态中一种极富群众性、覆盖面甚广的艺术，自然也汇入到了这席卷时代的文化潮流中。

无疑，旧文化的扬弃与新文化的建设，是与新时期一股声势浩大的全民性的文化反思思潮结伴而行的。本来，对一段已经逝去的历史及其文化形态进行反思，乃是作为理性的最高形式的哲学的本位任务。然而，在民族哲学思维尚欠发达的国度里，对历史和文化进行反思的任务，也常常会历史地落到文学艺术的肩上。黑格尔在其名著《美学·全书绪论》中就曾指出，当某一民族的理性文化“已经达到一个更高的阶段”时，艺术就“不再是认识绝对理念的最高方式”了；但当“整个精神文化的性质”使得艺术家处在“偏重理智的世界和生活情境里”时，艺术家也就难免会“感染他周围盛行的思考风气”，从而“把更多的抽象思维放入作品里”，造成“思考和反省已经比美的艺术飞得更高了”的现实艺术。[①] 我国新时期时代进步的迅疾，历史自身积淀的相对完成，使得整个社会无须期待几位睿智的先知以深邃的思想去启迪众生，而是形成了一股强大的偏重于理智的社会思潮，将积郁于亿万民众心中的激愤与思考最大限度地释放出来，进而汇成全民性的深刻的文化反思和理性升华，为现代化准备人的条件。

正是在这样的社会背景下，新时期文学一马当先，以诗歌、小说为投枪、匕首，率先发出全民性文化反思的先声。话剧也不甘落后，接连有旨在文化反思的佳作问世。电影，虽然由于制作的周期较长而稍慢些时日，但终究也迅速地汇入全民性的文化反思的潮流中来。这也给我们今天从文化反思的角度反思新时期电影提供了可能。

如文学上出现了“伤痕文学”一样，电影上也出现了“伤痕电影”，其代表作有《泪痕》《苦难的心》《神圣的使命》《巴山夜雨》《小巷名流》等。这批电影将艺术的思考不同程度地融入思考的艺术中。艺术家凭借自己参与全民族文化大反思所汲取的理性力量，以自己特有的艺术概括力去分析“文化大革命”中的现实关系。尽管艺术家审视和反思这段历史的角度，大多集中在政治和政策的层面上，但这类影片仍在银幕上形象而有力地表明“文化大革命”的实质是封建文化对现代文明的大围剿，是对民族文化的大破坏、大倒退。

伴随着全民性文化大反思纵向延伸，新时期的电影业正马不停蹄地顺应着民族文化反思的呼唤相继出现了一批对“文化大革命”前一段历史进行反思的影片，其代表作有《天云山传奇》《牧马人》《燕归来》等。这些影片旨在深入揭示“文化大革命”中极“左”政治及其封建文化氛围产生的历史渊源。它们从政治的、经济的、社会的角度以独特的审美方式对那段历史进行了重新思考，功不可没。

当全民性的文化反思日渐进入自觉状态后，一批敏锐而有才气的中、青年导演对多样化的民族文化形态进行了多向、可贵的艺术探索。如陈凯歌的《黄土地》率先将摄影机悄悄地对准了西北边陲上的贫瘠黄土；滕文骥的《海滩》则通过“石化城”“傻子村”的隐喻，反思着现代文明与传统文化之间的激烈冲撞；黄建新的《黑炮事件》让对知识分子文化心理的

①黑格尔：《美学》第一卷，朱光潜译，商务印书馆 1979 年版，第 13—14 页。

反思走上前台；田壮壮的《盗马贼》《猎场札撒》更是将镜头深入到少数民族的生活中，去真实地表现他们过去、现在的活生生的文化状态。

银幕上呈现出的多样化的风格，来源于变革时代多样文化的复杂性以及艺术家文化反思的复杂性。然而在新时期，与反思的文化主旋律并行的还有火热的变革现实。随着文化反思更加自觉和深入，更多的艺术家把审美目光对准了处于变革中的现实及活跃在变革中的人们的文化心态。关注南国经济变革的《雅马哈鱼档》《男性公民》；描绘农村变革银幕“心史”的《野山》《乡民》；彰显民族生存伟力与文化更新的《老井》等都是其中的代表性作品。

许多文化史家都指出，中国传统文化是以伦理为本位的富于人情味的文化，中国传统文化的系统，首先是一种伦理系统。中国传统文化的价值标准，首先是一种伦理标准。这种伦理本位的传统文化严重压抑了人的变异能力和创造能力的发展。其中，以中国妇女背负的重压最为突出。与之相对应，新时期银幕上也出现了一批旨在对中国妇女命运进行文化反思的影片，其中《喜盈门》《乡情》《乡音》《乡思》《良家妇女》《湘女萧萧》等都是极具代表性的作品。

1989 年，张艺谋导演的《红高粱》横空出世。银幕上的《红高粱》所体现的全新的电影改编观念拓展了从小说到电影的思维天地。因此，议一议这种全新的电影改编观念新在何处，是很有意义的。在新时期，把小说搬上银幕的一些优秀电影作品，如颜学恕执导的《野山》、黄建新执导的《黑炮事件》、吴天明执导的《老井》等，已经愈来愈强烈地冲击和突破了上述传统的改编观念。尤其是待到张艺谋执导的《红高粱》问世，可以说一种新的改编观念已在日臻成熟。因此，本章最后一部分则将以《红高粱》为例，议一议这种全新的电影改编观念新在何处，是如何拓展了从小说到电影的思维天地的。

第二节　谢晋电影之思：《天云山传奇》《牧马人》《芙蓉镇》

如同文学上出现了“伤痕文学”一样，电影上也出现了“伤痕电影”，其代表作有《泪痕》《苦难的心》《神圣的使命》《巴山夜雨》《小巷名流》

等。然而需要说明的一点是，并非在“伤痕电影”之后，才出现如《天云山传奇》那样的将镜头延伸到1957年那场扩大化的“反右斗争”的“反思电影”。因为，旨在再现“文化大革命”给人们造成创伤的“伤痕电影”，原本就是一种痛定思痛的电影。只不过，这时的“思痛”经历了一个由感性的表象层面而日渐渗透到理性的精神层面的过程。反思正是这类影片的本质特点，而且这个特点一直贯穿到之后的电影主流。

不过，新时期电影对“文化大革命”的反思，还远未达到应有的历史的、哲学的和文化的高度。银幕上的“伤痕电影”无论就其个体还是总体而言，都只是从历史与人、文化与人这一方面进行反思，揭示了“文化大革命”这段动乱历史及其封建文化氛围对人的扭曲和人的价值的践踏，以及对整个民族造成的灾难。在这里，人基本上是作为历史悲剧和封建文化的被动承受者来描写的，而基本上避却了问题的另一面，即对人自身的历史责任的思索以及对全民族文化心态的严格解剖，这显然是一种历史局限。它终究妨碍着艺术家将文化反思的镜头穿透到人对历史及其文化发展的主体性精神作用的层面上去，继而探究人和全民族的文化心态对那段“文化大革命”历史及其封建文化氛围所应承担的责任，以便为全民族精神格局的调整和更新指明方向。

当然，伴随着全民性文化大反思向纵深延伸，新时期电影也不能总是沉湎于“伤痕”之中。真正宏观地从历史哲学高度对“文化大革命”进行文化反思的历史性巨片还未出现，而新时期银幕却马不停蹄地顺应着民族文化反思的呼唤，迅速地将镜头转向历史的纵深穿透，相继出现了一批对“文化大革命”前一段的历史进行反思的影片，其代表作有《天云山传奇》《被爱情遗忘的角落》《牧马人》《燕归来》等。这些影片，旨在深入揭示“文化大革命”中那种极“左”政治及其封建文化氛围产生的历史渊源。这些影片从政治的、经济的、社会的角度以独特的审美方式对那段历史进行了重新思考，牵动了全民族的反思神经，产生了强烈的社会反响。但是从文化学角度及思维取向而论，这些影片中的多数仍然如同前面所讲到的“伤痕电影”一样，主要还是单一地止于从历史环境及其文化氛围对人的尊严和价值的损害角度进行反思，而较少对人自身主体的精神格局和文化心态进行严格解剖并作出正确的审美判断。

谢晋导演分别于1980年、1982年和1986年导演的《天云山传奇》①《牧马人》②和《芙蓉镇》③，正是新时期对"文化大革命"反思与文化反思电影创作的代表作。对其作品系列进行分析，有助于说明上文中提到的"伤痕电影"与反思电影在反思深度上存在的问题。

谢晋导演的电影是一个复杂的构成体，就其渗融的文化观念看，它既在某些方面具有超前性，又在某些方面具有滞后性。从"十七年"时期的《女篮五号》，到"文化大革命"时期的《红色娘子军》，到新时期的《天云山传奇》《牧马人》《芙蓉镇》，再到20世纪90年代的《清凉寺钟声》《女儿谷》和《鸦片战争》等，只要把这些影片放到文化发展的历史流向的宏大背景下加以考察，这种超前性和滞后性是不难发现的。

谢晋自觉顺应新时期思想文化发展流向的超前性的重要表征之一，是他对中国当代知识分子命运的严肃反思。"文化大革命"的历史大倒退，从本质上讲，是封建文化对现代文明的一场空前大围剿。当人们运用实践标准来审视"文化大革命"时，起初着重于物质层面即经济的面临崩溃；接着便深入到精神层面看它对人的自由的全面发展的严重破坏，即对人性的泯灭、人的尊严和人的价值的横遭践踏。人们发现：其间，以知识分子遭受的迫害最为惨重，较长时期以来，作为民族精华的知识分子竟被当成了"左"的政治运动的"革命对象"，剥夺了他们应有的社会地位和历史使命。在人的解放和美的追求的创作潮流中，谢晋敏锐地感应着时代的脉搏，首次在银幕上把对知识分子命运反思的镜头，延伸到1957年那场"反右斗争"中。

《天云山传奇》应当说是谢晋社会意识新的觉醒，这种觉醒在当时的思想文化背景下是超前的。这种超前性，一是率先运用电影这种现代化的大众传播媒介把全民族对"文化大革命"的沉痛反思延伸到对新中国成立后"十七年"历史的深刻反思中；二是率先在银幕上为民族的精英——被错划的右派分子罗群们讴歌。影片问世时的历史证明，这种超前性代表了

①《天云山传奇》（1980）编剧：鲁彦周；导演：谢晋；主演：石维坚、王馥荔、施建岚、仲星火、洪学敏、牛犇等；出品：上海电影制片厂。

②《牧马人》（1983）编剧：李准；导演：谢晋；主演：朱时茂、丛珊、刘琼、牛犇、陈肖依、方超等；出品：上海电影制片厂。

③《芙蓉镇》（1986）编剧：阿城、谢晋；导演：谢晋；主演：刘晓庆、姜文、郑在石、祝士彬、徐松子、张光北等；出品：上海电影制片厂。

《天云山传奇》剧照

思想解放的先声，推动了中国变革的现代化进程，同时也为思想僵化者所诅咒。但后来发展了的历史却无可辩驳地证明这种超前性的真理性：新中国成立后十七年愈演愈烈的“左”的政治必然通向“文化大革命”；被错划的右派分子罗群们确实成了现代化建设的栋梁之才。

一切艺术家都难免有自身的局限性。《天云山传奇》也反映出谢晋社会意识中尚未觉醒的滞后性一面。这便是：一方面，在讴歌罗群身上应当被讴歌的知识分子的英雄品格的同时，也讴歌了罗群本应摒弃的那种逆来顺受的文化心理；另一方面，又误将中国当代知识分子的厄运，不是归咎于政治无民主，归咎于封建流毒和极“左”思潮，而是求诸于道德力量，即执行政策的地委书记吴遥必定是个道德品质极坏的人，这便落入了将政治生活道德化的旧文化观念。这种本来在《天云山传奇》中已经潜存着的滞后性，在《牧马人》中则明显地暴露出来，表现为对所谓“母亲错怪论”和“出国叛国论”的审美肯定。将“不出国”与“爱国”，“出国”与“不爱国”即“背叛”直接画等号，对许灵均拒绝出国的“爱国主义”

的纵情礼赞实质是宣传“出国背叛论”，是对以李秀芝为代表的小农意识中的狭隘民族观念的一种审美肯定，这些都反映出编导对20世纪80年代开放的现代意识和新文化观念某种程度、某些方面的滞后性。

这种滞后状态，还在谢晋艺术世界中的女性形象上表现出来。虽说谢晋电影中的女性形象都是些“三从四德”的“老式女人”，有失公允。但如同谢晋电影从总体上讲是复杂的构成体一样，谢晋艺术世界里的女性形象也是复杂的构成体。她们既有超前性，也有滞后性。譬如，基于对“文化大革命”和“左”倾思潮的深刻反思，愤激于兽性的扩张和道德的沦丧，谢晋不仅倾其心力、精心塑造了通体透明的冯晴岚形象，具有美好人性的李秀芝形象，道德高尚的韩玉秀、杨改花形象，而且也强烈地针砭了屈从于政治压力的宋薇和礼赞了具有现代意识的周喻贞。这些都是不应简单地以“老式女人”加以否定，也是否定不了的。因为，她们确实具有鲜明的时代内涵和艺术魅力。但是，也必须看到，从冯晴岚为罗群“牺牲了一切”，到李秀芝对许灵均说的“我命好，我遇到了一个好人”“只要你高兴，我什么苦都能吃”“我就是和你在炕头站过一夜，也是你们许家的儿媳妇”，再到《高山下的花环》中杨改花对靳开来说的“我少不了侍候你们爷俩”和韩玉秀对梁三喜说的“你合上眼吧，俺会给娘养老送终，盼盼，俺给你养大成人”……其间无疑都或多或少、或浓或淡地渗透着一种女人对男人的人身依附观念，这都表露出一种通过丈夫来实现自我价值的旧文化心态。这实质上也是一种主体意识和自我价值的失落。遗憾的是，谢晋对这种带有封建性的观念和心态，也几乎无保留地加以了讴歌和礼赞。

著名电影理论家钟惦棐先生在他临终前不久留下的《谢晋电影十思》，堪称字字珠玑，句句闪光。尤其是统领全篇的那警句“时代有谢晋，谢晋无时代”，可以说胜过了世间关于谢晋研究的多如牛毛的论文。

谢晋电影的这种超前性和滞后性，在《芙蓉镇》里表现得更加清楚。《芙蓉镇》的历史感，主要是通过王秋赦、胡玉音、李国香、秦书田这几个人物的性格塑造和命运展示来体现的。王秋赦是一个标杆。此人本来颇有几分既懒且泼的无聊气息，但却在多年来那条不成文的规矩——“越穷越革命”的“关照”下，被当作“根正苗壮”而加以培养，入党成为“运动”的干将。这种人是我国多年来不健全的社会机制和不正常的政治生活的必然产物。与此相反，胡玉音作为另一标杆，则是王秋赦式的人物“革命”的对象、“运动”的受害者。她勤劳致富，靠卖米豆腐发了财，于是大祸临头。因为与“越穷越革命”相映成“辉”的另一条不成文的规矩是“倘使不穷，斗则使穷”。胡玉音既然有1500元积蓄，自然被视为“新生资产阶级分子”，王秋赦们自然要在李国香们的组织下群起而攻之了。为了自卫，她求助于干哥哥黎满庚代藏积蓄；而黎满庚作为党支书，又为了保住党籍被迫交出了她的积蓄。人人自危，一片混乱，社会当然只能运行于“贫困的道路”上。《芙蓉镇》所蕴含的这种极为深刻的历史哲学意识，是对这近20年中国历史进行深刻反思的成果。谢晋抓住了这条主线。银幕上的王秋赦，从在那破烂肮脏的吊脚楼里被工作组组长李国香发现，因而开始“发迹”起，到最终沦为疯癫，提着破锣狂叫“七八年喽……”确实让观众认清了这种畸形政治孕育的怪胎的严重破坏性。谢晋把握社会心理的准确度令人叹服。可以说，观众多年来郁积于心中的对王秋赦式的人物的强烈愤怒，在银幕前都可以得到满意的宣泄，从而获得审美快感。

但这种宣泄式的审美效应的获得，又是有前提的。这个前提，便是相应地冲淡了观众对银幕上所展示的那段历史生活宏观的、哲学的、文化的深沉思考。因为银幕上的王秋赦形象，其外在的、漫画式的东西似乎多了些。观众当然会在嘲笑声中心理上得到满意的宣泄，但宣泄之余，也就自然而然地将审美视线导向了对王秋赦式的人物的个人道德品质（与李国香乱搞男女关系）的谴责，而相应削弱对这种人物产生的整个社会机制和政治生活的深沉思考。须知，王秋赦式的人物之所以必然产生，简单地归咎于个人道德品质是远远不够的，更重要的成因在于我们整个社会机制的不健全和政治生活的不正常。不出个人品质败坏的王秋赦，也难免会出个人品质未必败坏的张秋赦、李秋赦的。谢晋在这里，多少又重蹈了早在《天云山传奇》中的失误，将吴遥们的出现有意无意地归咎于个人道德品质（抢罗群的老婆）的不善。

《天云山传奇》《芙蓉镇》中反复出现的这种多少有点将历史道德化的失误，似乎很能说明谢晋作为创作主体的文化心态，确实多少有点受制于以伦理为中心的中国传统文化的影响。无论是孔子的“克己复礼”“以礼节情”，还是老子的“少思寡欲”“罪莫大于思欲”，抑或是墨子的“苦行非欲”，以至《诗大序》所谓的“发乎情而止乎礼”，都无一例外地强调以伦理道德为中心。看来，《芙蓉镇》在反思那段历史生活时，主要的视

《芙蓉镇》剧照

点还是聚焦在道德层面上。从超越道德伦理层面的思考而升腾到从文化哲学的宏观高度上艺术地把握和观照生活，仍然是谢晋审美创造有待实现的一个课题。

由于这种升腾在《芙蓉镇》中尚未真正完成和实现，创作主体的审美天平仍然倾斜于道德评价一边。因此，表现在对王秋赦与李国香、胡玉音与秦书田这两对人物人性的追求的艺术处理上，就存在着简单化地抑此扬彼倾向。本来，倘若从“人的自由而全面的发展”和文化人类学的角度看，应当承认，如同秦书田所说，“党的政策并没有规定不许四类分子结婚”，他们这两对人当然不例外，在性的追求上，都具有同等的权利，只要双方都是未婚。但是，《芙蓉镇》从影像画面的蒙太奇组接上，对王秋赦和李国香的两性关系上的漫画、丑化及强烈的道德谴责（让王秋赦翻窗踩牛屎堆、为李国香端洗脚水、下跪哀求等），与对胡玉音和秦书田在情爱关系上的诗化、美化及强烈的道德同情（让胡玉音与秦书田扫街扫出爱情来，扫出文化来，扫出“圆舞曲”伴奏的诗意来等），形成了鲜明的褒贬对比。这种审美倾向当然是无可厚非的，但这也势必导致观众对人物的审美判断主要转向道德评判。道德评判并非不需要，但是以道德评判取代或冲淡了宏观的哲学思考，就不能不削弱了作品的思想启示力。《芙蓉镇》严肃、深刻的社会主题和历史内涵，在这里多少有点被一种平庸的、传统的道德评价所冲淡，这恐怕是导演所始料不及的。

第三节　多样民族文化形态的反思与艺术探索

一、超前文化主体意识的体现：《黄土地》《海滩》

现代历史学家已经证明，历史发展是一种多元并存的样式，而在一定历史中形成的文化也必然呈现出多样化的风格。当全民的文化大反思日渐进入自觉状态后，一批敏锐而有才气的青年、中年导演对多样化的民族文化形态进行了多向的可贵的艺术探索。

这里首先应提到陈凯歌执导的《黄土地》①。《黄土地》的创作，在时间维度上表现了创作主体文化意识的超前性。这部影片率先把摄影机悄悄地对准了以前鲜为人注意的西北边陲上的贫瘠黄土，力图从文化哲学的宏观高度上对我们的民族性进行思考和探索。在这部影片中，历史、自然与人融为一体，纪实的客观再现与强烈的主观表现相结合，新的电影观念和影响风格确实给我们提供了一种感受世界和理解世界的新视点和新方式。

从历史上看，中国封建社会是一个以小农经济为主的宗法社会。国家是一个扩大化了的宗法大家庭，它由无数的宗法小家庭组成，并以宗法的形式统治着这些小家庭，这些宗法小家庭之间由于各自有着自给自足的经济，维持着各自封闭而独立的生活，因此彼此缺乏必要的经济联系，各自筑起难以逾越的围墙，“鸡犬之声相闻，民至老死不相往来”。在封闭式的家庭中，家长就是一个至高无上的小君主。《黄土地》中的翠巧一家，就是这样一个小家庭。翠巧爹虽然是一位慈父，疼爱两个从小失去母亲的女儿，但正是他的愚昧和顽固，造成了他疼爱的女儿的悲剧命运。创作者把这种愚昧称作一种“温暖的愚昧”，因此在人物造型上，竭力表现的是他

①《黄土地》（1984）编剧：张子良、柯蓝；导演：陈凯歌；主演：王学圻、刘强、谭托、薛白等；出品：西安电影制片厂。

生活的艰难和内心的凄苦而过早衰老的一面。在多次出现的窑洞里，他泥塑般呆呆地坐着，目光浑浊，痴呆麻木。甚至当他把女儿推向悲剧命运时，他那木然的脸上也仍然毫无表情。在他僵死的灵魂中，有的不过是祖宗定下的规矩，一代一代地延续，一代一代地重复，谁也违抗不得。中国传统文化以“三畏”来规范和抑制人的主体的变异意识，强调所谓的“畏天命，畏大人，畏圣人之言”。其实“三畏”之外，还有“一畏”即“畏祖宗之法”。何谓“传统”？传统就是指被保存在某一民族、某一群体中，并为后代所运用的文化形式。传统不是通过生物学上的遗传来延续。在面对历史悠久的传统文化时，作为炎黄子孙的后代，这种“畏”的意识已渗透和积淀到中国人的心理结构的深层。在《黄土地》中翠巧爹的人物造型中这种对传统文化的敬畏心态被栩栩如生地表现了出来。

《黄土地》以其独特的、富有表现力的电影造型而令人震惊。摄影机一动不动地拍摄那大片的、迎面扑来的黄土，那样稳重、那样沉静、那样厚重，然而又那样令人窒息。在构图上，大片大片的黄土占了画面的绝大部分，天空留得很少，穹谷幽深，大地苍莽，人物往往被压缩到画面的一个小角落里。曾经孕育了光辉灿烂的中华民族文化的黄土地，它养育了人，却又造成了人的苦难。黄土地是永恒的，不管愿意不愿意，它都要与我们这个民族共同存在下去。黄土地是深厚的，尽管它同时孕育了苦难与不幸，但也赐予了人在困苦中生活下去的勇气和力量。翠巧和翠巧爹一旦从麻木走向觉醒，从愚昧走向文明，从封闭走向开放，也就必将使自身带同黄土地一起获得新生。编导者之所以这样从文化哲学的层次来表现黄土地，其心理基础正是基于对整个民族“敬畏”传统文化的一种群体心理的深刻反思。这是一种民族文化情感的超前意识。唯其如此，《黄土地》超越了创作主体个人有限情感的外射，而升华出一种社会情感和民族情感的超前意识。它在整个民族文化反思中的开拓意义和在新时期电影发展中的地位，不应低估。

多元文化的复杂性，必然带来艺术家文化反思的复杂性。中国近代历史，是一部最广义的文化冲突的历史。中国知识分子一直处在中西文化的激烈碰撞之中。一般来说，主要以西方文化为“参照群体”的现代文化意识在中国当代知识分子的文化心理结构中大都浮现于理智和意识的层面，是“河面”；而主要以传统的儒道互补的文化为“参照群体”的传统文化意识则沉淀于情感和潜意识的深层，是“河面下的潜流”。因此，中国知识分子的文化选择，更多的是以传统文化为本位的。这就造成了作为知识分子的艺术家在创作中理性意识层面同情感层面的矛盾现象。《海滩》① 正是中年导演滕文骥在这种矛盾的文化心态下的作品。

“海滩”不是自然的海滩，而是文化的海滩。正像日夜澎湃的海浪一样，“海滩”中的两种文化处于激烈的冲撞之中。“海滩”并存着处在迥异的文化圈中的两种人，各自有着自己的生活方式和观念意识。一类属于“石化城”的，象征着现代文明和现代化的生产方式、生活方式；另一类则是属于“傻子村”的，象征着传统文明和传统的生产方式、生活方式。显然，在理性意识的层面上，导演是肯定前者而否定后者的。一些影像画面也透视出导演的这种意向。譬如很多隐喻性的画面，显现出“傻子村”的地盘正在缩小，暗示出这种以保守和愚昧为特征的古老生活方式正在现代文明的冲击下走向崩溃和消亡，传递出现代化的历史走向不可逆转的信息。但在情感层面上，导演似乎又本能地依恋着传统的情感生活，具体表现在其影像构图上，对意欲从理性上批判的“傻子村”的生活，却用了一种优美的、抒情的、富有生气的视觉语言，去欣赏这种落后、愚昧的生活方式中蕴含的所谓原始古朴的美；相反，对意欲从理性上肯定的“石化城”生活，却在构图上又拍得极为刺目，人物常常被管道、台阶、铁塔等所遮挡，舞会上的人们盲目旋转，表情漠然，聚餐会上更用一种令人厌恶的冷调子来表现现代化企业中工人那种单调、空虚、无聊的生活。

所有这些，似乎说明导演在传统文明与传统文化面前，不由自主地从理性批判走向了“情感复归”。这对导演来说，很可能是无意识的，但唯其如此，更见深刻。联想到《海滩》中所设置的文化冲突及其艺术表现中人为地切入理念的痕迹，更说明了从感性到理性，真正实现创作主体的文化心态的更新的重要性。

二、从《棋王》《孩子王》谈阿城的美学追求

20 世纪 80 年代，阿城在文坛上引起了不容忽视的骚动和反响。尤其

---

①《海滩》（1984）编剧：秦培春、马中骏；导演：滕文骥；主演：魏宗万、刘威、白灵、赵小锐等；出品：西安电影制片厂。

在其小说《孩子王》[1]《棋王》[2] 1987 年、1988 年分别被陈凯歌、滕文骥导演改编为电影之后，阿城作品的影响力逐渐扩大到普通观众与读者中。在他的小说里，人们惊喜地发现了一种似乎被不少当代作家淡忘乃至遗弃的审美意识、情调和风格。但怎样从理论上来准确地把握和评价这种浸透着中华民族文化的东西，却是件棘手的事。

新时期小说创作出现的强化民族意识的新趋向，实际上是与当今整个世界文化的发展走向同步的。世界文化正是靠各国、各民族、各地域的文化不断“分支”发展与不断“合流”互补而不断提到新的更高级的程度上的。这种在“分”与“合”中循环往复的辩证运动，可以说是世界文化发展的规律。一批有朝气、有见识、有才华的青年作家率先发出了寻文学之“根”（即自觉强化民族文化意识）的呐喊。而阿城，则是其中一位颇具代表性的人物。

首先需要指出的是，阿城笔下的人物都很独特。借用《棋王》里王一生的一句话来形容，他们都是些“野林子里的异人”，奇特的外貌、孤僻的性格，几乎是他们共同的特征。《棋王》中蓬头垢面，由于嗜棋如命、迂腐之极而被称为“棋呆子”的王一生，《孩子王》中“面带凶相”、力大无比的哑巴“王七桶”都属于这一类。当时的文坛充满着一种追求奋进的坚韧意志和深邃、冷峻的精神内涵，这正是以张承志、邓刚、张辛欣等为代表的一大批青年作家所刻意表现的强者气质。这种征服一切、无往不胜的精神气质背后是一种昂奋高蹈和目空一切，是一种搅痛的自我意识和对自我价值的坚定追求。阿城笔下的人物却迥异于此。无论是年轻的王一生，还是代课老师“我”，在精神气质上都没有那么强烈的自我意识，没有那么多纷扰的外在欲求和内在挣扎，没有那种争强好胜的冲动和勇气。他们显得平和得多，知足得多。王一生用不着找地方，“测夜”就其愿望来说已足够了。“孩子王”——“我”进亦不喜，退亦不忧，神态超然，来去从容。这些人物总是力图保持内心的平静与自由，不为外在的贫穷富贵、成败荣辱而苦心劳神，随遇而安，与物推移，既有一种道家的“纵浪大化中，不喜亦不惧，应尽便须尽，不复独多虑”的旷达和超脱，又有一

[1]《孩子王》（1987）编剧：阿城、何建军；导演：陈凯歌；主演：谢园、陈绍华、杨学文等；出品：西安电影制片厂。

[2]《棋王》（1988）编剧：阿城、滕文骥；导演：滕文骥；主演：谢园、赵亮、牛犇、倪大红等；出品：西安电影制片厂。

种儒家的“一箪食、一瓢饮”也“不改其乐”的执着和坚定。

这些人物又往往凭借他们置身于其中的特异环境的烘托和映衬而显得格外鲜明、深沉。阿城的小说中，人物活动的背景多是远离城市喧嚣的穷乡僻壤、荒莽野林。但阿城渲染的并非是其中奇异神秘、色彩浓丽的一面，而是着意传达乡村环境的简淡、萧疏和蕴含在其中的那种寂寞、清远的生活情调。《棋王》中那个“猪跑来跑去，个个瘦得赛狗”的知青农场、那个“有鹿子叫有蛇的原始森林”，《孩子王》中那个“场上有鸡猪在散步”的破落小学，都弥漫着这种静默和寂寞的氛围。这种寂静的背景与王一生这些口拙舌笨、默默承受着生活重负的小人物的特定精神气质冥冥契合。于是，人物、背景与作者优游不迫、不疾不徐的行笔节奏，这三者就达成和谐的统一。这种贯穿阿城一系列小说的沉朴、滞重的调子，这种在写实的严谨和写意的空灵交织中隐匿的无声无息的虚静，正是阿城艺术世界中本质的结构。

因此可以说，阿城的小说在基本结构上暗合于中国的文化精神。中国的传统文化认为，宇宙深处是无形无色的虚空，而这虚空却是万物的源泉和生生不息的创造力所在。老庄名之为“道”，儒家明之为“天”。宗白华在《美学散步》中指出，中国文化所表现的精神是一种“深沉静默地与无限的自然、无限的太空浑然融化、体合为一。它所展示的境界是静远的寂寞的”，阿城的艺术世界深处蛰伏的寂寞和虚静，正与中国古典诗歌中的空静、中国画中的空白异曲同工。唯其如此，阿城才能把沉朴、艰辛的人生实相，信笔点化为一片空灵。

阿城小说的结构是非亚里士多德式的：缺乏鲜明的结构形式恒基，也没有贯穿始终的动作。阿城把生活中磕磕绊绊的事情带入了文学，把通常小说中的那种紧密相连的情节挤得松动了。他描写的细节很难说直奔一个既定的主体，其小说中使人不能释怀的往往是那些难以复述的琐屑之处：王一生如何“喝麦乳精”喝得“满屋子喉咙响”；“孩子王”如何以尿做牛领袖……恰恰是这些“闲笔”，构成了阿城小说中特有的氛围和境界。阿城像是信手拈来，涉笔成趣，画面始终保持着它在现实中那种未加入人为分辨的交叉网络关系，一切现象和意义都含蕴在融会不分的浑一里。这种“依乎天理”，曲尽其态，“因其自然”，不伤凿，“官欲止而神欲行”的自然律动，配之以绝无斗转星移、跌宕起伏的自然而然的时间流程，与小说中寂寞、沉朴的内在节奏相契合，更强化了作品在总体形态上的自然性和朴素性。

阿城不仅有意抛弃了那种一波几折的戏剧情节，甚至还有意将人物的内心冲突也隐藏了。他呈露角色时，用极自然、毫不急迫的进度，不强调任何内在的冲突，一切都显得那样静穆、平和。王一生对自己不能看电影、不能去公园苍白的童年叙述是漫不经心的，当讲到母亲临死前“捡人家的牙刷把”磨成“无字棋”时，王一生也没有激烈的表情，而仅是“不再说话，只是抽烟”。这种毫无怨尤的态度，不大喊大叫的悲伤，在冲淡平和、无动于衷中显示出的情感净化，反而更加深沉、更有力度、更振聋发聩。

阿城小说在总体上的静穆、平和，还得力于他精心安排的一种封闭性的结构形态。他几乎主要是为一些卑微乃至猥琐的小人物造像。在出场之处，他们常常是“痴呆”“笨拙”、缄默无言的；但继后由于环境的作用，由于各种客观原因的促成，他们本能地“焕发出光彩来”，产生了某种“英雄行为”；最后，他们又或者死去，或者复归原来的位置。于是，如阿城所说：“从零开始的一切又复归于零”，“普通人又复归普通人”。也许他们自己也不敢相信自己当初会有那颇有光彩的一搏，但“历史却由此进了一步”，完成了更高层次的复归。这种人生哲学指导下的两极相通的圆圈结构，螺旋前进，给人一种平衡、静穆的稳定感觉，显然对阿城作品总体风格的形成起了呼应作用。当然，这里所说的圆圈结构只能从比喻意义上来理解。因为，这里的圆圈绝非刚性的几何图形，而是一种灵气往来、气韵生动的回荡节奏。因此，虽然稳定却又给人以深沉、强烈的律动感，虽然封闭却仍给人以无限联想和思考的天地。

阿城小说的结尾，也是典型的中国式的。那种不涉语之境，看似蕴藉，意义丰厚，总给人“欲说还休”之感。无论是“拥着天幕沉沉睡去”的王一生，还是“趋着大雾”又慢慢回到队上的“孩子王”，最终都归于一种虚静。因此，阿城小说的结尾以其悄然无声的呼应完成一部作品的有机统一性，而这种无声之处的结尾又是新的开端，显示了一种新的知识，拓展了一种新的天地，激发起读者新的联想和感悟。这种艺术处理，仍然通向道家美学“无言独化”的妙境。

总之，这种由淡泊、寂寞的人物和背景与沉稳、自然的结构形态所构成的冲淡之美，正是阿城小说的主要魅力所在。这与阿城处理的题材有关，更与他本人萧条淡泊、闲和宁静的精神气质及美学追求相联系。

所谓淡泊而“心远”，是心灵内部的距离化，是作家、艺术家应具备的一种非常可贵的自我调节的能力。有了这种距离化的功夫和自我调节的能力，阿城的作品才能写得琐碎、繁杂，却绝不滞于物；虽然非常切近生活，但是又给读者以距离；虽然深刻地展现了人生世相中的庸俗和辛酸，但又灵气往外，诗意盎然。因此，阿城艺术世界中的空灵并非真正的空灵，而是由此获得了更多的“充实”，由“心远”而接近“真意”，这样就不难进一步发现，阿城笔下的人物也非真正的通脱，而是通脱中有执着，旷达中有悲慨。王一生对棋的执着，“孩子王”对教书的执着，都通过他们表面的旷达和通脱表现出来。而且阿城小说里也不仅仅是单纯的冲淡，而是冲淡之中有雄浑，平和之中有壮烈。王一生“连环大战”，力胜九雄，“一个瘦小的黑魂”，“俯视大千世界，茫茫宇宙”，是雄浑，是自然浑成，蓄之于中而不行之于外的充实之美。所以，阿城小说中的雄浑，也才可能与冲淡携手，才又能归复于冲淡。这种“返虚”的雄浑是一种极自然的雄浑，浑多而雄少，因而更显得韵味悠长。

在空灵与沉朴之间，在雄浑归于冲淡之际，阿城出世与入世相矛盾的辛酸是深深地蕴藏着的。即是说，他充满现代意识的人生观和哲学观，是消融在小说中的字里行间的。

阿城对王一生随遇而安、返回内心的生活态度流露着同情，这一点毋庸置疑，但也无可厚非。在阿城小说中，人物的生存需求往往与客观社会环境处于不协调的状态。这些人物他们既无法改变这种状态又要求得内心平衡。因此，王一生就只有用“待在棋里舒服”来自欺自慰，来逃避精神和物质的双重困扰。“孩子王”被遣返后，也只能用送字典给王福来取得主观感觉的协调。如果说，王一生的“呆”，以及他的口头语“何以解忧，唯有象棋”，都令人想起历史上一些身处乱世、又不能正面与恶势力冲突的知识分子，想起他们由痛苦到麻木的佯狂假痴；想起阮籍、嵇康的颓，米芾的颠，倪瓒的迂，黄公望的痴，李白的狂。因此，是否可以说，在动乱的现实面前，自我排遣、故作通脱，也只能是身处社会下层的王一生、肖疙瘩、“孩子王”、李二等小人物无可奈何的选择。而他们的这种特定心态，也正是民族文化历史积淀的结果。不在混沌的麻木中苟活，就只能在清醒的痛苦中死去，泯灭自我，遁入内心，这正是缓解生存与环境尖锐冲突的消极抗争。而这种生存与环境分裂的现实的荒谬性，以及使人痴呆麻木的异己力量，才是罪恶的渊薮。

如果说，阿城对王一生的生活态度所流露出的同情，多是“哀其不幸”，而少“怒其不争”，的确有一些消极意义；那么，这种含蓄深沉的批判指向所蕴含的正面力量，就完全可以作为“化消极为积极”的补偿了。尽管如此，有一点还是必须敞开来说的，这就是阿城思想里确有道家哲学、禅宗思想的痕迹。阿城显然接受了我们的先哲关于齐物顺性，保持天机完整的思想。他正是从这一哲学意识出发对“文化大革命”的主观和狂妄进行深刻批判的。只是他并未张扬道家哲学、禅宗思想中唯心消极的一面，而是对其合理客观的一面进行了发挥。《棋王》写棋，《会餐》写吃，《孩子王》写读书，《树桩》写唱歌，从不同的侧面构成人的物质和精神的两大欲求。但在动乱岁月，社会却是作为异己的力量与人的自然欲求相对峙，社会成了人的发展的对立物，造成了人性与社会的分裂。不仅是人，自然的生灵和生态也都受到那群“喝令三山五岳开道”的“造反英雄”的亵渎。《棋王》就表现了这种人与自然、人与天的冲突。而这种对待自然的态度也联系着对待人的态度。在《棋王》中那股逆自然规律而动的“戕天”的恶势力，在《棋王》《孩子王》等小说中就成了“役人”的异己力量，压抑着人的自然欲求（唱歌、下棋、识字等）。从表层意义上看，失了棋，失了歌，失了书，失了自然，就失了中国文化，这无疑是对“文化大革命”的深刻批判；但如果进而探究阿城小说的深层，我们便不难体悟到，这些也都是“戕天”“役人”这同一本质的不同表现，“文化大革命”的破坏实际上最深刻地表现在“戕天”“役人”这个根本点上，是对中国文化精神的彻底背叛。阿城以《棋王》发轫的一系列小说，在题材、手法上并不奇特，但由于选择了一个新的艺术视点，由于这个视点接触到了中国文化精神的根本，接触到了民族心理的深层结构，联系起中国民族气质的重要一脉，因而他笔下的普通人物和平淡故事，具有了深沉、厚重的历史感。这种纵向的历史感（时间）和横向的地域感（空间），以及从纵横交织的时空经纬中所产生的现实感，构成了阿城作品的三维空间。

让哲学观念和文化意识如水中之盐积淀到朴实无华的描写中，这正是当代作家的一大追求。阿城对传统文化并非食古不化，更非怀旧式地把已经发霉的东西重新拿出来展览一番，而是以开放的眼光，含英咀华，弃其糟粕，故能入而复出，善于在其积极意义的本质上再生，化为观照生活的一种哲学意识、一种审美特征、一种表现风格、一种结构方式，乃至一种语言技巧，并不露痕迹地渗融到创作的全过程中去。唯其如此，阿城才叫阿城。他才能在悠游不迫的独特的低调白描中，排除了形而上的焦虑和认识论的说教，而又无处不渗透出一种哲学的意蕴；才能使笔下具有深厚“古典”背景的绚丽多姿的当代生活，浸透着民族的哲学文化意识和强烈的现代意识，既蕴含深广而又富于弹性，既深沉凝练而又独具特色。这正是阿城的高明之处。

三、《黑炮事件》与知识分子银幕形象之思

《黑炮事件》① 在中国新时期电影发展的历史上，占有一席引人注目的地位。艺术审美的现实，以哲学为最高境界。一部艺术史和哲学史，证明了哲学对艺术构成的一种更有力的决定性的影响。新时期，关于人的解放的哲学思潮对关于美的追求的艺术思潮产生着“决定性的影响”。《黑炮事件》的成功，便是突出的一例。影片主题开掘的深度，主要取决于导演黄建新融入创作中的鲜明的现代哲学意识，即如他自己在《导演阐述》中所说：“揭示我们民族落后的文化心理积淀与现代物质进程之间的矛盾，唤起人们对传统文化心理进行反省与更新的自觉意识，是我们拍摄这部影片的基本立意。”

这个立意，站在时代潮流的前端，代表了民族文化反思的先声。在 20 世纪 80 年代，中国之时代坐标，无疑是由“时间是检验真理的唯一标准”发端、继之以人的重新发现和人的本质的深入探讨、再进到对时代的精英——知识分子文化心态深刻反思这三大命题所建构。没有知识分子主体意识的率先觉醒和文化心态的现代化，全民族的精神腾飞和“四个现代化”建设就无从谈起。因此，《黑炮事件》将主要镜头对准了极有典型意义的赵书信的文化心态，成功地创造了“赵书信性格”，鸣响了对民族文化进行深刻反思的震撼人心的一炮。

在此之前，新时期银幕上也曾出现过一些发人深省的知识分子形象，如《天云山传奇》中的罗群、《人到中年》中的陆文婷等，但编导的视角，大都侧重于把人的悲剧作为历史悲剧的被动承受者来观照，因而主要锋芒则在艺术地显现外在历史环境和文化氛围对人的自由全面地发展的障碍上。这当然是必要的，然而仅止于此又是不够的。因为，一个方面，历史

---

①《黑炮事件》（1986）编剧：李维；导演：黄建新；主演：刘子枫、高明、杨亚洲、汪漪等；出品：西安电影制片厂。

环境和文化氛围制约着人，理应追求其对人承担的责任；而另一方面，人又是创造历史与文化的主体，也应探究其对历史与文化应负的使命。“赵书信性格”正融入了艺术家对知识分子命运的哲学思考。它既注重了对形成性格的外在政治因素的开掘，又注重了对形成性格的内在文化基因的发现。在赵书信那里，外在的“左”的政治和政策的压力，都已内在化为他心理深处的一种潜意识积淀——逆来顺受，善于自我调节。这当然是个悲剧。而这个悲剧乍一看属于个人，其实属于整个国家、整个时代。所以，“赵书信性格”留给观众对民族传统文化的反思空间，是极其深邃而广阔的：只有觉悟到自己的主体文化心态在作为传统时必须继承、认同的不可超越的一面，才能从漂浮无根的虚无状态中清醒过来；只有觉悟到自己的主体文化心态在变革中必须批判选择的、势必整合的一面，才能从封建意识的麻木状态中惊醒起来；也只有觉悟到自己的主体文化心态在文化开放中必须融会、创新的努力超越的一面，才能真正成为名副其实的民族精英。

在《黑炮事件》中，人的哲学意识的深化和涌入，必然带来艺术形式和手法上的创新。人的解放与美的追求结伴而行，是该影片的一大特色。

《黑炮事件》立足于现实，在现实的基础上力求表现形式的完美。它的基本创作手法是开放的现实主义，但又广采博收，绝不拘泥于现实主义一家。如《导演阐述》所言，它创造了一种“引申性意象的结构”。这种结构，大致由两个互为补充、互为交融的表意系统——现实主义的情节表意系统和多种创作方法的影像表意系统组成。情节表意系统围绕着赵书信丢失一个“黑炮”棋子引出的一连串荒唐事件，环环相扣，层层深入，很符合中国观众在长期审美实践中积淀形成的鉴赏习惯，因而使影片具有较强的观赏性。影像表意系统充分调动电影语言的优势，运用摄影、美工、照明、服装、道具等全部艺术手段，兼容多种表现手法，使银幕造型即影像画面发挥“剧作”作用，突破情节表意系统内涵的局限性，以更强的美学张力开启观众的心扉和思维，从而获得“引申性意象”的美感效应，在更高的哲学层次上领悟影像的底蕴。譬如，独具匠心的党委会一场戏，其构图显然是变形的而非现实主义的：狭长的会议室，狭长的会议桌，白色的墙壁，白色的台布，白色的衣着，加上主持者背后那占了整个墙壁的走得特慢的超常石英钟，这一切都经过了变形的艺术处理。然而正是这“变形的环境背景与非常现实的会议内容的不协调"①，高调摄影所造成的形式美感与令人厌烦的会议的不协调，造成了一种超越情节的"引申性意象"的真实：是的，这种政治氛围下无休止的议而不决的会议，与现代化的历史进程是多么不合拍！时代的钟摆在这里竟被扭曲得如此之慢！由于影片坚持以开放的现实主义与多种表现手法相结合，以再现与表现相结合，成功地使多数观众从与情节表意系统的内在联系上"悟"出影像表意系统更深沉的内涵，因而使编导的思想艺术追求为更多的人所认同。这恐怕是《黑炮事件》较同期的创新之作更为高明之处。

新时期电影对各种非现实主义的变形手法的运用，并非《黑炮事件》开始。如 1979 年《苦恼人的笑》，就曾先声夺人，但它的变形手法仅止于对梦、幻境的处理。而《黑炮事件》却进一步发展到用变形手法处理现实生活。导演对整个环节进行了一番精心的风格化处理。那"房屋建筑的积木感，高度工业化设备的几何图案感，巨大集装箱的现代感"② 以及有意用大色块构图和粗线条勾勒出的城市、宾馆、餐厅、宿舍、剧场、球场等一系列景物，在现实中显出怪诞，在流动中形成夸张的现代化工业背景，更强烈地凸显在现代化的物质生产与非现代化的精神状态之间的激烈冲突。尤其是对红、黄两大基色的运用，起到了作为标志和作为象征的两种符号功能的作用，在情绪暗示上一面激人亢奋，一面令人焦灼，甚至产生某种危机感。而整部影片从矮子赵工与两位巨人对峙的画面开始，中经党委会、歌舞晚会的变形影像，最后以似乎游离于故事情节之外的超常的"多米诺骨牌游戏"结束，都堪称"一种有意味的形式"。

变形既是改变了形态的现实，又是高度抽象了的现实，其决定性因素不只是生活本身，而且是创作主体对生活的态度，是主观审美情感向客观投射的结果。

《黑炮事件》的导演具有自觉的主体意识，善于寻找与自己所要传达的审美情感相对应的视听元素。他的创作思维不是在时间的情节发展上止步，而是更着意于一个个镜头和画面的空间形式的完美制作与组接。这是一种值得称道的电影思维方式。唯其如此，才能在巨大的钢铁支架上全部涂上红油漆，定做一律浅黄的工作服，拍摄七个红红的夕阳镜头和四个抽

①黄建新：《心灵历程》，湖南文艺出版社 2000 年版，第 147 页。
②黄建新：《心灵历程》，湖南文艺出版社 2000 年版，第 148 页。

《黑炮事件》剧照

象图案镜头；才能在宾馆和餐厅里铺上大块红桌布，在无法避开蓝、绿色的街道马路上始终让两辆红色小轿车突出地称为视觉中心，在足球场的背景上出现一块无字大红标语牌；也才能整段地插入与情节无关的镜头，如阿里巴巴、足球场、教堂和多米诺骨牌。这说明，当不少导演把审美目光投向古朴蒙昧之民、封闭蛮荒之地时，黄建新却以鲜明的主体意识拥抱现实，勇敢地采用我国银幕上鲜有成功范例的幽默变形的表现形式，对现代化历史进程中严肃的知识分子课题进行了审美探索，创作了一部既针砭时弊又赏心悦目的优秀影片。

从叙事层面而言，《黑炮事件》的视点有二：一是片中人物经理李仁重的叙事视点，以其向上级领导写汇报的形式向观众呈现了“黑炮事件”的始末。由于李仁重深知是非曲直，且力主改革，而终在“左”的惯例与中庸之道的夹攻下眼睁睁看着 WD 工程报销，因而易使观众“入乎其内”，身临其境，获得感知认同。又由于按李仁重的经验世界的复述，因而主要以心理时空为序，这就为自由地空间调度和时间颠倒提供了可能。二是导演的叙述视点。这是一个超然的融入了这里思考的视点，它脱出片中人物的经验世界，以喜剧意识和幽默态度去审视“黑炮事件”及活跃于其间的人物，因而易使观众“出乎其外”，冷静思之，获得理性认同。这两个视点相结合，使观众的感性认同心理与理性认同心理相互补充，既“入乎其内”又“出乎其外”，既感受“生气”，又获取“高致”，从而产生“引申性意象”的审美效应。

综上所述，鉴于《黑炮事件》既有对民族文化反思的深刻性和超前性，又有对电影形式运用的开拓性和独创性，因此可以认为，在中国电影艺术发展的历史长河中，它是走在同期佳作包括《野山》前面的。

第四节　时代变革与文化冲击的银幕呈现

一、农村变革的银幕“心史”：《野山》《乡民》

《野山》

尽管《野山》① 的导演颜学恕曾表明：“影片虽然反映的是当代的农村生活，但我们不想正面去写改革，如改革中的权力之争、方案之争，或改革带来的生产方式的变化”，然而，《野山》问世后反馈的信息却恰恰证明：它实在是一部相当深刻地描写我国农村变革现实的力作。

这正是《野山》的不同凡响之处。不正面描写改革却又深刻地感应和表现了改革，其间的奥秘恐怕就在于艺术的镜头穿透了变革现实生活的表层，融进了时代潮流中普通农民精神世界的深层，强化了人物形象的主体意识，从而谱写出一部农村变革的银幕“心史”。

努力强化人物形象的主体意识，这确是《野山》的一条重要经验。

人们注意到，当今世界无论是自然科学或社会科学，都愈来愈重视对人自身主体的研究。文艺，作为人类特殊的精神现象，是人学，是人的性格学、灵魂学和心态学，即人的精神主体学。它的重点表现对象理应是人

---

①《野山》（1986）编剧：贾平凹、颜学恕、竹子；导演：颜学恕；主演：杜源、谭希和、辛明、徐守莉、岳红等；出品：西安电影制片厂。

的性格变化、灵魂轨迹和心态历史。但某些表现改革生活的电影，似乎对这一重要的艺术创作规律认识不足。在那里，人和事的位置被不同程度地颠倒了，人自身在改革生活即历史运动中的主体地位和价值被不同程度地忽视了，实践的人不是作为改革生活的轴心和历史运动的主人在充分展示自己的“心史”，而是被当作表现改革（甚至仅仅是体现改革的某项具体政策）的“工具”来使用。这些电影，难免“事”过境迁，被人遗忘。

《野山》不是如此。它对改革生活不是被动地、消极地去反映某次权力之争、方案之争或生产方式的变化，而是主动地、积极地去感应人的心灵为变革潮流所激起的波澜，艺术地表现人的精神主体的变化轨迹，并以此折射出时代的风貌。它所执着追求的，不是银幕上的“改革事件史”，而是艺术世界里的“人物心态史”，即人物精神主体在变革中的运动史。

改革的伟力，在于它打破了人们旧有的心理平衡，迫使人们在进入新的生活轨道后都要自觉或不自觉地调整自己的精神格局，以寻求新的更高层次的心理平衡。而这个由打破旧的心理平衡到建构新的心理平衡的心态运动过程，正是人自身主体的能动性和创造性发挥的过程，也正是文艺所应重点描写的过程。《野山》的艺术视点，就在充分展示禾禾、桂兰、灰

《野山》剧照

灰、秋绒等人物的精神主体在变革现实中的这种不断运动的过程。

赫尔岑曾高度赞扬过莎士比亚对人物内心世界的无比丰富的天才描绘，说："对莎士比亚来说，人的内心世界就是宇宙，他用天才而有力的画笔描绘出了这个宇宙。"① 如果把人的内心世界称为内宇宙，那么，历史就是客观世界这个外宇宙与内宇宙互相结合、互相作用、互相补充的交叉辩证的运动过程。改革生活作为历史活动，对它的描绘如果忽视了内宇宙的运动，那将无法展示历史自身的复杂本相。

《野山》注重描写内外宇宙的交叉辩证运动，只不过，它作为艺术，更侧重于感应和表现在外宇宙运动的作用下人物内宇宙的震荡和变化，而把外宇宙运动即变革潮流的走向当作看似无却时时有的时代背景来处理。灰灰与桂兰、禾禾与秋绒，都曾是和睦之家。正是时代变革之风，吹进了历史车轮转得太慢的鸡窝洼，才搅乱了他们日出而作、日落而息的平静的农家生活。复员归来的禾禾闻听在外的战友们搞得火红，要折腾出个新的活法；殷实人家的独女秋绒不满丈夫禾禾折腾败家，于是闹到离婚。而虽不识字却一心思变的桂兰竟因同情、支持禾禾，并向往着也像禾禾那"折腾"遭到世俗中伤和丈夫灰灰的猜疑，终于也只好离异。结果，两对人发生了戏剧性的重新组合：同是安于现状的灰灰与秋绒在相互体贴中产生了情愫，明媒正娶；而禾禾与桂兰也在共同进取中发展了友情，结为伴侣。

这确实是一个"换老婆"（或曰"换男人"）的故事，在维护传统的道德者来看，是颇有些"伤风败俗"的，但这正是变革潮流荡涤下四个纯洁灵魂的呼唤和组合，是两种生活方式、两种道德观念和两种价值准则冲突的必然结果。新的生产力及其所支配的新的观念所造成的社会最基层的细胞——家庭的裂变和重新组合，无疑是对旧传统观念的有力冲击。《野山》的底蕴和由此产生的启示力，正在透过四个人物心态的不同发展轨迹形象地折射出时代变革的伟力：连不识字的桂兰，也吸取了变革新风的思想活力，精神主体注入了现代文明的因子，迸发出光彩夺目的创造力；屡遭挫折而矢志不渝的禾禾，不仅以自己的实践活动打破了山村多数人旧的心理平衡，而且日渐使自己的精神主体从盲目走向自觉；至于灰灰和秋绒的心态，虽然本身就深刻地说明了三十年来的农业集体化实践并未改掉大

①赫尔岑：《科学中的不求甚解》，选自《莎士比亚评论汇编》上册，中国社会科学出版社1984年版，第460页。

部分农民对于小农经济的向往和追求的落后心理这样一个严峻的事实，但现实的变革却开始触动了他们的这种落后心理，精神主体中也决心要“拉”现代文明之“电”了。

那么，《野山》究竟怎样强化人物形象的主体意识？强化人物形象的主体意识，就是要充分感应和表现人在改革生活即历史活动中精神主体的丰富性和复杂性，从而勾画出人的心态在时代潮流激荡下演变的轨迹，并揭示出人在历史运动中的主动性和创造性。人的精神主体，大致可以分表层结构与深层结构。精神主体的表层结构，指被理念支配的意识层次的内容；精神主体的深层结构，指历史与现实的合力积淀在人的心灵深处的内在意识；而介乎精神主体的表层结构与深层结构之间的，是经常处于浮沉状态的人的情感。这种情感，就是托尔斯泰所说的艺术所要传达的主要东西。

《野山》对四个人物精神主体表层的共同内容把握很准。这就是，纯正善良的品性使他们都具有一种受制于传统道德伦理观念的共同意识：既不想使自己的家庭破裂，更不想涉足对方的家庭。出于这种心态，他们虽然都程度不同地感到了家庭关系的不和谐，但还是想“合”而不愿“分”。这种精神主体表层的意识与他们各自积淀在心灵深处的内在意识显然发生了抵牾，历史与现实的合力作用于禾禾的精神主体，积淀下要折腾出新的活法的强烈意识；历史与现实的合力作用于桂兰的精神主体，积淀下“下辈子托生”，再也不“断守着石磨”的强烈愿望；历史与现实的合力作用于灰灰的精神主体，积淀下“当农民就要像个农民的样子”、滋滋润润“过日子”的浓厚观念；历史与现实的合力作用于秋绒的精神主体，积淀下平平稳稳经营殷实农户的守旧思想。所有这些，随着生活的行进，都与他们精神主体表层那种求“合”的共同意识发生了尖锐的冲突，这种冲突的结果，使他们由“合”到“分”，再到新的组合。而冲突中人物情感发展的自然流程，就形成了一部真实、朴实的农村变革的银幕“心史”。

当然，四个人物情感发展的自然流程，各具特色，内涵不一。禾禾毕竟参过军，冲出过鸡窝洼这个封闭的小天地，呼吸过变革时代的新鲜空气，因而不满现状，立志要折腾出新的活法。但他折腾的意向目标，主要集中在物质层次的追求上，而未能升华到精神层次的追求。所以，为了保证物质目标的实现，他只能自觉或不自觉地压抑自己的精神追求，将自己的行为规范于鸡窝洼常年形成的传统道德框架中。他折腾的原本夙愿，是为了在获得物质利益后回到秋绒身边，根本没有奢望过要与桂兰重组家庭。因为在他眼里，桂兰和灰灰是他的恩人。他哪里敢知恩不报，竟将恩情变成爱情?！倘若是，鸡窝洼的传统势力和舆论怎能容得下他?！甚至在灰灰始料未及地以怒斥他“搅乱”了自己的家而激活了他对桂兰的爱情后，他还继续用传统道德来克制这种萌动，违心地要桂兰“以后别再上山”找他。可以说，禾禾是背着沉重的旧道德、旧礼教的十字架进行在自身主体的灵魂演变的轨迹上。唯其如此，他在四个人物中不仅爱情意识来得最迟，而且在爱情纠葛中也一直处于被动。他的追求始终未能完成从物质层次到精神层次的升腾和感情审美化的飞跃。

桂兰则不然。她从一开始，其追求说不上是意识的反叛旧传统，也不是禾禾那样的物质目标，而是禾禾在实现其物质目标的实践中所蕴含和迸发出的那种弃旧图新的精神因素，即一种“灵”的呼唤。她在相当长的一段时间里其意向中心的确仅止于同情禾禾的处境，想帮助禾禾折腾出名堂来，这种同情显然不等于爱情。只是在既自私又狭隘的灰灰拒助禾禾开始，才把桂兰推到了更加同情禾禾的一边；继之又诬陷桂兰与禾禾有不正当男女关系，这才进而将她对禾禾的同情向着升华为爱情的方向催化。从某种意义上说，不是灰灰的“步步紧逼”和鸡窝洼舆论的反作用，桂兰是不可能完成这种由同情到爱情的情感升华的。她的内心经历了由一般同情到强化同情，由爱情萌动到爱情自觉这样的完整的情感发展的全过程，从而在银幕上成了一位情感真正审美化了的最丰满、最动人的人物。

相比起来，灰灰与秋绒基本上都可以算为马克思当年在《不列颠在印度的统治》中所指出的东方小农经济孕育的那种“头脑局限于最狭窄的范围”的“传统规则的奴隶”①，封闭的小生产方式铸就了他们守旧的思想意识。在灰灰看来，妻子不过是他滋滋润润“过日子”的工具，是有利于他赢得鸡窝洼舆论的同情和“好人”美称的陪衬。一旦桂兰失去了这种“工具”和“陪衬”的效用，他自然就要首先提出“这日子，不过了”的离婚要求。在秋绒看来，丈夫完全是她经营殷实农户的支柱，是她自身价值的托附所在。一旦禾禾失去了这种“支柱”和“陪衬”的作用，她自然也就要成为与禾禾离异的主使者。他们彼此间的重新结合，之所以走在禾禾与桂兰之前，就在于他们对爱情的理解在实质上是非常一致的——只是

①马克思：《不列颠在印度的统治》，选自《马克思恩格斯全集》，人民出版社1972年版，第9卷，第48页。

爱人给自己带来物质实利，而不是爱人本身；或者说，爱物质实利远远超过爱人本身。他们的结合，更多地注入的是物质的、肉体的两个因素，而较少精神的、灵魂的因素。影片对四个人物心态变化流程的把握，令人称道。

为什么一个本来戏剧性极强的“换老婆”的故事，在银幕上却不仅不使观众感到虚假造作，反而感到真实自然、瓜熟蒂落呢？除了影片写实严谨的纪实风格外，一个重要的原因便是对人物心灵辩证运动的复杂内涵（即表层与深层的矛盾冲突）作了较为准确的审美观照。

为了具体说明这种审美观照，我们不妨看看电影《野山》对小说《鸡窝洼的人家》所作的几处重要增删。

原小说曾突出地描写麦绒（即电影中的秋绒）对离婚后的禾禾的“绝情”。无论禾禾怎么牵挂着她和拴拴，无论禾禾怎么向她表示愧疚，包括那蕴含深情的一包狗肉、一块豆腐和五块钱，都不能打动她。甚至当禾禾在回回（即电影中的灰灰）和烟峰（即电影中的桂兰）的劝告下，有意复婚，主动去探望麦绒时，竟遭到她一顿指桑骂槐的辱骂。小说接着写道：“一把干草火从窗子里丢出来，落在他的脚下。干草火是驱鬼的，咒人的。禾禾立即眼前发黑，腿脚软软地要倒下去。”这些描写，似乎与麦绒贤淑善良的性格不大吻合，也与人物精神主体的表层心态相悖。电影剔除了这些，增添了秋绒背着孩子碰上一起到镇上去的禾禾与桂兰时的顾盼，秋绒通过桂兰试探禾禾山上养蚕的实况，听到山上轰鸣声后焦急地观望，以及禾禾养蚕失败后，秋绒又关切地请桂兰转送给他一篮子鸡蛋等情节，更符合性格逻辑和情感逻辑，表现了秋绒对禾禾怨爱交加的复杂心态。

为了使禾禾与秋绒的心态变化和情感层次展现得更加充分，电影还增加了一场颇为精彩的戏。禾禾养蚕惨遭失败后，痛苦不堪。人到此时情最凄。他看到了秋绒托桂兰送来的那一篮子鸡蛋，勾起往日的夫妻深情。于是，他深夜敲门，回到了秋绒身边。而此时的秋绒，爱怜之情升腾起来，虽原谅了禾禾但双方心态表层的和谐毕竟是暂时的，当秋绒正以胜利者的姿态用温情抚慰向自己妥协的禾禾，并向他讲述自己的发家计划，规定他今后必须本本分分地安于小农生活时，她万万没有料到，自己的潜意识一旦流露出来，必然引发了对方心灵深处的潜意识。而当双方精神主体的深层内容发生碰撞，和谐顿时转化为对立。禾禾说什么也还要另寻活法，终于互不相让，导致感情的再次破裂。如果说，前面提到的电影关于秋绒对禾禾“绝情”描写的删改，着眼于调整人物精神主体的表层结构；那么，这里增添的禾禾回家和好的一场戏，则着眼于调整人物精神主体的深层结构。这对于准确表现人物的心态、强化人物形象的主体意识，起到了艺术催化的作用。

还有一类删改，从表面看，似乎不直接着眼于调整人物精神主体的结构，但深究一步，仍然不难发现这是攸关人物心态的准确表现。譬如，小说结尾，描写烟峰与禾禾婚后要生孩子了，回回得知真正没有生育能力的是自己后陷入悲苦情状。这一笔，固然含有喜剧因素，但对烟峰与回回的心态刻画却有弊无益。因为无论烟峰精神格局的更新还是回回心理结构的守旧，都实在与有无生育能力风马牛不相及。硬要把两者拉到一起，除了让人在对烟峰的廉价同情和对回回的无情嘲弄中削弱作品严肃的人生主旨外，别无他用。因此，电影删除了这一笔，显然有益于刻画桂兰、灰灰的真实心态。

再如，小说的结尾是大团圆，描写回回与麦绒出席了禾禾与烟峰的婚礼；回回还一改旧貌，也做起了吊挂面的副业，并且用上了禾禾的电磨；而禾禾则把石磨丢进山沟，那石磨像车轮一样滚下山去，在沟底摔得粉碎，以此图解旧时代的结束和新时代的开始。这个大团圆的结尾，不仅有点落入俗套，而且也把回回的心态变化过于简单化了。电影改变了这个结尾，让灰灰和秋绒在对禾禾与桂兰新房的热闹场面的观望中结束，给观众以思考的天地。是的，影片没有像小说那样，写出灰灰和秋绒心态的彻底转变，也没有写出两家重新组合后又和好如初，因为生活本身并没有那样圆满，灰灰和秋绒那种长期小农经济孕育的精神格局和心理结构，并不那么容易改变。他们目睹禾禾与桂兰“真发了”，不免有所触动，也不免在一种失落感中痛下“拉电”的决心。但他们还要观望，也许他们还能在旧轨道上找到殷实的欢乐与满足，也许他们猜想说不定哪天禾禾又要“栽跟斗”呢！所以，电影的结尾，人物的心态展示得更真实、更富于弹性、更促人深思。

《野山》在对人物心态进行审美观照时，还有一个突出的特点，就是有意把戏剧性很强的情节打散，化为平平常常、朴朴实实的生活断面，并从这种断面中运用电影手段展示人物之间的心态冲突。灰灰与桂兰之间的心态冲突，不光表现在后来面对面的斗殴、争吵中，更主要的表现在表面和睦时的平静中。甚至可以说，他们的最终离异之所以让人感到是水到渠成、并非悲剧，主要还是靠前面关于双方在表面和睦的平静中的心理冲突描写的铺垫。

譬如，影片一开头，桂兰与秋绒的心理冲突，便是在桂兰劝说秋绒复婚的和谐气氛中展示的。对于禾禾，秋绒怨恨他“胡折腾”；桂兰却夸奖他说：“如今政府叫咱折腾哩！”而桂兰与灰灰的心理冲突，则刻画得更有层次，更真实可信。当桂兰听灰灰说禾禾“心眼实在，豆腐压得干，秤也撅得高，费气力而又挣钱少”时，夫妻俩展开了一场好商好量的心理冲突：

桂兰：“要不，把咱的猪给禾禾一头，杀了吃肉，卖了拿钱，都由他……”

灰灰：“嘿嘿……”

桂兰：“人家把豆浆豆渣都贴赔给咱们喂猪了……”

灰灰：“嘿嘿……”

桂兰：“我问你话呢，你嘿嘿啥呀？”

灰灰：“再做豆腐，我给他搭把手就是了。”

桂兰脸一沉，跑进屋去。

真是妙极了！一颗宽厚待人的心与一颗精于算计的心，碰撞得多么清脆。接着，桂兰要到镇上买彩色纸糊窗户，灰灰认为那是花冤枉钱，便质问：“要彩色当饭吃？”一个着意于精神的追求，一个着意于物质的实在。桂兰学禾禾漱口，灰灰也不以为然，认为“那嘴是吃五谷的，莫非有了屎不成！”

特别值得一提的是，桂兰与灰灰三场炕上的戏，拍得含蓄而有诗意，准确地展示了双方心理冲突的渐进层次：

第一场，桂兰趴在灰灰身上，两口子甜甜地睡着。灰灰的鼾声均匀而有节奏，透出殷实和满足。桂兰酣睡中咂吧了几下嘴，翻过身来，又甜甜地睡去。形象、简练地表现了两人开始融洽的夫妻关系。

第二场，桂兰帮禾禾磨豆腐回来，灰灰已酣睡。她想把刚从禾禾那里听来的关中农民使上电磨的消息告诉他，但推不醒他，便把两只冰凉的脚伸到他的肚皮上，把他冰醒了。他嘟囔了几句，又响起了鼾声。她叹了口气，吹灭油灯，背靠他躺下，瞪着大眼想心事。这已显露出两人精神上的隔阂和心理冲突的发端。

第三场，桂兰与灰灰白天为禾禾的事打了架，晚上一人一头睡在炕上。先是彼此封闭心灵，接着在沉默中爆发，为桂兰把“私房钱”借给禾禾养蚕大打一场。观众从桂兰始而趴在灰灰肩上睡，继而背向灰灰睡，再而一人一头睡，完全可以窥视出双方心态冲突的渐变轨迹。

当然，《野山》在强化人物形象主体意识、展示人物心态轨迹上并非至善至美。如前所述，强化人物形象的主体意识，归根结底就是要改变人物作为外宇宙（所处的变革环境）的消极、被动的工具的历史地位，而努力在外宇宙提供的条件下，最大限度地感应和表现人物内宇宙的创造能力和调节能力。银幕上的人物形象具有双重性：一方面，对于艺术家来说，他们是被感知的客体；另一方面，对于他们所处的外宇宙来说，他们又是感知外宇宙的主体。要使人物形象能高质量地感知他所处的外宇宙，充分发挥他的主体意识，关键在于艺术家必须高质量地感知他所创造的人物形象，充分发挥他的主体意识。《野山》的原著作者贾平凹曾深有感触地说：“出身农民可以是农民的作家，但不可以是作家的农民，也即农民意识的作家。”这正是作者充分重视用现代意识去观照生活的经验之谈。只有艺术家自身精神主体意识强化并现代化了，才能做到既善于把他所创造的银幕形象当作具有主体意识和自身价值的活生生的人，即按照自身的性格逻辑和情感逻辑实践着的人；又善于帮助他所创造的银幕形象敞开心灵窗户，作出一种并不违背人物个性而又可以使人物的精神世界展示得更深邃、更丰富、更精彩的积极性选择。以此论禾禾与桂兰形象精神世界的开掘，便感到有些不足。

先说禾禾。这个形象似乎缺少点“灵”性。所谓“灵”性，就是精神主体中最宝贵的创造性思维。他不断地折腾，不断地要超越生活常规、传统习惯和世俗观念的束缚，其实质就是顽强地要求释放长期被压抑了的创造能力。这正是精神主体意识的可贵觉醒！但影片对这光点，缺少美的发现。这不是说，应当把禾禾拔高到“高大完美”的境界，因为他是带着昨天的身影越过今天的门槛奔向明天的，他不能脱离今天的土壤，拔高必然走向矫饰；而是说，艺术家有责任以充任时代文化先驱者的意识，将禾禾精神主体的可贵觉醒推到时代聚光灯下，让这“光点”更加璀璨夺目。其次，禾禾的折腾虽屡遭失败，但似乎多是他自身的不善经营（烧窑窑塌，养鱼鱼死），或自然灾害（乌鸦吃蚕），这便有点游离于更尖锐的社会矛盾，也相应减弱了形象的时代光彩。总之，禾禾这个人物显得色调单一，不够厚重。看得出来，编导也在力图表现他复杂的心态，如设计了柞蚕被害后归家、城里酒馆醉闹等情节，但有的成功（如前者），有的却失败（如后者，有一种硬贴的感觉），未能从整体上使人物丰满起来。究其缘由，恐怕与编导错把他当作了自己审美理想的集中体现者有关。如前所述，禾禾不过是一个背负着传统道德十字架艰难地进行着物质追求的普通农民，他在编导审美意识的定位中，原应在有着精神追求和情感美化特征的桂兰之下。事实上，编导却把自己的审美理想附丽于禾禾身上，发生了审美理想的错位。越是想让他体现改革的理想，便越是会忽视这个充满矛盾情感的人的心态变化中所蕴含的朴实之美，某些矫饰的构想自然就乘虚而入、填补空位了。

再说桂兰。其实，桂兰才堪称鸡窝洼里呼唤现代文明的先锋，她理应成为编导审美理想的真正附丽所在。但遗憾的是编导似乎虽在感性认识上感到她最美、最富魅力，可在理性认识上却对她的美学价值估量不足。影片中，原有这样一个重要情节：当灰灰与秋绒结婚后，禾禾外出跑运输，桂兰在家主动帮禾禾喂飞鼠。一天，她背着柏树枝在路上碰见了新婚的秋绒……

> 秋绒发现桂兰后停下脚步。
> 桂兰也发现了她们，并放慢了脚步。
> 桂兰大方地打招呼：“二婶，秋绒妹子……”
> 秋绒脸一红：“桂兰姐，你过得……”
> 桂兰亲切地拍了拍秋绒的手：“秋绒妹子，我没去给你道喜是我的不是哩……”

一个欲躲回避，另一个却落落大方。两种不同心态在这里表现得栩栩如生。尤其是桂兰，这是她旧的心理平衡打破以后，追求一种新的心理平衡的联结点，也可以看作是桂兰精神主体中新的道德伦理观念彻底取代旧的道德伦理观念的光点。但十分可惜，这极有光彩的一笔却被视为“拔高”了桂兰而在完成片中删去了。这种失误，恐怕也是由于对精神主体中新的素质的典型意义认识不足所导致的。

颜学恕导演是有胆识、有眼力、有追求的。他选择的是一条艺术创作的难途，因为在四颗纯朴心灵的碰撞中揭示历史的走向要远比在善与恶的对比中困难得多，博得与桂兰共鸣的审美效应要远比赢得观众对秋绒的同情困难得多。

这令人联想到相似题材的作品《人生》。在《人生》中，编导的审美意识在某种程度上还有明显的封闭性。这种封闭性的思想局限，反映在对历史走向的揭示上，便是产生了人为地善化刘巧珍、恶化黄亚萍，并在这种简单的善恶对比中观照历史的失误；反映在对高加林的人生追求密切相关的两位女性形象塑造上，便是产生了人为地扬一方而压一方的审美倾斜。一方面，集传统美德于刘巧珍一身，竭力美化她，将观众的审美倾向和同情导向她，因为像刘巧珍这样一类勤劳、多情、不幸的传统女性，往往是最易出戏、最能动人也最常为艺术家当作揪观众之心的角色；另一方面，又集各种缺德于黄亚萍一身，尽量丑化她、浅化她，让观众从审美心理上厌恶她、摒弃她，须知像黄亚萍这样一类有文化的现代型女性，往往易受到在传统轨道上生活惯了的人们的挑剔。于是，影片上集那个深刻地呼唤现代文明的社会主题，便逐步地弱化，并为下集的多少有点“痴心女子负心汉”的屡见不鲜的传统道德主题所取代。《人生》在主题开掘上走了一个封闭式的圆圈的败笔，这个教训值得记取。

《野山》就不同了。在对桂兰与秋绒两位女性的艺术处理上，就融入了较为鲜明的现代意识。本来，同刘巧珍相比，秋绒这个勤劳而多情、守旧而偏执的农家妇女，只身携儿，内外当家，含辛茹苦，柔弱可怜，确实是很容易出戏、很能感人的。因此，以这类情意味儿最浓的女性为主角而兼写其他角色，相对来说是一条创作的易途。反之，以桂兰这类现代型的女性为主角而兼写其他角色，就要难得多。颜学恕弃易取难，恐怕正是为了主体深化的需要。因为倘若在银幕上让秋绒充任主角，把戏做足，稍有不慎，便容易出现“刘巧珍第二”，不知不觉地令那些背负着传统报复的观众划入旧的伦理道德规范——同情秋绒与灰灰，而谴责桂兰与禾禾。这样，伴随着审美倾斜而至的便是桂兰被视为“黄亚萍第二”，深刻的社会主体便会为传统的道德主题所取代。《野山》将镜头更多地对准了桂兰的心态，并对桂兰与秋绒在自然朴实的流露中显现了恰如其分的审美评价，因而使主体深化到《人生》所未及的高度。

《乡民》

影片《乡民》① 使导演胡炳榴完成了一个系列的电影艺术创作——《乡情》《乡音》《乡民》。一位勇于开拓的艺术家的创作，不是在自我封闭的心理状态中进行的，而是在与外界“对话”（体验和认识生活）的过程中不断摄取新的信息并调整自己的创作意识中进行的。在艺术风格上，《乡民》还保持了导演一贯追求的质朴、含蓄、隽永的艺术风格，但同时，解放了的思想不断呼唤思想的再解放，更新了的电影观不断寻求电影观的再更新。日益深入的改革和文化反思不可避免地影响了《乡民》的创作，赋予导演一种新的社会意识和审美观念。

影片开始，展现了一个“雾”的世界，连续十五个镜头，淡淡的晨雾如烟如尘。先是群山环抱中的一座古老乡镇，而后是显露出败落和寒酸样的古老的建筑，以及屋顶上两具残缺不全的脊雕。接着，出现了主人公韩玄子。他在残破剥脱的照壁前，一边喝茶一边看报纸。伴着这迷雾，几个捕捉不定的音符在群山和旷野中游荡，更渲染出了这种雾色的神秘色彩和意味。这里，“雾”的造型已不再是影片叙事中一个单纯的自然元素，它不仅能展现影片故事发生的自然环境，而且也象征着主人公韩玄子此刻的心态特征，周围发生的一切都使他困惑，搅得他那日益衰老的心难以安宁。周围正在发生变化的世界对他来说是一团“雾”，他怎么也看不清了。“现在你看看，谁管得了谁？地一到户，经济独立，各自为政。祖宗留下的祠堂也要卖了，咱四皓镇的传统没了，世道变得快啊，变得不中眼啊！”看着他赖以立身的“传统”被人抛弃，那潜藏在心底深处的忧患意识使他产生了一种日益焦灼而强烈的危机感。他几乎凭本能就敏锐地感到“危机”的来源是如今手里有了一大把票子的王才。由这种危机感“升华”出了一种使命感，他不仅要买下四皓祠（其无意识动机是维护一种神圣的传统），而且更要与王才比一比，晾晾他们，看谁的气候大。

王才的眼里也是一个“雾”的世界。王才虽然已拥有了相当可观的经济力量，但长期形成的“地位”和“身份”，使他清醒地意识到他与曾经他的老师、也是四皓镇独一无二的文化偶像韩玄子之间的巨大差别，因

①《乡民》（1986）编剧：张子良；导演：胡柄榴；主演：位北原、赵志礼、陈锐、林晓杰、黄雅婷等；出品：珠江电影制片厂。

此，他对韩玄子怀有一种深深的敬畏。这敬畏使他看不清韩玄子的真相，也弄不明白自己的处境，这使他在韩玄子面前表现得非常谦恭甚至卑下。然而使他惶惑的是，韩玄子既不领他的情，也不买他的账，处处与他作对，拆他的台。尤其使王才难过的是，他周围的乡民也都不像原来那么亲近他而越来越疏远他。这使他深深地陷入了一种道德上的自责："我"是不是干了伤天害理的事了？他孤独、惶惑，感到有种无形的精神力量压迫着他。

影片巧妙地利用"雾"的造型呈现出韩玄子和王才在急剧变革的时代里前景未卜的心态特征。同时，由于影片把他们的关系和冲突表现得相当含蓄，所以影片呈现给观众的也是一个"雾"的世界，需要观众透过"雾"而去"悟"出其中的深刻内涵。

首先使观众感到迷惑不解的是，韩玄子与王才处在各自不同的"生活圈"内，彼此并没有直接的经济联系，为什么竟不可避免地发生了场旷日持久的冲突呢？是王才咄咄逼人地向韩玄子的地位挑战吗？但我们分明看到，挑起这场冲突的主使者不是王才，而是韩玄子。

韩玄子在四皓镇有特殊的经济地位（八口人有六人挣工资），有神通广大的关系网（能买到别人买不到的化肥，能帮人申请到营业执照），更拥有文化至尊的地位（他在四皓镇教了几十年的书，以至被奉为"乡贤"）。这形成了他在四皓镇上特殊的"身份"，使他对乡民有种君临一切的优越意识。在那样一个处于半封闭状态的、不开化的、同质性的民俗社会中，这种"身份"一旦形成，几乎是不可动摇的，具有巫术般的魔力。因此，韩玄子就成了这个群体的凝聚力的核心和文化偶像。他的行为、态度、期望和价值取向常常也就是群体所共有的。由于韩玄子能左右群体的价值与期望，所以乡民们（包括王才）都对他有种强烈的依附意识，以至当这种依附不为韩玄子所认同，就意味着丧失在这个群体中生存的资格。王才、狗剩等因得不到韩玄子的邀请去贺喜而惶惶不可终日，原因也就在这里。

韩玄子对乡民们的优越意识和乡民们对他的依附意识，不仅使他在精神上得到了极大满足，而且也给了他足够的心理力量来与王才抗衡。在与王才的冲突和对垒中，韩玄子充满自信，完全是一种主动进攻的姿态。他凭本能早已感到，依附感很强的乡民们是团聚在他周围的。因此，他下决心给打破了四皓镇"平衡态"的王才一点颜色瞧瞧。

与韩玄子相反，王才在与韩玄子的冲突和对立中，却显得信心不足，惶惶不安。相对于韩玄子，他似乎有一种“自卑情结”。因此，他的全部愿望在于求得韩玄子的谅解、同情、宽容和支持。这原因不仅在于他原先的社会地位低下，更在于他缺乏一种新文化观念的武装，对自己所从事的事业缺乏一种理论上的自觉认识，因而也就没有足够的精神力量。他并不是一个主动的、自觉的革新者，而是在一个精神起点很低的位置上被动地被推到历史变革舞台上去的。他的心理意识、行为规范和价值标准也是由以韩玄子为代表的传统文化孕育和熏陶的。在相当程度上，他仍然是依靠传统凝聚的群体意识而生活。而从社会心理学角度来说，一个人是很难让自己的行为违背群体的期望的。通常在日常相互作用的情况下，一个个体总是要使自己的言行合乎他所属的集体的价值与期望。正因为王才的价值观是在这个群体中形成的，所以他竭力使自己的价值观与群体保持一致，因而当他所拥有的经济实力自发地推动他去超越群体的价值观而形成新的价值观时，也就是说，要去改变他的身份和地位时，他非但没有表现出一种令人解放的欢欣，反而忧心忡忡，生怕得罪韩玄子。他也没有意识到自己所代表的新的经济力量已对韩玄子形成了一种潜在的然而是势所必然的威慑，因而构成了一种本质上难以调和的冲突。他也不能清醒地意识到在历史变革时期新旧两种力量的冲突和对垒中，从来不是新的不能容忍旧的，而是旧的不能容忍新的，必欲置于死地而后快。除非王才放弃自己的事业，重新依附于韩玄子，否则不管他多么彬彬有礼，一味忍让、委曲求全，也不会得到韩玄子的宽容。王才想求得韩玄子的同情、理解和支持，实在只是一种一厢情愿的“乌托邦心态”。

王才的畏缩、妥协与韩玄子的昂雄、坚定都是历史过程显现于个人的特征，蕴含着深刻的历史内涵。这种冲突的实质，说穿了就是旧的文化传统与新的经济力量的冲突。影片中那充满文化意味的造型：弥散着古老生活情调的四皓祠，那四皓祠屋檐下脱落得几乎无法辨认的壁画，那屋顶上残缺不全的禽兽脊雕，那残破剥脱的照壁，都巧妙地暗示出一种悠久而又坚固的文化传统，而韩玄子则是这古老的文化传统的忠实卫道士。他之所以想要买下四皓祠，已经不是简单地与王才争面子，而是想通过占有“传统”而支配“现实”，因为他深深懂得“传统”对现实的人有巨大影响。影片结尾重复开头韩玄子蹲在照壁前一边看报一边喝茶的镜头，渗透着一种深沉的意味：在经历了种种事变以后，韩玄子仍旧是在原来的位置上，这象征着中国传统文化也正是这样一个循环往复、周而复始的“怪圈”，在经历了种种折腾以后又回复到原来起点上的封闭性“怪圈”。这“怪圈”之“怪”，还在于它有一种“魔力”：不仅能够销蚀和分解掉它内部产生的一切可变因素和创造性因素，而且也有足够的“同化力”吞食掉外来的新因素。因此，这样一个“怪圈”，单靠精神和文化的力量即批判的武器是难以冲破的。因此，王才在经济上的崛起足以使韩玄子的内心感到恐惧和危机。王才办起了加工厂，而且还想买四皓祠来扩大加工厂，这无疑是要摧毁韩玄子赖以立身的“传统”（在韩玄子看来，四皓祠正是传统文化的象征）。由忧患意识激发的使命感使韩玄子挺身而出维护“传统”，利用和调动一切传统的精神文化因素来阻碍、限制乃至扼杀崛起的新经济因素和新经济力量。而且我们看到，由于王才缺乏一种相应的精神和文化力量来推动和支持他所从事的事业，也影响和限制了自身的崛起和发展。

以王才为代表的新经济力量与以韩玄子为代表的传统文化的冲突和对立，相当深刻地折射出我国当时处在由旧到新、由传统到现代、由封闭到开放转变过程中的时代特点。中国的改革，是在政治引导而非自由的基础上兴起和发展起来的。随着改革深入到各个方面和各个领域，越来越多的人越来越强烈地意识到有一种非经济因素的精神力量阻碍和限制着经济改革的深入，仅仅着眼于物质层面的改革是难以彻底的，还必须进而同时着力于精神层面的改革，着力于整个民族文化传统和文化心态的反思和更新。这种认识的深化内在地引发了一场风靡全国的“文化热”。“文化热”促使人们从更宏观的角度，以更深邃的意识来反思传统文化，而其着眼点仍是当前决定中国未来命运的改革。改革和“文化热”是当代中国人的“兴奋点”，两者的“合力”又产生了一种新的“兴奋点”：如何在现代化的革命性实践中，通过对传统文化全面的、清醒的、理性的、自省性的反思，而创造性地建设起一种与现代化相适应的现代文化，包括人们的情感方式、感受方式、思维方式、生活方式、观念意识、行为规范和价值尺度等一切非物质的精神文化诸因素。

毋庸讳言，王才的心理状态和精神格局都还处于一种落后状态，身心整个地被封锁在“传统”内。究其原因，在于他还缺乏一种与他的经济力量相适应的新的文化观念。因此，单靠其经济力量，王才不仅没有足够的心理力量来与韩玄子相抗衡，而且也难于把经济改革引向成功并实现其现代化。因为现代化不仅是经济的现代化，还应该是人的现代化；而人的现代化，需要有一种现代文化观念的武装。王才到什么地方去寻求现代文化观念呢？这正是编导深深忧虑并通过影片来启发我们思考的。

编导为王才深深感到忧虑是通过观照、审视韩玄子来暗示和渗透的。影片之所以把“焦点”瞄准韩玄子而不是王才，其用意也在于此。韩玄子作为“乡贤”，作为四皓镇上的文化偶像，本应承担起用新文化观念去武装乡民们的历史职责。但是，令人遗憾又令人深思的是，韩玄子非但不利用自己的文化优势承担起经济改革的历史性任务，反而利用这种文化优势去压抑、限制、阻碍本已缺乏现代文化观念的王才。因此，韩玄子不仅使王才“失望”，而且也使我们“失望”，并为他深深感到忧虑。

鲁迅先生曾痛切地感到我们民族的肌体存有一种致命的劣性和弊病，并深刻地意识到我们民族内在的精神格局已经凝固和僵死，形成了大一统超稳定的心态模式，自身的可变因素和创造性因素已被“窒息”，因此，须借别人的“火”来“煮”自己的肉。同时，鲁迅深切地意识到，一个民族的振兴和觉醒，关键在于它的“文化集团”——知识分子能否率先觉醒。没有知识分子的率先觉醒，民族的觉醒、振兴和腾飞就只能是一句自欺欺人的空话。鲁迅把解剖一般大众的魂灵转移到对知识分子魂灵的解剖和批判上，意在促使他们挣脱传统忧患意识的束缚，唤醒那久已泯灭的主体意识和理性批判精神，从而也寄希望于中国知识分子能率先觉醒，成为“国民精神的灯火”，引领全民族的觉醒和振兴。当代中国仍有大量的韩玄子式的知识分子在传统的忧患意识的支配下拼命维护和强化传统，对于现实中新兴的物质和精神因素，总是本能地采取一种防范乃至扼杀的态度。因此，他们非但没有成为民族觉醒的先行者，反而成为了落伍者。韩玄子的不觉醒使他成为一个历史的悲剧人物，且它的“悲剧”更在于他正在制造悲剧。当编导把“焦点”从王才身上转到韩玄子身上时，也把“忧虑”从王才身上悄悄地移到了韩玄子身上。这里，我们看到了艺术家自省性反思在创作中的积极介入。虽然这种反思还是不明确的、微弱的，但是它毕竟能唤起观众，尤其是知识分子的自我反思。

《乡民》和《野山》，都是改编自贾平凹的作品。这是作家商州系列小说（《小月前本》《鸡窝洼人家》《腊月·正月》《远山野情》《黑氏》等）中的两部。作家的意图是很明显的，即以商州作为一个点，详细地考察它、研究它，而得出中国农村的历史演进和社会变迁以及这个大千世界里人的生活、情绪、心理结构变化的轨迹。作家把小说结集为《腊月·正月》，反映了他自己的偏爱。文学评论界认为这三篇小说恰似三个阶梯，从思想深度上看，一篇比一篇表现得深刻。然而，就电影《乡民》和《野山》来看，我们倾向于把它们作为从不同方面、不同层次来透射改革的一个“系统”来考察。如果我们把《野山》和《乡民》都作为一个“长镜头”，而如“蒙太奇”那样把它们组合在一起，它们就会“合力”产生新的意义，给我们以更多的信息和启迪。

现在反观《野山》，不难发现它的不足。第一，编导在审美意识上未能超越传统审美心理喜欢“大团圆”的倾向，把复杂的变革现实在相当程度上简单化了，一定程度上使影片“定格”在生活的表层。第二，影片对非经济因素的精神文化力量对经济因素的制约和对人的束缚，未做出深入的揭示和表现。

《乡民》着重从《野山》所忽视了的层面来展示改革引起人们心灵变化的轨迹，正好与《野山》形成了一个“互补结构”，联系起来看，都比较全面、深刻地展示了中国农村变革的全貌。《乡民》突出表现了非经济因素的文化传统如何限制、阻碍了新经济力量的崛起，如何束缚和窒息了人的精神格局的自我调整与更新。编导充分意识到传统文化对人的影响和支配，结尾让所有的乡民都团聚在“乡贤”韩玄子周围，王才则受到“冷落”，形象地展示了传统文化形成的“凝聚力”是与改革力量相左的。

没有了“大团圆”的结局，可能会使一些人感到不舒服、不满意，但这恰恰显示了艺术家的独到和深刻之处。原小说是以王才的彻底胜利和韩玄子的彻底失败作结尾的。这种结尾带有一种浓厚的喜剧色彩：县委马书记的“介入”（直接支持王才），使得四皓镇上的力量对比发生了戏剧性的变化，原来投靠韩玄子的人纷纷向王才靠拢，韩玄子倒成了孤家寡人。这种处理，渗透着浓厚的“人治”思想，大大削弱了作品的思想深度。《乡民》的编导扬弃了原作的“人治”思想，把镜头引向了更为深邃的方面。改革是艰巨的、长期的，不光是物质层面的改革，也非某一个人超凡魔力能完成。

王才的前景固然值得某种忧虑，但最终还是会走向希望和胜利的。正像影片结尾处的那条红龙，虽然为周围的高墙所阻挡，自身也有一些蜿蜒徘徊甚至后退，但是其巨大的活力是无限的，是任何“高墙”也阻挡不住的，它终究是会“腾飞”的。《乡民》结尾的处理，可以说是一种基于悲观的乐观，是以渗透着自省性反思的深刻的理性意识为基础的。它给影片带来了含蓄和模糊，因此，也带来了艺术的魅力和感染力。

《乡民》的改编在一些方面是比较成功的。它的成功，得益于编导在改编的再创造过程中，不仅忠实于原著，而且也忠实于自己的艺术个性，忠实于电影自身特有的电影思维和电影表现手段。在相当一部分改编者那里，忠实于原著是相当自觉的，然而忠实于电影不那么自觉。我们认为，通过改编文学作品而完成的电影是一个独立完整的艺术品，因此改编者不仅要对改编前的文学作品负责，而更应对其改编后的电影负责。我们评价一部作品在改编上是否成功，固然可以把原作作为一个重要的“参照系”，但同时也要善于从电影自身的角度来考察和衡量。《乡民》的改编，在忠实于电影上是较为自觉的，整部影片都体现了编导对生活、对人生和改革现实的独特体验和思考，从而获得了一种更深邃的思想意识。在这里，如果我们要求一味“忠实”于原作，岂不荒谬？影片对王才与韩玄子的冲突所作的巧妙的暗示，就与整部影片质朴、含蓄、隽永的艺术风格浑然一体，有机交融。导演胡炳榴独特的艺术个性也自然地渗透到这种艺术风格之中。而在电影思维和电影表现方面，影片也有很多独到和成功之处。比如前面提到“龙舞”的段落、雾的造型暗示等都是一种电影化的视角想象和表现。至于多次出现韩玄子在如烟如尘的迷雾中，蹲在残破剥脱的照壁前一边喝茶一边看报纸的镜头，导演更是明确要求构图、角度完全相同，以暗示韩玄子生活在传统文化那封闭性的“怪圈”中，使我们意识到他是不可能觉醒的。

然而，纵观整部影片，《乡民》还存在着一些缺陷。小说原作在展示以王才为代表的新经济力量与以韩玄子为代表的传统文化的冲突和对立中，突出地写出了王才与韩玄子买房、包电影、请狮子队以及韩玄子为女儿叶子办“送路酒”等好几次的明争暗斗，使小说一张一弛、跌宕有致，形成了一波未落、一波又起的艺术节奏，很有吸引力和感染力，而且也在这种描写中，展示出王才与韩玄子各自复杂的内心世界。影片《乡民》删掉了王才与韩玄子“包电影”的一次争斗，这似乎是值得商榷的。王才“包电影”给乡民们看是为了争得乡民们的同情和支持，突出地表现了他被乡民们逐渐疏远后的一种惶惑和恐惧心理，也反映了他的精神格局中尚缺乏现代文化观念的武装。可以说，这本身是极富文化意蕴的一笔。影片对其他几次争斗也作了局部改动，并作了明显的“淡化”处理，使影片的矛盾冲突也像“雾”一样。韩玄子的“戏”足，而王才的“戏”不足，在一定程度上使矛盾冲突失去了某种依托。因为韩玄子的“卫道”一旦失去了王才崛起的烘托，就很难表现深刻。正是在一定程度上失去了这种烘托，所以，影片未能把王才的崛起而引起的韩玄子的内心恐慌乃至危机感这一层面表现深刻。而且，这样一来形成的平淡、缓慢以至沉闷的基调，显不出跌宕起伏和情绪高涨，很难把不细心和没耐心的观众带进“戏”。中国传统戏曲艺术是讲究“紧拉慢唱”的，前台的“慢唱”乃有后台的“紧拉”，后者形成一种内在的张力和多变的节奏，给前台“慢唱”以依托和支撑，两者合力而形成一种有张有弛、跌宕起伏的艺术节奏，从而对观众产生吸引力和感染力。而影片《乡民》，则是“慢唱”有余、“紧拉”不足，缺乏给观众以强烈刺激和感染的“兴奋点”。这种处理，也许更加靠近和契合导演一贯的艺术风格，但有可能失去较大层面的观众，这是本片的遗憾之处。

二、南国文化风貌的可贵表达：《雅马哈鱼档》《男性公民》

当《黄土地》率先把镜头对准西北边陲的黄土高原，通过独特的审美观照，表现深沉的文化反思后，电影创作中也曾一度出现过某些导演文化观念“错位”的现象：争先恐后地到穷乡僻壤、古朴蛮荒的地带和落后愚昧的人群中去拍“文化”，似乎文化只在山野老林。文化在哪里？更多的电影艺术家以辛勤的耕耘和丰硕的成果回答了这一严峻的课题，在民族的历史中，更在变革的现实中。一个民族的文化表现在组成这个民族的所有人的生活之中。文化作为“自在”的形态渗透在每个人的行为意识、心理素质、价值标准、伦理规范之中。这是“自在”的，并非由艺术家人为地主观地赋予，却需要创作主体以独特的审美眼光和文化意识去对它加以观照、发现和开掘。随着文化反思的更加自觉和深入，更多的艺术家把审美目光对准了处于变革中的现实及活跃在现实中的人们的文化心态。

张良导演的《雅马哈鱼档》① 问世于1984年。它描写的是20世纪80年代初的广州生活。影片在表现广州地区变革中特有的文化风采和意蕴方面是相当自觉的。虽然就影片所叙述的故事和塑造的人物看，似乎还缺乏新意，但是以一种真实、自然的纪实性手法展现广州地域的市井风情，具

---

①《雅马哈鱼档》（1984）编剧：章以武、黄锦鸿；导演：张良；主演：张天喜、黎志坚、杨丽仪等；出品：珠江电影制片厂。

有独特的文化意蕴和文化价值。影片中大量出现广州的实景，如“成珠茶楼”“音乐茶座”“沙基角的艇仔粥”“芳村的塘鱼水上交易所”“西壕马路的夜市”“上下九路的陶陶居门前”“繁华的中山五路”“新火车站”“东方大宾馆”“中国大酒家”等，渲染出城市特有的一种文化氛围。

电影是运动化的造型艺术，每一个实景在进入镜头视野后都应成为一个有机的表现元素，至少应有助于烘托影片的整体情调和氛围。景物造型不仅在情节结构中起着人物活动的背景作用，而且也应成为人物文化心态的某种象征或暗示。独具慧眼的电影艺术家往往擅长发现并开掘出外在景物作为文化的器物层与文化的深层因素的紧密联系，从而揭示出更深沉的文化意蕴。以此观《雅马哈鱼档》，则感到导演的功力尚欠火候。其所以如此，恐怕在于导演的反思还停留在经济学和一般社会学的层面。导演自己就说：影片的立意是“通过‘雅马哈鱼档’的兴衰变化，展现广州个体经营的繁荣发展，展现高速度建设中的城市风貌，展现一代新人的崛起，展现他们的理想和情操”。由此可见，影片着意于表现“街边仔、街边女”充满挫折和欢乐的创业史、经济发展史。影片似乎正是在这样一种欲为个体户和个体经济（尤其是从事这种个体劳动的青年人）“正名”的心理动机下创作出来的。导演可能过分地为一个急功近利的目的所囿，因而未能使反思融入更深邃的历史意识，从而开掘出那里面本已蕴含着的文化意义来。影片塑造的一群青年人中，个体和群体的文化心态的开掘也都欠深度。

曾经以《雾界》向与世隔绝的蛮荒山林开掘“文化”的中年导演郭宝昌，迅速矫正了自己在文化意识上的“错位”，转而把镜头对准了变革的“特区”，力图在银幕上表现“这一典型环境中特有氛围的广阔空间，从而揭示这一新生事物在伟大时代变革中所形成的势不可当的必然潮流的特质”①。《男性公民》② 以正面描写改革，确实给人以“特区”变革的文化氛围的强烈感受。那200多人光着膀子、肩扛锹镐与向前推进的巨大车队怒目而视的“人机对峙”场面，那杨总工程师在滂沱大雨中泥泞的路基上艰难行走的情状，陆工程师死后那精心设计的悼念会场和那副触目惊心的

①郭宝昌：《〈男性公民〉摄制以后》，《当代电影》1985 年第 6 期。

②《男性公民》（1986）编剧：郭宝昌、卢克健；导演：郭宝昌、李小龙；主演：孔祥玉、王润身、吕明、颜彼得、戴大卫等。

对联，以及在一片漆黑中两盏车灯划破夜空直指前方……都显示了巨大的气势和力度，放射出崇高与生命的光辉！尤为可贵的是，影片调动电影语言的优势，着力揭示了支撑这种崇高风貌和力度的思想基础——一种富有开拓性和创造性的崭新的文化心态和精神格局，亦即现代观念和当代意识。改革必须冲破旧的传统和势力的束缚，克服自身文化心理中封闭、保守、愚昧、落后的东西，完成从传统人格、传统文化心态向现代人格、现代文化心态的嬗变。《男性公民》对这种嬗变进行了审美褒扬，洋溢着一种乐观主义的激情。

文化的演进，在其物质层面上，往往是有形的、可见的，基本是直线因果式地运动，然而一进入深层即精神层面，即呈现出多种因素相互渗透和交叉的网络状态，是非直线因果式地运动。《男性公民》的镜头在切入到文化意识的深层时，就表现了一种简单化的倾向。一个民族文化心理状态的落后，甚至比物质状况的落后还难改变。在由传统向现代的嬗变中，其精神文化的裂变往往是痛苦的，尤其是古老民族的传统情感，常常会使一个身处其中的人难以超越。没有痛苦，也就没有裂变和超越。但在银幕上，我们很少看到这种历史性的嬗变过程中人们灵魂的搏斗和精神的痛苦，这就不能不削弱了这部影片的艺术魅力。

第五节　中国女性命运的文化之思：《良家妇女》《湘女萧萧》

《良家妇女》

许多文化史家都指出，中国传统文化是以伦理为本位的富于人情味的文化。儒学那种“道之以德、齐之以礼”的伦理政治，那种“必也使无讼乎”的人治理想，那种“父为子隐，子为父隐，直在其中”的人情味，以及“三纲五常”，堪称世界上最完善的伦理系统。因此，中国传统文化的系统，首先是一种伦理系统。中国传统文化的价值标准，首先是一种伦理标准。这种伦理本位的传统文化严重压抑了人的变异能力和创造能力的发展。其中，以中国妇女背负的重压最为突出。所以，新时期银幕上出现了一批旨在对中国妇女命运进行文化反思的影片，如《喜盈门》《乡情》

《乡音》《乡思》《良家妇女》①《湘女萧萧》《女儿楼》《女儿经》等。

应当看到，正因为中国传统文化在道德伦理领域里蒙上了一层特有的美的温情的面纱，至今常常还使人们在审美情感上本能地不自觉地依恋它。比如，在价值取向上，人们常常舍功利标准而取道德标准；在解释历史上，人们又不时陷入把历史道德化的歧途。一些好的或比较好的影片，编导也往往在这里踩“虚”了脚。《喜盈门》中对传统农业社会中几代同堂的大家庭文化秩序的维护和礼赞，《乡音》中对陶春“我随你”这种人身依附观念的欣赏，《人生》中人为地美化刘巧珍和丑化黄亚萍，《乡思》中对周凉姑“从一而终”和《女儿楼》中对乔小雨“从初恋而终”的爱情观念的美化……都在实质上倒向了以伦理为本位的传统文化一边，都是一种文化观念的“错位”。

《良家妇女》恐怕是新时期银幕导演自觉地从中国传统文化背景下观照中国农村妇女命运的第一部影片，片头上那引人注意的浮雕和画外音，清楚地表明了导演黄健中自觉的文化意识。的确，影片对中国传统文化造成“良家妇女”悲剧命运的文化思考是相当自觉的。从某种意义上可以说，它把小说原著的审美意识、哲学意识和文化意识，提高到了更深的层次。在中国传统文化这个参照系下，它形象地告诉人们：“良家妇女”们的悲剧命运不仅是现实的经济条件和社会关系造成的，而且也是以伦理为本位的悠久的古老文化传统历史积淀的必然结果。这种文化传统积淀的力量是无形的，却是强大的，足以扼杀人的觉醒和对幸福的追求。杏仙周围的人，大都同她一样善良，婆婆不是恶婆，小丈夫也不是恶少，也许中国妇女正是在这样一种看似和谐的伦理文化氛围下，一代一代地成为了传统礼教的牺牲品。影片中的五娘，是一个容易被人忽视却有着更深沉的文化底蕴的形象。她虽然并非编导刻意要突出的人物，在影片中也不占主导地位，但这一形象在暴露传统文化对人，尤其对妇女的精神奴役上，比杏仙更具冲击力和震撼力。她奉行着“在家从父，出嫁从夫，夫亡从子”的传统“美”德。一切外在于人的伦理道德规范，在她那里都转化为一种内在的自觉和欲求。她并非麻木，而是自觉，是中国以伦理为本位的传统文化孕育的自觉。她的全部婚姻史，就只有公公把丈夫反锁在洞房里的那一个

---

①《良家妇女》（1985）编剧：李宽定；导演：黄健中；主演：张伟欣、王佳艺、丛珊、章键、梁彦等；出品：北京电影制片厂。

所谓的新婚之夜，然而就是这一夜，使她获得了整个一生的精神支柱：天公赐了她一个儿子，名曰少伟。于是，生活无论多么困苦和艰难，她都能忍受。她把全部的生活希望和精神寄托都倾注在儿子身上。她的这种文化心态，显然是中国传统文化积淀的结果。从理想人性角度看，这种心态是被扭曲的、畸形的；但从历史文化角度看，这种心态又是正常的、合理的。这个形象给人的思想震撼和艺术感染，令人难忘。她使人清醒地看到，传统的道德伦理规范本来是一种外在于人的东西，对于人是一种异己的力量，然而中国传统文化却能把这种外在的异己的东西转化为人的内心的自觉和欲求，并以剥夺个人的幸福和生命的价值为代价——在这里，人不是生命本体的存在，不是世界的主体，而是传统伦理规范借以表现其存在的手段和奴仆。

虽然《良家妇女》创作主体对中国传统文化的理性思考是自觉而可贵的，但单纯的理性思考从来不会直接转化为成功的艺术创作。就文化意识在电影创作中的渗透和强化而言，电影艺术家当然应把自己对人生和社会的思考从经济学、政治学和一般社会学的层次拓展到文化学、哲学的层次，但艺术家并不能像文化学家和哲学家那样，从概念到概念，作纯理性的思辨，而需要把理性化为感性，思想化为形象，化为自己一种特有的审美眼光、一种表现风格、一种结构方式和一种电影语言。在《良家妇女》中，我们看到，一方面，由于创作主体在无意识状态中存在着理性与情感的矛盾，即理性上要批判传统伦理而在情感上又多少有点依恋“劳动女性的传统美德”，所以造成了理性思考的倾向与视听形象本身呈现的情感倾向不甚统一的矛盾，如从演员造型到景物造型呈现的对传统“美”的审美情感上，多少使人产生无限眷恋和惆怅之情，道德化的审美评价便悄悄乘虚而入，冲淡了历史的和美学的评价。另一方面，由于创作主体的理性思考还未能与艺术家的艺术感觉、气质与个性融为一体，还未能有机地融为艺术创作的魂灵，因而在银幕上出现了游离于影片情节之外的“疯女人”意念符号，影响了全片的总体艺术风格。

《湘女萧萧》

导演谢飞和乌兰拍摄的《湘女萧萧》①，是继《良家妇女》之后在反思传统伦理文化上取得一定成就的力作。影片根据著名作家沈从文半个多世纪前的小说改编，以现代文化意识加以电影化。影片显然借鉴了《良家妇女》的经验，并力图与《良家妇女》形成又一互补结构。

读过沈从文 1929 年创作的小说《萧萧》，给人留下的印象是既深又淡。说它深，乃是深切地感受到作家对封闭状态中纯朴人性的诚挚呼唤："我只造希腊小庙。这种庙供奉的是'人性'。"说它淡，乃是因为沈老作品与鲁迅先生的作品风格迥异。沈老的作品质朴、淡雅，娓娓道来，对湘西乡野中封建民俗扼杀人性的一面固然有痛疾，但更多的流露出对那里乡民们愚昧并带有原始状态的人性的欣赏甚至礼赞，"渗透着抒情幻想成分"，似一支淡淡哀怨的梦幻曲。而鲁迅先生的作品则冷峻、浓烈、犀利，他对国民性的劣根性痛心疾首，并进行了石破天惊的理性批判和呐喊。不同的艺术风格体现着艺术家不同的审美个性和审美理想，各有其无法替代的艺术价值，无须强分高下。但如果就对传统文化反思的哲学高度看，鲁迅先生的作品无疑是更宏观、更深邃、更着意于"改造国民性"的久远大计。

如今经中年导演谢飞、乌兰之手而搬上银幕的《湘女萧萧》，并非完全机械地忠实于小说《萧萧》，而是在运用电影手段把"美文学"《萧萧》基本成功地再创造为"美电影"《湘女萧萧》时，既尽可能地不偏离原著的艺术风格，又学习、借鉴了鲁迅先生对国民性的解剖和批判，并灌注了中国当代艺术家的审美思考，从而跃向了文化反思的哲学高度，对半个世纪以前湘西农村的人的心态进行了审美观照和艺术再现。

这种充满现代意识的审美观照，突出地表现在影片对小说结尾的改造上。原小说是这样结尾的：

> 到萧萧正式同丈夫拜堂圆房时，儿子年纪已经十岁，有了半劳动力，能看牛割草，成为家中生产者了。平时喊萧萧丈夫做

---

①《湘女萧萧》（1986）编剧：沈从文、张弦；导演：谢飞、乌兰；主演：娜仁花、张瑜、邓晓光等；出品：青年电影制片厂。

《湘女萧萧》剧照

> 大叔，大叔也答应，从不生气。
>
> 这儿子名叫牛儿。牛儿十二岁时也接了亲，媳妇年长六岁。媳妇年纪大，才能诸事做帮手，对家中有帮助。唢呐吹到门前时，新娘在轿中呜呜哭着，忙坏了那个祖父、曾祖父。
>
> 这一天，萧萧抱着自己新生的毛毛，在屋前榆蜡树篱笆间看热闹，同十年前抱丈夫一个样子。

无须多加阐释，其间流溢的对大叔宽容牛儿、牛儿娶了一个年长他六岁的大媳妇、萧萧抱着新生的儿子毛毛看热闹这一幅温情脉脉、充满甜蜜气氛的生活图景的欣赏和礼赞，是沁人心脾、令人神往的。但正是在这种欣赏和礼赞中，封建传统及其文化对人性的扭曲和扼杀的血淋淋的现实被冲淡和掩盖了。这不能不说是原小说文化意识方面的局限。

到了银幕上，“已步入中年模样”的萧萧欢天喜地地忙着做婆婆了。她似乎早已完全忘却了当年封建婚俗带给自己的人性压抑和苦痛，又自觉地充当起春宫娘当年扮演的角色，操忙着给自己年幼的儿子娶大媳妇——

萧萧叫着“牛儿”出门，在墙角处发现牛儿和大黄狗：“牛儿，新娘子都来了，你跑什么？”

牛儿：“我不去，我不要新娘子！”萧萧：“傻儿子，男人终归要成亲的，你叔叔成亲的时候还吃奶呢！”

春宫听着。

萧萧：“快走，一会儿你叔叔回来了，看到你接了媳妇，多高兴啊！”

春宫娘找来：“萧萧，快去，新娘子来了！”

萧萧：“娘，您去迎吧！”

春宫娘：“你也去，要去的！这是规矩，从今天起，你就做婆婆了……春宫今天也要回来了。刚才他爷爷说，今天也给你们圆房，凑个双喜临门！……”

如同银幕上碾房里那周而复始旋转的磨盘的造型，也如同银幕上首尾相映的那破旧屋顶上层层相囿的灰瓦造型，从春宫娘到萧萧（以及这之前或之后的萧萧们），封建文化在人们的灵魂深处世世相袭、代代相传，积淀为一种超稳定结构的封闭性心态。这种心态的一个本质特征，就是封建礼教和伦理已经内化为一种潜意识，通过人们自觉的认同，而成为一种超越了所有个体的共同规范，从而消融和分解了一切可变的和外来的因素。这正是造成中国社会长期停滞不前、稳定不变的重要的文化因素。《湘女萧萧》形象地在银幕上再现了封建文化扭曲合乎人性的正当选择、扼杀人的可变因素和创造能力的周而复始的封闭性的怪圈。仅此而论，《湘女萧萧》的文化反思已切入了更高的哲学层次，它的思想深度和思想力量都是不可低估的。

是的，《湘女萧萧》在相当程度上活画出与小农生产的自然经济相联系的中国传统文化的若干重要特点：泛道德主义倾向，重古贱今，重理轻情，主静抑动，重整体非个体，把人的个体生命的存在附属于纲常伦理，从而造成了社会整体和纲常伦理的超稳定形态和个体的属于人的感觉和特性的全面丧失。它的“吃人”的本质正是通过这种非人化来实现的。

一定的文化，总是一定环境里的人们物质生产和精神生产的总和，也就是有人认为的“人调节他们生活环境的总和”①。它尽管渗透和植根于每一个个体的需求和实现之中，但绝非是一种个人的东西，而是一定生活环境里群体的共同现象。在萧萧生活的湘西那个小型的、封闭的、不开化的、同质性的山村里，人们的思维方式、情感方式、生活方式、伦理意识和价值观念都严格地受制于封建文化传统的规范和制约。人们具有超越个体意识的团体群聚感，这种群体的基本单位是家庭和家族。家庭、家族及其各种宗法关系也就限定和规范了人们的经验和意识。在那里，对外是封闭的，对内是凝滞的，人们只是在内部彼此沟通而缺乏乃至排斥对外交流，所以每个个体的思维、情感和生活方式以及伦理意识、价值观念都凝定为同一模式，具有同质性（排斥异己性）。所以，个体的一举一动都不是根据他自己的需要，而要根据群体的共同规范对他的要求。这种群体化的过程是消融个体的过程。而人们经验积累的唯一方式是依靠个体生活实现的智慧的增加，因此愈老愈具有声望和权威，族长的爷爷们就是权威的代表和象征。人们对他们都有一种自觉的从属意识，团聚在他们周围，受制于他们所宣扬和维护的封建伦理和纲常。无论是萧萧还是巧秀娘，作为这种要求同质性的群体的一员，本质上她们的生活已不再是单个人的行为，而且一举一动都受制于这个群体和它的共同规范。当她们出于人性的正当需求而要求有个人的幸福和自由时，尽管她们的行为并未损害和伤害其他任何人，但其他人也都仿佛是受了莫大伤害似的，起来捍卫对他们也同样是限制和束缚的所谓群体利益和共同规范。这里可悲的是，乡民们的群体团聚意识不是同情和支持萧萧，而是追随封建礼教对合乎人性的正当需求进行无情惩罚。

于是，巧秀娘被怒不可遏的人们捆绑起来，背负石磨，沉潭了。原小说《萧萧》对“沉潭”只是一笔带过，但影片《湘女萧萧》却调动了电影的各种表现手段，对“沉潭”场面给予了震撼人心的视觉表现。那景象与巫术仪式无异，庄严、神圣而又充满神秘感，不得不使萧萧产生强烈的内心恐惧。这传统的封建礼教和习俗借着这庄严和崇高，对人确乎有一种无法逃避、也无法抗拒的威慑力量。那壮实、剽悍而充满野性的花狗竟也只有逃之夭夭，把所有的苦果留给了弱女子萧萧。于是，萧萧也面临着或

①W. G. 萨因纳、A. K. 凯勒：《社会的科学》第1卷，美国耶鲁大学出版社1972年版，第46页。

沉潭，或发卖的命运。她也试图逃走，但未成功，眼看厄运降临，多亏老天有眼，使她生下了一个“大胖小子”，借着这“大胖小子”的神秘力量，既免于“沉潭”，又免于发卖，被爷爷、婆婆“宽容”了，并居然有了留下来爬上“婆婆”地位的资格。有人对银幕上这样处理大不以为然，责难这“宽容”不大合乎情理，并弱化了反封建的意蕴，淡化了爷爷、婆婆作为封建传统卫道士的狰狞面目。

事实上，“沉潭”深刻，“宽容”也深刻。这是一种巧妙而必要的互补，正是这种互补造成了一种巨大的“张力”，能够消融和分解基于人的感觉和特性的一切可变因素和创造性因素。“沉潭”露其狰狞一面，通过消灭肉体而使人震惊和恐惧，从而使封建礼教和习俗得以维持；“宽容”露其伪善一面，从精神上泯灭人的主体意识，把强制性的外在规范转化为一种内心自觉，从而使封建礼教和习俗得以延续。从某种意义上说，后者在含情脉脉中更易泯灭和扼杀人的一切可变因素和创造性因素。中国社会长期停滞不前和人性蒙昧，更得益于这种无形的却使人无法逃避也无法抗拒的力量。萧萧这个水灵灵的活泼的少女，在触犯了封建礼教和习俗后曾要求过与花狗一起私奔，“到城里去自由”，后被怯懦、自私而又愚昧的花狗以城里“人生面不熟，讨饭也有规矩”为由而加以拒绝并独自逃走。萧萧自己逃走未遂，也曾思想过“收拾一点东西预备跟了女学生走的那条路上城去”；总之，她原本是渴求自由和幸福，很有些反抗精神的。结果在这种“宽容”后，竟也慢慢地沦为了封建礼教和习俗的卫道士。可以想象，当上了别人的婆婆的萧萧与她自己的婆婆是不会有什么两样的。这种处理，不是弱化而是强化了反封建的意蕴。我们说影片《湘女萧萧》在文化反思中进入到一个更高的哲学层次，正是因为它深刻、形象地展示了传统文化桎梏和扼杀人的可变因素和创造性因素的两种互补的方式和手段。

如前所述，“沉潭”场面在小说《萧萧》中仅有两句话：“照规矩，看是‘沉潭’还是‘发卖’？萧家的人要面子，就沉潭淹死了她，舍不得死就发卖。”编导者在改成电影《湘女萧萧》时，参照了沈从文的另一篇小说《沉潭》，创造性地在中国银幕上艺术地再现了封建礼教和习俗“吃人”的触目惊心的景象，并大胆地按照艺术真实性的要求展示了这血淋淋的场面。这是需要艺术家的勇气、良知和胆识的。大概是根植于源远流长的封建意识和性蒙昧，尤其是宋明理学“存天理、灭人欲”的文化传统，中国银幕似乎形成一条不成文的“法规”：性禁忌。人类文化中组成部分之一的性文化被排除在镜头视野以外。这其实是非人性和反科学的。

小说《萧萧》本身就为电影《湘女萧萧》打破银幕上的性禁区提供了可能。要从文化反思中观照人心，而人心本来就不是单面的而是一个多元的复合体。性心理作为人的心理的一个核心层次，不仅是萧萧、花狗青春活力的标志，而且也构成了他们情趣和行为的一种内驱力。因此，当镜头在表现人物的性心理时，就应穿透物质层面而伸向心理的深层，从而揭示出潜藏于人物性心理中的文化内涵及其积淀。我们看到，《湘女萧萧》在这方面的表现是富有突破性和开创性的。畸形的环境和习俗造成了萧萧、花狗以及巧秀娘们畸形的性心理状态。萧萧和花狗都长期处于一种性压抑和性蒙昧中，因此当花狗看见解开了胸的萧萧后，抑制不住的本能冲动使他忘记了性禁忌，粗鲁地扯开了萧萧的缠胸布。碾房里花狗与萧萧相遇的一场戏是拍得感人至深的，演员娜仁花和邓晓光的表演也大胆而真切。在这里，银幕上的视觉表现使我们看到了那封建礼教和习俗，已无情地剥夺了男女性爱中应有的情感和精神因素，把“爱的需要”降格为“性的需要”，把性爱降格为性欲。仅此而言，就深刻地表现了封建礼教和习俗对人性的扭曲和压抑。对性的压抑在某种意义上就是对人的可变因素和创造性的压抑，而压抑的后果并不能消灭它，而是造成它的畸形发展，最后必然是对这种压抑本身的一种反动。《湘女萧萧》形象地表现出这种意蕴，是值得我们深思和重视的。

至于“沉潭”一场戏，观众可以看出，虽然创作人员在拍摄时创作主体中存有的“审查意识”，在相当程度上还束缚和限制审美意识，但毕竟也斗胆开始攀摘“禁果”了。巧秀娘那全裸的女性的优美造型，被反捆着手缚着一个石磨盘，在一种近似巫术的仪式中被“沉潭”，这情景使观众强烈地感受到美在封建礼教和习俗的残害下毁灭。美的毁灭对人的心灵产生的震撼，是其他任何镜头都无法取代的。

当然，银幕上直接诉诸感官的视觉形象，较之文学作品中表现人物的性心理，更应该把握一个“度”。这个“度”，在本质上是一种美学与伦理的自然而健康的情趣和情感，而非原始性欲的泛滥。进入审美领域的性心理的表现，如弗洛伊德所指出的那样，“不得不受制于某些条件；他们在影响读者情绪的同时，还必须挑起智性的与美学的快感”①。我们应该学会

①弗洛伊德：《爱情心理学》，作家出版社 1986 年版，第 121 页。

自然而合乎人性地看待人的性心理现象。谢飞、乌兰在表现这种性现象时，基本上是把握住了这个“度”的，因而它不是煽动我们的情欲，而是激发起我们对美的神往和对毁灭这种美的封建礼教和习俗的愤恨。

然而，与小说《萧萧》比较，电影《湘女萧萧》在改编的再创造过程中也有遗“珠”之嫌。沈从文的作品，在受到不公正的冷落数十年之后，其美学价值重新得到确认，这一事实本身也就说明了作品具有其强大的艺术生命力。《萧萧》在对人物心态的审美观照上，艺术手法确有一定的超前性。这种超前性，突出地表现在对萧萧的梦境的生动描绘上。

所谓梦，乃是人在睡眠之中，部分脑机能活动的精神现象，是人心理状态的一种特殊映现。为了使笔触能穿透到人物心态的深层，沈老很注意对萧萧梦境细腻的、有意味的描写。在一篇3000多字的小说中，竟在两处着力描绘了萧萧的梦境——

第一，十二岁的萧萧刚嫁过门不久，每日抱着年仅三岁的小丈夫玩，“到了夜里睡觉，便常常做这种年龄人所做的梦，梦到后门角落或别的什么地方捡得大把大把铜钱，吃好东西，爬树，自己变成鱼到水中各处溜。或一时仿佛身子很小很轻，飞到天上众星中，没有一个人，只是一片白，一片金光，于是大喊‘妈！’人就吓醒了。醒来心还只是跳，吵了隔壁的人，不免骂着：‘疯子，你想什么！白天玩得疯，晚上就做梦！’萧萧听着却不做声，只是咕咕地笑。也有很好很爽快的梦，为丈夫哭碰的事情……”在这里，小说通过对梦境的细腻描写，把少女纯洁、天真、稚气的心灵刻画得惟妙惟肖。影片如能把这种梦境转化为视觉形象，即可暗示出一种深刻的意味：如此烂漫无邪的少女，却背上了蒙昧的包办婚姻的沉重的精神十字架。现实中的萧萧，追求自由、幸福的热情正在逐渐为封建传统所泯灭和窒息，从而走向一种令人揪心的麻木。而只有梦中的萧萧，才具有少女的独特情态。无须再用什么对话，这其中的对比即可对观众产生一种强烈的情绪冲击力。

第二，当萧萧听爷爷讲起城里“另一世界中活下的人”——女学生坐“用机器开动”的“匣子”到处逛的新鲜事后，萧萧心中油然生出敬慕之情，不仅想去亲眼看看，而且斗胆表示自己也想做“女学生”。于是，“萧萧从此后心中有个‘女学生’。做梦也常常梦到女学生，且梦到同这些人并排走路。仿佛也坐过那种自己会走路的‘匣子’，她又觉得这匣子并不比自己跑得更快。在梦中那匣子同谷仓差不多，里面还有小小灰色老鼠，眼珠子红红的，各处乱跑，有时钻到门缝里去，把个小尾巴露在外边……”这梦境简直写绝了，把萧萧这个普通的农村少女潜藏的渴求自由、向往新的生活的心态淋漓尽致地表现了出来。她思变，她求新，想与“女学生”“并排走路”，成为她们当中的一员。但封闭的狭隘的小农经济环境造成了她的无知，使她根本弄不清这“新”是什么样子，甚至那显现着现代文明特征的“匣子”也被她那可怜的生活经验想象为“同谷仓差不多、里面还有到处乱跑的小小灰色老鼠”的农家物。

显然，小说中这两处关于萧萧梦境的精彩描写，展示了人物心灵深处的秘密和追求，丰富了人物的性格层次，是极其成功而重要的笔墨。这笔墨，作为文学描写堪称是想象丰富的上乘之作，同时它也为作品转化为视觉形象提供了良好的基础。但可惜的是，这两处被导演忽视了。比如，第84个镜头，画面已经显现出秋夜卧房中，疲乏的萧萧带着小丈夫春宫睡着了，两人蜷缩在一起，“她睡梦中说着什么，憨态毕露”，便戛然而止。至于她梦见些什么，一点儿也未能运用电影手段把小说的精彩描写搬上银幕。又如，第103至114个镜头，银幕上生动地展现了萧萧在纳凉时好奇地听完爷爷和花狗津津有味地讲述关于“女学生”的种种新鲜事，什么“没有辫子，留个鹌鹑尾巴，像尼姑，又不像”呀，什么“穿服像洋人，正经事不做，只晓得读洋书、唱歌、打球”呀，什么“花钱花得吓死人，一年用的钱，买得十几头水牛”呀，什么“膀子，大腿，雪白雪白，露出来给人家看”呀，什么“找男人不用媒人，不要彩礼，喜欢谁就跟谁好”呀等等，以至诱发萧萧封闭的心灵深处产生了一种朦胧的求新思变的欲望——“做（女学生）就做，我不怕!”接下去的第116至118个镜头，展现萧萧回到卧房，把已酣睡的小丈夫安顿在床上，“自己一边脱衣服，一边想着心事。她解开头发，做成短发的样子，自己害羞地笑了。躺在床上，她望着射进月光的小窗”，“兴奋得睡不着觉”。这时，倘若能把原小说萧萧关于“女学生”的梦搬上银幕，让梦境中的萧萧与女学生并排而行，展现出那“匣子”与“谷仓”的变幻，那小小灰色老鼠的乱跑乱窜……将会有多么丰富而又深沉的意蕴啊！可是，镜头的推拉摇移迅速转向了花狗，难免给熟悉小说的观众留下了遗憾：此处意未尽！因为细心读过小说《萧萧》的人都强烈地感到，小说对“女学生”的描绘占有一个特殊而又重要的地位，其意不仅在于展示乡民们对“女学生”近乎古怪而荒唐可笑的反映和看法，而且也含蓄地透射出萧萧心灵世界中的另一个层面:“女学生”的世界是一个不同于环绕着、锁闭着萧萧的民俗社会环境的新的“参照系”,它给萧萧的心灵世界灌注了一种新的文化因素,点燃了她求新思变的欲望。正是有这极重要的一笔及其所传达出的深沉而含蓄的意味,丰富了萧萧的精神世界,在某种程度上使萧萧的性格立体化了。虽然影片也专门展现了萧萧在镇上赶集时追看女学生,但导演似乎还没明确地意识到这种意蕴,也未能通过电影手段传达给观众,因而留下了一点小小的遗憾。

梦,作为人的主观心理现实,常常反映出人的潜意识层中的愿望和欲求,是人的内在的心理生活的最核心和最隐秘的层次,对它的“窥视”常常有助于解剖人的内在秘密,有助于人物性格的塑造,因而它得到了当代艺术家的青睐。电影作为“一种造成(一场)梦的……梦”①,对梦的展现对观众更具有一种特殊的吸引力和诱惑力,因此它应当进入电影艺术家的取镜框内。当代电影艺术大师、瑞典著名导演伯格曼就把梦作为他的电影表现的主要手法之一。运用这一手法,他可以自由地深入到人的内心的一切领域,包括潜意识层次,摆脱理性逻辑和物理时空的种种束缚,表现他任何想要表现的东西。就如他自己所说:“我是一个雷达,我探测到什么东西,就通过镜子的形式把它反映出来。所有的东西都与回忆、梦幻和意念混杂在一起。”② 因此,无论从哪个角度讲,电影艺术中对梦的表现都实在是一个令人迷惑、令人神往从而也更值得探索的领域。在我国当代电影艺术中,对梦的表现尚不够充分,因而它的重要性也未能显示出来。而在电影艺术日益自觉、电影意识日益强化的今天,对梦的表现和探索实在也应该占有一个特殊的地位,沈老的小说《萧萧》对梦境的细腻、富有意味的描写本来为电影艺术的视觉表现提供了用武之地,导演不仅可以用来展示和开掘出“人心”的深度和广度,而且也可以表现自己想要表现的东西,但导演最终未能很好地意识并利用这一点,使镜头在摄取人物心理世界方面留下了一定的空白。

---

①里波维契语,转引自齐·克拉考尔《电影的本性》,中国电影出版社 1982 年出版,第 206 页。

②伯格曼:《伯格曼论伯格曼》,中国电影出版社 1984 年版,第 18 页。

第六节　《红高粱》与新的电影改编观

《红高粱》① 拍摄于1987年，是张艺谋导演的处女作。本片虽然在业内试映时褒贬不一，但在第38届柏林国际电影节上却力克群雄，一鸣惊人，获得“金熊奖”。在这里我们重新认识和评价电影《红高粱》对小说的改编，倒不是因为“金熊奖”的启迪，而是银幕上的《红高粱》所体现出的全新的电影改编观念，在拓展着从小说到电影的思维天地。因此，议一议这种全新的电影改编观念新在何处，是很有意义的。

在我们的观念中，对于小说到电影的改编，长期以来遵奉着“忠实于原著”的神圣原则，即使到了新时期，鉴于荣获历届“金鸡奖”的“最佳故事片奖”的作品，如《天云山传奇》《人到中年》《骆驼祥子》《红衣少女》《野山》《芙蓉镇》等，都是根据小说改编的现状，20世纪80年代电影理论界又曾专门开展过几次关于电影改编理论的学术讨论。这些持续时间较长的讨论，尽管提出了一些新的观点，但关于改编的基本观念仍然囿于“忠实于原著”的范畴。所谓“忠实于原著”，其内涵的界定是：改编不仅应忠实于原著的主题和灵魂，而且不得对原著主要的人物设置、情节安排乃至细节描写进行改动，以维护原著在思想、艺术上的完整性。换言之，就是要求电影艺术家只消也只能把原小说中用文字语言塑造、通过读者想象才能把握的文学形象，运用电影手段翻译、图解为观众的视听感官直接感受的银幕形象。与这种改编观念相对应，评价改编是否成功的标准，则是从文学的立场出发来衡量电影，看电影艺术家是否堪称小说家的“成功的翻译”。

近几年来把小说搬上银幕的一些优秀作品，如颜学恕执导的《野山》（根据贾平凹的中篇小说《“鸡窝洼”的人家》改编）、黄建新执导的《黑炮事件》（根据张贤亮的中篇小说《浪漫的黑炮》改编）、吴天明执导的《老井》（根据郑义的同名小说改编）等，已经愈来愈强烈地冲击和突破了

①《红高粱》（1987）编剧：莫言、陈剑雨、朱伟；导演：张艺谋；主演：姜文、巩俐、滕汝骏等；出品：西安电影制片厂。

上述传统的改编观念。尤其是待到张艺谋执导的《红高粱》问世，可以说一种新的改编观念已经日臻成熟。我国根据小说改编的电影创作也跃上了一个新的思想、艺术的高峰。

其实，那种传统的改编观念，细想下来似乎也很难成立。说改编应忠实于原著的主题和灵魂，这自然没有错。否则，离经叛道，想怎么改就怎么改，想怎么编就怎么编，那又何苦去找部小说来当“蓝本”？但原著的主题和灵魂究竟何在？即使是流芳传世的名著，有的已有“定评”，有的却还不断有新的发现呢！（如我们的《红楼梦》即是）更何况，较多的乃是一般小说甚或尚有争议的小说，其主题和灵魂仁者见仁、智者见智，莫衷一是，而原著蕴藏的题旨“本文”与改编者所理解的题旨“本文”，也未必就那么一致。

一般来说，小说通过文学语言所表达的内涵，要比相应通过改编上银幕的电影丰厚得多、复杂得多，电影很难完全地把小说所蕴藏的丰厚、复杂的内涵都淋漓尽致地展现出来；而观众在看电影时是直接作用于视听感官，而不如读者在读小说时可以反复玩味文学形象并通过自己富有自由度和灵活性的想象去补充完善。因此，从接受美学的角度讲，观众对银幕形象的接受也很难“忠实于”读者对原著文学形象的接受，这两种形象的“完全重合”，恐怕在事实上也是不可能的。所以，美国著名电影理论家乔治·布鲁斯通在《从小说到电影》中就说得很有道理：“电影对于小说，有一种根深蒂固的反感……因为语言有它自己的法则，文学作品中的人物形象在外形上的具体化往往叫人感到不满足。通过语言之幕出现在我们脑际的人物形象和通过视觉形象展开在我们面前的人物形象是有区别的。”他甚至援引另一位影评家密歇尔·奥尔梅的话说：“你不可能将一个人物从纸上搬到银幕上，而又把他表现得完全符合小说家笔下的他，或者小说的读者心目中的他……有谁记得看到过自己最喜爱的人物形象在银幕上被刻画得完全和自己心目中的人物一模一样？”①

电影《红高粱》登上大银幕后，以其为研究对象，我们完全有理由拓展、更新那种传统的电影改编观念。把小说搬上银幕，除有如前所述的在事实上恐怕很难成立的“忠实于原著”的改编原则外，还有没有比这一原则更科学、更重要的“忠实于”呢？电影《红高粱》以成功的艺术实践，

①乔治·布鲁斯东：《从小说到电影》，中国电影出版社 1982 年版，第 25 页。

雄辩地告诉我们：有的，这便是“忠实于电影艺术本身”。

是的，正如几位文学界的朋友所感受到的，银幕上的《红高粱》不如莫言的小说原著“来劲”——这是站在文学立场上以“忠实于原著”的改编观念衡量电影；是的，正如许多电影观众所感受的，银幕上的《红高粱》“真绝”“来劲”——这是站在电影立场上有意无意地实际上在以“忠实于电影艺术自身”的新的改编观念来衡量电影。

笔者是赞成后一种意见的。小说是一种语言艺术，电影是一种视听艺术。小说的基本结构原则是时间，而电影的基本结构原则是空间。小说通常采用假定的空间通过错综的时间顺序来形成它的叙述，并通过时间的演变来造成读者心理上的空间幻觉；而电影通常采用假定的时间通过空间的调度来形成它的叙述，并通过空间的演进来造成观众心理上的时间幻觉。因此，根据小说改编的电影，已“是一件不同的东西”。还是乔治·布鲁斯通说得对：“说某部影片比某本小说好或者坏，这就等于说瑞特的《约翰生腊厂大楼》比柴可夫斯基的《天鹅湖》好或者坏一样，都是毫无意义的。它们归根结底各自都是独立的，都有着各自的独特本性。”①

那么，需要深入研究的是，电影《红高粱》所贯注的“忠实于电影艺术自身”的新的改编观念，其主要内涵表现在哪些层面上呢？

第一，改编者应首先忠实于自己作为有独立意志的电影艺术家的全部生命人格和审美理想，忠实于自己对人生和社会的独特体验和思考，忠实于自己独特的艺术个性、艺术风格和艺术气质。

电影创作无疑是一种饱含着创作主体的生命情感、人格力量以及对人生的体验、想象、憧憬的审美创造活动。它要求电影艺术家超越自身那种相对静态的理性认知结构，超越那种理性认知结构所规定的对人生、对社会的政治的、伦理的、经济的抽象认识和思维，而从自身对人生、对社会的感性冲动和真切体验出发，调动自己的全部人格力量和审美理想，融会自身的感受、情感、想象、欲望乃至无意识，以形成一股充满创作生机和活力的“流”。我以为，被誉为影坛“通才”的张艺谋，由“优秀摄影师”（《一个与八个》《黄土地》）而“最佳男主角”（《老井》），而“最佳导演”（《红高粱》），其艺术实践中显露出的创作优势，正突出地表现在他那种难能可贵的人格力量和独特灵敏的艺术感觉上。他在银幕上锲而不

①乔治·布鲁斯东：《从小说到电影》，中国电影出版社1982年版，第6页。

舍地追求的艺术美，乃是一种流贯着他生命主体的人格力量、饱含着人的精神自由的力度的美，是一种阳刚之美。对此，张艺谋是很有自知之明的。他执导《红高粱》，一开始就极忠实于自己的人格力量和艺术个性。他说："这几年，翻阅了不少小说、剧本，都不大能唤起我的创作激情。1986 年春天，朋友把莫言的小说《红高粱》推荐给我，我一口气读完，深深为它的生命冲动感所震撼，就觉得把它搬上银幕这活儿我能玩！那无边无际的红高粱的勃勃生机，那高粱地里如火如荼的爱情，都强烈地吸引着我……我觉得小说里的这片高粱地，这些神事儿，这些男人女人，豪爽开朗，旷达豁然，生生死死都狂放出浑身的热气和活力，随心所欲地透出做人的自在和欢乐。我这个人一向喜欢具有粗犷浓郁的风格和灌注着强烈生命意识的作品。《红高粱》小说的气质正与我的喜好相投。""应该说，这部影片表达了现阶段我对生活、对电影的思考，是我情感和心态的一次真切流露……人创造艺术，就是想对世界、对人生发言。现实生活中得不到的，就到艺术里去寻求。《红高粱》实际是我创造的一个理想的精神世界。我之所以把它拍得轰轰烈烈、张张扬扬，就是想展示一种痛快淋漓的人生态度……只有这样，民性才会激扬发展，国力才会强盛不衰。"①

很清楚，无须多加说明，诱发张艺谋执导电影《红高粱》的，不是别的，正是与他自身的人格力量和艺术气质相对应的那股蕴藏在莫言小说《红高粱》中的"魂儿"，那种源于人的生命活力的冲动和对人的精神自由的讴歌。正是在这个共鸣点和兴奋点上，讲张艺谋忠实于原著的"魂儿"是对的；讲张艺谋更忠实于自身的人格力量和艺术气质，更是对的。因为"一位电影工作者并不是一位有成就的作家的翻译者，他是另外一位有自己的意志的作家，而且是一位不折不扣的作家②"。为了忠实于深化对人的生命活力的冲动和对人的精神自由的讴歌的主题，张艺谋对小说《红高粱》的人物设计，进行了重要的改动。在小说中，"我爷爷"原系土匪司令余占鳌，他与"我奶奶"亦非"合法夫妻"。到银幕上，"我爷爷"被改成了"轿把式"，后来又当了烧酒作坊的伙计，而且真的与"我奶奶"成了"恩爱夫妻"。有人指责这种改动有把人物"道德化"的倾向。张艺

①张艺谋、叶坦：《"电影是感情性的东西"——与张艺谋的谈话》，《电影艺术》1998 年第 3 期。

②乔治·布鲁斯东：《从小说到电影》，中国电影出版社 1982 年版，第 68 页。

谋却认为，这主要是为了深化自己执着表达的“赞颂生命”的主题的需要。“俗话说，画鬼容易画人难。如果‘我爷爷的身份是土匪司令，那就跟画鬼似的，把他写成是骡子是马都可以。何况山东的土匪特别有名，所谓‘山东响马四川贼’。观众对土匪的概念化认识会妨碍与这个人物情感和心灵的沟通，从而冲淡这个人物表达的赞颂生命的主题。基于这一考虑，我们把他放到了普通农民的位置上，把地方武装的事全部砍掉，而着力去表现他身上那种构成人的本质的热烈狂放的生命态度。”①

在小说中，“我奶奶”乃是一位具有叛逆性格的风流女性，且不仅与“我爷爷”有着性爱关系，而且与罗汉大叔也有私情。用小说中的描写来说，叫作：“我们村里一个92岁的老太太对我说：‘……你们家那个老长工，他和你奶不大清白咧……’我奶奶是否爱过他，他是否上过我奶奶的炕，都与伦理无关。爱过又怎样？我深信，我奶奶什么事都敢干，只要她愿意。”到银幕上，“我奶奶”被净化为一位纯情女子，既然是与“我爷爷”做起了“恩爱夫妻”，就把与罗汉大叔的私情洗得一干二净。有人又指责说，这也是把复杂心态的人物“理想化”“道德化”的倾向。不过，既然大家都同意广义的神话包含了传说，而《红高粱》正是“我”听来的一个具有神奇色彩的传说，因此，我们不妨把银幕上的《红高粱》也当作一个现代神话来读。在神话原型中，理想化不正是重要的一种吗？问题不在于电影的改编者能不能把人物“理想化”一些，而在于这种理想化是否有利于强化影片所要突出的主题。这中间，张艺谋忠实于自己的生命人格和审美理想，更起着重要的作用。他甚至颇有几分激动地对笔者说，之所以做这样的改动，一是因为怕给这三个人物形象塑造带来损害。他们都活得挺自在，对待男女之间的私情，也是豁达、大度的。如果写他们纠缠于这种关系之中，可能会使未来的银幕造型留给观众一种“小布尔乔亚”的感觉。二是因为从我个人的审美理想和艺术气质来讲，更喜欢比较纯洁的女性形象，对于“我奶奶”与“我爷爷”那种真挚、热烈的爱，我是极其赞美的。如果再在银幕上表现“我奶奶”与罗汉大叔的私情，她与“我爷爷”的感情就显得脏了，不那么崇高了。三是因为小说写了十几年的时间跨度，“我奶奶”与罗汉大叔有私情是可能的；而电影改成“我奶奶”与

①张艺谋、叶坦：《“电影是感情性的东西”——与张艺谋的谈话》，《电影艺术》1998年第3期。

“我爷爷”从高粱地相爱到正式结合在一起，前后只有三四天，在如此短促的时间内，如果发展“我奶奶”与罗汉大叔的关系，不符合“我奶奶”的性格和心理逻辑。而且，由于长期封建思想的束缚，中国女人毕竟不那么开放，如果把“我奶奶”写得过于野性，银幕形象就显得不真实了。正是基于这样的审美追求，张艺谋注重通过一些戏剧性极强的事件和推向极致的动作造型来刻画人物，而有意淡化了丝丝入扣地展示人物关系的发展和极有逻辑地缕析人物的心理情绪。他所着力表现的，是银幕上传奇环境中的传奇人物那种热烈粗犷、舒展豪爽的生活情状，以及“天生一个伟丈夫”（“我爷爷”）与“天生一个奇女子”（“我奶奶”）那种强悍的生命意识和追求自由的精神气质。

第二，改编者在创造性地把文学形象转化为银幕形象时，应始终忠实于电影艺术自身的特性，忠实于电影语言的特殊表现形式，忠实于视觉形象的造型思维规律。

乔治·布鲁斯通在论述改编原则时，说过一句很精辟的话：“重要的不是影片摄制者是否尊重他所根据的蓝本，而是他是否尊重自己的视觉想象。”① 张艺谋也有言：“电影首先必须是电影自身，拍电影要多想想怎么拍得好看。”他当然也很欣赏日本导演黑泽明的悲壮，欣赏瑞典导演伯格曼的深沉，但他似乎更佩服美国导演斯皮尔伯格“把电影拍得那么好看，把观众弄得神魂颠倒”，这就是说，他在改编《红高粱》时，始终注重的是忠实于电影艺术自身，他要调动自己所娴熟的电影艺术的特殊表现手段把影片“拍得好看”。为此，他“只把小说看成一堆未经加工的素材”②，在他看来，大致相同的生活素材，可以被纳入小说形式，也可以被纳入电影形式。但一经“被纳入”，即被创作主体加工提炼而形成一定艺术形式的一定的艺术内容，这内容已不再是素材了。他坚持从忠实于自己视觉想象的特殊角度对小说提供的素材加以筛选、提炼、加工，以形成电影《红高粱》的银幕形象系列中感人至深的主体段落——

“颠轿”。小说第五章中，莫言依据当地的习俗写道，新娘出嫁时，“轿夫抬轿从街上走，迈的都是八字步，号称‘踩街’，这一方面是讨主家欢喜，多得些赏钱；另一方面，是为了显示一种优雅的职业度：踩街时，

①乔治·布鲁斯东：《从小说到电影》，中国电影出版社 1982 年版，第 19 页。

②贝拉·巴拉兹：《电影美学》，中国电影出版社 1978 年版，第 280 页。

步履不齐的不是好汉，手扶轿杆的不是好汉，够格的轿夫都是双手叉腰，步调一致，轿子颠动的节奏要和上吹鼓手们吹出的凄美音乐，让所有的人都能体会到任何幸福后面都隐藏着等量的痛苦。轿子走到平川旷野，轿夫们便撒了野，一是为了赶路，二是要折腾一下新娘，有的新娘被轿子颠得大声呕吐，脏物吐满锦衣绣鞋：轿夫们在新娘的呕吐声中，获得一种发泄的快乐。这些年轻力壮的男子，为别人抬去洞房里的牺牲，心里一定不是滋味，所以他们要折腾新娘”。这段夹叙夹议，有动作、有画面、有声音的描写，与张艺谋的银幕造型思维特征及其优势很合拍，他觉得“这场戏不但不能割舍，而且一定要下功夫拍好”。他对莫言描写的“踩街”以及这之后花了千余字来叙述的“颠轿”的具体过程，似乎都不是照拍不误，而仅仅是由此诱发了他将其转化为视听形象的艺术内容的灵感和冲动。显然是为了表现生命的力量和做人的潇洒，也是为了“拍得好看”，他着意于“颠”。但银幕上究竟怎么个颠法？莫言没见过，把小说里描写的拍起来也不够带劲。张艺谋到山东一带农村去打听，都说早年间有过这习俗，但现在的人都未亲眼见过。于是，他便展开了视听想象思维的翅膀，大胆地“创造民俗”，他把这场戏“放到荒无人烟、尘土飞扬的旷野”中，要求演员“一定要颠得很快乐、很舒展”，不仅把它当“民俗”，而且把它当“生命的欢乐舞蹈”，还创造性地自编了这段“颠轿”戏的全部音乐、舞蹈和唱词。银幕上，由轿把式“我爷爷”领头，七八条坑坑洼洼的粗嗓发狂似的唱起了节奏鲜明的“颠轿曲”，八条健腿左扭右拐，四副肩背起伏跌宕，前进后退，左呼右应，声交色融，煞是好看。颠到得意处，时而是轿中的“我奶奶”悲切之至，那不屈于封建礼教对命运的戕害的反抗个性隐隐呈现；时而是轿外“我爷爷”与草泽之民狂欢之至，那“野”性勃发时对“我奶奶”的肆意捉弄与人性复苏时对“我奶奶”的同情护卫……这一切竟拍了近600呎，达整整10分钟，堪称银幕上的华彩乐章。

从总体上讲，这场戏成功地以富于张艺谋个性化、风格化特色的电影语言，讲究造型，强调表现，声、光、色、形都作了艺术加工，部分影像无疑是夸张了的；但从细部来看，这场戏又讲究真实，强调再现。正是这两者恰到好处地和谐统一与审美把握，使银幕形象产生了特有的美学张力，使观众不仅在鉴赏心理上认同了“颠轿”的可信性，而且不由自主地被带进人的生命活力与精神自由的高远意境，奠定了整部影片的哲理内蕴和美学品格的基调。

《红高粱》剧照

“野合”。小说中，莫言在第八章以充溢着浓烈的主观情致和富于浪漫主义韵味的叙述语言，描写了“奶奶和爷爷在生机勃勃的高粱地里相亲相爱，两颗蔑视人间法规的不羁心灵，比他们彼此愉悦的肉体贴得还要紧”的情景。张艺谋在银幕上，“没有很实地去拍‘我爷爷’和‘我奶奶’如何在高粱地里男欢女爱”，他认为“这场戏的神韵是体现爱的欢乐和神圣”，因此，当画面上展示出“我爷爷”发疯似的踩平一块高粱地后，接着的镜头便是：

（中—全）我爷爷走上前，再次用有力的胳膊，稳稳地夹抱起我奶奶，朝高粱深处走去，我奶奶不再挣扎，任凭他拖去。

（特）我奶奶泪水满面，仰天缓缓倒下。

（全）绿海中，被踩倒的高粱秆形成一个圆形圣坛。仰面躺着的我的奶奶一动不动，我爷爷在一旁跪下。

（中）狂舞的高粱。（叠化）

（近）狂舞的高粱。（叠化）

（中）狂舞的高粱。（叠化）

（全）狂舞的高粱。（叠化，高速）

这里，银幕上的“声”——心跳似的击鼓声和呐喊似的唢呐声拔地而起；“画”——风中狂舞的高粱叠化奇观栩栩如生。这不仅拍出了精美的、生机盎然的画面，而且声画结合，传递出强烈的人类求生存、求爱情、求自由的生命活力。镜头先是贴近地面仰拍，那株株随风摆动刷刷低语的高粱骚动不安的活力，那缕缕闪烁其间的灿烂阳光令绿海披上一层金黄外衣所显示的生命动感，岂不就是人的精神自由的象征！接着，镜头变为居高临下俯拍，“我奶奶”仰面躺在圆形圣坛上，纹丝不动，“我爷爷”双膝跪下，祷告上苍，他们之间炽烈的爱情和旺盛的生命，表现得灼人心扉！被誉之为中国电影史上的“经典性镜头”，诚不为过。

此外，还有“祭酒神”“火拼鬼子”“娘，娘上西南”等精彩段落，限于篇幅，不能在这里一一赘述。张艺谋正是靠这些段落，连缀成了银幕上大气磅礴、挥洒自如的富于个性化风格化的影像系列画面，出色地表现了弘扬人的生命和精神的自由解放这一中国文化的艺术精神真谛的主题。从中不难看出，张艺谋在改编《红高粱》时，始终忠实于电影语言的特殊表现形式和视觉形象的造型思维规律，善于博采新时期电影语言现代化探索进程中的成功经验。

《红高粱》既吸取了20世纪70年代末以《小花》为代表的一批创新之作在被称为“时空美学”的探索阶段中，寻求新的电影语言，注重形式美的营养，同时又抛弃了这批作品中往往存在的唯美倾向。它既吸取了80年代初以《邻居》为代表的一批努力贴近生活的佳作在所谓“纪实美学”的引入阶段中，注重影像的真实性的营养，同时又摆脱了这批作品有时过于拘泥于生活原貌的局限。它还吸取了以《一个与八个》《黄土地》发端的“探索片”在被称为“造型美学”的耕耘阶段中，注重追求影像的表现性的营养，同时克服了这批影片常常过于人为地淡化故事情节、观赏性欠强的弱点。前两者是超越他人，后者是超越自己。唯其如此，《红高粱》的电影语言令人耳目一新，它在电影改编观念上的新突破，在新时期中国电影的发展历史上具有重要的意义。

（本章执笔：仲呈祥）

第七章 // 市场化以来的中国电影（1990—2013）

第一节 概 述

当下的中国电影基本摆脱了市场化、产业化初期由于“中国式”大片畸形垄断而造成的结构单一、模式同质、故事刻意的传播困境和审美疲劳，呈现出了题材多样化、风格差异化、类型多元化的创作动向。但回顾中国电影的市场化发展之路，不可谓不艰难、不崎岖。

这一阶段，伴随着电影市场化的深入发展，中国电影行业可谓风起云涌。

从创作群体上来说：曾引领影坛风骚的“第五代”创作群体在市场化的浪潮中纷纷转型，力图寻求市场下的艺术出路。新崛起的“第六代”与“六代后”创作群体在饱尝了电影走下艺术神坛，还原为文化消费品的无奈之后，既有如贾樟柯、王全安等坚持描摹底层社会生态、反思文化激变的创作者，也有坚定地走上了商业创作之路的电影人；而更新的一代电影人，他们更加熟悉电影市场运作，更适应当下类型融合的多元发展趋势，创作风格也更加自由、灵活。

从创作现象上来说：主旋律的国家叙事经历了从精英宏大叙事到民族情怀与个人表达相结合的转型；“第六代”创作群体对边缘群体、边缘文化的关注，对纪实美学的进一步探索，以及对小众文化与市场表达如何结合的探索取得了一定成就；自《英雄》而刮起的“大片”风潮，自《甲方乙方》兴起的“贺岁档”创作现象，“第六代”创作群体对中国电影市场的发展和崛起，其功有目共睹，但后期形成的畸形垄断，形式单一，其对艺术多元化的发展之弊也不言自明。

目前，中国电影基本保持了以类型片创作为基础，支持艺术探索与类型创新的可持续的多元发展格局。虽然确实仍然存在“唯票房论”、娱乐化、媚俗化，甚至扭曲价值观等诸多问题，但不可否认的是中国电影正在大步流星地走在发展的道路上。可以说，中国电影已经迎来了发展的黄金时代，同时也走到了继往开来、承前启后的历史转折处。如何继续更好地推动中国电影整体的持续化、跨越式发展，行业结构的科学化、规模性升级，市场配置的合理化、全面性调整，以及电影品质的专业化、精致度提升，这些都是未来中国电影发展中必须思考和面对的问题。

第二节　国家叙事的变奏与英雄的重塑

一、重大历史事件中国家叙事的变奏：《大决战》《我的1919》

《大决战》

关于重大革命历史题材的电影创作，在20世纪80年代中后期有两件标志性的事件发生。一件是1987年7月，成立了以丁峤同志为组长，包括党史、军史、影视等各方面专家、学者共十人组成的重大革命历史题材影视创作领导小组。小组负责组织、领导与规划重大革命历史题材影视的创作，这标志着重大革命历史题材的创作进入了历史新阶段。另一件则是自1988年起，广电部、财政部开始为拍摄重大题材故事片提供资助资金，其中，重大革命历史题材是重点资助对象之一。有序的组织领导、大力度的政策扶植，再加上90年代大局观、求稳定的意识形态背景，多方因素共同作用，推动了重大革命历史题材的创作，使之于90年代进入了一个繁荣期。

由八一电影制片厂于1991年摄制的建党七十周年献礼影片《大决战》①三部曲就首开革命历史巨片的先河，兼具史诗性、纪实性和文献性，

①《大决战》（1991）编剧：史超、李平分、王军；导演：李俊、杨光远、蔡继渭、韦廉、景慕逵、翟俊杰等；主演：古月、苏林、马绍信、赵恒多、卢奇、郭法曾、路希等；出品：八一电影制片厂。

可谓重大革命历史题材创作史上里程碑式的作品。它直接催生了之后的《大转折》《大进军》等系列影片，形成了20世纪90年代主流战争片独特的类型样式。以《大决战》为代表的此类创作有着明显的“国家电影”特质。这里的“国家”不仅指影片题材上的国家属性，更指其由国家规划、国家投资、国家电影厂制作、国家院线系统放映的特殊运作机制。在作品质量上，“国家电影”对重大历史事件的表现和重要领导人物的塑造在作品质量上都有严格规定，这也决定了此类影片在创作旨求、作品立意、美学风格等方面的独特性。

在《〈大决战〉导演自问自答》一文中，总导演李俊明确指出，《大决战》是一部“政论性的历史片”，它必须“通过真实的历史，揭示出国民党失败、共产党胜利”“绝不是个简单的军事指挥问题，而是政治上的成功或失败的继续”①。《大决战》的编剧之一史超也在创作论谈中提到“《大决战》写什么，如何写？中央领导同志及时给了我们正确的指示”“关于《大决战》的立意。一开始中央军委就明确提出要求：要突出反映毛泽东的军事思想，反映毛泽东高超的军事指挥艺术。”② 由此可见，作为“国家电影”的《大决战》，在故事讲述中有其必须完成的任务和必须回答的问题，即必须要真实还原历史事件，展现敌我双方决策层和指挥层斗智斗勇的过程，展现前线战场上普通士兵的英雄事迹；必须在历史事件中塑造出领导人物鲜明独特的形象；同时，还必须回答为何解放战争我军必然胜利、国民党必然失败这一历史问题。因此，纪实与诗意相结合之史诗性和史中树人之传记性的兼顾，审美和意识形态表达的双重追求便成了《大决战》系列影片的鲜明特色。

《大决战·淮海战役》是《大决战》系列影片的第二部，讲述的是人民解放战争进入战略进攻阶段后，我军如何凭借60万兵力战胜国民党80万大军，打破蒋军中原会师的企图，取得淮海战役的胜利这一中心事件。

影片的叙事时间为1948年11月至1949年1月，与历史事件保持基本相同的时间跨度。这便要求影片在保证叙事连续性的前提下，通过压缩叙事，最大限度地完整复原历史事件，使观众能够完整地了解淮海战役的全过程。在叙事结构上，《大决战·淮海战役》以真实历史为前提，在敌我

---

①李俊：《〈大决战〉导演自问自答》，《当代电影》1992年第2期。

②史超：《〈大决战〉的立意》，《文艺研究》1992年第3期。

二元对立的大架构上，根据战争发展的进程采用多条线索齐头并进，决策层、指挥层、前线多层次立体展示的方法展开叙事。在《大决战·淮海战役》中并没有一个完整的贯穿情节，人物的情感线也紧紧依附于战略思想的演进，没有构成独立线索，这与以往的战争叙事有很大的区别。这样的叙事结构虽然情节点分布相对较散，却形成一种冷峻的纪实风格。从华野围困黄百韬兵团，到中野强攻宿县，从刘、邓、陈等组成的总前委指挥中野和华野全歼黄百韬兵团到围困黄维兵团，从堵截杜聿明部队、全歼黄维，再到分割包围傅作义部、全歼杜聿明集团，整个淮海战役的历史过程如画轴般逐步铺开展现，这种建立在史实时间上的叙事结构强化了我军一步一步走向胜利，而国民党军队一步一步走向溃败的历史过程感，仿佛历史事件的复活再现。

在冷峻纪实的同时，《大决战·淮海战役》并没有就战写战，局限于史实的复述。创作者通过不同线索的交叉叙事，有力把控着作品的节奏，同时确切地将情节与诗性细节相糅合，使得作品的气势在战事演进的呈现过程中逐步酝酿，形成了作品磅礴、恢宏的史诗风格。

为了表现我军决策层和国民党军决策层的对抗与斗争，影片将我军在西柏坡的淮海战役总部署会议和国民党军在南京的徐蚌会战的部署会议进行了交叉剪辑。在这一叙事段落中，西柏坡这一叙事空间被设计得狭小、简陋却具有生活气息，在会议刚开始时还插入了停电的小细节，以突出环境条件的艰难。与此相对，南京的会场则设计得冰冷、庄严，会议开始时还特意强调了蒋介石仪式化的入场，这便营造了场景空间氛围上的对照。在具体展现毛泽东和蒋介石的战略总部署的序列中，蒋介石首先气势十足地回顾了当年党军攻占徐州逼退清帝，自己于徐州战场讨伐北洋军阀、二次北伐的辉煌历史。毛泽东则实事求是地分析了蒋介石集结所有优势兵力于中原战场拼死一战，此战是赌国家命运、军队命运的战略决战，但是绝不能手软。蒋介石最后断然一言，“会战兵力是八十万对六十万，优势在我”，镜头剪辑到西柏坡，毛泽东则说，“六十万对八十万，这是一锅夹生饭，夹生就夹生，也要把它吃下去”。两条叙事线索交叉剪辑，蒋介石只字不提对方的综合兵力，倚仗自己军队在人数上的优势，骄蛮之气十足；毛泽东则细致分析了敌我双方的综合兵力情况，细致中又有决断，他拍板要打扩大的淮海战役，积极作战。这两条线索的交叉对比，将这一段落的节奏推快，积聚酝酿，增强了叙事的气势和力度。

影片中，创作者还用了大量的写意段落配合叙事，使得纪实性的历史叙事有了史诗之韵。如在影片的开头和结尾，相互照应地使用了一轮红日下万马齐喑、群起奔腾的镜头，寓意着革命之力正如这涌动的马群一般生机勃勃，势不可当。片尾还将这一写意性镜头与情节巧妙融合：毛泽东知道为自己养马的老侯同志病逝的消息后，他依偎着小青马流下了悲痛的眼泪。小青马被放开，在草原上肆意驰骋，领起片尾的万马之奔腾。同时，这一情节还与片中杜聿明部在徐州城中下令杀马的情节形成潜在对照。如此，写意与纪实、抒情与叙事无缝结合、自然流畅，使得影片既体现出真实、细腻的史之风范，又具有豪迈、宏阔的诗性气质。

作为一部战争题材的电影，讲清楚作为故事主体的战争是首务，但对于《大决战》系列电影来说，还存在一个如何在史中树人的问题。

首先，要树重要领导人物。《大决战》中牵涉的重要领导人物众多，不可能按照领袖个人生平传记式的结构，设置一条独立贯穿的情节线，围绕几个重要人物，集中展开故事，以突出表现重要领导人物的丰富性格。而是通过塑造领导人物的群像，在战争叙事中通过战略思想的演变及篇幅有限的细节来体现领导人物的独特性格，这便是《大决战》在史实叙述中兼树重要领导人物形象的方法。在《大决战·淮海战役》中，创作者不仅浓墨重彩地展现了毛泽东、周恩来、朱德等人的军事韬略和人格魅力，也以简洁的篇幅将邓小平、刘伯承、粟裕等前线战将的性格特征刻画得淋漓尽致。以邓小平为例，影片中突出的是他以大局为重，灵活而又不失气度的谋略家形象。在与陈毅的一次交谈中，他提到了当年自己在法国留学巧妙躲过法国警方通缉，提前撤往苏联的逸事，影片在谈笑之间将邓小平性格中灵动的成分凸显出来。后来在双堆集围堵黄维兵团时，敌我双方兵力悬殊，我军纵队领导向邓小平争取兵力之时，邓小平则一改温和的形象说："不要再争了，只有我们三个了，只要消灭了那些敌人主力，花多大代价都值得，不要说一个纵队拼光了，就是整个中原野战军都拼上，照样过长江，解放全中国!"这样一个情节，既体现了他的大局思想，又活现了邓小平性格中刚毅的一面。影片对这些细节切入点的准确把握将领导人物战略思想的演变、性格特质的展现以及内在情感活动的表达融合于一处，以最精练的笔墨勾勒出人物形象，传人之神以述言外之意。

其次，要树战斗在一线的官兵形象。在对战场进行表现时，烟、火、土、血所构成的震撼视觉效果是必需的，但战争的细节质感却必须通过对厮杀斗争中人的表现才能体现。讲述战争的故事不是对暴力的怀念，而是在对困境中人的因信仰而生发的坚韧，对其在逆境中勃发的生命力的敬畏。片中有这样一个情节：坦克炮弹在我军阵地上炸开后，一个士兵从焦土之下探出头来，耳边是震后的轰鸣，血漫过他的眼帘，眼前的一切都成了血红色，包括朝他开来的敌军装甲车。他不顾抹去头上的鲜血，将仅剩的手雷扔向敌军的坦克，就这样炸毁了敌人的一辆坦克。淮海战役中正是成千上万这样的士兵浴血奋战，用手雷和油桶改装的土大炮粉碎了敌人机械化部队的进攻，取得了战争的胜利。影片中还有一个特殊的士兵形象，这便是最初在国民党军中当通讯员立功，后又听闻土改的消息带头起义的丁小二。这个人物的塑造不仅和前面由毛岸英出场牵起的土改线索交会，在细节上构成了连续性，扩大了影片叙事的信息量，而且还突出了战士个体，不管他们身处哪个阵营，他们作为一个中国普通农民在性格本质上的淳朴和坚韧。

最后，还要树支前人民的群像。淮海战役是解放战争中规模最大的一场战役，也是人民力量体现最明显的一场战役，陈毅曾形象地说，“淮海战役的胜利是用独轮车推出来的”。建立在这样的史学基础上，《大决战·淮海战役》也特别在战争叙事中，突出了对人民群像的刻画。影片所表现的支前队伍中有一个三代上阵的家庭，他们风雨兼程地为前线运送补给，却不幸在夜间遭到了敌人的袭击，家中的父亲牺牲在手推车旁。然而，家人却顾不上悲痛，第二天就戴孝继续前行。白色的孝服在风中倍显萧肃，家人神情悲愤，目光坚定。这样的叙事段落与被包围的徐州城中国民党军在黑市上兜售干粮、武器，得不到人民一点补给支持的情形形成了鲜明的对照，更突显了国民党不为民拥、颓势难挡的历史命运。

以《大决战》为代表的战争巨片具有明显的国家电影特质，史诗性与传记性兼顾，注重创作的社会意义与历史意义，成为 20 世纪 90 年代重大革命历史题材创作的代表性类型。90 年代是重大革命历史题材创作的高峰期，从《开天辟地》《秋收起义》到《长征》《七七事变》再到《周恩来》《开国大典》，此类创作所反映的内容几乎涵盖了中国革命的全部进程，以鲜活的影像重现了我们党循历史之必然规律，一路浴血斗争、艰难建国的史实，实现了诗性再现历史、塑造英雄形象的叙事职能。

《我的 1919》

《我的 1919》① 是黄健中导演在 20 世纪 90 年代的一部作品。本片以“巴黎和会”为中心事件，是我国重大革命历史题材中较为少见的以国际重大事件为直接叙事对象的一部影片。黄健中作为第四代导演的代表人物，其作品代际特征明显，他虽然经历了 80 年代的艺术求索和 90 年代的商业尝试，但作品中的国家民族情结和浪漫格调却不曾彻底改变。进入 90 年代，在电影逐渐面向市场转轨的大背景下，黄健中导演的创作理念较之前有了很大转变，他曾形象地说：“过去就算只有一个观众，我也为他拍。现在我要更看重那九十九个，为那九十九个拍。”② 虽然黄健中曾在创作中多次提及“表现事业时不对政府哗众取宠，表现爱情时不对观众哗众取宠”的创作坚守，但如何均衡处理商业取向、意识形态需求和艺术表达这三者之间的关系却绝非易事，这也是这一时期的导演所普遍遇到的难题之一。从这个角度而言，《我的 1919》便成了探究这一阶段重大革命历史题材作品创作转型的绝佳个案。

《我的 1919》是新中国成立五十周年的重点献礼片，在创作伊始便确立了要围绕着“五四”运动做文章的基本要求。怎样在老题材上讲出新故事，创作者另辟蹊径，将目光投向了“五四”运动的起因——“巴黎和会”的失败上，把国内轰轰烈烈的运动置于此背景之下，区别于以往同类型的创作，切入点具有新意。

在核心事件的叙述上，虽然影片表现的是“巴黎和会”那段牵涉多国、关系错综复杂的历史，但创作者并没有采用传统那种表现重大历史事件所惯用的多条线索平行推进、力求展开历史全貌的叙事结构，而是以外交官顾维钧的视角为切入点，讲述了他代表中国出席“巴黎和会”的所为所见。这种个人化的历史表述，使影片得以以主人公顾维钧为结构核心，为“巴黎和会”这条主线铺设一条贯穿的心理情感线索，提高情节密度，赋予历史细节，增强叙事力度。影片开始采用顾维钧第一人称的回忆展开叙事，并将顾维钧的独白串联全片，不过，创作者并没有用这种内聚视角

①《我的 1919》（1999）编剧：黄丹、唐娄彝；导演：黄健中；摄影：张中平；主演：陈道明、何政军、修宗迪、许晴等；出品：西安电影制片厂。

②黄健中：《风急天高——我的二十年电影导演生涯》，作家出版社 2001 年版，第 271 页。

讲述整个故事，整部影片绝大多数叙事段落采用的还是全知视角，以此展现历史事件的全貌。

个人化的历史讲述还有一个问题尤其值得探讨，这便是应当以怎样的历史意识去面对个人的记忆（本片重要的创作素材来源是哥伦比亚大学顾维钧“口述历史”资料整理出版的《顾维钧回忆录》），如何对史实进行选择和处理。以个人视角叙述历史有较大的自由度，《我的1919》在表现“巴黎和会”会场上的外交斗争时，一改同类影片的冷静与沉稳，在开始便设计了顾维钧以怀表借题发挥智辩日方代表的情节。这场戏峰回路转，具有极强的戏剧性，同样也充满了浪漫的想象感，尤其是在他慷慨陈词后，多国代表争相与之握手的情节，更像是借“巴黎和会”这一舞台上演的维护国家民族尊严的表演。与此类似的情节安排还有片尾顾维钧的当场拒签，“弱国无外交”，原本在帝国主义势力压制下的无奈弃权之举，在片中却被强化成对帝国主义第一次说“不”的英雄行为，这样的浪漫想象的确能让观者在观影时热血沸腾，但于历史叙事上，它有损于历史的厚重感，在人物的塑造上也过显刀斧痕迹。

影片中，顾维钧是叙事的核心，创作者的主要意图便是要展现这位曾在法兰西土地上为国家民族尊严而在国际舞台上大义奋争的外交官，让观众认识这位外交奇才。与顾维钧的冷静与克制相对照，革命先锋的代表肖克俭的行为却显得激情有余，谋略不足。在影片最后，肖克俭牺牲，通过自焚来抗议帝国主义巨头对中国尊严与利益的无视。虽然肖克俭在烈火中身披民国五色旗，坐在英、法、美三国的国旗上的场景通过音乐和多角度镜头的渲染显得高度仪式化，但叙事倾向却偏向顾维钧，让观众认同正是他的拒签行为才决定性地维护了国家尊严，这便颠倒了史实因果——历史中是“五四”运动浪潮的紧逼才最终导致了“拒签”的结果。可见，正是创作者对历史人物的偏爱造成了历史意识的偏颇，从而使得影片叙事偏离了历史精神。

另外，影片的叙事中让娜和梅这两个人物的设置也存在有待商榷之处。在片中让娜以在战争中没落的法国贵族形象出现，让她表现出对贵族约束的叛逆，并多次让她开口说出对战争的憎恨并无法强化创作者意欲表达的战争对人性的扭曲。她与顾维钧若即若离的情感附庸在主情节线上，并没能帮助表达顾维钧的性格特征。至于许晴扮演的梅这一角色所承担的叙事功能就更少，她的出现既未能影响叙事走向，也没有拓深顾维钧、肖克俭之间的人物关系，成为影片叙事中的一个美丽的赘余。

不过，《我的1919》对国家民族尊严的表达具有明显的国际化视角和现代意识，这是本片在历史意识的表达中值得肯定的地方。影片创作于新中国成立五十周年之际，当时的中国经过二十余年的改革开放，逐步打开国门，融入了国际化的发展趋势。当我们面对纷繁多变的世界发展格局时，我们需要立于世界的民族之林，在世界强国面前坚定不移地维护自己的尊严，《我的1919》正是体现了这种时代需求。本片在强调国家民族尊严神圣不可侵犯的同时，还以顾维钧、肖克俭为代表强调了个人在维护国家民族尊严中的重要性。对于当时实力逐渐强大但在国际舞台上却常处于被动状态的中国而言，此种国家理念的表达是有力而新颖的——在固有的国家实力情况下，只有作为独立个体的中国人在国际交往中克谨自爱，国家民族才能获得尊严。

二、民族情怀的个人化表达:《紫日》《岁岁清明》

《紫日》

《紫日》① 是第五代导演冯小宁执导的战争三部曲的收官之作。冯小宁所执导的《红河谷》《黄河绝恋》《紫日》三部曲虽然都是主旋律题材，但也是最彰显其个人风格的作品系列。“战争与和平”是艺术创作的永恒主题之一，对于艺术家而言，战争不仅是展现历史风云际变的宏阔空间，而且是一个上演人类意志、情感、灵魂交错斗争的舞台。冯小宁一直反对将自己的作品定义为“战争片”，强调其作品通过历史表述而对人类未来命运所进行的思考，但不可否认的是，战争的确为其所要表达的关于人与人、国与国、文化与文化之间关系的反思提供了最具戏剧张力的时空环境。

主旋律题材创作中的国家叙事，尤其是历史叙事，其基本要求便是构建一个影像世界并在其中澄明现实存在的合法性基础。冯小宁虽身属第五代导演创作群体，但不同于此代际的大多数导演，他对历史反思的角度并非边缘化的，而是主流的，正如他在《紫日》创作论谈中所提到的那样，

---

①《紫日》（2000）编剧：冯小宁；导演：冯小宁；摄影：冯小宁、冈强、郑杰；主演：富大龙、前田知惠、安娜·捷尼拉洛娃、王学伟；出品：上海电影制片厂。

《紫日》剧照

“表达大多数人对历史的共有感觉”才是他的创作动机。客观地说，冯小宁对战争的表达确实受到中国传统战争片的深刻影响。他曾坦言，《英雄儿女》《红色娘子军》《甲午风云》等一系列影片对他影响非常深远，老一辈对战争的表现与思考他要继承发扬。① 如此看来，在《红河谷》中宁静所饰演的藏族头人的女儿在山头上面对英军的枪口依然放声高歌的场景，与《英雄儿女》中王成站在山顶向战友们高呼“向我开炮”镜头的神似便不足为奇了。不过，虽然有所继承，与传统战争片的叙事相比，冯小宁对战争的表达还是烙有强烈的个人风格。传统战争片既包括“十七年”时期和“文化大革命”时期所拍摄的《英雄儿女》《董存瑞》《南征北战》《闪闪的红星》等系列影片，也包括新时期以来所创作的以《西安事变》《开国大典》《大决战》为代表的一系列作品。这些影片作为一个整体展现了革命先辈在枪林弹雨中前赴后继、不懈斗争，最终建成新中国的艰难历程，构成了一部气势宏伟的银幕史诗。但由于特定历史环境和政治需求，

①贾磊磊、冯小宁：《永不言败——冯小宁访谈录》，《当代电影》2002 年第 2 期。

这些创作也有自身的局限性。这些影片多采用不变的敌我二元对立的架构模式，线索单一，多讲述我军在与敌人的斗争中从弱到强、从失败走向胜利的故事。最重要的是，在这些战争叙事中，由于对战争正义和战争胜利的强调，往往掩盖了战争的残酷和对个人造成的伤害，缺乏对战争辩证性的思考。冯小宁的作品则不同，他不仅极力表达反法西斯战争的正义性，同时也表现出战争的残酷以及对人性的戕害，在高扬正义之旗的同时，通过对战争的反思和人性的表达在传统战争片的基础上迈进了新的一步。

作为“战争三部曲”的最后一部，《紫日》与前两部影片在结构模式上有一脉相承之处，不过叙事风格却更加质朴。少了夺人眼球的民俗展现，也略去了浪漫的跨国恋情，《紫日》更着力于对战争、人性的反思和对民族意识的表达。在“战争三部曲”一如既往的精致语境背后，影片的思想性却是愈加厚重的。

《紫日》将叙事空间置于东北的大兴安岭，通过一路逃亡的行程串联叙事，精心选择的故事空间蕴含着多重用意。《紫日》中，壮美的森林、草场与湖泊成为杨玉福、娜佳和秋叶子三人逃亡的背景。在冯小宁的“战争三部曲”中，“行走”是串联其影片叙事的核心线索。《红河谷》中，女主角从献祭的仪式逃到雪山连绵的青藏高原，构成影片叙事的总线索。《黄河绝恋》的故事主体就是安洁和黑子护送欧文到解放区一路上的遭遇、见闻。冯小宁为三人精心设计了万里长城—太行山—陕北农村—壶口瀑布的线路，每一个地理符号都蕴含着深刻的文化意蕴，潜藏着意识形态的言说。《紫日》也是一样，在大兴安岭无边无际的原始森林所构成的大的环境背景下，三位主人公经历了从日军占领区—森林、草场—日军占领区的环形行走路线。

这种叙事空间的设置是有多重用意的。从视觉效果而言，学美术出身的冯小宁对视觉元素极为敏感，色彩丰富、层次鲜明的原始丛林为电影叙事增添了形式上的美感。从叙事层面而言，由森林、草场、湿地、湖泊所构成的立体自然环境为秋叶子落水、突遇草场大火，娜佳丛林迷路、遭遇老虎等情节提供了合理的情节空间。然而更重要的是在意蕴哲思的层面，对于秋叶子而言，她带着杨玉福和娜佳在迷宫一样的丛林中所绕的一个大圈也隐喻了她自己在人性的迷思中所绕的一个大圈。她本是一个涉世未深的纯洁少女，在军国主义的煽动下却可以不顾性命，带着“敌人”走入雷区。经过在森林中的这一场逃亡，她才最终意识到侵略战争的非正义性以

《紫日》剧照

及对其他民族所造成的灾难，开始忏悔自己的所作所为。对于杨玉福和娜佳而言，这片“从来没有人能活着走出去”的森林正像战争对他们造成的伤害，幽闭可怕、无处可逃。就像影片中娜佳所言：“森林好像永远没有尽头，似乎这个世界只剩下我们三个人，唯一感到是外界的仍然是天空，不过这对我们仍没有实际意义。”要想从战争中求生，只能奋起反抗，与像紫日一般没有生命力的法西斯正面对峙。

从叙事语态上来说，《紫日》通过主人公杨玉福和娜佳的回忆引出叙事，他们作为第一叙事者进行主观叙事。这样的叙事语态正是叙事形式上强化了作品于大历史中寻找历史细节，关注宏大战争对具体个人之影响的创作主旨。在这两位叙事者的讲述中，三位主人公在森林中的逃亡是叙事主线，在其中又穿插了每个人过去的经历。整个影片中存在杨玉福、娜佳的主观视角，以及全知视角这三大叙事语态的交替以及现在、逃亡以及逃亡之前三大时空的交错，这构成了《紫日》宏大的叙事结构。以杨玉福老人的叙事段落为例，老人在片头出场，在影片中以画外音的形式贯穿，通过不动声色的讲述冷峻地展现了那一段残酷而无常的战争经历。在讲述展开的历史段落中，秋叶子将三人带入了日占区，导致娜佳的战友触雷身亡。在躲过日军追击之后，娜佳让杨玉福用刺刀杀了秋叶子。杨玉福举起刺刀走向满眼惊恐的秋叶子，镜头推近杨玉福充满怒火的眼神，在他一声痛苦的吼叫下，镜头闪前，回到了他在山东老家所经历的悲惨场面：日军为了给新兵练胆，将杨玉福和他的母亲绑住，他亲眼看到自己的母亲被日军用刺刀活活戳死，发出了撕心裂肺的怒吼。镜头回到森林中，杨玉福最终没能下得了手。过去时空的插入展开了杨玉福过去的故事，这不仅丰富了相对单一的“逃亡”叙事，而且深层次地再现了战争对人的摧残，为主人公在逃亡中的种种行为提供了可靠动因。

从人物关系上来说，《紫日》打破了战争叙事惯用的二元对立的关系格局，采用三方四角的人物矩阵，于多样的人物关系中立体化地塑造了人物性格。在《紫日》中，杨玉福是叙事的核心人物，与他站在对立面的是日本侵略者一方。娜佳作为助手形象出现，与杨玉福共同构成一方。日本女生秋叶子本属于对立方出现，但经过逃亡过程的精神洗礼，她被战争所摧残、扭曲的人性逐渐觉醒，在人物关系中成为独立的一方。秋叶子身上所体现的复杂性正体现了创作者对战争和人之间关系的深刻反思。

在这三位主人公里，杨玉福的经历体现了个体在战争中所受到的精神和肉体摧残，但他刚强、淳朴的本质和人性中悲悯同情的部分让他于极端环境中依然能够顽强坚守、宽厚待人。娜佳的经历则表达了战争的无常，瞬间便能打破生活的平静和幸福，逼迫人拿起武器与之对抗。秋叶子的经历是最为复杂也最意味深长的。影片中反复出现的八音盒道具是她与少年恋人大西分别时的礼物，她本是一个纯真美丽的少女，但在军国主义的意识形态灌输下，她也走上了战场。战争最终扭曲了她的性格，在血腥残酷的冲突下，极端民族主义的因子进一步深入他的骨髓。她是一个被战争摧残的鲜活生命，同样也是战争的牺牲品。在与杨玉福和娜佳的逃亡过程中，两人一次次的拯救和观照让秋叶子再次看到了人性的温暖、希望。秋叶子的经历既体现了战争的暴力与残酷，又体现了人性升华的可能，这让影片突破了对爱国主义、英雄主义的简单宣教，充满了思辨价值。

《岁岁清明》

《大劫难》《岁岁清明》《兰亭》这三部影片构成了第五代导演肖风的“抗战三部曲”。这三部影片在同类题材的创作中独树一帜，体现了导演强烈的个人风格。回顾20世纪80年代中国第五代电影创作群体的发轫之作，大部分都以抗战为背景对战争、人性与民族性等主题进行深入反思。近三十年后，在商业逻辑逐渐占据创作理念主流的行业环境，肖风导演重拾这些复杂深刻的主题，体现了对第五代创作传统的回归。不过，重拾并不意味着重复。在“抗战三部曲”中肖风导演以独特的视角切入战争，通过新奇的叙事结构和个人化的影像风格表达了他对战争、人性和民族性的理解。正如肖风导演在创作论谈中所提到的“战争摧毁生活，让生活没有了安宁；战争撕碎爱情，使爱情没有了永恒。在人性的觉醒中，战争的真相才能清晰——它就是人类的耻辱”①。

《岁岁清明》② 将叙事空间设置在了灵秀婉约的江南城市杭州，这在抗战题材的创作中并不多见。地域环境决定当地人的气质与性格，三部曲中的第一部《大劫难》的故事发生在关东，虽同是抗战，但杭州草翠茶香间的故事必然不同于东北冰天雪地中的故事。

《岁岁清明》并没有从影片开始就对抗战进行正面叙事，而是将战争置于背景之中，选取阿敏和逸白之间朦胧、美好的少年情感作为切入点，在藏与露之间完成了对战争的反思。影片的前七十分钟只字未提战争，紧紧围绕着阿敏、逸白、天巧三人之间的情感关系进行叙事。在青翠的茶林和山那边的西湖、杭州城所构成的叙事空间中，淡淡的茶乡生活就围绕着看茶、炒茶、捂茶、烧水泡澡和大兔子背媳妇的传说从容舒缓地展开。直到影片后二十分钟，战争才借着“阿敏误会逸白叛变当了汉奸”这一契机走向了前景。通过前半部分从容不迫的叙事将大背景引出，用战争打破日常生活的节奏，将情感上的剧烈变动与情节上的激变同步，这种风格化的叙事不仅有力渲染了情感，同时也放大了对战争的严肃思考。仅仅走向前景二十分钟的战争是这部电影的“戏核”，也是这部电影的思想之核。前面叙事所克制的情感在这二十分钟里集中爆发——质朴善良的阿敏可以容忍心上人另娶他人之痛，却绝不能容忍他背弃民族的行为；年轻柔弱的茶商捉不住一只兔子却敢痛骂、枪杀日本鬼子。在情感爆发的同时，影片对战争残酷的反思，对民族大义和情怀的张扬，也在逸白牺牲时嘴角的微笑

---

①李博：《拍战争片是希望人类远离战争——访电影〈兰亭〉导演肖风》，《中国艺术报》2013年5月8日第8版。

②《岁岁清明》（2011）编剧：程晓铃；导演：肖风；主演：钱佩怡、盛翔、王永春、安峰等；出品：杭州诗情画意文化传媒有限公司、华夏电影发行有限责任公司。

和暗处阿敏嘴角渗出的鲜血里被无声地表达了出来。正如前面所提到的，《岁岁清明》所选择的切入点是国难当头普通青年的情感与生活。这一切入点的选择探入民族情感和性格的深处，恰到好处地彰显了地域气质和民族精神。前半部分关于茶乡生活的叙事，充分体现了传统儒家文化的中庸平和、茶文化的包容淡雅以及民俗文化对祖先的缅怀尊崇、对民族性格的滋养。因此，当叙事进入高潮，日军残暴践踏这如诗如画的江南水乡时，逸白少爷看似羸弱却内心刚强的“杭铁头”形象才愈显勃发和可贵。阿敏在逸白牺牲后，每年清明都来到他坟前祭奠，她从年轻挺拔逐渐到年老佝偻的身影不仅象征着爱情的永恒，也潜在地表达了一种民族精神的绵远流传。这种细腻、温婉的情感表达方式充分体现了我国传统美学的特征。正如片尾创作者所表达的那样，这个故事是缅怀我们的先辈，我们与先辈之间这种血脉相连的关系以及由此生发的民族凝聚力也正是借由清明这一民族化的仪式为载体，不断重复和巩固。

《岁岁清明》的个人化风格还体现在它反差与对撞下所产生的特殊美学品格。这部作品前后两个段落无论是叙事结构、人物塑造、影像风格还是情绪表达上都有巨大的反差，也正是这种反差让作品有了别具一格的气质。

首先，从叙事结构上来说，《岁岁清明》的叙事结构委婉曲折，先抑后扬，反差强烈。前七十分钟的叙事是故事的开端和发展部分。在这前半段中，上山看茶、下河捕鱼、烧水洗澡等叙事段落不断重复，情节节奏舒缓，矛盾分散，正如茶乡与世无争、世代相继的生活一般。在这种平静和谐的生活中，逸白和阿敏之间的情感也逐渐酝酿。后二十分钟的叙事是故事的高潮和结局部分。敌机轰炸的声音打破了乡间平静的生活节奏，入赘到大山深处的八叔在轰炸中丧生，清明时节本该来买茶、娶亲的逸白少爷也未如约而来。几日之后，好不容易盼来逸白，没想到他竟然是带着日本人来喝茶。愤然的阿敏不愿再为逸白烧洗澡水，将他骂走，却又意外地在茶林里看到伪装成“汉奸”的逸白原是抗日英雄。不过，一切都为时已晚，逸白最终牺牲了，挂着嘴角最后的一抹微笑。在这一部分中，前面叙事中的所有小序列都未能顺利重复，叙事的节奏完全被打破，就像平静的乡村生活被残酷的战争击得粉碎一样。娓娓道来的叙事突然石破天惊，暴力摧毁在带来震惊的同时也引来了生命力的爆发，这便为人物性格的转型提供了合理的环境、背景。

其次，从人物性格上来说，反差既体现在阿敏和逸白这两个人物之间，又体现在两人前后性格的对比之中。阿敏生长在乡野之间，性格质朴而热辣，与读过“洋学堂”的逸白斯文、阴柔的气质形成鲜明对比。这种性格对比构成的戏剧张力，在第一次阿敏带逸白上山看茶时，便体现得淋漓尽致。在上山的这一路，阿敏时跑时闹，基本处于镜头的前景。当她跑下山坳与八叔对峙的时候，逸白干脆跑到青石凳上躺下睡着了。阿敏找到偷懒的逸白时，又气又喜，在树下轻声骂他茶老虎、小浑蛋，而逸白则继续佯装睡着。通过两人性格之间的对比，自然形成了叙事上的张力和趣味。

战事爆发，国难当头，生活在“人间天堂”的普通人也难逃此劫。阿敏在见到逸白“叛变”并且让她给日本人泡茶之时所呈现出的难以抑制的愤怒，与之前所表现的淳朴天真、包容大度形成了鲜明的对比，她的阳刚之气也在这一瞬间升华。逸白本是一个柔弱文雅的茶商公子，但在亲历日本人残杀其全家的惨剧后，他也在急速成长。当他有勇有谋地消灭日本鬼子之后大义凛然地微笑赴死之时，尹逸白崇高的英雄品质也在前后对照之中更显鲜活可信。不过，无论是阿敏还是逸白，他们个人性格发展变化的脉络虽然前后反差鲜明，但其质的规定性是不变的，这便是蕴藏在善良和坚韧之中固有的民族血性。另外，《岁岁清明》中人物性格的转折与民族矛盾的表达是交融在一起的。人物性格的丰富性在复杂激变的压力环境中展现，创作者对战争正义与非正义的价值判断也在这一转折中得到了充分彰显。

最后，从影像风格来说，影片前后两段在色彩运用和镜头语言上也有明显区别。影片前半段的画面色彩明丽，茶树的翠绿构成了影片的主色调。在阿敏带着天巧上山看茶时，两人撑了一把鲜红的纸伞在翠绿的山间走动，这里红色虽然也隐隐映衬了两人对峙关系所带来的不安情绪，但在赏心悦目的山景和青翠欲滴的茶树间，这一点红色更让观众体会到的是仿若世外桃源般的山水诗情。后半段则恰恰相反，在前半段常以一身白衣出现的逸白少爷这次首先冲入阿敏主观视角之中的却是扎眼的黄色军裤。黄色在这片青山绿水之间显得如此格格不入，正如日本的侵略行为，打破了农人淡然的生活节奏，预示着灾难的到来。从镜头语言上来说，前半段为了表达阿敏与逸白两者之间若即若离的关系，镜头常常是躲闪的、非直接的。影片极少使用正反打镜头表现两人之间的交流，两人即使处于一个画框之中也绝少面对面的构图，更多的是阿敏处于前景、逸白处于后景，使用焦距的变化来表达两者之间的关系。而在后半段中，镜头风格直接干脆，镜头甚至摇过被逸白枪杀的几个日本军官的尸体，与前面隐约、唯美的镜语风格构成了对比。尤其是逸白慷慨就义的段落，镜头更是完整地表现了他被日军残忍绞死时身体的扭曲和如注的鲜血染红土地的情景。日本侵略者血腥、残暴的行为将美好的东西毁灭殆尽，前后反差的语境渲染了这种美与善被戕害的悲壮，放大了影片带给人的震撼与反思。

导演肖风在《岁岁清明》中通过对抗日战争的独特表达，开辟了此类题材创作的一条个性化程度很高的道路。他将战争藏入背景，以小的切入点切入叙事，摆脱了传统抗战叙事中将敌我二元对立的民族矛盾置于第一位即“就战写战”的陈规。同时，他的叙事深植中国传统文化之中，没有靠简单的“民族大义”四个字化解一切矛盾，而是深入探究传统文化对人物性格的作用力，去找寻先辈为何能在危难关头牺牲自我、挺身而出的深层动因。人物性格必然受民族性格之影响，民族性格则是文化基因的产物。《岁岁清明》的叙事通过对传统文化和美学风格的回归，体现了一种民族文化的自信——中华民族的韧性和国人的意志正是民族文化中一脉相传之物。这种深刻的底蕴与影片独特的叙事架构融合在一起，就形成了肖风导演令人耳目一新的个人化美学风格。

三、英雄的重定义——新英雄主义：《相伴永远》《香巴拉信使》

《相伴永远》

《相伴永远》① 是第四代导演丁荫楠继《孙中山》《邓小平》之后执导的第三部伟人题材的传记片。这部影片讲述的是李富春、蔡畅这两位革命家相濡以沫的爱情故事。在同类题材的创作中，《相伴永远》是中国电影史上第一部以爱情为着眼点、为伟人作传的影片，导演丁荫楠剑走偏锋的视点选择为伟人形象的影像表达带来一次新的突破。首先，影片对李富春和蔡畅这两位革命前辈情感的描绘是与他们的革命烽火征程有机融合的。

①《相伴永远》（2000）导演：丁荫楠；编剧：顾保孜；主演：王学圻、宋春丽、苏岩、苗皓钧等；出品：北京电影制片厂。

这种将个人情感置于时代洪流中进行讲述的叙事方法区别于一般的爱情叙事，保证了特殊题材影片的历史厚重感。更重要的是，将两位主人公的情感置于前景，将笔触探入革命英雄的日常生活，细腻表现了他们情感深处的波动起伏，这更有利于展现伟人精神世界的全景，还原一个活生生的英雄形象。在历史中探索诗情，这正是导演丁荫楠的伟人传记片区别于其他同类题材作品的关键所在。正如丁荫楠自己所言："我总是试图去探索这个作为领袖和政治家的主人公的内心情感和精神活动、他的人生历程和爱与恨的深度……因为只有真正把这个历史中的人凸现出来，重大历史才能获得艺术上的再现。"

为了造就作品的史诗气质，丁荫楠所创作的伟人传记片，其叙事时间的跨度一般都比较长。影片《孙中山》从主人公青年时期一直讲述到他离世为止，时间跨度三十余年。《邓小平》一片从20世纪70年代讲述到90年代，前后所涉时段也有二十余年。《鲁迅》一片，虽然集中讲述了主人公逝世前三年的故事，但影片中插入了他与孔乙己、狂人、阿Q等文学形象的超现实会面，仿佛当下与过去的对话，将时间感拉长。《相伴永远》这部影片的时间跨度尤其之长，故事从两位主人公巴黎相恋讲起，经过香港的地下工作、东北的战斗经历，最后讲到两人在北京的"文化大革命"岁月，前后跨度超过半个世纪，完整地再现了二人相伴走过的人生历程。

全景式的人物表达要求在有限的篇幅中交代极大的信息量，这便决定了影片不可能刻板沿用传统的高度集中的戏剧式结构。《相伴永远》以叙事空间的变化为线索，使用板块结构展开叙事。全片分为四个板块：第一板块是两人在巴黎的相识与相恋。这一叙事段落篇幅较短，叙事节奏明快，镜头运动丰富，剪辑速度快，突出了青春的激情与浪漫。第二板块是在香港的地下工作。此段叙事以一场暗夜中李富春与叛徒的枪战开始，影调阴冷，镜头剪辑干脆果断，渲染了地下工作的紧张氛围。第三板块是两人在东北的战斗生涯。这段故事发生在新中国成立前夕，革命斗争胜利在即。男女主人公虽因革命工作分居两地，但情绪是昂扬激动的。在东北大捷之后，画面中充满了鲜艳的黄色和红色，烘托了此段落欢快的叙事节奏。最后一个板块是二人的"文化大革命"时光。在这段叙事中，男女主人公眼见新生的国家陷入混乱，他们的情绪是痛苦、沉重的。导演所使用的多是固定镜头，镜头长度偏长。在悲剧性的冲突中，叙事节奏也慢了下来。板块化的叙事以点带面，淡化了叙事的戏剧性，造就了作品诗化的风格。

丁荫楠在他第一部传记电影《孙中山》的创作论谈中曾经写道："平衡的不如不平衡的，完整的不如不完整的，说清楚的不如不说清楚的，单纯的不如复杂的，后者往往更受群众喜爱和欢迎。"① 整不如缺，实不如虚。在丁荫楠后来创作的一系列的作品中，实史虚写、虚实相生的叙事手法被娴熟地运用于多处，形成了他独特的艺术风格。在《相伴永远》中，第一板块关于李富春、蔡畅两人在巴黎相识、相恋、一起斗争的叙事中并没有涉及太多历史事件。创作者着力描写的是两人的情感交流和心理状态，如李富春、蔡畅在咖啡馆初次见面的浪漫，在李富春住处同读小说的心意相融以及最后不得不与孩子分离时的撕心裂肺。即使是在表现革命史实——法国留学生在驻法公使馆前的示威游行时，导演也刻意使用了大写意的笔法，截取了表现周恩来、蔡和森、李富春、蔡畅等人在革命运动中慷慨激昂、不畏强权的几个短镜头，快速剪辑起来，不纠缠于历史细节，将主人公年轻时代的意气风发、挥斥方遒表现得淋漓尽致。在第四板块中，由故事发生的历史背景所决定，影片的叙事节奏是缓慢的，氛围是凝重的。创作者并未将过多的篇幅放在对重大历史事件的正面表现上。如影片对"二月逆流"的描述，斗争两派分别从画左和画右入画，形成运动上的对撞力量。重要人物一个个从轿车上下来，下一个所接的就是李富春在家中愤怒地要摔烟灰缸的镜头。至于会上双方如何斗争的过程细节则统统略去。这样的叙事手法虽然在情节上看来是残缺的，但通过后续李富春和蔡畅二人在家里争吵的叙事段落的补充，作品对主人公心理层面的表现却是立体而完整的。当然，追求诗化风格并非意味着绝对的删繁就简。在《相伴永远》中也存在大量完整的叙事段落。不过这些段落也往往避实就虚，以表现李富春、蔡畅二人的精神状态、心理波澜为核心。在第四板块中，毛主席要求李富春写检查，李富春坚决不写，在家中心情复杂而苦闷。冬夜里家中暖气坏了，他关心蔡畅，让秘书把大衣给她送去，自己在椅子上睡着了。蔡畅夜间去探望他，心疼地将大衣又给他披上。李富春夜里醒来，看见身上的大衣，想起当年在巴黎的种种，又点上了烟。没想到，他不知不觉中睡着了，结果烟头点着大衣，引起了一场不大不小的火灾。火被扑灭后，李富春、蔡畅两人对视良久，相拥而泣。"着火"这一

---

①丁荫楠：《〈孙中山〉影片制作构想的美学原则》，《当代电影》1986 年第 5 期。

段落虽是虚写，却准确描摹出了二人当时的心理状态。“说清楚的不如不说清楚的”，着火的不是一件大衣，而是整个国家。在这样人人自危的情势下，他们自然苦闷难当，但两人能够相守，成为对方最坚实的依靠。总之，在《相伴永远》中，创作者用板块式的结构，删繁就简，避实就虚，以心理、情绪为连接手段，运用大量心理描写和闪回镜头来渲染情绪，构成了一部形散而意凝的电影诗。

丁荫楠的作品中向来表现出对生死主题的迷恋，在《相伴永远》中，丁荫楠也浓墨重彩地表现了李富春之死。1975 年，李富春病重入院被隔离，蔡畅只能隔着玻璃与他相望。在他生命的最后时刻，两人只能用纸笔交谈。影片中所有渲染气氛的音乐都安静下来，只剩两人写字、翻纸和呼吸的声音。当李富春在纸上用法文写下“我爱你永远”的字样时，两人隔墙相拥。之后，李富春轰然倒地，为相伴永远的誓言画上了完满的句号。丁荫楠在创作论谈中曾谈道：“从审美意识上讲，我觉得牺牲是美的，奉献是美的，悲怆也是美的，我喜欢歌颂悲怆的奉献与牺牲。”①《相伴永远》中正是李富春之死这柔中带刚的凄美一笔，将影片的情绪和诗意推向了顶点。

《相伴永远》中还有一点颇值得玩味，这就是影片的叙事语态。对于限制较多的伟人传记片创作而言，选择怎样的讲述方式，讲述怎样一个伟人，这是一个较为棘手的问题。如将丁荫楠所创作的《孙中山》和《周恩来》对照起来看，我们可以发现对于不同性质的传记对象，丁荫楠所采用的叙事方法是不同的。影片《孙中山》充分体现了创作者剪裁历史、辩证评判伟人的叙事的主观性。而《周恩来》这部影片则紧贴史实，叙事的客观性较强。这是因为导演要表现的不仅是一个“自己理解的周恩来”，而且是“广大人民心中共同怀念的周恩来”。《相伴永远》中，丁荫楠则采用了重孙女的口吻来复述历史，这便赋予了历史重述一定的自由空间。

《香巴拉信使》

《香巴拉信使》② 是一部以全国劳动模范王顺友的生活事迹为原型而创作的影片。王顺友是四川省凉山彝族自治州木里藏族自治县邮政局“马班

---

①王人殷主编：《电影不断被我发现・丁荫楠研究文集》，中国电影出版社 2002 年版，第 87 页。

②《香巴拉信使》（2007）编剧：俞钟；导演：俞钟；主演：邱林、尔玛依娜等；出品：北京紫禁城影业公司、峨眉电影集团。

邮路”的一名乡村投递员，他连续二十余年坚持在恶劣的自然环境中跑邮路，为居住在不通电话、不通公路的边远地区的乡亲们传递外界信息，往返跋涉 26 万多千米。2006 年王顺友入选“感动中国十大人物”。导演俞钟创作伊始接到的便是北京紫禁城影业公司交给他的这样一个“命题作文”。

进入 21 世纪以来，随着电影市场化程度越来越高，以英雄模范事迹为题材的主旋律作品创作的处境愈加尴尬起来。在国内外一批大制作的商业电影的竞争下，大量此类型创作难以走向院线，实现与观众的沟通、交流。这类型创作中普遍存在的“模式化”“说教味浓”的缺陷也妨碍了此类影片在观众中形成规模的影响力。压力之下必引起转型，从革命历史题材的《张思德》到现实题材的《沉默的远山》，惯常政治化的宏大叙事逐渐转向细腻的个人表达。选择大时代中的小人物，开辟大事件的小角落，寻找普通人的英雄性，这成了英模题材主旋律作品创作的一个方向。

《香巴拉信使》剧照

俞钟所拍摄的《香巴拉信使》正是主旋律创作转型的代表之作。这个故事中并不牵涉重大的政治事件或领袖人物，主人公只是一个行走在乡村邮路上的普通邮递员，他所面临的问题也只是送信、带物，至多是向领导多要匹马这样的日常生活问题，创作中明显的政治含义被淡化。整部影片树起的是王大河这个人物形象。他并非一个有伟大历史功绩的伟人、完人，但他有自己的理想追求和优秀品质，在特殊环境下能凭借秉性和坚守做出他人难以企及的事，观众为之所感动并引起共鸣，这便是新英雄的形象。要塑造这种英雄形象，归根结底是要摆脱题材决定论的思维，去写一个具体的人。并非所有英雄都是整齐划一的，每一个创作都要挖掘主人公最深层的精神状态，表现其最独特的性格与命运。

《香巴拉信使》是一部以“邮差”为主人公的影片，从好人好事的立意到人性温暖的呈现再到邮政行业表达的倾向，《香巴拉信使》的意义表达可谓相当丰满。可贵的是，创作者以主人公的人格魅力表达为核心，将这些细节的表意单元串联了起来，既在职业功能中塑造了人物性格，又通过对主人公的塑造表达了人与人之间交往的丰富性。如王大河虽住在逐渐走向“现代化”的县城里，却甘愿二十余年行走在艰险的山道上做最原始的递信人，这样的举动很多人难以理解，影片通过他在乡村上的种种遭遇给出了最好的回答：他能二十多年坚持走下来，与他的自尊心和职业崇高感是分不开的。在邮路上的他是外界信息的使者，能够与地方领导共同讨论政府政策，能够实实在在改善乡村人民的生活，是乡亲们信任、追随的对象。送信看似是王大河在履行职业义务，实际也是他寻找自身价值和尊严的过程。如果将他在县城里的生存状态与他在乡里村间的状态相对比，这其中欲说还休的复杂意味就更加明显。他在县城里的生存状态是窘迫的：儿子王小河读书不上心，家中平时仅靠妻子一人料理，经济上也拮据。跑邮路的马——“金龙”病了，局里却没钱再换一批新的马。他在庆祝自治州建立四十五周年的广场集会上的手足无措，正是对他在现代社会略显窘迫的生存状态的写照，与他在邮路上所受英雄般的礼遇形成了鲜明对照。人的性格决定从业态度，职业也造就了人的生存和精神状态，创作者这样便在职业功能的叙事中完美实现了对人物性格的塑造。同样，“寻找王雨生”这一核心情节所表达的意义也并不是单纯的。如果仅作为职业功能的叙事而言，他只要找到王雨生，将信送到了，职业义务便履行完毕。但故事并非到此为止，职业的特殊性让他成为政府的代言人，他必须还得把王雨生带到县城。翔秋（王雨生）因为结婚的问题被留下来，他为了把这位大学生带出大山，不惜与村长老扎西发生矛盾，甚至请来乡长助阵，最后写下“保证书”才将王雨生带走。这个核心情节彰显的是王大河的人格魅力，是对人性温暖的集中表达，但在叙事中也掺杂了政府与群众沟通、人与人之间交往的微妙性。

从结构上来看，《香巴拉信使》影片并不复杂，就是通过找人、带人这一核心事件和一条行走路线，串联起若干其他事件，表现了王大河的人生状态。这种类似公路片的结构，情节线索虽简单，却在剧作上体现了一种结构上的规整。这种规整并不是模式上的复制，影片从头到尾虽然连缀了很多细节、人物，但没有一个是赘余的，几乎所有细节都可以前后呼应，形成了结构上的完整性。如影片开始，创作者剪辑了多个人对王大河所作出的一句话评价，这种对主人公的立体呈现并不是与情节发展断裂开来的，评说之“言”与情节之“行”的合一，形成了影片意义和结构上的双重完满。又如，王大河在县城街上询问花椒价格，在接到通知时问局长什么是白内障，到了乡里便表现得无所不知一般向乡亲们提供外界行情，还跟乡里领导解释白内障为何病。这种前后照应，既使得情节结构严密一体，又在叙事上、简洁中构成了趣味性。

“寻找王雨生”的贯穿情节虽然没有多线交织的复杂，但也一波三折，满足了观众结构上的期待。且看以下对此贯穿情节的叙事提炼：“到村上小组找王雨生未果”——“王扎西可能是王雨生”——“王雨生到了芽租乡”——“翔秋才是王雨生”——“回村找翔秋，翔秋却在芽租乡”——“回芽租乡后，翔秋却又到了洛水村”——“洛水村找到翔秋，她却即将结婚”。在这一叙事段落中，叙事循环几起几落，情绪几伏几涨，王大河的路程也几往几返，故事的兴味正体现在这曲折的结构中。另外，从性别身份上来看，寻找王雨生的过程还有一层特别的意味在里面。构成误会的两个名字也意味着两种不同的身份，意味着留下来和走出去这两种不同的命运。王大河找到王雨生，这一封信、一趟路便改变了一个人的命运，从某种程度上也给了翔秋选择自己身份的机会。即使创作者在情节架构上并未主观注入此种理念，这种深层意义的解读也建立在影片一波三折的情节结构上。

影片《香巴拉信使》采用了纪实性风格，所有参演演员都是非职业演员，镜头也以中全景为主。虽然纪实的风格赋予影片一种生活原始感，但创作者并没有全片都严格按照纪实风格来结构情节、安排镜头。在对日常生活真实表达的基础上，创作者也努力地寻找戏剧性的元素。《香巴拉信使》中有一些段落的戏剧性相当强，镜头语言非常活泼。如在老扎西家开会的段落，几次从族人的争论场面到王大河茫然表情的镜头切换，趣味横生。最后，族人群起将王大河赶出院子，镜头跟拍着被推搡的王大河，甚至有些夸张的喜剧风格。除此之外，影片中还有王大河路中丢猪，偷抱家中的猪仔等细节，也为人物的性格增添了几分小人物的喜剧色彩。

导演俞钟在谈到影片的纪实风格时曾说过，他本来想采用纯粹的纪实风格，但是又害怕这样的风格把观众推开了。于是，他尽量在片子里增加了一些戏剧性因素。从影片形成的最终风格效果来看，导演的创作旨求算是基本达到了。大段落的纪实性表达再现了人物的真实生存状态，实现了在大的环境背景下塑造人物形象。戏剧性元素的合理安排则形成了戏剧结构的带入力量，有助于将观众与所讲故事的距离拉近。

第三节　市场化转型中的“第五代”

一、陈凯歌的两次创作转向：《霸王别姬》《梅兰芳》

《霸王别姬》

20 世纪 90 年代，中国经济结构的巨大转型对文化思潮和社会风貌的影响愈加明显。精英文化的式微和大众文化的兴起似乎成了不可逆转之势，随之而来的是社会整体价值观念、情感诉求和审美取向的应时转变。在这样的社会背景和文化氛围下，电影创作不仅在美学风格上逐渐开始了转向，在投资、制作、发行等一系列运作环节上也发生诸多变化。作为当时电影创作的主力，以执着理性、冷峻的文化反思为代际特征的第五代导演也开始了整体的创作突围。事实上，早在 20 世纪 80 年代末，国内就有一批电影厂在香港电影的影响下，开始尝试学习好莱坞式的电影模式。张艺谋所执导的惊险片《代号美洲豹》（1989）和主演的动作片《古今大战秦俑情》（1990）便是这一特定时期的产物。不过，张艺谋的这两次冒险尝试并未探索出一条新的创作路径，张艺谋曾坦言，香港的拍片方式不对他的路子。于是他后续的创作，如《菊豆》（1990）、《大红灯笼高高挂》（1991）等，便又回到了类似《红高粱》（1989）的民族奇观化表达。在摆脱对香港——好莱坞模式的亦步亦趋后，他的一系列创作虽然引起了学界的一些争议，但从总体而言，既赢得了不少国际赞誉，也受到了国内观众的普遍认可。不同于第五代后起之秀的张艺谋，从《黄土地》（1984）、《大阅兵》（1986），到《孩子王》（1987）再到《边走边唱》（1991），陈凯歌的作品一直保持着较为纯粹、个人化的文化反思，并未过多地考虑观众接受、市场效益等因素。不过在新的创作形势下，他也开始了创作上的探索和转型，《霸王别姬》① 便是陈凯歌在新态势下的转型之作。

从行业运作上来说，《霸王别姬》是一部由台湾投资，集聚内地、香港优秀主创力量，经由香港发行、推广的合拍影片。在当时，合拍是内地艺术电影创作的一大趋势。陈凯歌的上一部作品《边走边唱》便有海外投资的背景，而张艺谋包括《秋菊打官司》《活着》在内的一系列影片也有港台的资金注入。陈凯歌之前的创作，虽然在国际上引起了普遍的关注，但从未获得过主要的电影大奖，而《霸王别姬》这部作品一经问世便获得了戛纳电影节的大奖。若暂将“后殖民性”等问题搁置一边，《红高粱》《大红灯笼高高挂》《霸王别姬》等一系列影片凭借国际电影节所开辟的国外市场，从客观上拓宽了我国电影的生存空间。

《霸王别姬》采用了回归经典电影的史诗剧架构，长达三个小时的影片依照典型的历史时期被分成了六个段落，每个段落用字幕隔开，情节上有跳跃，类似戏剧幕与幕之间的隔断。整个影片以段小楼、程蝶衣在“文化大革命”之后北京的重逢开始，采用倒叙手法，展现了两人百转千回、纠缠不清的人生故事。戏中的程蝶衣人戏不分，而影片最宏观的架构上便也隐喻了人生如戏的基本主旨。

《霸王别姬》整体上由京剧、三人的情感纠葛、中国近代史上一系列重大历史事件这三大类叙事元素构成。

首先，从历史叙事上而言，在李碧华的原著中，她虽然将段小楼、程蝶衣两人的个人经历置放于一个个激变的历史关头，增强了故事的戏剧性和现实感，但总体上历史紧迫感与人物心理动因之间没能形成密切的关联。陈凯歌在改编时取了原著角色之间的矛盾和问题，同时为了给人物故事提供一个更加稳固的平台，他强化了剧作的历史底子。虽然陈凯歌在关于《霸王别姬》的采访中强调，这部影片的主题并不是历史，他更感兴趣的是在史诗背景前活动的人，但扎实的历史叙事展现了人物的生存状态，

---

①《霸王别姬》（1992）编剧：李碧华、芦苇；导演：陈凯歌；主演：张国荣、张丰毅、巩俐、葛优、英达等；出品：汤臣（香港）电影有限公司。

这对人物行为的动因提供是极为重要的。段小楼、程蝶衣等人性格的形成，原因不在其他，正是其所处的具体历史环境中，多种话语力量扭曲、塑形的结果。如在“文化大革命”这一叙事段落中，政治事件不是卡通化的荒诞背景，而是揭示人物性格真相的压力情境。在火堆旁几人相互揭发的戏，通过极端情境揭示了人性之复杂，同时这场戏也暗示了，如果说性格的畸变导致了人生悲剧的话，那么捏造性格的也正是历史那双不可控的大手。《霸王别姬》选择将故事结束在 1977 年，而不是像原著一样以两人 1984 年在香港相遇又分离为结局，也与“文化大革命”这段扎实的历史叙事有关。在“文化大革命”这段惨烈的经历后，菊仙干净地赴死了，程蝶衣也彻底从戏中醒来。霸王已经不在，他既无法接受戏外的自己，也无法接受荒诞的现实。终于他选择了仪式化地自刎，解脱了自己，真正“从一而终”。

其次，从情感叙事上来说，《霸王别姬》架构了程蝶衣—段小楼—菊仙这样的三角关系。故事围绕着自我与秩序、艺术与生活、忠诚与背叛、女性与男性这几组相互交融的对立关系展开，情节复杂，同时还牵连了近十个次要人物。但是，透过复杂的情节编织和夺人眼球的性别想象审视《霸王别姬》，陈凯歌虽然有所克制，但在其中还是延续了他自《黄土地》以来便开始的、对自我和秩序之间关系的反思主题。《黄土地》中以翠巧爹和顾青分别代表传统和“公家人”这两种秩序，只是自我觉醒的翠巧最终沉河的悲剧，使得这两种秩序在生存的窘境面前陷入了无解。《霸王别姬》则以程蝶衣为中心，通过他与其他人物的关系构成，反复重复着自我与秩序的主题。如在他与段小楼的关系中，从小对他关照有加的大师兄正是理想的秩序代表，他对段小楼戏里戏外的依赖正是他对秩序的追寻。他从小自知男儿郎之身，只是从断六指、烟锅捣嘴、被张公公强暴等一步步被秩序所改写。他的“不疯魔不成活”，是对艺术的忠贞，也是对“霸王”所象征的理想秩序的主动献身。他最终戏梦大醒，别了身边的假霸王，以“自个成全自我”的自刎仪式，从忠诚与背叛的主题上而言，相对于段小楼有道德上的优越性。但是，从自我与秩序的关系上来说，他对自我的坚持也不过是一种被秩序改写了的自我的坚持，这其中存在着更深层的悲剧性。

《霸王别姬》剧照

最后，《霸王别姬》中京剧元素的运用也是意蕴深远的。它并不仅仅是作为一个视觉上的民俗符号存在。从叙事层面而言，它是三个主要人物三十余年的人生中重要的共同经历。三人的关系是通过京剧建构起来的，在故事发展的关键进程中，京剧起到了决定性的作用。从哲思意蕴层面而言，京剧所构成的艺术影像对于主人公程蝶衣而言是一个区别于现实世界的理想生存空间。对京剧的忠诚，对虞姬女性身份的坚守和他对自我秩序的致死不渝是合一的。影片中第一次出现《霸王别姬》这部京剧时，也是小豆子第一次被“唱戏”迷住之时，决定要成“角儿”。第二次关师傅讲这出戏的时候，小豆子接受了“人要自个儿成全自个儿”这个他坚守了一生的信条。在他们成名之后，段小楼和程蝶衣更是多次登台演唱《霸王别姬》，每次登台的细微差异都与历史背景和两人的情感纠葛有密切关系。直到“文化大革命”中，两人被押游街相互揭发的戏，也是穿着歪七扭八的《霸王别姬》戏装上演的。最终，程蝶衣选择了在最后一次与师兄同演《霸王别姬》之时死在戏中。以“戏中戏”形式在这部影片中出现的京剧在作品表达“人戏不分”“人生如戏”的主旨意蕴中构成了核心意象。

《梅兰芳》

进入21世纪以来，以《英雄》为肇端，令人耳晕目眩的“大片”浪潮迅速兴起。在2000年前后，随着引进市场的逐渐放开，好莱坞电影迅速抢占了绝大部分市场份额。在国产电影面临着生存困境之时，“大片”以产业资源集中的形式，为中国电影重新带来了票房，扭转了产业颓势。但在“大片”创作初期，由于同类题材的批量化复制以及电影创作者对“奇观”效果的过度追求，内容上现实精神与历史厚度的缺失几乎成为此类创作的通病。2005年，陈凯歌也以“东方奇幻史诗电影”《无极》加入了“大片”创作的浪潮。然而由于“玄学性”的主题表达、混乱的叙事线索以及暧昧不清的人物性格，《无极》不仅未如陈凯歌所愿，借靠“大片”的形式继续进行其所擅长的银幕哲学反思，而且未能获得一般观众的认可。陈凯歌的“大片”试水并没有获得想象中的成功，再次转型势在必行。回看上一次陈凯歌从《边走边唱》到《霸王别姬》的转型，后者获得成功的关键便是陈凯歌适当克制了个人风格的玄学性思考，专注于复杂故事的讲述，从而使影片的寓言性变得单纯可辨。2008年，陈凯歌带着与《霸王别姬》有着众多相似之处的《梅兰芳》① 重返“大片”市场。影片清新而又不失稳重的传统文化气质在当时浮华成风的大片创作中独树一帜，陈凯歌也凭借《梅兰芳》实现了华丽转身。如果说《霸王别姬》的成功使得他和张艺谋一起成为20世纪90年代中国电影在国际市场的名片的话，那么《梅兰芳》的成功则为中国“大片”创作多元化样态的探索做出了有力的贡献。

从叙事结构上来说，《梅兰芳》按照时间顺序，以大伯在临死之前给梅兰芳写的一封信为贯穿线索，分三个段落讲述了梅兰芳的人生故事。影片第一段落讲述的是少年梅兰芳的故事，其核心情节是他与十三燕的擂台一战。少年梅兰芳大胆革新，以时装新戏《一缕麻》战胜老派名角十三燕而一举成名。第二段落讲述的是梅兰芳访美以及与孟小冬的情感纠葛。盛名之下的中年梅兰芳为了京剧艺术，为了“座儿”，放弃了与孟小冬的恋情，以房产做抵押赴美演出，终大获成功，为京剧争得了国际声誉。第三

①梅兰芳（2008）编剧：严歌苓、陈凯歌、陈国富；导演：陈凯歌；主演：黎明、孙红雷、余少群、王学圻、章子怡、陈红、英达等；出品：中国电影集团公司。

段落讲述的是抗战时期梅兰芳蓄须明志，拒绝为日本人演出的故事。1937年抗战全面爆发后，他携全家逃到上海。他不顾当时日本人的威逼和邱如白的相劝，为了“大大方方地提拔唱戏人的地位”坚持不复出为日本人唱戏，直到抗战胜利才重新登上舞台。

从叙事时间上来说，影片第一段落的叙事从清朝统治末期开始，第三段落的故事以抗战胜利为结点，叙事时间跨度前后约五十年。为了在有限的篇幅中实现大信息量的叙事，创作者所截取的是梅兰芳一生中典型阶段的三个故事，段落与段落之间的时间并不连续，情节也有跳跃。创作者凭借相对独立的三个段落实现了对梅兰芳形象的立体塑造。

如果说，影片通过“纸枷锁”的隐喻所表达的“人”要在束缚中不断冲突求索以求艺术上的开放、人格上的独立和生命的自由是作品的主旨的话，那么这三个段落则从三个不同的角度讲述了梅兰芳一生为了挣脱“纸枷锁”所做出的努力和挣扎，也以此构成了人物的立体性格。

第一段落中，少年畹华要挣脱的“纸枷锁”是传统。他与十三燕的一战关键在于观念上变与不变之争。不过，人生并非像选择题一样简单，每一种困境都有复杂性，每一次选择都存在着左右为难的尴尬。“纸枷锁”每个人都能看到，困难的是挣脱之后对结果的承担。传统的代表十三燕并非不知道变中所蕴含的生命力，他选择了不变，这是为了不“朝三暮四”以保住伶人的尊严。梅兰芳选择了变，这一选择需要勇气，选择之后又要有所担当。从他以生命来表演的那一刻起，他的生命就不再属于他自己，而属于艺术。在这一段落中，他看似挣脱了传统的束缚，实际却正如他大伯所预言的，是放弃了自己“凡人”的权利，套上了艺术的“纸枷锁”——这也构成了梅兰芳在第二段叙事中所面临的核心困境。

第二段落中，梅兰芳与孟小冬之间产生了精神相通的深刻情感，孟小冬的出现让他第一次感到不再孤独。然而，正是这份“孤独”成就了梅兰芳的艺术，这份凡人的情感即便再温暖，也只能是横亘在梅兰芳与艺术之间的一道障碍。真正让孟小冬退出、让梅兰芳“发乎情止乎礼的”并不是世俗的压力，而是攫人心神的艺术本身。舞台留给人的空间很小，想要留在上面唱下去，就必须有所舍弃。在孟小冬离开后，梅兰芳在家中流下的泪水与他两次在后台的瑟瑟发抖不同，这不是软弱，而是在两难选择后必然的彻骨之痛。

有此一选择作为铺垫，在第三段落中，梅兰芳在国家民族尊严和艺术生命之间所作的选择意味就更加深远了。在最后一个叙事段落中，梅兰芳所面临的选择困境已经不是我们惯常熟悉的生命与民族尊严这一模式。从他放弃与孟小冬的爱情之举便可以看出，在艺术生命之前，他可以放弃自我，生命又何所惜。在抗战期间，邱如白对梅兰芳的苦心劝说并非道理全无。他说，“难道德国人占领了英国，英国就不演莎士比亚了”“打仗的事，几年就一次，但京戏不能断啊”，意旨便在于不愿看到梅兰芳为了一时的尊严而放弃了艺术生命，因为梅兰芳的艺术是与整个京剧的艺术生命联系在一起的。然而，梅兰芳的尊严也是与国家、民族尊严联系在一起的，梅兰芳坚决不复出为日本人唱戏，选择了国家、民族尊严而非艺术生命，这里的大义已经超出了个体生命的范畴，而是关于人生信念的选择。

严格地说，《梅兰芳》并不算一部写实的真人纪录片。影片中许多关键细节与真人史实都相去甚远。如第一叙事段落中虚构的人物十三燕，虽然在他与谭培鑫之间有着种种影射关系，梅兰芳也确实曾与谭培鑫擂台相战过，但梅兰芳并非因擂台相战才扬名梨园，这与史实出入较大。再如，影片想象性地对邱如白与梅兰芳初次相见的场景进行了颇具意味的表现，这与故事原型中人物的关系也是相去甚远的。更不用说，第二段落中对梅兰芳和孟小冬的情感表达与历史上两人曾经结婚的事实之间有分歧。另外，从艺术成就来说，梅兰芳先生是在新中国成立后才达到艺术巅峰的。他的《贵妃醉酒》《宇宙锋》《游园惊梦》《金山寺・断桥》《穆柯寨・穆天王》等数十部保留剧目均是在新中国成立后才加工整理的，然而影片以《梅兰芳》为名，却将主角的人生故事在抗战结束后便拦腰截断，这不能不说是影片的一大遗憾。

因此，准确地来说，《梅兰芳》应当被视为一部根据梅兰芳真实经历改编的文艺剧情片，影片中的梅兰芳与《霸王别姬》中的程蝶衣一样，很大程度上是一个浑整、独立的艺术形象，是创作者艺术思考的意象体现。陈凯歌在创作论谈中曾提到，他想要塑造的并非一个成功的梅兰芳。在影片伊始，大伯临死之前给梅兰芳的信中就点名了“凡人”的叙事主题。与《霸王别姬》中的程蝶衣相比，梅兰芳有稳定的家庭，有妻儿相守，也确实更有“凡人”的气息，但梅兰芳终不是一个完美的“凡人”。如果说，程蝶衣的惨烈凄美来自于他“不疯魔不成活”的执着坚守，那么梅兰芳在明知凶险的情况下，毅然决然地带上“纸枷锁”并顽强地起舞，这才体现了他的人格魅力。

若将《霸王别姬》与《梅兰芳》中关于抗日战争的叙事段落对照参看，便更能体会“凡人”这一主题的复杂意味。《霸王别姬》中，程蝶衣为了救师兄段小楼，可以为日本军唱戏，唱完之后他喃喃自语的竟是“日本军是懂戏的”。《梅兰芳》中，畹华选择的却是隐退赋闲，为了尊严而放弃了自己珍爱的舞台。所谓“不凡”便是与世俗功利的价值观不同，如此看来，梅兰芳和程蝶衣都是“不凡”的：程蝶衣的“不凡”在于他可以为痴迷的戏的世界放弃世俗的审判，甚至放弃生命；而梅兰芳的“不凡”在于他可以为独立的人格和尊严放弃肉体生命，甚至是他更为珍视的艺术生命。

二、迟到的“第五代”——顾长卫：《孔雀》

作为第五代创作群体中优秀摄影师的代表，顾长卫曾跟随陈凯歌、张艺谋等导演创作出《红高粱》《孩子王》《霸王别姬》等银幕佳作。进入21世纪，经过数年好莱坞历练后归国的顾长卫选择了“摄而优则导”，创作了《孔雀》① 这部影片，并一举获得了2005年柏林电影节银熊奖。顾长卫曾在采访中将自己称为一位“迟到的第五代”“五代后”，不过从影片在主题和人物上所呈现的对当下性、现实性的观照来看，他与“第五代”着力于对文化寓言性的反思和视听语言上的革新的代际特征已经渐行渐远，反而呈现出与第六代更加相仿的风格特征。

《孔雀》不同于传统的以原情节为中心的叙事模式，采用了板块叙事结构。姐姐、哥哥和弟弟三个相对完整的叙事板块通过弟弟的画外叙事和一家人在走廊上围坐吃饭的画面串联起来，构成了影片悠长而曲折的人生叙事。三个板块篇幅不等，第一板块姐姐的故事占影片长度的近一半，为后两个板块的叙事提供了大量背景预设；第二板块哥哥的故事则占影片近三分之一的篇幅；第三板块关于弟弟的故事，由于叙事处于守势，篇幅最短。三个板块在时间上有重叠，叙事上相互补充。此种叙事结构使影片得以通过不同的人物、不同的角度立体地述说一个时代。更值得关注的是，除叙事情节之外，板块与板块之间通过互文还形成了复杂的叙事意味，这与时代现实的复杂性是同构的。

---

①《孔雀》（2005）编剧：李樯；导演：顾长卫；主演：张静初、吕聿来、冯瓅、黄梅莹等；出品：北京保利华亿传媒文化有限公司。

三个板块通过不同的叙事循环结构表现了三种典型性格在特定时代的不同遭遇。姐姐高卫红所经历的是良性、恶性循环交替而最终复归的故事曲线，这与她理想主义者的性格是不可分的。故事曲线的起伏正是“梦想酝酿—追逐梦想—梦想破碎”的生命故事的循环，最后故事曲线的复归正意味着环境外力对性格的塑性——正如她的女儿在最后一个场景所说的那句“孔雀是个假的”一样，她也认为梦想是假的，停止了追逐，复归了沉寂。哥哥高伟国所经历的则是基本平稳的叙事曲线，他愚钝却又功利、现实的性格恰是在那种封闭、暴力的社会环境中，生命力是最顽强的。第三板块弟弟高卫强的故事线却是基本下行的。首先因为哥哥到学校送伞而产生了极度自卑，之后又被爸爸发现“流氓”图画而离家出走，逃到福利院后又因姐姐的发现出逃小城，多年后回家却已然成为一个“吃软饭”的社会游民。一个沉默得像影子一样的少年在社会暴力、家庭暴力的双重重压下走出了这样的人生曲线。在人生困境中，不同的人所走出的不同曲线也体现了不同形态的生命力，面对这样层次丰富的生命群体，《孔雀》这部影片所作的不是评判，也不是回避，而是对每一个个体的存在都表示了敬意。

《孔雀》剧照

从叙事时间上来说，《孔雀》在板块结构的叙事中，刻意地模糊了时间线索。影片整体的时间背景虽然设置在20世纪70年代，但三个板块的故事既不是发生在同一时间起点和终点内，也不是按照先后顺序排列，而是相互交织、重叠。由于板块内的叙事也没有贴上明确的时间标签，因此观众便也很难辨清这三个人生命中所经历的一个个故事究竟哪些在前，哪些在后。正如顾长卫在创作论谈中所说的那样，“其实这不是一个关注时代、关注历史、关注具体事件的电影，我们努力把它淡化了，这部电影更关注个体生命的存在”①。这种时间感的模糊正体现了创作者对叙事的普遍性、人生感的追求上。虽然，《孔雀》在整体风格上表现出浓郁的时代性，但它所关注的主题——个体在人生中的困境却是永远存在的。正如影片中姐姐看到年轻时曾让她燃起梦想的伞兵如今已沦为庸常市民时的痛哭，这撕心裂肺的痛哭是因梦想彻底被现实踩在脚下的痛而爆发的，而这种痛苦不是时代性的，而是具有普遍性的。

从叙事空间上来说，影片通过对固定空间意向的重复、压抑的青灰影调以及固定机位、长镜头为主的镜头语言营造出一个封闭的“小城”印象，所有的故事都发生在这个似乎无法出逃的空间环境中。

《孔雀》这种叙事空间的设置与《小城之春》的空间刻画十分类似，从故事元素上分析这是一个封闭的叙事环境，对于叙事内的人物来说，则意味着人生冲突不破的困境。影片首尾用了两个俯拍的镜头来表现小城的街道和房屋，暗示这是故事展开的大空间背景。片首是夏天的场景，影调被压成冷淡的青灰色，这也构成了影片的基本色调。片尾的场景是冬天，雪后的小城用了更浓重的灰黑色调来表达，更强化了叙事空间的封闭感。

在“小城”之中，影片刻画的最重要的空间意象是走廊。弟弟每次回忆起过去，首先想起的都是青灰色的走廊上一家几口吃饭的场景。这个场景连接了三段叙事，青灰色的纵深走廊，拥挤而狭长，半开放的空间，邻居不时从身边走过，生活中的一切残酷和温暖都潜藏在这波澜不惊的表象下。爸妈、哥哥可以在这里安心生活，邻居家的老人悠闲走过，走廊象征的生活虽然是平淡而安全的，但对于姐姐高卫红而言，这条走廊却太窄了，安全成了禁锢。在影片开头，高卫红坐在走廊上拉手风琴，她在镜头前景，镜头背景则是烧开的水壶，这个“理想在前，现实在后”的场景正

---

①顾长卫、谭政：《〈孔雀〉：平凡生命的平凡传奇》，《电影艺术》2005年第3期。

是对她性格和生存状态的绝妙隐喻。正因为走廊太狭窄，她才会如此向往伞兵的生活——在她的眼里，降落伞仿佛就是天空中绽开的洁白花朵，而她燃起这个浪漫梦想的地方便是影片另一个重要的意象——天台。在她发现伞兵的那一叙事段落中，她从阁楼登上天台，镜头先跟随后升起。卫红躺在地上，镜头俯拍，周围是洁白的床单，与灰色的大环境隔离开来。这时的天台提供给她一个暂别压抑感的环境。在她参军失败之后，再次来到天台，白色的床单，被蓝、灰、黑色的衣服所取代，飞机依旧轰鸣而过，但花一样的降落伞却不见了，正如梦想不在。

在展示影片叙事空间时，导演用了大量的深焦、固定机位的长镜头，这种镜语表现下的空间连续、真实，强化了空间的稳定感。如一家人在院中和煤泥、打煤球的场景，导演用了长达一分钟的镜头进行表达。镜头一开始，一家人不言不语，各有分工地干活，突降暴雨，大家又手忙脚乱地圈煤泥、盖煤球。然而盖煤球的塑料布是有限的，雨下得太大，砖块也圈不住四处横流的煤浆，一家人只能在屋檐下无助地看着。妈妈不甘心地又将黄泥铲起，企图补上砖缝，不过一切都是徒劳，黄色的泥水、黑色的煤浆在雨中混成一摊。姐姐冲进雨中，义无反顾地走出院子，在黄泥滩上摔了一跤也一脸冷漠。反正梦想是假的，无论怎样冲突似乎都是徒劳，怎样走倒变得无所谓了。居于高位的镜头一动不动地凝视着这一家人的全部举动，稳定的空间象征着生活巨大的规定性。这一叙事段落强调的不是时间性的情节，而是在固定空间内慢慢晕开的意味，而这种意味是推动叙事的，姐姐正是体会到这一点才有了后面通过结婚换工作的行动。

从整体上来看，《孔雀》是冷峻的纪实风格，叙事虽缓慢而平淡，但却在抑郁中溢出力量。这种力量既产生于通过不断恶化的叙事循环而累积的悲剧性压力上，也产生于现实叙事和超现实叙事对比所产生的戏剧张力上。影片中最明显的超现实段落是姐姐的两次幻想：一次是她追降落伞到野外，恍惚中仿佛看到自己也成了飞机所喷出花儿中的一朵，一身绿军装，英姿飒爽的她收起降落伞，连一头汗水都在阳光下熠熠生辉。另外一次是弟弟离家出走后，在别人问起弟弟时她仿佛看到弟弟参加了海军，身着湛蓝、雪白相间的海魂衫在军舰上自豪地微笑。这两处的超现实叙事都采用了明亮色调，与青灰色的日常生活产生鲜明对照，形成了带有一丝苦意的荒诞效果。除此之外，影片中还有几个段落虽然看上去是写实的，但也带有浓厚的表现主义色彩，姐姐载着自制的蓝色降落伞，骑车在街上狂奔的镜头便是其中之一。巨大的蓝色降落伞像是高卫红永远撑不起来的梦想翅膀，但只要它还在——不管看起来多么脆弱或荒诞不经——她便还拥有自由的可能。这个情节并不是完全实写，它的处理在写实与写意之间。

总之，导演顾长卫和编剧李檣通过《孔雀》实现了对普通人生命的表达，对于他们而言，时间是悠远的，生活是不动声色的，但是其中也充满着残酷、温暖和种种情绪。《孔雀》的叙事不仅是对特定时期历史现实的复现，还是对具有普遍性的生命故事的书写。

第四节 “第六代”与“后第六代”的崛起

“百年电影，经历了中国半封建半殖民地时期、国内革命战争时期、抗日战争时期、解放战争时期、新中国建设时期、‘文化大革命’时期、改革开放时期和全面建成小康社会时期。”① 纵观中国电影百年征程，导演代际谱系的嬗变大致如此：以郑少秋、张石川为代表，开启中国电影滥觞的第一代；以蔡楚生、郑君里为代表，推动电影映射现实的第二代；以谢晋、崔巍为代表，开启社会主义电影语境的第三代；以谢飞、张暖忻为代表，致力于电影化叙事的第四代；以张艺谋、陈凯歌为代表，引领中国电影迈向国际化发展的第五代；以王小帅、路学长为代表，侧身电影商业浪潮却非商业化的第六代，以及此后一大批迅速成长的、被统称为后第六代的新兴导演。以导演代际的划分为视角来研究中国电影的发展历程，是一种行之有效、极其重要的手段。

具体来看，中国的第六代导演主要指从20世纪90年代开始崭露头角并逐渐活跃于中国影坛、特别是国际电影节的一批青年导演。他们大多数出生于20世纪60年代，主要毕业于北京电影学院，代表人物有王小帅、张元、路学长、娄烨、王全安、贾樟柯、姜文等；重要作品有《长大成人》《冬春的日子》《周末情人》《卡拉是条狗》《小武》《图雅的婚事》《苏州河》《北京杂种》《阳光灿烂的日子》等。

成长于社会历史转型时期的中国第六代导演，从一开始就将自己的镜

①仲呈祥：《电影百年与时代风云》，《人民日报》2005年12月1日。

头对准了中国社会经济发展的阵痛。在受西方后现代主义“构解权威、否定一切”艺术思潮的影响之下，他们以类似于“欧洲电影先锋派、法国电影新浪潮、意大利新现实主义”的电影风格，用边缘化、晦暗化、破碎化的表达方式，将源于自我的生活经历、内心挣扎完全融入作品之中；以电影镜头陈述出架构在工业文明和传统文化冲突上的城市矛盾与哀伤，描绘出孤独无助和焦躁沉痛的成长记忆与体验；以一种宏大的国际视角、真实生动地刻录了人们在社会转型与市场变革中的惆怅与痛苦，因此其作品总体上携带着一股浓厚的关于青春失语、时光残酷的气息，直击心房，感人至深。

每每谈及中国第六代导演，与之形成鲜明对比的则是第五代导演。因此，两者成为研究者不得不提的比较对象。1993 年，第六代导演曾集体撰文，发表了《中国电影的后“黄土地”现象——关于一次中国电影的谈话》。这一文章的问世，标志着中国第六代导演向以第五代导演为主要群体的中国电影人发起了质疑与挑战。第六代导演的横空出世以叛逆、构解、不屑、突围的高调姿态对第五代导演的创作风格进行了一次彻头彻尾的摒弃。“第六代电影的特质常常在和第五代的比较中得到归纳，他们作品中的青春眷恋和城市空间与第五代电影历史情怀和乡土影像构成主题对照：第五代选择的是历史的边缘，第六代选择的是现实的边缘；第五代破坏了意识形态升华，第六代破坏了集体神话；第五代呈现农业中国，第六代呈现城市中国；第五代是集体启蒙叙事，第六代是个人自由叙事。”① 显而易见，用现实主义的记录视角对抗历史寓言的畅快书写，以个体化的自我描摹抛弃宏大化的大众叙事，成为第六代与第五代对比之下最鲜明的特征。第六代导演也因此被贴上了独立、文艺、小众化、非主流的标签。

对于第六代导演而言，电影不再是简单的视听语言，更像是一场叙事模式的手段创新和表现形式的探索旅程。回顾第六代导演的经典作品，井喷式的爆发集中于世纪之交。这一时期的作品根植于现实世界的基础之上，以一种自传式或半自传式的叙事口吻，将平淡乏味、沉闷烦琐的日常生活，摇摇欲坠、斑驳抽离的城市印象以一种无意识或者潜意识的表达方式呈现，用以探索城市生活中个人情感的压抑痛苦，精神状态的迷离涣散以及灵魂深处的迷惘，既沉淀了其电影作品本身的美学品格，又引起人们

①杨元婴：《百年六代影像中国》，《当代电影》2001 年第 6 期。

的无限反思。在这种宿命式的逻辑之下，第六代导演的电影作品通常采用以开放式的结局、杂乱无序的情节设置、混沌交错的叙事节奏、拼贴置换的剧情延展来完成整部电影的叙述，旨在塑造青春尚好、白日做梦的自我矛盾，朦胧飘忽、笑中含泪的诗意美感以及一半明媚、一半忧伤的心理抚慰。不论是《悬恋》中年轻貌美的神经病患者、《阳光灿烂的日子》中白日做梦的主人公，还是《长大成人》里迷茫惆怅的高中生、《冬春的日子》里无处安放精神世界的画家夫妻，这样的影片及人物设定都将第六代导演的整体特质表现得淋漓尽致。同时，第六代导演浓厚的纪实风格，既是自身对于电影表现形式的极致追求，也在创作层面上拓展了中国电影展现纪实美学的张力。第六代导演所追求的纪实性，在其作品的各个方面让人一览无余——众多空间场景的实拍和同期录音的实现从拍摄源头确保了视听时空的一致性与真实性，大量运用长镜头、广角镜头、跟踪镜头强化了电影的纪实性，非职业演员参演或淡化职业演员表演性的艺术追求给观众创作出一种深刻逼真的即视感……这样的追求造就了第六代导演的电影作品饱含纪录片创作的精髓之所在，使其更加扣人心弦、感人肺腑。

于是，我们在第六代导演的作品中总能看到这样的场景：在弥漫着萧索悲凉的城市景象中，在破旧落寞的街道上踱着一个或者一群孤独失落、彷徨焦灼的年轻人；他们叛逆张狂却渴望生活，想要安慰却始终漂泊、无处皈依，他们与偌大的城市格格不入又互为对比映照，但是最后城市留给他们的只有深深的失落与无所适从；这仿佛是一场痛苦挣扎却又舍不得醒来的梦魇，他们在残酷的青春叛逃中又渴望得到灵魂深处的救赎。这样的影像真实得让我们可怕，更让我们深思自省。

第六代导演登上了中国影坛，其出世的时间恰好是中国电影开启商业化、市场化变革的时代。显然，第六代导演对于电影创作的美学追求和艺术定位与时代发展的商业脉搏相悖。相比于第六代导演所追求的电影质感及其作品在国外的频频获奖，就国内电影市场的实际情况而言，挣扎于艺术与商业之间的第六代，更多地沦为了中国电影市场化、产业化发展格局中的牺牲品，但也因此使得第六代导演承担了推动中国艺术电影发展的历史重任。令人惋惜的是第六代导演许多优秀的作品多因政治问题、题材问题、尺度把握等多种原因鲜有与国内普通观众见面的机会，极少数能够登录院线的作品又因为晦涩难懂、沉闷压抑的主题设定不受主流观众的喜好，落入发行不畅的困境。

新世纪以来，随着第六代导演创作取向更多地从单一书写个人情怀、勾勒文艺青年转向对弱势群体的关注以及对城市边缘地带的描绘，第六代导演的创作总体上更加成熟，开始倾向于以冷峻客观的镜头去记录残酷的社会现实，蕴藏无限深远的人文关怀。这一阶段，出现了像《卡拉是条狗》《十七岁的单车》《图雅的婚事》《惊蛰》《三峡好人》《青红》《二十四城记》《我十一》等一系列优秀的作品。而面对市场化、产业化逐渐形成并走向成熟的中国电影业，第六代导演在游走于艺术电影的同时，也逐渐开始探索市场化生存的新出路。但是，总体上看不尽如人意，略显尴尬。尽管张元的转型之作《绿茶》启用了著名演员姜文和赵薇，迎合了大众市场对明星消费的观影期待，但是《绿茶》沿袭了第六代导演碎片式、多重含混不确定的美学追求，使观众更多地感觉到影片给人“云深不知处”的错愕感。另外，王小帅的《日照重庆》是他在商业与艺术探索中全新的电影创作尝试，在不舍弃文艺节奏的前提下，运用了明星消费、悬疑惊悚等商业元素，但是由于情节的脱节和逻辑关联的缺失导致在艺术和商业的层面上都存在巨大的缺失。而王全安根据中国当代著名作家陈忠实的代表作《白鹿原》打造的同名中国大片却丢失了原著宏大广阔的背景构建和深刻卓绝的思想立意，更多地显现出局促之间对于经典文本的精神矮化。

就在第六代导演与商业电影市场如火如荼地对抗妥协、竞争合作的同时，以李玉、宁浩、陆川、徐静蕾为代表的新兴的后第六代导演也随着中国电影商业化、市场化、产业化发展的大潮逐渐成长起来。他们承担了全球化趋势之下促成中国电影人文精神与市场效应、艺术品位与商业运作合理对接的重任，凭借多部融合艺术与商业的电影作品，与第六代导演携手共同着力拓宽艺术电影在市场上的生存空间，并且逐步促进了中国电影多元创作格局的成熟初显。

第六代、后第六代导演如何在中国电影产业化不断发展的今天，打造出真正意义上属于“大银幕”而非“小屏幕”的作品，以慰藉喜爱他们的电影观众丢失多年的影院情结，应该成为他们创作动力的立足点之一。“面对世界范围内各种思想文化的相互激荡，面对社会主义市场经济的新情势，面对人民群众日益增长的精神文化需求，电影如何继承中国电影百年优秀传统，借鉴世界电影的有益经验，与时俱进，开拓创新，以极富时代精神、中国气派和民族特色的作品去赢得观众确实是一个崭新课题。”①而随着中国电影市场形成更加多元立体、开阔包容的空间结构，电影资源更加优化合理配置，以及主流院线经营理念的调整改变和艺术院线的发展壮大，第六代、后第六代导演必将掌握更多的市场话语权。

以下选取第六代导演姜文的成名作《阳光灿烂的日子》来探讨何为“阳光灿烂”的深远意义，选取贾樟柯的《世界》、施润玖的《美丽新世界》来评析在梦想与现实之间的影像世界，选取贾樟柯的《小武》、李玉的《观音山》来审视电影叙事中残酷青春的恣意表达。

一、《阳光灿烂的日子》为什么阳光灿烂?

“电影创作无疑是一种包含着创作主题的生命感情，人格力量以及对人生的体验、想象、憧憬的审美创作活动。”② 作为第六代导演中被公认为个人才华最洋溢、艺术激情最昂扬的代表，姜文用一部又一部铿锵有力的佳作，让众人连连为之赞叹叫好。作为导演的姜文，其导演的作品一路走来经历了中国电影从市场化发展之初到产业化成熟雏形的全过程。“在经历了中国电影从计划经济年代主流意识形态的严格限制，姜文创作之初的《阳光灿烂的日子》被压抑；到开放与锁闭交织决斗的时代，判断标准弥撒而无主时的《鬼子来了》被封杀；再到自由表达日渐兴旺却依然内在沉醉传统故事表现的时代的《太阳照常升起》遭排斥；直到网络时代草根取舍众语喧哗中被热捧的《让子弹飞》，姜文成为既具有时代变迁的镜像折射对象，也成为影像世界创造性如何呼应时事的典型代表。”③

《阳光灿烂的日子》④ 是姜文作为导演的开山之作，影片以自传式回忆的叙事口吻和表现方式铺陈了一段有着明显的导演个人经历痕迹的、触碰人心的青春故事。影片充分地展现了导演内心年少轻狂的无所畏惧以及创作欲望难以自持的澎湃激情，以一种游戏人间的戏耍姿态，将青春的疼痛

---

①仲呈祥：《想起了蔡楚生的“票房奇迹”》，《人民日报》2006 年 3 月 16 日。

②仲呈祥：《审美之旅——仲呈祥文艺评论选》，中国青年出版社 2008 年第 1 版，第 127 页。

③周星：《姜文电影的创造精神——关于艺术个性与审美变化的关系》，载《文艺争鸣》2011 年第 7 期。

④《阳光灿烂的日子》（1995）编剧：姜文；导演：姜文；主演：夏雨、耿乐、宁静、陶虹等；出品：中国电影合作制片公司。

迷茫、躁动不安、跌撞懵懂、天真绚烂与岁月的起承转合、情切肆虐不动声色精巧地糅合在电影叙事的脉络里，这一切都生动真切地展现在每一帧影像画面之中，弥散在每一个观众的内心深处。

影片在以主人公叙述为第一视角的基础上，展开了对年少往事的追忆，以极具个人魅力的表现手段，将残酷岁月与青春悸动的碰撞做出了宛如咏叹调一般的诗性处理。整部电影的叙事逻辑将主人公在光影婆娑里的成长经过、心路历程作为主要的表现对象，以沉浸在自恋的窃喜又沉沦在自卑的痛苦中的复杂错乱的内心纠葛和摇摆不定的情感变化作为贯穿全片的行文线索，又以诸多电影镜头隐喻暗含特殊历史变迁为背景，记录了一段张扬无拘、意味隽永的岁月离歌，歌颂了至诚至真、至情至切的生命脉动。这其中既有关于青春萌动的启蒙以及偷窥猜疑的冲突，又有耳语呢喃的童真、偏执纠结的清醒，更重要的是影片还包含了在政治岁月、历史转圜的深处无法掩饰的社会反思。

影片结尾处，随着青春悲凉的收场，主人公的回忆落尽，镜头从追溯过去拉回到描摹现在。黑白化的影像处理呈现了在青春骚动和生活灿烂过后，每个人都在时光流转中拥有了自己曾经最不屑一顾的样子。这样的处理仿佛暗示着沧海桑田般的变化，仅仅是冥冥之中时空摇摆、周而复始的

《阳光灿烂的日子》剧照

必然轮回。很显然，电影对于“文革记忆”的艺术化处理，已经超越了浅层批评式的表现方式，更多的是将青春的飘忽不定与历史的沧桑沉浮融为一体，给人以无限、深刻、纯粹的诗意美感。整部电影就像是一首在现实与梦呓中冲突、在割舍与渴望中生存的青春史诗。

二十余载的光阴转瞬即逝，当我们再一次审视《阳光灿烂的日子》时，它依旧光芒万丈。除上述之外，《阳光灿烂的日子》对于当下青春题材的类型影片创作也有引导之用——如何在时代变迁中衡量与把握价值取向，用有限的影像蕴藏深刻的历史记忆，以梦境般灿烂的情感表达容纳冷酷惨烈的社会现实，这都是《阳光灿烂的日子》给予当下全民回忆式青春电影最重要的启示意义。

二、卡在梦想与现实之间的世界：《世界》《美丽新世界》

“梦想和现实”是最受第六代导演青睐的主题之一。梦想是人们赖以生存的精神动力之一，也是第六代导演积极追求的创作取向；现实是人们无法逃脱的客观存在，也是最能体现第六代导演电影风格的场域。用电影去表现美好梦想与残酷现实之间所形成的巨大反差，解构现代工业文明与社会化发展所造就的符号化世界，以此为芸芸众生勾画出一个安放灵魂的心灵“乌托邦”，是第六代导演作品中常见的主旨表达。而贯通梦想与现实的最好中介无疑是现代化体现最为集中的城市。因此，城市生活成为第六代导演电影创作中最好的取景框。以下选取贾樟柯首部在国内上映的以北京为创作背景的电影《世界》，以及施润玖以上海为创作背景的电影《美丽新世界》，简析第六代电影中梦想与现实的主题表达。

（一）虚拟的世界、迷失的人生——《世界》

2004 年，贾樟柯第一部进入中国院线的电影《世界》① 上映。虽然在票房层面，本片遭遇了不可避免的滑铁卢，但在艺术性与思想性的探究上，本片却获得了不少专家学者的肯定，“在我们的银幕上，当下影像的缺失是令人非常焦灼的现象，真正把目光落在民间、以平民之态写平民之事的电影并不多，作为一位中国当代生活的诚实观察者，贾樟柯延续了他的独立批判精神，揭开了被遮蔽的‘世界的另一面’，一如既往地表现出

①《世界》（2004）编剧：贾樟柯；导演：贾樟柯；主演：赵涛、成泰燊、黄依群、王宏伟、梁景东等；出品：上海电影集团公司、香港星汇有限公司。

对弱者的关怀和体恤，展现了其他内地导演缺乏的内在一致性”①。这是《世界》之于中国电影最重要的意义所在。

《世界》中大量长镜头的运用不仅塑造了电影的真实感与纪实性，也体现了贾樟柯一贯的电影美学追求。于是，在镜头的移动中，观众能够清晰地看到现实的真实世界和梦想的虚拟世界之间无法跨越的鸿沟，在两者相互切换间，又能感受到这个迅速发展的世界中的不平衡，以及这种失衡所带给人们的痛苦、茫然与无奈。可见，《世界》以最冷峻的陈述启发了观众最深刻的反思。

《世界》讲述了一段关于在北京漂泊的年轻人徘徊于梦想的憧憬与现实的残酷之间的故事。影片不仅将视角放在了探究中国现代化演进过程中社会底层小人物的命运悲哀之上；也试图将主题潜藏在刻画整个人类生存困境的宏大背景之下。影片中，主人公生活的小城随着经济发展而产生显著的变化，主人公带着对未来美好的憧憬走进了充满梦想和诱惑的欲望都市——北京。而在这座外表华美大气的城市里，到处充满了阶层分化明显、人情冷漠的味道。尽管他们来到了城市，但现实的残酷远远超出了他们的想象范围，所以他们的窘迫与灯红酒绿的城市显得格格不入。而在面对爱情时，电影又将男女主角放在一种雷同的模式下。是选择世界的物质欲望还是精神追求？面对这样的抉择，他们都是错愕的。尽管选择了放弃物质欲望，但也终究因为梦想与现实之间的鸿沟，而没有留住精神追求。所以，爱情带给他们的是无休止的猜疑和痛苦的相互伤害。这种逃不掉的宿命，让所有人都迷失在了“世界”中。

“在影片中，贾樟柯也试图聚焦中国和世界日益增多的往来，影片的一条副线涉及了全球化语境中不同民族、不同种族间的迁徙和流动，温州女人去他乡寻梦，俄罗斯女子在异国沉沦，但影片在表现这种双向互动时也是有问题的，它传递出的信息是，艺术家并不乐意接受现代化和全球化的趋势，反而让一种抵触、不满的情绪弥漫在影片的各个角落。”② 这或许不仅是《世界》里的阵痛，也似乎成为贾樟柯在梦想与现实中的失落之所在。

①陆绍阳：《迷失在世界中：看贾樟柯的〈世界〉》，《当代电影》2005 年第 3 期。

②陆绍阳：《迷失在世界中：看贾樟柯的〈世界〉》，《当代电影》2005 年第 3 期。

（二）城市中依然还有梦想——《美丽新世界》

1998 年，施润玖执导的电影《美丽新世界》① 上映。这部电影一改第六代导演惯用的粗糙、凝重的镜头基调，换以明亮清新的风格打造了一个中国都市版的童话故事。影片像是一首青春飞扬、快乐追梦的城市恋歌，以都市生活为背景，巧妙地表达了新的社会进程中青年对爱情的渴望和对梦想的追求，让我们看到了一座不再压抑沉重的城市和一群不再痛苦另类的青年。导演施润玖曾公开表示，他最大的希望是能够让走进电影院的人感到快乐，特别是让痛苦的人看完之后觉得生活还有希望，只要有勇气和忍耐就能面对生活。从这段话中我们也许可以或多或少地发现这部电影的主旨。

影片以上海为故事背景，讲述了来自农村的男主角与长在城市的女主角之间一系列心酸波折又充满笑料的人生际遇。起初，男主角为了一套所谓的“中奖房产”来到了上海，却经历了心酸迷茫、挫折失败。最终，他凭借勤劳善良、诚实守信，终于在上海谋得了一份营生。精明世故但又善良可爱的女主角一心想要嫁给“高富帅”，一番摸索跌撞后，最终发现真爱就在身边。通过这样的剧情设置，影片将城市日新月异变化中普通人从对梦想的憧憬，到跌撞后对现实的迷茫，再到痛定思痛后觉醒奋起这一全过程娓娓道来，好似一首时而低沉浅吟、时而激昂高唱的赞歌，更像一股流淌在人们心中的暖流。

从另外一个层面探究《美丽新世界》，我们不禁将男主角从初来上海时的迷茫到最终成功立住脚跟的全过程看作是中国社会经济发展的一个注解、特别是改革开放以后中国社会发展的高度浓缩。这种特殊的政治映射，尤其是影片最后开放式的结局，隐喻着对社会未来走向的乐观预期。

三、残酷青春的恣意表达：《小武》《观音山》

残酷青春也是第六代、特别是后第六代导演热衷探讨的电影主题，处于社会边缘和文化夹缝中的青年，成为这些导演以电影探入社会深层的切口。他们将镜头对准处于不同社会背景之下的普通甚至是非主流青年，展现其青春的迷惘与乖张、激情与张扬，甚至是暴力与犯罪等更加阴暗的层

①《美丽新世界》（1998）编剧：刘奋斗、王要；导演：施润玖；主演：陶虹、姜武、任贤齐、伍佰等。

面，借此反思复杂文化现状对人的精神状态，尤其是对青年人的性格成长的深刻影响。就目前中国电影市场来看，青春片占据着足够的市场份额。在青春题材上探究商业模式下的艺术电影发展，对于第六代、后第六代导演而言，或许能够弥补他们票房缺失的夙愿，但这不是本小节讨论的重点。

以下选取贾樟柯的《小武》①、后第六代导演中的佼佼者李玉的《观音山》② 来探讨影片中关于青春的恣意表达。

（一）支离破碎、体无完肤——《小武》

拍摄于20世纪90年代末的电影《小武》，是第六代导演贾樟柯执导的第一部长篇电影。当时正值中国电影市场化改革的初潮，作为导演新人的贾樟柯却以“纯艺术、反商业”的思维模式拍摄了这一部展示城镇化发展过程中青年人的青春无处安放的影片——《小武》，也由此奠定了其专属的电影风格。

《小武》的故事发生在贾樟柯的故乡——山西省汾阳县，贾樟柯用自己熟悉的环境，讲述了一个青年人支离破碎的青春往事。主人公是一个整日游荡在县城的小混混，以所谓的盗窃“手艺”谋生。他歪着脑袋、目光游离，经常穿着胡乱搭配的西装，双手抄兜在县城中游荡。这样的典型人物设定注定了自身的悲剧命运。《小武》采用了纪实风格的拍摄手法，以极端残忍的方式将小武的友情、爱情、亲情逐个击破，并且采用多层结构的情节布局展示了小武青春破碎的过程，呈现出了现实生活的残酷决绝。

从叙事层面来看，《小武》更像是以一种意识流推进的方式展开的，整部电影没有足够鲜明的、贯穿全部的情节和戏剧冲突。只是随着小武周遭的变化，用类似原生态的再现方式记录了发生在他身上的一切。对小武而言，深化的家庭矛盾，让他难以承受；昔日的“同行”变成了大老板却极力想要撇清与他的哥们儿关系，让他百思不解；曾经暗恋的姑娘不辞而别，投入富商的怀抱，让他神伤烦心，这一切都让他的青春变得残破不堪。影片最后，小武被警察铐在了街头，好奇冷漠的围观者的目光仿佛一把把匕首，让小武苟延残喘的青春彻底变得支离破碎、体无完肤。其实小

①《小武》（1997）编剧：贾樟柯；导演：贾樟柯；主演：王宏伟、郝鸿建、左百韬等；出品：香港胡同制作公司。

②《观音山》（2011）编剧：李玉、方励；导演：李玉；主演：范冰冰、陈柏霖、肥龙、张艾嘉等；出品：北京劳雷影业有限公司等。

武并非一无是处，他也有自己认为的善良与正义，只是不被认可更不被接受而已。

对于《小武》，贾樟柯更多地或许是想表达作为单独个体的人在社会生活中的生存问题。所以，整部影片并没有用太多的话语去探索造就类似小武这样的人的社会现实，而是着力表现小武的遭遇，也因此给人一种更为直接的青春残酷和巨大疼痛。

（二）痛到深处、无法救赎——《观音山》

作为后第六代导演中的佼佼者，探究青春的残酷是李玉作品的一贯主题。在躁动不安、困惑茫然的青春岁月中，伴随对抗式的创伤、反叛，自残式的割舍、修正，从而寻求内心深处的自由、灵魂尽头的救赎，成为李玉作品中最显著、最动人、最本质的特征。

电影将三个青年玩世不恭的肆虐态度与中年女房东承受丧子之痛的压抑隐忍并置，以一种残忍的手段通过逐渐揭开女房东记忆伤疤的方式将代表两个时代的四个人的命运相互交织起来。随着剧情的发展，四人之间的关系逐渐从最开始的不屑、冲突到相互理解、扶持，在成为对方生命的映射后，转换为开启彼此心房、重获救赎的力量来源。影片后半段，女房东完成多年夙愿，重新塑起了观音金身，在这个意味着信仰重建、心灵最终救赎的关键时刻，她选择以死亡结束现世生命。最终三个青年又爬上了飞驰的列车，列车驶进隧道，就像青春再一次陷入了黑暗的深渊。但是，这三个青年已经不再是影片开头的青年了，因此这一次在黑暗的尽头也蕴藏着凤凰涅槃的可能。

另外，本片在拍摄手法上的创新也值得一提。配合碎片化、脱离式的叙事风格，导演大量采用了手持摄影的方式。影片中多次使用了虚焦、越轴的非常规镜头，这也烘托了影片迷茫惆怅、踟蹰忧郁的情绪基调。

第五节　贺岁档与中国大片的诞生

贺岁片、贺岁档、中国大片作为概念并不难界定。顾名思义，贺岁片即每年贺岁档上映的电影；贺岁档原指元旦、春节期间中国电影上映的档期，现已扩展到包含圣诞、元旦、春节三大节日在内的、时间跨越当年11

月底至次年 2 月初的电影档期，它是中国电影最成熟、最具影响力和号召力的档期文化品牌。中国大片则是中国商业电影的主流，以大导演执导、名演员参演、巨额投资、故事宏阔、技术发达等元素为基本特点。

从中国电影发展的大致脉络来看：应该是先有贺岁片，后有贺岁档，然后在贺岁片兴起、贺岁档达成共识的基础上，应运而生了中国大片。从时间层面和具体作品来看：1997 年上映的电影《甲方乙方》可以视为中国贺岁片的发轫之作，此后的 3 年间（1998—2001）贺岁片推动着贺岁档的概念逐渐变得清晰明朗、受人重视，而随着 2002 年电影《英雄》的问世，既意味着中国大片的诞生，更是引领着中国电影迈进了“大片贺岁”的时代。至此，贺岁片、贺岁档、中国大片三者开始相互融合、交织出场、共同发力，给蛰伏的中国电影注入了一股强劲的新鲜血液，“盘踞控制”了多年中国电影市场的整体走势，创造了中国电影史上一个又一个的票房神话。作为产业现象，它们还启迪和影响了新世纪以来中国电影创作模式、改革发展的总体思路，启发了五一档、暑期档、国庆档等多个电影档期的相继出现，推动了中国电影市场逐步展开全面、合理的升级换代，开启了中国电影产业化发展之路。另外，它们也刺激和培养了一大批中国电影的中坚力量和新兴势力，为中国电影“百花齐放春满园”的局面做出了不可磨灭的贡献，奠定了现阶段中国从电影大国向电影强国过渡的深厚基础。

不难发现，这一脉络的内在驱动力，既源于中国电影人勇于拯救 20 世纪 80 年代末疲软的中国电影市场的自强不息，也与中国电影自 20 世纪 90 年代逐步推进的商业化、市场化改革一脉相承，更是中国电影积极应对以好莱坞为主要对象的国际挑战的必然选择。而其外在因素，集中表现在中国政府将文化产业提升至国家发展战略的新高度，顺应以文化“软实力”参与国际竞争的时代潮流，从而给予中国电影全方位的正确引导和鼎力支持。

探究贺岁片、贺岁档、中国大片的诞生语境，具体特殊的历史困境、承前启后的时代地位都是无法回避、更是不得不提的重要方面。20 世纪 80 年代末到 90 年代初，随着中影公司、北京电影制片厂、上海电影制片厂等一系列电影制作发行企业的连续亏损，国产电影的产量骤减，中国电影陷入了举步维艰的发展困境之中。1994 年底，中国开始有了《亡命天涯》等少数的进口影片，特别是 1995 年春节期间，引进的香港电影《红番区》以异常火爆的票房表现深深地刺激了原本低迷的电影市场。在这样的历史困境以及香港贺岁电影的启发下，中国电影人开始试图探索出一条中国电影的新出路——打造中国的贺岁电影。于是，1997年12月20日，北京紫禁城影业公司联手导演冯小刚推出了名为《甲方乙方》的喜剧电影，该片一经上映便在全国范围内引起巨大的轰动，最后以超3000万元的票房收入改变了中国电影萎靡不振的发展现状，更是开启了中国贺岁电影的大门。此后，冯小刚火力全开、乘胜追击，分别在1998年、1999年连续推出了两部贺岁电影《不见不散》《没完没了》，而这两部电影也不负众望均摘得该年度电影票房的桂冠。至此，贺岁片成为中国电影发展的指向标，更多的中国电影开始选择在公历新年（元旦）前后上映，由此贺岁档的概念开始显现，并引起人们的重视。

进入21世纪，冯小刚在休整一年之后于2001年推出了自己的第四部贺岁电影《大腕》。该片一如既往地笑傲市场，使得贺岁片和贺岁档的概念更加深入人心。至此，贺岁档也开始成为中国电影的必争之地。贺岁片、贺岁档观念的形成与发展，在客观上也启迪和促进了中国电影的产业化发展。就在中国贺岁电影风生水起的同时，台湾导演李安在2000年拍摄的以中国传统的道家精神和古装武侠为背景，以国际化的视角和现代人文主义为定位，以好莱坞技术手段强大的视听效果为支撑的华语电影《卧虎藏龙》席卷全球，不仅票房成绩斐然，更是一举拿下了包括第73届奥斯卡金像奖最佳外语片奖在内的多个重量级国际电影节奖项。这无疑给中国电影、中国电影人以及广大的中国观众一次巨大的内心撼动和思想启迪，中国电影的创作潮流再一次孕育着改变。2002年末，张艺谋在受《卧虎藏龙》的直接启发和借鉴好莱坞“高概念”电影的基础上，推出了巨制新作武侠电影——《英雄》，该片以票房2.5亿元（总票房2.7亿元）的成绩刷新了中国电影票房纪录的历史榜单。另外，《英雄》的票房成功终结了由冯小刚开启的喜剧电影独霸贺岁档的单一局面，使中国电影迈进了“大片贺岁”的新时代。中国大片也随之登上中国电影发展的大舞台。中国大片的诞生是中国电影产业化发展的先行力量，更是中国电影全面上升、蓬勃发展的发轫。

在贺岁档形成、中国大片诞生的同时，其弊端也随之逐渐显现。由于贺岁档产生的巨大经济效益，引起了中国电影市场资源配置的极不平衡。贺岁档开始一家独大，众多电影出现了“有条件要上，没条件也要上”的扎堆乱象，更是一度造成了“只有贺岁档，已无贺岁片”的尴尬局面。受好莱坞电影的刺激，以及《卧虎藏龙》《英雄》的直接影响，中国大片从问世之际就显示了诸多先天不足的症结：假借民族文化和古装情怀的取材包装，却鲜有历史感和人文性；片面追求数字技术营造的视听奇幻，导致精神深度和思想广度缺失；单纯依靠大牌导演和明星堆叠，却类型单一、故事空洞、人物苍白、叙事无力……尽管贺岁档和中国式大片在诞生之初有诸多病症，但是其对于中国电影整体发展的卓著功绩和历史作用将永载史册。

今天，随着中国电影的开拓进取、繁荣发展，贺岁档“艳压群芳”的畸形局面得到妥善改变，中国电影市场已形成了多个成熟的档期。同时，中国大片也在不断地自我修正和完善过程中，逐渐形成了类型多元、风格多样、品质优良、趋向成熟的创作态势。

从贺岁片、贺岁档催发中国大片诞生之初到现在，这一发展轨迹已历经十载有余，一路走来，我们既万分感慨，又满怀信心。后大片时代，我们寄希望于中国大片以及中国电影未来的走向能够紧抓民族特色、深挖民族元素，把握时代特质、紧跟时代潮流，坚持以人民为中心的创作导向，正确利用市场需求的指引作用，在思想深度和艺术表达上积极探索，在商业运作和技术呈现上更加完善，创作出更多优秀的、本土的、原创的、流行的、国际的、无愧于时代的精品佳作！

以下，将以中国贺岁档奠基人冯小刚和中国大片作为主要探讨对象，试分析冯小刚“贺岁片”的笑与傻笑，以及选用的典型案例分析中国大片“大”在何处。

一、冯小刚“贺岁片”的笑与傻笑：《甲方乙方》《非诚勿扰》

冯小刚开创了中国贺岁片之先河，为贺岁档的形成奠定了基础。可以说冯氏电影贯穿了中国贺岁电影的开端、成长、成熟的全过程。

冯氏贺岁电影从总体上属于一种以类型化创作为总方向的准类型的商业电影。其主要创作特质可以分为：以假定性、小品式、模式化的喜剧设置形式来铺陈电影情节，以“段子式”、风格化、个性化的语言调侃来构建幽默对白，以特定演员和明星组合的方式来保证市场关注，以精准的档期定位、强大的商业发行营销、不断完善的个人品牌来保证票房收入。冯氏贺岁电影（见表1）的发展按照时间顺序从总体上可以划分为冯氏品牌的形成期（1997—2000）、发展转型期（2001—2006）、成熟期（2007—2013）三个阶段。

表 1　冯小刚贺岁电影总揽

年份	影片	年份	影片
1997	《甲方乙方》	2006	《夜宴》
1998	《不见不散》	2007	《集结号》
1999	《没完没了》	2008	《非诚勿扰》
2001	《大腕》	2010	《非诚勿扰 2》
2003	《手机》	2012	《1942》
2004	《天下无贼》	2013	《私人订制》

冯氏品牌的形成期是 1997 年到 2000 年，这也是冯小刚电影创作发展最辉煌的时期。从市场反响来看，用“笑傲江湖、独领风骚”来形容丝毫不为过。在此期间，冯小刚连续三年推出三部贺岁电影，既蝉联了三年中国电影年度票房总冠军，更是开创了中国的贺岁电影和贺岁档。这一阶段，冯氏贺岁电影的风格相似，都是按照以商业电影为创作导向，采用诙谐、幽默的表现手法来讲述老百姓的生活故事，并且都以小成本投资获得了高利润的回报，也因此奠定了冯氏喜剧的基调和庞大的受众群体。当时曾流传出冯小刚的一句豪言“我不拍电影，全国人民看什么”。

冯氏品牌的发展转型期是进入新世纪以后，从 2001 年推出《大腕》开始，到 2005 年风格骤变的《夜宴》问世而结束。2001 年《大腕》成为冯小刚首部有外资注入的电影作品，对其创作生涯而言具有标志性意义。这一阶段冯氏贺岁电影的总体特征是商业化、市场化运作更加完善。2003 年上映的电影《手机》可视为冯小刚导演创作风格转变的前兆，此后冯氏电影的创作水准、审美趣味、价值取向均陷入了忽高忽低的混乱局面。就《手机》而言，尽管获得了较好的票房成绩，引起了不小的社会反响，但是整部影片“格调不高、题材媚俗”的病症成为不可忽视的致命缺陷。众所周知，优秀的电影作品理应具备较高的文化品位、艺术格调、审美价值，在创造市场价值和经济利益的同时，能够沁人心脾、洗涤灵魂，起到“化人养心”的神奇功效。无奈《手机》带给观众的仅是单纯局限于视听感受的“花眼乱心”，并不能将浅层的视听快感传递到观众内心，更不能实现“升华美感，达到和谐家庭、社会、时代的目的”。对于迈向产业化、市场化发展的中国电影而言，《手机》的出现完全属于情理之中的必然现象，但是越发多样生产、多元发展的电影工业，就更加需要能够培养观众消费偏好、提高观众审美情趣、彰显艺术价值与人文情怀、提升创作水平与评价标准的好影片来匡正产业发展的正确方向。2005 年上映的电影《天下无贼》让冯小刚第一次迈进了中国导演的亿元俱乐部。冯氏品牌发展转型的后期，或许是受《英雄》《十面埋伏》《无极》等电影的影响与刺激，一向偏好市民题材、现实主义的冯小刚终于按捺不住内心对于中国大片的渴望，斥巨资打造了冯氏电影中的古装历史剧——《夜宴》。该剧的母题源于全球闻名的悲剧、莎士比亚的作品《哈姆雷特》，冯小刚将西方经典的悲剧题材进行了一次商业逻辑下中国式本土化的改造。该剧从上映之初就饱受诟病，尽管最后的票房收入还算可观，但仍旧无法掩饰这部电影在情节设定、人物勾勒、艺术表达、商业诉求之间的偏颇。而电影《夜宴》也成为冯小刚电影创作的分水岭，冯小刚由此转入了中国大片的创作行列。

冯氏品牌的成熟期是自《夜宴》之后，以 2007 年推出的战争题材电影《集结号》为开端，一直延续到现在。“冯氏品牌的成熟在《集结号》一片中得到全面体现：该片不仅打破商业大片的明星化创作模式，同时将主流价值和商业操作紧密结合起来，在个人与集体、营销和平凡之间找到了一个合适的支点，将战争片的创作提升至了一个新的高度。”① 《集结号》的大获成功让冯氏贺岁电影的创作布局更加广阔，也在一定程度上成为中国“大片贺岁”的拐点，预示着中国大片从先天不足逐渐走向了自我完善的发展道路。此后，贺岁电影乃至中国电影的发展都呈现出了类型逐渐多元、题材更加丰富、中小成本电影兴起的总体走势。

以下选取冯氏贺岁电影的发轫之作，也是其诚意之作的《甲方乙方》和冯氏品牌成熟期的杂耍之作《非诚勿扰》系列，来简析冯小刚贺岁电影带给观众的笑与傻笑。

（一）救市、就己的诚意之作——《甲方乙方》让观众笑

作为中国第一部贺岁片，《甲方乙方》② 的上映，对于当时电影市场特

①胡嵘：《透视中国电影贺岁十年》，《电影艺术》2008 年第 2 期。

②《甲方乙方》（1997）出品：北京电影制片厂；编剧：冯小刚；导演：冯小刚；主演：葛优、何冰、刘蓓、冯小刚等。

定的历史境遇而言，有无比重要的救市意义，本小节前端已作详细分析，此处不再赘述。

20 世纪末，在北京紫禁城影业公司试图打造第一部贺岁电影时，曾有郑晓龙、赵宝刚、冯小刚等三位电视剧导演被锁定为目标人选。由于冯小刚的项目《好梦一日游》（电影《甲方乙方》原名）比较适宜，所以他被确定为最终人选。该电影从立项之初到开拍，一共经历了 8 次项目讨论会和 11 次剧本修改，并且以主创人员薪酬捆绑票房的形式投放市场。影片在拍摄完成后的第一次试映时，由于放映员不熟悉机器，导致电影播放过程中出现严重的声画不同步，多次尝试过后依然如此，冯小刚当场失声痛哭。随后，更换场地解决了这场小插曲，而当影片播放结束后，经久不息的掌声开启了这部电影的成功。冯小刚连同主创人员、电影公司如此的诚心之作，一经推出便一炮而红，不仅创下高达 3000 万的票房纪录，更是作为重建中国电影信心的扛鼎之作开启了中国电影发展的新历史，同时也为其日后取得的巨大成就奠定了坚实基础。

正是基于上述背景之下的《甲方乙方》，将诚意最大化地融于电影本身，小到一句台词的幽默化处理，大到整部电影主题思想设定的拔高，无不体现出以冯小刚为中心的全体创作人员的良苦用心。毫无疑问，《甲方乙方》是一部商业运作策略和思想深度兼具的优秀作品，电影以戏谑、调侃、诙谐、揶揄、游戏的喜剧手法，以冯氏风格的假定性情节推进，展开了对社会现实、主流文化、生活爱情等多方面的喜剧式的批判，全面细致地展现了当时普通市民的喜怒哀乐、生存现状、精神状况，极大程度上满足了电影观众的娱乐需求和消费需求。在娱乐大众的同时，更引人反思。让观众笑，更能够知道为何而笑，反思为何而笑。值得一提的是，在时隔 20 多年的今天，重新去观看这部影片时，仍旧能够被其深深吸引，而影片中类似“炒作能成功”“无房不幸福”等多处情节与台词的巧妙设定，不仅在当时有一定的寓言性，更是对当下不良社会风气的一种赤裸裸的讽刺。这或许是冯小刚“贺岁片”为何让观众笑的精髓和意义所在。

（二）商业、娱乐的杂耍之作——《非诚勿扰》系列让观众傻笑

2010 年，冯小刚在基于 2008 年推出的贺岁电影《非诚勿扰》的基础上，打造了迄今为止冯氏贺岁电影里唯一一部续集电影《非诚勿扰 2》。

《非诚勿扰》剧照

《非诚勿扰》① 作为冯氏品牌成熟期的第一部贺岁喜剧，仅仅源于一个偶然的提议。影片以男主角走马观花式的相亲过程为线索，以板块式的叙事结构为拼凑，以众多电影明星联袂出演为噱头。在纯粹性的商业策略操作之下，《非诚勿扰》缺少了冯氏贺岁电影一贯的亲民、诚意，更多地显示出毫无思想价值和人文关怀的矫情、调侃、戏弄。作为续集电影的《非诚勿扰 2》，整体上缺乏了好莱坞续集电影长期发展的规划目标、一脉相承的创作理念和影响深远的文化品牌，完全是在第一部电影票房成功的经济利益诱惑之下，以一种投机生产的心态促成的偶然行为。“无可否认，这种生产方式源于资本追逐利益的天性，但如果将电影系列作为一个整体来看，如此创作出来的续集化电影会因为其在诞生之初的整体缺陷而无法走得更高更远。”② 显然，尽管《非诚勿扰 2》最终以超 5 亿元的票房成绩收官，但是作为续集系列而言，《非诚勿扰》系列已经举步艰难，似乎已不

①《非诚勿扰》（2008）编剧：冯小刚；导演：冯小刚；主演：葛优、范伟、舒淇、方中信等；出品：华谊兄弟传媒股份有限公司。

②谭苗、董炜：《中美电影续集化生产之比较》，《当代电影》2013 年第 9 期。

可能再出现。

从市场接受的角度来看，《非诚勿扰》系列纯粹的商业性已经丧失了冯氏贺岁电影获得市场认可的精髓，而是将唯利是图的不良倾向表现得淋漓尽致。从电影叙事的元素来看，第一部《非诚勿扰》是一部让观众傻笑的杂耍之作，而《非诚勿扰 2》更是有过之而无不及。该系列电影为了直接追逐经济利益，以制造幻觉、创造奇观、插科打诨、拼凑唯美为手段，通过虚无缥缈、华丽刺激的视觉包装，将断裂的故事情节和苍白的人物设定穿插于选美、酒店、派对、车展等一系列刻意制造的糜烂场景中，以一种完全娱乐化、极度媚俗化、彻底平庸化的快餐式消费展现给观众一种对人生、爱情、生活的极不严肃、毫不负责、游戏人间的扭曲心态。

当然，我们必须承认《非诚勿扰》系列作为商业电影在市场上的成功，也不能忽视其在岁末年终让众多电影观众哈哈一笑的娱乐作用。但是这样纯商业、全杂耍只能让电影观众哈哈傻笑的贺岁电影，是否真的是我们所需要的，值得深思。“过度娱乐化的作品只能使观众止于养眼而不养心、止于视听快感而无诗意美感，甚至是花眼乱心。”① 特别是类似于冯小刚这样对中国电影发展既有不可磨灭的历史贡献、又有风向标作用的大导演，如果一味地沉溺于在经济利益驱动下以娱乐、杂耍的心态换取观众傻笑、透支自我信用的行为，是否是他们以及整个中国电影的一种悲哀？

二、大片“大”在何处？《英雄》《赵氏孤儿》《唐山大地震》

中国大片是中国电影商业化发展的必然产物，也是中国电影产业化发展的开端，其具体诞生缘由本小节前端已详细陈述，此处不再赘述。

中国大片诞生的标志被公认为是 2002 年由张艺谋担任导演的电影《英雄》② 的上映，迄今已十余载。回首中国大片一路走来的历程——从出生时的阵痛，到成长期的探索与修缮，再到逐渐趋向成熟，不禁感慨良多。尽管中国大片饱受众人质疑，也具有明显的病症，但中国大片的历史性功绩不容低估。中国大片不仅拯救了中国电影颓废的命运，革新了中国电影发展的脉搏，更是扛起了国产电影对抗好莱坞的大旗，提升了中国电

①仲呈祥、张金尧：《坚持以人民为中心的创造导向——学习习近平同志在文艺工作座谈会上的讲话》，《光明日报》2014 年 10 月 17 日。

②《英雄》（2002）编剧：李冯、王斌、张艺谋；导演：张艺谋；主演：李连杰、梁朝伟、张曼玉、陈道明、章子怡、甄子丹等；出品：北京新画面影业公司。

影在全球化市场中的国际地位。

作为新事物的中国大片，在经历了《英雄》《十面埋伏》《无极》《满城尽带黄金甲》《夜宴》等一系列类型单一、风格相似的摸爬滚打、饱受质疑后，逐渐走向了发展的分岔口。《集结号》《投名状》《云水谣》《梅兰芳》的相继出现，在获得良好市场反应的同时，客观上也为中国大片创作思路带来了新的发展方向。原本单一、雷同的古装武侠类型题材不再一统天下，中国大片也不再墨守成规，开始逐渐转向类型多元、题材广阔、风格迥异的新局面。至此，中国大片的创作出现了新的拐点，冲破了发展的尴尬困境。随着《功夫之王》《唐山大地震》《让子弹飞》《雪花秘扇》《画皮》《中国合伙人》等一连串影片的相继出现，中国大片多元化创作的局面逐渐开始形成并走向成熟。以 2014 年为例，魔幻神话题材的《大闹天宫》、警匪喜剧题材的《澳门风云》、历史事件题材的《归来》、古装武侠题材的《四大名捕大结局》、现实主义题材的《亲爱的》、人物传记题材的《黄金时代》等类型多元、风格迥异的电影的轮番上映，成为中国大片“百花齐放、百家争鸣”的最好例证。

此刻，站在中国电影继往开来的历史节点，我们再一次审视中国大片，总有一种疑问在心中呐喊——中国大片究竟“大”在何处？是否一如从前，“大”在宏阔的历史事件？“大”在巨额的投资制作？或是……诚然，中国大片“大”的外延和内涵是随着中国电影持续兴旺繁茂而不断扩充的。就目前来看，中国大片“大”之所在，至少体现在“母题来源、物质保障、艺术追求、票房证明”等四个方面。具体而言，母题来源是以灿烂优秀的民族文化为根基的、宏阔的历史事件为背景；以文化自信作为出发点的、巨额的投资制作为物质保障；以电影艺术品质、满怀人文气息、力求思想深度为艺术追求；以高额的票房汇报和潮水般的赞誉声为票房证明。

“目前，中国电影正处于从电影大国向电影强国迈进的蓬勃发展期，日益丰富的社会生活、宽松的创作环境、充裕的资金给中国电影业带来巨大的生机和活力。”① 在这样的历史时刻，中国大片更加应该勇往直前、乘胜追击，为中国电影业的发展添上浓墨重彩的一大笔，同时应该积极探索

---

①尹鸿、刘浩东：《2014 中国电影艺术报告》，中国电影出版社 2014 年第 1 版，第 11 页。

如何更好地展开国家形象的影像构建和表达，继续为中国文化展开国际传播助力，为提升中国的国际影响力做出贡献。

（一）滥觞的孤独——数年后再评《英雄》

作为中国大片的滥觞之作——《英雄》，诞生于中国贺岁档的形成期，从宏观层面上影响了此后较长一段时间里中国电影创作的总体思路。就《英雄》本身而言，既有好莱坞“高概念”电影的模式，又有席卷全球的《卧虎藏龙》的影子。《英雄》将中国大片的“大”从一开始就定位成宏大壮阔的故事场面、高额的投资制作、纯技术的泛滥堆砌、全明星的商业阵容、爆发式的宣传营销等。

《英雄》所创造的票房神话属于预料之内，但是随之而来的、漫天飞舞的批评声或多或少让处于转型期的张艺谋遭受了一场前所未有的困惑与倒戈。“纷争和冲突一如《英雄》中的故事，挑战权威的媒体、不服气的个人、别有怀抱的批评家、各种愤懑和不满如同个体行动的‘刺客’纷纷向《英雄》涌去。”①

张艺谋的野心一如片名《英雄》般“昭然若揭”，他将电影的母题构建在中国传统题材“荆轲刺秦王”之上，以宏大壮阔的想象力和典型的商业美学为影片叙事的支撑，想要实现商业性与艺术性、本土化与全球化的全盘胜利。可惜，无节制地制造视觉奇观换取的仅是观众观影的视觉快感。构建谄媚强权和霸权政治的思想主题，以恶写恶丧失灵魂；唯美主义包装下暴力美学的滥用，将中国武侠海纳百川的境界化为无休止的野蛮杀戮；中国人心目中传统的历史英雄则被设置成一个空洞、苍白，甚至懦弱无力的刺客……这一切，让《英雄》这部作品充满了遗憾。

票房火爆也好，漫天批评也罢，这一切都将成为过去。但是，作为中国大片滥觞之作的《英雄》，注定孤独地定格在中国电影发展的某一点上，等待着时光坐标轴中人们一次又一次的回首张望。而在历史长河与当时的语境下，如果以十分为评价满分，给以《英雄》六分或是七分，如何？

（二）悲剧的残缺、精神的尴尬——《赵氏孤儿》

陈凯歌凭借《黄土地》《孩子王》《霸王别姬》等一系列的经典作品成为中国第五代导演中的佼佼者，他不仅成为中国最重要的导演之一，也曾经被誉为“最具想象力和最有诗性的导演”。

---

①张颐武：《〈英雄〉：新世纪的隐喻》，《当代电影》2003 年第 2 期。

《赵氏孤儿》剧照

《赵氏孤儿》是陈凯歌创作的第三部中国大片。历史上的“赵氏孤儿”以舍生取义和浩然正气为核心价值，讲述了在春秋时期，晋贵族赵氏惨遭奸佞屠岸贾陷害而灭门，幸存的赵氏孤儿赵武在长大成人后为家族复仇的故事。“赵氏孤儿”最早载于《左传》，以《史记·赵世家》最为详细，而以元杂剧《赵氏孤儿大报仇》最为出名，国学大师王国维曾在《宋元戏曲史》一书中，赞之为“列于世界大悲剧中，亦无愧色”。可以说，“赵氏孤儿”是中国为数不多真正意义上的经典悲剧。“悲剧不仅像其他戏剧样式一样适合于电影，而且还是电影所追求的一种崇高的足以把电影提升为一种艺术手段的目标之一。”① 所以，当陈凯歌试图将这一东方的经典悲剧搬上大银幕时，有太多的人对其寄予了厚望。

经典的魅力在于它自身经得住时间的敲打与考验，其核心思想和文化价值能够在艺术的流传中永存。因此，对于经典的创新也无可厚非。但是，艺术改编并非完全是天马行空的自由想象，特别是对于历史问题的艺术化创作，其首要前提是要尊重历史的发展规律和逻辑。“这里的关键在于

①王志敏：《现代电影美学体系》，北京大学出版社2006年版，第193页。

应力倡循着历史和人民检验的经典作品昭示的审美价值取向和道德伦理，顺势深化、丰富、发展、创新，防止和反对逆势解构、拆卸、颠覆。”①

毫无疑问，“赵氏孤儿”作为文学母题，其内在的精神瑰宝与价值灵魂集中于“忠”与“奸”的坚决对抗以及“忠”赢得了最终的胜利。这不仅成为“赵氏孤儿”能够流芳百世、历久弥新的根本缘由，更是积聚普适意义的道德观念和世间永恒的生存法则。这是优秀的民族文化在历史无意识积淀过程中的对人类文化所形成的独特贡献。“一部经典艺术作品，倘采自历史题材，一定是完成了史学思维向美学思维成功转换的结晶。”②但是，电影《赵氏孤儿》的导演声称：“我特别怕唱高调，所以，我对程婴进行了改编，他就是一个质朴、真实的人，不必整天陷在大义里。”于是，陈凯歌对于经典的中国悲剧进行了一次美其名曰的、现代性的、大刀阔斧般的“整容”。一方面，将原本大义凛然、主动献婴的行为改编成了无可奈何之下的被迫之举，主人公程婴的人物形象自然在电影银幕上被矮化、俗化，而“忠”和“义”也随之被淡化。另一方面，影片将原本扩充整体悲剧性的多人为义而死弱化甚至删除，同时又铺设、增加了如何杀死程妻、程勃（赵武）成长经历等情节，还为屠岸贾增添了人性，并以儿戏般的设定让程勃参战。这些改编于电影无益，又不符逻辑、不合常理，从而导致了整部电影情节支离破碎，人物关系混乱牵强，叙事线索前后脱节等瑕疵。让人痛心的莫过于千古流传的悲剧史诗却在这样一刀一剐的“整容”之下，在变得毫无悲剧性可言的情况下被搬上了大银幕。在丧失美学品格的情况下，原本荡气回肠的绝唱、崇高悲怆的壮烈、舍生取义的英雄全部荡然无存，留下的只有断裂的叙事与商业化包装下的小市民价值取向。“舍子救孤”的牺牲精神在电影叙事中以西方人性论重新解构，经典故事被改编成为阴差阳错的偶然事件，世俗哲学消解了大义凛然的悲剧神话，颠覆了中国文化与道德在千百年积淀过程中对“忠、奸、善、恶”的评判。

可以说《赵氏孤儿》沿袭了中国大片诞生初期的诸多病症，特别是对经典的现代性改编让影片显得不伦不类。在对《赵氏孤儿》深表失望和遗憾的同时，更应该注意它给中国电影的创作改编思路带来的警醒——当我们

①仲呈祥：《仲呈祥演讲录》，作家出版社2013年版，第103页。

②仲呈祥：《从电视剧〈赵氏孤儿案〉说起》，《中国电视》2013年第5期。

无力对经典做出更深远的、跨时代的创新时，或许没有比守望它更为合适的选择了。

（三）大片成熟的范式——《唐山大地震》

与好莱坞类型成熟的灾难片相比，国产灾难片的发展整体倾颓。不过，随着2010年《唐山大地震》[①] 这一“叫好又叫座”的中国大片的上映，不仅将中国灾难片的颓势转变，更成为中国大片迈向类型多元、成熟的创作局面的标志之一。

《唐山大地震》以历史灾难为创作背景，在展现社会创伤的同时，将中国传统的家庭观念和伦理道德融入其中，以一个普通母亲为核心，展现了唐山大地震带给这家人生活的巨变。影片以细腻的感情处理、精巧的细节设置为叙事的连接点，将人类命运的宏大主题与平凡大众的普通生活统筹一体，以残酷中带着温情、挣扎中带着希望的情感基调贯穿全片。“它以母爱的博大、绵长、深厚而又感人至深，给予观众以强烈的灵魂冲击，激发起他们沉睡心底的浓郁亲情、普爱和良知。”[②] 正是由于电影具有这样的美学境界和艺术品格，所以它才能在上映之时获得无数中国电影观众的情感共鸣，同时也以超6亿元的票房收入缔造了中国大片走向多元成熟的市场基础。

《唐山大地震》是在以市场诉求为指向的前提下，科学巧妙地将艺术电影的思想性、人文性融入商业电影的战略性、视觉性之中的有计划、有步骤、有目的地去打造的一部中国大片。所以，我们看到的《唐山大地震》，是一部将商业目的、市场运作隐藏在电影叙事的背后，将人性主题、艺术追求镶嵌在电影内涵之中，将精神深度、社会价值凸显在电影银幕之上的佳作。笔者曾在本小节前端提出的中国大片“大”在“母题来源、物质保障、艺术追求、票房证明”四个方面，则在《唐山大地震》中得到了极好的体现。

作为一部商业电影，《唐山大地震》相比于众多杂耍嬉闹、毫无价值的泡沫电影而言，其自身的艺术修为有诸多可圈可点之处。但若是以电影艺术的内在精神和文化传达的角度去审视《唐山大地震》，其硬伤较为明

---

①《唐山大地震》（2010）编剧：苏小卫；导演：冯小刚；主演：徐帆、张静初、李晨、陈道明、陆毅、陈瑾等；出品：华谊兄弟传媒股份有限公司等。

②王一川：《〈唐山大地震〉：面向全国人魂魄的一次新崛起》，《电影艺术》2010年第5期。

显。一方面，作为现实主义题材，影片缺少对那个年代唐山人真实的生活状态及精神意志的再现，从而导致影片中诸多叙事情节的设置是极不准确的。另一方面，影片在人物性格的刻画上也有待商榷，整体上表现为欠缺饱满、略显扁平的通病，特别是对于人物心理的成长与转变表现得极为简单生硬，不具备张力。这在客观层面造成整部影片营造出来的悲剧性基调和感人肺腑的氛围稍显刻意、做作。值得一提的是，同类型影片《惊天动地》以汶川大地震为拍摄背景，整部影片的叙事极为讲究，人物设置也是各具特色，不仅给观众以视听感觉的冲击，更带来了巨大的精神震撼。《惊天动地》的精神内核和艺术品格均在《唐山大地震》之上，被誉为目前“最好的、最感人”的抗震题材影片，为同类型影片树立了鲜明的创作标杆。

“改革开放的时代和物质精神生活水平迅猛提升的人民大众，都呼唤有艺术的思想性与有思想的艺术性和谐统一的，具有吸引力、感染力的国产大片，以标志当今中华民族电影审美和制作的最高水平，并以此抵御外来强势文化的挤压和占领电影市场，为人类电影文化做出新的独特贡献。”① 笔者寄希望于未来，相信中国电影一定会出现越来越多的好作品。

第六节　市场取向下的多元化创作

在市场化、产业化的基础上，当下中国电影创作的类型融合以多元素、多样式、多题材的表达成为最大亮点。青春、爱情、魔幻、喜剧、动作、惊悚、现实等多种形式的灵活运用、多层拓展、全面糅合，为中国电影的饕餮盛宴奉献了巨大的力量，其中类型电影的多元创作成为主力军。以 2012 年、2013 年为例，两年上映的国产电影共 486 部，其中类型电影 365 部，占总数的 75.1%。这样鲜明生动的数据直接说明目前中国电影创作发展的总体趋势。新兴的导演、编剧、演员正在逐步成为中国电影发展的生力军，他们善于运用当下社会发展中的热点题材，以青春明亮的影片基调、跃动轻快的叙事节奏、清新自然的表演风格来迎合主流电影市场受

①仲呈祥：《由夏公的担心想到“国产大片”》，《人民日报》2006 年 1 月 26 日。

众群体的偏好，派生出一大批极具话题性、影响力的中小型成本现实主义题材影片，开辟了中国电影创作的新领域。在数字通信技术和互联网多媒体技术日新月异的当下，将新媒体、大数据、互联网作为中国电影产业发展的助推器收效甚好。新媒体已经成为中国电影发行、宣传、营销的重要阵地，其社交性、互动性、及时性、便捷性的特点都在很大程度上缩短了电影和受众之间的距离，加深了两者之间的交流程度，形成了非常显著的传播效果。而由新媒体终端所产生的海量数据，更是对选择剧本创意、定位受众喜好、确定主创人员等来打造适销电影作品方面具有建设性意见和指导性作用，成为艺术与科学完美衔接的中介点。最引人关注的是经历过“网生代元年”的2014年之后，互联网已经不再单纯满足于仅作为电影播放平台的功能，而是逐渐跨向了与电影产业融合发展的产业联姻中，这成为中国电影新一轮发展中最为显著的亮点。

此外，在全球金融危机迭起以及中国宏观经济运行放缓的大背景下，中国电影却逆势而上，呈现出产业发展的“口红效应”，不仅展现出自身蓬勃发展的生命力以及强劲的抗衰退性，更是振奋了中国电影人的信心，也聚焦了更多的国际关注。纵观中国电影产业迅猛发展的惊人态势：电影产量、电影院线、银幕数量、观影人次、票房份额的逐年持续激增，都促成了中国电影市场健康向上、全面发展的新局面。

从2003年到2014年，中国电影市场在这11年辉煌的发展期间，以无限的潜力和巨大的活力实现了高速、连续的增长走势。2013年内地电影票房首次突破200亿元大关，2014年票房总额距300亿元大关仅一步之遥，置身于全球化和商业化浪潮里的中国电影硕果累累。

中国电影在不负众望、成绩斐然的同时，也由于市场的兴旺滋生了无法回避的现实问题。唯票房论甚嚣尘上，导致了中国电影在创作层面上开始出现娱乐化、媚俗化、扭曲价值观的不良趋势。从短期来看，这一趋势或许能够取得一定的经济效益，但是长此以往的恶性循环不仅不利于正确引导受众的观影选择，还会中伤受众的观影积极性，更会严重制约中国电影市场的良性发展，破坏市场结构的升级换代和资源的优化配置。另外，跟风潮、对抗性竞争的电影作品不断出现，在占据部分市场份额的同时造成了电影作品所表达的创新创意、人文关怀、精神深度的缺失，一定程度上削减了中国电影的整体魅力。与电影市场的繁盛发达相比，中国电影产品的后续开发和产业链条的完善就显得相形见绌。中国电影产品的后续开发几乎仅仅停留在纪念物和玩具品的层面，且品类更是极其有限，而中国电影辐射、推动旅游业、餐饮业、服装业等行业的作用更是微乎其微。这种产品开发和产业链延续的滞后性必将成为未来制约中国电影发展的巨大障碍。但是瑕不掩瑜，我们相信中国电影势必会在全面上升的基础之上，以及国家的鼎力支持、正确引导之下，以更加积极向上、科学合理的方式不断优化完善自身发展，取得更加引人瞩目的成绩，不辜负时代所托。

中国电影所创造的种种卓越表现，构筑了一道中国文化产业发展的亮丽风景线，同时也证明了中国电影正在阔步流星地走在发展的康庄大道上。可以说，中国电影已经迎来了发展的黄金时代，同时也走到了继往开来、承前启后的历史转折处。往者不可谏，来者犹可追。未来如何继续更好地推动中国电影整体的持续化、跨越式发展，行业结构的科学化、规模性升级，市场配置的合理化、全面性调整，以及电影品质的专业化、精致度提升，都将成为中国电影更加兴盛不衰的动力来源。

市场化、产业化之下的中国电影无疑是快速发展、全面繁荣的，而多元创作格局更是推动中国电影改革发展的重要力量。探究市场化、产业化之下中国电影多元化创作的立足点也因人而异。本小节主要以艺术探索的市场化生存、黑色喜剧以及小妞电影和价值乱象为主要探讨对象。

一、艺术探索的市场化生存：《二十四城记》《斗牛》

艺术电影是商业电影相对而言的概念，一般通过真挚的人文关怀和深刻的思想感情来完成崇高的艺术追求，侧重于表达人性的复杂和批判现实社会。但是，艺术电影通常由于晦涩难懂的主题阐释、缓慢沉闷的叙事节奏等特点，难以获得电影市场大范围的认可、接受。

在中国电影市场化、产业化发展的当下，艺术电影总是有种“孤芳自赏”的落寞，尽管近些年类似《桃姐》《二次曝光》《白日焰火》《归来》《我是路人甲》等电影在一定程度上得到了市场的认可、接受，但是究其成功的原因，更多的是依靠大牌导演、演员、敏感事件、社会关注等电影内涵以外的东西造就的话题性来吸引受众的猎奇心理，从而获得可观的票房收效。总体来说，艺术电影在中国的发展仍旧处于青黄不接的尴尬阶段。但是我们相信，随着中国电影市场份额的不断发展扩大，艺术电影的市场认可度也势必水涨船高。但是，由此带来的更为残酷、激烈的市场竞争，对艺术电影来说也是不容小觑的挑战。如何探究艺术电影的市场化生存，成为其转危为安、谋取发展的重中之重。

电影作为一种特殊的精神文化产品决定了其自身兼具艺术性和商品性，但两者之间的较量似乎从未停止过。作为辩证统一的综合体，电影的理性发展一定是艺术性与商品性的相互交融、和谐共存。单纯追求电影的艺术性，而忽略其作为文化产品的商品性，在目前的形势下来看是不可取的；而如果只是一味地追求其经济利益，远离甚至是割裂电影的艺术性，更是极其错误的做法。由此可见，艺术电影想要在中国电影的蓬勃发展中分得一杯羹，首先要做的是在艺术性的指导下对自身进行一定程度上的商业化包装，从而使得电影的两重性之间能够有一个交融共存的共通点。

就目前中国电影市场的情况来看，艺术电影和商业电影的相互斗争，以及电影两重性之间的此消彼长都在客观上促进了中国电影市场的良性发展。显然，“现在我们的电影更加具有感染力、更加注重艺术与商业的整合，出现了一批思想性、艺术性、观赏性完美结合的好电影”①。这种趋势的出现和兴起，不失为艺术电影探索市场化生存的重要方向。以下选取《二十四城记》和《斗牛》两部电影，浅析艺术电影在市场化生存下的探索。

《二十四城记》剧照

①贾磊磊：《中国电影产业的战略变局——增加美国影片进口配额对中国电影未来的影响》，《当代电影》2012 年第 5 期。

2008 年上映的贾樟柯的电影作品《二十四城记》[1] 在借助商业赞助、炒作营销的模式之下，以独特的艺术风格和大胆的拍摄创新为亮点，采用纪录片电影的手段，试图展现一段中国逝去的历史回忆，同时在电影叙事中又刻意回避了商业迎合，促成了一次电影领域内商业与艺术成功融合的案例。

《二十四城记》延续了贾樟柯一如既往的影片基调，将镜头对准了社会底层小人物的生活。但是，这一次他又大胆创新，采用类似纪录片拍摄的方式，以职业演员和非职业演员的口述方式为线索，在真实和虚构的穿插之间，融入了流行音乐、诗歌、行为艺术、戏剧等多种艺术手段，通过展现成都 420 厂工人的个人青春、集体记忆以及工厂历经 50 年兴衰的命运转变，娓娓铺陈了一段有关时代、历史、民族的大故事。这部电影的艺术性无疑被贾樟柯发挥到淋漓尽致的地步，从人物设置、结构安排、叙事模式、细节处理、拍摄手法等方方面面都对传统进行了革新，也突破了他自己，以至于让包括业界、电影研究者在内的大部分人很难去定义《二十四城记》的类型。

电影《二十四城记》的片名不光源于中国古代诗歌“二十四城芙蓉花，锦官自惜称繁花”，更是直接来自于电影的赞助商成都华润房地产集团的新楼盘二十四城。华润集团与贾樟柯的这次携手合作无疑彼此成就了对方。“在没有看到影片之前，他们的合作听起来像是一次在强大的商业法则统领下‘艺术委身商业’的应景之作。”[2] 这让许多人疑惑，一直坚持自我的贾樟柯是否也无奈向电影市场低头，也让这部看似有着“商业电影嫌疑”的作品得到了更多的关注。但是，影片从头到尾没有一处是刻意迎合赞助商的，反而是将华润集团和二十四城作为电影记录的真实载体以及电影展开必不可少的情节，巧妙、精准地将艺术和商业结合在了一起。具体来看，影片中以新闻播报的方式植入了对华润集团的宣传，而且作为电影情节推进的必经之路，使其毫无违和感；又通过对话台词的设计，在介绍了楼盘名称的来由中又一次宣传华润集团……这样不刻意造作的广告植入在影片中还有多处，此处不再一一复述。华润集团这种另类的商业营

---

①《二十四城记》（2008）编剧：贾樟柯、翟永明；导演：贾樟柯；主演：吕丽萍、陈冲、赵涛、陈建斌等；出品：上海电影制片厂等。

②张赞波：《〈二十四城记〉贾樟柯完整的影响实验》，《电影艺术》2008 年第 6 期。

销策略收效甚好，不同于以往任何肤浅恶俗的广告植入，而是在无形中增加了人们对于该企业的好感。从广告传播的互补式效果来看，将电影与商业糅合，实现了二者的共赢。

尽管《二十四城记》上映之后并未引起电影市场的强烈反应，且遭遇了不被理解、甚至是被误解的尴尬境况，但是作为中国艺术电影的一次商业化生存探究，特别是该商业广告在该电影中的软植入值得思考和探究。

2009 年上映的管虎新作《斗牛》①，无疑成为该年度中国影坛上最让人惊喜的作品，更加成为中国艺术电影探索市场化生存的成功典范。

“电影《斗牛》离奇怪诞的叙事历程和滑稽悖谬的事件命题，人的动物化和动物的人化，直指人类存在和行为的荒诞状态，使否定现实和批判人性的喜剧性影像，在极端夸张的叙述结构中呈现出自在的视觉真实和严肃的悲剧主题。”② 影片的故事情节简洁明了，通过讲述抗日战争期间，马牧池村的村民牛二无奈接受负责保护和照料一头“部队牛”的故事，深刻挖掘了人性的真实、善良和淳朴。同时，导演的虔诚表达、男演员井喷式的爆发表演、编剧的匠心独运以及流畅的闪回剪辑都使《斗牛》成为一部直击心灵、难能可贵的艺术佳作。在中国艺术电影生存艰难的大环境之下，《斗牛》成功地借助荒诞的创作手法，以喜剧的表现形式将悲剧的本质内容展现在大银幕上，让电影观众笑却又不忍笑，将艺术电影进行了一次完美的商业化处理，成为值得我们肯定、研究和借鉴的对象。

二、黑色喜剧：《疯狂的石头》《Hello！树先生》

黑色喜剧源于美国 20 世纪 60 年代诞生的文学题材——黑色幽默，是借以喜剧的包装形式下，用冷嘲热讽、荒诞不经、夸张怪异的表现手法，以采用“反英雄”的人物设定和多线索的情节设置，来直击现实、批判社会的电影类型。

近些年，随着《疯狂的石头》《落叶归根》《疯狂的赛车》《Hello！树先生》的相继上映，中国电影市场上的黑色喜剧开始兴起并渐成风潮。中国黑色喜剧电影以中、小成本投资型居多，普遍以社会底层人物为主要对

①《斗牛》（2009）编剧：管虎；导演：管虎；主演：黄渤、闫妮、尚铁龙、刘杰等；出品：长春电影制片厂等。

②黄宝富：《后现代语境中喜剧形式的现代性诉求——电影〈斗牛〉分析》，《北京电影学院学报》2010 年第 2 期。

象，借助虚构犯罪、暴力、色情、惊悚等元素，展开对现实生活真实的反讽和探索。这些影片主要以形象夸张、略有疯癫的主角，离奇搞笑、讽刺幽默的台词，以及多条情节各自展开又巧妙扣合的模式来博得电影观众开怀大笑，满足其观影心理。黑色喜剧既是中国电影市场上低投入高收益、票房反响好的一类电影，也成为中国电影创作格局中的一个构成部分。但目前“国产黑色戏剧创作尚处于模仿阶段，虽然具备非线性多线叙事、巧合性情节和荒诞性喜剧动力，但未能更进一步揭示这些行为背后的作者态度”①。以下选取中国黑色喜剧电影的代表作《疯狂的石头》和特立独行的影片《Hello！树先生》作简要分析。

2006 年，宁浩借鉴英国著名导演盖·里奇的经典影片《偷拐抢骗》和《两杆大烟枪》创作了自己的黑色喜剧电影《疯狂的石头》②。这部影片不仅以 200 万的超低投入赚得盆满钵满，成为该年度中国电影票房市场上一匹表现抢眼的黑马，更是成为中国黑色喜剧电影的代表作。

《疯狂的石头》从表达形式和思维方式上，都突破了此前以冯氏喜剧为主流的国产喜剧传统，拓宽了中国喜剧创作的局面和价值定位的外延，掀起了一股黑色喜剧创作的潮流。该片将好莱坞式的黑色喜剧范式成功地进行了本土化的改造，以多条线索展开、巧妙交织的模式对当下社会诸多不良现象作出了讽刺和批判，让观众在轻松愉悦的同时也反思社会的无奈与悲哀。可以说是一部让人赞叹不已的商业佳作。

影片集中表现的核心问题是关于国有资产流失的问题，强取豪夺的房地产董事长成为本片最集中的讽刺对象。影片结尾房地产董事长和经理的双双殒命，既顺应了观众的心意，也将黑色喜剧的荒诞再一次表现得酣畅淋漓。“尽管本片对人生荒诞体验的独特表现是不可复制的，但是本片的创作思路——以大众喜闻乐见的方式形象地再现当代人的生存状态，严肃认真地展示、剖析当代人的生存体验，整合各种力量创造一种极具张力的艺术‘力场’——还是值得借鉴的。”③ 黑色喜剧电影不仅给观众带来笑声，而且让观众反思笑声背后的社会现实；黑色喜剧电影既有喜剧的轻松愉快，更要对准现实，折射和反映大众生活的真实性。

---

①陈宇：《国产喜剧电影随想录》，《当代电影》2012 年第 7 期。

②《疯狂的石头》（2006）编剧：张承、岳小军、宁浩；导演：宁浩；主演：郭涛、刘桦、连晋、黄渤、徐峥、岳小军等；出品：映艺娱乐有限公司等。

③甘锋：《“疯狂的石头”荒诞体验的中国式意象》，《电影新作》2007 年第 2 期。

2011 年上映的黑色喜剧电影《Hello！树先生》①，虽然斩获了数个重量级电影节的多个奖项，但是就中国电影市场和普通观众的反映来看——“类型不清、剧情偏执、情节晦涩”几乎成了最广泛一致的评论。而该片的导演韩杰也曾公开表示过“看不懂早在意料之中”的观点。该片无疑是现实主义题材中国产黑色喜剧的诚意与创新之作。但是，由于在宣传营销时，片方为普通观众营造了足够的期待，而影片对主题思想过多的陌生化处理，以及在真实和虚幻之间对叙事结构过多构解，都导致了普通观众在观影后的真实感受与其之前的期待视野产生了巨大的偏颇，从而导致了影片的市场表现乏善可陈。看来用“特立独行”来形容这部电影或许恰如其分。

影片讲述了一个极具黑色幽默、离奇怪诞的故事，用一句最简单的话来概述情节：交缠在梦想和现实中的神经病诞生记。导演曾谈及影片的创作灵感来源于曾经在网络上红极一时的乞丐“犀利哥”和社会现实中的房屋拆迁。从影片的整体氛围中，不难发现导演试图在整部电影中将想象的自由不羁和现实的冷漠无情进行最大化的差异表达，以此力求通过行为怪异的、名为“树”的主人公来映射当下社会年轻人的生活现状和生存困境，并且引导观众对电影所刻画的艺术真实和现实真实之间的差距进行反思和判断。可惜，过于特立独行和错综迥异的影片风格，使得导演的意图并没有得到很好的实现。

类似《Hello！树先生》这样特立独行的黑色喜剧显然有悖于当时中国电影市场的接受范围，但是并不能就此忽视其独具魅力的艺术价值，在中国电影更加多元化、理性化发展的未来，人们必将会重新审视它。

三、小妞电影和价值乱象：《致我们终将逝去的青春》《小时代》

“小妞电影”源于美国好莱坞，是在电影市场高度成熟化、商品化之下诞生的一种新的亚类型电影。小妞电影通常会以一个或几个工作生活在现代化大都市的青年女性为主角，以她或者她们寻找自我成长和心灵救赎为核心线索，融合青春爱情、梦想励志、诙谐幽默、时尚活力等元素，以精准的市场定位和细分化的受众群体为创作动力。其背后所隐含的性别文化是女性主义的兴起与流行。可以说，在商业电影混战的时代，小妞电影

①《Hello！树先生》（2011）编剧：韩杰；导演：韩杰；主演：王宝强、谭卓、何洁、李京怡、王大治等；出品：博纳影业集团、上海电影集团。

无疑在票房争夺上发挥了自己巨大的天然优势——深受年轻女性观众喜爱，并且在世界范围内掀起了一股创作的潮流。

中国式小妞电影的真正开端，可以看作是2009年由章子怡出演的电影《非常完美》，此后小妞电影迅速在中国电影市场上蔓延，相继出现了《杜拉拉升职记》《失恋33天》《北京遇上西雅图》《一夜惊喜》《小时代》等一系列市场回报率相当可观的中国式小妞电影。从中国式小妞电影的创作脉络来看，基本沿袭了好莱坞式的类型定位——题材选取固定化、情节展开公式化、人物设定模式化、营销宣传强势化，并且适当加入了一些中国观众喜好的电影元素。从中国式小妞电影整体的票房表现来看，其作为中国商业电影一种新兴的类型在本土大片和引进大片夹击的内地电影市场上成功占据了一席之地。但是，基于中国社会的现实情况和主流电影观众的观影期待来看，这种跟风复制、略带山寨的过分商业化批量生产也造就了中国式小妞电影在故事构架上略显虚假、电影叙事上略显牵强、人物设计上略显苍白、宣传策略上略显夸大的通病。特别是近两年，中国式小妞电影出现了可怕的创作误区，为了单纯追求高票房，不顾社会效应的引导和正确价值观的树立，完全以噱头炒作、话题营销、突破底线、明星堆砌等恶性方式展开，试图混淆大众审美趣味，严重有损青少年的身心健康。

作为舶来品，中国式小妞电影显然与好莱坞式的小妞电影相差甚远，但是在中国电影市场化、产业化不断发展成熟的未来，中国式小妞电影一定会出现集聚时代气息、民族特色、审美价值于一体的可与好莱坞相媲美的优秀作品。以下选取中国式小妞电影创作格局中最具有代表性的《致我们终将逝去的青春》和最具话题性的作品《小时代》作简要分析。

2013年，中国知名女演员赵薇首次执导的、改编自同名畅销小说的电影《致我们终将逝去的青春》① 一经上映，便引起了一股“青春疼痛、记忆怀旧”的社会潮流。该片不仅以超过7亿元的高票房收入使赵薇一举成为中国内地单片票房最高的女导演，更使赵薇本人斩获了第32届大众电影百花奖最佳导演奖，并且相关主创人员同样也在多个电影节拿奖。值得一提的是，该片作为赵薇北京电影学院导演系MFA毕业作品，获得了历史最高分99分。可以说，《致我们终将逝去的青春》是当下中国式小妞电影最具代表性的作品，但是它是否真的一如所获票房和荣誉般耀眼，不置可否。

---

①《致我们终将逝去的青春》（2013）编剧：李樯；导演：赵薇；主演：赵又廷、韩庚、杨子姗、江疏影、张瑶等；出品：华视影视传媒有限公司等。

《致我们终将逝去的青春》在女性视角和岁月质感为背景的勾勒下，以“80后”的大学生活经历作为主要环境，以惆怅怀旧的总体基调，讲述了以女主角为圆心的多个青年男女之间关于青春、爱情的追梦故事。影片采用伤感哀愁、消逝挣扎、恍若隔世又近在眼前的多个情感元素拼凑，掀起了一场有关“80后”集体“疼痛式”消费青春的回忆狂潮。在塑造天真果敢、执着追爱的“傻妞”型女主角的同时，也塑造了坚韧清醒、自知矜持的“女神”型的女二号。显然，两人的存在其实是对照又互补的。女主角在时光流逝中得到了心灵的救赎，而女二号却因为意外死亡获得了青春的永恒，彼此成就了对方。从这个角度来看，《致我们终将逝去的青春》为中国式小妞电影以及青春片创作提供了一个很好的思路和案例。

虽然整部影片都在刻意营造一种“青春疼痛、怀旧记忆”的氛围，但是该片却割裂了青春回忆里最重要的因素——成长过程。因此，不论是女主角还是其他人物的心路历程、成长经历都被生硬地、肤浅地带过。此外，或许导演急于在一部影片中糅合过多情节元素，过多的碎片化的处理导致了整部电影在叙事上的断裂感非常明显。原本“此情可待成追忆”的美好青春更多地变成了一种“为赋新词强说愁”的集中表达。

笔者看来，造就《致我们终将逝去的青春》票房神话并非主要源于电影本身的艺术魅力，更多的是依靠善于表现女性题材的编剧李樯对剧本的改编把控、拥有广泛粉丝基础的导演赵薇的影响力，以及原著广大的受众群体和众多青春偶像参演的话题性等多种人为性因素。在电影上映前和上映中，势头强劲的宣传营销，特别是以社交工具为主要手段的新媒体营销亦是功不可没。

2013年、2014年、2015年接连上映四部的系列电影《小时代》[①]，可谓是近些年中国电影市场上票房和口碑差异最明显、影片粉丝和业界评论争议最激烈的商业电影（小妞电影）。

《小时代》系列电影由作家跨行电影界的郭敬明依据自己的同名畅销小说改编并执导。该系列电影前三部的总票房超过13亿元，不仅成为国产系列电影票房的冠军，也使得初次执导电影的郭敬明跻身中国导演票房排行榜的前列。但是，由于电影本身故事情节和价值观表达所引起的影片粉丝与专业人士之间漫天的“口水战”令人瞠目结舌，就连《人民日报》《光明日

---

①《小时代》（2013）编剧、导演：郭敬明；主演：杨幂、柯震东、郭采洁、郭碧婷、谢依霖、陈学冬等；出品：和力辰光等。

报》等国家级的报刊都连发评论，痛批《小时代》错误扭曲的价值观。

《小时代》系列电影讲述的是四个生活在国际大都市里的年轻女孩追求梦想、努力奋斗的青春、时尚、励志、爱情故事片，但是整个系列无不充斥着一种纸醉金迷、物欲横流的虚幻主义和无病呻吟。片方宣称的所谓“美好元素”，更多的是在拜金主义、浮夸主义的包装之下的一种价值观扭曲的变相表达。不难发现，《小时代》系列所勾勒的世界，完全是一个“看脸、拼爹”的时代，而小时代最主要的观影群体则是心智还未完全成熟的青少年。这或许成为《小时代》系列电影遭受痛批最根本的原因之一。笔者曾在电影院中亲眼所见，许多学生及青年人对《小时代》里出现的各种炫富情节惊叹羡慕，并被诸多矫揉造作、虚假刻意的对白感动到落泪。少年强则中国强，如果引领青少年观影潮流的电影一直是类似《小时代》这样的影片，不仅让人痛心，更令人担忧。

虽然《小时代》系列电影诟病诸多，但是作为市场化运作下票房惊人的系列商业电影，《小时代》并非一文不值。《小时代》开启了中国电影市场上一种新型的电影类型——粉丝电影，并且多元融合了各类商业元素，精准细化了受众市场，全面合理地利用了新媒体的营销手段。研究《小时代》现象，对于处在市场化、产业化发展道路上的中国电影具有一定的指导意义。中国电影市场上可以有、也定会有类似《小时代》的电影，但是不能只有《小时代》。在票房收益巨大的诱惑下，中国电影如何明确自身的社会与文化定位，坚守自己的艺术底线，或许是中国电影处于商业化浪潮转型中最值得我们思考的问题之一。

（本章执笔：谭苗、卞芸璐）

下编·电视剧卷

导　言

中国电视剧自1958年6月15日《一口菜饼子》播出至今，已经走过了60多年的历程。在这60多年间，中国电视剧从无到有、从简陋到成熟、从屈指可数到不胜枚举，其发展虽因历史环境的作用经历过挫折停滞期，但总体上来说，其势头不可谓不迅猛，成就不可谓不辉煌。

从数量上说，截至2012年底，我国4岁以上电视观众已经增至12.82亿人，① 电视剧的年产量已逾1.7万余集。从质量上说，其优秀作品所达到的历史品位和美学品位，已从一个重要方面标志着当今中华民族以审美方式把握世界的最新水平。从20世纪80年代初的《巴桑和她的弟妹们》《今夜有暴风雪》，到90年代初的《渴望》《围城》，再到21世纪以来的《亮剑》《金婚》《士兵突击》《老大的幸福》，一部部优秀的电视剧所能产生的轰动社会效应、所能激起的亿万观众参与的文艺鉴赏浪潮，在世界人类文艺鉴赏史上也堪称奇观。因此，在当代中国，称覆盖面最广、影响力最大、观众最多的电视剧艺术是一门“显学”，诚不为过。

既为“显学”，则同时说明在满足人民群众日益增长的文化需求和全民族精神文明建设中，电视剧的责任重大、使命光荣。尤其是在目前社会环境下，信息传播由文字主导到视听影像主导，传统经典美学的审美自律的形而上范式也转化为日常生活审美化的新型社会行为学范式，一句话，与时俱进地将艺术鉴赏和美育深入到人民群众的生存活动中去，电视剧艺术这门当代“显学”，能够起到其他文艺形式难以替代的至关重要的作用。

为了在纷繁复杂的历史个案中理清头绪，还中国电视剧历史一个清晰、准确的原貌，本编对社会背景、文艺政策、文艺思潮和电视剧自身美学特征的转向等因素进行综合分析，将中国电视剧的发展划分为以下六个阶段：

1. 初创时期的中国电视剧（1958年至1966年4月）

---

①徐立军、王京：《2012年全国电视观众抽样调查分析报告》，《电视研究》2013年第2期。

2.“文化大革命”时期的中国电视剧（1966 年 5 月至 1976 年 9 月）

3. 复苏时期的中国电视剧（1976 年 10 月至 1981 年）

4. 发展时期的中国电视剧（1982 年至 1989 年）

5. 走向成熟的中国电视剧（1990 年至 2000 年）

6. 新世纪的中国电视剧（2001 年至 2012 年）

本编第一章为初创时期的中国电视剧，其时限划定在中国第一部电视剧诞生的 1958 年到 1966 年“文化大革命”开始前。其初创特征在于：第一，受技术上条件的限制，此阶段的电视剧采用现场直播、多机拍摄的方式。第二，艺术表现较为稚嫩，“一根线索，二三个景，四五个主要人物，一二百个镜头”的“电视小戏”和搬演真实新闻事件的“报道剧”成为了主要类型样式。第三，受“文艺为政治服务，为工农兵服务”的影响，在诸如“大跃进”、反右倾以及“千万不要忘记阶级斗争”的极“左”思潮指导下，刚诞生不久的电视剧在很大程度上担负了宣传党的政策、教育群众的政治任务，将政治性等同于艺术思想性的追求普遍存在。

第二章为“文化大革命”时期的中国电视剧，其时限基本划定在 1966 年“文化大革命”开始到 1976 年“文化大革命”结束的十年间。这一阶段，在严酷的政治环境下，电视剧艺术的发展处于基本停滞的状态。初创时期培养、积累的电视人才大量解散流失，电视剧遭到了灭顶之灾。从数量上看，十年间仅录制了《考场上的反修斗争》《杏花塘边》《公社党委书记的女儿》《神圣的职责》等极少量的剧目。从内容质量上看，电视剧作品亦俨然沦为政治的奴仆，成为政治话语的传声筒。

第三章为复苏时期的中国电视剧，其时限划定为 1976 年粉碎“四人帮”之后到 1981 年。1978 年，党的十一届三中全会的召开不仅是社会政治经济划时代的标志，而且也是文化划时代的标志。一大批冤假错案得到了澄清，一批老广播电视艺术工作者重新回到自己的工作岗位，重新焕发艺术青春，再加之当时提出的电视剧要“走自己的路”的号召，电视剧开始迅速复苏。从《三家亲》开始，涌现出一批具有现实主义风格、以普通人民日常生活与情感为表现对象的作品，《凡人小事》《有一个青年》《女友》便是其中的代表性作品。改编自同名“改革文学”作品的电视剧《乔厂长上任记》，则从另一个方面反映了“文化大革命”后社会生活的激变。1981 年，《敌营十八年》的诞生填补了国产电视连续剧的空白，电视剧也找到了它自己独立于其他艺术之外的特质和优势，从此，我国电视剧创作迎来了它的发展期。

第四章为发展时期的中国电视剧，其时限划为1982年到1989年。这一阶段电视剧的发展态势十分明显：第一，1982年以后，我国电视剧真正进入到电视连续剧时期，从短篇电视剧进入中长篇连续剧时期，不仅仅只是文体特征的演进，还意味着电视剧日渐形成的独特的审美优势，以及作为独立的艺术品种其艺术品格和美学规范的形成。第二，电视剧作为一种独立的艺术样态，开始在我国社会主义文化事业的发展中显示出其举足轻重的地位，并且担当起新的文化启蒙和思想解放的任务。既有《蹉跎岁月》《今夜有暴风雪》等回首“文化大革命”的文化反思之作，又有《巴桑和她的弟妹们》《走向远方》《新星》《雪野》等紧扣时代脉搏，将审美之思融入改革开放大潮，描绘时代变迁和人们精神世界巨变的作品。第三，这一时期的历史剧作遵循现实主义的美学原则，出现了像《努尔哈赤》《格萨尔王》这样的艺术精品，为历史剧的未来发展和成熟树立了标杆。第四，文学名著的改编初露峥嵘。《四世同堂》《红楼梦》《西游记》这些依据文学名著改编的长篇电视连续剧，形成了电视剧收视的审美奇观，引起了一次又一次的美学轰动效应。

第五章为走向成熟的中国电视剧，其时间划定为1990年至1999年。第一，电视剧《渴望》的热播，引发了学界对电视剧通俗化的讨论，也掀起了室内剧创作的热潮。第二，以《围城》《南行记》《三国演义》《水浒传》等为代表的文学名著的改编日臻成熟。第三，现实题材电视剧中的重大社会问题（改革剧、反腐剧）作为艺术化的审美意识形态，其触角开始深入社会生活的本质，进而思考政治经济生活中的深层次问题。第四，家庭剧如《离婚前后》《牵手》，将目光对准百姓的日常生活，注重蕴含其间的传统伦理、道德文化的当代价值和以百姓日常生活为审美对象的平凡美学趣味。总之，这一时期的中国电视剧创作，继承上一发展阶段电视剧语言发展创新的成果，同时积极探索、发展符合电视剧本体艺术特征的表达方式与实践体系，既从历史中汲取营养，又注重对现实的深度挖掘，在引领时代的基础上，贴近人民，贴近生活，逐渐发展成为广大人民群众的文化“主食”。这为下一阶段电视剧成为彪领中国文艺创作潮流的主要艺术样式奠定了坚实基础。

第六章为新世纪的中国电视剧，其时间划定为2000年至2012年。进入21世纪，电视剧无论是在数量还是质量上，都成为彪领中国文艺创作潮流的主要艺术样式。经过短短几十年的发展，电视剧就其主流而言，整体的历史品格、文化意蕴和美学品位明显提升，主题更加深刻向上，题材更加广阔丰富，风格也更加多样化、个性化。重大革命历史题材中“王朝柱现象”令人瞩目；一般革命历史题材创作中，也涌现出如《亮剑》《战北平》《保卫延安》等以重大战役为背景，用风格化、演义化表现英雄的佳作。在现实题材的深度开掘上，21 世纪的电视剧创作把镜头的焦距对准人物精神世界最富理想光彩的“魂”，努力实现审美超越，引领观众提升精神境界，取得了丰硕成果。在广采上下五千年的历史题材资源上，以《卧薪尝胆》《大明王朝》《孝庄秘史》《乔家大院》《木府风云》等为代表的一批优秀作品，聚焦于以爱国爱民为核心的民族精神，浓墨重彩，史中觅诗，力求做到鉴古知今、古为今用。另外，进入 21 世纪的电视剧还注重发挥这门大众化艺术的审美优势，关注现实民生民情，表现百姓喜怒哀乐，颂扬中华民族传统美德，创作了一批以《空镜子》《浪漫的事》《有泪尽情流》《婚姻保卫战》《金婚》《老大的幸福》等为代表的家庭伦理题材的优秀作品，赢得广大观众的好评。尽管电视剧领域还存在消解历史、游戏当下的现象（如抗日“神剧”），还存在非文化、非艺术、非审美，过度娱乐化的媚俗倾向，但依然遮蔽不住电视剧创作主流所取得的辉煌成就。

第一章 // 初创时期的中国电视剧（1958—1966.4）

第一节　概　述

1958 年 5 月 1 日，我国第一家电视台——北京电视台（中央电视台前身）开始试验性广播，这标志着新中国电视事业的兴起。同年 6 月 15 日，电视剧《一口菜饼子》的播出则标志着中国电视剧的诞生。初创时期的中国电视剧由于技术条件限制，全部采用演播室“直播”的制作方式，同时“直播”这种方式也对初创时期电视剧的艺术样式起到了示范作用。这一时期电视剧由于“直播”的制作方式，现均已无影像资料可寻，故对其的研究只能在直播现场所拍摄的剧照、文字性的故事梗概的资料基础上展开。

从美学形态来分，这一时期的中国电视剧可以分为“电视小戏”与“电视报道剧”两种主要类型。“电视小戏”是立足于电视剧艺术表现的戏剧化模式，以及文本的虚构审美特征对初创时期的电视剧所作出的一种描述；“电视报道剧”则是对以新闻报道的故事为题材创作、采用演员扮演、艺术再现真实事件的特殊电视剧样式的一种概括。

在这一时期，电视文艺节目（包括电视剧）成为当时广播电视在以新闻节目为主之外丰富群众文化生活的必要补充，这是中国电视传播艺术的重要特色所在。电视剧作为在党和政府“喉舌”的电视媒体播出的一种艺术，具有大众传播媒介的社会属性，肩负着神圣的社会职责，可谓“责任重大，使命光荣”。再加之“直播”使得电视剧具有了其他艺术形式无法超越的宣传时效，初创时期的电视剧在政府意志表达与政策引领宣传上担当起了文艺轻骑兵的角色。不过，不可否认的是，这一时期的电视剧还未能很好把握审美地表达政治理念和思想所需的“度”，不少创作以“政治标准第一，艺术标准第二”为纲，仍存在配合任务乃至图解政策之嫌。

第二节　“演播室里播出的戏剧”——电视小戏

论起早期电视剧，“简单”可谓其重要的艺术特征之一。早期的电视剧本创作往往要考虑到电视剧只能在演播室进行直播的特性，因此在选择和处理素材时，尽量精简，时长一般不超过一个小时。当时电视剧创作人员常说的“一条主线，两三个景，四五个人物，七八场戏，六十分钟以内，二百来个镜头”① 可谓当时电视剧创作的基本章法。所谓“小戏”是相对“大戏”而言。电视小戏首先意味着角色的“少”，即演员人数的“少”；其次，“小戏”反映民间生活趣味和思想情感时，其故事情节和内容都相对简单。“电视小戏”是立足于电视剧艺术表现的戏剧化模式以及文本的虚构审美特征对初创时期的电视剧创作实践作出的一种描述。

“电视剧”这个名称并不是基于对电视剧艺术特征有了充分认识后才作出的界定。据《一口菜饼子》导演胡旭的回忆，《一口菜饼子》的表现形式由于既不同于舞台剧演出实况转播，又不像电影那种样式，当时不知该叫什么名称，所以才被称为电视剧的。② 由于当时从事电视剧艺术创作的主创人员没有一个对电视剧是懂行的，甚至没有人看过电视剧。既然“适合广播播出的戏剧”是广播剧，那么“适合电视播出的戏剧”便是电视剧了。事实上，早期对中国电视剧的认识是建立在“演播室里播出的戏剧”这一观念基础之上的。“电视小戏”立足于电视剧的表演程式和规模，在形式和内容上对戏剧多有借鉴。如注重人物形象的塑造，追求尖锐的矛盾冲突，注重三一律等都是对戏剧创作法则的直接继承。

另外一个对早期电视剧创作起到较大框范作用的观点是“直播”观。

①冯温玉：《中国电视剧发展简述》，载中国电视剧制作中心研究室编《电视剧研究资料选编》（1984 年内刊），第 42 页。

②黄维钧：《电视剧与戏剧》，载中国电视剧制作中心研究室编《电视剧研究资料选编》（1984 年内刊），第 124 页。

由于当时的电视剧只能采取在演播室直播的方式制作，再加之直播所特有的现场感、真实感，确实能产生其他艺术形式难以企及的特殊感染力，因此便产生了“直播”是电视剧区别于其他艺术样式的主要特征的普遍认识。当时的电视剧创作往往围绕“直播”特性展开。在电视剧播出过程中，各个部门必须严格按照导演的计划安排，演员的表演和所有协作部门的工作必须一气呵成，从画面到声音都不能出错。由于直播要在演播室内完成，室内拍摄限制了布景的规模，再加上各部门配合难度之大，使剧情的自由展开受到了很大限制，因此，情节必须简单明了。由此可见，“直播”的创作模式对早期电视剧“小戏”这一艺术特征的形成，起到了决定性作用。

中国第一部电视剧《一口菜饼子》① 便可谓“电视小戏”的样板。《一口菜饼子》的演员阵容很小，全部演员共五位，全剧长度也仅 20 分钟。《一口菜饼子》第一、二次演播的地点，是一间 60 平方米的会议室，用了两台摄像机直播播出。最后一次重播，进入了北京电视台新建的 600 平方米演播室，因演播室面积的增大，故动用了三台摄像机。该电视剧改编自《新观察》杂志上刊登的同名小说，讲述的是一个忆苦思甜的故事。这个故事从姐姐制止妹妹拿枣糕逗狗玩开始，引出一段对旧社会苦难生活的回忆：父亲病死在路上，母亲病倒在窝棚，姐姐讨饭被地主的恶狗咬伤，妹妹要吃的，连病带饿、奄奄一息的母亲拿出仅剩的一块菜饼子给她。全剧结束在妹妹听完故事后的哭诉中，痛悔不该忘记苦难。全剧故事情节简单明了，主题上则配合了当时党中央关于“忆苦思甜”“节约粮食”的宣传精神。

早期的电视小戏虽然情节较为简单，但其题材涉及的范围已经非常广泛。既有根据小说、诗歌、传奇、舞台剧等其他艺术类型作品改编的，如《桃源女儿嫁窝谷》《告别山城》《长发妹》《相亲记》，也有剧作家依据现实生活独立创作的，如《新的一代》《养猪姑娘》等。不仅有国内题材，也有对国外作品的改编，如《火种》《阮文追》《莫里生案件》《海誓》等。既有现实题材，又有革命历史题材，如《我的一家》《红缨枪》等。在现实题材中，不仅有反映了包括城市、农村、工厂、军队在内的广阔的生活领域，如《穿花布拉吉的姑娘》《幸福岭》《一打手套》《老列兵站

①编剧：陈赓；导演：胡旭、梅村；摄像：文英光、冀峰、化民；主要演员：孙晓兰、孙佩云、余琳、李燕、王昌明、胡家森。

岗》，同时对较为特殊的少儿题材也有所涉及，如《韩梅梅》《小马克捡了个钱包》《时间走啊走》等。

不过，无论是哪类题材的创作，早期电视剧本着艺术教育群众、鼓励群众、寓教于乐的创作原则，大多表现出催人向上的主题倾向。

第三节　走进演播室的新闻故事——电视报道剧

如果说“电视小戏”是立足于电视剧艺术表现的戏剧化模式以及文本的虚构审美特征对初创时期的电视剧创作实践作出的一种描述，那么电视报道剧则与之相反，是根据真人真事创作的电视剧。在《电视报道剧在新闻和艺术的边缘》一文中，冯冠军对电视报道剧这样界定：“所谓报道，是指真实地发布新闻；所谓剧，是指艺术地反映生活。报道剧就是报道的剧，剧的报道。电视则作为一种工具，一种手段为其所用，所以叫电视报道剧，三大基本元素全在其中了。”①

由此可见，电视报道剧在剧本创作上一方面要保证新闻性，另一方面要保证艺术性，亦即艺术地再现真实。

首先，电视报道剧的新闻性一方面体现在实有其事的“真实性”上，另一方面则体现在对“时效性”的追求上。电视报道剧尊重新闻事实，将艺术求真的追求建立在事实信息的获取上。如1958年播出的电视报道剧《党救活了他》② 就是根据“上海钢铁厂工人邱才康为抢救国家财产而被烧伤，医务人员全力救活了他”这样一个新闻事件改编而成的。这则新闻报道原载于《人民日报》，本剧的创作是为了配合宣传的一次突击任务，从选材到播出前后不过两天。由于当时电视剧中的人物所扮演的社会角色以及电视剧“直播”的特征，电视剧也需要像新闻一样“迅速反映当时涌现的先进人物事迹”，时效性正是电视报道剧的生命力所在。

---

①冯冠军：《电视报道剧在新闻和艺术的边缘》，中国电视剧制作中心研究室编《电视剧研究资料选编》（1984年内刊），第315页。

②编剧：高方正；导演：胡旭、王扶林；摄像：文英华、梨花、孔令铎；主演：陈玉嶙、马友骏、王昱、邹道语、王明玉、宋亚芬。

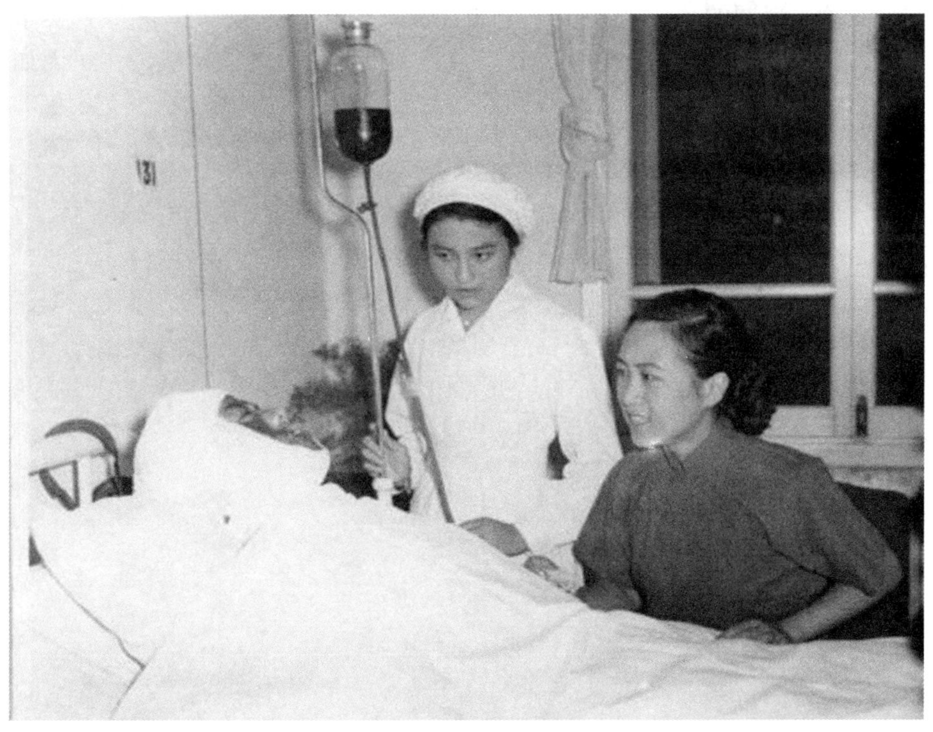

《党救活了他》剧照

其次，电视报道剧以艺术化的故事陈述方式突破了新闻报道的时空限制和形式限制，通过“情境再现”向观众提供经过形象化处理后更加丰满、更加生动的“报道”。报道剧区别于新闻纪录片与专题片，以“演剧”的方式体现其虚拟性特征。如以少年英雄刘文学和恶霸地主斗争的故事为题材的报道剧《刘文学》①，以焦裕禄先进事迹为题材创作的报道剧《焦裕禄》②，这些作品都是由演员扮演完成拍摄播出的。报道剧这种虚拟性也正是其艺术性的重要体现。

总之，电视报道剧是与电视新闻有着密切联系的艺术样式，它不仅源于新闻，还在新闻本质、新闻题材、新闻价值、新闻效果、新闻立场等多

---

①编剧：张庆仁；导演：梅邨、徐生辂；摄像：王明远、沈乃忠；主演：徐文燕陈聪、王明玉、月怀怡等。

②编剧：高方正；导演：胡家森；主演：于孜建、谭蒂、高志煌、胡勇、徐恩详、王健、翁道才、蔡渝歌。

方面承续了新闻的品质和特征。它通过演员扮演的方式“模仿”真实事件，是真人真事的艺术化再现，具有独特的审美价值与艺术魅力。正因如此，田汉将当时的电视剧誉为戏剧战线上大有发展前途的一支“轻骑兵”。

（本章执笔：仲呈祥、卞芸璐）

第二章 //“文化大革命”时期的中国电视剧（1966.5—1976.9）

第一节　概　述

“文化大革命”时期，我国的社会、经济与文化发展陷入了几近停滞的局面，电视剧创作事业也不例外，几乎遭到了灭顶之灾。

1966年1月，江青通过林彪安排召开部队文艺工作座谈，形成了一个以文艺界“让帝王将相、才子佳人、洋人统治舞台”，“有一条与毛主席思想相对立的反党反社会主义的黑线专了我们的政”为基调的《林彪同志委托江青同志召集部队文艺工作座谈纪要》（以下简称《纪要》）。1966年5月《五·一六通知》和《纪要》正式下发，文化艺术界也进入了新中国成立以来最黑暗的时期。

由林彪“四人帮”炮制的所谓“黑线专政论”在《纪要》中的表述是“资产阶级的文艺思想、现代修正主义的文艺思想和所谓的三十年代文艺的结合”的“与毛主席思想相对立的反党反社会主义的文艺线路”，其具体表现形态就是“写真实”论、“现实主义广阔的道路”论、“现实主义的深化”论、反“题材决定”论、“中间人物”论、反“火药味”论、“时代精神汇合”论、“全民文艺”论等“黑八论”。“四人帮”挥舞“黑线论”的大棒，不仅否定新中国成立以来十七年的文艺成就，否定古今中外的优秀文化传统，还歪曲毛主席《在延安文艺座谈会上的讲话》中“文艺作品中反映出来的生活却可以而且应该比普通的实际生活更高、更强烈、更有集中性，更典型、更理想，因此就更带普遍性”的论断，在创作方法上，采取所谓“三突出原则”，并将这种“党八股”奉为一切艺术创作的圭臬。

中央广播事业局作为当时最重要的媒体和喉舌，还面临着“双重任务”：一要对外播出北京电视台对“文化大革命”的广播电视宣传；二要揭批系统内的修正主义路线。1966 年 5 月中旬，北京电视台做出了“关于宣传社会主义‘文化大革命’”的一些安排：除文艺节目“主要从正面树立典型，宣传高举毛泽东思想红旗”外，还提出了“一律不播”的“坏节目”的八条内容。在此禁令下，不仅“专写中间人物”、“宣扬人性论”、“有关谈情说爱”、描写“帝王将相、才子佳人和鬼戏”的“毒草”不能播出，“文化大革命”前所制作的节目也一律不准播出。同年 6 月开始，八个“革命样板戏”在北京舞台会演一个多月，从此电视屏幕上便轮番地播出“样板戏”的舞台演出及其后拍摄的影片。

1967 年 12 月 12 日到 1973 年 1 月，中央广播事业局实行军事管制。在此期间，初创时期成长起来的一大批编播技术人员和电视剧创作人员遭到严酷的批判和打击，不少艺术家被当作牛鬼蛇神批斗，创作团体被解散，人员被下放，电视剧事业遭到灭顶之灾。

第二节　“从属论”与“工具论”影响下的创作

由于“黑线专政论”在当时甚嚣尘上，早期直播电视剧所取得的成就和经验也被否定得一干二净。虽然在这十年间，早在 1966 年我国就拥有了录像设备，并于 1973 年 5 月 1 日开始了彩色电视试播，但这些技术的进步并未给电视剧的发展带来生机。十年“文化大革命”时期，电视剧几乎在观众的视野中消失，仅北京电视台在 1967 年和 1973 年录制了《考场上的反修斗争》与《杏花塘边》，上海电视台 1975 年录制了《公社党委书记的女儿》《神圣的职责》等极少量的剧目。

《考场上的反修斗争》① 是根据当时报纸上发表的一篇新闻报道改编而

①编剧：王景愚、康静修；导演：金元成、康静修、杨宗镜；摄像：王明远；主演：郑乾龙、杨宗镜、王培力、彭宇杰、张家声。

成的。该剧大致讲述了这样一个故事：中国留学生在前苏联一所大学参加考试，就如何评价肖洛霍夫的中篇小说《一个人的遭遇》，师生之间发生了争论。争论的焦点是如何评价正义的法西斯战争，但实际上却把矛头对准了文艺界的修正主义。本剧是一部配合形势的应景之作，是对《纪要》蹩脚的形象解释。在《纪要》中，林彪“四人帮”就提出“文艺上反对外国修正主义的斗争，不能只捉丘赫拉依之类小人物。要捉大的，捉肖洛霍夫，要敢于碰他。他是修正主义文艺的鼻祖。他的《静静的顿河》《被开垦的处女地》《一个人的遭遇》对中国的部分作者和读者影响很大。军队是否可以组织一些人加以研究，写出有分析的、论据充分的、有说服力的批判文章。这对中国，对世界都有很大影响。对国内的作品，也应这样做”。这样的电视剧作品俨然已沦为了政治的奴仆，成为政治话语的传声筒。马克思在针对拉萨尔的历史悲剧《济金根》的批评中曾经指出，他最大的缺点正在于“席勒式地把个人变成了时代精神的单纯的传声筒”①。“为了席勒而忘掉了莎士比亚”，缺少现实生活的真实性，只追求抽象的“时代精神”，“文化大革命”时期的电视剧创作最终沦为了口号式、标语式的文艺。

1975 年所拍摄的《公社党委书记的女儿》《神圣的职责》反映的是知识青年上山下乡、扎根农村的故事。当时“文化大革命”已经进入后期，受命于危难之际的邓小平开始大刀阔斧地进行社会整顿。然而，随着邓小平采取的一系列整顿工作的深入展开，不可避免地触及了“文化大革命”的“左”倾错误，并逐渐发展成为对“文化大革命”比较系统的纠正。这引起毛泽东的不满。“四人帮”趁机对邓小平及其主持的全面整顿发起猖狂的反扑。《公社党委书记的女儿》《神圣的职责》及时利用艺术的形式全面肯定知识青年上山下乡运动，宣传“左”的思想和观点。电视剧再次充当了政治诠释的“从属论”“工具论”角色。

（本章执笔：仲呈祥、卞芸璐）

---

①［德］马克思、恩格斯：《马克思恩格斯选集》第四卷，人民出版社 1995 年版，第 554 页。

第三章 // 复苏时期的中国电视剧（1976. 10—1981）

第一节 概 述

1976 年 10 月，“四人帮”被粉碎，标志着“文化大革命”运动的结束。经历十年的停滞期，中国电视剧与其他艺术门类一样，亟待清理错误，恢复创作。1977 年 5 月 18 日，《人民日报》发表《评“三突出”》一文，指出“文化大革命”时期指导文艺创作的“三突出”原则的理论荒谬性。此文在文艺界起到拨乱反正的作用，也为中国电视剧摆脱混乱、走向正规提供了指南。同时，随着“文化大革命”时期所造成的许多冤假错案的逐一澄清，老一批广播电视文艺工作者重新回到创作一线，为中国电视剧的复苏提供了经验、人员与创作活力。

1978 年，导演蔡晓晴执导的《三家亲》是“文化大革命”结束后我国拍摄的第一部电视剧。随着录像技术的发展，这一时期的电视剧已经打破了初创时期的直播模式，《三家亲》的拍摄更是走出了演播室，来到了真实生活环境中，采用了实景拍摄的手法，完成了这部改编自锡剧的农村题材电视短剧。

事实上，经过“文化大革命”炼狱般生活的电视剧艺术工作者，当再次拿起摄像机对准生活时，关注最多的正是身边活生生的人以及他们实实在在的生活状态。现实主义的复归成了复苏时期电视剧创作的基调。《凡人小事》一剧围绕一位普通教师调动工作的生活琐事展开，表现了对普通人生活状态与思想情感的观照，可谓复苏时期现实主义电视剧的发轫之作。而《有一个青年》《女友》《卖大饼的姑娘》等剧则通过对青年个体的生活、爱情与思想状态的表现，对“伤痕主题”进行了深入人心却又不失积极乐观态度的表达。

复苏时期的电视剧，就其生态环境而言并非乐观。一方面，一切都要从头开始的中国电视剧年产量仅十几部（1978），根本无法满足观众对电视剧的需求；另一方面，电视播出所依赖的剧场转播和电影片源又因存在竞争而被严格限制。一时间，电视台竟陷入缺米下锅的窘境。正是在这种境况下，1979 年 8 月召开的首次全国电视节目会议提出了“全国有条件的电视台都要大办电视剧”的号召；1980 年 10 月召开的全国第十次广播电视工作会议又提出了具体的工作方针：广播电视要“自己走路”。这一号召很快得到了响应并收到了成效，自 1980 年起，中国电视剧的年产量每年逐步递增。这样，国产电视剧与逐步引进的境外电视剧一起填补了当时电视节目的短缺。

复苏时期的电视剧创作依然以短篇电视剧为主。虽然随着“自己走路”工作方针的实施，电视剧的本体意识逐渐觉醒，但这并不影响电视剧对其他艺术门类，尤其是对文学养分的汲取。事实上，这一时期绝大多数优秀电视剧都由小说改编而来，《凡人小事》《赤橙黄绿青蓝紫》《乔厂长上任记》便是其中典型案例。

1981 年中央电视台摄制播出了国内第一部电视连续剧《敌营十八年》。虽然本剧仅 9 集，却有效拓宽了电视剧的时间维度。电视剧伸缩自如的长度为增加叙事的复杂性提供了可能，为容纳更广阔的社会生活、更丰富的人生命运提供了空间，这正体现了电视剧区别于其他艺术样式的本体优势。从此，我国电视剧创作迎来了大发展时期。

第二节 现实主义荧屏发轫之作：《凡人小事》

《凡人小事》① 这部电视剧是根据杜保平所著的短篇小说《绣花床单》

①编剧：于永和、陈文静；导演：赖淑君；摄像：刘文山；制片主任：蔡晓晴；主演：黄意璘、罗焱、春霖、许欢子等。

改编而成，由中央电视台 1980 年录制，获第一届全国优秀电视剧奖（1983 年正式定名为全国电视剧“飞天奖”）一等奖。

这个单本剧讲述了这样一个质朴的故事：某中学教师顾桂兰工作认真负责，深受学生喜爱。她的丈夫不幸于两年前病故，留下她与一个体弱多病的幼女翠翠相依为命。由于家离学校太远，每天上班需要换乘 4 次公共汽车，教学工作和照护幼女两副担子压得顾桂兰喘不过气来，于是她多次向学校领导提出请求调动工作，均无结果。新领导张书记调来学校后，几位关心她的同事劝她趁张书记的儿子结婚时送份厚礼，以促成调动成功。正直的她一贯看不起那种吹吹拍拍、请客送礼的不正之风，因而总不愿这样做。但翠翠又重病入院抢救，她被迫焦急地从课堂上退出来赶往医院。现实生活的窘况逼她违心地花掉月薪 67 元中的大部分钱，去购买了准备送礼的一床绣花床单和两瓶上等好酒……

其实张书记也听闻翠翠病重，赶到顾桂兰家中探望。他目睹顾桂兰家中的困境，深受感动，决心亲自到教育局反映情况，促成顾桂兰的调动。当张书记连夜去找教育局领导时，顾桂兰携带礼品来到张书记家。她惶恐地留下礼品便匆匆离去。次日，她在学校里遇上张书记时也倍感难堪。晚上，张书记第二次来到顾桂兰家。他告诉她：调动之事已经办妥。这使顾桂兰感动不已。更令顾桂兰感动的是：张书记不仅诚挚地向她表示过去学校领导对她关照不够的歉意，而且还情真意切地要她收下两瓶上等好酒的酒钱……张书记走后，顾桂兰百感交集。翠翠手捧张书记送回的那床绣花床单，又兴奋地喊道：“妈妈，你看！”

顾桂兰抱着女儿推开窗户，目送雪中送炭的张书记远去的背影和他在雪地上留下的坚实的脚印，禁不住从心底淌出了无限感激的泪花。

作为中国新时期现实主义电视剧创作具有开拓意义的发轫之作，《凡人小事》在整个中国电视剧艺术的发展历史上占有一席重要的位置。

1979 年，由于经济的原因，中国主管电影的部门决定在一定时期内不供给电视台新影片播放。这就使电视台的节目资源更加紧缺。同年 8 月 18 日至 8 月 27 日，中央广播事业局（即广播电影电视部的前身）召集全国电视台的负责人在北京举行了“首次全国电视节目会议”。这次会议决定不再主要依赖别的部门办节目，而要“走自己的路”，号召从中央到地方的电视台凡有条件的，都可以生产电视剧。次年 6 月，又召开了“第二次全国电视节目会议”，作出了 1980 年国庆举办以电视剧为中心的全国电视剧大联播和 1981 年元旦、春节再度举办联播的决定。这两次联播，有力地促进了我国年轻的电视剧艺术的发展，《凡人小事》正是在联播中涌现出的优秀作品。

《凡人小事》播出后，社会反响强烈。阮若琳后来回忆说："这个剧目以其贴近现实生活和清新朴实的风格，赢得了社会上一致的好评和注目。"① 许欢子也认为，这个剧"通过一位中学教师调换工作及家庭生活中的一些小事，按生活的本来面貌描写了活生生的社会现实，一方面揭示了美好动人的情操，写出了新的人物、新的希望，同时也鞭挞了社会上的不正之风，激起观众对新事物必胜的信念。这个戏播出后得到社会上的高度评价"②。裴玉章则进一步阐明了《凡人小事》具有的普遍意义。他指出："纵观这一时期的电视剧，有一个重要特点，就是坚持了我国社会主义文艺的革命现实主义创作道路，真实而形象地反映了丰富的现实社会生活，表现了时代前进的要求和历史发展的趋势，如《凡人小事》写的是小事和'凡人'，但导演处理上肯下功夫，开掘深刻，充满了浓郁的生活气息和积极向上的精神力量。"③ 这些评价是极为中肯的。

20 世纪 80 年代初期的中国文艺正处在现实主义复苏并逐渐走向繁荣的历史进程中。《凡人小事》的问世，不可避免地受到这股强大的文艺创作思潮的影响。本剧根据杜保平的短篇小说《绣花床单》改编，就必然滋润于原小说具有的现实主义品格。同时，大概又由于电视剧作为视听艺术与电影这种姊妹艺术的近亲血缘关系，而导演赖淑君本系北京电影学院导演专业毕业生，因此《凡人小事》的创作不得不受到当时中国电影界新近译介并正付诸于创作实践的巴赞、克拉考尔的纪实美学思潮和长镜头理论的影响。善于学习和借鉴西方文化中的有用部分和姊妹艺术的经验，这是好事。唯其如此，《凡人小事》在反映社会生活所达到的深度和审美形式上所取得的成就，值得称道。

首先，编导较自觉地吸收了中国新时期现实主义文艺思潮在复苏过程中的两大鲜明特色：一是努力"贴近现实生活"，为人民鼓与呼；二是努力把笔触和镜头对准现实生活中普通人的心灵，为"凡人"传神写貌。毋

①阮若琳：《九届"飞天奖"后的回顾与反思》，载《当代电视剧文论选》，山东文艺出版社 1990 年版，第 1 页。

②许欢子：《电视剧的复苏和发展》，《电视剧艺术》1986 年第 4 期。

③裴玉章：《电视纵横》，中国广播电视出版社 1988 年版，第 288 页。

庸讳言，无论是此前的新中国文学作品和电影作品，还是此前自1958年开始面世的为数不多的电视剧，都曾受到过形形色色的伪现实主义创作思潮和粉饰现实的文艺主张的严重影响。所以，当新时期为电视剧创作的迅猛发展准备好条件并揭开了序幕之时，中国未来的电视剧创作走什么道路，就自然成为摆在整个电视界面前的一个严峻的现实课题。

正是在这个意义上，《凡人小事》以成功的创作实践回答了这一课题，成为中国新时期现实主义电视剧创作的良好开端。它在选材上，严格从现实生活出发。故事源于生活，朴实无华，就像发生在观众身边一样。而这种使观众感同身受的故事本身的内涵又是深刻和发人深省的—— 一方面，像顾桂兰这样的普通中学教师，堪称辛勤的园丁，为人民做出了宝贵的贡献，但社会却对这位不幸失去了丈夫孤身抚养幼女的中年知识分子缺乏必要的关照，党的知识分子政策为何在她身上并未落实？另一方面，为什么像李老师那样的人靠吹牛拍马、送礼贿赂却能走通后门呢？显然，这些问题都是当时人民群众密切关注的社会热点。这样，作品播出后不仅产生了较强烈的社会反响，而且具有了现实主义的批判力度。作品在审视生活的历史观上，一反此前大都把镜头对准高大完美的英雄人物的时尚，而鲜明地把镜头对准了现实生活中的一位普普通通的“凡人”——中学教师顾桂兰。这又显然是对文艺创作中过去流行的英雄史观影响的有力匡正，为之后荧屏上越来越多的在历史唯物主义指引下为普通小人物传神写貌的电视剧开了风气之先。称这部作品做到了“直面人生，开拓未来”，诚不为过。

其次，《凡人小事》的现实主义品格，还突出地表现在编导善于在“小事”及其细节上做文章，进行深入开掘。我国现代文学史上的现实主义小说名家沙汀先生有句经验之谈，叫作“故事好编，零件难找”。“零件”者，细节是也。《凡人小事》在仅仅一集的篇幅里，出现了不少精彩的细节，给观众留下了深刻的印象。譬如，顾桂兰家床上那块用手帕缝在旧床单上的补丁——当翠翠需要用手帕擦脸时，张书记误认为床单上的补丁是块手帕，于是去取，这才发现它已成为旧床单上的补丁。这时，天真幼稚的翠翠乐得笑了，但初访顾老师家的张书记的眼眶却润了，他由此悟出了许多：清贫的顾老师用昂贵的价钱买了绣花床单来给自己送礼，自己身为学校领导竟对她的了解和关心是如此不够……荧屏上一块特写的“补丁”使观众既照见了顾老师的精神生活，也窥见了张书记复杂的内心世界。在这里，没有直露浅薄的说教，却具有沁人心脾的艺术魅力。像“补丁”这样精彩的细节描写，还有翠翠手里的那个苹果，顾老师几次回家人未进屋而扔到床上的那件外套等，举不胜举。此外，长镜头的运用，如拍摄顾老师上下班挤公共汽车赶路的画面，也真实感人，恰到好处，令人久久难忘。

再次，《凡人小事》的现实主义品格，也体现在主要演员的表演风格上。应当说，中国的荧屏上较长时期来普遍存在一种被观众斥为“假门假事”的伪现实主义表演风气。《凡人小事》则不然。黄意璘扮演顾桂兰、罗焱扮演翠翠、宋春霖扮演张书记，其表演都相当生活化，给观众如身临其境之感。这在当时的荧屏上，也很难能可贵。

当然，《凡人小事》毕竟只是中国新时期现实主义电视剧创作的发轫之作，其稚嫩之处在所难免，但它开风气之先，功不可没。

第三节　“清新明快”的青年群像

《有一个青年》

《有一个青年》① 根据张洁同名短篇小说改编，由中央电视台1979年录制，获第一届全国优秀电视剧一等奖。

本剧的故事发生在“四人帮”覆灭后，历史刚刚跨进了一个崭新的时期。青年电焊工顾明华带着鲜明的时代烙印，追求着事业，也追求着爱情。父母远隔重洋，妹妹顾丽华与他相依为伴。他父亲来信告诫他：“处理个人生活问题要慎重”，“要为实现四个现代化尽快提高自己的文化水平”。

顾明华曾交了一位女友，但很快吹了。缘由是他认为她思想有些问题，只看重“爸爸的招牌”，“一见面，就要求家里给她买块外国表”。厂里下达了新任务，要对顾明华所在班组的工人进行技术考核，合格者才有

---

①编剧：张洁、许欢子；导演：蔡晓晴；摄像：白钢、陆矛，主演：张铁林、方舒、齐士龙、沈丹萍等。

《有一个青年》剧照

资格承担任务。考核结果是20多人的班组竟有14人不合格。这现状激励着明华“非争这口气不可”。他利用空余时间到图书馆查阅国内外有关焊接的技术资料，在那里结识了女大学生余薇。

明华只上过初中，不会查阅资料，外语水平也很低。余薇热情地帮助他，并告诉他：自己也只上过初中，“只有咬紧牙，撵上去！”明华深受感动，对余薇产生了由衷的敬意。一天，两人都在图书馆看书，窗外下起大雨。余薇甚是着急，明华冒雨跑出去为余薇买了把伞。余薇很感激他，掏出自己的手绢给他擦被淋湿的头。两个年轻的心开始碰撞在一起。

又一天，明华在马路上骑自行车与人发生纠纷，明明主要责任在他，他却粗鲁地同别人打了起来。这一切，被路过的余薇看在眼里。

妹妹丽华拿来芭蕾舞戏票，要明华去洗个澡、理个发，然后去轻松轻松。谁知明华竟蓬头垢面地进了戏院，而且在剧场里乱扔纸皮，甚至还旁若无人地抽起烟来。正巧，这一切又被与哥哥一起来看芭蕾舞演出的坐在后一排的余薇看见了。余薇不客气地对明华说：“请别吸烟！这样会影响别人，对演员也不尊重！”明华回头看见余薇和另一个男人坐在一起，心里很不是滋味，恼羞成怒，中途退场了。

回到家里，明华想起父亲来信的嘱咐，想起妹妹的批评，开始自省。师傅田保安拿来理发工具为他理发，循循善诱地开导他……

明华想通了，他更加勤奋地钻研。终于，他为厂里技术部门设计的程控自动焊接机提供了宝贵的参考资料，被厂里选为技术能手，出席在上海召开的经验交流会。

余薇来厂参观，正碰见明华在现场操作。两位年轻人的目光相撞，心更相通了。明华衣着整洁地邀余薇带上“最好的朋友”去看戏。余薇一人来了，告诉他那位“最好的朋友”是自己的哥哥。明华疑团顿消。两位年轻人的心贴得更紧了……

用“清新明快，催人向上”来评价《有一个青年》这部问世于 1979 年 9 月的电视剧，是非常贴切的。所谓“清新明快”，是就其美学风格而言。毋庸讳言，作为中国新时期刚刚开始的一部电视剧作，在审美形态上的稚嫩是难免的。但这种稚嫩，带着浓郁的生活气息、淳朴可信，绝无东施效颦、食洋不化之嫌。张洁的小说原著，就带有 20 世纪 70 年代末中国现实主义文学创作复苏之初时的忠实于生活的审美品格，蔡晓晴将其搬上荧屏后，使这种审美品格得到了较好的体现。这里由文学语言到视听语言的转换，内在的现实主义品格并未变化。在叙事上，明白晓畅，严格遵循着生活本身的逻辑和人物的性格、情感逻辑；在时空观念上，仍然按现实主义的传统进行艺术构思；在节奏上，追求朴实明快。这样，全剧给人以“清新明快”的审美感受。当然，由于稚嫩，个别细节的设置，如顾明华在剧首和剧尾对待冰棍纸的两种截然相反的处理，还带有明显的人为痕迹。

值得一提的是，此剧关于顾明华形象的塑造，已开始自觉地注意到匡正过去较长时期以来在中国文艺创作中流行的那种单向审美的局限。编导既注重充分表现顾明华精神世界中积极向上的方面，也不掩饰动乱岁月给他灵魂留下的严重创伤。因此，荧屏上的顾明华形象是立体的，而非扁平的。他的身上既有着追求科学、追求文化的不懈的进取精神，又存有动乱岁月留给他的粗鲁和不文明的行为。这是现实主义审美精神在电视剧创作中得到深化的一种表现。从这个意义上说，对顾明华形象的审美创造可以看成是后来的荧屏上出现的当年青年形象系列（如《赤橙黄绿青蓝紫》中的刘思佳、《蹉跎岁月》中的柯碧舟等）的良好的发端，其美学价值不应低估。

所谓“积极向上”，是就其历史内涵而言。《有一个青年》与同期问世的一批被称为“伤痕文学”的作品的不同之处在于：它不仅直面人生，而且更注重开拓未来，激人向上。顾明华形象当然还不能说已堪称艺术典范，但他却具有帮助当今和后世的人们正确了解和认识被“文化大革命”贻误了的一代中国青年的典型意义。他身上自然也带有“伤痕”，却不叫人伤感，因为他身上同时注入了强烈的新时期、新时代的理想主义光彩。正如顾明华在剧末发自内心的声音：“尽管历史迟至今日才给我们机会，但我们珍惜它，决不放过它！当我们不得不与小学生一齐向前迈步时，这种智力上的畸形发育给我们当中许多青年带来了变态心情，带来了粗鲁和不文明行为……但我有一颗追求向上的心！”唯其如此，青春总充满理想、充满智慧、充满力量，青春必将为“四化”发光。

《女友》

《女友》① 这部电视剧由河北电视台1980年录制，同样获得了第一届全国优秀电视剧一等奖。此剧根据同名电影文学剧本改编。

这部电视剧所讲述的故事开始于“文化大革命”。一天，高级干部子弟于诞华在击剑场上与普通女工寒眉比赛击剑，不料竟当众败下阵来。诞华不服，斥问寒眉道：“哪有女的这样疯狂击剑的？”其女友苏小文在一旁也很为他抱不平。

不久，诞华被派到工厂巡回医疗，正巧碰上寒眉。寒眉带诞华参观工厂，她爽朗、泼辣的性格给他留下了深刻印象。

作为外科医生的诞华工作马虎。寒爷爷来诊病，他竟误诊为盲肠炎，而寒爷爷的盲肠早已割掉了。候诊的工人们还等在那里，他却与前来相约的建军、小文等旷工去郊外打猎去了……他的这一切，受到寒眉严厉的批评。

在家里，诞华的工作态度也受到父亲的批评，但于母却百般庇护。于父责令儿子晚上不准外出，在家反省。这时，小文又来约他去看内部电

①编剧：汪遵熹、严明邦、史蜀君；导演：罗捷；摄像：边毅明；主演：裘弋、苗平、王山尔、金珍等。

影。两人埋怨“老头不理解年轻人”。不料，就在当晚，造反派抄了于家，并以一桩“严重政治案”为名抓走了于父，于母也被关进了学习班。于是，一夜之间，诞华沦为了“反革命的狗崽子”。他无家可回，抱了床被子在医院办公室里过了一夜。

第二天，诞华原定的外科手术也被取消了。他被发配去当勤杂工。就在他最需要自己的女友小文时，小文却为了免受牵连而离开了他。

寒眉回想起于父作为市检查团负责人来厂视察，于父平易近人、实事求是的作风和与普通工人心连心的精神风貌给她留下深刻印象，她坚信于父是党的好干部。她苦劝小文去安慰诞华，却遭到小文无理责骂。无奈，她只好自己给诞华送去了热气腾腾的晚食，送去了最珍贵的理解和友情。她真诚地鼓励诞华要不怕打击、勇敢地生活下去。从此，两人心心相印，共同面对人生。诞华在逆境中开始懂得了人生的真谛，也开始真正品尝到了爱情的滋味。

“四人帮”被粉碎，雨过天晴。诞华父亲的冤案昭雪，重新回到领导岗位上。诞华兴奋地邀寒眉参加于母为于父复职而举行的家庭宴会，他要在那里当众宣布他与寒眉的恋爱关系。殊不知，于母在路上拦截了寒眉，她话里有音地表示出嫌弃寒眉“未进过大学”，因而坚决不同意寒眉进于家当儿媳。这严重地伤害了寒眉的自尊心，寒眉气愤地半路走了。

诞华在家里焦急地盼寒眉，盼到的却是于母带来的张局长的女儿。诞华知道母亲的用意后，严词拒绝，并勇敢地找到寒眉，表明自己的爱意。而于父也根本就没有回家去参加于母安排的家宴，他已经与寒爷爷喝起了“认亲家”的“喜酒”了……

与《有一个青年》一样，《女友》以反映刚刚从“文化大革命”中走过来的当代青年的爱情与事业追求而引起了广大观众的注目。

所不同的是，《女友》的历史内涵在时间跨度上，延伸到“文化大革命”中当代青年的遭遇。而批判的锋芒，显然如同期问世的不少文艺作品那样，集中指向了“四人帮”推行的反动血统论。虽然《女友》产生的社会反响可能不如同期问世的主题相同的话剧《报春花》那样强烈（这也是20世纪80年代初那个特定历史条件下产生的特定的文化现象，倘若在90年代，话剧的覆盖面和影响力则很难与电视剧相匹敌了），但它对反动血统论的控诉与批判，也是颇有力度的。如果说，《报春花》主要着力塑造了一位受到反动血统论迫害的出身于剥削阶级家庭的女青年工人形象，那么《女友》则主要塑造了一位受到反动血统论迫害的出身于革命干部家庭的男青年医生形象。剧名《女友》，而第一主角却是作为“女友”的另一方的于诞华。反动血统论对他的迫害，不仅表现在其父被打成“反革命”、他一落千丈沦为“反革命的狗崽子”之后，而且表现在这之前他处处以“高干子弟”自居、其灵魂受到了腐蚀。这在当时，体现了文艺作品对反动血统论批判深化的一个重要方面。因此，诞华形象的认识价值，在同期同类的青年形象中，自有其独到之处。

寒眉形象更多地富于理想光彩。这位普通的青年女工，敢爱敢恨，通体透明。她身上体现了中国女性的传统美德和当代青年百折不挠的进取精神。诞华于危难中，她献上了珍贵的友情；而于父复职后，于母以“门阀观念”（实际是又一种形式的反动血统论）向她袭来，她为了自身人格的尊严，拒上于家。这一切，都闪烁着社会主义新人的夺目光彩。

毋庸讳言，《女友》作为中国新时期电视剧创作的首批佳作，在编、导、演、摄、剪、录方面，都还存在着不够成熟之处。编剧在情节设计和构思上，人为的意念痕迹都时有所见。如“于父训子”“小文相约”“突然抄家”等都同时发生在一个晚上，这样的情节设计为了戏剧效果而多少有损于生活真实。导演在叙事上是流畅的，但重于事件的交代而缺少真实感人的细节，这就不能不影响人物形象的性格化程度。摄、录、剪的手法都显得单调，缺乏创造性。

尽管如此，《女友》仍不失为中国新时期之初电视剧创作的一部佳作。

《卖大饼的姑娘》

《卖大饼的姑娘》① 由上海电影演员剧团 1981 年录制，获第二届全国优秀电视剧二等奖。

这是发生在上海街道里弄中的一家“为民点心店”里的动人故事。

原本在公司当经理的优秀青年王英主动要求下基层到“为民点心店”来当组长。她的到来，使这个月月亏本、人心涣散的小店又有了生机。店里唯一的男青年郑保宇身上带有“文化大革命”的创伤，沾染了坏习气，迟到、旷工、玩蟋蟀，不安心卖大饼。杨美娣这位女青年爱打扮、好虚

①由上海电影演员剧团集体创作，宋崇、申怀其执笔。导演：宋崇、于杰；摄像：郑宣、邱孝钮、陈健；主演：吴海燕、郭凯敏、赵静、陈燕华等。

荣，也讥讽王英是“大饼新秀”。高伟莉的母亲是店里的退休老工人，患病在床，给女儿上班增添了困难。林小梅虽热爱卖大饼的工作，却被郑保宇的“求爱信”搞得心烦意乱。这样，店里每天的早点都是千篇一律的大饼、油条。而且常常不能按时供应，弄得顾客们很有意见。在这种局面下，走马上任的王英一方面以身作则，起好全心全意为顾客服务的模范带头作用，一方面一把钥匙开一把锁，针对每位职工的不同情况，把思想工作做到人的心坎上。她走访高伟莉的母亲，向老一辈请教改变小店落后面貌的良方，调动高伟莉的工作积极性；她以心换心，循循善诱地启发林小梅正确而妥善地对待郑保宇的求爱；她相约林小梅、高伟莉，一起探访与流氓搏斗致伤的郑保宇，送去了诚挚的问候，终于以深情感化了郑保宇，促成他奋发向上；她为了帮助杨美娣正确对待婚恋和职业，把工作做到了杨美娣的男朋友小梁那里……这样，小店卖大饼的姑娘们和小伙子的精神振奋起来，生意也就随之做活了。

然而，王英自身的爱情却产生了波折。她的未婚夫陈东华是位在外地工作的军人。他返沪探亲发现王英辞去经理之职而去卖大饼，很想不通。而他的母亲更认为“不能娶一个卖大饼的姑娘当媳妇”。于是，王英忍受着个人感情的痛苦，全身心地投入小店的经营管理工作，终于以出色的成绩感动了未婚夫和未来的婆婆。

在一片敲锣打鼓声中，人们欢送王英去出席青年突击手代表大会。

作为我国电影制片厂拍摄的第一部电视剧，《卖大饼的姑娘》在中国电视剧艺术发展史上占有一席不应被忽视的位置，具有独特的价值。

电影是电视剧的“老大哥”。影视艺术合流，是一股世界性的潮流。伴随着电视的迅猛普及，就连像美国好莱坞这样的电影制作大企业，也顺应时代的潮流而把相当部分的创作力量转向了为电视台生产电视剧。上海电影制片厂的演员剧团开风气之先，以《卖大饼的姑娘》开创了我国电影制片厂拍摄电视剧的历史。

后来的事实证明，20 余家电影制片厂相继专门成立了电视剧制作单位，成为我国电视剧生产的一支生气勃勃的力量，为丰富和繁荣从中央到地方电视剧创作做出了重要贡献。而上海电影制片厂影视艺术部（1992 年又更名为上海文化发展总公司），则成为活跃在中国屏坛，并创作出一系列优秀电视剧的成就显著的制作单位。

《卖大饼的姑娘》在美学追求上的特色之一是把镜头对准了平凡人的

心灵。创作者较为自觉地意识到：进入家庭的电视剧艺术，应当更多地表现平凡人熟悉的发生在他们身边的新人和新事。“家家都要买早点”，这便是屏幕上“为民点心店”里的人和事令观众产生亲切感的现实缘由。而待业青年的就业问题及就业之后怎样在平凡的工作岗位上做出贡献，又是20世纪80年代初中国社会的热点议题之一。创作者在王英形象上注入的鲜明的美学理想，其价值取向正是时代所呼唤的于平凡中见崇高、于服务他人中实现自身价值。也许今天的青年会感到王英身上似乎还缺少点现代意识，她对小店经营的治理离改革的要求还差得很远，但我们不应脱离80年代初中国社会的现实情状和当时人们的精神追求来苛求作品，因为王英的理想、信念和价值观，无疑对郑保宇曾经信奉过的“身在大饼摊，红尘早看穿”的悲观厌世哲学是有力的批判和匡正。

《卖大饼的姑娘》在美学追求上的另一特色，是较自觉地在诸种矛盾漩涡里塑造人物形象。显然，从剧作结构上分析，就不难发现创作者以王英为中心，构思了她同郑保宇、林小梅、杨美娣、高伟莉，以及陈东华、陈母的矛盾冲突，努力在这诸种冲突中展示出王英的精神风貌。这种塑造主要人物形象的审美创造方式，对以后的电视剧创作产生了积极影响。

当然，《卖大饼的姑娘》在艺术上也尚未摆脱稚气。这种稚气主要表现在：第一，王英形象有点过分理想化。尽管创作者将她置于诸种矛盾冲突的中心，但这些冲突带给她思想深层的波澜却显示得不充分，往往止于表层的流露就仓促地把她推上了制胜者的位置。这就难免影响了这一形象的深度和力度。第二，矛盾设置和情节安排的人为痕迹较重。如郑保宇躲在阁楼上恰恰听见了王英与林小梅等议论他、肯定他，从而促成他转变的情节；高母与陈母偏偏凑巧住在同一病房，并让王英来探视高母时巧遇陈母，从而促成陈母对王英的态度转变的情节等等。这种靠“巧合”来化解矛盾的创作法，可谓现实主义尚欠成熟的表现。

第四节　“改革文学”的荧屏初试：《乔厂长上任记》

《乔厂长上任记》① 这部电视剧根据蒋子龙所著的同名短篇小说改编，

①编剧：李宏林；导演：王岚、赖淑君；摄像：陈贵林、孙和平；主演：李默然、贾华、陈颖、王大明、陈洪生等。

由中央电视台 1980 年录制，获第一届全国优秀电视剧二等奖。

本剧的故事开始于 1978 年，“文化大革命”虽然已经过去两年，但拥有近万人的重点企业春城电机厂却亏损严重，工人、干部们对厂长冀申强烈不满。上级主管局霍大道局长召开局党组会议，电机厂的老厂长、现任公司总经理的乔光朴请缨前往接任厂长。他甘愿立下军令状，说如果不能彻底改变工厂的落后面貌，就请求处分。局党组同意派他前往，并按照他的请求，调他的老搭档、现正在农场养鸭的石敢任厂党委书记。

乔光朴回到电机厂，思绪万千。他想起这个经自己亲手创建发展起来的工厂的风云历史，想起了在“文化大革命”中被斗死的妻子艾华，也想起了与自己心心相印的昔日同在国外留学的工程师童贞。尽管强加在他这个“走资派”头上的“罪名”之一便是他与童贞的所谓“男女关系”，尽管好心的石敢也曾提醒他在半年内不要与童贞结婚以免遭非议，但他还是一回厂就约童贞一起巡视全厂。他看到昔日的生产能手、八级师傅马长友，竟被派来看大门；他看到整个班组居然在上班时间围在一起打扑克牌；他看到青年车工杜兵在车床前干了六年还不知道这车床的使用规则……这一切，促使他痛下决心——在全厂进行大考核。

冀申不愿留厂降任副厂长，他通过关系找到经委主任铁健，在徐进亭副局长的庇护下调到外贸局任职。他一面指使品质恶劣、私心颇重的原厂行政科长王冠英造谣生事、离间关系，并收集炮制诬告信，给乔光朴与童贞罗织出“开夫妻店”“搞福利主义”“重用坏人”等“罪名”；另一面又利用外贸出口职权，卡电机厂的脖子，致使电机厂产品不能出口，造成数百万元的外汇损失，甚至釜底抽薪，在电机厂新产品即将投产的关键时刻，通过不正当手段调走主持设计的副总工程师童贞。

于是，乔光朴与冀申之间展开了激烈的斗争。乔光朴大刀阔斧地进行改革，他把考核不合格的职工都编入服务大队，让他们另辟一条战线为工厂创造财富。他深入群众，仔细做思想工作，终于使杜兵等许多工人提高了觉悟，焕发了聪明才智，并识破和揭露了冀申的卑劣伎俩。春城电机厂的改革，以势不可挡之势向前发展。

《乔厂长上任记》工作照，导演王岚为李默然说戏

著名作家蒋子龙的短篇小说《乔厂长上任记》，是我国新时期小说创作最先引起轰动性社会效应的几篇作品之一。小说以浓烈的理想主义色彩塑造了新时期改革家乔厂长的形象，准确地对应了当时刚从“文化大革命”的苦难中走出来的中国人民在积重难返的现实面前呼唤改革、呼唤改革家的强烈的社会心理，因而引起读者强烈的精神共鸣，一时间争相传阅，评论界也给予高度评价。“欢迎乔厂长到我们这里来”成了许多工人读者的共同呼声。

正是在这样的情势下，刚刚起步而又正开始自觉吸取文学营养的中国电视剧艺术，自然关注到了《乔厂长上任记》。编导以极大的热情把这部短篇小说搬上了荧屏。可以说，《乔厂长上任记》与《有一个青年》《凡人小事》等电视剧一起，开创了利用电视剧的艺术形式传播普及优秀小说的风气之先河。这是应当充分肯定的。

也许因为小说原著在读者中引起的反响已经十分强烈，观众对搬上荧屏的电视剧《乔厂长上任记》的期望过高，而从小说到电视剧的改编实践又尚不丰富，所以客观地说，电视剧《乔厂长上任记》在观众中产生的反响远不及小说原著在读者中引起的轰动。究其缘由，大致如下——

一是伴随着改革的深化，荧屏上的乔厂长形象较之于小说中的乔厂长形象，新鲜感有所削弱。电视剧在小说出版之后一年有余问世，这一年多是中国在党的十一届三中全会后实行改革开放、发生翻天覆地变化的时期，人民群众对现实的认识也随之深化了。当初，小说中的乔光朴那种思想解放、锐意进取，通晓经济规律和专业技术的精神风貌，那种对童贞的不为世俗羁绊的大胆爱情和表达爱情的独特方式，都令人耳目一新，受到震撼。但一年多之后，荧屏上的乔光朴形象似乎只是运用视听语言将小说的文学语言作出了“部分翻译”（限于篇幅，还不能说成是“全部翻译”），而缺少对迅猛发展的现实变革生活的新的艺术发现。因此，尽管扮演乔光朴的演员李默然的演技是出色的，但他终究只是把读者早已耳熟能详的小说中文学形象的乔光朴“荧屏视听化”，所以其艺术魅力和带给人的审美冲击毕竟有限。

二是小说原著产生轰动性的社会效应的另一文学形象是冀申。这是新时期文学画廊里的一个“新的熟识的陌生人”。他身居要职，玩弄权术，“只会做官，不会做事”“把精力放在整人上”。正是这种不惜靠制造和加剧混乱局面来扩充权势、满足私欲的人物的存在，成为改革的阻力。人们从这个文学形象上，看到了改革的艰难和曲折，从而深化了对现实生活和人生哲理的思考。但可惜的是，电视剧在塑造冀申这个形象时，重点却发生了“位移”，戏的焦点都移到了其走卒王冠英身上。而王冠英形象又多少带上了人们早已看腻了的那类专干坏事的阶级敌人式的概念化痕迹，这就不能不使人在审美鉴赏过程中失望了。

第五节　一种新艺术形式的诞生：电视连续剧《敌营十八年》

1981 年春节期间，中央电视台播出了中国第一部电视连续剧《敌营十八年》。在此之前，中国的电视观众已经通过《大西洋底来的人》《加里森敢死队》等引进剧，感受到了连续剧的魅力，因此，对国产电视连续剧的期待也愈加强烈。《敌营十八年》一经播出，便受到了观众的广泛关注，可惜一方面由于缺乏连续剧创作经验，另一方面由于制作周期极为紧张，该剧的质量未能尽如人意。对此剧的创作过程，导演王扶林感触颇深地写道：

> 《敌营十八年》共分9集，每集平均35分钟左右，共315分钟，即5小时又15分钟，分7次播出。全剧约两千个镜头，一百个场景，分别在北京、庐山、九江、汉口、福建等地录制，投资十几万元。共拍摄97天。去掉阴雨、转换场地、旅途、必要的休整，实际拍摄75天，每天平均完成28个镜头。其中有几天，竟达到一天拍50多个镜头的速度。
>
> 摄制组为了春节播出这部电视剧，几乎被时间牵着鼻子走，腾不出工夫对剧本所反映的历史背景作必要的研究，连案头工作以及广泛吸收对剧本的意见等这些必不可少的环节都省掉了。现在回顾拍摄中的一些情况，是很可笑的。主角江波的国民党军装，没有时间特制，只能借。借不到裤子，只好将人物的全身镜头改为半身镜头。领子太小系不上风纪扣，国民党上校高参居然整场戏敞着领子；帽子太小，就拿在手里，作戴帽状；八个匪兵，只借到两条裤子，于是让有裤子穿的匪兵在前景，用他们的身体挡住后景没有军裤的另外六个兵的下半身，可谓煞费苦心。①

当时，电视观众的收视态度极为认真，因此对《敌营十八年》的批评也较为严苛。正如郭镇之所论述的那样："他们与领导人一样，并非把电视当作单纯的消遣、娱乐，而是看作严肃的思想教育和文化欣赏，凑合应付是不行的……同样低劣的外国电视连续剧则要安全得多，显示出执行'内外有别'政策的训练有素。"②

连续剧的诞生进一步促进了电视剧本体意识的觉醒，以及电视剧理论工作者对电视剧"长"的属性的认识和探讨。1980年前后，国外和我国香港地区的电视连续剧大量涌入内地，加深了观众对连续剧的感性认识。这种新形式的长篇电视剧使当时的内地电视观众为之轰动。1981年《敌营十八年》的诞生填补了国产电视连续剧的空白，此后上海电视台也创作了《流逝的岁月》。电视剧用它的"长"处，解决了电影容量有限的"短

---

①王扶林：《电视剧及其样式》，中国电视剧制作中心研究室编《电视剧研究资料选编》（1984年内刊），第348页。

②钟艺兵、黄望南：《中国电视艺术发展史》，浙江人民出版社1994年版，第180页。

处”。它那富有伸缩性的容量，让电影艺术望尘莫及。这样我国广大电视观众开始呼唤能容纳更广阔社会生活、能述说更丰富的人生命运、能讲述一个更完整故事的电视长剧了。

电视剧这门从戏剧、电影双肩上起步的新兴艺术，在向姊妹艺术学习的发展历程中，终归找到了它自己独立于其他艺术之外的特质和优势。电视艺术家决心独立制作我国的电视连续剧，填补电视屏幕的重要空白，以飨广大观众。从此，我国电视剧创作迎来了它的发展期。

（本章执笔：仲呈祥、张金尧等）

第四章 //发展时期的中国电视剧（1982—1989）

第一节 概 述

20 世纪 80 年代，最具影响力的文化事件当属文化反思与政治改革。处在发展阶段的电视剧艺术，也承担了时代所赋予的历史使命，文化反思与展现改革新貌成了电视剧创作的重要题旨。

其实，经过十年“文化大革命”煎熬的电视剧艺术工作者，在复苏阶段的短篇电视剧创作中就已经涉及对“文化大革命”历史、人性与人道的思考。发展阶段的电视剧创作可以看作是对其的深化。这一阶段的创作中，既有聚焦“上山下乡”的知识青年，表现他们在十年“文革”中所经历的曲折与磨难的知青题材作品，也有从宏观角度对传统文化和文化变革进行思索的创作，还有从日常入手，通过家庭和个体反思文化对人思维方式与价值观之影响的剧作。对文化的反思从历史到现实，从宏观到微观，渗透到各类题材的创作中，《蹉跎岁月》《今夜有暴风雪》《太阳从这里升起》《大年初一》等剧集，正是围绕文化反思这一题旨所展开的诸多创作中的佼佼者。

在新时期的思想解放大潮中，除了弥漫整个文学艺术领域的历史反思话语外，还有洋溢着时代精神的改革开放话语。在 20 世纪 80 年代，改革开放由发动逐渐转入深层发展，现实生活中可谓生机与危机并存，希望与痛苦相随，社会的生命力是空前的，而复杂性也是空前的。电视剧创作在表现改革开放生机勃勃同时又暗潮汹涌的社会现实时，自觉将深入的文化思考带入对现实的考察中，增强了艺术创作的思想力度和审美力度，极大地推进了现实主义的深化。《走向远方》《新星》《雪野》《商界》等都是直击改革开放之时代浪潮、深化现实主义表达的代表性作品。

从审美历程的角度考察，中国电视剧在“文化大革命”之后三十余年的发展历程中，文学的影响力始终不断地滋养迅猛发展并走向成熟的电视剧。如果说20世纪90年代的《围城》《南行记》等改编电视剧标志着中国电视剧呼唤文学营养所达到的最理想的审美境界，那么在80年代，《蹉跎岁月》《今夜有暴风雪》《巴桑和他的弟妹们》等一系列著名文学作品改编的剧集，则在汲取文学营养的同时，也在相当程度上向电影汲取了美学营养。概而言之，中国电视剧在向电影汲取美学营养的历程中经历了形式美学、纪实美学、造型美学这几个阶段。发展时期的中国电视剧在这几种美学风格上都取得了突破，产生了不少具有代表性的作品。

形式美学。20世纪70年代末80年代初，中国电影界出现了以黄健中、杨延晋分别执导的《小花》《苦恼人的笑》为代表的影片，在电影语言的叙事时空顺序上吸取形式美学的营养，给中国观众以耳目一新的审美感觉。这种电影语言上的创新探索，打破了中国银幕上长期以来传统的较为单一的叙事时空模式，拓展了电影语言的表现天地，增强了视听形象的形式美感。这是积极方面。另一方面，由于过分地追求形式而注入的人为色彩，又给银幕上带来了某种程度的“形式大于内容”、作为形式的意味远甚于有意味的形式。中国电影创作中的这种审美思潮，虽然对于尚处复苏阶段的中国电视剧创作未能产生明显的直接影响（从这一阶段的电视剧作中很难找到明显接受这种审美思潮的例证），但这主要是因为接受这种审美思潮的大多数系年轻人，此时尚未登上中国屏坛，执掌创作大权的他们（如潘小扬、何为、孙周、张光照、王宏等）实际上已经把这种电影创作的审美思潮和影响化为自己正式执导电视剧创作之前的一种文化准备和美学准备，消融到自己的创作思维中。这一点，从他们以后的作品中可以得到证明。

纪实美学。大约当中国电视剧创作进入了飞跃发展阶段后，中国电影界出现了以郑洞天、张暖忻分别执导的《邻居》和《沙鸥》为代表的影片，明显地吸收法国电影理论家安德烈·巴赞在《电影是什么》和德国电影理论家克拉考尔在《电影的本性》中阐明的纪实美学营养，使中国电影语言的创新迈上了一个新的台阶。这次创新的贡献在于：不仅匡正了前一阶段形式美学创作思潮中出现的“形式大于内容”的弊端，而且由于“长镜头”的运用和“生活化”的追求，有力地冲击了中国银幕上长期存在的那种程度不同的伪饰的审美时尚，在中国现实主义文艺复苏的大潮中产生了独特的积极作用。但由于这种纪实美学追求过分强调逼真，过度运用长镜头，又产生了拘泥于生活的原貌以致限制了电影语言的表现张力的弊端。如果说，还找不到形式美学的追求对尚处于复苏阶段的中国电视剧创作直接影响的明显例证的话，那么，纪实美学追求对已经飞跃发展阶段的中国电视剧作，则产生了明显的直接影响。这在一批纪实性极强的电视剧，如《女记者的画外音》《新闻启示录》《有一个民警》《巴桑和她的弟妹们》等佳作中，可以得到证明。

造型美学。针对纪实追求中过于拘泥于生活的原貌以致束缚了电影语言的丰富表现力的局限，一批较多地受到西方“新浪潮”派电影审美思潮影响的中国青年导演，如张军钊、陈凯歌、田壮壮、张艺谋等，分别以他们执导的影片《一个和八个》《黄土地》《盗马贼》《红高粱》等，一反《邻居》《沙鸥》所体现的美学原则，力求在银幕上以富于鲜明个性色彩的视听造型语言超越生活的原生原貌，从而产生强烈的审美冲击波和艺术感染力。公允地说，电影语言的这一次变革，其积极意义在于进一步丰富和强化了导演意识和电影语言的表现力；而其消极意义则在于由此滋生了一种轻视观众鉴赏习惯、人为淡化情节的创作倾向，尤其是创作主体一旦误入了那种“自我表现”和“玩电影”的歧途，那么作品就势必脱离为人民服务的正确轨道。中国电视剧界的一批极富才华的青年导演和艺术上已日臻成熟的中年导演，显然在汲取电影界造型美学追求的成功经验方面下了不少工夫。这一点，只需要认真分析研究一下《今夜有暴风雪》《希波克拉底誓言》《太阳照常升起》等电视剧的视听造型语言，便不难得出肯定的结论。

另外，值得一提的是，中国电视剧在这一发展阶段出现了鸿篇巨制的史剧力作。1986 年长达十六集的《努尔哈赤》诞生。此剧以全新的历史意识和审美意识构建了具有史诗格局的艺术世界，并以开拓进取的精神价值取向与当时整个中华民族奋起腾飞的时代心理相契合，启人心智、怡人性情，引起了广大观众强烈的精神共鸣。中国电视剧在发展时期出现了《努尔哈赤》《格萨尔王》这样的里程碑式的史剧创作，为此后历史题材电视剧的创作积累了丰富、有效的艺术经验。

第二节　知青题材：荧屏上的“伤痕文学”

一、第一部当代小说改编电视连续剧：《蹉跎岁月》

《蹉跎岁月》① 由中央电视台 1982 年录制，共 4 集，曾获得第三届全国电视剧“飞天奖”连续剧一等奖、优秀导演奖、优秀女主角奖等。这部电视剧由叶辛根据自己所著长篇小说《蹉跎岁月》改编，也是导演蔡晓晴的第一部连续剧作品。

《蹉跎岁月》讲述的是这样一个故事：“文化大革命”中，一群上海知识青年被“运动”到贵州山区农村插队落户。柯碧舟因家庭出身不好，受到“左”倾思潮歧视，背着沉重的“血统论”的“磨盘”，在艰难中度日。但他为人正直，热爱文学，岁月纵然蹉跎，理想却终未泯灭。在一次护林值班中，他结识了革命干部家庭出身的杜见春。不久，在赶集时，柯碧舟因揭露了扒窃农民钱包的肖永川，被肖永川的同伙毒打，适逢杜见春赶到，奋勇解救。俩人于是萌生了真挚的初恋。

一天，杜见春来访柯碧舟，从心术不正的苏道诚嘴里了解到柯碧舟的出身，于是承受不了，中断爱情。这对柯碧舟无疑又是一次沉重的打击。柯碧舟在逆境中，曾想到死，但在老农民大山伯的关照下终于挺了过来。他在风雨中保护集体的耕牛，不幸摔伤，大山伯的女儿邵玉蓉为其精心调治，在相濡以沫中产生了爱情。大山伯虽然一时也尚未摆脱“血统论”的影响，不同意他们相爱，但玉蓉却坚持追求这种真挚的爱情。

不料，玉蓉在一次偶然机遇中得知一伙流氓将报复杜见春。她为了搭救杜见春与流氓途遇，不幸被害牺牲。柯碧舟悲痛不已，但最终坚强地挺了过来。不久，“血统论”的灾难竟降落到杜见春头上。正当杜见春兴奋地盼望着推荐她上大学的录取通知书时，从上海传来信息，她的父亲被定为“走资派”揪出来了。于是，她的身份骤然由“红五类”沦为了“狗

①编剧：叶辛；导演：蔡晓晴；摄像：丁力、张壮志；主演：郭旭新、肖雄、赵越、叶千荣等。

崽子”，上大学的资格自然也被取消。她被左定法之流发配到摇摇欲坠的破房内栖身，左定法乘雷雨之夜妄图强奸她，把她逼上了绝路。柯碧舟赶来，解救了她，并以自己的亲身体验热情地开导、帮助她。慢慢地双方复萌了爱情。“四人帮”覆灭，杜见春之父官复原职。杜见春、柯碧舟二人回沪省亲，他们的爱情又遭到杜母和杜兄的反对。柯碧舟的自尊受到打击，不辞而别，决心只身返回山村创业。杜见春闻讯后，追到火车站，决心与柯碧舟携手共进，去迎接幸福的明天。

在中国电视剧发展的历史上，《蹉跎岁月》是第一部根据当代同名长篇小说改编拍摄的电视连续剧。新崛起的中国电视连续剧，因其容量大小伸缩的自由度，面对长篇小说，显示出改编拍摄时长多于电影的优势。20世纪70年代末和80年代初，在中国现实主义文艺复苏的大潮中，“伤痕文学”曾极为盛行。而在“伤痕文学”中，又以再现“文化大革命”中知识青年上山下乡运动的历史生活的“知青文学”名噪一时。作家叶辛继《我们这一代年轻人》《风凛冽》之后完成的第三部长篇小说《蹉跎岁月》在众多的“知青文学”中以其鲜明的美学理想和现实主义品格赢得了广泛的好评。可以说，中国电视连续剧在其幼年时期，就能从如林的“知青文学”中选择这样一部长篇小说搬上屏幕，是有胆有识的。

《蹉跎岁月》剧照

作为电视连续剧的《蹉跎岁月》，导演注重在屏幕形象中注入小说原著所具有的鲜明的美学理想，并努力使之更加光彩照人。这主要体现在对上海知识青年柯碧舟、杜见春和农村青年邵玉蓉形象的塑造上。这三个形象，人生道路不同，性格迥异，尽管洗劫和动乱分别给予他们或迟或早的灾难，但他们均能经受考验，最终坚持“直面人生、奋进不止”的人生态度。正是这种奋进青年身上洋溢着的对生活充满希望、对未来抱有胜利的坚定信念的理想情操，激励着荧屏前的观众在反思和回顾知识青年上山下乡这段历史生活时能获取开拓奋进的精神力量。这也正是这部作品高明于那些仅仅止于描写和展示这段历史生活带给知识青年的苦难与不幸、缺乏激人向上的理想光彩、从而令人感到悲观与消沉的作品的地方。

连续剧《蹉跎岁月》的导演还注重让屏幕形象体现出小说原著所具有的现实主义品格。这便是：

其一，调动电视语言手段，充分展示小说文学语言所描绘的生活环境和社会氛围，使电视剧保留原著浓郁的生活气息和真实性。

其二，保留原著在尖锐的矛盾冲突中刻画人物心理、塑造人物精神风貌的优势，让柯碧舟、杜见春和邵玉蓉都无一例外地在尖锐的社会矛盾和个人爱情生活矛盾的漩涡里展现各自心灵深处的“本相”。

当时，在电视上播出“伤痕文学”仍具有风险性，“文化大革命”才刚刚过去，此类题材作品过多，很可能会加重人们心头的创伤。在电视剧的创作中，更普遍存在的是对矛盾的回避和轻描淡写的态度。《蹉跎岁月》却不然，以杜见春为例，她遭受各种打击，不惜自尽幸而被柯碧舟相救，矛盾发展得已极为尖锐。但后来她所表现出的坚强的人生态度已经远远超越了她前面自杀所带给观众的痛苦印象。将人物置于各种矛盾的漩涡中，置之死地而后生。由于矛盾把握准确、展示充分，人物思维方式、行为方式的个性化特征就能得到较充分的揭示。这样，柯、杜、邵等人物形象的性格化、个性化程度在同期同类艺术形象中，达到了较高水准。

其三，借鉴原著对所描写的那段历史生活的走向和趋势的总体把握，坚持既直面人生，又开拓未来，使全剧保持了促人深思、激人向上的基本格调。全剧在屏幕上大致形象勾勒出当代知识青年思想历程的三个重要层次——浩劫之初由极“左”思潮煽起的狂热到在严酷的现实面前碰壁消沉；“九一三”事件前后因事实的启示而由消沉转向思考；粉碎“四人帮”后由思考突向奋进。这一思想发展脉络对历经十年浩劫的观众无疑具有普遍的认识意义，因而此剧深入人心，引发了人们的思想共鸣，激励人们从对这段历史生活的反思中照见自己的身影，找到前进的方向。

连续剧《蹉跎岁月》的导演成功地保留了小说原著在情节结构上跌宕起伏、引人入胜，以及语言上明快流畅、简洁清新的特点，并善于把这些文学上的优势转化为屏幕视听语言。叶辛曾说过：“大仲马善于铺展故事、设置悬念；易卜生善于用‘解开以往生活的谜’这种方式；马克·吐温惯常喜欢让自己的主人翁改装以变换身份，产生强烈的效果；屠格涅夫小说中的情节总是环环相扣，从不拖泥带水，取直线发展。”所有这些，不仅在小说《蹉跎岁月》中成为宝贵的借鉴，而且在连续剧《蹉跎岁月》艺术创作中也产生了积极作用。从某种意义上可以说，此剧为新生的中国电视连续剧第一次较为全面地提供了借鉴文学情节结构和叙事方式的成功经验。

二、“一夜”与“十年”:《今夜有暴风雪》

《今夜有暴风雪》① 是由山东电视台 1984 年录制的 4 集电视连续剧，获得第五届中国电视剧“飞天奖”最佳电视剧一等奖。本剧根据梁晓声同名小说改编，同《蹉跎岁月》一样，也是一部表现知青命运的作品。

电视剧以暴风雪之夜八百知青大返城的一场骚乱开始，回溯了 11 年知青生活的经历。这是 1979 年初春的一个夜晚，肆虐的暴风雪袭击着北大荒。生产建设兵团三团会议室里却灯火通明，气氛紧张。这里聚集了各连的首脑们，正在召开决定全团八百名知青命运的秘密会议。顽固推行极“左”路线的团长马崇汉，出于私利，扣发兵团总部关于三天内办理完知青返城的急件，因而遭到团政委孙国泰、工程连连长曹铁强等人的反对。其实，秘密早已泄露。此刻，被激怒的知青们正如雪崩一般向团部涌来。同时，在边境线的六号坐标下，瘦小的裴晓芸端着胸前的枪，安静地站着岗。这是她十年来第一次获得为祖国站岗的机会。过去她因为出身不好，马崇汉从不满足她站岗的要求。

团部的会议随着知青的涌入而被冲散了，老政委孙国泰出来宣布：立即成立知青返城临时审议小组，解决返城问题。曹铁强此时让郑亚茹回工

①编剧：李德顺、孙周；导演：孙周；摄像：刘允良；主演：任梦、吕毅、王咏歌、孙敏、付丽莉、孙淳、王振荣。

程连，安抚大家情绪。郑亚茹出身军干，是指导员也是全团唯一的女党委委员。她喜欢老同学曹铁强，并为他争取到了全团唯一上大学的名额，可是曹铁强竟然将名额让给了团部医院的匡复春医生。郑亚茹一气之下与他决裂了，成了匡复春的恋人。在这个关键的夜晚，郑亚茹没有听从曹铁强的安排，反而去了团部医院找恋人匡复春要他和自己一起返城。发了疯的知青们冲入了团部，嘈杂一片，混乱中，仓库失了火……

工程连里，在暴风雪后的奇寒中，裴晓芸像一个透明的冰人抱枪挺立在哨位上，被冰雪埋住的双脚已经动不了了。这时她想起有一次她一个人留守在山上看守工具，她想趁有火洗个澡，这时曹铁强来了，他发现裴晓芸有洗澡的打算时，帮她烧了水，并主动走到了帐篷外面。裴晓芸泡在热水里，快活得想唱歌，想笑，却流出了泪水……

救火现场一片废墟，疲惫的老政委让大家排队办理返城手续，有39个知青主动留在了北大荒。在发准迁证时，喊到裴晓芸的名字却没有人应答，这时大家才想起裴晓芸一个人留在连中站岗。曹铁强质问郑亚茹，她意识到自己的失职。曹铁强奔向六号坐标哨位，裴晓芸靠着一棵白桦树，纹丝不动地挎枪站在哨位上，冻成了白雪晶莹的霜柱。

郑亚茹要返城，决定留下的曹铁强对她说："过去的路是坎坷的，当我们提起北大荒的十年历史时，不要抱怨，更不要诋毁。我们付出和失掉了许多，但是，我们得到的比失去的有更多分量。"

本剧的导演兼编剧孙周在创作谈中曾经提到，原著小说引起他的是一种悲剧性的反思："当年，四十余万知识青年怀着虔诚的信念、理想，浩浩荡荡地来到了北大荒。他们在这片广袤、富饶、荒凉、严酷的土地上，无私地洒下了自己的汗水和鲜血，献出了他们最美好的青春年华。然而，十年后，四十余万知青却一卷而去！这是一出历史上罕见的悲剧……这悲剧为什么会发生？为什么？后人是一定会向我们提出疑问的。"① 这出悲剧产生的原因是复杂的，值得反思的地方也太多，仅靠一部电视剧自然无法给出一个明确的答案，但是，通过多义性的主题来表现对这个问题的反思却是必要的。《今夜有暴风雪》也确实做到了。

"大返城"是全剧的主要事件，是正在进行的主要矛盾冲突，是剧中所有的人物行动的特定情境，但是，《今夜有暴风雪》并没有把笔墨仅仅

①孙周：《电视连续剧〈今夜有暴风雪〉创作谈》，《中外电视》1985年第2期。

停留在表现大返城上。本剧并没有直接评判大返城的是与非，也不是对“去”与“留”的知青作出简单的褒贬，而是通过大返城，表现了知青们在极“左”路线危害下垦荒的十年生活以及各人不同的命运和生活道路。如此，本剧才让观众深入了解到“大返城”事件发生的复杂原因，认识大返城事件的积极因素和消极因素，了解在大返城事件中做出不同选择的知青的性格历史及行为动机。

《今夜有暴风雪》本是一部中长篇小说，其所表现的知青十年生活的丰富性，本可以拍成篇幅很长的电视剧。但是，《今夜有暴风雪》却采用了独特的剧作结构，将知青们的十年生活放在“大返城”的特定情境中来表现，形成了作品集中、浓烈、炽热、饱满的独特艺术魅力。

本剧放弃了传统的有始有终地叙述一个人物的完整故事的闭锁式结构，以人物所在的现在时空与过去时空的交叉推进方式作为叙述结构。暴风雪之夜，阻办返城手续的秘密会议和八百名知青奋起反抗，这是现在时空的主要事件。对于这个主要事件，创作者并没有以情节为纲，不追求人物故事的完整，而是将镜头深入到事件内部，侧重点放在开掘人物命运，引申出造成大返城历史悲剧的根源。这种叙述结构有很强的选择性，对于以“一夜”表现“十年”是有利的，却容易给人“乱”的感觉。为了便于观众建立起完整的故事逻辑，剧作将过去时空（回忆）的主要事件，按时间的顺序从头至尾排列起来，将现在时空的“闹事现场”和“裴晓芸哨位”作为悬念“动乱”起来。这样就形成了一条清晰的“线”（过去时空）和一个个“环”（现在时空）。观众就可以沿着这条线，去串联一个个的环，从而自己将故事完整化。

在回忆插入现在时空的契机上，《今夜有暴风雪》也选择得十分巧妙。创作者以人物心理发展为线索，强调回忆者的主观视角，以内部情绪代替外部承接方式，将回忆插入。如当郑亚茹在返城会议上表态，遭到连长曹铁强严词反对后，来到了医院寻找匡富春一段。在这里，本剧并没有按照传统的方式交代郑亚茹和匡富春的相互关系，而是由郑亚茹的内心线索引导我们去窥测郑亚茹和曹铁强之间的相互关系。至于郑亚茹为什么在此刻寻找匡富春？他们又是怎样的关系？作为一种暗示先留给观众去思索。当曹铁强得知郑亚茹并没有回连队而是去了医院后，创作者又引导观众沿着曹铁强的心理发展去了解曹铁强与匡富春之间所建立的相互关系。裴晓芸哨位上的回忆又反过来补充了曹铁强的心理行为动机。孙周在创作谈中还给出了采用此种结构方式的另一种动机——“这种心理承连方式，从表面上看并没有必然的情节关联，而在内部却紧紧地组合成为一个整体。较之表面承连的方式来得更含蓄，留给观众的想象空间更广。它既能主观地观察又能客观地处于矛盾事件之中，体现了总体构思中的对比、暗示与联想。使过去时空与现实发生关联，迫使观众分析人物行为动机，以及他们之间建立的相互关系。以完成要求观众参与创作之目的。”①

在《今夜有暴风雪》中，有众多性格鲜明的人物形象，正是通过各异的人物命运，才得以表现十年宏阔的历史及多集多义的主题。在这其中，裴晓芸无疑是创作者浓墨重彩表现的一个。她坚强、含蓄而高洁，她默默地承受了历史的重负，却没有绝望，而是以极强的信念迎接未来。对于这个人物，孙周曾谈到，他删除了原著中对于这一人物身世的大量描写，只保留了父母双亡的必要交代。创作者有意造成的这种不完整感，正是为了留给观众更大的想象空间。在叙事节奏处理上，创作者则为裴晓芸设立了一条平稳、柔韧、含蓄的节奏曲线。藏而不露、层层剥笋地展示人物的命运，把人物的语言尽可能地减少，而更多的则是细致地刻画十年浩劫中的这颗被压抑、扭曲了的心灵，以及她渴求幸福、平等、被人理解的心理状态。

总之，《今夜有暴风雪》通过对原著的创造性改编，以庄严宏阔的北大荒为背景，在有限的篇幅中，炽烈而饱满地表现了知青们整整十年生活中的挣扎、斗争、成长。十年上山下乡运动给那一代青年所留下的时代烙印是悲剧性的，但青春总是青春。他们的身边虽然充满了荒唐与谬误，但他们毕竟成长、成熟了。他们燃烧在北大荒的青春，他们曾表现出的时代责任感和英雄主义，不应当被悲剧完全遮掩。

第三节　开启文学与荧屏结缘的新纪元：《四世同堂》《红楼梦》与《西游记》

1985 年，林汝为导演将老舍的名著《四世同堂》搬上了电视荧屏。28

①孙周：《电视连续剧〈今夜有暴风雪〉创作谈》，《中外电视》1985 年第 2 期。

集电视连续剧《四世同堂》① 的播出成了当年轰动一时的文化事件。老舍的这部作品以抗日战争为背景，讲述了居住在京城胡同的普通百姓，在残酷战争中所遭受的苦难与随之愤然而起的抗争。这部小说虽然在新中国成立后已在国内出版，但由于题材不在主流文艺视野之中，一直被冷遇。然而，其改编的电视剧却出人意料地引起了收视轰动，“电视观众欢呼中国有了自己的长篇电视连续剧，对这部根植于民族文化土壤中，又不失批判精神的作品怀有极其复杂的情感”②。

电视剧《四世同堂》具体讲述了这样一个故事：1937 年七七事变，日军侵华的铁蹄践踏着古老的北京城，小羊圈胡同几十户居民平静的生活被打乱了。这些普通的中国人一夜之间被迫面临着严峻的抉择。饱经忧患、身为四世之尊的祁老太爷目睹了他的儿孙和邻居们在这场民族浩劫中扮演的不同角色：或惨死、或逃亡，或苟且偷生、变节投敌，或力所能及奋起抗日。这条小胡同中发生的一切，成为中华民族英勇抗战的缩影。

老舍是中国现代文学史上京味作家的代表。电视剧《四世同堂》在努力体现老舍的创作个性和艺术风格方面，做出了成功的探索。这部作品也因此成为具有独特艺术风格的、民族化的佳作，获得了广大观众的好评。它的成功首先归功于老舍原著。全剧以骆玉笙京韵大鼓的唱段“千里刀光影，仇恨燃九城。月圆之夜人不归，花香之城无和平。一腔无声血，万缕慈母情。为雪国耻身先去，重整河山待后生”贯穿始终，可谓浩然正气、浑厚高亢、苍劲悲凉，一下子就把观众带入浓郁而亲切的北京风土人情中。氤氲着浓重京味文化气息和生活气息的一幅幅历史画卷，既记述了历史又记述了北京的风情、北京的人文及北京人特有的思绪、情感和生活。《四世同堂》不愧是“一部激扬爱国主义的史诗”。胡絜青、舒乙在《东方的一支纪念曲——谈电视连续剧〈四世同堂〉的上映》一文中，充分肯定了这部电视连续剧“格调比较高，是个正经东西！它的题材严肃、演得严肃、拍得严肃，不做作，不假，不胡来，认认真真，这很难得”③。该剧

①编剧：林汝为、李翔、牛星丽；总导演：林汝为；导演：史可夫；摄像：梁世龙、邢培修、王晓晖；主演：邵华、郑邦钰、李维康、赵宝刚、李婉芬、周国治、杜澎、高维启。

②钟艺兵：《中国电视艺术发展史》，浙江人民出版社 1994 年版，第 187 页。

③胡絜青、舒乙：《东方的一支纪念曲——谈电视连续剧〈四世同堂〉的上映》，《北京日报》1985 年 5 月 14 日。

组事后总结成功经验，归纳为五点：第一，改编剧本忠实于老舍著作的风格，不自作聪明地去“纠正”和“提高”老舍；第二，导演组严格掌握统一的风格；第三，精选演员，演员要熟悉北京生活，素质好，形象与年龄符合小说中的描述，经过造型及排练，能够让人信服；第四，分镜头的原则采用与原风格统一的循序渐进的叙述方式；第五，为把置景、服装、道具等方面的工作做好，美工部门要尽可能多做时代、民俗方面的考证。

1987 年，古典名著改编的电视剧《红楼梦》① 拍摄完成，播出后引起了巨大反响。作为传世经典，昆剧、越剧、京剧等剧种都分别搬演过《红楼梦》的故事片段。随着 20 世纪电影艺术的出现，《红楼梦》亦被搬上银幕。不过，相对于以“角”为核心的戏曲和叙事时空有限的电影，电视剧拥有不受限制的情节容量，因此在《红楼梦》这样的鸿篇巨制的改编上具有优势。把《红楼梦》这部具有世界影响的文学名著搬上屏幕，是中国电视剧史上的一大创举。

电视连续剧《红楼梦》的编导者将其分为三个单元共 36 集，把小说完整搬上屏幕：第一单元，把原著的第 1 回至第 54 回改编成 21 集，从甄士隐一家的不幸遭遇开篇，继之写刘姥姥进荣国府及秦可卿出殡、兴建大观园到元妃省亲、祭宗祠、开夜宴等大场面来表现“残烛将灭的突然光亮”和回光返照。第二单元，把原著的第 55 回至第 80 回改编为 7 集，重点写衰落的过程。从乌进孝缴租、探春理财、抄检大观园到“开夜宴异兆发悲音”等。第三单元，把原著的 80 回以后，改编为 8 集。这是观众议论的焦点，因为荧屏的《红楼梦》对续作的后 40 回改动最大。编导认为：完全根据续作改编，不仅行不通，并且还免不了受到人的责难，既然如此，不如斗胆进行一次尝试——根据曹雪芹原意新续。后 8 集尾声，贾府急速衰亡，惨相丛生，风波迭起，飞鸟投林。编导认为这就避免了把《红楼梦》搞成“爱情小悲剧”，而完成一部丰富深厚、瑰丽沉郁的封建家庭的兴衰史。

电视连续剧《红楼梦》播映后，专家学者和广大电视观众普遍认为：整部《红楼梦》搬上荧屏，难度很大，难能可贵，意义深远。电视连续剧《红楼梦》尽管问题不少，遗憾很多，争论不休，褒贬不一，但瑕不掩瑜，

---

①编剧：周雷、刘耕路、周岭；导演：王扶林；主演：陈晓旭、欧阳奋强、张莉、邓婕、高宏亮、郭霄珍等。

仍不失为一次成功而可贵的探索。

于1986年首播的25集电视连续剧《西游记》[①] 是我国拍摄的第一部神话电视剧。这部根据我国明代中叶嘉靖、万历年间吴承恩创作的浪漫主义古典名著《西游记》改编的电视剧，遵循“忠于原著，慎于翻新”的改编原则，着意表现原著中孙悟空等不畏权势的抗争精神和不避风险的进取精神，对原著的某些因果报应、封建迷信等消极内容加以淘汰，编导大胆采用当代最先进的声、光、化、电等表现手段，创造了神话色彩的艺术境界，像“石猴出世”“闯龙宫”“闹天宫”“过火焰山”“三打白骨精”等场面绚丽多彩、如真如幻，富有神话色彩。在创作上，力求避免原著的一些重复和消极成分，选取完整、健康、吸引人的段落，从而使每一集都能突出特点，生动感人。改编者舍弃前7回的闹天宫和后面取经故事中的“如来说法”“魏徵斩龙”“太宗入冥”等章节，以孙悟空破山脱身开篇，既保持原著浓厚的浪漫主义特色，又把师徒四人不畏强暴、不畏艰险取得“真经”的精神充分表现出来。该剧作为古典文学名著改编，难度大、拍摄难，对于文学名著的改编积累了许多有益的经验教训。

第四节 改革题材：“翻越观念更新的障碍”

一、《走向远方》与《新星》的观念之思

《走向远方》

《走向远方》[②] 这部单本剧由湖南电视台于1984年录制，获得第五届“飞天奖”最佳电视剧一等奖。这部剧讲述了20世纪80年代初期一个街办小厂的改革经历。不同以往的是，这部剧将复杂、微妙的人际关系和改革事业放在一起观照，将民族文化与心理结构的隐秘作用渗透在人物的情

---

①编剧：戴英禄、杨洁、邹忆青；导演：杨洁；主演：章金莱、徐少华、迟重瑞、汪粤、马德华、崔景富、闫怀礼、刘大刚等。

②编剧：孙卓、王宏；导演：王宏；摄像：杨蔚；主演：陈剑飞、郑铮等。

感逻辑与行为逻辑中，表现出对历史严肃、深沉的思考。这种对改革表现的大胆尝试，在当时也引起了争议，有的专家就给了这部剧“莫知所云，莫名其妙”的评价。

其实，随着时代的发展和观众文艺观的不断进步，电视剧《走向远方》所产生的社会冲击波和艺术启示力已经愈来愈为更多的人所感知、所认同；对于文艺观已经更新和正在更新的观众来说，《走向远方》之“所云”，不是“莫知”，而是易懂。

《走向远方》所描写的，不是改革的皮相，不是人们在那些平庸之作中已经看腻了的新形式的套路与公式——

要么将复杂的人际关系两分法，简单地把剧中的人物设计为改革派与反改革派两大营垒，然后让双方围绕着某一桩人事更迭、某一项新产品试制、某一座桥梁架设争斗一番，由一位“乔厂长”来扭转乾坤，包打天下，最后高奏凯歌，弹冠相庆。

要么将显示的体制弊端道德化，人为地把改革中遇到的阻力和所要解决的问题归结为思想品质恶劣、道德作风腐败的个别干部的违法乱纪。似乎只要除掉这种干部，代之以“当代包公”，不触动这种坏干部赖以生存的体制弊端，仅仅依靠“人治”而不靠“法治”，改革便可以一帆风顺，所向披靡。

要么将纷繁的历史运动纯净化，习惯于靠单向思维把新旧杂陈、各种向力相互作用的现实生活形态净化为我们在理论框架上归纳出来的社会矛盾模式，用抽象的历史理由随意裁剪多姿的生活现象和“合力”运动。

……

《走向远方》不是如此。它突破了上述套路与公式，将镜头推向了现实的更深层次：人们在潮流冲击下精神格局的震荡和心理状态的变化。它的题旨所含，不仅是生产工具的变革，也不仅是社会体制的管理方式的变革，而是更重要的包括了人们的价值观念、思维方式和行为准则的变革。他所观照的，不是改革的具体事件，而是各种人物的不同心态。他所传递的，不是兴华厂兴衰的历史，而是对人、人生乃至整个“国民性”的哲学思考。

智利著名学者萨拉扎·班迪在回顾发展中国家追求现代化的坎坷道路时，曾有一句名言：“落后和发达不仅仅是一堆能勾勒出社会经济图画的统计指数，也是一种心理状态。”① 当人们的心理和精神还被牢固锁在小生产的传统意识之中时，即人们的自身尚未从精神、心理、思维、行为上都自觉向现代化转变时，这本身就构成了整个社会实现现代化的最大障碍。从某种意义上说，人自身的现代化即建设社会主义精神文明的任务，较之社会经济的现代化即建设社会主义物质文明的任务，更为艰巨，更为重要。而文学艺术作为“人学”，它的重点表现对象正是人的精神世界，即人的心态。因此，对变革潮流中人们的心态轨迹进行审美观照和艺术表现，就成了最具挑战性和最能产生冲击波的工作了。

《走向远方》的视点即“所云”正在于此；其艺术启示力也正源于此。

正如著名电影评论家钟惦棐所指出，《走向远方》的艺术启示力，集中表现在勇于并善于向自己设障碍。这里所谓的障碍，不是一般意义上的戏剧冲突，而是观念更新上的障碍，包括社会观念和艺术观念两方面的更新的障碍。

譬如，“杜建国之死”这一障碍的设置，就不同凡响，颇见功力。其内蕴的深沉，锋芒的锐利，令人震惊。首先，杜建国死于对新工资制度的愤愤不平之中，这本身就关联到多年以来对知识、知识分子的社会偏见，遮挡了杜建国的小生产者视野，使他看不见何茹的知识在振兴兴华厂的历史进程中的作用。其次，杜建国之死，更直接的内在因素是他头脑中那根由“麻石巷”的街道意识长期铸就的“哥们儿义气”的封建精神支柱的彻底倒塌。他万万没想到，自己的“大哥”竟真的“六亲不认”，把他开除出厂。这就深刻地启示人们：在革故鼎新的今天，由封建文化长期积淀形成的精神格局必须打破；否则，就只能葬身于时代潮流的漩涡。再次，杜建国之死，又促成了周梦远明白了自己的武断和办事不愿与人商量，已经堵塞了言路，工人们有好建议也不敢向他提出。于是，他进而清醒地认识到，自己已不宜再留在兴华厂，主动让贤于掌握了科学管理技术的郑伯雍，并决定到新的岗位上去克服弱点，超越自我，贡献聪明才智。这一笔，使周梦远精神格局的调整和心理状态的更新，提到了正确认识和处理事业的无限性与个人的有限性的辩证关系的高级层次上。周梦远之为周梦远，正在于他勇于并善于翻越自身的障碍。李桂英之所以为李桂英，正在于她不可能具备必须越过这类障碍的远见卓识。但她并非坏人。相反，在

①殷陆君编译：《人的现代化》，四川人民出版社 1985 年版，第 3 页。

周梦远父母双亡之际，她收养了周氏孤儿。论品格、论德行，都令人崇敬。她对兴华厂的创立，也曾有过历史的功绩。但是，“麻石巷”的街道意识虽然可以铸就她那“穷帮穷”的美德，却无法使她超越自身文化心理结构上的严重阻碍。她看不清历史的走向，理所当然地由动力变成了阻力，最后的悲剧就难于避免。可见，与那些惯于将人际关系两分化，将体质弊端道德化和将历史运动纯净化的平庸之作相比，“杜建国之死”所产生的艺术启示力，是多么发人深省！

如果说“杜建国之死”除了在社会观念上的启示力外，在艺术观念上也是开放的，它促成全剧的非封闭式结构的完成，那么在推销烫金机情节的处理上，就更表现了艺术观念的开放与更新。描写现行生产管理体制在推销问题上的弊端，并非自《走向远方》始。但问题不在谁是第一次，而在谁的感知更独特、更深刻。过去描写改革题材的作品观照体制弊端，大都带有鲜明的悲剧意识，令人从沉痛中唤起根除弊端的勇气。但《走向远方》却不尽然。推销烫金机的情节就一反传统，采用了喜剧的方式去观照和表现弊端。在这里，观众几乎与何茹一起，以充满时代活力的姿态开了我们管理体制弊端的玩笑，并在笑声中嘲弄了弊端，迎来胜利。这场戏的喜剧色彩与全剧总体上的悲剧氛围形成强烈反差，张弛得当，浑然一体，造成的艺术启示力既是独特的，又是深刻的。

发现障碍需要见识，设置障碍需要胆略，而翻越障碍则需要胆识双全。这胆识双全，全看创作主体自身的观念是否更新。

观念更新者在更新着观念，观念也在更新着观念更新者。《走向远方》的编剧孙卓与王宏，就在更新观念的同时，也被观念更新着。他们对“杜建国之死”，就曾展开过两种乃至三种相异观念的碰撞。孙卓一度觉得，这个障碍太刺激了，感情上受不了，于是主张改为“杜建国出走”。后来经过反复思考，认识到那样一改，实际上是先向自身文化心理结构中的障碍缴了械、低了头，势必大大削弱艺术的冲击波和启示力。但尽管如此，仍在剧本上留下了一个温情的“尾巴”——

（当宣布开除杜建国，杜建国神态恍惚地出走后）周梦远抑制不住一阵阵地颤抖。他勉强走到杜建英身旁，掏出一张卡片：“快去，给建国！”

建英看了看，是一张机械局职工大学的旁听证。

周梦远努力控制着手的震颤，又掏出一沓钞票：“这是我现有的全部现款，给他……告诉他，不学好了，别来见我！”

建英含着眼泪匆匆离去……

显然，这个“尾巴”人为的痕迹太重，周梦远是被突然叫回的，难道他能未卜先知，早就为破坏生产的杜建国准备好了“旁听证”和“全部现款”？更重要的是，这个“尾巴”早给周梦远由此产生的顿悟设下了浪漫而温情脉脉的障碍，同样也将减弱“杜建国之死”的艺术启示力。可喜的是，导演王宏是有胆识的，他终于翻越了自身情感和心理上的障碍，在屏幕上彻底割掉了这个与周梦远美学品格和全剧主旨都不协调的“尾巴”。

《走向远方》的编导在创作中不断翻越自身文化心理结构上的障碍的经验具有普遍意义。实践证明：要表现好客体的复杂心态变化，创作主体首先要调整好自身的心态；要勇于并善于在作品中向自己设置障碍，首先必须正视并翻越创作主体自身文化心理结构中的障碍。叔本华在《作为意志和表象的世界》中论及主体与客体的关系时说：“假定一种自在的客体，不依赖于主体，那是一种完全不可想象的东西；因为（客体）在作为客体时，就已经是以主体为前提了，因而总是主体的表象。”① 这种表述，在哲学认识论上是唯心的，具有自身的局限性，但以此认识艺术创作的主体与客体关系，却有道理。无论多么丰富、复杂的现实生活和人际关系（客体），不为艺术家感知（主体），也就没有了艺术。艺术家感知的深浅，则在相当程度上取决于主体自身文化心理结构的更新。老子曰：“自胜者强。”其哲理恐怕也正在于此。

更进一步说，《走向远方》也在创作主体翻越自身文化心理结构的障碍方面，提供了丰富的经验。

第一，要自觉强化和提高创作主体的哲学意识和文化意识，并将对人、人生和社会的宏观哲学思考同对人物的文化心理结构的微观艺术表现结合起来，从而获得独特而深刻的审美发现。

应当说，正是编导对人、人生和社会的较为宏观的哲学思考，才使《走向远方》的审美目标具有了时代的高度。王宏说：“从剧本的构思阶段起，我们就没有把眼光仅仅局限在改革之中。我们既不想对改革中出现的种种方案进行直接的是非评判，也不想就事论事地说明应不应该遵守工厂管理制度和劳动纪律，或者究竟是谁更应该当选为接班人等等。”他们把眼光投向对民族文化心理结构的深层中，关注这种民族文化心理结构在变

①［德］叔本华：《作为意志和表象的世界》，商务印书馆1982年版，第40页。

革潮流和现代文明冲击下蜕变、更新的历史进程。这样，他们努力摆脱了急功近利的审美目光，而代之以开放性的审美视野。同时，他们又注重对不同人物的不同心态变化的微观艺术表现，精心设计了全剧的人物总谱，无论是周梦远与郑伯雍，还是何茹与杜建英，抑或是曹诚、杜建国和李桂英，都各具个性，了了分明。至于每一个人的独特心灵世界，也都找到了恰当的切入角度，表现得惟妙惟肖。例如，何茹的咄咄逼人，不是虚有其表，而是彻里彻外，里面蕴涵着对世俗审美趣味的勇敢挑战！我们从编导对她那一句书面化语言的台词修改（“用实际行动扭转你的偏见”改为了生活化的极富弹性的“我们走着瞧”）中，体味全剧对人物心态的微观艺术表现的匠心。

一个是审视生活的宏观的哲学高度，一个是表现生活的微观的切入角度，有了这种高度和角度，就使《走向远方》不仅在同类题材的电视剧电影中，而且在同类题材的文学作品中，具有独特的艺术个性。

第二，要自觉培养和提高创作主体的历史修养，并从对民族历史的深刻感知中掌握那种纵深的历史意识，从而获得穿透现实生活的能力，揭示变革的底蕴。

《走向远方》的编导是有历史眼光的。王宏说，他们的艺术目标就是“表现历史和人，客观地、冷静地思索我们这个民族的过去、现在和未来”。他们自觉地把变革中激动自己的“人和事带到我们民族的历史中”，带到我们的历史知识所允许的范围内去进行认真的思索，从而“发现了更具震撼力的历史内涵，即新的经济体制和旧的感性纽带的矛盾”。可见，正是这样一种深刻的历史眼光才使《走向远方》能够做到把描写对象置于历史潮流中加以纵向审视，捕捉并传递出其所蕴含的给整个文艺创作带来的新鲜信息。将那条陈旧而破败的“麻石巷”作为屏幕造型的重要元素之一，就是一种“历史思索”的结果。作为写实的“麻石巷”，是极富历史感的，是真实的；作为写意的“麻石巷”又是极富思索感的，是象征的。这种写实的严谨与写意的空灵的巧妙结合，把观众引入了对历史的深沉思索。而人们只有懂得昨天，才能深刻地认识今天，并科学地预见明天。

在对现实进行审美观照中熔铸洞察时代走向的历史眼光，已经成为一批有见识、有才华的中青年艺术家的共同追求。如《良家妇女》。对中国农村妇女命运的历史观照，《黄土地》对陕北广袤无垠的“黄土”的历史深思……都是如此。这条宝贵经验值得汲取。

第三，要自觉摄取和消化世界现代文明的新鲜信息，促成创作主体的观念现代化。

要看到，在相当一个时期，由于“左”的政治干扰，我们的文化背景越来越处于封闭状态。到了十年浩劫，就不仅从纵向上隔断了与历史文化的联系，而且从横向上封闭了与20世纪的世界文化的联系。我们的世界现代文明来源，一度几乎被切断了。直到新时期实行开放政策后，我们才有了从纵向上衔接中外古典文化，从横向上瞩目世界，呼吸当代东西方文化八面来风的条件。世界现代文明的新鲜信息，有力地抵挡和拓展着过去封闭形成的狭隘社会观念和艺术观念。王宏和孙卓就很善于摄取并消化世界现代文明的新鲜信息为我所用，对自己的精神格局和心理状态自觉加以调整和更新，包括对自己的思维方式加以调整和更新，变单向思维为多向思维。唯其如此，他们创作的《走向远方》才能使民族的审美情趣与世界的现代意识联姻，在新的意义上产生出努力走向世界的新艺术品。

《新星》

若要论社会反响之强烈，在1986年所播出的电视剧中，首推《新星》①。这部由太原电视台录制的12集电视连续剧，于1986年春节期间播出，《新星》升起于屏幕后，真有点倾国尽谈李向南的味道。誉之者众，批之者亦不乏其人，实在发人深省。

《新星》改编自柯云路的同名小说，获得1986年度第六届“飞天奖”优秀电视连续剧二等奖。此剧的观众覆盖面超过了同期的任何一部影视片。这个事实，毋庸置疑地说明它对应了一种强大的社会心理。而这种社会心理的内涵，要而论之，便是由于生活不尽如人意，现实尚存弊端，尤其是顾荣们的不正之风和官僚主义严重阻碍了改革，因而人民心中有气。李向南在问题成堆的古陵县，大刀阔斧，以锐不可当之势革除弊端，打击不正之风和官僚主义，顺了民心，出了民气，因而引起了呼唤改革的人民的普遍共鸣。它浓墨重彩地表现了一个古老的山区小县城——古陵在社会变革的历史大潮下卷起的波澜，展现了一幅县级体制改革和农村四化建设充满尖锐矛盾的生活画卷。在这里，有改革者的励精图治、奋力拼搏，也

①编剧：李新；导演：李新；摄像：王子庆；主演：周里京、鲁非、刘冬、梁彦等。

有旧势力的左右逢源、抱残守缺；有民众志士的抗争呼号，也有权势之辈的昏庸僵化；有对革故鼎新的深情纪实，也有对人生哲理的思辨写意；所有这些，都叩击着时代的脉搏，震撼着人们的心灵。而连续剧又充分顾及了数以亿计的观众在长期的鉴赏时间中积淀形成的审美心理，艺术结构上做到了脉络清晰，情节集中，起、承、转、合环环相扣，悬念迭起，引人入胜，因而更强化了全剧的艺术效果。

应当看到，《新星》所产生的艺术冲击波和启示力，与其说是来自于县委书记李向南形象的大刀阔斧除弊端的锐不可当之势，不如说更主要的是来自于县长顾荣形象的深沉底蕴。顾荣堪称新时期文艺画廊里又一“新的熟识的陌生人”。这是一个社会内涵极其丰富、凝聚着几十年来我们政治生活中的是非，并被错误政治扭曲了灵魂的人物。随着认识的深化，人们愈益领悟到这个典型所具有的历史价值和美学价值，从反面懂得改革的维艰，实在是其艺术魅力使然。从积极地感应和表现人民呼唤改革的历史潮流看，《新星》确实是与时代同步的。

改革乃民心所向，大势所趋。但中国的问题是复杂的。倘仅仅满足于在屏幕上演“泄民气”，未必就真正能在实践中卓有成效地推进改革。这里需要深思的是：《新星》的内蕴所对应的这种普遍的、强大的社会心理，与社会主义现代化宏伟目标中的“高度文明、高度民主”，是否完全同向？

实事求是地说，《新星》所对应的这种社会心理，固然有必须充分肯定的呼唤改革积极内涵的一面，也有将改革的动力与成败均归于如李向南似的个别“青天”人物消极内涵的一面。前者纷纷为人首肯，后者却往往被人忽视。是否可以说，这后一方面的消极内涵从中国传统文化上寻找渊源，便是长期以来“包青天”文化孕育的产物。人们将自身解放和理想的实现寄托于“青天”人物的开明之上，似乎社会的变革与历史的前进，动力不在民众，而在“青天”。这实质上是自身人格与价值的一种失落——上系于“青天”。这种“人治”思想文化的传统，源远流长，直到明清之际的思想家黄宗羲才在《明夷待访录·原法》中，石破天惊地把从孔、孟、荀到宋明儒家所普遍主张的“有治人无治法”的传统命题倒了过来，提出了“有治法而后有治人”。但由于中国没有能经历资本主义的历史阶段，黄宗羲这种微弱的晨光式的近代法治思想并没有相应的社会基础，因此便很快淹没在清代伪古典主义的复古浪潮中。中国近现代历史反复证明：这种以“法治”取代“人治”的民主思潮，在封建意识和小农意识的双重夹攻中，其生存和发展是极为艰难的。而长期流传的各种形式的“包青天”文化，归根结底，正是一种呼唤“青天”来实行“人治”的文化。

如果说，反映封建社会生活的“包青天”文化，其人民性和进步性还不容忽视的话；那么，对反映中国20世纪80年代变革现实的电视剧《新星》，我们就有理由从建设社会主义精神文明的久远大计和建设社会主义民主与法制的高度去指出它的不足。有人批评说，在《新星》中，只见“人治”，不见“法治”；只见“主民”，不见“民主”；只见县委书记“包揽”，不见县长“主事”。这话，虽然有些过头和绝对，但确有深意存焉。屏幕上古陵县的诸般积症，似乎都只有靠李向南一人去“人治”。李向南也确有几分“救世主”的味道，发号施令，包打天下，动不动就撤职换人。他当然也有其“势”不能破“竹”之时，但他力图摆脱困境之“宝”，仍然是“押”在“人治”之上——希望通过顾小莉之父（省委书记）和自己之父（中央高干）的“权力”来破“竹”。而古陵县人民对改革前程的希望，似乎也主要系在李向南身上了。

这是有悖于建设“高度文明、高度民主”的。邓小平同志曾精辟指出：我们党在新时期提出的新政策，“就国内政策而言，较重大的有两条：一条是政治上发扬民主，一条是经济上进行改革，同时相应地进行社会其他领域的改革”①。只有充分发扬社会主义民主，健全社会主义法制，才能战胜形形色色的不正之风和官僚主义，革除各种阻碍现代化建设的弊端。变革现实已经把“法制”提上了日程。而改革以来的党政分家，也是为了有利于建设社会主义民主。但《新星》对变革现实的审美观照，却正忽视了这方面的重要内容。

应当说，《新星》所对应的这种社会心理的消极因素，不仅不应在艺术鉴赏中得到强化，而且理应在审美中加以扬弃和更新。须知，一个高度文明、高度民主的国家，其人民必是社会的主人。当代中国文学艺术的天职，正在助成和强化人民是历史改革活动的主体的自觉意识，以调整全民族的精神格局，提高全民族的文明和民主水平。如果不是这样，而是去有意无意地强化那种把历史改革活动的成功希望附丽于个别“青天”人物身上的意向，那后果是不妙的。因为人们都记忆犹新：十年浩劫的深刻教训

①邓小平：《建设有中国特色的社会主义》（增订本），人民出版社1987年版，第104页。

之一，便是把上述那种要不得的群体意向发展到了极端，要集十亿之众的思考和希望于个别领袖人物一身，奉行“一句顶一万句”，那结果多么惨痛啊！

当然，提出对《新星》的沉思并不意味着否定这部电视剧的成功。事实上，剧中的其他人物，尤其是顾荣、顾小莉，被塑造得相当成功，堪称电视荧屏画廊里新的典型形象。只是，艺术中残存的这种有悖于建设“高度文明、高度民主”的“青天”文化影响，必须引起我们的关注和反思。

二、《葛掌柜》《雪野》讲述农村改革传奇

《葛掌柜》

《葛掌柜》① 是由山西省忻州地委、山西省话剧院于 1987 年联合录制的 8 集电视连续剧。

随着改革题材创作经验的积累，到 20 世纪 80 年代后期，表现改革现实生活的作品都力图使镜头穿越单一的政治或经济层面，去对准变革中人的深层文化心理的演进。换句话说，即以宏观的视角，对变革中的人进行立体的文化观照。

《葛掌柜》这出戏不是从一般经济变革层面上描写一家农民企业的兴办过程，也不止于为一位农民企业家立传。葛寅虎从城里带回来的绝不仅仅是 3500 元钱，而是城市文化所特有的新的生产方式、思维方式和生活方式。他要靠这一切新的生产方式、思维方式和生活方式使封闭、落后的葛家庄开放、文明起来。因此，《葛掌柜》所展示的是 20 世纪 80 年代变革中城市文化对农村文化的冲撞、交融和提高。这一点是了不起的突破。按照马克思主义的观点，城市与农村的分野，本来是人类文明史上的一大进步。从文明的角度看，城市文化是比农村文化更高级的文化。但是较长期以来，在文明建设上，我们基本上沿用的是“以农村包围城市”的武装夺取政权的道路——用农村文化去改造、同化城市文化。因此，《葛掌柜》把这个案翻了过来，旗帜鲜明地表明了 80 年代变革“以城市文化提高农村文化”的艺术主题，其意义不可低估。

从宏观上论，《葛掌柜》揭示的这一主题是深刻的；从微观上看，《葛

---

①编剧：杨友军、芦润泽、黄冲；导演：史启发；摄像：刘庆梅；主演：李保田。

掌柜》展示的这一题旨是形象的。《葛掌柜》是新时期出现的第一部以农民企业家为主人公的电视剧，在葛掌柜给我们留下的印象中，他更像个农民而非一个企业家。片名之所以叫“葛掌柜”正是由于他这“半新不旧”的特点。且看葛掌柜从城里回庄，外披羊皮棉袄外套（农民的装束），内穿皮夹克（城市人的打扮），回家上炕后脱下夹克又露出贴身的典型农民自制背心，这一切形象地活画出城市、农村两种文化形态在这位葛家庄的变革带头人身上的冲撞、交融！

“衣锦还乡”的葛掌柜在回村之后，想要自己办厂，带着乡亲们一起致富。这样一个故事本身并不独特，甚至有些套路化，但这部剧出彩地将葛掌柜这个人物塑造成一个文化不高，却有点气魄、有点才干，还具有一定喜剧性格色彩的形象，这着实增加了剧作的吸引力。从他颇具喜感的出场便能看出，这个“自己富了，不忍心看着别人受穷的”葛掌柜在回乡办厂这件事上多少有些不自量力。随着剧情的发展，他仗义的性格和那点善良的愿望在现实生活中不断遭遇挫折，他自己的生活也几乎遭遇灭顶之灾。幸而“得道者多助”，在最后一集，所有的矛盾都化解了，连处处与他作对的“敌手”厂主也在他的感化下走上了带领大家共同致富的道路。

不过，《葛掌柜》对城市文化逐步带动、提高农村文化的艰难曲折过程，没有简单化、概念化。在所有的作品中，主人公似乎只要一旦在物质上致富了，精神上的文明程度也就自然随之提高。这便是简单化、概念化的结果。其实这两者是未必对应成正比例发展的。《葛掌柜》中，宝贵、臭臭、二肉等农民致富后，就一度或骗、或赌、或打架，精神并未随之而自然文明起来。倒是宝贵、二肉和臭臭在经历了葛掌柜以他所感受的城市文明的新鲜空气的反复熏陶后，宝贵才开始懂得了用自己的劳动收入去买课桌捐赠学校，二肉和臭臭也才开始领悟人生的价值和真挚的爱情。

不过，即使是在《葛掌柜》这样比较优秀的作品中，艺术家创作主体意识深层的一些非现代化的东西也总是顽强地在作品中表现出来。《葛掌柜》封闭式、大团圆式的结尾，典型地说明了这一点。这个结尾，葛掌柜为巧凤、栓牛完了婚，葛掌柜与“劲敌”侯亮促膝谈心、携手共进，葛掌柜铸造厂蒸蒸日上、高奏凯歌……总之，该解决的矛盾都解决了，葛家庄的改革似乎已鸣金收兵，可以得胜还朝了。这无论在社会观念上，还是在艺术观念上，都是非现代化的。在这里，《葛掌柜》前几集较为深刻地揭示出的葛家庄改革中错综复杂的社会矛盾一下子被简单化了，改革的艰巨性、长期性、曲折性都一下子化为乌有。这种非现实主义的盲目乐观主义是一种不利于改革深化的错误思潮。而且，从审美角度看，这种“大团圆”的艺术观念也实在陈旧。艺术的审美张力和感人魅力，本来正来自开放性的未知的审美时空，而“大团圆”总是将一切都界定得清清楚楚，于是，张力与魅力随之减弱，审美也就成为意料中的索然乏味的活动。这样的结尾，不是给全剧增色，而是降低了全剧的美学品格。

《雪野》

摄制于1986年的7集电视连续剧《雪野》① 是一部“直面人生，反映变革”的现实主义佳作。它由辽宁电视剧制作中心、辽宁电视台联合录制，获得第七届“飞天奖”优秀电视连续剧一等奖。

虽然同为改革题材作品，但《雪野》与《新星》不同，《雪野》并没有正面描写改革中一个领导集团内部各种力量的较量，而是把镜头聚焦于变革大潮激荡下关东普通农民的心灵波澜。《雪野》的艺术魅力，是令人折服的。它完全超越了经济变革的历史事件的表层，穿透到“人心”中做文章。“办养鸡场”“开大车店”之类的事件，乃至整个社会经济变革的风雨进程，都被推向后景。镜头所展示的是一部变革中的农民“心史”。

看《雪野》，不禁让人联想到当年轰动屏坛的日本电视连续剧《血疑》。不是两者在内涵上有何勾连。若论内涵，我以为两者根本不可比拟。《雪野》乃是一曲当代中国农民观念更新、走向现代化的悲壮之歌。而《血疑》却有在人性、人情与人道主义旗帜下夹带偷贩封建腐朽的血统意识之嫌。我是说，作为电视连续剧，两者都具有极强的欣赏性。这恐怕除了它们都重在“传情”——即托尔斯泰所反复强调的艺术的本能就在于“传达感情”外，在剧作结构、尤其是制造悬念上确有可比之处。讲得通俗和简洁一些，《血疑》之所以吊人胃口、引人入胜，就在于它集首有呼应、集中有高潮、集末有悬念。它的一个重要而基本的编剧法，便是在每集中编织一个矛盾，让幸子在矛盾的漩涡中遇险——流血、病发，让光夫或追赶、或焦虑，再让他们充满人性、人情的父亲施展医术和才能去抢救。如是者循环往复，竟让我们的观众津津有味地看了好几十集。道理何

①编剧：王宗汉；总导演：齐兴家；导演：金韬；摄像：李铁铮、李龙跃；主演：方青卓。

在？就在它一是“传情”——钻了我们的荧屏世界那些年“缺情”的空子；二是演员表演上的真实感人——不像我们彼时荧屏上屡见不鲜的那种虚假矫情的表演时尚；三是编剧法上符合电视连续剧特殊的审美特征。不要小看《血疑》令我们悟出的这几条道理。如今的《雪野》，实际上以成功的创作实践，将这几条“化”入了一部谱写当代中国农民的“心史”的作品中，为我国电视连续剧的创作提供了更加值得珍视的经验。

《雪野》描写的是一个女人与四个男人的故事。吴秋香除了与第一个男人齐来福结婚又离婚外，与后面三个男人（会计陈文彬、采购刘中志、车夫林大个子）都是“欲嫁不成”。这本是够戏剧性的了。而《雪野》的每集之间，都是靠“欲嫁不成”来制造悬念，以紧紧吸引住观众去关注吴秋香的命运。倘后面的三次哪一次嫁成了，“戏”也就没有了。这样的分析，丝毫不意味着贬低这个剧。恰恰相反，《雪野》的高明，正在于以严谨的中国特色的现实主义深化的精神，在荧屏上展现一幅幅古朴豪放、充溢着浓郁的关东“土”味的风俗画面，刻画另外一个个栩栩如生、性格各异的普通农民形象，描绘了一条条不同个体在当代中国农村变革中的心灵轨迹，毫无人为雕琢的痕迹，让观众如临其境，感到“真实、质朴、粗犷、深沉、含蓄、清新、淡雅、抒情、平易”。这应该归功于导演的总体把握。导演阐述中说得很清楚：“时代改革的步伐，促使人们思变：要求改革沉重的生活形态，向往并追求着美好的、丰富的物质生活和精神生活。”《雪野》给我们传达了这样一个信息：“这视角是深层的，它写了改革时代人们心态的变化。这变化关联着人们的思想感情、人的价值观念、生活方式，直到心灵。”“这个作品好就好在，它写了民风，写了人物复杂的内心世界，因此，它有真实的艺术魅力。”①

不过，《雪野》也存在着不足之处。重要的一点在于人物的情感纠葛与心灵变化，似乎与社会变革的矛盾交织得不够，这便造成了一种游离之感。因为作品将“办养鸡场”“开大车店”这样的经济变革事件都推向了后景，所以观众只看见的是变革事件的结果，而并未看见人物在这种更具有社会内涵的矛盾进程中文化心理演进的轨迹。观众有理由推想：在当今封建残余意识和守旧僵化意识上的关东农村，作为寡妇的吴秋香，首先办起养鸡场，继而又携女出走到举目无亲、人地两生的茶间岭新开大车店，

①齐兴家、金韬：《〈雪野〉创作谈》，《中外电视》1987年第3期。

谈何容易啊！这中间，有多少辛酸苦辣，有多少奋斗拼搏，有多少悲怆的情与含泪的笑！艺术家倘能在这种变革矛盾的进程中展现出人物的情感跌宕和观念演进，那么，作品的内涵无疑将更加深沉。这是艺术的难途，却是艺术“更上一层楼”的充满希望之途。这并不是要求《雪野》倒退到去写变革事件的过程，而是从更高的层次上渴求艺术家在更富社会内涵的矛盾中写好人物的心态。

此外，采购员刘中志形象的塑造也算是本剧的败笔。这一人物一出场，就有点漫画、丑化的味道，让观众一眼看穿是一个贪利之徒。但吴秋香却对他深信不疑，一往情深。他要一步步吞并吴秋香的财产，提出要买地质队的五间大瓦房，把养鸡场搬到县城去，吴秋香答应了；他要提前办理结婚登记，吴秋香也答应了；甚至当发生鸡瘟、濒临破产时，他要求吴秋香趁风声还未传开，赶紧把鸡、鸭拉到县里卖了，嫁祸于人，吴秋香还未识别他的骗子本性，说：“我知道全完了，想这些也没有用，下半辈子有你这个人就行，别的什么也不求了，有你在我身边，我就能活着……”这样，观众的审美天平就难免会发生倾斜——忠心耿耿、老老实实的齐来福，你自可以因为他缺少男子汉气而不爱他；但这个让人一眼看穿的骗子刘中志，你究竟爱他什么呢？这便导致了观众对“吴秋香在爱情上究竟追求什么”这个问题上提出质疑。这种审美效应可能是编导在塑造刘中志形象时始料未及的。倘若刘中志的形象不处理得那么脸谱化，就更符合全剧的艺术风格，亦有利于主题的深化。

三、《商界》首现南国经济变革

在20世纪80年代中期的影视界，从小说汲取素材来改编创作影视作品的风气就一度极为盛行。周克芹的长篇小说《徐茂和他的女儿们》曾在影视界刮起了一股不小的旋风。既有北京电影制片厂和八一电影制片厂分别将其搬上银幕，又有四川电视台将其改编拍摄成电视剧《四姑娘》。

同样，轰动文坛的反映南国经济变革现实的长篇力作《商界》① 也引起了影视艺术家们的极大兴趣。既有以拍摄《乡音》荣获“金鸡奖”最佳

①根据钱石昌、欧伟雄同名长篇小说改编。编剧：姚柱林、杨澄壁；导演：成浩、袁军；摄像：彭承泽、乐祖望、董珂；主演：王志刚、陈伟榕、李志、李兰、曹众、左翎等。

故事片奖的珠江电影制片厂的中年导演胡炳榴将其搬上银幕，又有广州电视台初露头角的青年导演成浩将其改编拍摄成同名电视剧。虽然按照当时我国经济发展的实际水平和社会主义精神文明建设的宏观调控的实际需求，一部文学作品搬上银幕或荧屏，是否有必要像这样两家乃至三家同时一起上？这个问题还有待讨论。电影《商界》和电视剧《商界》都既已拍出，作为一种社会文化现象存在于人们面前，两相比较，尽管两者在艺术上各有千秋，互见长短，而后者在观众中的覆盖面和渗透力是远优于前者的。公允地说，成浩驾驭视听语言的功力，当然不及影坛已经有“但得‘三乡’① 好，不比是故乡”美誉的胡炳榴那样老练成熟，这是事实。然而影视艺术既然是现代的大众传播媒介，那么，从观众的接收美学角度看问题，恐怕仅上下两集放映三小时的电影《商界》，在充分展示小说原著所蕴含的复杂社会生活内涵的容量方面，就难免不及长达12集播放整整十个小时的电视连续剧《商界》那么自然从容。与此相关，在视听语言的叙事层面的清晰度与流畅性上，电影《商界》也势必逊色于电视连续剧《商界》。而这正恰恰决定着影视艺术作品在观众中的覆盖面和渗透力。

成浩在电视连续剧《商界》中表现出了出色的运用视听语言对复杂、变幻莫测的生活形态进行叙事的功力。应当说，原著《商界》以出色的文学语言展示了20世纪80年代南国经济生活和文化心理发生深刻变革的一幅《清明上河图》：人物众多，情节复杂，色彩斑斓。要将其成功地、有条不紊地搬上荧屏，实非易事，但成浩却能相当聪明地遵循从电视连续剧特有的审美规律，从小说以文学语言搭起的纷繁交错的结构框架中，梳理出国营穗光公司、东喜（集团）公司、银河（个体）公司分别与银行信贷部的关系纠葛这三条线索，并围绕着这三条线索的主要人物张汉池夫妇、廖祖泉夫妇、曾广荣夫妇和罗康泰夫妇的命运沉浮来运用电视剧语言重新结构12集电视连续剧的框架。这样，除第一集以大手笔的气势“高容量、多信息、快节奏”地展现了三家公司在经济大潮中应运而生的雏形外，其余各集都基本上各以描写一家公司与银行信贷部及其他公司的关系纠葛为主，去展示这家公司的主要人物命运演变的轨迹。唯其如此，才形成了开篇气势吸引人、各集集首有呼应、集中起高潮、集末留悬念的剧作结构。观众鉴赏起来，便觉得叙事清晰，情节跌宕，审美视线紧紧被人物情感和

①指《乡情》《乡音》《乡民》三部曲。

命运的变迁所钳制住。这一点，《商界》在当时荧屏上播出的一批根据当代长篇小说改编摄制的电视剧中，做得是最好的。譬如，根据路遥的同名长篇小说改编摄制的14集电视连续剧《平凡的世界》，之所以观赏性不尽如人意，很重要的一个缘由，正在于剧作结构上多少有点悖于电视连续剧特有的审美规律，而未能如《商界》那样做到缜密严谨、环环相扣、引人入胜。

诚然，荧屏上的《商界》以其对当今南国经济生活和文化心理变革的复杂现实的真实、质朴、动人的描述，吸引了熟悉这种变革现实的人们和对这种生活感到陌生的广大观众，在社会上产生了较强的反响。但审美之余，不少观众都提出了如此的思想困惑：《商界》所要肯定的价值取向究竟是什么？是肯定那位国营穗光公司的总经理张汉池的人生价值吗？不是。他虽然根正苗红、品质纯正、憨厚内向，却被历史的误会推到了商品经济大潮的风口浪尖，毫无思想准备和知识准备就当上了总经理。在激烈的竞争中，他处处被动、上当、挨整，整天忧心忡忡，陷于难堪、苦恼，不能自拔，甚至铤而走险，倒卖客车，最后是被生活好友兼商业劲敌的廖祖泉起诉送上了法庭被告席。是肯定东喜集团公司的总经理廖祖泉的人生价值吗？也不是。他虽然堪称商界竞争中的强者，多谋善断，化险为夷，六亲不认，很有经济头脑，最后居然还在银根奇紧的情况下向香港大富豪借来了大笔贷款，准备兴建现代化的大酒店，事业上不可谓不兴旺；但在感情生活上，他却无法摆脱禁锢自己的传统道德伦理标准和残酷的生活现实，不敢也不能去爱真正符合自己爱情价值标准的现代女性梁依云。所以，有评论称他为“只能在事业上竞争，不敢在感情上进取”的“符号”，未必没有几分道理。是肯定银河个体公司经理曾广荣的人生价值吗？更不是。他为了使自己的皮包公司骤然致富，既视政策、法律于不顾，又置道德、信誉于脑后，最后理所当然地锒铛入狱，爱情生活上也与那位“哀其不幸，怒其不争”的姑娘陶丽佳演出了一幕难言的悲剧。是肯定银行信贷部主任罗康泰的人生价值吗？亦不是。他尽管业务精通，善于周旋，却在商业大潮中为“钱”“色”所迷。他外出公干，道貌岸然，堂而皇之；回到斗室，却为悍妇所逼，走上了受贿犯罪的道路。他最终死于非命，是很有警示作用的。

既然这也不是，那也不是，究竟《商界》所要肯定的价值取向何在呢？事实上，正确判断这出戏的价值取向，需要调整一下观众们传统的鉴赏习惯。按照传统的鉴赏习惯，人们总希望作品对其所塑造的各种人物的人生价值做出明确的或是或非、或褒或贬的审美判断。这样，观众在鉴赏过程中其审美视线才容易顺其所是所褒而生爱，顺其所非所贬而生恨。而《商界》不是如此。一方面，它所描写的20世纪80年代新旧交替，而新旧交错的变革现实是极其复杂的，它所塑造的在变革大潮中遨游的各种人物的文化心理的演变也是极其复杂的，要对如此复杂的时代和人物在审美表现上像传统的写法那样做出单向的褒贬评价，显然是不明智的简单化、片面化之举。另一方面，从编导的主观方面看，恐怕由于马克思主义理论修养和历史阅历所限，也一时难于对急剧变革的伟大时代中出现的新事物、新人物做出明晰的审美评价，因为历史自身也常常需要一段时间的沉淀，才能让人们看得较为清晰。在这种情况下，电视连续剧《商界》的编导采用了纪实的手法，这种手法贴近生活地把这一伟大变革时期中的南国生活和人物搬上了屏幕，这是很有认识价值和审美价值的。也许多少年后，后人研究这段历史时《商界》还不失为一部形象化的史料。甚至可以说：观众对《商界》的审美，是在困惑中进行的，但正在这困惑中，人们不难发现隐藏在作品深层的一种价值取向——它既让人们清醒地看到我国改革开放的时代大潮不可遏止，是历史的必然，又启迪人们觉悟到我们的改革开放必须坚持社会主义方向，必须纠正那种淡化党的领导、淡化思想政治工作的错误倾向，必须匡正那种主张无条件效仿西方，照搬西方资本主义经济模式、价值观念和生活方式的错误观念。从某种意义上讲，《商界》中不少人物的悲剧根源，正在于此。

第五节　纪实题材：现实生活的诗意表达

《有这样一个民警》①

“美是生活”，车尔尼雪夫斯基的这句名言应是对《有这样一个民警》

①编剧：孟繁元、尹铁牛；改编：石零；导演：张绍林、郭大群、张纪中；摄像：张绍林、董育中；主演：冯国庆。

这部电视剧的完美诠释。这部电视剧取材于山西省大同市模范交警郭和平的先进事迹，是一部写民警的戏。这样的题材拍摄起来有一定的难度，因为民警的生活不外乎站岗、执勤，这种单调的生活，很难从中找到冲突激烈的戏剧矛盾点。然而《有这样一个民警》却在这种日常生活的表达中塑造出一位平凡而伟大、令人信服感动的民警形象。真实的、司空见惯的日常生活，迸发出美的光彩，这的确是现实主义的巨大魅力。

歌德在论及艺术美与现实生活的关系时曾如此说："世界是那样广阔丰富，生活是那样丰富多彩……现实生活必须提供诗的机缘，又提供诗的材料。一个特殊具体的情境通过诗人的处理，就变成带有普遍性和诗意的东西……不要说现实生活没有诗意。诗人的本领，正在于他有足够的智慧，能从惯见的平凡事物中见出引人入胜的一个侧面。必须由现实生活提供诗的动机，这就是要表现的要点，也就是诗的真正核心；但是据此来熔铸成一个优美的、生气灌注的整体，这却是诗人的事了。"① 歌德在这里讲的"诗"，其实可以理解为泛指的文学艺术。仔细梳理起来，如今荧屏上平淡无奇地展现的，的确是剧中民警杨明光所干过的桩桩小事：处理初次进城卖豆腐的农家老汉横穿马路违章的事；搀扶盲人夫妇过马路的事；罚骑自行车带人违章的姑娘郑燕的事；送迷路儿童小微微回家的事；当副支队长上任去新华书店买《雷锋日记》送同事们的事；教育违章翻越马路栏杆的小伙子的事；拒收卖豆腐老汉馈赠豆腐答谢的事；申请分配住房的事；为曹干事借小平车运木板的事；因公延误诊病的事；关心民警小赵恋爱的事；临终前要求最后一次上岗的事。总计 12 件，桩桩平凡，绝无惊天动地之举。但正是这些平凡小事，经过艺术家质朴无华的精心处理，引出了一位平民英雄人物精神风貌的一个个闪光侧面，最后熔铸成社会主义新人崇高人格的"一个优美的、生气灌注的整体"。这对于荧屏塑造社会主义新人形象，表现他们"有高尚情操和创造能力、有宽阔眼界和求实精神的崭新面貌"，无疑提供了具有普遍借鉴意义的新鲜经验。

下面我们将就三个重要的故事段落来分析《有这样一个民警》的编导是如何把平淡无奇的小事艺术化、审美化，从生活中汲取诗意、发现美并表现美的。

其一，杨明光处理初次进城卖豆腐的农家老汉横穿马路违章的故事段

①［德］爱克曼：《歌德谈话录》，人民文学出版社 1978 年版，第 6、7 页。

落。当农家老汉横穿马路时，杨明光拉住了他，并告知对这种违章行为要罚款。老汉急了，道："同志啊，你们城里路这么宽还不让人走了？"杨明光悟出老汉是初次进城，探问道："大爷，您是经常到城里卖豆腐吧？"老汉答："谁经常来了？这不是头一回么。本来是我儿子卖，他现在到村里煤窑上去了。这，这，我头一天，还一个钱没卖哩，你们就跟我要钱，我上哪给你们呀！……"于是，杨明光通情达理、因势利导地说："那我这次就不罚您了，可您下次一定注意，看见红灯您千万别过马路；等绿灯亮了您再通行。左手拐弯要绕岗台通行，不能这么过。"言罢，还把一本交通法规小册子送给老汉。老汉急忙摆手，道："不，不，同志，我是真的没钱！再说，我也认不了几个字。"杨明光赶紧解释说："大爷，这本书是我送您的，回家找人给您念念、讲讲，一条一条都记清了，下次您就不会再违章了。"老汉不语了，半天才说："同志，那合上去说来，你这是赔了，我这反倒是赚了，不是？"

这场戏，写出了"这样一个"民警。大凡观众都会有这样的切身体验：马路上执勤的民警照章处罚违章行人，而不懂法的行人不服气，于是争执，于是口角，于是酿成事端。这里当然有是非之分，责在违章行人，但有的民警态度失之谦和，恐怕也多少有点给争执添了"催化剂"。杨明光却不是如此。剧作通过平凡简单的小事既体现了杨明光全心全意为人民服务的革命理想，又体现了他具体问题具体分析的科学态度。在本职工作中，他堪称有创造能力的好手。对这位因初次进城而违章的农村老汉，他动之以情，晓之以理，妥善而完满地解决了问题，体现了"人民警察爱人民"的高尚情操。在这里，屏幕上展现的生活是真实平淡的，却是极富个性和诗意的；唯其如此，才自然而然地流溢出生活的主人公精神美的光彩。

其二，杨明光罚骑自行车带人违章的姑娘郑燕的事件，也表现得极其平实而又极有特色。显然，编导有意用了对比手法，先写青年民警小赵对郑燕违章一事的简单生硬的处理——小赵发现郑燕违章，欲擒故纵，待到郑燕骑车经过岗台，突然厉声呵斥："下来，下来，把车放这儿!"郑燕却佯装糊涂，推车想走，回敬道："别在马路上觉得没意思，拿我开心，你要是没事，咱可就拜拜了!"一来一往针锋相对，小赵跳下岗台来，拉住郑燕的自行车就要罚款。郑燕仍不相让，不肯认罚，两人你拉我扯，互相乱骂起来，岗台周围一下子挤上许多凑热闹的人。这时，杨明光赶了过来，先制止住对骂的小赵，再一一向围观的人们敬礼，请大家散开。然后，他诚恳、严肃地对郑燕说："刚才，你们一拉一扯，碰碰撞撞的事难免。他不对的地方，我已经代他向你赔礼道歉了。不过，你骑车带人这可是明显地违反交通规则，所以你也要认错，照章罚款五元。"殊不知，郑燕仍不服，虽然不得已认罚了五元钱，却恶语伤人说："拿回去给你们买烧纸吧!"这可惹恼了小赵，一气之下，扣押了她的自行车。杨明光看矛盾一时解决不了，下岗后再慢慢劝导小赵，又亲自把自行车给郑燕工作的食品厂送去，并附上了一封信。郑燕打开信封一看，里面是她罚款的收据还有一封致歉信。郑燕看着自行车，一阵惭愧，一阵感动。

至情如此，金石为开。难怪郑燕要带上自己设计的新产品"云中酥"专程赶来请民警杨明光品尝，以略表感激之情，也难怪，在杨明光崇高精神的感召下，郑燕对人民警察有了全新的认识，真挚地爱上了"不打不相识"的小赵。生活，在这里是多么美好、多么充满诗意啊!

其三，拍得最精彩的，要算杨明光当上副支队长后到新华书店去买《雷锋日记》送给同事们作礼品一事。为了做好铺垫，编导在戏开始不久就用特写镜头展现了杨明光的家——

这个家很小，很简陋。一个十来平方米的房间，被一铺大炕占去了三分之一的位置。屋里摆设的都是简朴的、过了时的家具：两个木箱，一个立柜，一台缝纫机，屋子中间架着一只铁炉。唯一醒目的是挂在墙上、摆在柜子上的奖状、奖章、证书和一本《雷锋日记》。

屏幕上，没有声音，只有图像。然而正是这无声的图像，不经意地却极有力地给观众留下了难忘的印象，造成了观众在审美过程中强烈的心灵震撼：这位无私奉献、艰苦创业的民警，其精神支柱是《雷锋日记》!所以，当他被提拔任副支队长时，同事们嚷着要他"请客"。他感到应当赠送给同事们每人一件礼品。这礼品应是什么呢?镜头展现出杨明光骑着自行车飞快地穿过街道，充满兴奋和期待地跨进了新华书店——

书架上，各式各样装帧新颖的书籍，令人应接不暇。

杨明光在这个书架上看看，在那个书架上看看，在敞开的书架前细心查找，还是没有他要的那本书。他不死心，又找。他来到服务员跟前，问："同志，有那本书没有?那本《雷锋日记》。"

女服务员好像没听懂什么。

杨明光再次问："有《雷锋日记》吗?"

女服务员还是不理。旁边另一位女服务员问："他要买什么书?"女服务员不屑地答："《雷锋日记》。"另一位女服务员笑了："哎哟，现在哪有那本书啊！雷锋早出国了。"

……

但杨明光仍不死心，诚挚地请求女服务员帮忙找找。于是，他被指引到书库去了——

一个戴眼镜的老头带着杨明光朝角落里走去，那里堆满了书。

老头说："这书倒是有的，可很有些年头没卖过了。同志，你怎么想起来买这本书?"

杨明光答："……我有用……"

老头看了他一眼："早先都学雷锋，现在没人提了。其实呐，大家都像雷锋就不错了。你看看现在的人……"

老头从书堆上往下搬书，杨明光也帮着搬。老头边搬边说："现在的人啊，谁也不管谁，谁还看不上谁，说到最后就他自个儿最好……哎，找到了！在这儿，在这儿!"

杨明光凑过去，在书堆里掏了半天，拎出一捆书来。书捆的边角上落满了灰尘，他用手擦了一下书脊，露出了四个字：《雷锋日记》。

这组镜头，以严谨的现实主义手法，既真实感人又深刻有力地对当时客观存在的"雷锋精神失落"、社会道德水准和人的精神素质下降的令人痛心的社会现实，进行了严峻的审美评价。这评价是生活化的，也是艺术化的；其审美是独具魅力的，也是促人深思的，因为它触及了人们普遍存在的深层的社会心理。老人的议论实质上代表了百姓的心声：呼唤雷锋精神复归！而杨明光执着地学习雷锋精神、宣传雷锋精神、传播雷锋精神的言行，更是对先人后己、由己及人的价值观和人生哲学的坚守，启人心智、激人向上。

还是歌德说得好："艺术家对于自然有着双重关系：他既是自然的主宰，又是自然的奴隶。他是自然的奴隶，因为他必须用人世间的材料来进行工作，才能使人理解；同时他又是自然的主宰，因为他使这种人世间的材料服从他的较高的意旨，并且为这较高的意旨服务。"①《有这样一个民警》所采自现实生活的12桩小事，都是"人世间的材料"。然而编导却高

---

①[德] 爱克曼：《歌德谈话录》，人民文学出版社1978年版，第136页。

明地“主宰”了这些材料，使其“熔铸成一个优美的、生气灌注的整体”——塑造出雷锋式的民警杨明光平凡而伟大的艺术形象。须知，“艺术要通过一种完整体向世界说话。但这种完整体不是他在自然中所能找到的，而是他自己的心智的果实，或者说，是一种丰产的神圣的精神灌注生气的结果”①。《有这样一个民警》作为编导采自现实生活的“心智的果实”，灌注的是坚持“二为”方向和弘扬雷锋精神的时代生气。这一点，在全剧的结尾，又一次得到了集中体现。杨明光操劳过度，身患绝症，将不久于人世但“窗外传来汽车驶过的摩擦声和喇叭声”，他职业性地兴奋起来，抱病从床上挣扎着说：“该上岗了。”接着，编导采用了注入浓烈的、昂扬的理想主义色彩的笔法，让杨明光身着“那套整洁的警服”，乘坐公安轿车来到他熟悉的岗台。此时，“路口的车辆和人流全部自动地停止通行”，人们都热切地注目着走向岗台的杨明光——

杨明光在岗台下站住了。他举手向小赵敬礼。`

小赵泪流满面，跳下岗台，扶杨明光登上岗台。

另一路口，郑燕扶在人行道的栏杆上掩嘴痛哭。

那对盲人夫妇。

那个卖豆腐的农民老汉。

杨明光站在岗台中心，眼顾左右，抬臂，举手，做通行手势。

人们仰望着杨明光。停车线后面的长队车辆低速缓缓通过。

一队小学生列队通过人行横道。小学生们立定转身，行队礼，齐声高喊：“叔叔你好！叔叔你好！”童稚的声音回天荡地。

杨明光垂手直立。

不知是谁按响了第一声喇叭。于是，环绕十字路口的所有汽车都按响了喇叭。

连自行车也都按动起车铃。声音惊天动地。

杨明光把手抬起来，慢慢伸向帽檐，庄严地向人们致敬。

这是一个何等动人心魄的场面！是的，对于已经身患绝症的杨明光来说，这一切都是不可能的事实，却是会有的实情。因为，按照杨明光的职业理想、精神境界和情感逻辑，他一定会在有限的生命途程上出色地站好最后一班岗的！至此，屏幕上成功地完成了杨明光这一社会主义新人的动

---

①［德］爱克曼：《歌德谈话录》，人民文学出版社 1978 年版，第 137 页。

人形象。

《有这样一个民警》的创作精神、创作方向和创作道路再一次印证了“人民是文艺工作者的母亲。一切进步文艺工作者的艺术生命，就在于他们同人民之间的血肉联系。忘记、忽略或是割断这种联系，艺术生命就会枯竭。人民需要艺术，艺术更需要人民。自觉地在人民的生活中汲取题材、主题、情节、语言、诗情和画意，用人民创造历史的奋发精神来哺育自己，这是我们社会主义文艺事业兴旺发达的根本道路”①。

本剧的导演张绍林曾经在这条正确道路上拍出过《太阳从这里升起》（获第八届“飞天奖”单本剧二等奖)、《百年忧患》（获第十届“飞天奖”中篇连续剧提名荣誉）等优秀作品，在面对真人真事的英模题材时，他又拍出了《有这样一个民警》这样的好戏，这实在值得称道。

《铁人》

“……头上青天一顶，脚下荒原一片，走来了一群豪迈的男子汉，像见了亲娘一样，扑向这大油田。天当房，地当床，风霜雨雪常做伴。历尽生生死死，尝遍苦辣酸甜。泥满身，油满脸，老少爷们流血汗。这是无私的奉献，才使荒原变油田！”荧屏上，伴随着这动人心弦的、激越铿锵的歌声，一组造型意识极强、象征意味极浓的镜头徐徐展现——先是红彤彤的背景下凸现出的豪放、粗犷的铁人肖像，接着是昂首阔步扑向荒原的采油大军，再接着是人工拉犁开荒，整体井架搬家，井喷抢险的一系列高速摄影画面……这便是由中国电视剧制作中心、大庆石油管理局和长春电影制片厂联合摄制的8集电视连续剧《铁人》② 的开篇。这是一出足以使人灵魂为之洗礼、精神为之升华、斗志为之振奋的好戏，是中华民族浩然正气的一曲颂歌！

提起铁人和铁人精神，人们很自然地会联想起曾轰动影坛的电影《创业》，想起当年银幕上那令人难忘的王进喜形象。如果说，《创业》中王进喜的形象塑造，还不免带着当时艺术家的社会意识和审美意识的深厚印记，即主要以浓墨重彩勾勒人物性格的质的“规定性”（“宁可少活二十

①邓小平:《在中国文学艺术工作者第四次代表大会上的祝辞》,《人民音乐》1979年Z1期。

②编剧：蔡霈霖、李国昌；改编：张笑天；导演：王驰涛；摄像：粘洪顺、顾克利；主演：王长林、张汉英、李靖飞、赵明明等。

年，也要拿下大油田”的献身精神）的一个方面，那么，如今展现在我们面前的电视连续剧《铁人》中的铁人形象，则充分体现了在改革、开放的时代大潮中新时期艺术家社会观念和审美观念上的新的追求——不仅深刻有力地表现出铁人性格中这种极其宝贵的质的“规定性”，而且真实细腻地描绘出铁人性格本身具有的丰富性，从而在荧屏上创作出既有理想光彩又有真实亲切的“这一个”铁人形象。

黑格尔认为，“性格就是理想艺术表现的真正中心”；而“艺术中足见性格的个性”的“主要原则就是要有一个丰富充实的心胸，且这心胸中要有一种本身得到定性的有关本质的情致，完全渗透到整个内心世界里，艺术不仅要把这情致本身，而且要把这种渗透过程都表现出来”。① 这段精辟的论述充满着艺术辩证法，阐明了审美创造中“足见性格的个性”的基本要素，即：丰富性、明确性（质的“定性”）和坚定性（渗透到整个内心世界过程中始终如一的情致）。

反观电影《创业》里的王进喜形象塑造，不能不指出其不足，便是人物性格的丰富性展现较弱。而电视连续剧《铁人》里的铁人形象塑造，则既深刻精准地把握了人物性格中一身浩然正气、无私奉献的精神实质，又相当真实质朴地展示了人物高尚的内心世界里附存着的旧意识思想残片。铁人王进喜作为昆仑钻井队队长，率众奋战在“风霜雨雪常做伴”的东北萨尔图大草原，处处身先士卒，显示了一个真正的共产党员的崇高精神境界。这是贯穿铁人整个内心和整个言行的始终如一的情致，即他的性格的“定性”。但是，铁人是人，不是神。在物质极为匮乏和环境极为艰难的情况下，加上那个时代确曾存在的“左”的思潮干扰，铁人的所思所为，也并非无一失误。譬如，一对大学生夫妻，在艰难困苦中产生了激烈的思想交锋，苏健以铁人为榜样，甘冒风险，整日埋头于井架整体搬家的设计，妻子月怡经不住风霜寒苦，买下车票硬拖丈夫一起返回北京，结果竟酿成一场婚变。铁人出于对后来因公致残的苏健的真诚关照，竟千方百计地把年轻的农村姑娘竹青“包办”嫁给苏健，结果由于双方精神境界和生活志趣相去甚远，家庭失和，竹青非但没有照顾好全身心投入祖国石油事业的苏健，反而干扰了苏健的工作，乃至火焚了苏健千辛万苦弄来的宝贵科研资料。铁人在残酷的事实面前，才对自己头脑中残存的封建性的“包办”

①黑格尔：《美学》第一卷，商务印书馆1979年版，第300、311页。

意识有了沉痛的反省和自责。又如，刘大娘的养女青杏忍受不了刘大娘的儿子刘大傻的侮辱，与同情自己遭遇的黄豹产生了恋情。在刘大傻毒打了青杏之后，青杏找到铁人的徒弟黄豹哭诉，不料竟被跟踪的民兵“捉奸”抓获。当民兵把黄豹押到铁人面前时，铁人怒火冲天，竟不问青红皂白地将自己最得意的徒弟、最得力的助手痛打一顿，直到青杏哭诉了事情的原委，铁人才醒悟到自己错打了徒弟。这位钢铁的汉子留下了滚滚热泪，亲手为黄豹揩干嘴角上的血迹，泣不成声地责怪道：“黄豹啊，我打你，你怎么不说话呢？你长嘴干啥呢？”然后，毅然地把钻井队的现场指挥旗，交给了黄豹……

荧屏上有血有肉的铁人形象，是多么真诚！多么无私！多么爱憎分明！而又多么通体透明！艺术家以如此严谨的现实主义笔触塑造铁人形象，既与那种“高大全”的创作思维划清了界限，更与那种“非英雄化”和挖空心思硬要展示英雄任务“阴暗面”的创作倾向格格不入。所以，“这一个”铁人形象的历史内涵和审美意蕴，既明确又丰富，因而较以往荧屏和银幕上的同类形象具有更强的思想启示力和艺术魅力。

尤为可贵的是，《铁人》这部电视剧的主创人员不单颇为成功地塑造了“这一个”铁人形象，而且出色地掌握艺术辩证法，塑造了各具风采的一群大庆人形象。这里，有与铁人配合默契，善于把思想工作做到人的心坎上，抱病抢险并献出了宝贵生命的指导员宋若怀；有爱井队胜过爱小家，用自己的工资买土豆为大家补贴伙食却把远在山乡生病的老母亲饿死了的炊事员牛进财；有牺牲了爱情和健康，一头扎进书堆里为油田建设呕心沥血鞠躬尽瘁的工程师苏健；有堪称铁人“真传弟子”，“拼命也要拿下大油田”的黄豹和龙四柱；有闪烁着中国妇女传统美德的夺目光彩的坚强女性——宋若怀的遗孀卢春花；也有并不那么可敬可爱，却个性鲜明、不乏审美价值和认识价值的女大学毕业生月怡和农村姑娘青杏；还有那个年代已经存在“左”的思潮养育的畸形产儿——副队长马贵福……所有这些，构成了《铁人》风姿多彩的形象系列。值得称道的是，扮演这些形象的演员，都努力去掉了那种时下荧屏上相当流行的矫情感和雕琢感，而代之以真实、质朴和自然。人民还是文艺工作者的灵感来源。正因为演员们自觉从石油工人的生活中汲取真情和实感、诗情和画意，用铁人的浩然正气和献身精神来哺育自己，因而使《铁人》全剧的整体表演水平迈上了新的审美台阶。

由于坚持以辩证唯物论和历史唯物论哲学思想来指导创作，《铁人》这部电视剧不仅在人物形象塑造上做到了既表现出社会主义新人的浩然正气和献身精神以开拓未来，又不忘对新人思想深处还附着的旧意识残片进行恰如其分的艺术表现以直面人生；而且在真实地再现三十年前我国石油战线大会战的历史生活时也做到了“既不因成绩巨大而忌言失误，也不因揭露失误而抹杀成绩”①。唯其如此，《铁人》在荧屏上以较高的思想、艺术成就成功地塑造了伟大的中国石油工人的光辉形象。

第六节　反思题材：人与文化关系的辩证思索

一、宏观的文化反思：《巴桑和她的弟妹们》《太阳从这里升起》

《巴桑和她的弟妹们》

荣获1986年第六届全国电视剧“飞天奖”短篇一等奖的《巴桑和她的弟妹们》②，以其新颖的影像风格和深刻的思想内涵，为我国荧屏描写民族题材的艺术打开了新局面。

从新中国成立到20世纪80年代，我们这个历史悠久的多民族国家发生了震惊寰宇的深刻变革。在广袤国土上繁衍生息的各个民族，都在随着时代跳动的脉搏，伟大而艰难地延续和创造着本民族灿烂的历史。作为影视文化，在反映各民族风姿多彩的生活方面，却似乎变化不大。这类影片不外两种情况：要么以阶级斗争观念统率全剧，描写奴隶反抗奴隶主，翻身欲求解放；要么体现党的民族团结政策，展示汉民族与少数民族如何消除彼此误会、识破坏人，终于实现了民族大团结。这些影片，当然都是需要而且有益的，但对于更宏观、更深邃地表现一个民族的历史、现状和未来，表现一个民族独具特色的文化形态，毕竟又是不足的。

---

①李瑞环：《努力学习马克思主义哲学》，载《求是》1989年第24期。

②编剧：张鲁、陈俊中；导演：潘小杨、何为；摄像：何为、王永春；主演：扎西达娃、益西卓嘎、次旦玉珍、旺久次仁等。

由重庆电视台的青年摄制组所拍摄的《巴桑和她的弟妹们》，另辟蹊径，敢于创新，通过镜头展现了与以往不同的少数民族样态。他们把镜头对准了“西藏的窗口”——拉萨市一条具有千年历史的“八角街”，从古老的宗教文化与新鲜的现代文明交叉的宏观视角，摄下了那里一户普通人家在新时代潮流荡涤下的心灵轨迹，传递出意蕴深沉的社会信息，透视出不可遏制的历史性文化流向。可以说，这部电视剧为我国荧屏艺术世界的全方位、多角度地描写民族生活，提供了新的思考。

《巴桑和她的弟妹们》剧中那经幡丛中的电视天线，那转经人流中飞驰而过的摩托车，那叩一路长头的信徒和“哲学恳谈会”上的中学生们，那转经堂的诵经声里混杂的巴桑家录音机放出的迪斯科音乐……这一切，都宛如时代示波器上显示的曲线，传递出历史振荡频率，闪烁着思辨和哲理的光彩，发人深省，启人心智。全剧既不对奇观化的风俗、礼仪进行猎奇式的展览，又不流于表象地粉饰新生活，而是通过生动的细节和真实的氛围、心灵的探微以及机智的旁白，综合组成视听形象来穿透生活、感染观众。它时而纪实，时而抒情，时而论世事，时而针砭流弊，时而呐喊呼啸，时而感慨万千，把巴桑和她的弟妹们在面对本来不那么熟悉的新的思维方式、生活态度和行为准则时所表现出来的向往与追求、困惑与骚动，都展示得栩栩如生，给人留下了难忘的印象。

事实上，一个民族，特别是一个有着古老悠久的历史和灿烂文化的民族，在迈向现代文明的过程中，在需要继续保持和发扬自身的民族传统，同时又不得不抛弃自身某些部分接受外来的事物的冲突中，充满着新奇、疑惑、依恋和痛苦。一些旧日里或许还是美好，令人留恋的东西渐渐在失去无法挽留住它，而更多陌生新奇，或许一时还令人讨厌和不安的东西纷纷涌来，你却又无法拒挡。《巴桑和她的弟妹们》这部剧的位置正摆在古老的民族传统和现代文明的交叉点上。

自然，时下在描写少数民族生活的影视作品中，如该剧创作者在创新之路上知难而进者并非绝无仅有。但是，以他们这样顾及观众的审美情趣和鉴赏习惯者，却似乎不多。譬如电影《猎场扎撒》，虽然颇有新意，但是由于情节的过分淡化，影响了整个影像表意系统的明确性，因而有悖于观众的鉴赏心理，覆盖面就显得很有限。须知，相对来说，造就一代具有创新意识的作家、艺术家较为容易；而造就一代具有审美意识的读者观众就较为困难。创新之作当然可能冲击传统的欣赏心理和习惯，但创新之作要赢得读者观众并有利于提高全民族的文化素质和审美水平，就理应首先努力做到最大限度地让人们喜闻乐见。

《巴桑和她的弟妹们》就兼顾了电视观众的欣赏习惯。其手法之一是采用了“作家介入”的方法，由小说原著作者扎西达娃来扮演剧中的作家，屏幕一开，他推着自行车，从雪山峡谷间走来，在雪峰与蓝天，深广而恢宏的画面中，回荡着雄浑的藏语歌声。于是，在他的引导下，观众沉浸在银幕造型画面和音乐的新鲜感和亲切感中，去跟踪、思考巴桑和她的弟妹们的心灵轨迹。这样，扎西达娃实际上成了紧紧吸引观众视线的一根情节链条，将那些散点式的珍珠串成串，构成了一个拥有巨大社会信息量的视听表意系统，从而使全剧有了较强的观赏性。

《太阳从这里升起》

《太阳从这里升起》① 同样旨在从宏观视角反思民族文化，虽然也是以现实主义深化的创作精神为主导并博采多样化的创作方法，但本剧却没有采用传统的戏剧结构和叙事手法，而是采用了近似散文诗式的板块结构和以人物情绪发展为主线的叙事手法。

《太阳从这里升起》剧照

①编剧：石零；导演：张绍林；摄像：张绍林；主演：余娅、李保罗、丁冬、张茜等。

本剧的故事发生在黄土高原上一个叫老军营村的地方。国家在这里进行一项大型露天煤矿的建设工作，考古工作队也来到这里发掘汉墓。这片荒漠沉寂的土地顿时喧腾了起来。老军营村的人们有的为此欣喜，有的则抱怨愤慨……

无疑，此剧中的人物和情境都具有创作主体赋予的一定的象征意蕴。在老军营村，那以上为本、顽固守旧的爷爷，那酷似巫婆、“九斤老太”式的姨姥姥，以及那“只知道挣钱、吃饭、睡觉、生娃”的“二货”，都是愚昧的象征；那精心发掘古墓的考古专家申教授，是古代文明的象征；那拔地而起的大型现代化露天煤矿的青年工人张磊等，是现代文明的象征。至于那规模宏伟、气派轩昂的现代化企业，则象征着时代精神；那古墓群，则象征着僵死的封建文化形态；那烽火台，象征着历史的见证；那公园游艺场，则象征着现代的文化生活……

总之，在这里，正如《导演阐述》所声明的：“《太阳从这里升起》中的人、景、物都不是生活中的‘这一个’，而是主体意识的形象造型，具有一定的象征性，有着极强的意念性，给人以思索、启迪。”所以，按照一般现实主义的艺术的要求去苛责此剧中的人物不够血肉丰满，不像现实生活中的“这一个”，恐怕就有悖于创作者的本来意图。尽管我们也确实感受到创作主体的意念投射到荧屏上的明显痕迹，但创作主体的这种意念，归根到底，还是采自沸腾的变革现实，还是一种深刻的现实主义精神。且看荧屏上所展示的文明与愚昧、古代文明与现代文明之间复杂的交叉冲突的形象画面，以及这些画面和声音会合而内蕴的“我们民族从传统人格心态向现代人格心态过渡、转变的艰难历程”，确实以颇富弹性的美学张力启迪观众在鉴赏中沉思新旧交替、革故鼎新的社会变革，去自觉呼唤人自身的观念现代化。

因此，笼统地否定《太阳从这里升起》“意念性太强”是没有说服力的。这部作品并不是靠真实地再现生活的原生原貌来营造视听形象的，而是靠从生活中选择某些富于象征意蕴的载体，创作主体将采自生活的某种哲理性意念渗融到载体中去，从而营造出既联结生活、又超越生活的，打上创作主体鲜明印记的视听形象。这是本剧的艺术特色，并不是问题。

这部剧的问题在于其创作主体的意念中有片面之处。由于创作主体的认识局限，意念尽管采自生活，也难免会有某种片面。此剧中，创作主体对待古代文明与现代文明的关系的意念，就有点偏激。大概创作者发现这两者的对立处多，而发现两者的承继性少。从文明发展史的角度看，现代文明不过是古代文明的承继、扬弃和发展。简单化地将两者对立起来，本身就既违背了历史唯物论，又不够文明。申教授的精心考古，是他专业的负责精神和科学态度，这本身就是一种文明。但令人遗憾的是，在荧屏上却被当作了“四化建设过程中的思想障碍和心理障碍”（《导演阐述》语）来加以嘲讽。当以艰辛的劳作从考古中发现我们民族的文明历史的文明之举被当作现代文明的对立面时，这现代文明本身是否真正文明也就值得怀疑了。即便是现代化程度已经很高的西方国度，不是也比我们更加珍视他们民族的文物吗?《导演阐述》中指责申教授“总是要从我们的文物历史中去寻找安慰，陶醉在我们的祖先所创造的光荣之中”，“对现代文明冷漠”，甚至把古文物当作“阻碍影响现代化建设的象征物”，就反映了创作主体意念上的这种片面性。

二、哲理的日常显现：《刘山子的喜怒哀乐》《大年初一》《结婚一年间》

《刘山子的喜怒哀乐》

《刘山子的喜怒哀乐》① 可谓一部坚持直面人生的现实主义深化精神的好戏。这部由珠江电影制片厂电视剧部制作的 6 集电视剧，改编自宋清海的中篇小说《山上的树啊岭上的花》，曾获得第七届全国优秀电视剧“飞天奖”短篇二等奖。本剧落笔于描写马盘岭上的铁路巡道工的命运和遭际，从日常入手，但实际上已经超越了这个题材自身，通过对日常生活的再现，折射出对个人与文化整体之关系的哲思。

对这部剧，有一种意见认为它的调子低沉，不够昂扬、振奋。这种意见的出现并非偶然。

同时代有一部同样以当代工人为题材的戏叫《眷恋》，它将镜头对准了一群生活在 20 世纪 80 年代的具有不同个性的年轻石油工人，描写他们如何在一种特定的环境中生活以及怎么样面对生活中出现的种种问题，表现他们为什么眷恋这块“淌金流银的土地”，从而让观众去眷恋这群“为

①编剧：王进、杜敬；导演：王进；摄像：夏建国、赵晓时；主演：辛明、王雁、赵春常等。

这块土地献出青春的人”。这部剧在当时得到了很多专家的青睐，获得了第七届“飞天奖”二等奖。这也是一部追求现实主义力度的戏。剧中真实、单调、枯燥的生活与人物内心真挚、丰富、矛盾的情感活动形成强烈反差，艰苦、繁重、重复的体力劳动与劳动者以苦为乐的献身精神相互衬托，石油工人磅礴的气势、粗犷的美与细腻的情感、心灵的美水乳交融，让人捧腹的喜剧性段落与催人泪下的悲剧性场面对比鲜明，这些都促使本剧在荧屏上迸发出颇具力度的美学张力。以表现工人博大的胸怀，内心昂扬的英雄主义，男性的阳刚之气和带有悲剧色彩的美形成了这部戏的力度。

《刘山子的喜怒哀乐》在风格上则与《眷恋》截然相反。但是，虽然这部戏不像《眷恋》那样，有一种阳刚之美、力度之美，却自有一种现实主义的真实之美、深沉之美，因而让人反省自身，受到启迪。什么叫现实主义？我认为，现实主义首先是一种精神，是一种敢于直面人生、哪怕是惨淡人生的精神。

《刘山子的喜怒哀乐》正是一部体现着这种现实主义精神的作品。本剧的《导演阐述》中指出：“刘山子是一个老实、憨厚、听话的普通工人，他有一副善良的心肠，他事事能从国家的利益、个人的责任、助人的心理来考虑问题，不然，他就上不了马盘岭。全剧的发展过程就是写刘山子思想、心态，以及性格的发展过程。这种发展是有外界的、自身的、人为的，也有环境的复杂因素促成的。从而试图达到对我国传统的民族心理的一次解剖。”因此，我们有充足的理由认为，创作者的良苦用心在于以作品参与当代国人对于自己民族文化和民族心理的深刻反思，以此为实现现代化准备人的条件。我们与其把刘山子当作一个普通的巡道工来看，倒不如把他当作一个具有典型意义的传统民族文化和民族心理铸就的“人”来解剖。是的，他身上确实有闪光的一面——服从国家利益，具有强烈的责任心，富有自我牺牲精神……这些固然是党的教育和新中国社会环境熏陶的结果，也可以上溯到中国传统文化中“先天下之忧而忧，后天下之乐而乐”等民族精神和民族美德的继承。这一面无论如何不能说是“调子低沉”，相反，倒是高昂得很。

毋庸讳言，刘山子身上确也还有并不闪光的一面。从现代文化人类学主张的“完整的人”的意义上说，他失去了马克思主义所倡导的朝着“全面而自由的方向”发展的某些必备条件——首先是孑身一人，独居山上，缺乏人与人之间起码的文化交流和情感交流，甚至失去了正常的人寻找和享受爱情的基本权利，最后失去了作为丈夫保障妻子的合法权益和作为父亲送儿子上学的权利。这是从外界应给予他而未给予他的方面来说。而从他自身来说，他在一些重要方面部分丧失甚至完全丧失了自我主体意识的。他本来是社会的主人，却总是委曲求全，逆来顺受。连和他亲如手足的王福顺和他的患难妻子春叶都抱怨他“窝囊”。这些又固然是败坏了党的声誉的靠整人起家的文教书记李荣之类的人物的封建家长作风和官僚主义以及长期以来不关心人、不尊重人的“左”的政治思想工作的恶果，但也同时可以追寻出主张“灭人欲”，旨在泯灭自我意识的中国传统文化的积淀。这一面当然是“低沉”的。但创作者以直面人生的现实主义精神将这些“低沉”的一面枭首示众，其目的在于引起疗救，激发人们的自省和警觉，从而自觉地调整和更新自己的文化心理和价值观念。这是一种清醒地认识“低沉”基础上的奋起，比起那种“盲目的高调”更为深刻。

《大年初一》

由辽宁电视台录制的单本剧《大年初一》① 是一部洋溢着浓郁的关东地域气息的电视剧。这部剧通过退休工人老程头夫妇为全家准备大年初一团圆饭，却最终不欢而散的故事，生动地刻画了十几位性格迥异的家庭成员在改革大潮中表现出的不同心态。本剧获第七届全国电视剧“飞天奖”短篇二等奖。

这部剧虽采用的是充满戏剧性的传统的“三一律”结构，却不露戏剧痕迹，段段有味，节节生津，一切都是那么真实和实在。它很能说明即便是严格的传统的现实主义艺术，在荧屏上也是仍能征服观众的。它有几点给观众留下了颇为深刻的印象：

第一，生活化。关东的粗犷，北国的风情，真实的生活氛围，确像一个实实在在的家；栩栩如生、性格各异的十几个人物，确如一个“平民家庭”里的真实成员；跌宕的情节，复杂的事件，确都汇成了一股令人身临其境的生活流；台词对白，喜怒哀乐，确都“听来入耳，道来亲切，想来在理，思来有情”。这一切，即景式地向观众真实展示了关东一个普通平

---

①编剧：姜一；导演：张惠中；摄像：李龙跃、刘广参、任军成；主演：石宝光、吕启风、徐文、谭小兵等。

民家庭的生活断层。

第二，信息量。《导演阐述》说："在这个戏里，一个明显的特点，是它向人们传达较大的信息量。信息的传递影响着全戏的总的节奏并作用于观众的欣赏心理。今天我们是生活在一个信息的时代中，随着信息的不断增加，生活的节奏正在加快，来自四面八方的强大的社会信息正通过电视这扇窗口传递给每一个人，逐渐地使社会的每一个细胞都同时形成了一种对信息进行储存和处理的适应能力，并逐渐使心态发生变化，形成了一种新的思维方式和逻辑，表现在艺术欣赏上，就是对快节奏的需求和参与，以及对自身价值的寻找。"这段分析极有见地。

《大年初一》的节奏快而不乱，一气呵成。创作者在一个半小时的有限时长中将老老小小 13 个人物都刻画得有血有肉、个性分明。而且，每个人物都从不同的角度给荧屏带来社会变革的新鲜信息。程父退休后又去外地辛苦一年，挣来一笔可观的收入，带回家来，巴望在团圆时能享受一家人对他这位"一家之长"的祝愿和恭维。程母呢，是一位忍气吞声、没有文化、"为儿孙做牛马"的充满母爱的女性。这是中国平民传统家庭结构中具有相当广泛代表性的一种夫妻结合形态。大儿子程志教书，带有将入中年的知识分子的某些特征，在家庭中，面对妻子王梅的自私蛮横，他总是忍让迁就，但蓄之既久，其发必速，因此终于爆发，终于反抗。二儿子程远正在大学攻读，又逢热恋中，具有当代青年"在自信、索取、反省中开拓"的品格，他自信外出考察是神圣、必要的，所以理直气壮地向父亲索取 500 元旅费，而当他发现全家为"钱"而大乱时，他自觉反省、放弃了索取，甚至把新羽绒服也留给了待业的三弟，决心自力更生开拓未来。三儿子程勇显然是个求学不成、谋职不就的待业青年，只讲"人人为我"，不讲"我为人人"，在无知与依赖中寄生。三个儿子不仅代表了新一代的不同层次，而且带来了不同阶层的不同青年的不同信息。两个女儿，长女程荣背负着传统伦理的枷锁，在痛苦中缝合着没有爱情的家庭的裂痕；次女程萍冲破了封建包办的樊笼，在抗争中赢得了真挚的爱情。两者的对比在荧屏上传递出当代中国女性道德观念和爱情抉择上的嬗变信息。至于两位女婿，大女婿丁图在投机中显现了卑微的灵魂；二女婿大川在真诚中展示出大度的胸怀。而现在的儿媳和将来的儿媳，"一个在自私自利中索取；一个在旁观者清的位置上探求着哲理；一个在依附中享受着奉献"。他（她）们都分别带来了不同的社会信息。就连第 13 个人物——小孙儿闹闹，也将当时社会普遍存在的“独生子女问题”信息，带上了荧屏。这样，透过作为社会细胞的这个平民家庭，观众感受到来自社会变革大潮的各种信息交流碰撞，看到维系家庭的传统道德伦理、陈规陋习，都在受到新思潮、新观念的冲击。

第三，超前性。这部作品自然流溢出一种关于当代中国家庭形态的发展走向的超前意识。是的，每个人物的性格都是一部历史，“都带着他昨天走过来的脚印，今天行进着的脚步和即将远去的走向”。细心的观众一定会从程家的生活片断中去深思这片断上交织的脉络和发展走向。深思的结果，便是中国传统的“大一统”的家庭模式，在当今社会变革潮流的冲击下，正犹如程家立柜上那块破碎的玻璃上面倒贴的“福”字，已经或将要被翻了个。淡化、小化，乃至解体，恐怕是必然的趋势。著名社会学家费孝通先生，就指出过世界上“家庭淡化”的趋向。我想，《大年初一》潜在的超前意识给予观众心灵深处传统的家庭观念的震颤，正好与几年前轰动一时的影片《喜盈门》中强化中国传统的大家庭观念的滞后意识，形成了鲜明对照。

《大年初一》也有败笔。败笔之一，是在写作为当代大学生的程远和田歌这对青年人时，写得视点不高。试想，如果稍加改动，不让他们目睹全家大乱后一走了之，而是以敏锐的当代意识来感受认真调查、解剖、研究自己这个家庭，就可以就“当代中国的平民家庭形态及其在社会变革中的变化”做出一篇很实在的调查报告，从而改变出外调查的计划。这样，他们带给荧屏的信息不是更加文明、更加实在，也更富有当代性吗？而全剧的思想，也随之得到深化。败笔之二，是这对青年人滑雪、参观古塔的那场戏，不仅破坏了全剧的节奏和风格，而且也游离于剧情之外。虽然导演欲以古塔“代表着历史进步的丰碑”，“成为我们全戏的一颗形象的种子”（《导演阐述》），但在荧屏上最终呈现的效果是并未实现导演这一旨求。

《结婚一年间》

《结婚一年间》① 是由上海电影制片厂于 1989 年录制的三集电视剧。

①编剧：黄允；导演：武珍年；摄像：潘加林；主演：肖雄、王频、陈奇、剧雪等。

这部作品获得了第九届全国电视剧“飞天奖”优秀连续剧一等奖，其编剧黄允也获得了最佳编剧奖。

这部作品虽然只写了主人公璐璐在纷纭喧闹的有限时空——小弄堂里结婚一年间的短暂的故事，但创作者通过作品所表现出的艺术思维的天地却是相当广阔的。

为了在意蕴指向和内涵开掘上都能具有透过有限的荧屏时空向更深广的天地拓展的可能性，编剧在人物设计方面别具匠心地安排了心态差距甚大的璐璐、茹芸、外婆三代人。

作为有些开放性格的当代青年知识分子璐璐，大学毕业后留校任教，她的恋爱观、婚姻观和价值观，打上了鲜明的时代烙印。她不顾世俗舆论，果断地选择比自己小六岁而且学历也比自己低的董炎，是因为她深信他们“彼此会真诚地相爱”。即使以后果真因为“女人衰老得快”而董炎另有所爱，她也会豁达地“给他自由”。带着这样的开放意识，她闯进了董家。

董家“主心骨”——董炎的母亲茹芸，作为集传统人格中的美德与消极因素于一身的中年知识妇女，虽然15年前就失去了丈夫含辛茹苦，坎坷半生，但支撑母亲茹芸心灵大厦的始终是可贵的奉献精神和责任感。后来，一直深情眷恋着她、她也真诚地爱着的老李向她表露了爱意，她却背负着封建的十字架而“与自己过不去，也与自己所爱的人过不去”，她的婚姻观、价值观及其恋爱悲剧，都势必与璐璐的精神追求发生冲撞。

至于董家真正的当家人——外婆，尽管女儿才三岁时，她就守了寡，受尽了人间的辛酸，却仍要用害过自己的封建伦理去害女儿，哭死哭活地胁迫女儿“不嫁二夫”。在璐璐眼里，她恐怕不是令人尊敬的长辈外婆，而是封建伦常赖以在董家施展余威的媒介。

这样，全剧通过三代人一年间伦理观念、价值取向和行为准则上的激烈交锋，使其既远远超越了一年的时间、也大大超越了石库门小弄堂空间的社会内涵和文化意蕴很好地浓缩在有限的荧屏上，得到了相当生活化的艺术表现，从而强化了作品的思想启示力。

这部作品明显地抛弃了以善恶划界的人物塑造单一模式，而把笔触穿透到人物复杂、奥秘的内心世界中去，使得人物形象的内涵更加厚重、坚实。其审美意蕴指向随之不仅包容了一般意义上扬善抑恶的道德层面的评价，而且更升华到在社会变革意义上塑造“完整的人”的文化层面的评价。在这里，《结婚一年间》的艺术思维不再是对人物非此即彼，不善即恶；不再是对传统不是即非，一无所取。

璐璐当然具有社会主义新人的素质。作品酣畅地描写了她勤于思考、善于接受新思想的“哲学味道”——当她涉足董家感到厌烦之时，说：“真正爱上一个人，其实烦恼多于快乐。而那些玩世不恭的人，却能尽情地享受人生。”当她鼓励婆婆挣脱封建桎梏时，道：“一个女人不敢爱自己所爱的人，不敢接受所爱的人的爱，那才是可怜呢！”“一个人要是一生没有爱过人或者被人爱过，也不能算是一个完整的人。”当她劝慰陷入恋爱困境的邻居美琴时，又说：“要获取真诚的爱是很难的；不难，这爱还有价值吗?”……所有这些经扮演璐璐的演员肖雄以极准确的艺术感脱口而出时，观众真为之动情了。但这只是屏幕上璐璐形象的一方面。另一方面，作品对璐璐过分沉湎于不切实际的幻象的弱点也进行了惟妙惟肖的刻画。茹芸这个人物出现在屏幕上，我们既为这位普通中学教师在学校兢兢业业的工作态度和在家里也满脑子责任感所深深打动，为她那一切为他人着想的奉献精神所感染；也为她处处迁就、忍耐，最终屈从了封建伦常的压力而失去了自己应有的爱情生活感到悲哀。

尤其值得一提的是陈奇扮演的外婆这个角色，她在临终之前说出了让女儿茹芸与老李结婚的“善语”。作为剧中一个被当作封建伦常的艺术符号的形象，这似乎有悖于她性格和情感发展的逻辑，但因为创作者不仅突出的是外婆作为封建伦常信徒的这一面，还写出了这位老人本质上的善良和心灵深处未曾泯灭的爱人之心。因此，结尾这样安排便显得既符合人物性格、情感逻辑，也符合生活自身的逻辑了。

第七节　历史题材：荧屏史诗力度初现

《努尔哈赤》

《努尔哈赤》① 是1986年由中国电视剧制作中心、沈阳市文联、中国

①编剧：俞智先、高援、刘恩铭；导演：陈家林；摄像：杜信、董觉；主演：侯永生、傅艺伟等。

新闻社联合录制的16集电视连续剧。其16集的篇幅在20世纪80年代中后期可谓鸿篇巨制，而当时出现这样颇具史诗格局的电视剧，确非偶然。大而言之，表现出当时整个民族欲求崛起腾飞的强大时代心理；小而言之，随着新时期文艺对民族文化反思的日益深化，艺术家们顺应时代心理对史诗性作品的呼唤，纷纷将反思的触角伸向民族历史发展长河中的重大事件和重要任务。所谓影视巨片意识的萌生，盖出于此。

作为末代封建王朝的清朝，首先成为艺术家们所关注的对象。于是开始出现了一大批描写慈禧、光绪、溥仪的清宫生活的作品；继之又出现了描写顺治、康熙、乾隆等清兴盛时期的文艺作品，艺术家的历史视野更加开阔。其中最为人称道的不在影视，而在小说，即凌力的长篇力作《少年天子》。再往后，出现了一批描写开创清王朝基业的“马背上的皇帝”努尔哈赤的文艺作品，如刘思铭的《努尔哈赤传奇》、阎崇年的《努尔哈赤传》，还有滕绍箴的研究专著《努尔哈赤评传》等。电视连续剧《努尔哈赤》，正是在这样的“精神气候”——时代心理和文艺思潮的孕育下问世的。

《努尔哈赤》在历史题材影视作品中，于历史意识和审美意识两方面都取得了新的突破。

先说历史意识。什么是历史意识？英国当代著名学者爱德华·霍列特·卡尔在其代表作《历史是什么?》中，曾说过一段颇为极端而又不无道理的话：“历史是历史学家的经验。历史不是别人而是历史学家‘制造出来’的：写历史就是制造历史的唯一办法。”① 他同时代的英国政治家温斯顿·丘吉尔把这段话发展得更极端，认为创造历史的最好办法是写历史。这些说法显然片面夸大了“写历史”者的历史意识即历史观的作用。他们所指的“写历史者”，主要是历史学家。但扩而言之，文学家、艺术家以其作品艺术地再现历史，又何尝不是另一种形式的“写历史”？然而，就马克思主义的历史唯物论而言，无论是历史学家“写历史”也好，还是文学家、艺术家“写历史”也好，都不过是在一定的历史观即历史意识的指导下所能达到的对历史本体的历史认识或艺术再现，而绝不是永恒、客观的历史本体自身。

严格说来，历史区分为历史本体和人们对它的认识两个方面。从本体

①[英] 爱德华·霍列特·卡尔：《历史是什么》，商务印书馆1981年版，第19页。

的角度看，历史是客观实在的，它是不以人们对它的不同认识而改变其本来形态的东西；但从认识的角度看，历史又是主观可变的，它只存在于人们的记忆、思考与描述之中，同一部历史，在不同时代、不同社会和不同人们的头脑里，会产生不同乃至对立的看法。唯其如此，科学的现代的历史观即历史意识，才显得尤其重要。因为只有在科学的现代的历史观即历史意识导引下，人们才能尽可能地克服自身的主观局限，最大限度地逼近和把握历史的本体，以通过正确认识历史达到更深刻地认识现实的目的。阐明这一点，为解读《努尔哈赤》及其他历史题材电视剧作很有帮助。

《努尔哈赤》创作主体的历史意识，是全新的。

第一，艺术家突破了从荧屏内到荧屏外，而对荧屏之外更决定着荧屏形象的认识价值、审美价值和艺术生命的其他领域里的新鲜思维成果不予关注的局限，自觉把视野拓展到历史学界、文学界、哲学界、民族学界、文化人类学界，注重吸取各界在新时期变革大潮中科学研究的新成果。当影视界起码有五六部作品几乎同时一窝蜂地把镜头对准清廷后宫生活，对准慈禧、光绪、溥仪时，《努尔哈赤》却把视野延伸到开创清王朝基业的始祖身上，把创作的兴奋点移向史学界的新作《努尔哈赤传》《努尔哈赤评传》上。《努尔哈赤》在荧屏上体现了近年来史学界对这段历史的一些新的研究成果，这一点，受到了国内许多知名的清史专家的首肯，殊为不易。此外，哲学界近年来关于“历史哲学”即怎样从哲学的高度来把握历史的讨论，民族学界和文化人类学界关于超越狭隘的民族意识和“汉文化中心论”的文化偏见的思维成果，无疑都从客观上滋润了电视连续剧《努尔哈赤》的创作。

第二，由于《努尔哈赤》创作主体的历史意识具有上述优势，因而艺术家在创作中才真正谈得上坚持唯物史观，实现对长期以来存在于民族题材和历史题材文艺作品中的那种“以华夏为中心”的狭隘民族意识和文化偏见的超越，从而在现代意识的观照下对女真族的历史文化及其这种历史文化培育的民族英雄努尔哈赤做出正确的历史评价和审美褒贬，并赢得各民族广大观众的普遍认同。

第三，《努尔哈赤》创作主体所表现出的历史唯物主义精神与现实主义的创作态度的结合，尤其是那种对历史与现实、民族文化与现代意识的交叉契合点既敏锐又准确的捕捉，也很值得称道。

称《努尔哈赤》初具史诗格局，诚不为过。所谓史诗格局，系指全剧所构建的艺术世界中，既熔铸着艺术家在唯物史观指导下对历史事件独到的思辨史识，又流贯着艺术家在艺术哲学观照下对历史人物浓烈的审美诗情，且两者交融而形成一种启人心智、怡人性情的强大艺术魅力。

此剧的编剧在创作过程中查阅过百余万字的清史资料和关于努尔哈赤的文字典籍、民间野史，并对这些史料进行了认真的鉴别、梳理，立下了“写史诗，不写传奇”的题旨。因此，他们着力于以唯物史观对努尔哈赤四十余年戎马倥偬的生涯进行审美观照，超越了传统的以成败论英雄的标尺对具体时间和具体历史人物功过是非做出一般评价的层面，而注重从历史哲学的高度提炼努尔哈赤精神世界中那些富于诗情的闪光因素。努尔哈赤在历史发展中的魅力，正在于他主体世界中洋溢着的争取民族自立自强、锐意变革的精神。深入开掘并形象展示努尔哈赤的这种精神，就使屏幕雄浑恢宏的历史画面上荡漾着激越的史诗气韵，从而具有了一种远非那些急功近利的、乃至搓捏历史以“古为今用”的作品所能比拟的历史穿透力、哲学启示力和艺术感染力。同时，努尔哈赤的这种精神也对应着当时整个民族求奋起、腾飞的时代心理，因此也引起广大观众强烈的精神共鸣。

再说审美意识。对努尔哈赤这个人物形象的塑造中，艺术家坚持宏观审美，超越过去荧屏和戏剧舞台上司空见惯的那种塑造民族英雄“爱而不知其恶，憎而不知其善”的单向度审美意识和思维模式，从而在政治霸业与情感需求的尖锐冲突和强烈反差中刻画出既是威震一世的民族伟人，又是情欲俱全的普通凡人的努尔哈赤形象。

《努尔哈赤》全剧洋溢的史诗气韵当然须赋观众以理想与崇高，但仅如此，也还难以满足观众多向度的审美需求。“每一种文化都会有它自己的亚历山大、亚里士多德、苏格拉底。”女真文化也会培育出自己的伟人努尔哈赤。但努尔哈赤是人，而非神，他是叱咤风云的英雄，而非无往不胜的偶像。在开创帝王基业的历史进程中，努尔哈赤是英雄，是强者；但在弘扬人性的情感世界里，他却是独夫，是弱者。历史趋向和民族矛盾主宰着他的个人命运。萨尔浒战役取胜后，他由一位捍卫民族生存的英雄，逐渐发展成为力图入主中原、建立统一霸业的帝王。而霸业愈成功，与个人情感需求的冲突愈尖锐。他堪称一个人格高度政治化的典型。为了女真部落的统一，他诛杀妻兄布斋；为了剪除争夺汗位的威胁，他竟将手足兄弟舒尔哈赤敕囚三载终致鸩灭；为了平息众贝勒大臣的不满，他囚禁并处死了爱子褚英；为了拉拢乌拉部落，连爱女的爱情也当成了霸业的祭品……可以说，他在血与火的洗礼中成为创造女真族历史与文化的伟人；但女真族长期狩猎的闭塞生活和各部落间的仇杀斗争这种特定的历史文化与地理环境，也铸就了他秉性粗野、多疑凶残、目光短浅的性格缺陷和心理障碍。唯其如此，也就造就了他在个人情感世界里的悲苦必定超乎常人。霸业的辉煌与情感的悲苦形成了强烈的反差，由此产生了深沉的历史悲剧感。

创作者这种于政治与情感的需求冲突中对历史人物进行多向度审美观照和艺术表现的美学意识，正是本剧剧作结构枢纽和情节发展的内驱力。悉尼·胡克在《历史中的英雄》一书中说："在严肃的历史事迹面前，人们很容易随便利用道德上所谓正义的标尺，就因为他们往往只就一个一个的事件来品评是非。但那正是一种幻想，是人们的鼠目寸光所致的。"历史的因素是多元而复杂的，单向度的政治审美或道德审美，都是不足取的。

《格萨尔王》

《格萨尔王》① 是1987年由青海电视台录制的18集电视连续剧。本剧改编自藏族民间英雄史诗《格萨尔王传》。长篇英雄史诗《格萨尔王传》，系藏族人民代代相传的集体创作，寄托着藏族人民的理想愿望，凝聚着藏族人民的聪明才智。它先由藏民口头说唱，辗转相传，多次加工，逐步整理成书。全书多达百余部、百万行诗、千万余字。它极富浪漫色彩地叙述了中世纪藏族人民理想的英雄人物格萨尔南征北战、统一藏地的丰功伟绩，是一幅充满传奇色彩的古代藏族社会的历史画卷和"百科全书"，堪称一部《藏三国》。国外诗史学界誉之为东方的《伊利亚特》，将它与脍炙人口的《荷马史诗》相媲美。要把这样一部在世界民族文学史上占有重要地位的史诗作品搬上荧屏，确非易事。

本剧导演张中一为了此剧的创作特地请教世界著名的"格学"专家——甘肃民族学院的王沂暖教授，并认真研读了英雄史诗《格萨尔王传》。他认为这部史诗"卷帙浩繁，枝蔓庞杂，说法不一，瑕玉并存"。要

①编剧：邦南、王方针；导演：张中一、王方针；主演：高兰村、李建群、刘蓓等。

把它改编成电视连续剧，遇到的第一个课题便是如何“忠实于原著”。

毋庸否认，史诗《格萨尔王传》卷帙浩繁，版本不一，其间既蕴含着民族优秀文化的精华，也掺杂了某些“神造英雄、英雄造历史”的思想糟粕。在这种情况下，如果把“忠实于原著”理解为连史诗那庞杂的枝蔓情节和唯心的瑕疵内涵都必须“忠实”，那就很难企望改编者能注入历史唯物主义精神和当代审美意识而获得艺术再创造的成功。事实上，所谓“忠实于原著”不过是改编者忠实于自己对原著理解，因为改编这种艺术再创造活动实质上是改编者头脑里对原著理解的产物。百分之百地“忠实于原著”，对于改编这种艺术再创造活动，严格说来是不可能的。对于中外文学名著和英雄史诗的改编，我们强调应“忠实于原著”，在本质意义上讲，指的是必须忠实于改编者对原著的精神灵魂和主要人物情节的准确理解和把握。以此论电视连续剧《格萨尔王》，可以说是成功的。

这成功首先表现在导演对原著的精神灵魂即主题思想的准确理解和把握上。按照《中国大百科全书·中国文学卷》的论述，认为“《格萨尔王传》的主题思想，一是为民除害，保护百姓；二是反对侵略，保卫家乡；三是扩大财富，改善生活”①。改编者在准确理解和把握这一基本主题的基础上，很明显地注入了一种历史唯物主义精神，剔除了史诗某些篇章中描写格萨尔侵略别国以致掠牛羊、争美女的有损这一基本主题的枝蔓情节，使爱民爱国、战邪斗恶的主旨得到了进一步集中和升华。

这成功还表现在导演对格萨尔王这一主要英雄人物的准确理解和把握上。电视连续剧《格萨尔王》有意走了一条“强化‘人’化、淡化‘神’化”的创作路子。即是说，对史诗中《天岭卜筮》《英雄诞生》《射大鹏鸟》《安置三界》等篇章里描写格萨尔系天神降生人世，因而神力无边的内容尽量淡化，乃至删除；对史诗中《赛马称王》《平服魔国》《出征霍尔》等篇章里展示格萨尔长于民众、因而具有大智大勇的雄才韬略的内容尽量强化，乃至加以丰富和想象，使之更加典型化。这样，有力地凸现了荧屏上血肉之躯的主人公格萨尔作为人的喜怒哀乐和气质性格，甚至毫不避讳地在第5集《误中奸计》和第14集《岭都失陷》中正面描写了他作为人而不是神的失误以及由他的失误造成的灾难，从而使格萨尔大智大勇的形象被衬托、辉映得更加真实可信、感人至深。

①《中国大百科全书·中国文学卷》，中国大百科全书出版社1986年版，第179页。

另外，《格萨尔王》除了很好地“忠实于原著”之外，也同时忠实于电视连续剧特有的审美规律，忠实于改编创作者特有的审美个性和审美优势。在当时的电视剧创作中，这两方面的“忠实”还常被忽视。《格萨尔王》和前面提到的《努尔哈赤》这两部作品在忠实于电视连续剧的一条基本的审美结构规律上颇为相似。这就是两剧都以人物命运的跌宕起伏为贯穿线，力求做到各集人物、故事相对集中，集首有呼应，集中起高潮，集末留悬念，如此循环深化，环环相扣，引人入胜。如此才能紧紧地钳制住观众的审美心理，导引观众进入剧情，与屏幕上的人物命运产生强烈的精神共鸣。

《格萨尔王》的第 1 集《岭地风云》，起笔不凡，一下子就把中世纪藏地雪域统领 12 个部落的岭国内总管王叉根、二王森隆与野心勃勃、蓄谋篡位的三王晁同的复杂、尖锐的矛盾斗争展示在观众面前。伴随着晁同的阴谋得逞，森隆王妃葛萨被诬为身怀“野种”遭贬为民，发配黄河源头服苦役。而这“野种”正是格萨尔。格萨尔在难中问世，便自然引出了第 2 集《苦难历程》。之后第 3 集《初试锋芒》、第 4 集《劫后重逢》……都围绕着格萨尔在民众中成长的历程结构剧作。但遗憾的是，也许因为囿于史诗原著的情节框架，第 12 集《勇士悲歌》至第 14 集《岭都失陷》，格萨尔因误饮迷魂酒失去记忆身陷魔国，竟连续在这三集令人肝肠欲断的岭国悲剧中销声匿迹。这不能不在一定程度上中断了观众的审美心理情感链条，多少减弱了格萨尔形象的英雄光彩和艺术魅力。这也恐怕正是《格萨尔王》在自觉忠实于电视连续剧特有的审美规律上稍逊于《努尔哈赤》之处。

《格萨尔王》在把握电视连续剧塑造英雄人物的审美规律上稍逊于《努尔哈赤》的另一处是，未能把主人公置于大起大落的政治宏图的实现与个人情感的纠葛的矛盾漩涡中加以从容、细腻的刻画。《努尔哈赤》的成就之一，在于全剧在政治统一霸业与个人情爱纠葛的错综复杂的矛盾漩涡中，完成了对民族英雄努尔哈赤形象血肉丰富的塑造。可以说，努尔哈赤是一位将个人情感纳入政治需求的历史人物，他在处理夫妻、父子、兄弟诸关系中，无不渗透了鲜明的政治色彩。这正是努尔哈赤之为努尔哈赤的本色之一。本来，史诗《格萨尔王传》所塑造的格萨尔也正是一位具有这种本色的民族英雄。作品在复杂的母子、叔侄、兄弟乃至夫妻感情中，都融入了鲜明而强烈的政治色彩。且不论他与母亲葛妃和三叔晁同之间爱憎分明的情感，就拿他与珠牡、梅萨、阿达、却尊四位性格各异的女性的情爱关系来说，也无一不纳入了他统一藏地的霸业需要。可惜的是，这桩桩本可以都分别作为艺术表现的对象、酝酿出揪心的情爱关系，均被编导拘谨的笔头和镜头将其道德化、规范化了，四位本应异彩纷呈的女性的性格特色也相应被淡化了。没有这些“绿叶”扶“红花”，格萨尔王的艺术烘托效果当然就随之减弱。这恐怕正是《格萨尔王》的审美情感冲击波和思想启示力还不能尽如人意的缘由所在。

当然，平心而论，《格萨尔王》也有令《努尔哈赤》略显逊色之处。这便是第8集《出征魔国一》、第16集《出征霍尔》和第18集《平服霍尔》中气势磅礴的大场面马战拍摄。无论是调度还是造型，都堪称同类题材电视剧中的上品，扬长避短，使全剧增色不少。

（本章执笔：仲呈祥、张金尧等）

第五章 // 走向成熟的中国电视剧（1990—2000）

第一节　概　述

进入20世纪90年代，随着人民大众物质生活水平的不断提高，精神需求也越来越多样化。观众不仅需要表现时代的重大社会问题，进行精英式的深刻文化反思，塑造先进人物榜样的电视剧，也渴望观赏到着眼现实平凡生活，追寻其中的人生意义，表现普通人人生理想的电视剧。

1990年50集电视剧《渴望》横空出世，在观众群体和业界内部都产生了轰动效应。本剧模仿“肥皂剧”的拍摄手法，以“文化大革命”为故事背景，聚焦时代风云下的平凡人物和家庭生活，真实质朴地“塑造了一系列具有是非善恶分明特征，符合人民大众的审美心理，能够体现传统文化中‘老吾老以及人之老、幼吾幼以及人之幼’、宽厚、真诚、仁爱、舍己为人美德的人物”①，从而使这部电视剧以贴近人民、贴近生活的方式，打开了过去一向属于禁忌的“家庭伦理”剧的大门。《渴望》及其所引起的几乎是全民性的艺术鉴赏热潮成为1990年度的一种社会文化现象，同时也预示了以电视剧为主要标志之一的中国大众审美文化时代的到来。

从复苏阶段到发展阶段，中国电视剧语言在逐步走向成熟的历程中，呼唤过文学的、戏剧的和电影的营养。这些营养都产生了积极的效应。但

①钟艺兵主编：《中国电视艺术发展史》，浙江人民出版社1994年版，第221页。

进入20世纪90年代，尤其是1990年50集室内连续剧《渴望》问世后，人们越来越清醒、也越来越深刻地认识到：鉴于中国的国情、国力，鉴于中国电视节目源的需求量与节目制作能力的突出矛盾，中国电视剧创作再也不能主要靠沿用拍摄电影故事片的办法了。相反，中国电视剧生产要多快好省，就要改革制作流程，走一条主要靠“基地化”生产的心路，这就需要逐步摸索和建立具有中国特色的有别于文学、戏剧和电影的独立的电视剧审美理论与实践体系。事实上，以《渴望》为开端，我国长篇室内电视剧创作一发而不可止，陆续出现了上海电视剧制作中心拍摄的《上海一家人》、中央电视台拍摄的《人到中年》、北京电视艺术中心拍摄的《编辑部的故事》、陕西电视台拍摄的《半边楼》等。这些室内剧少则20集，多则达50集。其思想、艺术成就虽然参差不齐，但在总体上势头甚猛，实绩可观。就艺术形式而言，有故事情节一以贯之的连续剧（如《渴望》），也有各集故事相对独立成篇的系列剧（如《编辑部的故事》）；就艺术风格而言，有喜剧（如《编辑部的故事》），有正剧（如《半边楼》），也有悲喜剧（如《风雨丽人》）；就艺术构思而言，有戏剧化式的（如《皇城根儿》），也有散文化式的（如《半边楼》）室内剧。总之，这些室内剧在电视荧屏上已经形成了具有中国特色的气候和多样化探求的格局。

除了室内剧的兴起，在20世纪90年代还有一个值得注意的电视剧创作现象，这便是文学名著改编的热潮。1990年黄蜀芹导演将钱锺书的著名长篇小说《围城》搬上了电视荧屏，获得了出人意料的成功。如果说《渴望》是通俗、健康的大众文本的力作，预示大众文化审美时代的到来，那么，《围城》则堪称自觉吸收文学营养的严肃、雅致的精英文本的精品，在审美高度上亦具有标杆性意义。继《围城》之后，潘小扬导演又将艾芜先生的《南行记》搬上了电视荧屏。该剧创造性地对原著进行改编，精心设计了三个时空，并邀请80岁高龄的艾芜出演，与剧中扮演“我”的演员共同探讨人生，导引观众循着艾芜这位享有盛誉的文坛宿将去思索人生的真谛和意义。这种崭新的艺术构思，其灵魂与小说原著相通，又将文学改编电视剧提升到一个新的高度。

进入20世纪90年代，央视在《红楼梦》《西游记》两部名著改编的经验基础上，将四大名著剩下的两部名著《三国演义》与《水浒传》依序进行改编，分别于1994年和1998年与观众见了面。将古典名著改编成电视剧，一方面借由电视这一影响力大、受众面广的媒介，在大众中普及了经典，另一方面也有效提高了荧屏的艺术品位，意义非同寻常。尽管改编尚有诸多不尽如人意之处，但确令广大观众、尤其是尚未认真读过这些名著的青少年观众，从荧屏上了解了经典，从而激发人们学习、弘扬中华优秀传统文化的积极性。

总之，在这一发展阶段，电视剧创作的题材范围不断拓宽，样式也在发展丰富，各个题材领域佳作频出。除了上文提到的室内剧和文学改编精品，还有农村题材中的《篱笆·女人和狗》三部曲，都市家庭婚恋题材中的《牵手》《贫嘴张大民的幸福生活》，主旋律创作中的反腐力作《苍天在上》及带有商战色彩的《紫荆勋章》等等佳作的诞生。这一时期的中国电视剧创作，继承上一发展阶段电视剧语言发展创新的成果，同时积极探索，发展符合电视剧本体艺术特征的表达方式与实践体系，既从历史中汲取营养，又注重对现实的深度挖掘，在引领的基础上，贴近人民，贴近生活，逐渐发展成为广大人民群众的文化主食。这为下一阶段电视剧成为彪领中国文艺创作潮流的主要艺术样式奠定了坚实基础。

第二节　室内剧的兴起与繁荣

《渴望》及“《渴望》热”之思

《渴望》① 是由北京电视艺术中心 1990 年录制的 50 集大型电视室内剧。《渴望》可谓开国内长篇室内剧先河的作品。

《渴望》作为国内首部长篇室内剧，在当时播出时着实引起了轰动性的社会效应，从南京到北京，从成都到武汉，收视率之高，创中国电视剧前所未有的新纪录。千家万户，男女老少，为剧中人物命运或喜、或悲、或怨、或怒，兴起了一股罕见的覆盖面极广的“《渴望》热”。由《渴望》而生“《渴望》热”的社会文化现象，确是1990 年度中国人民文化生活中的一种了不起的客观存在。

---

①编剧：李晓明；导演：鲁晓威；摄像：毕建华、李苏；主演：张凯丽、李雪健、黄梅莹、孙松、韩影等。

《渴望》剧照

“《渴望》”热的兴起，绝非偶然。作为一种社会审美现象，一种几乎是全民性的艺术鉴赏热潮，它之所以不期而至，当然首先是因为其确实准确地拨动了当代观众的群体性审美神经，触及了大众审美心理的兴奋点和共鸣区。

首先，《渴望》强烈地感应了当代观众审美心理中那股强大的爱国主义、民族自尊自强的热流。毋庸讳言，自从电视连续剧成为我国当代观众最喜闻乐见的艺术形式，观众一直渴望荧屏上能出现更多更好的表现当今变革时代和新人的优秀长篇国产电视作品。但遗憾的是，连续好多年来，人们从荧屏上看到的长篇连续剧大都来自海外，出现了“外国剧目何其多，巴西、日本、墨西哥”的现象。从《血疑》到《女奴》，再从《阿信》到《诽谤》，观众在欣赏这些异国他乡的陌生人物的故事之余，往往为荧屏上没有国产大型连续剧而叹惋。《渴望》正满足了人民要求弘扬中华民族的优秀文化、表现自己祖国崭新时代的爱国主义和民族自尊自强的情感。《渴望》一出，举国轰动，也就在情理之中了。

其次，《渴望》也强烈地感应了当代观众审美心理中对贴近群众、贴近生活、贴近实际的现实主义的呼唤。艺术是属于人民的，尤其是大众化的电视剧艺术，更是如此。《渴望》以其贴近群众、贴近生活、贴近实际的真挚朴素的表演，艺术地再现了近20年来人民所熟悉的时代风云和平凡人物，赢得了广大观众强烈的共鸣，显示了属于人民的现实主义艺术的强大生命力。

再次，《渴望》还强烈地感应了当代观众审美心理中对社会主义集体主义道德风尚和以奉献、宽厚、真诚为核心的人间至情的呼唤。经历了“文化大革命”十年浩劫的中国人民，进入新时期后就如饥似渴地呼唤重建被“四人帮”破坏、践踏了的社会主义、集体主义的道德风尚，呼唤人与人之间的真诚与理解。在这种情况下，《渴望》通过荧屏上塑造的血肉丰满的刘慧芳、宋大成、刘大妈、罗刚、肖竹心等艺术形象，呼唤真诚，讴歌真情，礼赞舍己为人，颂扬奉献精神，从而激起了整个社会心理和当代观众审美心理的强烈共鸣。

如果我们换一个角度，从创作者的角度即艺术创作学的角度来考察，也同样会发现，《渴望》获得成功的重要缘由之一，在于重视对观众审美心理的研究分析和准确把握。

本剧的创作者在创作谈中说，他们在提笔之前，就商定“一定要让老百姓爱看”。这个创作初衷，虽然质朴，但极为要紧。为了“让老百姓爱看”，他们除了力求让《渴望》所再现的那20年的社会生活强烈地引发潜藏在当代观众中的普遍社会心理的共鸣外，还注重在人物塑造、故事设计、结构安排上都充分尊重当代观众在长期的鉴赏活动中形成的审美习惯。

在人物塑造上，为了打动观众，调动观众介入，《渴望》在刻画人物性格和描绘人物命运时，都采用了推向极致的审美思维方式。极致是一种美。在审美创造中，大悲是美，大喜也是美，大恶也是美。《渴望》创作过程中，开始人物都用代号，刘慧芳叫“东方女性”，王亚茹叫“恶大姑子”，王沪生叫“酸酸的知识分子”，宋大成叫“默默的追求者”……这其实就是将人物性格的质的规定性予以确定，然后就推向极致，“让好人好到家，又倒霉到家”。这“好到家”与“又倒霉到家”，就是说人物的命运也要大起大落，推向极致。事实证明，这种在审美创造中将人物性格和命运推向极致的思维方式，是适应大众审美习惯的，也是引发“《渴望》热”的因素之一。你看，刘慧芳这位“东方女性”的大善，不仅表现在她为抚养弃婴而丢掉了工作，拖垮了身体，失去了含辛茹苦建造起来的家，而且表现在她为了抚慰沪生的、王母的、亚茹的三颗受伤的心，答应与

“狗崽子”沪生结合。我们尽可以指责她尚未分清同情与爱情的界限，也还可以从结局反思她的这种抉择是否正确，但广大的观众却不能不被她这种真诚待人、舍己为人的大善之美所深深打动。而当不幸接连不断地朝她袭来时——失去了家庭、儿子、丈夫、双腿之后，剩下的精神寄托——小芳也将失去，谁又能不为这位“好到家，又倒霉到家”的女性的悲剧命运震颤呢?

在故事设计上，为了使观众感到亲切，身临其境，《渴望》追求真实自然，将时代风云蕴含于“家长里短、世道人心”的故事设计中。而在设计这些故事时，创作者显然注重研究并适应大众审美心理中往往最为人们喜闻乐见的模式。其一，中国观众长期的鉴赏活动（如欣赏戏曲、阅读话本小说等）中，对“落难公子遇上良家少女，纯情抚慰，结为姻缘，最后公子负义，棒打薄情郎”一类的故事百看不厌，因为它确实寄予着一种至今仍应当继承发扬的中华民族的传统美德。说到底《渴望》总体的故事框架仍属此类。其二，中国观众在长期的鉴赏活动中，对失子、寻子一类的故事也是百看不厌，因为它确实蕴含着一种中华民族代代相传的人间真情。一部本来在思想艺术上并没有多少独创性的台湾影片《妈妈，再爱我一次》在上映时产生轰动效应，主要就是因为它写了一个具有浓郁人情味的故事。《渴望》贯穿始终的故事线索，是王亚茹、罗刚寻女，亦属此类。其三，中国观众在长期的鉴赏活动中，对文艺作品中关于家庭婚姻关系演变的故事十分关注，因为它往往传递出人们随着时代的进行在爱情价值取向上的新变化。曾荣获第六届“金鸡奖”最佳故事片的电影《野山》，在故事设计上就写了在农村改革大潮下两对普通农民夫妻的“易位”。《渴望》的故事设计实际上也是表现刘慧芳与王沪生、罗刚与王亚茹、宋大成与月娟这三对夫妻（或恋人）情爱关系的复杂演变，只不过这演变中，融进了近20年风云变幻的社会内涵和中国人民价值观念的调整和变化。

在剧作结构安排上，《渴望》作为我国第一部大型室内剧，充分顾及了观众在观赏长达50集的连续剧时的审美主义实现。全剧在结构上做到了各集人物集中、场景集中，集首有呼应，集中起高潮，集末留悬念，环环相扣，层层递进，引人入胜。唯其如此，《渴望》在不少城市播放时，确实出现了万人空巷的轰动效应。

当然，《渴望》也并非至善至美。这可以从创作者的创作思维方式上找到缘由。《渴望》的创作者曾说过：剧本是他们几位“侃”出来的。准确地说，是他们从“侃”观众的审美心理出发，然后再调动自己的生活积累和情感积累投入创作的。这种创作思维的优势，是明显地同那种号称“写给21世纪的观众看”的“沙龙艺术”划清了界限，贴近了当代观众的审美情趣。但由于突出地把观众的审美心理需求当作了创作的出发点，并以此来调动自己的生活积累和情感积累投入创作，那么就难免出现这样两种情况：当按照观众的审美心理需求设计的人物、情节和生活形态与创作者丰厚的生活积累和情感积累对位时，写出的戏就左右逢源、真实生动，就显示出现实主义的感人魅力，如刘家小院里的许多戏；反之，当按照观众的审美心理需求设计的人物、情节和生活形态恰恰是创作者生活积累和情感积累的薄弱环节时，或创作者对那种人物和生活存有偏激、片面的认识时，写出的戏就捉襟见肘，甚至带有意念痕迹，如某些场次的王家的戏和对王沪生、王亚茹、王子涛的形象塑造。这是因为，说到底，观众的审美心理还是属于意识形态范畴的第二性的东西，如果误把它当成第一性的生活而作为创作的出发点，那么当创作者自身的生活积累和情感积累不足时，审美创造就难免会偏离唯物论的反映论的轨道。

纵观50集《渴望》，不难发现：某些人物的言行描写似乎只注意了吸引观众的戏剧冲突的逻辑，有时却违背了任务的性格逻辑和心理逻辑（如，硬让本来作为传统美德化身的刘慧芳非同寻常地依偎在她明知是心里一直爱着亚茹的罗刚怀里，哭诉自己的不幸，这就不仅有悖于人物自尊自强的性格，而且有悖于人物心理的道德规范。之所以这样描写，目的只不过是为了强化戏剧冲突的需要，让在剧中专门起穿针引线作用的田莉撞见，之后告诉亚茹，是节外生枝，骤起风波）；某些情节和细节的安排似乎也只过分强调了戏剧效果，而显得痕迹较重、不太真实可信（如，罗刚作为刘燕的老师重新出现在荧屏上的差不多后30集，中心情节和冲突基本上就是围绕着一个轴心，即千方百计利用各种误会、巧合来阻挡当事人了解和揭穿小芳的身世，本来在许多场合一句话、一次会面就可以真相大白，却硬违背这种生活的逻辑而让谜底长存，显得虚假造作）。所有这些，正是创作者误把观众的审美心理需求当作了创作的唯一出发点这一重要失误所致。

此外，《渴望》在人物性格刻画和人物命运描绘上采用推向极致的审美思维方式，虽然强烈地打动了广大观众的心，调动了人们的情感投入，但是同时带来了人物形象塑造上某种程度的理念化痕迹和性格单一化倾向。譬如王沪生形象，作为“酸酸的知识分子”和“负心郎”，他对刘慧芳的恩将仇报和近乎人格侮辱的谩骂，对小芳进行虐待的言行，细细品味起来，都有点过了艺术创造的“度”，给人以“理念使然”而非“生活使然”之感。再如王亚茹形象，作为“恶大姑子”，她对小芳、对刘慧芳、对宋大成的“恶”，似乎到了不通人性、难以理解的程度，也给人一种系“编导使然”而非“性格使然”的感觉。鲁迅先生当年在肯定《三国演义》这部古典通俗小说在文学史上具有“相当价值”的同时，指出它在人物性格上往往过“度”失真，“写好的人，简直一点坏处都没有”，反之亦然，“以致欲显刘备之长厚而似伪，状诸葛之多智而近妖”①。这都是审美创造中的过“度”。《渴望》在这方面，确有类似的失误。

尽管如此，瑕不掩瑜，《渴望》在1991年度的中国电视剧发展史上，仍具有独特的位置和价值。它与根据钱锺书先生在中国现代文学史上的同名长篇小说改编的《围城》相比，一部是健康、通俗的力作，标志着电视剧艺术家对观众审美心理研究、努力贴近生活的最新成果，一部是严肃雅致的佳品，标志着电视剧呼唤文学营养的最新审美境界。两者相映生辉，体现了中国电视剧创作进入20世纪90年代以后，美学品格多样化并逐渐走向成熟的总趋势。

《上海一家人》

《上海一家人》② 是1991年由上海电视剧制作中心、中央电视台影视部联合录制的26集电视连续剧。

这部电视剧让人联想到一部曾在中国荧屏上红极一时的日本电视剧《阿信》。20世纪80年代中后期《阿信》播出时，大有万人空巷之势；人们在争相评说《阿信》之余，曾不免叹息荧屏上尚无足与《阿信》相媲美的国产长篇连续剧。1990年，我国电视人创作出了50集的《渴望》，激起了一场足有几亿人卷入的艺术鉴赏热潮，创造了人类文化艺术史上的奇观。但《渴望》的女主人公刘慧芳，虽然集中了中国妇女的许多传统美德，在事业上却不是一位成功者和进取者。因此，在主要艺术形象的内蕴上，很难与《阿信》相比。而《上海一家人》却不同了。它描写20世纪20年代从苏北逃难到上海摊的贫苦女孩李若男，历经千辛万苦最终奋斗成

①鲁迅：《鲁迅全集》第八卷，人民文学出版社2005年版，第104页。

②编剧：黄允；导演：李莉；主演：李羚、何伟、龙俊杰等。

为一位民族实业家的故事，并由此折射出 20 年代至 40 年代末上海变迁的历史。所以，在通过女主人公形象由穷家幼女成长为赫赫有名的女性民族实业家的艺术描写来折射一段风云变幻的历史这一点上，《阿信》与《上海一家人》很相似。从这个角度来说，《上海一家人》可谓“中国的《阿信》”。

应当说，在中国室内剧发展的历史上，乃至在整个中国电视剧发展的历史上，《上海一家人》都具有它的独特地位和价值。如同《渴望》开了中国长篇室内剧创作的先河，自有其独特的地位和价值一样，《编辑部的故事》也有它的为《渴望》所不能替代的地位和价值，那就是拓展了中国长篇室内剧的风格和样式，填补了系列喜剧的空白。而《上海一家人》的问世，标志着中国长篇室内剧又出了一条以严谨的现实主义创作方法叙述人物创业与爱情的故事，并由此展示历史与社会的生活图画的成功之路。作为中国特色的社会主义文化组成部分之一的中国长篇室内剧，其拥有的观众面和在整个民族精神文化生活中的影响力，都是别的艺术形式所难以替代的。它固然需要《渴望》那样的“宛如平常一段歌”“此情温暖人间”的爱情伦理剧，需要《编辑部的故事》那样的“投入地笑一笑”的针砭时弊的社会讽刺喜剧，也需要像《上海一家人》这样的通俗而不媚俗、可视性强而又具有较高文化品位和历史内蕴的现实主义力作。

毋庸讳言，以观众而论，尽管《上海一家人》在情节的丰富性即“莎士比亚化”的程度上颇见功力，但恐怕更能引起具有亲身体验的历史感的中老年观众的审美共鸣，尤其是在上海生活多年的中老年观众会从鉴赏中产生一种亲和力。而在青少年观众中，相对说来，恐怕就不如《外来妹》这样直接描写当今改革现实的作品反响强烈，因为《外来妹》会以当今青少年一代多少能直接体验到的改革浪潮的新鲜生活信息去刺激他们的审美神经。虽然如此，我们也不应轻视《上海一家人》的认识意义和审美价值。须知，一个正在意气风发地走向现代化的伟大民族，是不能不高度重视让自己的后代懂得昨天、学习历史，并自觉地以史鉴今的。至少可以说，在帮助人民群众，尤其是青少年一代学习中国“五卅”运动以来的现代历史中，《上海一家人》不失为一部生动的形象化教材。

本剧编剧黄允写《上海一家人》，如痴如醉，倾注了一腔心血。作为货真价实的中国第一代硕果累累的电视剧剧作家，黄允写过电视剧《永不凋谢的红花》《家事》《她把希望留下》《故土》《亲属》《她在人流中》《结婚一年间》等。从《她在人流中》到《结婚一年间》，黄允的创作迈上了一个新台阶；而从《结婚一年间》到《上海一家人》，在驾驭和把握较为漫长、广阔的历史生活题材方面，黄允无疑又成功地跃上了一个新台阶。

她以男性所不能替代的女性剧作家特有的精巧的艺术思维和细腻的情感思维，着眼于凡人小事，从人们习以为常的平凡生活中挖掘出人性的美和人情的美，展示出一定的社会画卷。写《上海一家人》，她注入了所谓“做女人难，做名女人更难，那，做旧社会的名女人，就尤其难了”的人生体验和意识，着意表现一种独到的人生况味。从若男幼时与黑皮哥、卷毛哥在窝棚里共度苦难岁月写起，到若男成年后在人生奋进的途程中与阿祥、赵正、赵义、志伟四位人格各异的男性的情感纠葛关系的展示，都倾注了浓烈的人生况味，字里行间，情真意切，人物性格，水到渠成。所以，《上海一家人》的人生意识，是极为鲜明的。

这种鲜明的人生意识，既融入了黄允对那段动荡不安的历史生活的反思，也融入了她对改革开放的现实生活的体验。当时有人认为，《上海一家人》在某些情节、人物的艺术处理上似乎有点“超前”。现在回头审视，这种适度的“超前”，正是此剧的长处。例如，安排若男的大妹梅梅被陶律师夫妇收养后送往美国留学，乃至在美国成家立业，并邀若男赴美旅行结婚，得以考察西方服装市场，大开眼界，激活了若男的经营思路。这样的情节安排和人物处理，显然注入了黄允对当今改革开放后东西方文化八面来风的现实生活的一种深刻体验和启悟。凭着这种体验和启悟，去艺术地处理、再现历史生活，恰恰更准确地把握了历史与现实的契合点，增强了作品的现实感，从而触发观众或读者在审美鉴赏过程中自然产生有益的现实联想，做到以史鉴今。再如，对若男这样后来发展成为民族资产者的人物形象的艺术处理，对赵正这样的后来沦为国民党“接收大员”的伪官吏的性格塑造，黄允都不是单向的审美褒贬，这也显然渗透了现实主义发展到当今中国的艺术创作所达到的一种历史唯物主义的更全面、更辩证、更真实的对“人”的审美思维。

应当说，《上海一家人》通过对若男这样一位贫弱女孩在旧中国风雨如磐、豺狼当道的年代里历经千辛万苦成为一位民族实业家的奋斗历史的艺术再现，讴歌了中华民族进取不止的人生哲学，也抒发了中国女性在事业与爱情追求的人生征途中深沉、凝重的人生感受。这是此剧的特色与优势。但也许正因为编剧过分钟爱若男童年与黑皮哥、卷毛哥的窝棚情谊，过分钟爱笔下人物的“情”与“义”，因而又多少给这种特点与优势带来了负面效应——让这种“情”与“义”的涓涓细流在某种程度上冲淡和消减了那个黑暗时代阶级斗争和历史风云的狂涛巨澜。比如说，解放战争时期国共两党间激烈的阶级斗争风云，似乎很难说已尽收编剧的眼底，消融到她对剧作构思的艺术思维中去，成为一种强劲的内驱力，使那些关于“情”与“义”的涓涓细流都汇入历史风云的狂涛巨澜，或至少能映照出历史风云的狂涛巨澜中。换句话说，《上海一家人》中注入的人生况味、人生意识、人生哲学，令人启悟；但编剧笔下所意识到的历史内容的深度和广度，却似乎有点不尽如人意。

《半边楼》

《半边楼》① 是1992年由陕西电视台、中共陕西省委宣传部联合录制的22集电视连续剧。

《半边楼》第一集的开篇就匠心别具，章法分明。“拆了一半的半边楼，还有一半没拆到头。拆掉的是腐朽，留下的是陈旧；涌动的是翘望，燃烧的是期求。”在意蕴深厚、旋律悠扬的主题歌声中，一下子就把观众带到了颇具象征意味的特定造型环境——某大学教工宿舍半边楼上。拥挤不堪的被当成公共厨房的狭窄通道两旁，住着五户十二口。这里，有成就斐然的女学者范老师和她的独子、研究生范志远，有老讲师黄老师和他的独女、正准备报考大学的社会青年黄小歌，有青年讲师呼延东和他的妻子、中学美术教师杨杨以及他们的宝贝女儿昌昌，有人事处马科长和他的妻子刘会计以及他们的宠女、待业青年马珍珍，还有校长的司机朱师傅和他的儿子、个体户朱二虎。故事便在这些具有个性的人物之间既符合生活逻辑，又充满戏剧冲突地展开。

黄老师与呼延东这对昔日师生、今日同事的密友，不仅引出了大学科学研究的方向、道路乃至课题的经费问题，而且自然而然地带出了知识分子的专业职称评定、住房分配乃至其他待遇问题；呼延东与杨杨这对昔日在知青生活中相识相恋、今日却在事业与爱情不可得兼中痛苦抉择的夫妻，又深刻地触及知识分子、尤其是中青年知识分子在改革开放中的作用、地位和命运问题；范老师与黄老师则对“地下有座情山，心里有条爱

---

①编剧：延艺云；导演：龙图；摄像：许旭、耕雨、李保平、胡天恩；主演：杨立新、徐正运、王若荔等。

河”的虽彼此刻骨铭心却相对无言的恋人，展示出党培养的如今已年过半百的那一代中国知识分子高尚人格的闪光与因袭的传统包袱的沉重；而二虎与珍珍、志远与小歌之间初恋的变迁端倪，更不仅触及了当代青年的升学、就业、经商问题，而且透视出这一代人在人生观、价值观、道德观上与上一代人发生的冲撞；至于范老师将接任校长的信息、马科长要当处长的传闻、女大学生何娜给呼延东老师一封接一封的情书、范老师与志远母子发生的议政争执、朱师傅对刚从派出所放回的二虎的训斥……这些引人入胜的情节设置，都使荧屏形象表现的生活更加多彩斑斓、内涵更加丰富凝重，从而以强烈的艺术魅力吸引广大观众的情感投入。

在室内剧创作的初期，有一种意见，认为长篇室内剧因受拍摄条件（主要在棚内拍摄）的限制，所以宜于反映家庭伦理与婚姻道德题材，而不宜表现广阔的社会生活领域里的重大社会题材。《半边楼》的成功则雄辩地证明了这种意见并不恰当。诚然，故事是发生在“半边楼”上，但“半边楼”上的人和事都直接与整个社会的改革开放大潮息息相关。《半边楼》启迪观众思考的，绝非个人身边的小悲欢，而是当代知识分子在改革开放大潮中的历史责任和命运这样严肃的大课题。

室内剧可以写家长里短、儿女情长，通过这样的题材，同样也可以开掘出足以陶冶人们的情操、有助于精神文明建设的积极主题。但《半边楼》这样的室内剧则更值得推崇，因为它真正如鲁迅先生当年主张的“选材要严，开掘要深”那样，从狭窄的“半边楼”里的普通的人与事里，开掘出跳动着伟大时代的脉搏、与亿万人民息息相关的宏大的社会题旨。从这个意义上说，《半边楼》确实在中国长篇电视剧的发展历史上，做出了开拓性的贡献。

从人物上说，这部电视剧大致写了三代知识分子。范老师、黄老师算是一代，呼延东和杨杨算是一代，志远、何娜、小歌又是一代。范老师、黄老师这一代是新中国20世纪50年代培养的大学毕业生，忧国忧民，淡泊明志。他们是充满理想主义的一代，为了祖国的繁荣富强，为了实现共产主义理想，他们愿奉献自己的一切。在他们看来，个人的悲欢不足挂齿，国家的兴衰匹夫有责。尤其是荧屏上黄老师的形象，真实可信，令人肃然起敬。他心里装着祖国，装着人民，唯独没有他自己。这位劳苦功高的老讲师在评定职称时，因名额有限，就真心实意地从国家利益和培养青年教师的久远大计出发，甘当人梯，毅然让贤，悄然退出了竞争；在选择科研课题时，他不图虚名，更不为评定职称谋取“资本”，为坚持下乡搞“科技兴农”，为帮助农民致富出了大力！但就是这样一位爱国爱民的知识分子，面对自己以一辈子心血凝成的学术专著出版、发行事宜，竟一筹莫展，淌下了辛酸的泪水。这种现实，是发人深省的。呼延东与杨杨之间在事业与爱情之间进行痛苦抉择的几场戏，催人泪下。为了有更充裕的时间钻研各自钟爱的事业，他们彼此在照顾幼女晶晶的职责上不得不进行严格的“分工”，甚至因相互推诿，害得小晶晶尿在裤子里，于是夫妻俩又相互责怪。当观众目睹银幕上他和她竟然发展到以互相写纸条来“交锋”。他写道：“午夜已至，需要加餐。”她回道：“自己动手，丰衣足食。”一时，一种难言的酸楚不禁油然而生。尽管如此，他们却矢志不渝地为国为民奋力拼搏。倒是个体青年二虎旁观者清，一语道出了公平：“读书人不自在，但对国家有用呀！”至于更年轻的一代知识分子志远，确实如黄老师所评价，“既缺乏我们这一代知识分子的理想主义，又缺乏呼延东那一代的务实精神”。所幸的是，他在老一辈知识分子的言传身教下，在改革开放的现实启迪下，已经开始走向成熟。

总之，《半边楼》突破了当时室内剧的选材惯例，将中国当代知识分子的现状和使命作为艺术变现的着力点，直面人生，开拓未来，感人至深，促人向上，堪称一部社会内涵颇为丰富深邃而又有较高艺术魅力的电视室内剧。

第三节　经典作品电视剧改编的新阶段

一、《围城》《南行记》的改编及其文化意义

在20世纪90年代的中国荧屏上，根据同名小说改编的电视剧《围城》① 和《南行记》② 标志着中国电视剧在自觉吸收文学营养上所达到的

①编剧：孙飞雄、屠传德、黄蜀芹；导演：黄蜀芹；摄像：沈星浩、黄群学；主要演员：陈道明、吕丽萍、李媛媛、英达、葛优、史兰芽、英若诚。

②编剧：张鲁、王沛、汤继湘、王江；导演：潘小扬；摄像：王小列；主演：王志文、钱冬莉、赵军、周琦、许晴等。

《围城》剧照

较高美学水平。这两部作品，均忠实于文学原著的灵魂，但前者基本循着小说的布局结构，充分发挥高超的文学语言的独特优势并尽量使之转化为成功的视听语言；而后者则打破了原著的文学结构，充分发挥视听语言的时空优势，沟通历史与现实的联系；两者确实存在一种“互补”的关系，分别竖起了从小说到电视剧的两根具有不同代表性的成功标杆。

先说《围城》。以执导电影《人·鬼·情》饮誉中外影坛的中年女导演黄蜀芹，首次涉足电视剧，便以令人感佩的艺术家的非凡胆识啃了块“硬骨头”——把钱锺书著名的长篇小说《围城》搬上荧屏。对于这次改编，钱先生本人起初也曾怀疑他小说的那种“心之通天”的独特人生感悟和独具幽默感的文学语言理想地转化为荧屏视听语言的可能性。但黄蜀芹和她的合作者们硬是知难而进，结果，改编获得了出人意料的成功。

《围城》所取得的成就首先表现在处理艺术创作的主体心灵（人）与艺术反映的客观对象（天）之间的关系时，屏幕形象升腾到更高的审美层次。钱锺书先生在《谈艺录》里，曾将艺术品的审美分为三个层次：一是“事之法天”，即艺术家对客观世界处于被动消法状态，追求的是“真”；

二是“定之胜天”，即艺术家对客观世界持主动战胜和超越的姿态，注入了一种贬褒鲜明的道德评判，追求的是“善”；三是“心之通天”，即艺术家以其心灵的感悟与客观世界契然融合，你中有我，我中有你，真正实现了包容、沟通和超越了“真”与“善”的“美”。三者之中，显然以“心之通天”为审美创造的较高层次。钱先生的小说《围城》可以看作是作家身体力行“心之通天”的美学理论的一次成功的艺术创作实践。因为流贯于小说全篇的“魂”，乃是作家心灵对人生一种独特体验和感悟——爱情、婚姻、事业，乃至人生万事，都如“围城”一样，外面的人想冲进去，里面的人想逃出来。

尽管从1958年算起，到20世纪90年代初，我国的电视剧创作也走过了二十几个年头，但在审美创造上真正升腾到“心之通天”的精品确实不多。我们的大量创作时间，都还耕耘于“事之法天”和“定之胜天”的领地里。黄蜀芹及其合作者们改编拍摄《围城》这样一种“心之通天”的审美创作实践，去摸索和积累把高超的文学语言转化为形象的视听语言的成功经验，为提高我国电视剧创作的审美品位立下了功劳。

10集电视连续剧《围城》，以严谨的导演手法，整齐的演员阵容，忠实于原著“心之通天”的“魂”，在荧屏上颇为成功地传达出小说对人生的那种独特体验和感悟。尽管小说的结构原则是时间，它往往采取假定的空间，以错综的时间顺序来形成叙述，而电视剧的结构原则却是空间，它往往采取假定的时间，靠空间的穿插安排来形成其叙述，但黄蜀芹们却出色地完成了这种由文学语言到视听语言的转化。荧屏上，无论是那位既不想欺世盗名却又不得不违心地弄虚作假、既不愿同流合污而又只好随波逐流、既要结婚又厌倦身陷“围城”、既欲与人竞争又不谙世事更无纵横捭阖手段的主人公方鸿渐，还是那群或故作高深的浅陋、或貌似聪明的愚蠢、或功架十足的虚伪、或一本正经的无聊、或八面玲珑的卑鄙的“知识分子众生”，都蕴含深沉，启人心智，透示出原著对社会、对人生的一种强烈批判意识。

有些熟读小说《围城》的人会对改编成电视剧的《围城》尚未尽如人意地完成文学语言到视听语言的转化表示某种程度的遗憾。这是完全可以理解的。的确，正如美国著名电影理论家乔治·布鲁斯东在《从小说到电影》中所说：“最电影化的东西和最小说化的东西，除非各自遭到彻底的毁坏，是不可能彼此转换的。”① 从小说改编成电影如是，从小说改编成电视剧亦如是。更何况像钱锺书先生这样学贯中西的学者型语言大师，将其具有熔西方幽默与东方幽默于一炉的精致的小说语言转化为荧屏视听语言，绝非易事。如小说中对方鸿渐一度追求的大学生唐晓芙的描写——“唐小姐妩媚端正的圆脸，有两个浅酒窝，天生着一般女人要花钱费时、调脂和粉来仿造的好脸色，新鲜得使人见了忘掉口渴而又觉得嘴馋，仿佛是好水果。她眼睛并不顶大，可是灵活温柔，反衬得许多女人的大眼睛，只像政治家讲的大话，大而无当。古典学者看她说笑时漏出的好牙齿，会诧异为什么古今中外的诗人，都甘心变成女人头插的钗，腰束的带，身体睡的席，甚至脚下践踏的鞋袜，可是从没想到化作她的牙刷……”

如此精彩的“最小说化”的修辞机趣、奇譬妙喻，倘若不“遭到彻底的破坏”，如何能转化成屏幕上的视听语言？事实上，观众从电视剧上看到的唐小姐形象，的确也还远未淋漓尽致地传达出小说中用文学语言塑造的唐小姐形象的神韵。但我们不能因此否认电视剧《围城》在吸取文学的丰富养料以营造视听语言方面所具有的标杆意义。

下面再说《南行记》。这部电视剧是四川电视台、中央电视台联合录制的6集电视系列剧，根据艾芜同名短篇小说集部分篇章改编。由《边寨人家的历史》《人生哲学的一课》和《山峡中》三部组成。艾芜在中国现当代文学史上是一位以擅长写散文小说而独树一帜的名家。《南行记》正是他的代表作。这部由若干相对独立的短篇连缀而成的小说，以其文学语言的优美、精致、抒情及其所营造的浪漫传奇色彩为人所称道。应当说，小说《南行记》在文学语言及其美学追求上的这些优势，恰恰正是电视剧《南行记》的改编难点。要把分别在五千字左右的独立短篇《边寨人家的历史》《山峡中》和《人生哲学的一课》改编拍摄成分别独立的短篇电视剧，绝非易事，此其一。其二，在此之前，中国银幕上已经问世过两部根据小说《南行记》改编拍摄的电影故事片：《漂泊奇遇》与《南行记》。要想后发制人，另辟蹊径，使电视剧有别于电影，赢得观众，并非易事。

从小说《南行记》到电视剧《南行记》，潘小扬、张鲁等人为中国电视剧艺术提供的具有普遍意义的主要经验是：

其一，改编应该“忠实”的，不是小说原著的蓝本，而是小说原著的

---

①［美］乔治·布鲁斯东：《从小说到电影》，中国电影出版社1982年版，第19页。

灵魂。正所谓“一位电影工作者并不是一位有成就的作家的翻译者，他是另外一位有自己的意志的作家，而且是一位不折不扣的作家”①。小说改编电视剧亦是如此，这是因为，小说创作所遵循的文学思维与电视剧创作所遵循的视听思维，是两种不同的思维。一般来说，小说是一种语言艺术，其基本的结构原则是时间，它通常采用假定的空间，通过错综的时间顺序来形成叙述，并通过时间的演变来造成读者阅读心理上的空间幻觉，它所塑造的文学形象可以任凭读者多次阅读、反复玩味并通过自己富有自由度和灵活性的想象驰骋去补充完善；而电视剧则是一种视听艺术，其基本的结构原则是空间，它通常采用假定的时间，通过荧屏画面的空间调度来形成叙述，并通过空间的变化来造成观众鉴赏心理上的时间幻觉，它所塑造的荧屏形象一次性地直接作用于观众的视听感官，稍纵即逝，逝不再来。

潘小扬、张鲁联手改编的小说《南行记》，可谓深知从文学思维到视听思维转化的个中秘诀。艾芜用精美的文学语言塑造的《南行记》这座小说的艺术之山，在他们面前其形体确实被粉碎了，但其灵魂（神韵、意境）却被他们“忠实”地把握着，他们以此为统帅，把被粉碎的小说的艺术之山当成“一堆未经加工的素材”，然后再“忠实”地按照视听思维的审美创造规律，重塑一座灵魂与小说原著相通而形体相异的电视剧《南行记》的艺术之山。

其二，改编者同时应“忠实”的，不只是电视剧特有的审美创造规律，而且还有改编者自身的审美个性、风格和优势。既然改编者并不是小说的翻译者，而是另外一位有着自己意志的不折不扣的电视剧艺术家，那么，创作者就势必要清醒地认识自身的审美个性、风格和优势，并自觉地以此去“对应”小说原著蕴含着的可能扬己之长的艺术创作元素，从而进行电视剧艺术的审美再创造。

首先，潘小扬、张鲁这对长期合作的“搭档”编导，他们善于“忠实”于自身的审美理想、人格力量和对社会、对人生的独特体验，去自觉寻求与小说原著内涵底蕴的“对应”契合点。为了以今天的时代视觉去吸引当代青年观众，注入改编者对小说原著和对社会人生的独特体验，他们为电视剧《南行记》精心设计了三个时空：20 世纪 30 年代初故事发生的时空、60 年代“我”第二次南行的时空以及 90 年代已 80 岁高龄的艾芜与

①[美] 乔治·布鲁斯东：《从小说到电影》，中国电影出版社 1982 年版，第 68 页。

饰演“我”的演员共同探讨人生的时空。三个时空，交错演进，充分调动了视听造型艺术的审美优势，不仅给观众以鉴赏形式上的新颖感，而且加深了小说所叙故事的历史感和拓展了荧屏形象的社会内涵，导引观众循着艾芜这位享有盛誉的文坛宿将去思索人生的真谛和意义这种崭新的艺术构思，其灵魂与小说原著相通，其形式确属于电视剧《南行记》的独创。

其次，他们注重“忠实”于自身的审美个性和风格，去自觉寻求与小说原著的美学品格上的“对应”契合点。艺术之海无涯，改编者个性、风格有限。以有限对无涯，则必须善于扬长避短。任何编导，并非都能胜任和驾驭改编各种审美风格样式的小说，只有当小说原著的审美个性、风格与改编者擅长的审美个性、风格大致相似乃至契合一致时，改编者才可能充分调动自身的审美创造优势，融注自己的艺术感受和艺术想象，施展自身的创造天才和审美灵感，以不负原著乃至超越原著。从电视剧《南行记》中，人们很容易强烈地感受到潘小扬、张鲁等人过去的作品如《巴桑和她的弟妹们》《希波克拉底誓言》《无人知晓的世界纪录》的审美个性、风格乃至画面、造型、剪辑、用光等诸方面一脉相承的东西。甚至可以说，电视剧《南行记》在一个新的起点上，更集中、更鲜明地体现出潘小扬、张鲁等人的审美个性、风格和优势。这也正是电视剧《南行记》成功的关键。

二、《三国演义》与《水浒传》的改编之思

《三国演义》

1994 年，千呼万唤的长达 84 集的长篇电视连续剧《三国演义》① 终于面世了。本剧播出后，众说纷纭，反响强烈。在当时，中国已经有近千座无线电视台覆盖全国，拥有着 8 亿左右的日常观众，而电视剧的产量已逾 6000 集。可以说，就覆盖面之广、影响力之大、渗透性之强而言，电视剧确实已经“君”临文坛，其他艺术形式难以企及。因此，改编古典名著，把《三国演义》搬上荧屏，走进万户千家，实在是普及和弘扬中华优

①总导演：王扶林；导演：蔡晓晴、张绍林、孙光明、张中一、沈好放；编剧：杜家福、朱晓平、叶式生、周锴、李一波、刘树生；总摄影师：李耀宗；摄影：陈军、王殿臣、刘书亮、毕福剑、任萌、张驰等；主演：鲍国安、唐国强、孙彦军、陆树铭、李靖飞、吴晓东等。

秀传统文化的壮举，功不可没。

中国堪称世界上电视剧艺术生产和消费大国。电视剧的文化内涵和美学品位的高低，关系到国民整体精神素质的高低——文化内涵和美学品位高，产生正面效应；反之，则产生负面效应。电视剧创作理应努力扩大正面效应而尽量缩小负面效应。改编古典名著，是一条很有现实意义的捷径。像《三国演义》这样的古典名著，以其丰富的文化内涵和很高的美学品位，为改编电视剧奠定了坚实的基础。尽管改编尚有诸多不尽如人意之处，但确令广大观众、尤其是尚未认真读过这部名著的青少年观众，从荧屏上了解了《三国演义》，从而激发人们学习和弘扬中华优秀传统文化的积极性。把古典文学名著搬上荧屏，以新的视听艺术作用于广大的国民文化心理，意义非同寻常。客观而言，人类文明的精华（包括中华民族文明的精华），主要并不体现在银幕上或荧屏上，而体现在图书馆里那些经过历史筛选的古今中外的文化（包括科技）名著里。令人忧虑的是，如今的人们，尤其是青少年，在这些名著上花的时间少了，而把较多的宝贵光阴耗费在荧屏之前。电视剧《三国演义》恰好为这两者的转换创造了人们普遍喜闻乐见的“结合点”。它既提高了荧屏的艺术品位，又普及了古典名著。

这是电视剧《三国演义》功不可没之处。

大概熟读过罗贯中原著的观众，看罢电视剧《三国演义》之后，有的会产生一种看连环画似的审美直觉。这究竟是为什么呢？仔细思忖，这其中缘由应相当复杂，但其中在美学上难以逾越的障碍可能是很重要的一条。鲁迅先生曾在《中国小说史略》等著述中，对《三国演义》的审美特征做过非常精辟的论述。他进行比较研究道：《红楼梦》“叙好人不是绝对的好，坏人不是绝对的坏”，如描写贾宝玉，自然要突出他反封建的“好”，但也不讳言他在女儿国里的苟且之享；刻画王熙凤，当然要重点显示她的阴险狠毒之“坏”，却不掩盖她的精明干练。这样，人物是立体的而非扁平的。《三国演义》不是如此。罗贯中与曹雪芹的审美取向不同，他采用的办法是单向取值，将人物性格的质的规定性定位后，则推向极致。诸葛亮是智慧的化身，刘备是正统敦厚的代表，关公是仁义的符号……于是便有“显刘备之长厚而似伪，状诸葛之多智而近妖”之说。如，为了凸现诸葛亮的智慧，不惜让其设坛台，祭东风，呼风唤雨，装神弄鬼，“妖”气十足；为了显示刘备作为“大哥”的敦厚，竟让他把赵子龙在长坂坡九死一生七进七出才抢救出的小阿斗掷于地上，并愤然道："为了这个小畜生，几乎丧了我一员大将！"收买人心之虚伪，跃然纸上。

这种在人物形象上单向取值的审美创造，在电视剧艺术中也常使用。例如前文提到的《渴望》，刘慧芳便是"善"的化身，而王沪生作为负心汉则是"恶"的代表。这种方法，易于煽情，自有其优势。自元代以来，所谓"唐三千，宋八百，写不完的三列国"，中国戏曲改编了数不清的三国戏，大都沿用的这种单向取值的审美创造方法。曹操奸雄，张飞鲁莽，周瑜狭隘，概莫能外。拿京剧来说，从杨宝森到马连良，各种老生流派创造的诸葛亮形象，都是智慧的化身，无论是《草船借箭》还是《借东风》，由"仙风"而及"妖气"，已深入人心；从郝寿臣到袁世海，各类架子花脸流派创造的曹操形象，皆为奸雄，无论是《捉放曹》还是《击鼓骂曹》，由"奸诈"而及"凶残"，已妇孺皆知。郭沫若先生写话剧《蔡文姬》，曾着力重塑历史上真实的"至少是一个英雄"的曹操像，但老百姓心目中留存的曹操形象，恐怕绝大多数还是从罗贯中的《三国演义》到戏曲舞台上的那个奸雄曹操。

由此可见，作为成功的文学艺术典型形象，一旦深入民心，代代相传，就势必造成群体性的审美定式，要想改变或逾越它，是非常困难的。从成片看来，电视剧《三国演义》在审美创造上究竟走什么路数恐怕创作者尚不充分自觉，有时想沿着罗贯中的路子走，有时又想闯闯郭沫若的新路。而观众在鉴赏时却不管创作者的这种犹豫不定的尴尬，他们心目中的审美参照系，还是罗贯中笔下的和马连良在戏曲舞台上的那位诸葛亮形象，于是，唐国强在荧屏上后创的这个诸葛亮形象，就难免会觉得"不太像""不够味"和"不满足"了。

电视剧《三国演义》把中华民族的一部古典文学名著搬上荧屏，普及到万户千家，在上亿观众中掀起了一股蔚为壮观的"三国文化热"，功不可没；但仅就其改编而言，却并非没有失误之处。

毋庸赘言，84 集的电视剧《三国演义》，在改编上各集所取得的艺术成就是参差不齐的。一些集相当精彩，看起来引人入胜，颇有味道；一些集却近于平庸，看起来产生疲倦，索然无味。这决定优劣的关键，其实正是在文学思维到视听思维的转化程度的差异。前者的转化程度高，而后者的转化程度低。

从小说的文学思维到电视剧的视听艺术思维，是两种不同的思维方式的转换。聪明的改编者应当把小说以文学思维铸成的艺术之山消融掉、粉碎掉，仅仅把它当成一堆未经加工的素材，然后再用电影的视听思维把这堆素材重塑一座电视剧的艺术之山。这里的“消融掉、粉碎掉”是前提，“重塑”是新的审美创造。

以此观之，可以说大凡电视剧《三国演义》中那些较精彩的集子，都是因为首先把原小说中的有关章回消融得好、粉碎得彻底，然后按电视剧的视听思维重塑得成功的；反之，那些较平庸的集子，则是因为这种从文学思维到视听艺术思维转换的功夫还很不到位。

有一种为那些改编并未实现从文学到电视剧的思维转换的不成功的集子辩护的说法，叫作“忠实于原著”。既然是改编古典文学名著，当然应力求“忠实于原著”，但正如前文所说，对这“忠实于原著”，应有个科学的理解。原本意义上的“忠实于原著”，是不可能存在的。如今的改编者，没有谁能将自己的艺术思维与几百年前的罗贯中创作的文本完全重合。所谓“忠实于原著”不过是要忠于对原著的灵魂、精神的理解。但若“忠实于原著”意味着要“忠实于”小说原文本的故事框架、人物关系与人物性格及其走向，恐怕就无法真正完成消融、粉碎并重塑这个由文学思维向电视剧思维的转换了。同时，还切勿忘记了应当“忠实于电视剧艺术的特殊规律”和“忠实于自身的审美优势、审美风格和审美个性”。只有如此，才可能真正实现由文学思维到视听艺术思维的转换。这既是荧屏上《三国演义》的那些较成功的集子的“得”之所在，也是那些不大成功的集子的“失”之所在。

《水浒传》

继《三国演义》之后，1998年，中央电视台又将《水浒传》① 搬上了荧屏。《水浒传》是四大名著中最后一部被改编成长篇电视连续剧的，过去，在文学思维和视听思维的转换以及“忠实原著”等问题上已经积累了一些经验。既然要消融、粉碎掉原著的冰山，要忠实于创作者的理解以及电视剧的特殊艺术规律重塑水浒英雄们的故事，这便留给了电视剧创作较大的自由空间，而本剧在改编的整体定位上确实也颇显自主意识。

①改编：杨争光、冉平；导演：张绍林；主演：李雪健、周野芒、臧金生、丁海峰、赵小锐、王思懿等。

在改编伊始，创作者就立下了这样的创作主导思想：考虑到宋江形象的完整性，既选择改编多于七十回本的小说原著，电视剧《水浒传》就宜在“招安”上做文章；“招安”前的戏，要想超越原著或已有的影视、戏曲作品很难；而做足做好了“招安”后的戏，则渴望在“农民起义的悲剧”这一题旨的深入开掘上超越原著和胜过已有的“水浒”题材的作品。这种旨求正是基于对多于七十回版本的《水浒传》原著的精神价值取向的一种融入了当代人的价值判断、历史思维和审美情趣的“理解”。从最终的成片来看，创作者的确较好地实践了这一旨求。鲁迅当年便深刻指出：七十回的《水浒传》砍去了“招安”，“纵然成了断尾巴蜻蜓，乡下人却还要看《武松独手擒方腊》这些戏”①。果如是，忠实于对原著的这一理解，呈现在我们面前屏幕上的《水浒传》，较闪光较精彩也较有新意的正是“招安”之后的戏。“只反贪官，不反皇帝”，农民起义的局限性、投降主义的悲剧，被艺术地展现得震人心魄，发人深省！

不过，这“得”在艺术的“度”的把握上似乎还稍欠准确。为了凸显宋江的“招安”思想，让他一上梁山便口口声声要“招安”——原著中宋江的“仗义疏财”少见了，“及时雨”少下了，“宋公明”也少“公”少“明”了。观众不禁要问：宋江靠什么凝聚梁山兄弟们？林冲、鲁智深、李逵、燕青……这些对朝廷有着深仇大恨的人能如此俯首帖耳地聚集在宋江一上山就鲜明亮出的“招安”旗帜之下吗？

这就多少削弱了艺术的可信性，而可信性正是征服观众的魅力的基础。这也便引起了当时不少观众对宋江形象的不少非议。究其缘由，恐怕要归咎于改编者对原著中宋江形象的精神发展过程和轨迹的理解错位。忠实于这种原著人物精神、性格塑造的理解错位，那结果，既有违了鲁迅所精辟分析过的社会还盛行着的“水浒气”，又削弱了观众的认同感，从而使宋江形象的人格魅力煞了不少风景。

除了“招安”，《水浒传》原著的经典价值还在于其人民性，即通过众英雄一个个官逼民反、逼上梁山的故事，以及像高俅这样的痞子流氓竟然混进封建最高统治集团这样的荒唐事，深刻揭露出宋王朝的政治腐败和社会的昏暗。忠实于对原著的这一理解，也是改编者必须遵循的重要原则。荧屏上的《水浒传》一开场，在再现北宋时期的风俗文化和体现上述重要

---

①鲁迅：《鲁迅全集》第四卷，人民文学出版社2005年版，第543页。

原则方面，着实令人惊喜和叹服。但剧集直到第 7 集才到《风雪山神庙》，这缓慢的节奏确实难以令观众满足。对照李少春主演的仅仅两个小时的京剧《野猪林》，仅凭林冲的一句“两行金印把我的清白玷污了”，便把他与“官”的矛盾和内心的愤怒揭示得淋漓尽致；一句“男儿不能把妻保”，把他对林娘子的至情至爱抒发得闻之心颤。而整整 7 集的电视剧《水浒传》，反映的社会内涵和塑造的人物形象，均未胜过之。

为何本来长于叙事和能以更丰富多样的艺术手段塑造人物、篇幅又更长的电视剧《水浒传》反而相形见绌了呢？这与改编者在某种程度上，对本应忠实的上述重要原则的偏离有关。改编者把太多的兴奋点都集中到武打设计上去了。为了实现剧集好看，本剧请了香港著名电影动作指导袁和平作为武术指导。诚然，总体而论，全剧的武打设计在中国电视剧的发展历史上树起了一块里程碑，是十分精彩的，但优劣往往相伴而行。时长 45 分钟的电视剧，武打已占据了 10 分钟上下，余下的篇幅想要承载和反映原著深广的社会内涵，恐怕就难上加难了。譬如鲁智深，他的杀富济贫，他的拔刀相助，原著中蕴含着深广的社会内涵，如今我们从荧屏上看见的他，留下的却更多是“酒醉伤人”的印象。过度地把兴奋点集中到武打设计的“好看”上，连原著中，“三拳打死镇关西”的每一拳的文学意蕴，都荡然无存了！这不能不又留下了难忘的遗憾。

忠实于对原著的正确理解，自然还包括忠实于原著的整体美学风貌、重要人物，及其人物形象体系的整体设计，这也是改编者应遵循的一条重要原则。

电视剧《水浒传》对原著的整体美学风貌的把握及视听语言的转换、再现非常出色，但对有的人物形象的理解、把握和再塑造，则确存在有待商榷之处。如潘金莲，荧屏几乎为她铺陈了 4 集戏。改编者欲“开掘人性深度”，先是尽力表现潘金莲的美丽、善良、勤劳，后是展示她与西门庆成奸的“无奈”与“性爱的需要”，这虽不如魏明伦笔下彻底翻案了的“潘金莲”，也离原著中作为艺术典型的“淫荡之妇”相去甚远。而如此“重塑”，却震荡和牵动了原著的人物形象体系：不仅潘金莲似应同情，而且西门庆也不那么可恨了，甚至武松的复仇理由恐怕亦未必充分，“英雄气”也要打些折扣的，武大郎则“咎”由自取了。这恐怕是改编者并未顾及的部分。

事实上，正如在《三国演义》中诸葛亮形象的塑造一样，作为世代读者和观众已认同的文艺典型形象，没有必要去做翻案文章。文艺典型形象一旦深入人心，想要逆转，谈何容易？郭沫若所塑造的“正面”曹操形象的接受程度远不及戏曲舞台上由郝寿臣到袁世海塑造的曹操的“白脸奸雄”形象。电视剧改编面对最广大的受众群，如此翻案更应慎行。

第四节　农村“三部曲”：《篱笆·女人和狗》《辘轳·女人和井》《古船·女人和网》

农村“三部曲”（《篱笆·女人和狗》①《辘轳·女人和井》②《古船·女人和网》③）改编自韩志君长篇小说《命运四重奏》。大连电视台自1988年至1993年，历时六年耕耘，终于完成了描绘中国当代改革生活的这“三部曲”力作。本剧的创作者坚持现实主义深化，满腔热情地在荧屏上为中国当代农民谱写投身改革的“心史”，这是极为可贵的。

在新中国文学史上曾经出现过梁生宝、徐茂等为当代农民传神写貌、树碑立传的形象。当历史跨进了20世纪八九十年代后，电视剧这种新崛起的艺术门类越来越成为广大人民群众喜闻乐见的文化鉴赏形式之一。于是，一方面，历史的发展、生活的行进使8亿多农民在改革开放中大显身手，历经了价值取向、道德准则、生活方式诸方面的深刻嬗变；另一方面，坚持“为人民服务、为社会主义服务”的中国电视艺术家，也应义不容辞地在荧屏上为中国当代农民谱写改革中精神世界发生深刻变革的历史——即巴尔扎克所谓的艺术所应表现的人的“心史”。

正是在这样的历史文化背景下，中国荧屏上出现了虽然为数不多但是志在为当代农民谱写变革“心史”的电视剧。如“飞天奖”金榜题名的《雪野》《葛掌柜》《山不转水转》等等。但其中，要数《篱笆·女人和狗》《辘轳·女人和井》《古船·女人和网》这“三部曲”组成的长篇力

①编剧：韩志君、韩志晨；导演：陈雨田；摄像：徐玉珍、袁军；主演：田成仁、吴玉华、鞠庆洲、罗啸华、刘莉莉等。

②编剧：韩志君、韩志晨；导演：陈雨田、可人；摄像：李汝建；主演：田成仁、吴玉华、李玉峰、罗啸华、刘莉莉等。

③编剧：韩志君、韩志晨；导演：吴珊、张扬；摄像：黄铁军、周万鹂；主演：田成仁、吴玉华、李玉峰、罗啸华、刘莉莉等。

作规模最大、影响最广，因此也在中国电视剧发展历史上占有重要位置。

农村“三部曲”有一个共同的精神指向，这便是通过对中国当代农村经济变革生活的描述，揭示当代农民思想观念和文化心理的深刻演变——冲破时代相袭的封建意识的樊笼，艰难地但不可遏止地奔向现代文明。正如导演陈雨田在《导演阐述》中所说：“剧中的人物，从心灵到行动，都始终处在旧观念和思想情感的斗争漩涡里。”“现代文化与古老文化的撞击，是这部戏的神经中枢。”“三部曲”的突出特点是把农村实行家庭联产承包责任制历史性变革和农村乡镇企业崛起这两桩新时期农村惊天动地的壮举，都推为背景，而在这波澜壮阔的背景上着力刻画茂源、枣花、小庚、铜锁、狗剩媳妇、香草、豆倌以及金锁、银锁、巧姑、马莲等当代农民思想观念和文化心理发生的深刻变化。

这个视点的选择是高明的。艺术要反映和表现历史，但艺术作品并不等于历史专著。艺术是表达情感的，其表现对象和作用对象都主要是人的精神世界。从这个意义上说，“三部曲”立意写当代农民变革“心史”，正应了它自身的审美优势。考察“三部曲”的镜头语言，焦距主要是对准了茂源父子和枣花母女们的日常生活的情感纠葛，但由此透示出的底蕴，却是处于改革开放中的中国农村社会和当代中国农民精神世界的真实情状。别林斯基曾认为，“要想忠实地描绘一个社会，首先必须了解它的本质，它的特性”，而做到这一点，又必须研究两种哲理，“一本是学究式的、书本的、郑重其事的、节庆才有的；另一类是日常的、家庭的、习见的”，“因此，一个想认识某一民族的人，他首先得考察它的家庭生活的一方面”。[①] 如果说，别林斯基在这里阐述的“每个民族都有两种哲理”的观点，主要是从认识论角度讲怎样才能全面地认识某一民族和某一社会，那么，对于审美艺术创作活动来说，则常常是通过描写日常的、家庭的、习见的生活和置身于这种生活中的人的情感活动来展示整个社会生活和整个民族思维。尤其是被人们称为“家庭艺术”的电视剧，往往更注重通过描写日常的、家庭的、习见的生活和置身于这种生活中的人的情感活动和心路历程，来以小见大，表现新的时代精神和新的社会风貌，以增强荧屏形象与广大观众的亲和力。从《篱笆·女人和狗》到《辘轳·女人和井》，再到《古船·女人和网》，这“三部曲”在这方面积累的审美经验对其他

①[俄] 别林斯基：《别林斯基论文学》，上海文艺出版社1959年版，第86、87页。

门类的文艺创作也具有普遍的借鉴意义。

很明显，“三部曲”的编导在谱写中国当代农民的改革“心史”时，对观念变革的复杂性有着充分的认识。篱笆、辘轳、井、古船和网这些富有象征意味的荧屏造型，本身就体现了编导主体的这种意识。

以铜锁这个人物为例，如果说，在《篱笆·女人和狗》中，铜锁既是中封建残余意识之毒较深的一个农民形象，又是直接利用封建夫权思想筑成“篱笆”对枣花进行迫害的一个形象，他给人留下的印象，是可恶可厌的。那么，在《辘轳·女人和井》中，艺术家以发展的辩证的思维方式对当代生活和当代农民进行审美观照，合情合理、令人信服地描绘了他在社会主义新农村新环境里人性日见完善、日见美好的过程，从而在荧屏上成功地重塑了一位可信可爱的人物形象。他以接受小庚的4000元钱为代价才同意与枣花的离婚，他遭到余怒未消的狗剩媳妇一阵不明不白的痛打之后反而真诚地说“往后谁敢再来欺负你，就这么揍他”，他上了小个子的当，输掉了4000元钱和豆腐房，他对狗剩媳妇产生好感而不为赵寡妇有钱动心，他用狗剩媳妇给的200元钱去搞了个“转盘儿”到集镇上赚钱，他甘愿做“倒插门”女婿搬到狗剩媳妇家去住，以及他为了走正道去找巧姑借钱不成而得了银锁暗中施舍的70余元后进饭店只要一碗米饭拌酱油充饥……这一切言行轨迹都是那么符合人物特定的性格逻辑和心理逻辑，也让观众强烈地感受到农村新生活发展的必然趋向。因此，铜锁这个人物形象在相当程度上体现出全剧旨在开拓未来的精神指向。

再说女主人公枣花。她在饱尝了与铜锁的不幸婚姻的痛苦之后，勇敢冲破了造成这不幸婚姻的封建残余意识樊笼（包办婚姻），而与自己青梅竹马的恋人小庚结合，尽管这种结合一开始就罩上了另一形式的封建买卖婚姻（小庚付给铜锁4000元为代价）的阴影。但是连她自己也未曾料到的是，她竟然又再次落入了仍然属于封建残余意识的夫权思想的陷“井”。终于，她对曾给自己幸福又给自己痛苦的小庚发出了石破天惊的呐喊：“我忍受不了这样的生活!”她再次跃出这“井”，冲向自由的天地——这可以说是从《篱笆·女人和狗》到《辘轳·女人和井》的主要故事线索。

到了《古船·女人和网》，枣花从小庚那用封建夫权的“辘轳”的绳索束缚在“井”的天地里挣脱出来后，勇敢地回到大栓承包的饭店里。这时，她主观上为的是争取独立的女性人格和实现自身的人生价值，而客观上农村改革开放的现实生活又为她这种主观追求提供了环境和条件。然而，令人遗憾的是，她终于倒退了，重新回到了小庚用封建意识为她编织的“网”里。也许，编导的本意是要通过枣花这种三次精神悲剧的“心史”描写，振聋发聩地让观众深思我们这个民族反封建任务的长期性和艰巨性，以增强作品的历史感与启示力。但观众审美视线所追寻的，主要还是荧屏上枣花形象的性格逻辑和情感逻辑的必然发展，以及改革开放的农村生活的历史流向，而不是创作者所要着力渲染的某种意念。如果我们在故事线索中去寻找枣花何以要在观念演进中倒退的生活依据和情感依据，得到的恰是相反的答案。当枣花与小庚分居后，小庚曾一度以索要当初铜锁拿去的4000元所谓“买媳妇儿钱”逼枣花就范，这一举动不仅仅是对枣花人格的侮辱，而且更暴露了小庚的渺小和可耻。这本应深化枣花对小庚人品的认识，从而坚定她追求新生活的决心，而剧中在巧姑施伎俩承包饭店刁难、辞退她时，枣花竟然一下子变得束手无策，居然违心地又回到越来越令她反感的小庚身边去，这便不符合人物的性格与情感逻辑。更何况，再后来，小庚因枣花生下的是女儿又显出封建意识的不满时，枣花居然也能相安无事地与他生活下去，这更加让人物的性格与情感逻辑显得混乱。

这种人物塑造上的遗憾，正是由于创作者的意念过于浓烈地“牵”着人物走，而不是严格地让生活自身的发展逻辑和人物自身的性格、情感逻辑去安排人物的命运。这样，枣花形象本应具备的理想光彩和艺术魅力，以及荧屏上的这部枣花“心史”的历史内涵及其认识价值和审美价值，就不能不受到影响。

在小庚这个人物形象的塑造中，似乎也存在着创作者的意念色彩过早介入之嫌。与铜锁相较，小庚形象恰好是一个反向发展的人物。可以说，他在观众心目中是由可信、可爱逐渐演变为可恶、可恨。他是靠残余的封建夫权意识和狭隘意识来筑成无形的“井”，并利用这“井”上的“辘轳”的绳索来缚住枣花的。本来，真切、形象地再现他这种并非自觉的“缚住”过程，正是这部作品现实主义的直面人生的深刻性和启示力所在。可惜的是，创作者过早地让这个人物势必由好变坏的意念介入了审美创造结果，让观众在《辘轳·女人和井》的第一集便几乎一眼看穿了他未来的演变结局，从而在相当程度上削弱了现实主义艺术的感人魅力。他的审美化、艺术化程度，显然不及铜锁形象。在这里，铜锁形象的塑造颇像许多前辈现实主义文艺家所提倡的“让人物牵着作家走”，而小庚形象的塑造，却让观众明显地感到是“作家牵着人物走”。这不能不认为是两个人物形象现实主义成就高低的一个重要分野。

再深究一步可以发现，编导为了强化启蒙与改革的艰巨性、复杂性、长期性这一题旨，不独对枣花、小庚形象进行塑造，而是几乎对所有其他人物（这里，喜鹊、铜锁、狗剩媳妇算是例外）的“心史”描写都加重了被封建意识形态压抑这一方面的分量。《导演阐述》说：“茂源的爱而不敢，金锁的惶惶担心，大栓重蹈他人覆辙，小庚的唯唯诺诺，二姨的最终出走等等，追其根源，皆因传统观念的自我束缚。这种主观心理障碍比起客观的束缚，不知道要厉害多少倍！这是该剧内涵的第一个层面。”而该剧的“深层内涵”，则是“观念的变革是人类前进的动力……尽管摆脱传统观念的历程是艰巨、痛苦的蜕变，尽管这个蜕变过程还伴随着自欺欺人的悲哀，但是，其中必然孕育着令人警醒的巨大震撼和充满希望的进步喜悦!”

这段分析不可谓不深刻。但考察全剧发现，编导在对上述人物的审美把握上，“第一个层面”的“心史”内涵主要放在开掘“自我束缚”上，即对其“心史”的“深层内涵”的展示上，也把重点放在了“自欺欺人的悲哀”上。所谓“茂源屈从于金锁的咄咄逼人的‘劝说’，金锁不同意爹‘再找一个’的辩解，大栓认为自己和苏小个子不一样等等”，都是这种“自欺欺人的悲哀”。不是说，描写“心史”的这种复杂性不对，而是说，这种对人物“心史”的深层开掘也应该符合每个人物特定的个性、情感发展的逻辑，万万不可概没例外地“以意为之”，来个“为复杂而复杂”。譬如对在前两部曲中一直越来越闪烁着新时代新农民的夺目光彩的香草和小豆倌形象的艺术处理，就值得商榷。

人们知道，香草与小豆倌是顶住了葛家沟的旧意识舆论压力、顶住了金锁们的鞭子的威胁而投入改革开放的大潮中去追求自身的人身价值和彼此之间真挚的爱情的。他们始终是枣花挣脱封建樊笼、茂源老汉追求“黄昏恋”、铜锁悔过自新等的积极支持者，堪称葛家沟反封建的改革先锋。但是，就是这样一位充满朝气和进取精神的香草，怎么会在城里来的矿上的青年耿小川的“散散步”“采一次蘑菇”后就“单相思”地要与小豆倌分道扬镳呢？在这里，昔日可亲可敬的香草踪影全无，不可思议地沦为了一个朝三暮四、背叛爱情的轻浮形象。人物的性格具有质的规定性，这样的情节安排不仅毁掉了香草这个形象原本具有的人格力量和理想光彩，而且也同时大大降低了小豆倌这个青年农民改革者形象的艺术魅力，从而也使“三部曲”在揭示改革开放的农村生活发展的必然趋势上削弱了力度。

相反，铜锁与狗剩媳妇在改革开放的现实生活中不断更新观念的“心史”，却蕴含着更丰富的历史内涵，昭示出历史发展的必然趋势。而剧中茂源老汉拦住即将离去的二姨的那有力的一鞭，更是声震寰宇、促人振奋！所以，总体上说，“三部曲”仍是一部反映我国当代农村改革生活、谱写当代农民变革“心史”难得的力作。

第五节　都市生活的荧屏折射

一、婚恋观的突破性表达：《离婚前后》

《离婚前后》[①] 是擅长家庭、伦理、婚恋题材创作的编剧黄允在继《结婚一年间》《上海一家人》之后又一部有着突破性意义的、有新意的好作品。

说人类的婚姻爱情生活是文学艺术表现的永恒性题材，这大概并没有什么错误。考察一下我国新时期以来文学艺术关于这方面题材的创作轨迹，不难发现不少作家、艺术家都十分关注婚姻与爱情分离的悲剧。起初，一些作品的视点大都是描写由于复杂的社会、政治、经济的外在因素造成的“无爱情的婚姻”给人们带来的痛苦，稍后，以小说家张洁的《爱，是不能忘记的》开始，一批作品的视点倒了过来，变成了描写和礼赞“无婚姻的爱情”——且看张洁笔下那对男女主人公，尽管一辈子连手也没有握过，却心心相印，将刻骨铭心、高尚纯洁的精神恋爱带进了坟墓。张洁因此名噪文坛，《爱，是不能忘记的》标志着此类题材创作视点上一次突破性意义的新尝试。再往后，作家、艺术家又进一步探索爱情中的“情爱”与“性爱”。没有“情爱”的婚姻是不幸的，也是不道德的，这是不少作品已经再三表现过的主题，但没有“性爱”的婚姻是否亦是不

①编剧：黄允；导演：鲍芝芳；主演：奚美娟、何伟、吴静。

幸和不道德的呢？这答案本来应当是一清二楚的，然而由于长期以来从宋明理学那里传下来的“存天理、灭人欲”之类的封建思想和影响，艺术表现这一题旨是被列为禁区的，尤其是覆盖面比较大的作为视听形象的电视剧艺术，更是如此。伴随着改革开放的深化，终于，荧屏上出现了像《难了那片情》《半月沟》这样的作品，直接表现了“没有性爱的婚姻也是不幸的和不道德的”这样一个主题。遗憾的是，这些作品的视点，往往是集中在造成婚姻没有性爱的一方（或丧失了性能力、或长期离家在外）执着地乃至顽强地要继续维系这种没有性爱的婚姻，而渴求性爱的一方（常常是身体健旺、情感丰富者）却抵不住“第三者”的介入而坚决要求解除这种没有性爱的婚姻。这样，矛盾的双方往往是对抗的，而拼命维系这种没有性爱的婚姻的一方（如《半月沟》里那位瘫痪在床丧失了性能力的丈夫）尽管能唤起传统道德守成者们的同情，但终究很难给观众以美感；至于为了渴求性爱要求解除这种没有性爱的婚姻的一方，则常常因“第三者”的介入而成为传统道德谴责的对象。这正是这类作品总是引起人们争议的重要缘由。

《离婚前后》的突破性意义就在于编导在表现这种“没有性爱的婚姻的解体过程”时另辟蹊径，选择了另一种视点——让造成这种没有性爱的婚姻的一方（丧失了性能力的玉兔）主动要求解除婚姻关系。于是，新意在这里产生了，美感在这里产生了。作为理想女性的玉兔，对人类的婚姻与爱情有着最能体现当代文明的全新理解。她深爱自己的丈夫，但爱之愈深，便愈感到应当解决这种没有性爱的婚姻，让自己深爱的丈夫去重新组织家庭，享受健全的情爱与性爱。显然，她对爱情的理解，是既包括情爱也包括性爱的。而且，两者是人的社会属性和自然属性决定的，是应当统一起来的。她所操守的爱情观的重要前提是：一切为了使自己所爱的人能健全地享受情爱和性爱，获得爱情、事业上的幸福。唯其如此，当她越来越清醒地认识到自己深爱的丈夫不仅不能获得性爱，而且还欲为照顾自己而将忍痛放弃自己钟爱的事业时，她就不能不下决心诉诸法律来解除这种没有性爱的婚姻了。因此，玉兔堪称具有高度现代文明的理想女性，她对没有性爱的婚姻采取的这种方式，无疑闪烁着理想主义的光彩。

这种富于理想光彩和高度文明的方式，并非现实生活中的人们都能接受。就连她深爱着的丈夫陈扬，也说什么都不接受。这固然因为陈扬也深爱着她、同情着她。但须指出，在如何对待这种无性爱的婚姻的问题上，陈扬确实尚未达到玉兔的文明水平。他任劳任怨、体贴入微地服侍着丧失了性能力的病妻，很令人感佩。在“为人夫”上，他尽职尽责，在道德上无可挑剔。然而，当玉兔提出要与他解除婚姻关系时，他蒙了。他不能理解玉兔何以要走此“绝境”。

不仅陈扬，就是玉兔的亲如姊妹的挚友月光，也不能完全理解和接受玉兔的决定。如果说，论文化修养，陈扬系游泳队教练，比起当工程师的玉兔和当翻译家的月光来，恐怕是要“略输文采”。而月光尽管在文化修养上可与玉兔相当，但在如何对待没有性爱的婚姻问题上也达不到玉兔的文明水准。应当说，月光在处理婚姻恋爱上，不是强者。她的第一次婚姻，就未以爱情为基础，而是为了躲避成群的追求者而草率嫁给了一位世俗的“兄长”，结果注定了失败、解体。第二次恋爱，又险些中了一个喜新厌旧的情场老手的圈套。因此，当玉兔向她第一次倾吐自己决心离婚的决定时，她始而惊愕，继而才开始理解了玉兔的离婚决定乃是为了更深沉地爱陈扬。所以，她成为玉兔离婚的第一个支持者。

但接下去的事实证明月光并未真正理解和接受玉兔处理此事的方式。当玉兔诉诸法律与陈扬离婚后，月光出于善意，为了照顾玉兔，也为了抚慰陈扬痛苦的心灵创伤，提出了让陈扬与自己结婚，把玉兔接到家中，共同担负起照顾玉兔的职责，既使陈扬享受到健全的情爱和性爱，也使玉兔得到所爱的人的精心护理。月光的这一提议，很快得到了陈扬的赞同。这恰好证明了月光与陈扬在道德观和婚姻观上大致处于同等的文明水准。殊不知，玉兔断然不能接受原本是为她着想的提议。在玉兔看来，她之所以毅然决然地同陈扬离婚，并非不爱陈扬，而是深爱陈扬。爱情是具有排他性的，这是人的自然属性所决定的，所以，她决不能每天忍受耳闻目睹自己所深爱的人被她人爱。看来，月光的提议与玉兔的决定是具有质的不同的。玉兔决定要离婚，本质上是以促使陈扬获得幸福为前提，而陈扬所赞同的月光的提议，表面上确为玉兔的生活护理着想，但在本质上却恰恰使玉兔陷入了更揪心的情感痛苦的深渊。可以说，月光的想法与提议，尚未脱离传统道德规范，而玉兔的方式则已融入了当代人类文明在婚姻爱情课题上的最新思维成果。在本质上，月光的建议与中国传统戏曲《大登殿》里薛平贵处理王宝钏与代战公主的复杂关系时提出的“她为正来你为偏”确有某些一脉相通之处。它遭到理想女性玉兔的断然反对，实在情理之中。

当然，在《离婚前后》中，月光的婚恋观并非文明水准最低下的婚姻爱情观念。应当说，它自有其重道德的合理的一面。而彩蝶之母所提出的“世俗方式”才是文明水平最低下的庸俗的婚姻爱情观念——重钱、重房、重实惠。这种“世俗方式”，更不能与玉兔的爱情观同日而语了。

总之，《离婚前后》最有理想光彩的女性，是玉兔。而饰演玉兔的奚美娟的表演，也令人叫绝。她含而不露，一举手，一抬头，一投瞥，都把玉兔丰富深沉的情感世界展示得恰到好处。这恐怕既要归功于演员深厚的表演功底，也要靠导演鲍芝芳对全剧总体把握的熨帖自如。但全剧在环境造型上，似乎不够精致、考究。作为理想女性的主人公玉兔的家的设计，就不够理想。按理，像她这样一位具有高度文明修养的当代女性，既然在处理无性爱的婚姻问题上能果断地做出如此惊世骇俗的抉择，其家的布置，也应作为一种重要的荧屏造型元素为更深刻、更准确，也更形象地展示其精神境界和人格力量服务。可惜的是，荧屏上玉兔的家，造型完全无法突出玉兔的性格特点。大凡精品，重要的特征之一都是极重视荧屏造型、尤其是环境造型的艺术魅力，如荣获“飞天奖”一等奖的《走向远方》里的那条封闭破旧的小巷，荣获“1991 年中国四川国际电视节大奖”的《南行记·边寨人家的历史》里那颇具民族特色的排楼等，都在荧屏上反复出现，起到了点化题旨、丰富人物的必不可少的作用，给观众留下了难忘的印象。在造型上缺乏独特性，不能不说是导演在总体把握上的一个失误。

二、开迁徙剧之先河：《北京人在纽约》

《北京人在纽约》① 是一部由北京电视艺术中心与中国电视剧制作中心于 1993 年联合摄制的 21 集电视连续剧。本剧当年播出时的收视率开创了中国电视剧发展史上的新纪录。一部电视剧，一个晚上吸引了七八亿观众，这不仅是中国电视剧史上的奇观，而且是世界文化史上罕见的现象。因此，本剧也理所当然地引起了当时理论批评界的高度重视。然而，当本剧的轰动性社会效应已经平息，我们立足在历史的角度进行反思，必须要问的一个问题是：它获得如此之高收视率的主要原因何在？

---

①编剧：李晓明、郑晓龙、李功达、冯小刚；导演：郑晓龙、冯小刚；摄像：沈涛；主演：姜文、王姬等。

不可否认的是，《北京人在纽约》在演员表演、剧作结构及包装制作上是极为精致的，这也是它得到观众认同的一大优势。但除此之外，从观众审美心理方面考察，一个最重要的不容忽视的原因是伴随着深化改革、扩大开放的历史进程，整个社会文化心理对大洋彼岸的异国生活尤其是对客居在那里的“洋插队”同胞们的生活有着强烈的了解欲望。这是一股强大的社会文化心理需求。须知，对于当时大多数中国人来说，没有或不太有可能有机会到远隔重洋的异国他乡去实地考察一番。于是，他们自然而然地把这种欲望的实现寄托在电视荧屏上，期盼从荧屏的艺术时空里探寻答案，更何况当时社会文化中确有一种颇为流传的“美国梦”，似乎那里遍地是黄金，月亮也特别的圆。未曾去过的中国观众，当然高兴从《北京人在纽约》的王启明的人生命运中去洞察真情。镜头伸进了国人陌生的异域所产生的审美新鲜感，是这部作品收视率夺冠的主要因素。正是从这个意义上考察，这部电视剧的积极意义就在于把一个虚幻的、缥缈的“美国梦”，拉回到观众眼前的荧屏上的艺术时空里形象地加以粉碎，这对于当时的盲目出国者以及崇洋媚外者来说，无疑是一服有益的清醒剂。

王启明在美国四处碰壁混不下去，他于愤激中骂了几句并由此勾起几多思恋祖国之情。这当然也是一种应当肯定的朴素的爱国情感，但要誉之为“主义”尚有明显差距。“主义”即彻头彻尾、彻里彻外的自觉理性思维，“砍头不要紧，只要主义真”。中华民族具有优秀的爱国主义传统，从战国时期孟轲的“乐以天下，忧以天下”（《孟子·梁惠王下》）到宋代范仲淹在《岳阳楼记》中所提“先天下之忧而忧，后天下之乐而乐”，再到明朝顾炎武在《日知录·正始》中发出的“天下兴亡，匹夫有责”，等等，那情操、那气节，真可谓惊天地而泣鬼神。即便是客居异国的游子也是故国情深，那位留学日本的文人苏曼殊，便曾在致友人柳亚子的信中发出过“石龟怀海，我岂忘情”的铿锵之词。如此对照看来，身处 20 世纪八九十年代的王启明的精神境界，恐怕还是多少有愧于“主义”之称的。

但更重要的问题还在王启明这个人物的性格塑造上。对美国社会生活稍有了解的观众不难发现，随着剧情的发展，王启明及其女儿这两位主要人物的性格逻辑、情感逻辑和行为逻辑，均有不少失真之处。且不说后来的王启明的言谈举止，似乎都与他作为“音乐家”判若两人——“痞”气压倒了“文”气，就连那位在中国土地上长到 16 岁的女儿竟然也变得性格迥异于从前，对生父说出了“我跟你上床，才叫乱伦”的极端语言。在

《北京人在纽约》剧照

这里，为了追求观众审美心理的并不高雅的强烈刺激，编导不惜牺牲了生活的真实。无论如何，审美心理只是观众群体性鉴赏活动中心理上反映的产物，从认识论上看，它是第二性的东西。倘若误把这种第二性的东西当成生活源泉这种第一性的东西并作为创作的出发点，那是违背唯物论的反映论的。虽然，创作主体有时从观众审美心理的需求出发，再调动自身生活积累和情感积累，也可能逼近现实主义的成功，但这种成功主要是观众审美心理的需求与创作者的生活积累、情感积累相一致、相吻合所致，但绝不能当作艺术创作的一般规律来推广。因为当上述两者不一致不吻合时，偏离乃至违反现实主义则势所必然了。

还须指出的是，对于西方社会的形象和发展中积累的有益经验，电视剧创作虽然并不担负形象表现和反映这些有益经验的任务，但要求其对西方发达国家的市场经济和社会状况进行审美反映时尽可能全面、真实、准确并不为过。遗憾的是，《北京人在纽约》对美国市场经济状况的形象反映，显然是不够真实、准确的。这种对西方经济形态进行一种简单化的、肢解的、无序的艺术描写，对观众而言，多少有些误导。

从美学价值上考察，《北京人在纽约》更像是一部表演的艺术，而非导演的艺术。有不少段落都让人强烈地感受到主演表演个性化的浓烈程度冲淡甚至淹没了导演的总体驾驭能力。而实现表演的个性化创造，虽然是全剧获得极高收视率的重要成因，但平心而论，姜文的表演实在不过是其主演的电影《本命年》的延续，究竟在多大程度上符合角色特定的艺术家气质与身份，这就更有待讨论了。

作为一部完整的影像叙事艺术作品，形象思维的本质特征要求创作主体把反映的对象即人与生活当成整体，而不能像抽象思维那样加以肢解、条分缕析。对于影视故事片来说，导演的总体驾驭能力显得尤为重要。因为这种总体驾驭能力一旦被削弱，荧屏时空形象系列的整体反映便常常让观众得出一种简单化的非此即彼的社会结论。《北京人在纽约》便多少有这方面的缺陷。人们很容易从王启明形象的简单褒贬中得出一个简单化的结论，即出国=不爱国，不出国=爱国。这显然有悖于生活真实，又有迎合国内观众“吃不到葡萄，说葡萄酸”的心理的嫌疑。事实上，多少优秀中华儿女或出国留学，或登上国际第一流学术讲坛，或进入世界最先进的高新科技领域有所成就，为国族赢得声誉。他们的爱国主义精神，实在与王启明这个形象对“出国”的简单否定，不可等量齐观，同日而语。

三、《牵手》何以牵心？

荧屏上的《牵手》①，牵动荧屏前亿万观众的心。《牵手》牵心，因为其主题涉及千家万户，涉及人世间男女婚姻、爱情这个永恒的话题。

《牵手》与几年前曾轰动荧屏的《过把瘾》，在题旨开掘上确有某种联系。《过把瘾》之所以能赢得广大青年观众的青睐，就因为它触及了当代青年在历史转型期正在嬗变而又尚未定型的爱情观、婚姻观，以及他（她）们对人生途程上爱情、婚姻的体验和思考。但《过把瘾》基本上是把男、女主人公紧锁在家庭小圈子里斗“气”——由相识到相恋、到结婚、到离婚、再到复婚，至于彼此间有什么理想、有什么追求、有什么事业，似乎都不在镜头的视野之内。这真有点像鲁迅当年深刻地批评青年作家废名的小说时所说的那样：“笔墨总不免伸缩于描写身边琐事和小民生活之间”，“所感觉的范围却颇为狭窄，不免咀嚼着身边的小小的悲欢，而

①编剧：王海鸰；导演：杨阳；摄影：马宁；主演：蒋雯丽、吴若甫、俞飞鸿等。

且就看这小悲欢为全世界”。① 而《牵手》却绝非如此。它的高明处在于自觉地把钟锐与晓雪的爱情、婚姻生活与其所处的改革开放时代的社会生活紧密相连，从而使全剧所反映的现实的深度和广度大大超越了《过把瘾》。在这里，钟锐的公司创业与软件发明，晓雪的下岗与求职，都与两人间的爱情、婚姻变迁息息相关。唯其如此，《牵手》的认识价值与审美价值远非《过把瘾》所能相比。这事实启迪我们：人类的风花雪月、男欢女爱是艺术表现的对象，但只有当这些风花雪月、男欢女爱同人类对真、善、美的追求相联系时，这种艺术表现才具有了宝贵的认识价值和审美价值；人类的自然属性也可以成为艺术表现的对象，但只有当这种自然属性同人类的社会属性相联系时，这种艺术表现才有助于人们认识历史的本质及其发展规律，并进而获得美的享受。

记得鲁迅早在《伤逝》中，就深刻地揭示过“人必生活着，爱才有所附丽”的真理。子君与涓生的爱情、婚姻悲剧，既在于缺乏必要的物质基础，又在于婚后不懂得“爱情需要时时更新”。《牵手》多少有点像是当代的《伤逝》，但毕竟时代已经发生了翻天覆地的变化，所以《伤逝》的基调是“悲”，结局是“离”，而《牵手》的基调是“悲”中有“喜”，结局是先“离”后“合”（至少已暗示出“合”的必然趋向）。钟锐与晓雪的爱情悲欢故事，在荧屏上不仅被演绎得真实感人，而且足以促观众深长思之。

回眸新时期以来我国荧屏上关于爱情婚姻题材的电视剧创作历程，起始，作品的视点大都是描写由复杂的社会、政治、经济的外在因素造成的无爱情的婚姻给人们带来的痛苦。稍后，以小说家张洁的《爱，是不能忘记的》开始，一批电视剧作品也跟着把视点翻了过来，变成了描写和讴歌“无婚姻的爱情”。再往后，作家、艺术家又进一步把视点从爱情的精神形态转向物质形态，探索“情爱”与“性爱”的统一。荧屏上出现了像《半月沟》《难了那片情》这样的作品，直接表现“没有物质形态的性爱的婚姻也是不幸与不道德的”这样一个主题。遗憾的是，这类作品的视点，往往集中在造成婚姻没有性爱的一方执着地乃至顽强地要继续维系这种没有性爱的婚姻，而渴求性爱的一方却抵不住“第三者”的介入，坚决要求解除这种没有性爱的婚姻。于是，这类作品令多数观众陷入一种“但见尴尬，不见其美”的观赏境地，从而总是引起道德评判与美学评判的抵

①鲁迅：《鲁迅全集》第六卷，人民文学出版社2005年版，第250页。

牾和冲突。及至 1992 年《离婚前后》出现在中央电视台的荧屏上，才在表现这种“没有物质形态的性爱的婚姻的解体过程”时选择了另一种视点——让造成这种不健全婚姻的一方主动要求解除婚姻关系。于是，新意在这里产生了，美感在这里产生了。

如今的《牵手》，显然在新时期关于爱情婚姻题材的电视剧创作发展链条上又实现了一次新的飞跃。它较以往的作品在更深广、也更真实的层面上艺术地再现并深刻地揭示了当代中国普通家庭夫妻之间，包括物质形态与精神形态在内的爱情生活所面临的诸种复杂的矛盾冲突，从而极富感染力地启示观众多少从中找到自己的影子、审视自己的生活、升华自己的情操、修正自己的言行。导演杨阳说：“我希望通过这部戏，提醒人们重新审视自己在生活中所扮演的角色，是否因为感情的旁移而放弃了自己的责任，或者是否为了爱人、孩子而放弃了自己独立的人格。这些矛盾和问题，在今天的社会生活中是具有普遍性的，而分析和探讨这些问题，对于社会的发展和稳定，又具有十分积极的现实意义。”① 这，正是我们理解和阐释《牵手》的文化内蕴和精神指向的“钥匙”。

钟锐无疑是一位有才华的事业型的男子汉。他毅然与方向平分道扬镳，显示出其对事业执着追求的高尚人格与为赵公元帅所驱使的卑微人格的不可调和，令人肃然起敬。他聪慧机智但不谙世事，待人真诚而痛恶虚伪，言谈幽默但绝不油滑，事业专一而感情却一度未能专一。因此，他虽然“令王纯一见钟情，令晓雪难以割舍”，却令一些观众、尤其是女性观众在观赏前几集时一直都还难以原谅他。钟锐的艺术形象确实承载着导演所言的让观众审视自己“是否因为感情的旁移而放弃了自己的责任”的神圣使命，但钟锐“旁移的感情”，起始于对所从事的电脑软件开发事业的专一，因而忽视了对妻子、儿子的关心和照顾。这种“旁移”，晓雪不能原谅，而观众却认为可以谅解。观众不能谅解或难以谅解的是他之后接受了王纯的一见钟情，并执意不回家住宿。尤其是当晓雪两度劝儿子丁丁去睡小床“以迎接爸爸回来”时，他竟然都以“晚上要工作”为借口而离去。据说，这是有了外遇的丈夫们出于“责任心”而采取的一种必然。即使生活的真实果真如此，钟锐的这种对王纯的“感情的旁移”也破坏了多数观众对他的美感而代之以道德的谴责。加之饰演晓雪的蒋雯丽的表演愈

①杨阳：《把“难以言说”的故事说好——〈牵手〉导演阐述》，载《中国电视》1998 年第 12 期。

是投入、愈是精彩、愈是传神，则多数观众的审美情感天平就愈是倾向于她，对钟锐的道德谴责就愈强烈。这很可能是编导们的创作初衷所始料不及的。多亏王纯的明智退出，“逼”他悬崖勒马，回头是岸。王纯的“美”，不独在她对爱情的勇敢追求和选择眼光，更在她一旦发现自己得到的这种爱情是建立在对他人带来的情感伤害的基础之上时便果断地明智退出。她给人留下的美感，既有外在的、感性的，更有内在的、理性的。这是一位有着丰富情感和高度理智的当代文明女性。饰演王纯的演员俞飞鸿的表演，令人称道。尤其是她那双会说话的眼睛，把王纯精神世界的感性与理性都传达得恰到妙处。王纯退出后，钟锐才逐步认识到：除了事业成功、儿子成长之外，自己婚后越来越忽视了生存世界中另一个重要的方面——与妻子晓雪的情感交流世界。这一自省和发现，弥足珍贵，启人心智，不但丰富了钟锐形象的文化、道德、伦理意蕴，而且“找”回了之前在多数观众心目中曾失去了的美感。

如果说，钟锐形象的认识价值侧重于启示男性观众审视“是否因为感情的旁移，而放弃了自己的责任”；那么，晓雪形象的认识价值则主要在于启示女性观众审视“是否为了爱人、孩子而放弃了自己独立的人格”。正如导演杨阳所言：晓雪的爱情悲剧，源于她“一直压抑着自己，生活在由自己设计的误区当中”。因此，“她要克服的和要战胜的主要是自我”。① 在家庭生活中，她因误以为只要丈夫事业有成，自己的人生价值便可附属于丈夫，结果不仅荒废了自己的外语专业，失去了自我价值，而且在丈夫的眼中也失去了往昔的人格魅力与重要位置。多亏了下岗与求职，也多亏了钟锐一时“感情的旁移”给她的刺激，终于令她重操外语专业，发挥聪明才智，不但实现了曾被淹没掉的人生价值，而且也在钟锐眼里重现了往昔的人格魅力并“找”回了自己的重要位置。

只可惜，当晓雪与钟锐的情感复归已水到渠成、势在必行之时，编导却硬让沈五一这位老板“插”了一杠，并安排了晓雪与沈五一约定“16日去登记结婚”的情节。这当然令已在观众心目中重生美感并已对晓雪复萌深情的钟锐顿时陷入悲境，急如热锅上的蚂蚁，同时也使晓雪这位一直揪着观众的心的女性形象的美感一下子遭到不小的毁坏。这恐怕又是编导的创作初衷所始料不及的。据说，这种有毁于观众对晓雪形象的美感的情

①杨阳：《把“难以言说”的故事说好——〈牵手〉导演阐述》，载《中国电视》1998 年第 12 期。

节设计，也是不少有过婚姻失败的沉痛教训的女性的第二次婚姻往往是“胡来”的一种真实。但这种真实恐怕难以左右多数观众观赏至此已形成的审美定式。须知，不仅多数观众已经希冀经历了爱情波折的晓雪与钟锐重修旧好、花好月圆，而且就连有过婚姻失败教训的晓雪之母，也再三告诫晓雪不可与沈五一做出践行“婚约”的错误决定。（至于晓雪之妹晓冰，则更是在出国之前明言希望钟锐仍然做自己的姐夫）幸好剧情陡变，晓雪毕竟不是那种对自己第二次婚姻“胡来”的女性，她16日毁约，未与沈五一登记结婚。这开放性的结尾，预示着多数观众所期望的晓雪与钟锐的理想复合的来临……

家庭是社会的细胞。家庭折射出整个社会的风貌。《牵手》正是一部以严谨的现实主义审美方式描写中国当今普通家庭日常的、习见的爱情婚姻生活的力作。我们在荧屏上看到的，如《克莱默夫妇》《失乐园》《廊桥遗梦》《致命诱惑》《不道德交易》等一系列表现人类爱情、婚姻、家庭、伦理、道德问题的作品，也从不同的角度切入家庭生活，艺术地呈现人们复杂的情感嬗变轨迹，拨动了广大观众的心弦。而《牵手》则是一部极富中国特色的颇具社会内涵深度和人物情感浓度的这类题材的电视剧。它以贴近生活、细节真实、表演到位、故事流畅的艺术品格，赢得了广大观众的赞誉。它对于帮助人们净化灵魂、升华情感、提高素质、稳定家庭，无疑是极有裨益的。

第六节　主旋律创作的多样化呈现

一、反腐力作：《苍天在上》《英雄无悔》

《苍天在上》

反腐倡廉，是攸关党和国家命运前途和生死存亡的大事，举国关注，亿民心系。唯其如此，《苍天在上》① 以艺术家可贵的胆识，为国呐喊，代

①编剧：陆天明；导演：周寰；摄像：刘允良；主演：李鸣、廖学秋、高明、廖京生。

民立言，深刻地触及这一重大主题。它受到广大观众的瞩目，自然也就在情理之中。《苍天在上》这部电视剧绝非印证了所谓“题材决定论”，而是因为它不仅题材重大，而且人物形象塑造颇具新意，故事情节引人入胜，艺术魅力感人至深。因此，当《苍天在上》播出时又兴起了一次电视剧的收视狂潮。

说它人物形象塑造颇具新意，是指在新时期荧屏画廊里又增加了市委书记林成森、代理市长黄江北、公司女经理田曼芳以及从头至尾未出场却一直“阴”魂不散的田副省长等的“熟识的陌生人”形象。这些人物形象，绝非那些一出场便能料定其后来乃至结果的角色，而是蕴涵着鲜明的时代特色和颇为深广的社会内涵的个性化的角色，其性格的质的规定性和表象的复杂性得到了相当完美统一的艺术表现。因而，伴随着跌宕起伏乃至有时令人扑朔迷离的戏剧化情节的发展，这些人物的性格、气质、人格得到层层深入的艺术展示，反腐倡廉的深刻主题也就自然而然地得到了具有力度的揭示。全剧的思想震撼力和艺术感染力均由此而产生。

《苍天在上》剧照

论故事情节的引人入胜，《苍天在上》在同时期此类题材的电视剧中可谓首屈一指。作品以章台市女市长、公安局长相继突然死亡开场，受命于危难之际的年轻代理市长黄江北命人查处疑案，卷入重重矛盾。冲突连冲突，悬念连悬念，最后在市委书记林成森的指导与群众的支持下，终于查清了案情，并揭露出田副省长及其儿子挪用公款1400万元、贪污160余万元的重大罪行。作品以环环相扣的情节剧结构方式，不仅增强了对观众的吸引力，而且令人们在审美鉴赏直觉“惊险”之余，更进而获得一种理智上的“警觉”：贪污腐败，祸国殃民！

尽管电视剧《苍天在上》与观众见面之前，同名话剧与长篇小说已经面世，但电视剧《苍天在上》与同名话剧相比，篇幅容量更大，反映生活的深度更深，广度更广；与长篇小说相比，视听化的结果使内容、人物形象化，直接诉诸观众的视听感官，从而产生阅读文学作品所难以替代的审美魅力。尤其是荧屏上的结尾处理，我以为更加发人深省，更具艺术穿透力，是发挥电视连续剧审美优势的一部力作。

唯有缺憾的是，大概由于编剧对情节剧的戏剧化程度的追求似乎有些过分，因而在一些情节发展的环节上多少留下了人为的痕迹。至于在表演上，与演技颇为娴熟的饰演林书记的高明相比，饰演田曼芳的廖学秋在气质上似乎与特定角色差距较大，因而影响了内蕴本来深广的这一新的艺术形象的感人魅力。但瑕不掩瑜，《苍天在上》仍不失为荧屏上反腐的一部电视剧力作。

《英雄无悔》

《英雄无悔》① 是继《苍天在上》之后，又一部引起社会轰动的力作。本剧由中共广东省委宣传部、广东省公安厅、广东电视台、中央电视台于1996年联合摄制，共38集。这部电视剧内涵深广、引人入胜，不单给人以人生价值真谛的启示，还能帮助人认清当时改革现实的本质及其发展趋向，并且导人进入一种审美创造和鉴赏的崇高境界，人的情操、志趣都受到美的陶冶和净化。《英雄无悔》可谓一部反映当时社会“伟大事业”“伟大实践”和“伟大时代的精神”的一部主旋律力作。

①编剧：章小龙、马卫军；导演：贺梦凡、邓原；摄像：李平；主演：濮存昕、李婷、张力维、王玉璋。

高天形象的成功塑造，为新时期荧屏艺术画廊增添了一个崭新的“熟识的陌生人”，激越地体现了伟大时代主旋律的强音。这个形象不仅闪烁着新时期理想主义、英雄主义精神的夺目光彩，而且充满着现实生活中普通人的人情味和喜怒哀乐，真实，真诚，可敬，可信。置身于由计划经济向着市场经济转型的伟大变革时期，面对着金钱、美女、高级轿车和总经理宝座等太多的诱惑，他坚定地以人民的利益为重，经历了痛苦却慎重的抉择，毅然取崇高而弃卑微，甘愿奉献而放弃索取。重归警队后，他走上南滨市公安局局长的领导岗位，为了保卫南滨市改革开放的伟大实践，他团结干警和社会各界力量，创造性地开展工作。通过“打击抢劫金项链”“捣毁连水帮”“破获二熊”“治理外来人口”“建立戒毒所”和“整顿警风重塑警魂”等一系列卓有成效的举措，充分显现了英雄本色，实现了人生的真正价值，从而赢得了群众的信任。与此同时，作为平常凡人，他在与吴茵茵、狄美华和舒月三位各具个性的女性的情感生活中，灵魂也经历了痛苦的磨炼和洗礼，展示出他独特的人格魅力。

在高天这一人物形象的精神建构里，既继承了中华民族优秀传统中那些极富生命力的品质，如忧国忧民、敬业尽责、严己宽人、忍辱负重、尊老爱幼等等，又吸收了改革开放八面来风的世界先进文明中适合中国国情的诸多有价值的东西，两者交融、整合而形成一种具有鲜明时代特色的崭新的人生观、价值观和道德观，一种新型的思维方式、语言方式和行为方式。我们不妨将高天的形象与《新星》中的李向南形象，以及《苍天在上》中的黄江北形象，从荧屏艺术画廊人物形象塑造的历史发展角度加以考察。我们不难发现：当年的李向南形象，之所以引起人们情感的普遍共鸣，是因为他顺应了人民群众对十年浩劫带来“冤狱遍于国中”的强烈愤慨；但这个形象身上带有的浓厚的“青天意识”，却是有悖于民主与法制的历史进程的。今天我们回过头来沉思，这一点看得尤为清楚。待到《苍天在上》中的黄江北形象，其历史内涵和审美价值确实要比李向南形象丰富、厚实得多了，但黄江北身上似乎仍尚未彻底摆脱“青天意识”的影响，这只需要从林书记一句“章台市几十年才出一个黄江北”的话语中，便足见端倪。而且，在新的历史条件下，黄江北身上又多了一点不应渲染的“官本位意识”——不择手段地进“常委会”，摘掉“代理”的帽子。这也许在生活中是现实的（诚如黄江北所言，只有这样，他才能用权为民办事），但这同时也使黄江北形象在审美的崇高价值与理想光彩上，打了一些折扣。如今的高天形象，创作者的历史意识显然更加深刻了，崇高美与理想光彩也更加耀眼夺目。在这里，高天不再是如李向南那样的“包打天下”的英雄，也不再是如黄江北那样把“乌纱”看得“头等重要”，而是一位有理想、讲民主的既脚踏实地又勇于开拓的社会主义新人。

在高天的精神结构里，第一，继承了中华优秀传统文化，因而不是虚无缥缈的，而显得坚实有根；第二，摒弃了中华传统文化中那些落后愚昧的东西，因而不是在封建意识中麻木，而总是进取开拓；第三，吸取了西方文明中适合中国国情的有用东西，并与中华优秀传统文化交融、整合，因而形成了一种具有改革开放伟大时代鲜明特色的历史新质的精神形态。高天形象所内蕴的这种精深的思想认识和崇高的艺术审美价值，值得珍视，因为这是那些或囿于回归古老的传统文化、或生吞活剥地横移西方文明所塑造出来的荧屏人物形象难以企及的。这也与那种“告别革命”“淡化政治”“躲避崇高”“远离现实”“消解价值”的美学主张划清了界限。须知一个缺少英雄、缺乏崇高的民族，乃是一个没有希望并断难走向现代化的民族。尤其是当时我国处在由计划经济向市场经济转型、价值观念发生演变的重要历史时期，讴歌英雄主义和重建崇高精神，是建设社会主义精神文明极为紧迫的题中要义。唯其如此，荧屏上的高天形象才赢得了生活中广大观众的情感共鸣和齐声喝彩。这个颇具典型意义的光彩夺目的人物形象，令荧屏上那些以“玩艺术”的态度“游戏人生”、靠“新写实”手法呈现无聊生活的“新状态”塑造出来的“痞子式”“嬉戏式”的人物形象，无地自容。

在该剧中，除了高天之外，还有钟副厅长、“老材料”、王健民、许雷、方峻、区强等几代公安干警形象和舒月女医生形象，都被塑造得有声有色。这些人物，以其进取的人生共同奏响了一曲昂扬恢宏的理想主义、英雄主义的时代颂歌。

美与丑、崇高与卑下，总是相辅相成。与英雄形象形成强烈对照的，是狄美华、胡永煌的形象。这两个形象，极有新意，颇具警世作用。狄美华不是我们在荧屏上司空见惯的那种一看开头便能猜出结局的类型化的蜕化变质的企业家形象。相反，她确曾是南国改革大潮中得风气之先者。作为女总经理，为了企业的发展，她可以不惜重金主持豪华宴会，打通关节，而自己却节衣缩食、居住在相当简陋的单身宿舍里，其人格和品质不能说很差；她对高天久藏心底的一往情深，也不可谓不真。但是，正由于她理想信仰的动摇、思想文化准备的不足和法制观念的淡薄，伴随着改革的深化、竞争的加剧，在种种诱惑面前她逐渐放松自律，竟然身不由己地一步步走向了堕落犯罪的道路。这个形象的蜕变轨迹，真实可信，警策人心。而胡永煌形象问世于荧屏，可以说是我国公安题材电视剧创作的一次重要突破。敢不敢从生活的真实出发，经过艺术提炼，把像胡永煌这样的个别身居市公安局副局长高位的腐败分子搬上荧屏，以警世人？这确实需要胆识。而本剧中胡永煌形象的塑造是成功的，留给后人许多宝贵的经验。其一，作品不仅令人信服地艺术地揭示了胡永煌主观上如何在名与利的多次诱惑下逐步蜕变的复杂心路历程，而且既深且广地展现了他这种复杂心路历程赖以生存的复杂的客观社会环境。他是高天同窗“三剑客”密友之一，又屡建战功，何以会走向反面？作品对这一点的艺术表现达到了真实、准确、深刻的水准，从而从这一特定的视角揭示出当今社会生活的一种本质。其警世意义，振聋发聩。其二，正压住了邪。这不仅因为有了高天等英雄形象的成功塑造，代表着公安战线威武之师的警风警魂，而且因为有对胡永煌人生最后一幕那神来的一笔——他在正义的感召下，终于幡然悔悟，怀着极其复杂的自责心情奔赴救火现场，扑向火海。这结局，出乎观众意料之外而又确实在人物心理行为逻辑之中，以正压邪，大大加重了胡永煌形象的思想内涵和教育力度。这一形象创造的成功艺术实践证明：问题不在于能不能在荧屏上塑造胡永煌这类人物，而在于塑造得是否真实、准确、深刻，是否具有典型的认识意义和审美价值，以及是否揭示出崇高战胜卑微、正义战胜邪恶的精神价值取向和历史发展趋势。

《英雄无悔》虽为公安题材，但实际上远远超越了这一题材自身，堪称一幅全景式的南国日新月异的改革开放现实的宏伟画卷。创作者深入生活，坚持对题材资源选择要严、开掘要深、配置要佳，从而以公安战线这一特殊视角为切入点，辐射开去，全面、深刻地反映广东沿海一带，一手抓好改革开放、发展经济，一手抓好社会综合治理的真情实貌。《英雄无悔》还注重遵循长篇电视连续剧特有的审美规律，从精心结构剧本到精心拍摄每一个镜头，再到精心后期制作，做到每集集首有呼应、集中起高潮、集末留悬念，集集环环相扣，情节跌宕起伏，具有较强的吸引力和感染力，是一部较能体现长篇电视连续剧美学特征的主旋律力作。

二、时代精神与商界风云：《中国商人》《紫荆勋章》

《中国商人》

由浙江电视剧制作中心于1992年录制的15集电视连续剧《中国商人》① 是一部洋溢着强烈的时代改革精神和蕴含着颇为深沉的人生况味的力作。

本剧以跌宕起伏的情节结构和明快流畅的情绪节奏，把镜头直接对准了20世纪80年代末、90年代初中国商界发生的深刻变革及在这种变革漩涡中心的中国商人深层的精神灵魂和文化心理，讴歌改革开放和现代化建设，从而富于震撼地触动人们为深化改革、扩大开放而自觉地调整自身的精神结构和价值观念，做改革开放的促进派。应当看到，《中国商人》所选择的题材和开掘的主题具有鲜明的时代精神，与迅猛发展的改革开放现实生活是同步的。尤其是商界的改革，牵动着千家万户，锻打着整个民族的社会心理。《中国商人》以某城市大东方百货大楼、中山路百货大厦、新世纪购物中心三家国营大商场的改革和竞争作为叙事的基本框架和艺术表现对象，着力塑造具有中国特色的一代新型的以大东方总经理田雨、新世纪总经理罗维莉、农民商业城总经理辛萍萍为代表的新商人形象。这种艺术创作的见地和魄力，在当时值得称道。电视剧作为一种具有制作周期短、覆盖面广、影响力较大等优势的艺术样式，擅长迅速地反映正在发生变革的现实生活，并取得较强的社会效应。《中国商人》正是发挥了这种优势。

《中国商人》对中国商界改革风云的描绘不是图解式的，而是审美化的。无论是大东方百货大楼的改变经营方式、改革分配方案、开展夜市经营、兼并工厂乃至建股份制企业、办跨国公司等举措，还是新世纪购物中心那种善于捕捉经销信息和善于变化经销方式的改革态势，抑或是中山路百货大厦在总经理龙之江与办公室主任甘天成这对翁婿之间展开的墨守成规与求变求新的矛盾斗争，这些本来很容易使观众感到枯燥乏味的事件，一旦作为审美表现的对象，在《中国商人》里均被编导编织、处理为刻画

---

①编剧：程蔚东、陈旭明；导演：苏舟；摄像：罗凌；主演：赵静、巫刚、陶慧敏、高曙光等。

人物精神世界和文化心理的有机背景。即是说，吸引着观众审美心理的，始终是活跃于这些事件中的人的心灵深处的价值取向、道德取向和情爱取向发生的深刻变化。正是田雨、罗维莉、辛萍萍、尤佳乃至龙之江、干天成等一系列人物精神世界的变迁“心史”形成了震撼观众审美心理的强烈冲击波。人们不仅由此形象地而不是说教地感受到这三大商场的改革从改变经营方式始，发展到转换整个经营机制，再发展到彻底建立社会主义市场经济体制，这确实是伴随着日益深化的改革的符合社会运行规律的一种历史的必然；而且由此领悟出商界的改革与整个社会的全面改革密切相连，它在呼唤中国商人调整和更新自身的精神格局，更在深情地呼唤整个社会的人们都能给予理解和宽容，给予精神动力和支持。剧中“娃娃果奶赠送品尝大战”酿成的社会性悲剧，罗维莉不被丈夫方国庆理解而造成的家庭破裂，尤佳的爱而不能逼成的远走海南……这一切都以较强的艺术魅力让观众情不自禁地开启心智，领悟到改革现实带来的深沉的人生况味。这也正是《中国商人》体制开掘的深度和力度之所在。

《中国商人》的另一特色，是注重叙事。在叙事艺术性上，龙家三代的血缘关系和资深巨商龙有海向商界投资 2 亿元的意向与其寻孙（田雨）的巧妙交织，以及田雨与罗维莉的“商战”，都安排得错落有致，悬念迭起，入情入理，有条不紊。

当然，《中国商人》也还存在不尽如人意之处。这主要是：在题旨的开掘方面，似乎因为过分着意于三家商城之争与龙家三代的血缘之谜，而使本应触及的生活面和人物关系面的广阔受到了局限；罗维莉与方国庆的离婚案，虽然着墨不少，但内涵从始至终缺少层次与变化，且与商界改革又缺乏有机联系，因此多少给人以编导的主观意念使然、游离于整个艺术肌体之外的感觉。

《紫荆勋章》

《紫荆勋章》① 是导演潘小扬继《人间正道》之后创作的又一部主旋律题材佳作。潘小扬曾在 20 世纪八九十年代创作出了《巴桑和她的弟妹们》《希波克拉底誓言》《南行记》等一系列在中国电视剧艺术发展历史

①编剧：廖致楷、林西平、戴沛林、马卫军；导演：潘小扬；摄像：刘飙；主演：何政军、杨恭如、王思懿。

上占有独特位置和价值的优秀作品，每拍一部，都力求有所创新，有所前进。《紫荆勋章》自然也不例外。本剧由中央电视台电视剧制作中心、中共广州市委宣传部、广州电视台于2000年联合摄制。作为中央电视台跨世纪的重点剧目，本剧讲述了一个中资企业在香港回归前后所经历的风风雨雨、屈辱与光荣，在挫折后奋发、崛起的故事。视角新颖，意蕴深远。

之所以称这部作品为主旋律佳作，首先因为其具有新颖的美学品位，经得住美学分析。《紫荆勋章》的片头，精致而别致，伴随着那首“港味”浓郁而又颇具文化意蕴的主题歌声，剧中主要人物及其关键情节的精彩画面如行云流水，连缀成片，将观众带进荧屏营造的回归祖国前夕的香港的艺术世界。紧接着，开篇第一集，只身赴港继承遗产的“大陆妹”徐丽，中资企业“长凯”的主将李修龙、张天伟，港资企业“华隆”的董事长冯氏父女，英资公司“太平洋”老板泰勒、亨利父子，相继登场。循着徐丽寻亲和李修龙赴港报到两条平行发展的叙事链条，不露声色而有板有眼地将“长凯”与“华隆”“太平洋”三方经济关系的端倪显现出来，将李修龙与徐丽、冯家慧，以及与张天伟、冯天源、亨利的人际关系的雏形显现出来。这一切都是在头一集仅仅45分钟篇幅里从从容容地交代清楚的。因此，称此剧开篇不凡，叙事有方，节奏讲究，引人入胜，诚不为过。

正如夏衍反复强调要拍好一部电影故事片的第一本（头10分钟）一样，拍好一部长篇电视剧的第一集也至关重要。往后，围绕着竞投“天马大桥”和“香港新机场主体工程”，此剧艺术构思精巧，叙事详略得当，构图浓淡相宜，镜头的焦点始终对准人物在事件发展中心灵变化的复杂轨迹。“蒙太奇”剪辑原则在这里主要是人物与人物之间的思维与情感的交流。唯其如此，各集都能紧扣人物塑造，结构恰当紧凑；整体上又显得步步为营，环环相扣，缓疾适度，错落有致。在为数不少的同类题材电视剧中，此剧之所以能出类拔萃，表现在美学追求上，便是绝不一窝蜂地跟在某些趋时媚俗的“港味”电视剧后面东施效颦，而是力图适应代表中国先进文化前进方向的要求，去提高同类题材电视剧的文化品位和审美格调，做到既通俗又不媚俗，这点难能可贵。

其次，《紫荆勋章》不仅审美化程度较高，而且具有较深广的社会内涵，经得住历史品味与历史分析。别林斯基曾如此论述，对作品进行“历史的批评，是必要的”，“当我们的世纪有了肯定的历史倾向的时候，忽视这种批评就意味着扼杀了艺术”。① 我们的世纪，是以和平与发展为主题的世纪，是科学与艺术结缘、人类奔向现代化的世纪。中国正在以经济建设为中心，正在逐步健全市场经济体系，正在“一国两制”下努力实现祖国的统一大业。前面提到的长篇电视剧《商界》曾于20世纪80年代末，便率先艺术地展示了南国改革前沿的社会风云和人物心态，引起了人们的不同褒贬。较之《商界》，《紫荆勋章》所艺术地展示的中资企业“长凯”在香港回归祖国前的一段创业史，其历史内容和社会信息显然更新、更深、更广。尤其是对于未曾去过香港或少去香港的广大观众来说，更是耳目一新，大长见识。

当然，作为艺术鉴赏，《紫荆勋章》中新鲜的社会生活信息，主要还是通过荧屏上那些活跃于社会生活中的性格各异、血肉丰满并富有人性深度的人物形象传递出来的。此剧的主要成就，就表现在人物形象的精雕细刻上。首先是李修龙形象。这是一位在共产党教育、社会主义制度培养、人民哺育下成长起来的农家子弟，如今已成栋梁之材。他作为中资企业“长凯”的顶梁柱，虽经沉浮，屡遭诬陷，但始终不变的，是对祖国的忠诚、对事业的执着和对社会的责任。在他身上，洋溢着解放思想、实事求是的精神，紧跟时代、勇于创新的精神，知难而进、一往无前的精神，艰苦奋斗、务求实效的精神，淡泊名利、无私奉献的精神。他是活生生的人，而非干瘪瘪的神。在个人情感领域，他也曾波澜起伏。他与在农村的妻子天香的婚姻，原系为了满足年迈多病的慈母心愿，谈不上有多少精神上的相通。之后，长期分居两地，他在香港，先与徐丽、后与冯家慧的交往中，为人爱慕，其情也真，虽一直未曾越轨，但很难说其心岿然不动。然而，当天香办厂赴港推销产品玉器，遭温妮暗算，舍身抢救集体财富而身负重伤后，她临终前的肺腑之言终于沟通了与他的精神纽带，他与她才真正从心灵上相通了。无疑，李修龙形象既是一个为中华民族优秀传统文化所塑造的人，又是一个勇于投身于由计划经济体制向市场经济体制转型的历史变革大潮漩涡之中，努力吸收人类先进文明成果而加以交融、整合，并善于创造出有别于传统文化的富于时代特色的新文化的人。从这个意义上讲，他堪称当代著名的人类文化学者兰德曼先生所称颂的“既为传统文化所塑造又创造新文化的具有完整意义的人”。何政军饰演的这一角

①［俄］别林斯基：《别林斯基论文学》，上海文艺出版社1959年版，第262页。

色，把握准确，演出了人物内在的东西，在其表演艺术生涯中，实现了一次可喜可贺的飞跃。

再就是徐丽（温妮）形象。王思懿饰演的徐丽形象，大概因为演员生长在香港，对内地长大的徐丽缺少必要的体验的缘故，在头两集中的表演略显失度，终给人做作之感。但越到后来，尤其是留学归来更名为温妮后，王思懿的表演便越来越自然、越来越入木三分。这是一个极具人性深度而又极具警世意义的艺术典型。一个原本纯真可爱的内地少女，一旦坠入金钱与欲望的深渊，人性中恶的一面便无限膨胀，以致最终毁灭了自身。欲望与恐惧相伴相生，在市场经济条件下，务必遵纪守法，务必遵从道德规范；国家，既须法治，也须德治，这便是徐丽（温妮）形象给我们的启示。此外，作为李修龙形象重要陪衬的张天伟形象，与徐丽（温妮）形象形成强烈反差的冯家慧形象，以及切勿小视的天香形象，都各具新意，异彩纷呈，共同组成了《紫荆勋章》的荧屏人物形象系列。

（本章执笔：仲呈祥、张金尧等）

第六章 ∥新世纪的中国电视剧（2001—2012）

第一节　概　述

进入21世纪，在和平、发展的时代背景下，世界各种思想相互激荡，文化在综合国力竞争中的地位越来越重要。而电视媒体在人类文化传播、信息交流与艺术鉴赏中的影响力也愈加凸显。“时运交移，质文代变”，到了新世纪，电视剧无论是在数量还是质量上，都成为彪领中国文艺创作潮流的主要艺术样式。经过短短几十年的发展，电视剧就其主流而言，整体的历史品格、文化意蕴和美学品味明显提升，主题更加深刻向上，题材更加广阔丰富，风格更加多样化、个性化，形成了中华民族当代群体性文艺鉴赏活动的一道亮丽风景线。中国已经名副其实地成为世界上电视剧艺术的生产和消费大国。

这首先表现在对重大革命历史题材资源的高度珍视和最佳配置上。在新世纪的重大革命历史题材电视剧创作中，“王朝柱创作现象”已为众人注目。从《开国领袖毛泽东》《长征》《延安颂》《八路军》，到《解放》《周恩来在重庆》，再到《解放大西南》《辛亥革命》，王朝柱的作品序列几乎把20世纪中国人民的革命历史形象地、完整地搬上了荧屏，作为一部中国20世纪的荧屏形象历史，其历史与美学价值永存。自《亮剑》始，近年来革命战争题材电视剧呈现出另一路径，那就是并不将重大革命战争（战役）作为纪实性题材进行正面的再现式观照，而仅仅将其作为宏大的叙事背景，并将这一背景下的英雄演义化、戏剧化。电视剧《战北平》《保卫延安》就是这种新派风格的继续。

其次，在对现实题材，尤其是改革开放和现代化建设题材资源的深度开掘上，新世纪的电视剧创作把镜头的焦距对准人物精神世界最富理想光彩的“魂”，努力实现审美超越，引领观众提升精神境界，取得了丰硕成果。无论是《西圣地》中顶天立地的石油工人为国家、为人民坚守精神“圣地”的无私奉献精神，还是《十万人家》中“致死丝尽、百折不回”的商道情怀，抑或是《任长霞》《远山的红叶》《永远的忠诚》等作品中披肝沥胆、一心为民的精神都跃然荧屏，飞入寻常百姓家，“化”人“养”心，成为构建和谐社会的宝贵精神能源。

再次，在广采上下五千年的历史题材资源上，从谱写越王勾践“十年生计、十年教训”、忍辱负重、雪耻灭吴之历史的《卧薪尝胆》，到表现嘉靖与海瑞心灵较量史的《大明王朝》，到将清朝开国历史“心灵化、情感化”的《孝庄秘史》，再到表现晋商发展历史生活的《乔家大院》，诉说云南纳西木氏家族恩怨情仇的《木府风云》，都聚焦于以爱国爱民为核心的民族精神，浓墨重彩，史中觅诗，力求做到鉴古知今、古为今用。

新世纪以来中国电视剧创作的另一显著特色，是充分发挥这门大众化艺术的审美优势，关注现实民生民情，表现百姓喜怒哀乐，颂扬民族传统美德，创作了一批贴近生活、贴近群众、贴近实际的家庭伦理题材的优秀作品，赢得广大观众的好评。《空镜子》《结婚十年》《浪漫的事》《有泪尽情流》《半路夫妻》《婚姻保卫战》《金婚》《老大的幸福》等便是其中的代表。这些作品，与风行一时的“韩流”作品相映生辉。事实上，“韩流”作品在某种程度上可视为“中国传统儒家文化的出口转内销”，只不过，其间融入了韩国的国情民情和地域风俗。这也是人类文化交流使然。同样，中国电视剧创作理应“各美其美”又“美人之美”，并善于将本民族的“美”与适合国情的他民族之“美”两者“美美与共”，交融整合创新出具有时代特色、民族特色、地域特色的精品力作。上述作品正在这方面创造了两条宝贵经验：一是在主题上开掘，注重在宏观的审美价值取向上把握好“度”，引领民心民情，切忌趋时媚俗消极迎合，反对以视听感官生理上的快感取代艺术审美的精神美感，尤其是在涉及人类情感领域的敏感问题——如婚外情、第三者、精神出轨、未婚同居、未婚先孕、离婚再婚时，必须旗帜鲜明地做出符合社会主义道德伦理规范的艺术表现和审美评判；二是在艺术构思上，注重自觉突破鲁迅当年批评过的此类题材往往囿于家庭婆媳、姑嫂、妯娌之间“咀嚼个人身边的小悲欢，并以这小悲欢为大世界”的局限，努力把私人情感与普世大众情感、个人利益与国家民族利益联系起来，从而尽可能折射出整个社会和时代的大风貌。

新世纪以来，中国电视剧还有一个鲜明特色，就是注重自觉遵循艺术规律，以有艺术的思想性与有思想的艺术性尽可能完美的和谐统一，去增强作品的吸引力和感染力。军旅题材的电视剧创作在这方面不断取得突破，如果说，继《突出重围》之后《DA 师》《导弹旅长》《天啸》等还主要是以“观念的创新”为其艺术品格；那么，到《历史的天空》《军中最后一个马帮》《亮剑》则主要是以“个性与人性的深度”为其艺术品格了。这显然是创作遵循艺术规律不断深化、不断开拓的结果。导演杨阳的《记忆的证明》和《诺尔曼·白求恩》这两部作品在这方面的追求，值得称道。这两部作品，思想性都极强，但流贯于全剧的这种思想性之所以让人震颤，是因为其审美化艺术化程度较高，两剧虽然艺术特色突出，又都非“为艺术而艺术”所致，都承载着深刻的思想性和丰厚的人性内涵。此外，《乔家大院》在叙事上的张力与从容，《恰同学少年》在历史与现实契合上的思想发现与审美发现，《大明王朝》在剧作上人物语言的个性化与诗化，所有这些，都为作品以较高的史学、美学和文化品位去吸引、感染观众奠定了坚实的基础。

第二节　革命历史题材创作的成熟与多元走向

一、“王朝柱创作现象”：《长征》《延安颂》

人类历史的经验值得重视。重大革命历史的经验尤其值得推动历史不断前进的人民重视。而利用文艺形式再现历史或再现重大革命历史，历来是人类汲取总结历史经验或重大革命历史经验的重要方式之一。在源远流长的人类文艺发展历史长河中，一定时代往往顺势产生出彪领一定国度、一定民族在这一时代文艺创作潮流的主要文艺样式，如我国历史上有过的楚辞、汉赋、唐诗、宋词、元曲……在当代中国，新时期也曾先后出现过以《天安门诗抄》为代表的诗歌、以《于无声处》为发端的话剧、以《班主任》为先导的短篇小说、以“大墙系列”为标志的中篇小说引领文艺创作潮流的史实。伴随着先进生产力和先进文化的发展，顺应着时代和人民的呼唤，文艺自觉地与现代化的电子传媒结缘，产生出丰富多彩的电视文艺。其中，电视剧则应运而生地迅猛发展，日渐成为一门覆盖面最广、影响力最大、渗透性最强的文艺样式。它在凝聚和激励全民族、培育民族精神、提升民族素质和满足人民群众物质生活水平、提高人民日益增长的多样化的精神文化需求方面，产生着别的文艺样式难以替代的重要作用。说它已开始成为彪领当今我国文艺创作潮流的一种重要的文艺样式，实不为过。在这种重要的文艺样式中，最具中国特色、中国风格和中国气派的重大革命历史题材电视剧创作则格外引人注目。它不仅是中国当代文艺创作的重要一脉，而且也堪称全人类当代文化创造中的一道亮丽的景观，是中国人民对当代人类文化做出的独特贡献。

在新世纪的重大革命历史题材电视剧创作中，“王朝柱创作现象”已为众人注目。这位年逾古稀的作家，用十余年的时间，坚守理想信仰，操马克思主义美学观、历史观枪法，“躲进香山成一统，研读历史与春秋”“写花了一头黑发，写掉了一腔白牙”，竟一发而不可止地创作出《开国领袖毛泽东》《长征》《延安颂》《八路军》《解放》《周恩来在重庆》《解放大西南》和《辛亥革命》等总计300集长篇电视剧本力作，并与中央电视台和天津、重庆等地电视机构合作，几乎把20世纪中国人民的革命历史形象完整地搬上了荧屏。王朝柱的作品序列，作为一部中国20世纪的荧屏形象历史，其历史与美学价值永存。“王朝柱创作现象”发人深省，也给电视剧创作者以宝贵的启示。

首先，是作家的理想信仰和历史观、美学观。王朝柱信奉恩格斯所力倡的美学的历史的观点，认认真真走进历史，老老实实地感悟历史，小心翼翼地塑造好创造了历史的伟人艺术形象，从而使自己的作品真正能营造出历史伟人的精神意向，如灯塔般引领人民的精神航程。他对重大革命历史的敬畏和投入，他对历史伟人和重要历史人物的审美发现和创造，都确非常人所及，堪称当今中国重大历史题材的“首席编剧”。

其次，是作家高度的文化自觉和文化自信。他的高度的文化自觉，一是表现在自觉认清了覆盖面广、影响力大、渗透性强的长篇电视剧艺术在提高全民族精神素质和塑造高尚人格中的独特功能和地位，因而锲而不舍，掘口深井；二是表现在自觉把握并遵从长篇电视剧艺术独特的审美规律，善于吸收历史学家新鲜的史学研究成果并消融到自己审美创作思维的全过程中去，做到“大事不虚，小事不拘”，把历史真实与艺术真实和谐统一起来；三是表现在自觉地在认清功能、把握规律的基础上真正践行人民作家的社会责任和历史担当。他的高度的文化自信，一是表现在对中华民族优秀的传统文化和革命文化的永生魅力的自信上，因而如痴如醉地在重大革命历史题材这座艺术创作的富矿里采掘耕耘，不断有所发现、有所创造；二是表现在对世界优秀文化和姊妹艺术中适合中国特色长篇电视剧艺术有用的东西的借鉴活用价值的自信，因而善于在“各美其美”的基础上同时“美人之美”，并进而“美美与共”，使自己的作品不断开拓创新，既富民族精神又富时代精神；三是表现在对与时俱进的中国化的马克思主义的指导作用的自信，唯其如此，他的作品始终如一地坚持了“文化化人、艺术养心、重在引领、贵在自觉”。

“王朝柱创作现象”是当今中国文坛的一道亮丽风景线。他所创作的“20世纪中国人民革命的荧屏形象历史”将彪炳中国电视剧史册。

《长征》

长征是人类战争史上的奇迹，也是人类精神史上的绝唱。所以，长征像一块取之不尽的艺术宝藏，吸引着艺术家们的关注。可以毫不夸张地说，近半个世纪以来，在中国荧屏上，几乎对长征的每一个重要局部事件都有不同的作品加以艺术再现。但像这部长篇电视剧《长征》[①] 这样，以24集篇幅，充分发挥容量大的审美优势，全景式地全方位地完整地艺术表现长征，确未曾有过。它以成功的艺术实践，感人肺腑地在荧屏上再现了长征的真实历史，深情地“史”中觅“诗”，讴歌了创造这历史奇迹的中国工农红军精神世界中饱含的伟大诗情。它堪称是一部可望传之后代、名垂艺册的真正具有史诗品格的长征的荧屏形象教科书。

（一）气势恢宏的史诗品格

《长征》具有史诗品格的艺术建构，体现在对历史事件的真实叙述，对历史氛围的精心营造和对历史人物的生动塑造这三个层面的有机、和谐统一上。

首先，《长征》对极其错综复杂的历史事件的艺术叙述，真实清晰，详略得当，环环相扣，引人入胜，真正做到了“史”中觅“诗”。譬如，

①编剧：王朝柱；导演：金韬、唐国强；主演：唐国强、刘劲、陈道明等。

全剧从导致中国工农红军被迫放弃中央苏区并进行长征的关键一役广昌之战开篇，循着红军如何战胜国民党军队的围追堵截、如何挑战恶劣的自然环境、如何展开以毛泽东为代表的正确军事路线同以李德和博古为代表的错误军事路线的斗争，以及国民党中央与地方实力派间钩心斗角的斗争这几条线索，层层铺垫，巧妙叙事，把遵义会议召开的历史必然和历史选择以及毛泽东同志为核心的中国共产党第一代领导核心的必然，展示得水到渠成，瓜熟蒂落。历史运行中蕴含的规律和诗情被艺术地呈现出来，启人心智。

其次，《长征》在注重历史事件艺术叙述的真实性基础上，更注重精心营造特定环境的历史氛围。历史氛围是历史事件流程的时代背景的艺术呈现，是作品史诗品格赖以生存的艺术情境。《长征》剧组以长征精神拍摄《长征》，把历史氛围营造的真实性定为自觉的美学追求。走红军走过的长征路，实地实景拍摄，顶风雨，冒严寒，三上雪山草地，挑战生命极限，精心营造出真真切切的长征氛围。从服装到化妆，从表演到摄像，从录音到音乐，从人物造型到环境造型，哪怕是美工师选择的一件小小的道具，各工种各环节，都一丝不苟，务求逼真。《长征》精心营造的荧屏历史氛围在同类题材的电视剧作品中堪称一流。

再次，《长征》尤其注重对活跃于这种历史氛围之中，决定着这些历史事件发展流向的历史人物的生动塑造。这是高于历史事件、历史氛围层面的整个审美创造活动的核心。历史事件的叙述和历史氛围的营造，都是为了烘托和完成历史人物的塑造。《长征》中唐国强塑造的毛泽东形象，刘劲塑造的周恩来形象，王伍福塑造的朱德形象，各具风采，相映生辉，都有新的艺术突破，都在他们各自作为特型演员塑造革命领袖形象的艺术生涯中翻开了新的一页。而陈道明首次出演的蒋介石形象，也不同凡响，主要不靠形似而靠神似，那独具魅力的眼神活现出这位独夫民贼的阴暗心灵。

（二）光照千秋的精神火花

长征是全人类的精神财富，是人类在最为艰难困苦的环境下排除万难、挑战生命极限的典范。长征是中华民族精神和灵魂最壮丽的写照，是中国共产党人追求真理、实事求是、百折不挠、无私奉献精神最集中的体现。如果说，20 世纪中华民族的奋进精神，可以用长征精神来概括和体现的话；那么，走进新世纪的中华民族，更必须继承和发扬这种长征精神，以推动改革开放和现代化建设的宏伟大业，为人类文明做出更大的贡献，这便是荧屏上的《长征》所闪耀的光照千秋的精神火花留给我们的宝贵启示。

正如编剧王朝柱在《长征·前言》中所云：《长征》追求“大气磅礴、荡气回肠的美学品格”“重点写毛泽东高明的斗争策略、周恩来的顾全大局，以及全党、全军团结奋斗的高尚品格”。讴歌崇高的精神美，解剖丑的灵魂，以革命领袖的精神火花照亮中华民族的前进征程，以历史伟人的人格魅力升华当代观众的精神境界，这是《长征》的美学品格和精神追求。唐国强学习历史，感知历史，怀着难释的“长征情结”，倾心倾力塑造毛泽东形象。论形似，他恐不及古月；但论神似，他确更能走进领袖的心灵。他演遵义会议前身处逆境的毛泽东，坚持真理，信仰弥坚，无私无畏，力排众议，挽救了革命，挽救了党；他饰遵义会议后肩负重任的毛泽东，高屋建瓴，指点江山，运筹帷幄，用兵如神。唐国强的表演，不仅生气灌注，大处传神，而且于细微处见精神。如果说，《长征》里的毛泽东形象更集中地体现了马克思主义与中华民族优秀传统文化中“君子以自强不息”的人格相交融、整合而迸发出的耀眼的精神火花；那么，《长征》里的周恩来形象则更集中地体现了马克思主义与中华民族优秀传统文化中“君子以厚德载物”的人格相交融、整合而迸发出的灿烂的精神火花。两者相得益彰，互补生辉，显现出革命领袖伟大的人格魅力。遵义会议前的周恩来，作为“三人团”成员之一，常被卷进矛盾的漩涡，处在两难困境之中：内心并不赞成李德、博古在军事上力主的“左倾”主张而又不能不少数服从多数，违心地执行“三人团”的错误决定；虽已意识到毛泽东军事主张的正确而又无权决定采纳毛泽东的正确意见进行转移和长征；素来对同志深怀真挚的关爱而又因历史或人为的因素不能为瞿秋白等同志的去留仗义执言……清醒者的痛苦是最大的痛苦。刘劲在荧屏上把周恩来这种复杂、丰富的精神世界表现得恰到火候，入木三分：为了减少广昌战役的伤亡，他饰演的周恩来提出应听听毛泽东同志的意见；为了减轻赣南的军事压力和寻求红军突围转移的方案，他饰演的周恩来巧妙地同意毛泽东南下会昌等地考察；为了让毛泽东、张闻天、王稼祥等同志能一道随军长征，周恩来费尽心机终于说服李德、博古收回成命；待到黎平会议后，周恩来听到李德公然诬骂我党中央，他深埋心底的火山终于爆发，重拳击于桌面，怒斥李德……这一切，刘劲通过层次分明、不瘟不火的表演，情理交融，催人泪下，令顾全大局、厚德载物的周恩来形象血肉丰满地跃然荧屏。周恩来形象闪耀的精神火花和蕴含的人格魅力，正体现了鲜活、永恒的长征精神。此外，王伍福在《长征》中塑造的朱德形象，较其在其他影视作品中扮演的朱德形象，无疑在形神兼备上取得了长足的进步。《长征》中毛泽东、周恩来、朱德等革命领袖形象闪耀的灿烂精神火花，必将光照千秋，凝聚和激励全民族，在新世纪里从胜利走向新的胜利。

（三）弥足珍贵的创作经验

《长征》的创作成功，并非偶然。在此之前，这个创作团队在新中国成立周年大庆时，就创作出了长篇电视剧《开国领袖毛泽东》，赢得了高度评价。从《开国领袖毛泽东》到《长征》，他们积累了对中国电视剧具有普遍借鉴意义的弥足珍贵的创作经验。

一是注重实现创作资源的最佳配置和创作生产力诸因素（编剧、导演、演员、音乐、摄像、录音、美术、化妆、服装、道具等）的优化组合，为创作提供一个良好的文化生态环境。正是因为有中共中央文献研究室的著名党史、军史专家学者指导把关和提供丰富翔实的史料，有中央电视台组织调集的代表国家一流水平的电视剧艺术家们担纲创作，双方强强联合，优势互补，才真正实现了长征这一重大革命历史题材创作资源的深入开掘与最佳配置。而由数十年潜心于学习和研究党的历史、在重要历史人物传记创作上积累了丰富经验的作家王朝柱出任编剧，由年富力强、锐意进取又成就斐然的金韬与早就深怀“长征情结”、跃跃欲试的唐国强联合执导，以及像唐国强、刘劲、王伍福、陈道明等著名演员和著名化妆师王希钟、摄影师程生生、作曲家王云之等的加盟，通力合作，从而为创作生产力诸因素的优化组合奠定了坚实的基础。

二是主创人员必须善于学习思考，深入生活，厚积薄发，始终对自己的审美创作对象，保持一种如痴如醉、全身心投入的创作冲动和创作激情，这是保证创作成功的内在依据。王朝柱挑灯夜战写剧本；唐国强抱病三登雪山之巅、顶风冒雪拍好毛泽东过雪山的重头戏；年过古稀的著名化妆师王希钟跟完长征全过程，亲自到雪山、草地为特型演员们造型；导演金韬身先士卒，带头跳进“高处不胜寒”的冰冷河水中拍戏……这种“以长征精神拍摄《长征》”的严谨的创作态度和充沛的创作激情，值得称道。

三是充分注重发挥长篇电视剧特有的审美优势和遵从长篇电视剧的美学规范，精益求精，从戏剧结构上力求做到每集故事、人物相对集中，且集首有呼应、集中起高潮、集末留悬念，从艺术节奏上力求做到张弛有度、舒缓相间。这样，《长征》成为一部有艺术的思想与有思想的艺术相当完美地统一的、为人民大众所喜闻乐见的优秀作品。

《延安颂》

随着《开国领袖毛泽东》《中国命运的决战》《日出东方》《长征》等优秀作品的诞生，重大革命历史题材电视剧创作的历史品格和美学品格不断提升。而《延安颂》①，正是继《长征》之后，又一部历史品格和美学品格攀登上更高台阶的具有标志性意义的重要作品。

《延安颂》的标志性意义，首先体现在作品的创作思维上。《延安颂》更娴熟地吸收历史思维的新鲜成果，消融到审美创造的全过程中，自觉内

《延安颂》剧照

①编剧：王朝柱；导演：宋业明、董亚春；摄像：成生生、张超英；主演：唐国强、刘劲、郑祥、王春、郭连文。

化为艺术想象与艺术虚构的创造性思维的不竭动力。从根本上来说，一切真正意义上的创新，都必须根源于哲学层面上思维方式的创新。历史思维与审美思维，是人类把握世界和历史的两种不同方式。历史学家凭借历史思维，主要通过考据、考证、调研手段，洞见历史细部的真实，并由此揭示出科学的历史精神和历史发展走向，同时也为当代人留下了大量的历史盲区。文艺家则需要并自觉学习和汲取历史学家历史思维的科学成果，准确把握历史精神和历史发展走向，在此基础上调动自身审美思维的艺术想象与艺术虚构能力，创作出历史题材的文艺作品，去照亮大量的历史盲区，从而帮助当代人民形象地认识和把握历史，全面汲取历史营养，推动历史前进。因此，形象地说，历史思维发现了历史的骨架，审美思维充实了历史的血肉。两者各具优势，不可替代，互补生辉，相得益彰，从不同方面丰富了人类把握历史的方式。

《延安颂》正是科学的历史思维与健全的审美思维结合孕育产生的艺术精品。

譬如，第 12 集关于清算张国焘路线中毛泽东主席与时任四方面军军长许世友激烈冲突的戏，就甚为精彩。显然，基本史实是靠科学的历史思维的新鲜成果提供的；但具体的场景、人物动作和细节设计，就是靠审美思维的艺术想象和虚构来完成的。许世友由于不满对抗大“批张”扩大化，想拉队伍出去“打游击”，被关进了禁闭室，还扬言“要和姓毛的拼命!”他提出死前要“带上自己的手枪”来“面对面地”与毛泽东主席“辩论一场”。出乎众人所料的是，大度凛然的毛泽东主席“不但准许他带手枪，还允许他手枪里装子弹!”怒发冲冠、执枪冲入撤了警卫的静寂的院子的许世友，只见处变不惊的毛泽东“蹲在地上，用心地和着稀泥”，准备裹土豆烧烤款待他哩！接下去，围绕着毛泽东的“我要重新温习和稀泥的本事”这关头，双方的关系由紧张而渐变温馨。毛泽东说：“土豆不裹黄泥，一定会烤焦了；炉火烧得太旺了，就会把裹在土豆外边这层黄泥烤裂了；只有裹着黄泥的土豆放在这温热适度的火上烤，才能烤出喷香可口的土豆来。”这是多么形象、多么深刻的道理啊！毛泽东进而严肃地自省道：“由于我不会看处理问题的火候，也没教会红军指战员和稀泥的工作方法，让你许世友受委屈了!”一席话，令许世友“扑通一声双膝跪在了地上”，拱抱双手，泣不成声：“主席，我许世友这一生就跟定你了!”……这场戏，活脱脱地展示出两位伟人思想、性格和心灵的激烈碰撞，既完全尊重了历史本质的真实，又活画出伟人超凡的人格魅力。其间“和稀泥烤土豆”细节的精心设计，便属艺术家在科学把握历史精神基础上的合情合理（符合人物性格逻辑、情感逻辑和行为逻辑）的艺术虚构，真可谓妙笔生花。艺术离不开虚构，窥一斑而见全豹。《延安颂》里这样将历史思维与审美思维交融整合、互补生辉的成功范例，还不胜枚举。实践证明，艺术家对重大革命历史的审美反映，不止于历史的感知，更主要是对形象的感受，历史的感知须融入艺术感悟之中；不止于历史的判断，更主要是对形象的理解，历史的判断须融入直觉的形象体验之中。艺术家审美创造的全过程，就是通过心灵投射，靠植根于科学的历史感知和判断的艺术想象与虚构，去构建一个独特的艺术世界。

《延安颂》的标志性意义，还体现在其创作精神状态上。坚持科学的历史观和健全的审美观，迎着创作难点上，善于把握好“度”，把创作难点转化为艺术亮点。

毋庸讳言，重大革命历史题材，因其既重大又革命，因而作为审美表现的对象，基于政治的大局的现实的诸种复杂因素的考虑，必然会产生一些难于把握、难于处理的创作难点，需要我们慎之又慎。但是，面对难点有两种截然不同的态度：一种是视为“禁区”，故步自封，主张回避难点，以求“安全”；另一种是艺高人胆大，迎难而上，解放思想，实事求是地把握好“度”，努力并善于把题材难点变为作品的亮点。按前一种态度创作，难点逃避了，“安全”倒“安全”了，艺术也就随之失去了“亮点”而沦入了平庸。这不仅在思想上背离了与时俱进的理论品格，而且在审美创造实践中也违背了艺术规律。从一定意义上说，艺术创作必须与时俱进，艺术家必须勇于为自己设置障碍并善于翻越这些障碍。审美创造本质上就是这样一种以审美方式进行的一种创造性劳动。《延安颂》的成功实践，又一次雄辩地印证了艺术辩证法的伟大胜利。

《延安颂》所反映的这段历史的丰富性和复杂性，决定了这部颇具史诗品格的作品会遭遇不少的创作难点，如“张国焘问题”“王明问题”“肃反问题”“清查扩大化问题”“黄克功事件”“王实味事件”以及毛泽东同志与许世友的冲突、与贺子珍的关系……所有这些，过去长期视为创作的畏途乃至禁区。那缘由，就是倘若艺术处理不当、表现失“度”，就不仅写歪了历史，而且会伤及领袖形象和党的形象。《延安颂》直面这些创作难点，真实营造历史氛围，精心设计艺术细节，准确把握表现分寸，

——成功地靠审美创造把诸多创作难点转化为艺术作品中具有强烈吸引力和感召力的亮点。

如第19集中毛泽东主席与贺子珍分别前那场感人肺腑、催人泪下的戏——贺子珍郑重地告诉毛泽东，她决定次日离开延安去西安“动手术，做绝育，取留在身上的弹片”。毛泽东苦苦挽留，始终无效。是夜，贺子珍在油灯下，深情地为毛泽东缝补着一件破军上衣……

毛泽东站在屋中，看着贺子珍一针又一针地为自己缝补衣服，有些悲哀地说：“子珍，你真的要走了？”贺子珍边缝边微微地点了点头。毛泽东叹了口气：“早知今日，何必当初？”贺子珍：“那时，你身体不好，我走了，谁来伺候你？谁来给你当出气筒？”毛泽东本能地叫了一声：“子珍！……”贺子珍：“什么都不要说了，我一定要走。”

毛泽东木然地待了一会儿：“是啊，子珍决定了的事，谁也改变不了！十年前，你的父母反对你当红军，有的亲友不同意你和我毛泽东结合，没有用；今天，你决定离开我，看来我把心掏给你，也无法留下你。”

十年艰辛，一朝分别。一对患难与共的伟大夫妻，开始互诉赠言。

毛泽东：“今后，你就一个人闯荡人生了！我只想说这样一句话：环境变了，一定要尽快适应，遇到不顺心的事，也不要和人家发脾气。总之，要做好吃苦头的准备。”

贺子珍点点头，指着手里的衣服：“这件衣服太破了，我走了之后，如果再破了，就……不要再穿了，要小李给你换一件新的！我最放心不下的事，就是你有了病不请医生，不吃药，有时还和医生讲你不吃药的道理。”

毛泽东：“好，我改，我一定改。”

贺子珍：“听刘英大姐说，你和洛浦可能会遇到大不顺心的事！如果又回到了江西的时代……”

毛泽东：“放心，绝对不会的！”

贺子珍：“那我就真的放心了！不过，一定要注意团结，讲究斗争的策略。因为光有真理是不够的！”毛泽东深沉地点了点头……

这里，文化的冲突，性格的冲突，能否“尽快适应”新环境，即能否与时俱进的冲突，在夫妻的临别赠言中表露得淋漓尽致；夫妻兼战友间从生活上到政治上无微不至的相互观照，溢于言表。再往后，传来了爱女娇娇的哭声。毛泽东回到办公房间，在给朱德、弼时拟完一份重要电报后，又提笔深情地写下一张纸条："子珍，你别走了，算我求你了，好不好!"

毛泽东拿起这沉甸甸的纸条走进贺子珍的卧室。

贺子珍头朝里，似在熟睡。

毛泽东轻轻地把这沉甸甸的纸条放在枕边收拾好的行李上，然后精心地帮贺子珍盖好棉被，踱着脚走出卧室。少顷，贺子珍转过身来，听了听动静，泪如泉涌……

观至此，两颗革命的心和富于人性深度、情感丰富的心，跃然荧屏。人们由此获得的思想启迪、人生感受、情感陶冶和审美享受，终生难忘。《延安颂》的创作者正是靠认真学习历史、感知历史，真正做到了让延安时期的革命历史烂熟于心，让活跃于这些历史中的伟大形象跃然于心，并在此基础上坚持不是让事件左右人物而是让人物牵着事件走，一切围绕刻画人物的精神、性格、个性、情感，摆脱简单的是此非彼的单向思维束缚，从而在宏观上胸有全局，在微观上下笔有度，打通了历史与现实的通道，实现了由题材难点到作品亮点的难能可贵的审美转化。这一经验，值得珍视。

二、虚实有度地展现历史：《战北平》《保卫延安》

《战北平》

自《亮剑》始，近年来革命战争题材电视剧呈现出另一路径，那就是并不将重大革命战争（战役）作为纪实性题材进行正面的再现式观照，而仅仅将其作为宏大的叙事背景，并将这一背景下的英雄演义化、戏剧化。电视剧《战北平》① 就是这种新派风格的继续。此剧由解放军总政治部宣传部、北京市委宣传部、解放军第二炮兵政治部联合摄制，讲述的是解放战争中北平被我华北野战军重重包围后，国民党守备一军司令李昌毅与我铁山英雄团及红四连遭遇并与其斗智斗勇，最终由于在军事上处于劣势、内部的恶斗以及我党的和平解放政策——不做民族罪人、古都文化需要保护、城中两百万市民免遭涂炭等一系列的内因外因的影响下，守军不得不放下武器，北平得以和平解放的故事。此剧最大的艺术特色是"大事不虚、小事不拘"叙事手法的娴熟运用。

---

①总编剧：邵钧林；编剧：范昕；导演：胡雪桦；主演：蒲巴甲、李小璐、任程伟、张先衡、郑晓宁、侯宏澜等。

所谓革命历史题材电视连续剧的“大事不虚，小事不拘”，就是在夯实民族正确的历史观及储备了足够的这一历史观指导的历史知识的情况下，增强电视连续剧的叙事功能和娱乐功能。这是增强电视连续剧艺术性的有效手段，也是满足电视受众日益增长的鉴赏水平的需要。《战北平》的史实背景是：据守北平的国民党将领傅作义部队在人民解放战争形势迅猛发展和我地下党对他积极工作的情况下，被迫接受和平解放北平的提议，将属下的20万军队撤离，开到城外指定地点听候改编。在整体历史脉络的不改变、历史人物的功过不改变、推动这一历史发生剧变的矛盾动力（内因、外因）不改变的情况下，此片中增加了铁山英雄团团长周国华、红四连连长乔震山及其为国民党守军卖命愚忠的双胞胎弟弟乔二宝，以及国民党的女军医等等，这就是一种“大事不虚、小事不拘”的叙事手法的运用。

“大事不虚”，就是强调剧情发展的必然性。必然性就是指事物联系和发展中一定要发生的、不可避免的趋势。这就说明《战北平》中，是来自历史固有的矛盾动力赋予了此剧构建戏剧冲突的更强的艺术张力。此剧的“大事”就是在中国共产党的带领下进行人民翻身做主、推翻独裁的解放战争，是为人民打江山的正义战争，而代表官僚资本主义的蒋家王朝的覆灭是一种历史必然。这就回答了剧中国民党守军李昌毅反复追问的那句话：“我们为什么在人少的时候打不赢，在人多的时候也打不赢?”

没有正确的历史观，无论怎样挖掘人性，都显得苍白无力，而《战北平》的剧作者能够准确把握时代脉搏、顺应时代发展的必然规律，以历史“大事”激化剧中的“小事”，人物的内心省悟也就真实可信：李昌毅与解放军斗智斗勇的过程为什么会一再败下阵来？小小连长乔震山的英雄气概为什么能征服手握重兵的国民党守军司令？同时，乔震山对国民党政府日薄西山的腐败统治深感惋惜又对王经堂等人窃国窃民、心狠手辣的做法极为反感，最终不得不决裂……这一系列的戏剧化故事也就显得可以理解了。

“小事不拘”，就是强调剧情发展的偶然性。所谓偶然性是指事物联系和发展中不确定的趋势，必然性总是通过大量的偶然性表现出来，由此为自己开辟道路，没有脱离偶然性的纯粹的必然性。深入《战北平》，此剧许多情节在呈现由历史决定了的“大事”的过程中又充满了一种戏剧化、演义化的偶然性，偶然性无非在“巧”字上做足文章：如乔震山救下了国民党女军医、女军医治好了乔震山的团长、解放军团长是国民党守军司令的同学、女军医却是守军司令的女儿、守军司令的秘书乔二宝恰巧是乔震山的双胞胎弟弟……人物关系的巧合改变了人物的行动，人物行动的变化推动着矛盾的营造与悬念的“解扣”。这一系列的令人欲罢不能的故事是观众接受的最为直接的影像化物质成果，一番深度阅读，顿觉妙趣横生。

当然，要做到“大事不虚，小事不拘”诚非易事。此片拿捏得当，“大事不虚”而不说教，“小事不拘”而不神侃，营造冲突而无斧凿之痕，“角色匀妥而不揑搓历史人物”。这种娴熟技巧运用的前提是创作者必须学习历史，感知历史，深通历史运行的规律，把握科学的历史意识。这样，创作者才可能把自己把握的科学的历史意识渗透到审美创作思维的全过程中去，站在今天时代的思维高度，发现历史与艺术相结合的契机及其内蕴的智慧，从而加以戏剧化的“不拘”，给今天的观众以历史的启迪与美的享受。这就是《战北平》的严肃历史的艺术价值和具有范式意义的艺术的历史价值。

电视具有为后世“存信史”的功能，而夯实民族正确的历史观及储备足够的这一历史观指导的历史知识是一个长期的过程，如果这长期的过程中出现大量的具有演义甚至“戏说”性质的影视作品，就有改变历史史实、混淆历史功过甚至消减历史经验之虞。“大事”为体，“小事”为用，可以说，《战北平》的成功经验是对当时一些历史题材“戏说”剧的有力匡正。

《保卫延安》

《保卫延安》① 是由中央电视台文艺中心影视部、中共陕西省委宣传部、西部电影集团、陕西电视台等单位联合摄制的28集电视连续剧。此剧思想出自历史，艺术来源于生活，又是一部重大革命历史题材佳作。

《保卫延安》电视剧改编自杜鹏程同名长篇小说，而这部小说则是当代文学史上一部正面描写解放战争的“英雄史诗”。同《亮剑》《战北平》等剧一样，电视连续剧《保卫延安》的创作人员同样遵循着“大事不虚，小事不拘”的创作原则，但更注重运用原著已有的历史高度和厚度，重演

---

①编剧：王元平、刘嘉军、王东升；导演：万盛华；主演：唐国强、耿乐、潘雨辰、姚居德等。

绎，轻演义，在纪实与演义之间虚实有度，自有高格。

演绎，是指从普遍结论或一般性事理推导出个别性结论的论证方法。而所谓此剧重演绎，就是如原著一样，具有对历史的扎实研究和严肃思考，并且有了一般性事理和普遍性结论，那就是解放战争，是正义战争，而蒋家王朝的覆灭是一种历史必然。此剧就在这样的历史高度，来推导出“保卫陕北、保卫延安、保卫党中央、保卫毛主席”这一战争个案的必然结果，那就是在青化砭、羊马河、蟠龙镇数次战役中，主力纵队的一个营由于决策英明、指挥正确、英勇善战、人民支援，往往能与数百倍于自己的敌人周旋，在残酷惨烈的“一片土地一片血”的战争中，从一个胜利走向另一个胜利，最终与主力部队打垮胡宗南的“围剿”。这样，此剧思想出自历史，将“澎湃的激情、浓郁的诗情和深刻的哲理”高度结合，描绘出一幅真实、壮丽的人民战争的历史画卷。

演义，《辞海》揭示为“敷陈义理而加以引申”。而此剧轻演义，就是运用真切的来自战争生活而不是游离于战争生活之外艺术地反映战争生活而不是刻意营造“自然主义”“淡化思想”的作品来反映战争、思考战争。这是对一些背离唯物史观的引领而一味迎合市场低级趣味，随意“戏说”剧的有力的匡正。当下有一些演义化的战争题材电视剧在“大事不虚，小事不拘”的创作原则指导下，在夯实民族正确的历史观及储备了足够的这一历史观指导的历史知识的情况下，固然能增强电视连续剧的叙事功能和艺术魅力，但这个夯实和储备的过程是一个长期的过程，如果没有把握好“不拘”的度，就会有改编历史史实、混淆历史功过、颠覆历史经验之虞。

此剧的编剧技巧也为此类作品提供了可资借鉴的宝贵经验。关于改编，剧作家魏明伦有一段精辟论述：“凡是改编，都得再创造，但再创造的幅度或大或小，效果或好或坏，就要看原著情况怎么样，改编者的胆识如何了。无胆无识的改编，必是照搬原著，搬又搬不完，流汤滴水，反而遗漏精华。有胆无识的改编吃不透原著精神，为改而改，横涂竖抹，增删皆误。有识无胆的改编，明知因地制宜道理，刚举大刀阔斧，复又慑于名著声望，不敢越过雷池。有胆有识的改编，熟谙原著得失，深知体裁之别，调动自家生活积累丰富原著，敢于再创造，善于再创造……”而电视连续剧《保卫延安》吃透了原著精神，“敢于再创造，善于再创造”。

首先，运用视听语言的表达优势，将原著中大量的“意蕴”“联想”“抽象”的文字表达进行了与之对应的“再现”“直观”“具象”的艺术表达。如原著中关于“刘胡兰保守党的秘密，保卫12名伤员”而被敌人铡下头颅的英雄故事几无着墨，而电视连续剧中则是采用这样的镜头：任弼时向毛泽东报告，当说到“她还是一个孩子……”时，作为革命领袖的毛泽东，轻轻地、轻轻地摆摆手，满含热泪地疾书：“生的伟大，死的光荣!”此时音乐大作，画面硝烟弥漫，而人物基本没有对白。可以说，此处运用视听语言特有的艺术表达手段，完全达到了“于无声处听惊雷”的艺术效果。

其次，此剧“有胆有识”，对原著中情节和语言进行了合理的再创造。原著中将关于党中央、毛主席的决策过程做了“暗场处理”，将彭德怀的具体部署和指挥进行了“明场处理”，而此剧对决策过程也大胆着墨几近皴染，对人物语言的对白几乎全做了富有时代特色易于受众接受的再创造，这样使电视剧中的战术逻辑更加明晰，场面表达更加大气磅礴，人物性格走向和语言表达更真实可信。更为重要的启示是，电视剧《保卫延安》之所以能吸引人、鼓舞人，很大程度得益于原著已有的思想深度和艺术高度，而这又有赖于小说家杜鹏程丰富真切的战斗生活经历。新中国成立前杜鹏程在农村、工厂、部队的生活经历，为他后来的创作提供了丰富的生活经验与素材，奠定了扎实的思想基础与写作基础。只有在丰富的生活中经历的作者，才能在千百万个生活形象中锤炼出诸如剧中周大勇的艺术形象；只有在丰富的生活中思考的作者，才能把握好历史的必然规律，并在艺术作品中用历史的“大事”激活艺术作品中的“小事”。思想出自历史，艺术来源于生活，只有贴近生活的作者才能创作出诸如电视剧《保卫延安》这样的虚实有度、自成高格的艺术作品。

三、历史的多维反思：《记忆的证明》《走向共和》

《记忆的证明》

《记忆的证明》① 是一部以长期尘封的真实的严酷的历史史实为创作源泉拍摄的电视剧。全剧描写在第二次世界大战期间，一批中国战俘和劳工被日军强迫押往仓津岛修筑日军工程。一方面，日军把他们视为战利品和

①编剧：徐广顺、杨梓鹤、范昕、刘淑杰、黄仁；导演：杨阳；摄像：白玮辉、李海东、林伯仁；主演：段奕宏、裴秀彬、李光洁、矢野浩二、武藤美信、王伟光等。

奴隶，在他们背上烙印编号，拿男战俘当靶子练刺杀，命女劳工为日军官“洗脚”，给他们肉体和精神的双重屈辱，完全剥夺了他们做人的权利和尊严；另一方面，他们在原为八路军连长、因受伤才被俘的萧汉生和原为十九路军团长、为救士兵才当了俘虏的周尚文的引领下，为捍卫中华民族的民族尊严和人类的生命尊严抗争、罢工、偷炸药，直至集体暴动，最后几乎全部战死。荧屏上，侵略战争中的摧残民族尊严、维护人性尊严的激烈冲突悬念迭起，扣人心弦。

关于二战题材的电影电视剧为数不少，而如《记忆的证明》一般能强烈地直击观众心灵，引发观众从历史的记忆中反思现实的作品却并不多。《记忆的证明》究竟证明了什么？

首先，它成功地以审美方式在荧屏上呈现出一幅幅真实、严酷的历史画卷，雄辩地证明了一个国家、一个民族，付出了3500万人的生命代价的历史记忆永远是刻骨铭心的，无论是时光的流逝还是人为的抹杀，它都要顽强地从历史深处呈现出来，直击当代人的心灵，唤起良知，引发反思。这关系到中华民族的民族精神、民族尊严、民族忧患意识的继承和发扬。当今，国家与国家、民族与民族之间的竞争和较量，文化力是竞争的重要因素。君不见非洲一些早就独立的国家为什么至今仍贫穷落后、挨打受气，是因为根本上缺乏文化力；而德国、日本作为二战的战败国，当时已被战争耗尽，但因其民族的文化力，如今又成为发达国家。这个事实，启示我们必须高度重视文化力。中华民族历史上的西汉盛世、大唐盛世和康雍乾盛世这三大盛世也都证明文化力的核心是民族精神、民族尊严和民族忧患意识。《记忆的证明》自觉坚持以人为本，用民族精神、民族尊严和民族忧患意识至高无上的当代先进文化来审视、表现历史，对现实激情叩问，对忘却有力撞击，以艺术锻造中华民族强大的文化力，堪称功不可没。

其次，题材很重要，但题材并不是决定一切的。要把如此严肃的题材拍摄得具有强烈的思想震撼力，创作者必须掌握当代先进的历史观。《记忆的证明》证明，编导在唯物史观指引下，自觉吸收当代人类新鲜的思维成果，对二战的反思达到了新的时代高度。

一是自觉匡正了二元对立的是此非彼的单向思维，力求全面、辩证地把握历史和人物。周尚文是劳工大队长，萧汉生是副大队长，两人分属国民党和共产党。编导没有简单化地是此非彼，而是入情入理地描写他们视民族尊严为第一生命的共性，展示他们不同的斗争策略和彼此间的误会和冲突。萧汉生看穿了日军阴谋，主张以血还血，组织暴动；周尚文却对冈田存有幻想，主张靠忍耐等待国际红十字会的救援。两人相互指责。但当他们获悉日军将于工程竣工后即杀死全部中国战俘和劳工的密电后，立即无条件团结抗日，以身报国。周尚文抱重病嘱十九路军战俘全部听从萧汉生的指挥，自己割腕自杀以挫败日军想用麻痹神经哄他口供的阴谋，并为暴动赢得时间；萧汉生则奋不顾身，率众暴动，炸毁日军工程，并血战到底。萧汉生的自强不息和周尚文的厚德载物都被推向了极致。中华民族精神和人性中的坚韧和博大跃然荧屏，感人至深。

二是对侵略战争毁灭人性的揭露和对人性深度的艺术展示上，既不一味呈现血腥暴力的恐惧场面，又不回避、掩饰战争的严酷，既不把人性抽象化、先天化，又不一味赶人性扭曲变态的时髦潮流，而是在严酷的生存和斗争环境中去开掘人物身上人性的丰富内涵和发展变化。譬如曾在老家当过土匪的劳工中的“另类”刘家正。他身上确曾有过“匪气”，在劳工中耍横称霸，甚至想对被迫女扮男装的本是医院护士的劳工闪红石施暴。但严酷的斗争环境是人性的炼狱。因为他与日军也有血海深仇，当红石将他与鬼子并列痛斥后，他羞愧难当，自责“混蛋”，其人性得到了净化。最后，为了保守暴动机密，他遭日军严刑拷打，始终坚贞不屈，并夺刀刺杀4名鬼子，就义前还大喊“老子没亏本！”中华男儿血气方刚的人性深度在此表现得淋漓尽致。

再次，与先进的历史观密切相连的，是先进的美学观。《记忆的证明》又证明要使在先进的历史观引领下的深刻的思想发现在作品中具有强烈的艺术感染力，创作者就必须要有美学精神的支撑。杨阳说得好，她之所以历时三载，锲而不舍地要拍好《记忆的证明》，除了艺术工作者应有的责任感、使命感之外，便是她在美学追求上力求达到有力量、有美感的真实。如《记忆的证明》中的历史真实，是残酷的，但这种残酷的真实背后，是民族精神、民族尊严和民族忧患意识的强化和张扬，是侵略者反人性、反人道的丑恶嘴脸的大暴露，因而是有力量、生美感的。相反，某些在“造梦”“写真”美学观点指引下的“娱乐片”“搞笑片”里，往往展示出一种世俗生活碎片的近乎无聊的真实。这种无聊的真实，消解人的理想信念，伤害人的智力情商，降低人的人文涵养，败坏人的伦理道德修养，所以只能给人的视听感觉带来刺激感，而根本就不能产生真正的美感。

《记忆的证明》由中、日、韩三国演员联袂出演，显示出导演可贵的人类意识、世界眼光和博大胸怀。《记忆的证明》又证明善于吸纳中外审美思维的新鲜成果是艺术创作上不断勇攀高峰的必要条件。如今，电视剧凭借着现代化电子传媒的优势，以其覆盖面之广、受众之多，已经在当今中国经济建设和满足人民群众日益增长的多样化文化需求中起着其他文艺形式难以替代的重要作用。那么，当今的中国电视剧创作是否都像《记忆的证明》那样，自觉吸纳了当今中外审美思维的新鲜成果呢？由此可见，《记忆的证明》所证明的经验值得珍视。

《走向共和》

2003 年，历时三年、投资数千万元的鸿篇巨制——长篇电视剧《走向共和》[①] 终于问世。该剧第一次以史诗般的艺术笔触全景式地展现了中华民族推翻帝制、走向共和这一波澜壮阔的艰难历程。在人文观照和历史观照的全新视点下，孙中山、李鸿章、袁世凯等众多历史人物被艺术地鲜活地还原，甲午海战、戊戌变法、立宪新政等重大历史事件被审美地生动地再现。

该剧编导和主创人员在审美创作的思维方式上大胆创新——摒弃传统的习惯的非此即彼、是此非彼的简单化的思维模式，吸取历史学界近年来新鲜的史料发现和科研成果，采用在唯物史观指引下的崭新的、全面的、辩证的、发展的思维方式，去艺术地塑造和再现历史人物。这种在审美创造的全过程中自觉贯注的思维方式上的创新，是整个艺术创新的核心，也是导引《走向共和》在整体上实现艺术创新的核心。

马克思主义历来认为：历史是按照各种政治派别力量的合力的方向运行的。各派政治力量恰如平行四边形的一个边，历史是按照这种平行四边形的对角线方向运行的。清末民初是一个尴尬的时代，前不挨村，后不着店，上穷碧落下黄泉，两处茫茫皆不见。而这又是一个热闹的时代，在西方文明的强烈冲击下，各种人物、各种思潮你方唱罢我登场。这是继春秋战国以来中国历史上又一次罕见的百家争鸣的时代，又是我国近代史上政治、经济、文化、社会最剧烈、最全面、最深刻的转型时期。这段历史离我们很近却又很远。我们大家都知道一点，却又只是一知半解。史实扑朔

---

①编剧：盛和煜、张建伟；导演：张黎；主演：马少骅、石佳丽、孙淳、王冰、李光洁、吕中等。

迷离，专家几无定论。而在传统的习惯的非此即彼、是此非彼的思维定式影响下，李鸿章——“卖国贼”，袁世凯——“窃国大盗”，慈禧——“阴险狠毒、迷恋权术”，这样的观念已经被深深植入一般人的脑海中。可是在《走向共和》中，这些重要的历史人物不再是一眼望穿的单一的可憎的反面人物，他们以更逼近历史真实的、复杂的、变化着的、令人惊奇的姿态隆重登上了荧屏。自然，这里确有在《马关条约》《辛丑条约》等丧权辱国的不平等条约上代表清政府签字的李鸿章，也确有作为那个时代的一位出色的政治家、外交家，为国事为“洋务”提出“外须和戎，内须变法”而殚精竭虑的重臣李鸿章；确有玩权术、善投机、泡妓院的袁世凯，也确有精明干练、务实求变的袁世凯；确有狠毒专权的慈禧，也确有为大清天下谋强盛的慈禧……

其实，不仅如此，包括康有为、梁启超、孙中山等一系列重要的历史人物，《走向共和》都是以一种全新的力求全面、辩证、发展的思维方式加以思想发现和艺术再现的。无论是以李鸿章为代表的“洋务派”，还是以康有为为代表的“维新派”，抑或是以孙中山为代表的革命的“共和派”，他们作为历史运行中的一种政治派别，都既有其历史的贡献，也有其历史的局限。当然，这贡献与局限确有大小之别。历史是一步一步发展过来的，“走向共和”是一个台阶一个台阶完成的。我们理应把历史人物放到“一定的历史范围里”实事求是地加以评价并予以全面、辩证、发展的审美反映，这样“善待先人”，是其所是，非其所非，才能帮助人们更科学地认识历史、把握历史精神、提高历史素养。否则，如果袁世凯在荧屏上仍是个似曾相识的一眼望穿的“窃国大盗”，那人们倒可以反问一句：孙中山先生作为20世纪中国的第一个伟人，难道他竟然会不顾国家利益和“共和”理想而把总统的宝座让给这么一个“窃国大盗”吗？这在逻辑上无论如何是讲不通的。事实上，当时的袁世凯有国际背景的支持，有他的“洋务”实绩和实力，也有他巧于伪装的奸诈一面，所有这些复杂因素，才铸就孙中山先生做出了让位的决定。《走向共和》艺术地再现了历史人物的复杂性和历史进程的复杂性，这种“艰难的突破”是极为可贵的。

当然，《走向共和》采用这种全新的更全面、更辩证、更发展的思维方式来艺术塑造重要的历史人物，彻底摒弃了过去“好人就绝对的好、坏人就绝对的坏”的单向思维的脸谱化模式，是建立在科学的历史观与先进的美学观基石上的。这部戏的创作者们以一种极其严谨的态度认真地学习历史、研究历史、感知历史，及时地汲取了历史学界特别是清史研究的新鲜思维成果，并且把这些新鲜思维成果消融到剧本审美创作的全过程中，从而较准确地把握了历史精神和历史人物的基本脉络。在人文视角和历史视角相统一的全面观照下，历史地、审美地创造历史人物形象。准确的历史人物定位和历史框架，为该剧的成功奠定了扎实的基础。“大事不虚，小事不拘”是这部作品严格遵循的创作原则。

所谓“大事不虚”，就是要在唯物史观的烛照下，忠实于“走向共和”的历史进程中的重要历史事件（如甲午战争、戊戌变法、立宪新政一直到辛亥革命等）的历史真实，准确地、艺术地传达出这些历史事件中蕴含的深刻的历史精神；所谓“小事不拘”，就是要在现代美学观的导引下，忠实于电视剧艺术创作的独特规律，按照活跃于上述重要历史事件中的、决定着历史发展走向的重要历史人物的思维逻辑、行为逻辑、性格逻辑和情感逻辑，展开艺术虚构和艺术想象的翅膀，做到“不必实有，但是会有”（如康有为是否真在万木草堂与孙中山“舌辩”过，孙中山剪辫子的具体时间、地点是否真如剧中所表现的那样）。在这里，“大事不虚”（科学的历史观）与“小事不拘”（先进的美学观）不仅不能相互取代，而且是和谐统一、互补生辉的。

黑格尔在《美学》这部名著中有句名言，说历史剧作家应当“徘徊于虚构与真实之间”①。恩格斯在《致斐·拉萨尔》中也说过，他评价文艺作品的“最高的标准”是“美学观点和历史观点”②。无独有偶，绝非巧合，他们都把属于艺术范畴的东西（虚构与美学观点）放在前面，因为在他们看来，艺术创作和艺术批评，美学把握和美学分析是第一位的。离开了美学把握的创作，必然是概念化的；经不住美学分析的作品，必然是公式化的。唯其如此，郭沫若作为一代大历史学家和大历史剧作家，既写出过在学界影响深远的《十批判书》，又创作过一大批优秀的历史剧目，如《屈原》《虎符》等。在他几十年的治学和创作生涯中，深谙历史与历史剧创作在思维方式上的本质不同，从而得出了宝贵的经验——“历史研究是‘实事求是’，史剧创作是‘失事求似’”，历史学家是发现历史，而历史剧作家是发展历史的精神。剧作家的任务是在把握历史精神，而不必为具

①黑格尔：《美学》第一卷，商务印书馆1979年版，第353页。

②马克思、恩格斯：《马克思恩格斯选集》第四卷，人民出版社1972年版，第347页。

体的历史史实所束缚，写剧本不是在考古和研究历史。比如郭沫若最有名的《屈原》这个历史剧，有一些重要情节就是跟历史不一致的。以此观《走向共和》，创作者从总体上坚持了科学的唯物史观和先进的现代美学观，坚持了“大事不虚，小事不拘”的创作原则。正如中国社会科学院近代史研究所研究员马勇先生所言，该剧“从长远的观点看，也比较准确地把握了这段历史的大框架，重大事件基本上真实可信，相对说来比较真实地再现了几代中国人对民主共和的艰辛追求，与研究者感觉中的这段历史大体相吻合”。而该所的另一位研究员雷颐先生则更称《走向共和》“有意识汲取了学术界的研究成果，标志着新的学术观点在20年之后终于对学术圈外产生影响，可说是艰难的突破，意义不菲”。它的播出，“很可能会产生更加热烈的讨论。讨论、争论，对文化的发展、观念的变革，总是有益的”。一部长达59集的长篇电视剧，能得到近代史专家如此中肯的评价，殊为不易。

当然《走向共和》也并非已臻完美。恰恰相反，它尚存的不足是明显的。比如对广大人民群众在“走向共和”这一历史进程中的努力与奋斗表现欠缺；对李鸿章、袁世凯等历史人物的严重的历史局限一面审美批判意识不足等等。这些，都应该通过充分说理的实事求是的评论和讨论来深化认识，提高创作水平和鉴赏水平。但有些评论把《走向共和》与《雍正王朝》《康熙王朝》《天下粮仓》等严肃的历史题材创作作品捆在一起加以批判，说这些作品“明明‘戏说’的成分不少，真实的历史多处被不严肃地遮蔽或篡改，但由于打着‘正剧’的招牌，精雕细刻，巧于包装，以致使得一些国人产生了时空倒错之感”。这些失之简单、草率的评论未从作品的整体实际出发，无视了创作者在思维方式上的有益探索和创新，抹杀了历史思维与艺术思维的区别和界限，否定了必要的艺术虚构与艺术想象。

于严肃中求创新的历史正剧创作需要健康、宽容的鉴赏环境，因为这样的人文心态才能促进电视剧创作的繁荣，尤其是对于像《走向共和》这样的志在突破和创新的作品。我们过去学习历史，主要是通过书籍文化，通过读二十四史，但是现在的青少年大量的是从荧屏、银幕上去了解历史。在这样的国情条件下，如何利用这种现代化的大众艺术，去传播一种正确的历史观，通过艺术鉴赏的方式去提高民众的历史素养，就成了一件非常重要的事情。须知，一个不懂得自己民族历史的民族，乃是一个没有希望的民族。因此，在中国电视剧的创作里面，历史题材的创作就成为重要的一脉。正是历史剧身上所肩负的“布道”之职，让人们不知不觉中产生了一种将历史剧等同于历史本身的错误认识，以为历史剧就该是历史本身。上述抹杀了历史思维与艺术思维的区别和界限的评论，其源盖出于此。

新时期以来，中国电视剧发展史上出现过几部具有标志性意义的清史剧。1986 年的《努尔哈赤》是第一部。这是电视剧创作者们第一次把眼光投向了“马背上的第一个皇帝”。努尔哈赤带领女真民族从弱小走向强盛，在当时正好契合了走出十年浩劫的现实生活的人们希望国家走向强盛的心理需求。这部戏不仅展现了努尔哈赤作为一代天骄统一中国的宏图大志，更揭示了一个政治家与兄弟、妻妾、子女等多方面关系中透示出的人性的一面，既具史识，又有诗情。《雍正王朝》用一种大气的眼光打通历史与现实的通道，它的出现刚好契合了民众对于勤政廉政的呼唤，着眼“国策”之“策”，显得大气。《康熙王朝》与之相比，缺乏大气，因为它更着眼于对“权术”之“术”的展示。《走向共和》则彻底运用了一种唯物史观，全面地、辩证地、审美地塑造了众多人物形象。《雍正王朝》为了突出雍正的勤政、廉政，而有意无意地遮隐了其恶的一面，如“文字狱”。但是《走向共和》则显得更为成熟、更为全面。它在审美地把握历史上实现的思维方式上的创新，具有极其重要的普遍意义，值得珍视。

总之，《走向共和》是一部有思想的艺术与有艺术的思想较和谐统一的、具有吸引力和感召力的作品。这种吸引力和感召力是有指向性的，它把受众“吸引”和“感召”到作品的历史品位和美学品位上；而不是一般意义上的因人而异，受制于受众不同的人生阅历、文化修养和审美情趣的“观赏性”。这种吸引力和感召力有助于观众加深对历史与现实的认识。

四、追忆崇高青春岁月：《恰同学少年》《我们的法兰西岁月》

《恰同学少年》

从 1978 年毛泽东形象首次在银幕上出现，三十余年来，有关毛泽东的影视作品不计其数，而《恰同学少年》① 所截取的片段——毛泽东在长沙的五年读书生涯——恰恰填补了毛泽东形象塑造的空白。这五年对于历史

①编剧：黄晖；导演：龚若飞、嘉娜·沙哈提；主演：谷智鑫、徐亮、钱枫、钱芳、陈锐、范近轮等。

层面的毛泽东来说是思想转变、性格形成的探索期，就艺术形象而言，又是以往作品鲜为涉及的一个阶段，这便留给了创作者很大的发挥空间。

《恰同学少年》中的毛泽东形象，其特色在于青春逼人的偶像特质和阳刚粗犷的个性特征。值得一提的是，作品同时也赋予了毛泽东一些颇具“现代”特征的性格缺陷。如帮萧氏兄弟代考时表现出来的草率，与袁吉六老师冲撞中所体现出的自负，以及“驱张运动”中所表现的莽撞等。

从传播角度来说，“不完美”的英雄形象便于观众对角色的认同。但更重要的是，本剧的创作者无论是在性格定位还是在植入性格缺陷时，都不是凭空虚构的。《恰同学少年》的叙事时空，置于毛泽东一生中，是他求学、成长的阶段，他所处的是被教育与被“驯化”的角色。在这个阶段他思想、性格上的缺陷是必然存在的。在性格定位上，剧作中的青年毛泽东是与其历史形象互为对应的。年轻时的义气、莽撞、自负，经过世事艰难的打磨和年岁的沉淀，演变成了“改造中国，改造世界”的担当、胆识和坚韧。这种逻辑上的勾连与对应不仅增加了文本的可信程度，还激活观众对毛泽东的“集体记忆”，使得叙事空间在观众的阅读过程中得到了进一步的拓展。

《恰同学少年》剧照

在《恰同学少年》创作谈中，本剧出品人欧阳常林表示，此剧在创作中放弃了“大话”“戏说”，对相关史实采用的是“现实主义”的处理手法，即还原回归历史。然而，亚里士多德在《形而上学》与《诗学》中，就已经区分了两种类型的话语：谈论世界，有参照意义的话语（例如哲学、历史）和非参照意义的话语。亚里士多德用后一种类型来定义虚构的故事甚至整个文学（其中包含了具有参照性质的话语，如游记或自传）①，即文学文本与历史文本从本质上是互异的。从受众角度来说，现代观众也不会将虚构的影像文本认同为史实。为了使文本中的人物获得“历史”一般的可信度和力量，剧作对史实进行了“仿真性”的回归，在吸引观众的同时消除了观众的疑虑，消弭了虚构文本与历史叙事之间的界限。

平移：《恰同学少年》所塑造的人物大多是真实存在的历史人物。不仅主角是毛泽东、蔡和森、向警予等在历史上鼎鼎有名的人物，就连配角张昆弟、何叔衡、罗学瓒等也均是历史上举足轻重的人物。剧作叙事中也还原了如“湘江三友”“毛孔师生情”等大量史实。但在对这些人物和史实进行呈现时，创作者以毛泽东的人生线索为基准对大量历史素材进行了平移。如毛泽东与孔昭绶之间的师生情应当发生在 1916 年，剧中则把时间提前到毛泽东入学的第一年 1913 年。历史上萧子升并非与毛泽东同届；蔡和森与向警予之间的恋情也并不发生在 1913 至 1918 年间。史实的平移增强了固定时空中叙事的戏剧性，有利于中心形象的树立，在增强可信程度的同时维持了观众的热情和兴趣。

找寻：剧作在对历史复原时，不仅注重对“大写历史”的对照，还使用了大量的趣闻、逸事和历史细节。如 1915 年的“驱张运动”，青年毛泽东署名二十八画生的征友启事，以及他 1917 年带领 200 名学生军守长沙空城的事迹等。这些被人当作笑谈、被人忽略的“小写历史”不仅天然具有传奇特色，且具有极大的发挥空间。创作者搜集此类素材并对其进行重新组合、编码，小处着力，使毛泽东的形象在真实的基础上更加丰满、个性。

虚构：虽然《恰同学少年》注重对历史的复原，但历史文本与影像文本终究是两种不同性质的文本，剧作不可能也不应当成为历史的“影印本”。本剧为了增强剧作的真实感，在虚构情节中采用了大量历史细节，

---

①［法］蒂费纳·萨莫瓦约：《互文性研究》，天津人民出版社 2003 年版，第 93 页。

虚中有实。如剧作为了表现在这五年学习生涯中毛泽东的性格转变，特别设置了毛泽东与国文教员袁吉六之间的冲突，这便与历史上袁吉六与毛泽东之间深厚的师生情遥相呼应。而青年毛泽东与陶斯咏之间的朦胧恋情，也并非子虚乌有。历史上毛泽东与陶斯咏之间确实有很亲密的私交，而剧中两人交往中多次出现的重要道具——泡尔生的《伦理学原理》，对青年毛泽东的价值观形成影响也很大。另外，剧中毛泽东晨读中所背诵的《少年中国说》，暑期与蔡和森同宿的爱晚亭等都是在毛泽东一生中印记颇深的意象。

真实的历史细节穿插在虚构情境中，模糊了历史与虚构的界限，这些“言之凿凿”的情节往往使得观众真假难辨，剧作叙事的力度也随着观众信任度的增加而增强了。平移、找寻、虚构，剧作正是在对虚与实的连缀与拼贴中实现了“虚构与真实之间的内爆”。

毛泽东的形象对于国人是意义非凡的，对于毛泽东事迹的翻写总有一种对“创世神话”进行探寻的“寻根”意味。集体的记忆使我们有了两种可能的阅读方式：一种是分享式的阅读，另一种是文学的阅读。①

分享式阅读是一种充满感情的阅读，我们透过翻写文本，温习熟知的过去。《恰同学少年》中的毛泽东形象虽然与其传统形象有差异，但在精神层面，剧作做到了精准还原，成功激活了观众的记忆。文学的阅读的最大特点是读者允许记忆有遗忘、有空白。这便为创作者对历史的改造、加工提供了接受基础。《恰同学少年》文本中的现实诉求是非常明显的，青年毛泽东作为作品中的“偶像”人物自然承担了“表述的中继站”的功能。

本剧的剧本统筹盛和煜将《恰同学少年》比喻为一个“教育与青春之梦”。这正概括了本剧的两个基本现实诉求：为什么读书；如何进行教育。为什么读书，其实是关于青年立志问题的探讨。这无疑是对当下青年信仰缺失、物欲至上趋势的质疑。至于如何进行教育，既是对当时新式教育改革的探讨，也是对当下教育现状的反思。剧作中不断提到教育体制僵化、课程设置不合理、评分机制死板等敏感字眼，对当下教育状况的影射是非常明显的。剧中的毛泽东也以一种与旧教育体制格格不入的学生形象呈现，他偏科、“尚武”、反对课业繁杂，并曾做出驱逐守旧校长的“壮举”。

---

①[法] 蒂费纳·萨莫瓦约：《互文性研究》，天津人民出版社2003年版，第113页。

偶像的号召力是强大的，当青年润之以“破除一切不合理制度”的反抗姿态被屏幕前的观众认同时，自然而然，其身上的那些优秀品质也在无形之中被观众内化了。

撷取历史人物，对史实进行仿真性的还原，《恰同学少年》成功地塑造了一个陌生却又易于接受的青年毛泽东形象。当清新、伟岸、坚韧而又倔强的青年润之以“不怎么完美”的偶像的姿态出现在观众面前时，唤醒的不仅是观众对经典的记忆与认同，还有对青春的想象、理想的向往，以及对现实的深刻思考。

《我们的法兰西岁月》

中央电视台播出的电视连续剧《我们的法兰西岁月》①，以 20 世纪初留法勤工俭学运动为时代背景，讲述了青年时期的周恩来、赵世炎、蔡和森、邓小平等社会主义革命先驱在法国的艰难困苦、寻求救国之道并最终走上共产主义革命道路的真实故事。留法勤工俭学是为了“输文明于国内”，而《我们的法兰西岁月》的播出，则是“输思想于观众”，对于提升电视青年观众的史学美学修养具有重要的启示意义。

《我们的法兰西岁月》具有坚实的史学基础。这部电视剧历史背景宏阔，虽然人物有名有姓者多达 40 人，但叙述起来仍然是人物形象鲜活、艺术肌理匀净不紊，观众能在惊心动魄的剧情中反思历史、崇拜英雄。主创者除了具有深厚的生活体验和驾驭题材的高超技巧外，主要应当归功于做足史学功课。《我们的法兰西岁月》翔实的史料来自于掌握第一手材料的中央文献研究室，由于有了他们把握的应有的历史史实和历史脉络，使得该剧不至于偏离历史的本来面目而陷入“写历史就是创造历史的唯一方法”的戏说历史。剧中的“争生存权、争求学权”的“二二八”运动以及占领里昂中法大学的斗争等剧情均来自于历史的真实。可以说，没有历史的真实就断难有历史的大是大非的科学判断。目前，中国每年要创作近 500 部历史题材的电视连续剧，邀请历史学家去追求历史的真实、储备历史知识、传达历史智慧的剧组其实并不多见，而《我们的法兰西岁月》剧组的主创者们做到了这一点，充分发挥了史学家们的艺术价值和艺术家们

①编剧：李克威；导演：康洪雷；主演：朱亚文、钟秋、张念骅、李梁、邓莎、王放、刘智扬等。

的史学精神。

《我们的法兰西岁月》坚持了正确的历史观——人民才是历史的创造者，是推动历史前行的根本力量。剧中讲述了周恩来、邓小平、陈毅、聂荣臻、李富春、赵世炎、蔡和森、陈延年、陈乔年、向警予等革命者赴法留学的故事，但是这些英雄们并非天生就有侠骨豪气、匡时济俗的慷慨情怀，他们都来自于普通的人民大众，最初的愿望有的不过是为了满足有饭吃、有学上，学成归国改变祖国面貌罢了。但是异国的生活使他们耳闻目睹了法国底层劳工的艰难生活和法国社会的种种不公与黑暗，他们原先所持的无政府主义、乌托邦主义、易卜生主义等理想最终幻灭，至此，朴素的共产主义思想才在他们头脑中萌芽，最后才汇集于科学的共产主义大旗下。因此，《我们的法兰西岁月》启示我们，任何历史剧都应在一定的历史观及历史意识的指导下达到对历史本体的历史认识和艺术再现，只有这样，才能在剧情中传达艺术人物从事事业的情感基础，从而塑造真实可信的历史人物形象。可以说，当下重大和革命历史题材电视剧的“短板”，就是没有很好地书写这些杰出人物、英雄群体的真实生活以及由此激发的内在情感动力，而《我们的法兰西岁月》较好地解决了这一点。

《我们的法兰西岁月》洋溢着崇高情怀。对于《我们的法兰西岁月》冠之以青春励志剧也罢，红色偶像剧也罢，革命史诗剧也罢，剧中无不是以青春抒写崇高，以崇高激励青年。谁拥有青年，谁就拥有未来，我们的“任何精神生产在生产自身的同时，也在生产自己的欣赏对象”。但毋庸讳言，曾几何时，文学艺术界泛起了一种“躲避崇高”“一怕深刻、二怕高雅”的思潮，如此一来生产自己的欣赏对象，势必会塑造出追求“软绵绵的幸福”的物质享受者和精神空虚的情感追求者。而《我们的法兰西岁月》贯穿着青年人应当具有的崇高情怀和远大理想。剧中的青年们年龄最小的只有 16 岁，最大的也不过 30 岁出头，可正如片中告诉我们的，古今中外，没有哪一次留学运动，像赴法勤工俭学运动一样，培养了如此众多的革命家、思想家、军事家和自然科学、社会科学等许多领域的杰出人才，他们为中国共产党的建立、中国的现代化建设和中华民族的伟大复兴做出了不可磨灭的伟大贡献。

当然，《我们的法兰西岁月》了解青年从而歌颂青年，在尊重历史真实的同时，始终追求一种艺术真实。该剧既写出了青年们的豪情壮志，也写出了他们曾有的苦闷迷茫，既写出了他们的昂藏于天的革命情怀，又写出了他们柔情似水的坚贞爱情。例如，当蔡和森领导的蒙达尼派和赵世炎领导的勤工派有分歧时，他们也争吵，但最终见解趋同，信仰相近；当邓希贤受到工头欺负时，聂荣臻等工友们充满侠气，“收拾”工头更是有一种年轻人的“狡黠”；当照相师问周恩来“中国很脏很乱吗?”周恩来面向祖国的方向回答“她一直很美，后来被强盗糟蹋了”；艰苦的革命斗争同时培育了纯真的情感，周恩来与张若茗虽互有好感，但因各自理想追求不同分道扬镳，周恩来最终选择邓颖超作为革命的终身伴侣；宗玉佩苦恋陈独秀之子陈乔年，却因种种原因两人不能结合，玉佩为保护乔年献出了生命；蔡和森和向警予最终走到一起，形成了著名的“向蔡联盟”等等，无不是《我们的法兰西岁月》伟大爱国情怀下的友情、爱情的艺术写照。

《我们的法兰西岁月》中的革命先驱们的岁月虽远去，但崇高依然，我们的艺术家们倘能创作出更多更好的此类艺术佳作，必将成为可以实现这一殷切希望的史学的、美学的艺术参考。

五、抗日题材剧与抗日“神剧”之思

抗日题材是革命历史题材的重要组成部分，这里将其单独列出，是欲就其近几年所引发的创作热潮，及一批随之而生的抗日“神剧”所引发的争议进行讨论与反思。

以2004年《亮剑》为肇端，抗日题材剧在短短数年间出现了一批以《亮剑》《狼毒花》《雪豹》《我的团长我的团》等为代表，既张扬观众审美趣味，同时又对其有一定引领、升华、提纯作用的优秀作品。在这些成功作品的影响下，加之抗日题材天然的戏剧张力、深厚的群众基础、审播政策友好等多重因素的作用，抗战剧在2010年前后引发了一阵不小的创作热潮。

仔细思忖，《亮剑》《狼毒花》《雪豹》等电视剧之所以能既“叫好”又“叫座”，其经验一在于对大众审美趣味的尊重；二在于对大众审美文化趣味的升华与提纯；三还在于性格元素的大胆介入，克服了概念化、类型化的弊端。

“大众审美趣味”是从百姓的精神需求和传统审美心理出发，对存活于民间、具有鲜明地域文化色彩的大众普泛精神追求的体认，是广泛留存在百姓生活土壤中的“对生命之乐的一种感知，一种审美上的自足”。《亮剑》《狼毒花》《雪豹》《我的团长我的团》体现出奋勇杀敌战死疆场的英雄血性，让观众领略到了战争本身所独具的美感。它所体现出的对鬼子野蛮侵略行径的愤怒，对战争中生命被残酷掠杀的呐喊，都极具阳刚之美和英雄气概。这种体现在电视剧中的豪放气势是中国民间传统侠义文化、绿林文化、不畏强暴、主持正义的精神内核的继承和延续。

如《亮剑》① 中李云龙，他身上的“亮剑”精神，是以“明知不敌也要敢于亮剑，狭路相逢勇者胜”来加以阐释的。他意志的坚定、性格的桀骜不驯，思维方式的灵活多变，处事的不拘泥于形式，甚至他的离经叛道，都融会了百姓生存的智慧，被认为是一个典型的“现实主义者”。他不仅对日本鬼子和汉奸“伏击、摸营、挖陷阱、打闷棍、绑票”，在自己队伍内部，李云龙也从不吃亏。他不愿与孔捷分享从皇协军那里弄来的军马，从被服厂任上离开时，他还“顺手牵羊”带走了200套军服，这都体现出李云龙那种中国农民式的精明。这种性格揭示，充满了易于为大众所接受的民间审美趣味。

电视剧创作在对大众审美趣味尊重的前提下，还应体现出主导文化对大众审美趣味的升华与提纯，抗日题材剧也不例外。早在延安文艺座谈会上，中国共产党就创造性地提出中国作风、中国气派，倡导文艺的大众化路线和文艺的工农兵方向，并以方针、纲领的形式确认下来，其中，最为本质的是要使农民的趣味得到强化和普及，并在不断的理论提升中得到发展。《亮剑》《狼毒花》《雪豹》等作品确实体现了这种趣味的提升。如《亮剑》中的李云龙，他的身上就体现出这种不断升华与提纯的过程。片中，赵政委帮助李云龙识字、学文化，并不失时机地纠正李云龙的离经叛道的作风；老师长对李云龙到南京政治学院学习过程中扰乱课堂、顶撞教员、聚众起哄的批评；妻子田雨以知识分子身份对李云龙更为本质和全面的文化改造……正是通过这一连串对李云龙行为的否定和对其本人的思想改造，李云龙才成为了合格的新中国的将军。

这些作品普遍采用性格元素的介入，较好地规避了角色概念化、类型化的弊端。这些剧中的主要人物并不是挥斥方遒的领袖，也不是道德高尚的楷模。《狼毒花》里的常发，是一个因为杀死地主恶霸，做过土匪、国民党地方司令，后来投奔共产党武工队，马背上有酒、有女人的“狼毒花”。《亮剑》中的李云龙尽管是八路军的团长，可也是一身“痞子气”。

①编剧：都梁；导演：张前；主演：李幼斌、何政军、张光北、童蕾、孙俪等。

这些形象基于民间趣味基础构成，虽然形式上看来并不整肃，但在内容和价值上确有其可取之处。因为，在这些人物粗俗的外表下，依然蕴含有审美价值取向和道德评价的内容。他们有中国农民式的智慧，为人正直刚烈，不媚上，对百姓有深厚的情感，视死如归，不计生死、压倒一切，个性分明、有血有肉。这里的粗俗，并不是津津乐道于一种低级趣味，而是为了表现人物性格和身份而营造一种语境，因此也是审美的。

然而，随着同类题材创作短期内的“井喷”式涌现，一批不尊重历史，不尊重民族情感，甚至情节违背日常逻辑、不符合生活常识的抗日“雷剧”“神剧”也夹杂其中。

国家广电总局在《关于2011年5月全国拍摄制作电视剧备案公示的通知》中曾讲到：有些作品“在表现抗战和对敌斗争等内容时，脱离历史真实和生活实际，没有边际地胡编乱造，将严肃的抗战和对敌斗争娱乐化”。更有些作品，借抗日剧之名，行偶像、言情、武打之实，在剧作中频现“自行车拦截火车”“手榴弹炸飞机”“手撕鬼子”之类匪夷所思的情节，或者为了单纯追求视觉感官享受，一厢情愿地将在战火中杀敌的主角包装成“骑机车、穿潮服”的偶像形象。这些“神剧”，将尸山血海中的艰苦抗争演绎成“手撕鬼子”，将浴血奋战的将士演绎成“卖萌耍酷”的叛逆青年，“游戏当下，忘了历史”，消解了抗战的残酷，歪曲了大众对抗战那段历史的认识。谬误的历史认知不断被重复，这会直接导致观众对那段历史的质疑。此类抗日“神剧”“雷剧”无疑是对那场神圣战争的亵渎，也是对中华民族文化基因的亵渎。

当然，在后续的抗日题材电视剧中也有令人耳目一新、精神振奋的作品，《王大花的革命生涯》① 便是其中一例。这部剧凭借其艺术力、感染力，紧紧抓住观众，格调健康，给人以愉悦的审美快感，其经验思之有三。

一是编剧之功不可没。这是编剧郝岩长期在抗日题材创作方面不断积累、不断思考、不断发酵的结果。他找到了一个新的视角来书写这场波澜壮阔的抗日战争。他清晰地突出了在共产党领导下的抗日的本质特点：人民战争、全民抗战、全民族的抗战，通过王大花这一崭新的艺术形象来凸现这一本质特点。编剧没有跟风，而是走了一条反类型化的创作道路，兼

①编剧：郝岩；导演：简川訸；主演：闫妮、张博、辛芷蕾、高峰等。

容并收，将传奇剧的优势、谍战剧的优势以及喜剧的元素全部拿来为他所用，从他所选择的审美对象及题材的需要出发，按照生活的积累和情感的积累去进行创作。编剧郝岩显然非常熟悉西方的“类型片”理论，但他不是东施效颦，而是通过自己的消化、借鉴，调动自己对于同类题材的艺术积累、思想积累、情感积累，走出了一条独具中国特色的创作道路。创作方法正如习总书记说的，一千条一万条，最重要的一条就是扎根生活、扎根人民。《王大花的革命生涯》以王大花这样一个卖鱼锅饼子的普通农妇，作为主视点和故事的切入点，描写了她在抗日战争的洗礼下，完成了精神上一次又一次的升华，最后成长为一个坚定的共产党员，出色地完成了抗战使命。《王大花的革命生涯》绝不仅是一个以情节取胜的谍战剧，而是超越情节的跌宕起伏，通过王大花的视点和视角，表现了全民抗战、全民族抗战的宏大主题，坚守中国特色、中国气派、中国风格的电视剧创作需要的好作品。这是《王大花的革命生涯》最值得称道之处。

二是“为角儿写戏”的方法值得借鉴。戏曲界曾经有一条成功的经验，那就是“为角儿写戏”，剧本创作之初，就考虑到演员的审美个性、审美风格、审美优势，编剧为演员量体裁衣度身定制。《王大花的革命生涯》在这方面也做出了有益的尝试。在创作之初，就充分考量主要演员闫妮的艺术特长、审美优势，在人物设定、剧情设定上加以倾斜。事实证明，这是一条可以走得通的路。王大花、夏家河这两个主人公，确实是站住了。他们的精神轨迹，观众看得很清晰。王大花开始的时候懵懂无知，丈夫死了，还不知道丈夫是个什么人，政治身份是什么，究竟是一个好人还是坏人。她要查清楚丈夫是怎么死的，要替他报仇，与夏家河产生矛盾冲突。而女二号江桂芬的到来，又为剧情的发展增添了更多的曲折和纠葛。可以看出，男女主人公的精神轨迹，是一步一步符合性格逻辑、情感逻辑的推进的，男女主人公既要坚守人类两性情感里最纯真的爱情，也要面临最严峻、最冷酷的政治考验；既要保留生活中的点滴快乐，也随时要在抗日严酷环境下，面临内心的痛苦和挑战，这绝不是简单的外化呈现能够做到的。两个人物凭借剧情的设置，形象地立起来了。而演员的表演更是恰到好处，那种内心的痛苦，那种外表的形态，绝不是简单化的。《王大花的革命生涯》在人物设定和剧情设定上做了充分考量，在演员的选择上准确对位。演员闫妮、张博在这方面的表演是达到了一定的美学高度，从《王大花的革命生涯》剧情设定和演员表现来说，是匹配的。可以说如果不是闫妮来演王大花，很可能难以达到现在的效果。

三是《王大花的革命生涯》的艺术品质可圈可点。全剧注重整体历史环境、氛围的营造，注重人物精神走向的把握，以其本身的历史品位和美学品位去吸引、感染受众，而不是依靠单纯的视听、感官生理刺激，去招徕受众，去冲淡受众的精神美感。《王大花的革命生涯》把“革命是最好的启蒙”这样一个先进的主题融入故事当中，融入男女主人公的爱情之中，用这种正向的能量，用人物形象塑造的历史品位和美学品位，去提升观众的鉴赏修养，而不是反向去败坏观众的审美趣味。

第三节　“古装戏”不能取代“历史剧”

当下，在不少媒体关于电影、电视剧的报道和评述中，乃至从有关方面关于电视剧的题材规划的分类统计数据汇总里，都频频出现用“古装戏”这一概念来替代过去惯称的“历史剧”或历史题材作品的提法。

而“古装戏”能否替代“历史剧”的概念？这是亟须加以辨析和澄清的。

人类使用概念，乃是为了表述思维的过程。人们抽象的改编，总是从一定的逻辑起点出发并在一定的范畴里使用。“古装戏”始见于戏曲。梅兰芳大师对传统京剧题材的京剧剧目进行改革创新，演出新编的现代戏。于是，为区别“时装戏”，他把传统的历史题材的剧目称为“古装戏”。显然，“古装戏”这一概念是从“服饰”这一逻辑起点出发抽象出来的，并在戏曲艺术范畴里使用。

能否把“古装戏”这一概念随便延伸使用到电影、电视剧艺术范畴里来呢？答案是否定的。这是因为，中国戏曲的美学特征是以虚代实，是虚拟化、程式化和综合性。唯其如此，无论哪朝哪代，只要是同一行当，都可以画同类型的脸谱，穿同类型的行头服饰。而电影、电视剧的美学基础原本是纪实，是追求艺术地再现历史或真实生活的真实。所以，严肃的历史题材的电影电视剧作品，都被称作为“历史剧”而非蕴含着虚拟化美学指向的“古装戏”。作为辩证法的一对对子，正如“古装戏”之于“时装戏”，“历史剧”相对应的是“现代剧”，“历史题材”相对应的是“现实题材”。

何来一阵风，把电影、电视剧创作范畴里人们惯称的“历史剧”突然用戏曲创作范畴里的“古装戏”取而代之了呢？静观详查，这“风源”正是那股越演越烈的违背历史唯物主义精神的“戏说风”。曾有一位著名青年导演执导了一部描写秦始皇的电影，因为胡编乱造，严重歪曲了历史，理所当然地受到了历史学家们的批评。他便辩解道：“我没有拍历史剧，我拍得只是古装戏!”那位扮演秦始皇的演员也遥相呼应地戏称自己“演的不是上班的秦始皇，只是下了班的秦始皇”。在他们看来，只要遁入“古装戏”的范畴，靠着戏曲艺术原本“三五人马代表千军万马，七八步走遍五洲四海”的“全是假的”虚拟化美学思想，便可以主观臆造、搓捏历史了!

至于银幕、荧屏上确实也有一种完全是虚拟的、杜撰的，或“传说式”的“神话式”，或“寓言式”的借“古人”说“今事”乃至娱乐“今人”的电影或电视剧，称其为“古装戏”倒未尝不可。这类作品也应有其一席之地。但不少媒体乃至有关方面居然未能洞察这偷换概念的媚俗把戏，也跟着用“古装戏”替代了“历史剧”的称谓，这就不能原谅了。

须知，科学地使用概念，是一个民族理性思维和文明水准的标志之一。而理性思维的失之毫厘，往往势必造成逻辑推理和创作实践的谬以千里。即使在戏曲范畴里使用“古装戏”这一概念，虚拟化的美学指向也丝毫不意味着就可以随心所欲地背离科学的历史精神；更何况是在以纪实美学为基础并博采多样化创作方法的严肃的历史题材电影、电视剧创作中呢!

因此，在电影、电视剧艺术范畴里，应慎用“古装戏”替代“历史剧”。

一、“于世有补”的历史正剧：《大明王朝》《一代廉吏——于成龙》《郑和下西洋》

《大明王朝》

在2006年前后，因明清史专家毛佩琦、阎崇年等在中央电视台“百家讲坛”相继推出关于明代重要人物的专题讲座，还有学者赵园以多年心血完成的《制度·言论·心态——〈明清之际士大夫研究〉续编》出版，尤其是46集电视连续剧《大明王朝》① 的热播，文坛确乎兴起了一股引人深思的“明史热”。从表层看，或许近年来五花八门的过量的清宫戏、辫子剧轰炸式的播出上演，造成了人们的审美疲劳和厌倦心理，社会把选择的目光转向了悠长的中国历史，这自然首先就上溯到维系了277年的明朝。从深层看，明代给我们留下了至今仍历历在目的北京故宫、天坛和郑和下西洋等世界文化遗产和辉煌业绩，尤其是晚明的思想启蒙和资本主义萌芽，实际上是古老中国近代化的发端，因此，关注改革开放和现代化建设的当代民众，势所必然地促使知识界将“明史热”由学术研究普及渗入民间，这就形成了大众文化中的“明史热”。电视剧《大明王朝》便应运而生。

对于此剧，《求是》杂志原总编辑、哲学家邢贲思先生评价说：“过去看过刘和平编剧的《雍正王朝》，我认为那是写清王朝皇帝戏中最好的一部，而《大明王朝》无论从揭示社会矛盾的深度、广度，还是从其对人物形象塑造的感染力，均比《雍正王朝》有了更大的进步。他对历史的把握是准确的、可信的。我们急需这样的有较强的历史感，有新鲜感，有力度，有重要现实意义的大作。”注重以古鉴今，汲取历史知识和历史智慧，历来是中华民族的优秀传统之一。在当今，注重以覆盖面最广、影响力最大的长篇电视剧艺术形式，在马克思主义的历史观、美学观导引下把历史知识和历史智慧审美化地普及到大众中去，以提升全民族的历史修养和精神素质，实在是着意于久远的造福后代的明智之举。正是在这个意义上，《大明王朝》为我们提供的具有普遍借鉴意义的成功经验，值得珍视和推广。

这种经验，首要的是坚持唯物史观，善于自觉吸收史学界关于明史研究的新鲜思维成果，并将其消融到全剧审美创作思维的整个过程中去，作为对历史事件和主宰历史事件发展走向的历史人物的精神价值评判和美学价值评判的内在准绳和驱动力。编剧刘和平坦言：为这部戏“我准备了一辈子”，“一方面是史料的准备，另一方面是‘思’的准备。等到创作时就把‘思’丢掉，把‘理’找出来，用大历史观来观照想要表现的那一段历史。剩下的就是‘想’，进入到想象的空间。我口述，助手打录”。

①编剧：刘和平；导演：张黎；主演：陈宝国、黄志忠、倪大宏、闫妮等。

《大明王朝》剧照

显然，在这里，“史料的准备”便是学习历史和感知历史的艰辛过程；“思”的准备则关键在于掌握科学的历史观“把‘理’找出来”。“理”者，历史运行的内在规律也。接下去的“想”，即审美创作，则是在“理”的内在掌控下合理的艺术想象和艺术虚构。唯其如此，《大明王朝》，一靠大量细节、场景、道具营造出的历史氛围真实感人，历史感强；二是靠环环相扣的情节链条叙述的围绕着皇帝、内阁（裕王集团和严嵩集团）、宦官集团三大权力集团交锋的主要历史事件真实可信，逻辑性强；三是靠浓墨重彩精心塑造的活跃于上述历史氛围之中并决定着上述历史事件发展走向的历史人物嘉靖、海瑞、裕王、徐阶、高拱、张居正、严嵩、严世藩、吕芳、杨金水，以及虽为严嵩弟子却能自保做人准则的胡宗宪、虽在官场失意却在情场坚守人格的士大夫高翰文、深通官场游戏规则但仍免不了悲剧下场的富商沈一石、抗倭名将戚继光和平民领袖齐大柱等等，都个性鲜明、栩栩如生，其深层的心理奥秘和隐蔽的行为动机，跃然荧屏，耐人品味，促人深思。正如刘和平所言：全剧是在努力“传历史之神”。在他心里，“最后只剩下一个真实，就是‘心的真实’，这是终极真实，而不是所谓简单的历史真实和艺术真实。达到了这个真实，读者就不会斤斤计较于历史，他宁愿相信，作者笔下的人物就是活生生的历史人物，就是嘉靖、就是海瑞”。刘和平这里所言的“心的真实”即历史真实与艺术真实的和谐统一。

坚持唯物史观还确保了全剧主题的开掘和深化，打通了历史与现实的内在联系，从而增强了作品的时代感。刘和平说，他创作此剧，“其原因之一是某中央领导在视察海口市时打破行程，专门去凭吊海瑞墓。海瑞精神在今天仍然深深感动着我们，为何不宣传海瑞呢？这绝不是心血来潮，而是社会思潮的呼唤”。他认为，在今天这个重要的历史转型期，“要永远记住民族精神不能丢，人们不能过于趋利、趋乐。须知生于忧患，死于安乐”。显然，海瑞精神中的民重君轻、以死相谏，海瑞人格中的廉洁自律、刚正不阿，都可以与时俱进地成为当今力倡的以人为本、反腐倡廉的时代精神的一种宝贵思想资源。

主题的深化，思想的发现，即“理”的确立，对一部作品至关重要。但仅止于此，还不能确保审美创造的成功。接下去的课题是如何把在唯物史观导引下获得的历史事件、人物及其内蕴的历史精神审美化、艺术化地表现出来。《大明王朝》不说教，不枯燥，不公式化，不概念化，戏剧结构讲究，矛盾冲突紧凑，细节安排匀称，艺术肌体和谐，做到了既好看、又耐看。刘和平说：“其实我不太愿意把我的历史观点说给读者和观众。”的确如此。他首先用心阅读，将丰富的史料和新鲜的历史研究成果烂熟于心、消化吸收，令嘉靖、海瑞等一系列历史人物在心中复活，然后遵循人物的思维逻辑、情感逻辑、性格逻辑和行为逻辑，展开想象和虚构，以人带史，史中觅诗，形象准确地传达出历史精神。譬如像“改田为桑”这样的情节上的大胆虚构，虽然在历史上查无依据，但确令人信服地为刻画众多的历史人物的个性和人格搭建出一个非常符合长篇电视剧审美规律的荧屏上的中心舞台。围绕着“改田为桑”，从嘉靖到裕王，从严嵩到郑泌昌、何茂才，从胡宗宪到沈一石再到齐大柱等等，每个人的所思、所想、所言、所行，都表现得惟妙惟肖、淋漓尽致。

好看、耐看之外，《大明王朝》还好听、耐听，可谓余音绕梁，回味无穷。这便是全剧人物的对白台词和音乐音响效果，都相当考究。台词考究，一是极富历史感，这与刘和平的“童子功”有关。他 13 岁辍学，随父读书、下放劳动，在乡村读了很多造反派“抄家得来的书”“经史子集，各种各样的书都有”“《古文观止》《唐诗三百首》都是那时候背诵下来的”，还学会了写“平仄准确、中规中矩的七律”，因此，写起台词来，“古书上的一些话可以信手拈来”，甚至押韵出诗意；二是个性化程度高，这与刘和平“常抱着两种心态创作，一种是感恩心，一种是敬畏心”有关，对历史的感恩和敬畏，令他总是经过长期准备精心酝酿才让人物首先在自己心中活了起来。心有人物，揣度默想，笔端才能写出富于人物个性的话语来；三是人生哲理性强，这与刘和平的人生阅历、文化修养和哲学素养有关。他对笔下的人物，都融入了自己独到的理解和独具的人生况味，并努力上升到哲学层次，所以笔端淌出的对白，常常迸发出人生哲理的智慧火花。所有这些，经过演员出神入化的表演，加上火候适度的音乐音响，视听美感当然油然而生。尤其是像陈宝国饰演的嘉靖，可以说是他塑造的所有皇帝形象中最为出彩的一个。

刘和平还深有体会地说：“干大事者必须有两个字，一是‘忍’字，二是‘挺’字。这也是我的生命感悟。除了忍和挺，还要‘于世有补’。”他说到了，在《大明王朝》中兑现了。他为此剧“准备了一辈子”一气呵成，所向披靡，为观众奉献出这部力作。他“承载了一种责任感、使命感”，真正做到了“于世有补”。

《一代廉吏——于成龙》

“四人帮”覆灭，新时期之初，陈荒煤先生曾多次动情地讲述过他亲历的故事：他率领某剧团下乡演《铡美案》，戏罢，观众席间一位白发苍苍的老大娘站起来振臂高呼“共产党员应当向包公学习”，全场掌声雷动——这是彼时的民心。

想当年，浩劫中四害横行，冤狱遍于国中，人民渴求平反冤、假、错案，渴求“包青天”为民请命，拨乱反正，实在是顺乎潮流的情理中事。这恐怕还不能简单地以“青天意识”而一概否定。诚然，“青天意识”易导致把社会变革的希望寄托于个别“青天”人物身上的“主民”倾向，这与现代化社会所追求的“民主”终归相悖；但在一定的历史条件下，“青天意识”毕竟多少反映了人民反贪官、反腐败的理想和愿望。

电视连续剧《一代廉吏——于成龙》① 与《铡美案》一样表现的是廉

①编剧：梁枫、周山湖、孟恭才、朱正；导演：朱正、杜希源；主演：李万年、温玉娟、尚大庆等。

吏，但当下比起当年那位乡下老大娘观看《铡美案》，历史前进了二十余载。这不平常的二十余载，改革开放，天翻地覆，中国的社会主义民主法制建设已经取得了令世界瞩目的非凡成就。电视剧观众不会再像那位老大娘那样，做出简单的比附与联想。历史的进步，铸就了民族理性思维的日趋成熟。正如鲁迅先生所言："发思古之幽情，往往为了现在。"以古鉴今，以过去的事实观察现在，洞若观火。于成龙是古人，是鲁迅先生所称颂的"舍身求法""为民请命"的"民族的脊梁"。他的勤政，他的廉洁，他的"为官一任，造福一方"，乃至他的人格操守，作为一种历史，都是与当今的现实相通的。这是中华民族的一笔精神财富。唯其如此，我们可以从荧屏上再现的于成龙艺术形象上，得到认识启迪和审美享受，获取宝贵的精神营养。

一个不懂得珍视自己民族的历史和活跃于历史活动中的民族伟人的民族，乃是一个没有希望的悲哀的民族。中华民族历来有着珍视自己民族悠久历史、崇尚自己民族历史伟人的优秀传统。《一代廉吏——于成龙》的问世，正是电视艺术工作者们继承、发扬这种优秀传统结出的硕果。面对着时下对历史盛行的荧屏上的那股或"戏说"、或"乱说"的时尚（当然，真正熔铸了幽默意识和哲学意识的高明的"戏说"戏自有其存在的价值和位置），电视连续剧《一代廉吏——于成龙》的历史品格、文化品格和美学品格，就显得尤为可贵。

一个国家、一个民族兴起对自己的国家、民族的历史及其伟人进行戏剧创作的热潮，总是奠定在那个时代历史科学研究的新成果的基石之上的，总有着那个时代广泛的受众接受心理需求的坚实基础。16 世纪，英国产生了莎士比亚一系列历史剧传世佳作，那缘由，与霍林希德《编年史》所取得的历史科学研究的新思维成果密切相关；同时，也与伊丽莎白女王治下的社会安定，需要艺术通过对历代明君贤臣的讴歌来肯定女皇的丰功有关。这时，中世纪民间口头文学、叙事诗、野史、传说的广泛流传，也培养了民众接受莎士比亚历史剧的雄厚基础。到 18 世纪末、19 世纪初，历史剧的创作热潮转移到德国（不是法国或意大利），出现了歌德、席勒这样的历史剧作家。这也与此时的德国出现了《尼德兰独立史》这样的历史科学著作有关。歌德写了历史剧《埃格蒙特》，而席勒本人就写过《三十年战争史》这样的历史学著作，他对历史科学的极大兴趣，加上当时德国在法国拿破仑的侵略下，促成他的历史剧创作常常用"直奔主题"的方式去服务于当时反拿破仑入侵的现实斗争，造成了后来被恩格斯概括为“席勒化”的创作倾向。如《华伦斯坦》三部曲，显然就存在着与“莎士比亚化”相对立的“席勒化”创作倾向。

提到这么久远的历史，是为了说明《一代廉吏——于成龙》之所以与时下的“戏说”乃至“乱说”历史风迥异，确是因为它认真汲取了当今历史学、尤其是清史学研究的新鲜思维成果。我们是历史唯物论者，我们认为创造历史的主体是人民群众；但同时，我们也充分肯定历史上杰出人物在创造历史伟业中的重要作用。实事求是地肯定像于成龙这样的一代廉吏在顺乎民心、劝农励俗、惩恶扬善方面的历史功绩，并从中汲取历史的经验和营养，这正是全面、辩证地坚持了历史唯物主义。尤为可贵的是电视连续剧的编导不渲染男女私情，刻意表现于成龙为民兴利、为民除恶的大情感的审美创作取向。这与时下那些津津乐道一人一己之私情，“咀嚼个人身边的小悲欢，并以这小悲欢为大世界”的电视剧作比较，其审美的品位与格调，令人称道。

电视剧艺术作为一种覆盖面广、影响力大、渗透性强的大众艺术，要坚持为人民服务的方向，就必须为人民鼓与呼。只有贴近民心，为民立言，才会受到人民的欢迎。《一代廉吏——于成龙》虽言历史，但通向现实，于成龙艺术形象的清正廉洁、两袖清风、爱民惩恶，都贴近了当代观众反腐倡廉的民心，因此也引起了观众的广泛热议，受到了好评。

《一代廉吏——于成龙》之所以会赢得广大观众的喝彩，还因为它在相当程度上做到了有艺术的思想与有思想的艺术的统一。无论是历史的还是现实的，反腐倡廉题旨的电视剧审美化程度不高、艺术性不强，是难以赢得观众的。《一代廉吏——于成龙》正是如此，它的戏剧结构和叙事策略都颇为考究，而这一切又紧紧围绕着塑造于成龙的人物形象。正如历史剧大家郭沫若先生深刻指出的，“历史研究是力求真实而不怕伤乎零碎，愈零碎才能愈逼近真实。史剧的创作是注重在构成而务求其完整，愈完整才愈算是构成”。“历史研究是‘实事求是’，史剧创作是‘失事求似’。”电视剧《一代廉吏——于成龙》虽然取材于史书《碑传集》卷六五、《清朝野史大观》卷五和《清史稿·于成龙传》等典籍，但完全围绕塑造于成龙这位一代廉吏的完整人格形象的需要，循着他大起大落的命运遭际，将史料吃透、消化掉，然后变历史思维为视听艺术思维，按照电视连续剧独特的审美规律重新精心进行戏剧构思，全剧叙事流畅，节奏明快，环环相扣，引人入胜。于成龙形象的性格的质的规定性（清正廉洁、治政有方），表现形式的复杂性（几起几落、情感丰富）和情致的始终如一性得到了较为和谐的统一，其人格魅力足以征服人心。

归根结底，一部作品的艺术魅力产生于创作者对于审美对象夜不能寐的创作激情，即“生气灌注”。《一代廉吏——于成龙》的导演朱正有言：“从于成龙这三个字进入我的视线起，到书案上厚厚一摞工作台本，我的情感仿佛迈入了一座尘封许久的古城。相继结识了于成龙和他身边形形色色的人们，因他而喜，为他身忧，与之牵牵挂挂走完他的一生。”正是这种生活积累和情感积累，在当代意识的观照下，才铸就了活现于荧屏上的《一代廉吏——于成龙》。

《郑和下西洋》

由中共福建省委宣传部、上海海域文化影视公司等联合摄制的电视剧《郑和下西洋》① 以精美的叙事技巧将公元1405年至1433年那段伟大的航海史作了深沉的历史解读。

擅长将宏大的历史事件进行戏剧化展现，这是具有中国品格的电视连续剧独特的叙事优势。剧作并未仅将故事起点定位于航海史上的“第一次下西洋”，而是将叙事的时间原点与意义原点错位，将1381年少年郑和被遴选进宫作为故事的起点，写了燕王征讨漠北、建文削藩、靖难之役等重大历史事件，既增强了此剧历史厚重感，也透出一种“最是无情帝王家”的历史沧桑感。更为重要的是，这样叙事是出于对“下西洋”的天理和人情的蓄势。建朝初“片板不得下海”的海禁政策，使“渔民无鱼虾可打，商人无生意可做”，本身有悖“天理”。郑和从十余岁即进燕王府，凭借“代主受罪”、“靖难”之功，凭借自身对海洋的自幼向往等，一步一步博得燕王朱棣对其荆轲之勇、诸葛之智的赞誉和信任。有了这种天理和人情铺垫，才能回答朱棣不惧郑和海外立国而促其扬帆下西洋的可能。此剧较好地把握了这种“蓄势”与“解套”之节奏，否则确有入题过慢之虞。

有了这种高明的关节局概的铺排，就有了人物展示的舞台。此剧人物设置合理，人物性格鲜明。要让观众将电视剧“连续”地看下去，这就要

①编剧：朱苏进；导演：马骁、刘海涛；主演：罗嘉良、唐国强、杜雨露、于小慧、杜剑等。

求在交代整个故事的大事件中，每一集还要有一个服从于大事件的中心事件，每一集中心事件的“重头戏”就需要固定在某一男演员或女演员身上。但是，处理不好，易引发两个弊端。一是每一集都是那几个主要演员，容易使观众产生疲劳感，二是剧中人生活空间狭小，不易展现宏阔的时代背景。《郑和下西洋》的高明之处就在于无论多么重大的历史事件，人物设置始终以郑和为轴。即使其他人物的“戏份”远远多于郑和，但是，起到“穿针引线”的关键行动角色的始终是郑和。郑和的每一步行动都与重大历史相勾连，也处理好了“朱棣”这一个极易喧宾夺主的人物戏份。另外，作为长篇电视连续剧，如果人物性格不鲜明，那就很难使观众达到欲罢不能的艺术效果。而剧中郑和的荆轲之勇、诸葛之智；朱棣直追汉唐的雄才大略，但对方孝孺、齐泰等建文老臣又心狠手辣；建文帝空有削藩之志却又优柔寡断；同为皇子，朱高煦贪婪、朱高炽智慧……可谓“全在同与不同中有辨”“说一人，肖一人，勿使雷同，勿使浮泛”，充分显示了人物塑造的功力。

当然，语言是物化心象的艺术结晶，历史是社会行为的时代成果。此剧宏大的叙事展示、成功的人物塑造确实有赖于相当考究的语言，主要特色有二。其一是富于哲理。历史剧中生动的人物对话不仅可以使观众获得机趣，还可以在机趣以外获得哲理。这不仅需要编剧对生活的体验，还需要编剧把有生以来从社会生活中有意或无意获得的一切生动、丰富但相对粗糙的刺激或信息进行深加工，使各色人等情态毕现。如朱棣等待封太子时，故作旷达练书法，问姚广孝“本王的字学得如何呀?”姚广孝回答“内无坚骨，外无丰肉，貌似静水，心涌波澜，以静制动，刻意藏拙，但是收敛锋芒之时，尚需蓄势待发……”可谓言者有心，听者有意，淡淡对白，阵阵惊雷。其二是广用对仗。此剧在语言上充分发挥了汉语特有的“对仗”修辞技巧，刚健与婉约，简约与繁丰，常常恰到好处。如“功高引来猜忌，事大招致祸端”“处心积虑，有悖兄弟亲亲之情；阳奉阴违，愧对父皇拳拳之心”“人无杀虎心，虎有伤人意”等等。这些语言，精髓来自生活，形式有别真实，极大地调动了中国观众对“对仗”修辞的特殊喜好，体现了编剧娴熟的驾驭语言的能力。

整部作品通过艺术的形式透出一种精神，那就是无论是在南海群岛的“万里石塘”还是在遥远的东非诸国，大明帝国都以一种包容和谐的开放精神结交邦国。此剧以精美的叙事策略作深沉的历史解读，用高超的叙事技巧、鲜明的人物形象、生动的语言表达，大气精微地讲述了气势恢宏的中国灿烂的航海史，将我国的长篇电视连续剧的创作水平提升到了新高度。

二、另辟蹊径的“小历史”：《孝庄秘史》《木府风云》

《孝庄秘史》

38集电视剧《孝庄秘史》① 是一部根据清朝孝庄文皇后的生平而改编的电视剧。本剧播出时，在各省市都获得了很高的收视率，更可贵的是《孝庄秘史》还把很高的收视率与良好的收视质量统一起来。

严格地说，收视率与收视质量是两个具有不同内涵的概念，有的电视剧虽然收视率较高，但它却仅仅止于让观众获得了视听感官的刺激感或快感，甚至有悖于提高国民素质的要求，而败坏、降低了民众的思想修养、文化素质和审美情趣，那么它的收视质量是很差的。

《孝庄秘史》不是如此，它把很高的收视率的精神价值取向与良好的收视质量统一了起来。观众看《孝庄秘史》确实为荧屏上的以孝庄为中心密切联系着的努尔哈赤、阿巴亥、皇太极、孝端、多尔衮、小玉儿、顺治、董鄂妃以及苏茉尔等历史人物的命运、遭际所牵挂，为惊心动魄、跌宕起伏的历史事件和宫廷斗争所吸引，且不止于获得了视听感官的快感，而是达于内心，从孝庄这位杰出女政治家的历史生涯和爱情生活中得到认识上的启迪和有益的历史营养，从而由快感升华出美感。观众由此既可以悟出孝庄作为一位杰出的女政治家，为大清政权的发展和稳固，先是被动地接收了自己与多尔衮的爱情悲剧，后是主动地制造了顺治与董鄂妃的爱情悲剧，爱情从属于、服务于权力，她受制于历史；又可以联系到封建礼教对人性的压制和摧残，感受到整部作品对现代人文精神的深情呼唤。

《孝庄秘史》以自身所具有的思想品位、历史品位、文化品位和美学品位，把观众吸引、感召到这种较高的层次上来。它不仅提升观众的精神素质、历史修养和审美情趣。而且又具有很高的收视率，故尤其值得称道。

---

①编剧：杨海薇；导演：尤小刚、刘德凯；摄影：黄升、叶志伟、王文；主演：宁静、马景涛、刘德凯、邬倩倩、何赛飞、斯琴高娃、胡静等。

艺术创作应增强自身的吸引力和感召力，这是收视率的来源。吸引力、感召力属创作美学范畴，就是要靠较高的思想、艺术品位把受众吸引、感召过来。而观赏性却是因人而异的，属接受美学范畴，不同人生阅历、文化修养和审美情趣的受众，其观赏标准是大相径庭的。《孝庄秘史》的吸引力、感召力，源于作品坚持正确的历史观和美学观。首先，编导学习历史、感知历史、把握历史运行规律。剧中的重要历史人物和历史事件都是查有实据的，《孝庄秘史》是在唯物史观导引下进行审美创造的。创作者正是在基本把握了重要历史人物的历史定位的前提下，用艺术的眼光去审视重要历史人物之间的关系和情感冲突，大胆而合理地进行艺术虚构，使作为历史题材的电视剧起到历史学教科书难以起到的以审美方式传播历史营养的作用。

如今中国的广大观众，尤其是青少年观众，对中国悠久历史的学习和了解，主要渠道恐怕不再像前辈那样靠阅读历史典籍，而是通过鉴赏历史题材的影视艺术作品。唯其如此，就要求影视艺术家们肩负起历史使命，坚持科学的历史观和美学观，准确把握历史人物、历史事件的基本定位，合理进行艺术虚构，创作出思想性与艺术性相统一的，具有吸引力、感召力的历史剧，使广大观众从中汲取丰富的历史营养，提高全民族的历史素养。须知，一个珍视自己民族历史的民族，才能以史鉴今，开拓未来，才是有希望的民族。

《孝庄秘史》在中国历史题材电视剧创作发展的历史链条上具有一席重要的位置。它是继《努尔哈赤》《雍正王朝》《康熙王朝》之后，又一部再现清代历史的具有标志性意义的作品。如果说《努尔哈赤》既熔铸着艺术家在唯物史观烛照下对历史人物和历史事件独到的思辨史识，又流贯着艺术家在哲学观照下对历史人物精神情感浓烈的审美诗情，从而初具了史诗格局。那么，《雍正王朝》与《康熙王朝》便更注重打通历史性与现代性的内在联系，前者侧重于国策之“策”，因而显得大气，后者侧重于权术之“术”，因而另有所求。如今《孝庄秘史》既继承借鉴了此前清史题材电视剧创作的成功经验，又另辟蹊径，在“秘史”上做足文章，将历史心灵化、情感化，从而使作品在坚持正确历史观的前提下更加审美化、艺术化，更具有吸引力和感召力。这无疑应视为该剧为中国历史题材电视剧创作提供的新经验。

《木府风云》

《木府风云》是一部讲述有关明代云南纳西木氏土司在当地统治时期，木氏家族内部血雨腥风的恩怨情仇和权力更迭的电视剧。本剧于2012年6月在央视八套黄金时段播出后，反响热烈，遂又在央视一套黄金时段重播，这种电视剧在国家级电视台高密度播出的传播现象，在广大电视观众鉴赏水平日益提高的当下实属罕见，该剧可谓殊荣备至。

对一个民族的历史的艺术再现，一类是求真，即恢复昨天历史的本来面目；另一类是在求真的基础上进而向善，即为了今天艺术地再现昨天；最高级的则是求美，即注入自觉的历史哲学意识，为了明天，站在今天艺术地表现昨天。《木府风云》正是为了呼唤今天人类社会共同追求的"美美与共""天下大同"的和谐世界应运而生的一部好看而耐看的优秀作品。

首先，《木府风云》具有艺术的历史价值，这正是其好看的重要原因。

深入剧情，不难发现，《木府风云》以颇具民族特色的古朴的自然风光、独特的风土人情和深厚的人文历史底蕴唤起了广大电视观众的审美需求，具有了一种可贵的艺术历史价值。一部作品的艺术历史价值体现在与同类艺术作品相比较的艺术历史地位上，其指标应是其艺术个性与风格，即反映民族性和地域性的艺术个性越典型，其艺术的历史价值也就越高。《木府风云》就具有这样典型的艺术个性。一方面，该剧的艺术特色与称之为"宫斗剧"的同类题材的电视剧相较，大异其趣。

一些"宫斗剧"在历史时序上颠三倒四，离谱戏说，在人物塑造上尽情搓捏、张冠李戴，形象扁平、情节雷同，败坏了观众口味。而《木府风云》则虔诚地驾驭艺术之舟在历史长河里溯流而上，尊重历史、敬畏历史，虽无法复制历史的本原，却写出了"不必是曾有的事实，但必须是会有的实情"，从而使人物形象鲜活。尤其是将土司木增与其妻子阿勒邱这两个人物形象塑造得真实可信。剧中的木增较大程度上契合了历史的本来，是"全国不可多得的少数民族藏书家，亦是丽江地区木氏土司世袭470年共22代中学习汉文化最多，并在政治、经济、文化、图书的保存方面都取得较大成就的一代开明英主"。而阿勒邱虽无多少历史可考，却是一个将纳西人民所有最美好的祝福集于一身的漂亮、聪慧、勇敢、完美的纳西妇女，"所有男人、女人所追求的优点她都具备"，其故事至今还在民间流传。剧中的这两个人物都是在这一历史文化基础上进行顺势而上的提升与丰满，而非“不怀好意”的以所谓的“人性恶深度”而加以逆势解构与消费。因此，就尊重历史而言，《木府风云》从整体上与同类“宫斗剧”相较，堪称具有艺术史学的标杆意义，因而具有可贵的艺术的历史价值。

另一方面，该剧具有典型的民族性、地域性的艺术个性。各民族灿烂的发展史及其文化的精神内蕴是艺术创作的题材宝库，正如鲁迅所言，“有地方色彩的，倒容易成为世界的，即为别国所注意。打出世界上去，即于中国之活动有利”。《木府风云》在音乐、服装、化妆上颇具纳西民族古韵古风，迷人的雪山、神秘的丽江等古朴的自然风光，恢宏的建筑、独特的生活方式等风土人情，都给观众以耳目一新的审美愉悦。重要的是，该剧的剧情及剧中人的思维具有民族特征、地域色彩，更为这部电视剧及其艺术个性赋予了较高的历史价值。

剧中无论是木增为了爱情“丧服成婚”、为了取信于叔叔木隆而独赴永宁，还是鲁莽率性的木隆屯兵永宁、待真相大白后终于跪倒在自己侄子面前，从此忠心不二效忠木增等一系列跌宕起伏的剧情，无不透出极富个性的纳西民族诚厚谨慎、爱憎分明的民族性格和民族精神。这样一来，《木府风云》以观众不熟悉的情节来抒发熟悉的情感，使观众获得充满“人人口中有，个个笔下无”的新鲜感和陌生感的艺术享受，从而提振了此类题材电视剧的收视活力，赋予了此剧艺术的历史价值。

其次，《木府风云》具有可贵的历史的艺术价值，这也让此剧值得品评，非常耐看。

历史题材电视剧的历史的艺术价值，是指历史事件的理性精神由电视剧艺术进行感性反映的必要性，即以电视剧的传媒优势赋予重大历史事件以历史智慧，从而获得作品的历史的艺术价值。文以载道，电视剧艺术亦然。每一部历史题材剧都应当具有历史的意义，应当是为了明天而站在今天艺术上审视昨天。《木府风云》的“道”就是始终贯穿整个故事的和谐精神和慈悲情怀，此两者皆是当下社会亟须的历史营养，亦即此剧的历史的艺术价值的彰显。

《木府风云》的和谐精神的具体指向是对内的民族团结和对外的民族包容。就对内的民族团结而言，体现在木青和罗氏宁身上最为充分。木青的个人理想是“众生幸福、仁义礼信”，他想让战争远离这片土地，而持续的权力争斗却只会让更多无辜的人遭遇不幸，他不愿和弟弟争斗下去，最后选择自我了断，维护了木府的团结。而罗氏宁是木府后宅之主，掌管后宅之内一切生死存亡。为了木府，她曾经怀疑阿勒邱，又在危难时期和阿勒邱合作，共同对付破坏团结的亲生儿子木隆。无数次的明争暗斗之后，罗氏宁终于发现，最具有团结精神的阿勒邱才是木府未来的希望，终于将整座木府交给自己曾经的“敌人”阿勒邱。《木府风云》中阿勒邱最具慈悲情怀。阿勒邱背负“血海深仇”，从小被舅舅西和命令，潜入木府，为的是有朝一日，与西和里应外合，陷木府于万劫不复之境地。但生性善良的她却在木府中爱上了后来成为土司的木增，并以以德报怨、体恤他者的种种善举使阿照、阿虎甚至叔叔木青等无不归依在她的慈悲情怀中，最终化干戈为玉帛，获得整个木府的信任和尊重而成为木府当家女主人。

总之，《木府风云》贯穿整个故事的和谐精神和慈悲情怀，既是昨天的历史智慧，也是今天所亟须，更是明天的美好愿景。观罢此剧，不难找到答案，那就是“因为这个民族很和谐，包容性很强，文化交融很深。当然在这些交融中，他们也曾经历无数风雨，才能有现在和谐繁荣的景象”。倘若无这一和谐精神和慈悲情怀的精神内蕴的彰显，主创者们就断难赋予《木府风云》的可贵的历史的艺术价值。

三、史剧改编之思：《赵氏孤儿案》

纵观21世纪头十年的影视剧史，“赵氏孤儿”这一题材曾不断地被电影、电视剧、话剧和戏剧改编：2010年，由陈凯歌执导的电影《赵氏孤儿》的上映曾引起观众、学者的纷纷议论。无独有偶，2012年由中视传媒股份有限公司出品的41集电视连续剧《赵氏孤儿案》① 的播出，也引起了人们新一轮的关注。因此，就“赵氏孤儿”题材作品的创作情况，对史剧改编问题进行一下综合探讨便显得很有必要。

据史家考证，记载春秋历史甚详、具有权威性的《左传》和《国语》中均未细录此事，倒是太史公司马迁《史记·赵世家》叙及此事：晋景公三年，大夫屠岸贾设奸计诛杀赵氏满门，赵朔妻乃晋成公之姊，其身怀六甲，藏入后宫，屠岸贾仍欲追杀遗腹子。程婴与公孙杵臼一人舍子、一人舍命使赵氏孤儿幸免于难。15年后，在将军韩厥的帮助下，长大成人的赵氏孤儿杀死屠岸贾为赵氏复仇。至元代，纪君祥创作的杂剧《冤报冤赵氏孤儿》显然是依据《史记》而作。而作为经典的这出元杂剧，广为流传，

①编剧：陈文贵；导演：阎建钢；主演：吴秀波、应采儿、孙淳等。

家喻户晓，甚至到清雍正年间还远播欧洲。法国文学家伏尔泰于1755年将其改名为《中国孤儿》，逐渐为欧洲观众所熟悉。这便是这一题材的大致形成过程。有史家坚持史学思维，认为《史记》所叙不可信，历史并非如此。梁玉绳《史记志疑》就说像此类“匿孤报德，视死如归”的故事，“春秋之世，无此风俗，则斯事固妄诞不可信，而所谓屠岸贾、程婴、杵臼，恐亦无其人也”。赵翼在《二十二史札记》中也断言：“屠岸贾之事，出于无稽。”在他们看来，司马迁可能是根据民间传说虚构了这一故事，而非真实的历史记录。当然，弄清历史真相是史学家的事，他们的考证自然令人敬佩。但《左传》《国语》虽未有记录，并不意味着司马迁不可以从别的记载乃至民间传说中采集一些史料。他毕竟比我们离那段历史更近一些，且史识眼光也非比寻常。另外，在汉代，堪称大古籍整理家和经学家的刘向在《新序·节士》与《说苑·复恩》中，就两次依据《史记·赵氏家》记载了这一故事。只不过前者侧重在讴歌程婴、杵臼的节士情怀，而后者的侧重变成了彰显韩厥助孤复仇罢了。

如今议论“赵氏孤儿案”的关键，恐不是史学思维需要弄清哪段历史的真相，而是美学思维需要弄清作为经历史检验了的经典元杂剧《冤报冤赵氏孤儿》的改编原则和成败得失。一部经典艺术作品倘采自历史题材，一定是完成了史学思维向美学思维成功转换的结晶。而美学又称艺术哲学，乃哲学的一个重要分支，所以还是哲学管总。著名哲学家冯友兰先生提出的“道德的抽象继承论”精辟地揭示了问题的症结。在他看来，艺术终归是传达感情的，传达的中介是道德。在中华民族优秀传统艺术作品中，往往可以抽象出一个可以永恒继承传扬的人类普适的道德观念。譬如《赵氏孤儿》，就可以抽象出“忠”战胜“奸”这样一个对人类具有普适价值意义的道德观念，并加以继承传扬。这正是中华民族优秀传统文化对人类文化的独特贡献，也正是它流传百世、历久弥新的根本缘由。明乎此，我们的改编原则便顺理成章的是：循着经典作品经历史检验的至今仍有生命力的抽象出的道德价值取向，顺势丰富、深化、发展，切忌逆势解构和颠覆。须知，中华民族的艺术大厦和道德大厦，正是靠一代又一代经历史和人民检验的经典作品和经典作家为根据支柱搭建起来的，我们的神圣使命是与时俱进地丰富、加固它，而决不能数典忘祖、东施效颦地拆卸、颠覆它。倘根根支柱一旦被拆卸，那大厦势必坍塌，中华民族将失去自立于世界民族之林的文化之根。

纪君祥是颇具文化眼光和审美眼光的，他创作的元杂剧就看中了司马迁和刘向记载的历史故事中蕴含的“忠”战胜“奸”的道德价值取向，因而作品不仅在国内被传唱，而且走出了国门。京剧《赵氏孤儿》循着元杂剧顺势丰富、深化、发展，既成就了以马连良为代表的马派经典唱段“搜孤救孤”，又成就了以裘盛戎为代表的裘派经典唱段“我魏绛”，令“忠”战胜“奸”的主题和节义情怀征服了代代观众。豫剧《程婴救孤》也顺势丰富、强化程婴的节义情怀和忍辱负重的操守。主演李树建的表演炉火纯青，唱腔余音绕梁、感人至深。但也有挂着“创新”旗号进行逆向解构、颠覆性改编的。如电影《赵氏孤儿》，导演声称“我特别怕唱高调，所以，我对程婴进行了改编，他就是一个朴素、真实的人，不必整天陷在大义里”。于是，银幕上的程婴形象自然就被矮化、俗化了。“忠”和“义”都被淡化了。“舍子救孤”被改编成阴差阳错的偶发事件，世俗哲学解构了牺牲精神。而话剧《赵氏孤儿》的导演则明言她要把主题改为“面对困境，我要选择”。竟让孤儿长大后发出了“你们老一代的事儿于我何干”的诘问，颠覆了复仇的主题。另一部同名话剧还别出心裁地让孤儿发出了“昨天我还有两个父亲（程婴和屠岸贾），今天起我将成为真正的孤儿”的悲思。这些改编，或凭借自身所持“现代化”的主观臆断，或生吞活剥西方人性的复杂性理论，失却了对中华优秀传统文化的自觉和自信，背弃了传统经典作品原有的道德价值取向和永生的艺术魅力。个中教训，值得吸取。

当然，即便是坚持顺势方向丰富、深化的，在改编中也还有一个倡导加法而忌减法的问题。经典之为经典，是因为必有其经典形象、经典情节乃至经典唱段，改编时理应尽量保留，切忌为标新立异而弃之不用。如京剧《赵氏孤儿》中，“程婴拷打公孙杵臼”和“魏绛误打程婴”两段戏，既成就了马派和裘派经典唱段，又精确表现了程婴的政治成熟、魏绛的正义凛然和屠岸贾的老奸巨猾，豫剧《程婴救孤》刻意避之，代之以特定情境、人物性格逻辑都欠通的新的情节设计，倒是可惜又可憾了。改编经典，宜聪慧地站在经典的肩上攀登思想艺术的更高峰，而不要“猴子掰苞谷”似的弃其精华而刻意“创新”。

电视剧《赵氏孤儿案》在改编上值得称道之处正在于“准确地强调它的价值观传达”，对“诚信、忠义、责任、担当、气节、坚守、敬畏、牺牲”精神的讴歌。然而，后半段过度渲染屠岸贾对妻、子的人性之爱，多少影响了观众审美道德评判天平的倾斜，让观众对屠岸贾的道德评判和价值批评产生了某种抵牾和内耗。

第四节　军旅剧的突破与转型

一、和平年代的“战争”：《DA 师》《兵峰》

《DA 师》

从 20 世纪 90 年代始，电视剧恐怕是中国诸般艺术门类里发展最为迅猛、进步最为显著的一门艺术。它无愧为中国当今最受欢迎、“最具时代性和创新性”、最有生机和活力的艺术，已经成为人民群众精神文化生活的主餐之一。

电视剧艺术在唱响主旋律、提倡多样化中，在弘扬和培育民族精神和满足人民群众日益增长的精神文化需求中，都发挥了别的艺术形式难以替代的重要作用，而军旅题材的电视剧创作，无疑是电视艺术百花园里一道引人注目的亮丽的风景线。《DA 师》① 思想精深、艺术精湛、制作精良，具有强烈吸引力和感召力，堪称荧屏上继《和平年代》《潮起潮落》《突出重围》《壮志凌云》《光荣之旅》《导弹旅长》《女子特警队》等军旅题材力作之后又一部在中国当代电视剧艺术发展史上具有标志意义的，取得重要突破的优秀作品。

这部作品之所以能具有标志性意义，首先是作家、艺术家意识到的历史内容的深度和广度具有浓烈的时代感和前瞻性。所谓 DA 是英文中数字化军事部队的缩写。在现代国防和现代战争中，数字化军事部队是新锐的、越来越重要的部队。起“DA 师”这个剧名并非盲目洋化，而是编导力图站在时代科技和军事发展的前沿，注重吸纳世界文明的精华，给全剧以鲜明的现代色彩和前瞻色彩，意在呼唤科技强军和普及国防意识。此剧优势当然绝不止于剧名，而在对全剧内涵的开掘和深化。

---

①编剧：王维、邵钧林、嵇道青、郑方南；导演：郑方南、石伟；主演：王志文、许晴、巍子、高兰村等。

《DA 师》剧照

前几集剧情围绕着组建 DA 师选拔带头人这一中心事件展开，步步为营，层层剖析，提出了“用人标准”这个关键问题。究竟是大胆破格提拔思想新锐、敢于创新但在某些方面尚存争议的硕士学历的年轻大队长龙凯峰，还是按常规顺理成章地起用各方面反映尚好但年龄偏大的副师长赵梓明，抑或是为稳妥任命资历又够、年龄又符，但就是不能与时俱进、综合素质不高的另一位副师长吴义文？钟副司令员受军区党委的重托，深入实际，调查研究，广泛听取各种不同意见，择善而从，并不断调整自身的思维，终于做出了既富有远见，又切合实际的用人决定。这些戏，写得深，演得活，不说教，不概念，自然而然又扣人心弦地伴随着龙凯峰、赵梓明、吴义文和钟副司令员这几个人物形象的思维、言语、行动的艺术呈现而水到渠成，发人深省。

选人用人问题解决之后，循着人物形象塑造和故事情节的发展，全剧内涵的深化又自然而然地引发出“大国防”与“大经济”的关系课题。龙凯峰这位高学历、高智商的现代军人继承了爱国主义和敬业奉献的优良传统，走上了 DA 师师长的领导岗位，全身心地投入了建设一支高素质的高科技数字化部队的全新事业。他既勇于以自强不息的精神直面困难，又善于发挥聪明才智率领官兵战胜困难。赵梓明这位永葆着军人本色的明白人，顾全大局，审时度势，转业到地方工作。为了理想，为了人民，也为了实现自己的人生价值，他先任镇长，后毛遂自荐当上副市长，直至为宁州市的发展与建设献出了宝贵的生命。龙凯峰指挥的DA师成为国防建设“打得赢，不变质”的现代化部队。赵梓明带领宁州市人民为发展经济修建水库，两者在本质上都是为了人民群众的根本利益和长远利益，都需要弘扬和培育以爱国主义为核心的团结统一、爱好和平、勤劳勇敢、自强不息的伟大民族精神，而龙凯峰、赵梓明两人虽性格风格迥异，但文化人格都代表着先进文化前进的方向。DA师和宁州市的水库为什么30年前建不成、10年前也建不成？为什么现在却一定能建成？这是时代使然，是解放思想、实事求是、与时俱进、开拓创新的结果。所有这些深刻的思想内涵和历史内蕴都是通过对人物的人性的开掘、人格的塑造、个性的刻画以及尽可能“莎士比亚化”的戏剧情节的发展来逐步呈现、昭示出来的。唯其如此，全剧才好看耐看，震撼人心。

这部剧能成为具有标志性意义的作品，还在于它在美学追求上的自觉和大气。大艺术家必须首先是大思想家，但有了深广的思想发现，还须有高超的审美创造力，才有望创作出有艺术的思想与有思想的艺术和谐统一的精品力作。《DA师》的主创人员不少来自曾创作出优秀话剧《霓虹灯下的哨兵》《虎踞钟山》的南京军区前线话剧团。他们与中央电视台强强联合，在继承传统的基础上，注重站在时代前沿的制高点上，广采博收新鲜的思维成果，熔铸到《DA师》审美创作的全过程之中，化为一种内在的不能自已的激情和生气，激情不止，生气灌注，从而令全剧在美学品格上显得磅礴大气，令全剧的深广思想被艺术化，令全剧的精湛艺术也承载着深广的思想内涵和历史内蕴。

其一，《DA师》成功地塑造了好几个个性鲜明、人性丰富且具人生哲理意味的人物形象。除上面提到的龙凯峰、赵梓明外，还有虽能用传统文化塑造自身，却缺乏创造有别于传统文化的新文化的能力的吴义文；有多谋善断，处变不惊而又敢于正视自身弱点，勇于在调研实践中不断接受检验，调整思维并增长才干的钟元年；有朝气蓬勃，聪慧美丽而又智勇双全，情感丰富的信息大队长林晓燕；加上王志文、巍子、许晴等演员的精彩表演，使荧屏上的这些人物形象栩栩如生，久久难忘。

其二，《DA 师》的对话既生活化，符合人物个性，又蕴含人性哲理，耐人寻味，启人心智。这显然是编剧充分发挥了擅长提炼话剧台词的审美优势的结果。

其三，《DA 师》在艺术节奏处理上匠心独运，磅礴大气。选人用人的态势，观念交锋的较量，国防建设的紧迫，以及每集都集首有呼应，集中起高潮，集末留悬念，交会形成了一种缓急有致、张弛有度的艺术节奏和审美张力。

其四，《DA 师》作为一部军旅题材的电视剧，其军事训练和战争演习场面的拍摄也有所突破。海陆空多兵种的交叉展示令人耳目一新，强化了全剧在美学追求上的大气。

《兵峰》

《兵峰》① 是一部把镜头对准驻守在祖国西藏边境冰天雪地里的边防军人的精神世界的电视剧。正如片头字幕所云：他们驻守在海拔 5037 米高的博古拉哨所，“与现代生活离得很远，远到我们几乎不知道他们的存在；可他们却与国家和民族的尊严离得很近，近到他们就等同于国家和民族的尊严”。作为当代军人，他们的理想信仰、国防天职、人格操守和生命意识所铸就的价值坚守，弥足珍贵，感人至深；在浮躁喧嚣、物欲横流、精神滑坡的今天，这种价值坚守就显得更加珍贵了。

这种价值坚守，不是靠空洞的说教和概念演绎，而是靠肖沐天、郝大地和兄弟班的当代军人的鲜为人知、引人入胜的连续发生在 12 天里的故事和故事中人的精神嬗变、灵魂自审来体现的。其间，险救古蒙儿、强渡黑马河、桑红牺牲、险越大风口、对峙异国军人、抢救朗措、护送异国牧民、穿越雪崩区、遭遇暴风雪、攀登冰山达坂、朗措牺牲、娜叶寻回“亡夫”、古雷场遇险、智斗国际盗猎分子……一系列惊险事件，不止于动作性强，环环相扣，更主要在于镜头焦距始终对准着活跃于并决定着事件发展走向的人的内心矛盾、选择和生活，尤其是通过古蒙儿这一现代女性视角强有力的烘托，才愈加彰显出当代戍边军人这种价值取向所蕴含的理想光芒、人性深度、生命意识和永恒意义。

军人不是神，也不是苦行僧；军人是人，是有理想信仰和七情六欲的

①编剧：邓一光；导演：刘岩；主演：贾一平、王挺、沈佳妮等。

人。《兵峰》中的当代戍边军人，是血肉丰满、精神崇高的活生生的凡人。听听肖沐天连长带着战士们在郝大地意外“失落一百多封家信”后所诵读的那封“代写的家信”，当代戍边军人对远在故乡的未婚妻的绵绵深情怎不叫人肝胆欲碎。郝大地对“失落家信”的愧疚又昭示出这个“外刚”的硬汉是多么“内柔”。肖沐天与郝大地两位同具理想信仰和国家使命而性格迥异的军人，在对待古蒙儿、对待朗措、对待生存困难和恶劣的自然条件，以及对待国际盗猎分子等矛盾冲突中，显现出的品质、情义、胸怀、抱负，都是那么光彩夺目，通向崇高。在这里，值得称道的是，编导在全剧诸多矛盾冲突的设计构思上，除了对国际盗猎分子的矛盾冲突外，都自觉克服了二元对立、非此即彼的单向思维，不再是简单的正确与错误、先进与落后，甚至革命与反动的二元对立，而是代之以是非分明的执其两端、兼容和谐的辩证思维，从更深层更宏观的人文视角把矛盾冲突的设置和产生都主要归结为人物的不同性格、人生经历、生存环境、行为方式、生命态度所导致。这样的主要属于观念上的冲突，对抗愈激烈，愈有亲和力，愈有现代感，愈有人性深度。统观肖沐天与郝大地、与古蒙儿、与团队、与自然灾难和生命困境，乃至与自己的矛盾冲突，郝大地与肖沐天、与古蒙儿、与团队、与自然灾难和生命困境、乃至与自己的矛盾冲突，古蒙儿与郝大地、与肖沐天、与军嫂娜叶和军犬“神龙”、与自然灾害和生命困境、乃至与自己的矛盾冲突，其艺术构思的创新，都源于这种哲学层面的思维方式的创新。

无疑，《兵峰》是在极其恶劣的自然环境下拍摄完成的。全剧的镜头运用、影调处理、音乐设计、环境氛围和人物造型，以及主要演员的表演，都堪称一流。本剧的导演刘岩是一位以常香玉的“戏比天大”为人生座右铭的“要戏不要命”的女导演。她带头以生命的价值坚守艺术的价值。据说，一位饰演主角的女演员拍了一部分戏，便因为吃不了这恶劣气候条件之苦而逃之夭夭了。饰肖沐天的贾一平、饰郝大地的王挺、饰古蒙儿的沈佳妮等，都在自己的艺术生涯中留下了难忘的拼搏印记。

任何时代，文化犹如一座宝塔。盛世包容，塔座愈多样、愈丰富，则愈繁荣，但选择眼光应以不突破我们民族历来倡导的价值取向的道德准则为底线；至于塔尖，则应是推举那些体现了时代民族历史思维和美学思维较高成果的有思想的艺术与有艺术的思想和谐统一的精品力作，因为身居塔尖，起着引领民族精神航程的神圣职能。《兵峰》作为一部有较高历史美学品味和独特艺术风格的力作是有资格进入塔尖的。

二、回溯艰苦岁月：《天啸》

《导弹旅长》《石破天惊》两部电视剧曾被业界誉为表现我国导弹部队生活的军事题材电视剧姊妹篇。2007 年，根据第二炮兵作家陈可非的同名小说改编的 23 集电视连续剧《天啸》① 又为此种题材再添佳片。文化者，乃人类独有的生存方式以“化成天下”也；艺术者，乃人类独有的审美方式以“把握世界”也。文化“化”人，艺术养“心”，此乃正理。《天啸》就是这样一部能够让观众在灵魂上受到洗礼、爱情上得到升华、艺术上得到享受的所谓“养心”“化人”的佳作。

电视剧《导弹旅长》《石破天惊》以“科技强军”为大背景，反映的是和平环境中我国导弹部队的生活，重点塑造了知识型军人的形象。而《天啸》则将视点放在 20 世纪 50 年代末，中国建立第一支导弹部队艰难创业的历程上：在“当了裤子搞导弹”的艰苦年代，这支部队所面临的不仅仅是技术难关，还有温饱问题；与此同时，受当时极“左”思潮的影响，唯“成分论”更是每个人都逃脱不了的政治命运；在感情面前，有人选择了患难与共，有人选择了明哲保身，更有人选择了明火执仗、损人利己……《天啸》展现的就是在这样的历史大背景下，中国第一支导弹部队的成长历程。用成长铸就的这部史诗，慷慨悲壮、荡气回肠。

《天啸》的主创人员具有强烈的国防意识和自觉的文化意识，其文化自觉更多地表现为一种历史自觉。这种历史自觉可以从两个层面来分析。首先，从作品本身来看，片中所表现出来的两弹一星精神，实际上就是当下社会主义核心价值体系与中华优秀传统文化一脉相承的爱国主义精神。忘记历史就意味着背叛。《天啸》艺术地对那段艰苦岁月中导弹英雄们所迸发出来的艰苦奋斗、无私奉献的精神尽情讴歌与赞美，让中华民族的精神长河得以延续。而对这种延续的艺术表现，不就是文化自觉中“牢记历史”的历史自觉吗。其次，从接受美学来说，这部作品的历史自觉，还体现在主创人员能够准确地把握时代脉搏，清醒地意识到当下的电视受众需要“历史”的审美培植。如将片中那群热血澎湃的学生兵的恋爱观、择业观等融入祖国的命运和人民的需求之中，而这对于当代青年人来说是最为

---

①编剧：张晓亚；导演：谷锦云；主演：邵兵、王奕、张志忠、张琳等。

需要的。所以，这种满足当下受众的精神需求，也是作品的“历史”选择。当代青年的精神面貌确实需要“强烈的国防意识和自觉的文化意识”来启迪、感奋和催征，正如片中反复吟咏的拜伦的诗句：“看，刀剑，军旗，辽阔的战场，荣誉和希腊，就在周身沸腾！……寻求一个战士的归宿吧，这样的归宿对你最适宜；看一看四周，选择一块地方，然后静静地安息……”

电视剧《天啸》真实地再现了典型环境中的典型人物，但并非是脸谱化的英雄群像的展示，而是多侧面、立体地展现了特定历史时期剧中每个人生活的独特个性，可谓“全在同而不同处有辨”“各有派头、各有光景、各有家数、各有身份，一毫不差，半些不混”（金圣叹评《水浒》语），这是这部作品最为显著的艺术特色。不用说身上留有朝鲜战场的 19 块弹片，对战士训练几近残酷、对弟弟的爱护几近管卡压式的刚愎自用的司令员常天佐，也不必说对司令员哥哥老套的训练方法坚决抵触、对兄长的一片苦心置若罔闻甚至报复、桀骜不驯的“学生兵”常天佑，更不需说性格沉稳老练，对常天佐“棒打出孝子、严师出高徒”的管教方式存在疑义的政委孟繁土，单说政治部主任屈中原和常天佑的未婚妻马琳的形象就足以令人感动和信服。政治部主任屈中原是军中秀才，对马列主义、毛泽东思想更是常不离口。谁都不愿意落在他的手上，因为他在原则问题上绝不通融。但是在“文化大革命”风暴到来之际，技术教官安宁被北京点名批判，此时的屈中原为了不让导弹事业因此而停步，巧妙地将安宁“监管”起来搞科研，自己却落得“落井下石”的骂名，承受着上级组织的巨大政治压力，随时都有被打倒、审查，甚至是脱下军装的危险，但是他依然对国家的导弹事业充满希望。他饱含热泪地为年轻人背诵了一段毛主席语录：“世界是你们的，也是我们的，但归根结底是你们的。你们青年人朝气蓬勃，正在兴旺时期，好像早上八九点钟的太阳，希望寄托在你们身上……”这一段语录被他背得荡气回肠，迂腐中带着刚烈，灵活中带着忠诚，丰满的艺术形象跃然荧屏。马琳的形象也塑造得极为成功。因为舅舅在美国，马琳无法实现军人梦想。为了能够让所爱之人常天佑从学校毕业后顺利进入部队，她主动与常天佑断绝恋爱关系，独自承受朝思暮想之折磨；为了报效祖国，她来到戈壁荒漠办学，没料想与常天佑所在的导弹部队相毗邻。为了不影响常天佑的事业和前途，爱人近在咫尺她也不去相见；当常天佑找到她时，她却谎称自己已经结婚，始终孤独地、默默地生活着，几近“自虐”地消失在茫茫戈壁，如同大漠上盛开的骆驼刺花……沉默与忍耐中，留给自己的是对爱人常天佑的梦绕魂牵和对祖国的深情大爱。这种崇高足以令当代青年感到震撼，从而在审美过程中完成反思、净化和提升。

当然，“艺术也描绘庸俗的东西和粗野的东西，为的是嘲笑这些东西，消灭这些东西，而且在这样做的时候，是把优美的东西和庸俗的东西并列在一起，把高深的东西和卑下的东西并列在一起，把柔和的东西和粗野的东西并列在一起”（高尔基语）。电视剧《天啸》中也设置了戴思远、王永和这些人物。戴思远恶劣：为了达到和姚梅结婚之目的，告密马琳的舅舅在美国，并无端怀疑马琳是特务，使高原小学被迫解散；王永和怯懦：为了保住自己所谓的政治前途，在大难来时，选择了逃避，最终不敢和心爱的安宁厮守一生……这些在极“左”思潮面前退缩与迷茫的人，暴露了人性中的卑微与苟且。

电视剧《天啸》的另一艺术特色是悬念、情节设置精当。此片悬念迭出，“解扣”常常响落天外，每一集观众都在欲罢不能中完成一次紧张的审美期待。我们以前将契诃夫说过的“戏剧的第一幕如果挂着宝剑，最后一幕就应让它出鞘”奉为圭臬，但随着观众鉴赏水平的提高，当代的影视编剧技巧也在不断地与观众的欣赏情趣相契合，创作主体与接受主体不断进行着新的审美约定——即使第一场没有宝剑，最后一场也可以上演出鞘的宝剑（这种情况在美国电视剧《24 小时》《越狱》中比比皆是）。《天啸》的主创人员运用了当代影视的编剧技巧，特别是对悬念的“解扣”更是“情理之中，意料之外”。例如，当马琳在雨夜中“失踪”后，部队在方圆几十公里的范围内寻找了几天几夜都没有找到，只在沙堆里找到了一件衣服。观众与剧中人都在深深惋惜马琳的生命，并相信马琳已经“牺牲”，因为在那种情况下根本就没有生还的可能；常天佑也从噩耗中一天天挣脱出来，并始因“同情”、后因“爱情”与安宁结了婚。而此时，不幸摔断双腿、已经做完截肢手术的马琳突然出现了，而且还生下了她与常天佑的孩子……另外，圆圆在火车站给安宁背诵拜伦的《今天我度过了三十六年》的诗句、安宁在北京医院与早已“牺牲”的马琳相遇等情节，可谓奇思妙想，让观众凝神屏气！这种突然出现，倘若在几十年前，观众也许会追问“这怎么可能”，但是，随着观众鉴赏水平的提高，剧情的突变，已经可以不需要线索的提示和细节的过渡，观众就习惯并接受了这种视角的多元性和“叙述者与接受者”的身份置换了。观众追问的是“事件如何发展”而不是“已经发生事件的可能性”。可见，一部优秀的电视连续剧，除了需要有严肃的思想表达外，还需要有高超的叙事技巧，方能满足观众日益提高的艺术鉴赏需求，电视剧《天啸》做到了这一点。

《天啸》凝重的主题诉求、丰满的人物形象塑造、奇思妙想的情节设置，充分体现了这部作品主创人员自觉的文化意识、娴熟的叙事技巧，提升了该片的思想和艺术含量。《天啸》确实是一部值得研究、品味的艺术佳作。

三、新颖独到的青春风格：《我是特种兵》

《我是特种兵》① 是一部突破了电视剧传统创作思维模式的创新之作。这种突破不仅体现在题材上，也体现在电视剧叙事手段的拓展、电视剧语言审美形态的创新等多个方面。

本剧根据知名作家兼导演刘猛的小说《最后一颗子弹留给我》改编而成，表现的是其他剧集较少涉及的特种兵训练生活。如此超乎寻常的训练，在观剧初始确实会令观众吃惊不小，不禁怀疑：难道特种兵真是如此培训出来的？二是高中队、陈排怎么可以动不动就训斥新兵为“废物”“垃圾”，这不是太有伤人的尊严、有悖“以人为本”吗？然而，随着观剧的逐渐深入，作品所塑造的个性鲜明、特色突出的人物形象逐渐立了起来，叙事与视听语言上的新颖独到、别开生面之处也逐渐显露。观众便由最初的审美抵触心理到后来的逐步理解、细嚼慢咽乃至产生愉悦反思和精神美感。

对《我是特种兵》这样的观赏体验，不仅让人想起钟惦棐先生当初对《黄土地》做出评价的过程。钟先生是公认的电影美学大家、鉴赏大家，但是20世纪80年代初观赏电影《黄土地》时，他也曾心生疑惑，电影也能这么拍？不过，再看后，他开始调整自己的鉴赏思维，他说，不能总以一种传统的电影思维来看新人的新作品。为此，他专门请回在陕北黄土地上插过队的儿子钟里满交流对《黄土地》的看法，以澄清自己的疑惑。最终，钟惦棐先生撰文科学地评价了《黄土地》在中国电影发展史上的独特

①编剧：刘猛；导演：刘猛；主演：侯勇、谷智鑫、王奎荣、杨烁、任天野、刘晓洁等。

地位和对电影语言的创新价值。

从钟惦棐先生品评《黄土地》的过程可以看出，对艺术创新的接收必须持有开放的鉴赏思维。在电视剧界，20 世纪 80 年代对《巴桑和她的弟妹们》《希波克拉底誓言》和《南行记》也曾产生评价争议风波。对这三部屏坛新人的新作，有人称“看不懂”，有人赞“拓展了电视剧语言的审美表现能力”。而后来发展的历史证明：它们在中国电视剧发展史上，确有重要地位和独特价值。

当然《我是特种兵》能以突破传统的题材内容和表现形式征服观众，是有其深刻的历史缘由和美学缘由的。

这部作品可以看作是青年主人公庄焱的成长史。这位戏剧学院的大一学生年方 19，为了追随已经入伍的青梅竹马的女友小影，居然休学参军，经历了一段异乎寻常的迷彩军营生活——从个性乖张、桀骜逆反、不守规矩而又吃苦耐劳、愈挫愈坚的新典型，到为了兄弟情谊才报名参加“狼牙”集训，再到严酷疲惫的“除锈”淘汰选拔，乃至与老炮、强子、耿继辉、史大丑、邓振华 6 名精锐组成狼牙特种大队“孤狼特别突击队”，同生共死，排除万难，在各种实战演习中屡建奇功，最终奔赴边境奉命一次又一次侦察剿灭了盘踞在那里为非作歹的贩毒武装。无疑，这确是一部表现特种兵独特的严酷悲壮、铁血硬气、爱国忠诚、理想情怀的军旅题材的青春励志剧，其间主人公庄焱等一批新兵在军队这个大熔炉里锻造、锤正了个性与军纪、哥们儿义气与战友深情、个体价值与国家使命的关系和位置，从而真正成长为中华人民共和国合格的陆军特种兵。庄焱由一位现代气、个性化十足的艺术青年逐步触摸到当代中国军人的灵魂所经历的一遍又一遍的思想蜕变、理想感召和精神洗礼，对当代“80、90 后”的广大青年都具有普遍的启示意义。唯其如此，称《我是特种兵》既是一部典型的军旅题材作品，又是一部超载了军旅题材自身的具有普遍意义的当代青年题材的成功之作，诚不为过。

在美学风貌上，《我是特种兵》给时下屏坛吹来一股颇具魅力的新风。这种感受，似乎已久违了，记得还是当年观罢《希波克拉底誓言》后曾有过这种冲动。这需要一篇专文加以细细品说。这里不妨举其大要：一是电视剧叙事手段的拓展与电视剧语言审美形态的创新；二是把网络小说的文学思维与迷彩军营生活的视听思维水乳交融结构剧作的精妙构思；三是以戏剧性与动作性制胜的快艺术节奏的娴熟把握；四是独具效果的声音处理。所有这些，可以概括为一句话：有意味的形式与有形式的意味相当和谐地有机统一。中国电视剧美学大厦，又添了一根新的支柱。

本剧的导演刘猛是一位由中央戏剧学院毕业入伍到南京军区前进文工团担任编导的青年军人。可以毫不夸张地说，庄焱是从刘猛心里走出来的。他与主人公庄焱之间存在某种内在的联系。据说，本剧从小说到电视剧，好事多磨，刘猛为《我是特种兵》耗费了近十年的心血。正因为多年的沉淀反思和精雕细刻，刘猛才真正走完了王国维在名著《人间词话》里所主张的“入乎其内，故有生气；出乎其外，故有高致”的审美创作历程。他了解、熟悉庄焱，庄焱在他心中孕育，庄焱的所思、所为、所言、所行，都从他的笔端、他的镜头呼之而出，令全剧行云流水，生气灌注。但更值得指出的是他在坚持深入生活的基础上进而自觉做到“出乎其外”，站在时代思维的高度看远些、想深些，从而把握“高致”给作品赋予审美理想的灿烂光彩。他把握的“高致”表现为对中华文化的高度自觉和充分自信。这种自觉，化为全剧激昂的主旋律：爱国、忠诚、理想、情怀、使命、荣誉。全剧自觉坚持文化“化”人，艺术“养”心，重在引领，贯穿着社会主义核心价值观。这种自信，表现为对中华优秀传统文化（如忠、义等道德伦理）生命力与感召力的充分自信，对革命文化（如长征精神）的强大生命力与感召力的充分自信，对吸纳、兼容、消化外来优秀文化中适合国情的有用东西的充分自信，从而努力在创作中实现费孝通先生总结出的“各美其美、美人之美、美美与共”，塑造出一个个富有民族特色和时代特色的具有典型意义的艺术形象。刘猛在《我是特种兵》中体现出来的对中华优秀传统文化和革命文化的敬畏与自信，对世界进步文化的兼容与选择，这种文化眼光与创作态度，弥足珍贵。

四、公安题材谱新篇章：《警察故事》《便衣支队》

《警察故事》

24集电视连续剧《警察故事》① 是一部由公安部宣传局、中央电视台影视部和北京博尚文化传播有限公司联手打造的警察题材电视剧。本剧以

①编剧：张永琛、马军骧、张仁胜、王乙涵；导演：夏钢、毛卫宁、付小健；主演：姜武、孙海英、梅婷、殷桃、赵毅、袁志顺、熊睿琳等。

第二届全国“我最喜爱的十大人民警察”先进事迹为创作素材，以弘扬警察精神、展示民警形象为主题，生动描述了人民警察打击犯罪、服务群众的感人故事和人民警察丰富的情感世界，充分反映了新时期人民警察转变执法理念，坚持立警为公、执法为民的时代风貌，深刻展示了人民警察深怀爱民之心、恪守为民之责、立足本职岗位、维护公平正义、勇于牺牲奉献的崇高职业情怀。

《警察故事》是一部好看且耐看的警察题材剧作品。说它“好看”，是因为它蕴含隽永的美学品格的艺术性；说它“耐看”，是因为它具有深刻的礼赞忠诚、弘扬正气的思想性。

《警察故事》艺术肌理匀称，蕴含和谐的美学意蕴。首先，在主人公设置上可谓“角色匀妥”。《警察故事》由《较量》《红飘带》和《我是警察》三个视角、风格迥异却同样感人至深的故事组合而成。三个独立成篇的故事分别由孙海英扮演在工作岗位上牺牲的老刑警，姜武扮演机智勇猛、屡破大案的缉毒英雄，梅婷扮演由女大学毕业生成长为社区百姓喜爱的管片民警。可谓老中青俱有、男女角色齐全，构成了礼赞人民警察的不同视角，形成人民英雄的群体面面观；在受众审美过程中，又能调和不同层次、不同群体的鉴赏口味，在全剧24集的收视过程中，增强单位时间里的文化信息的摄入量，加快节奏变化的频率。

其次，这部组剧在风格多样性追求上获得了成功。剧作家的风格是其作品中个性表现的客观存在形式，此剧在三个不同的故事中体现了剧作者的风格多样性追求。《较量》风格刚健、节奏明快、悬念丝丝入扣，体现了人民警察出生入死的牺牲精神；《我是警察》风格平淡、细节精妙微纤、故事直堪喷泪，平凡中体现了人民警察对人民的无限忠诚；《红飘带》风格柔婉、故事曲折委婉、主人公外秀内美且娴静和谐，柔婉中有诙谐，舒缓中有凝重，可谓“淡处做得浓，闲处做得热闹”，体现了人民警察的成长离不开人民培养的深邃主题。组剧这种苦乐相参、刚柔相济的笔法，符合中国观众特有的“乐而不淫、哀而不伤”的审美情趣，是剧作者自觉融创作美学与接受美学于一炉的艺术追求，凸现了剧作者驾驭题材的能力。

这部组剧没有刻意在渲染犯罪细节上吸引眼球，而运用了娴熟的讲故事技巧。每个故事一人一事到底，审美上有畅快淋漓之感。尤其在有些情节的设置上极为精妙。例如：在《红飘带》中，女片警杨越在制伏威胁实施煤气爆炸的歹徒时，果断拿出打火机，大无畏地震慑歹徒放下凶器，然后再通过倒叙的方式，交代这是杨越帮助街坊大爷修理的打火机；《较量》中，刑警梁立勇在自己的婚礼上诱捕毒贩等等。这些情节的设置，突破了传统公案戏创作中的细节铺垫和关系过渡，出其不意的突兀感和恰到好处的补叙，与传统的技法相比，响落天外、不落俗套，满足了观众日益提高的鉴赏需求，有效地达到了养眼的艺术效果。

《警察故事》除了上述养眼好看的艺术因素外，更为重要的是具有养心耐看的主题发掘。电视剧，入人也深、化人也速。这部电视剧主创者以情动人，通过观众不熟知的情节表现观众熟知的人物关系，艺术地颂扬了人民警察大无畏的英雄气概和浓浓的警民鱼水情：缉毒英雄对毒贩决不手软、对毒贩的孩子却视同己出；老刑警本可在退休后含饴弄孙，却被歹徒狠下毒手；年轻的女大学生甘当片儿警，却饱受混混奚落……但是，邪恶战胜不了正义，人民警察们以血肉之躯、爱民之情呵护着一方宁静、感化着迷途心性，最终毒贩归案、在逃嫌疑人自首、混混成才。孙海英、姜武、梅婷的表演各显风采，可圈可点。金色盾牌，热血铸就，正是这组可歌可泣的英雄故事，足以让受众体味到，和平年代保群众安宁的铮铮脊梁当属人民警察，人民警察的英勇、奉献精神值得讴歌礼赞。这理所当然使这部剧给予观众通过养眼的视听语言，达于观众的心灵，让人得到认识启迪和精神升华，留下了养心耐看的审美延留。

《便衣支队》

具有中国风格、中国气派的公安题材电视剧是荧屏上一道亮丽的风景。《便衣警察》《警察故事》《英雄无悔》等剧通过以无私奉献换得公众之安的艺术形象，一次次触动广大观众的审美神经，成为中国电视剧史上的佳作。由中央电视台播出的电视连续剧《便衣支队》①，以广州市公安局便衣侦查支队为创作原型，围绕一个刚从警官学院毕业的新警察麦小龙进入便衣侦查支队后的工作生活展开，塑造了“三个师父”“同窗三杰”等警察英雄群像，艺术地再现了便衣警察在打击“两抢一盗”中发生的真实故事。

较之以往的公安题材电视剧，《便衣支队》在故事铺陈、人物塑造、

①编剧：查文白、王军、车俊妍；导演：张多福；主演：贾乃亮、吴京安、董可飞、衣珊等。

视听语言表达诸方面另辟蹊径，可谓别开生面谱新篇。

《便衣支队》故事铺陈“新”。连续性是当下中国特色电视剧艺术的基本特征之一，每一集必须运用起承转合、环环相扣的基本叙事方法，方能完成创作主体与接受主体的审美约定。但要真正做到“集首有呼应，集中起高潮，集末留悬念”诚非易事，不少电视剧都陷入了故事散漫紊乱、人物无可无不可的浮泛之弊。《便衣支队》则自有章法，以80后警察麦小龙为主要人物，在他周围形成亲人（母亲、丁丁等）、同学（凌笑冰、佟乐等）、上级（果万林、陈玮豪、梁国强等）三个“人物圈”，而这三个圈中，又以三个师父对其业务指导、精神塑造的感人故事为主轴，前两个师父都因为麦小龙自己的过错而因公殉职，而第三个师父正是便衣支队的支队长。这样一来，不仅使主要人物麦小龙的生活、工作场景得以有条不紊地铺开，而且他在剧中还如同《红楼梦》中引出“宝钗扑蝶”“滴翠亭私语”“小红稻香村寻凤姐”“黛玉葬花”等故事的那一双“玉色蝴蝶”，起到了穿针引线、情随意转的功用。《便衣支队》若是没有这样的叙事技巧，断难满足公安题材电视剧多线索并进、人物关系复杂的故事需要。

《便衣支队》人物形象“新”。警察形象是人们在日常生活中形成的对警察的总体的、抽象的评价和认识，而艺术作品中的警察形象则是观众通过欣赏从生活中淬炼出的一个个鲜活的故事，审美地把握到的具体而生动、集中而丰满的艺术形象。和谐的警民关系可以通过警民交往、媒体报道等途径建立，但是这还不够，观众还需要靠诸如电视剧《便衣支队》等艺术作品去熏陶，通过艺术的审美的情感的方式去和谐警民关系。以往公安题材电视剧中的警察形象主要是通过侦破办案来塑造，其人物性格已经定型，写“荆轲之勇”“诸葛之智”者居多，而《便衣支队》的主要人物形象却是一个“愣头青”麦小龙。以麦小龙的成长历程入戏，具有现实的典型意义——这是我国首次以80后新一代警察为主角，既展现了他们跟所有年轻人一样，时尚、现代、阳光，懂得生活，对现代科技了如指掌，在工作中创新思维、创新方法，同时也表现了他们传承老一代公安民警传统，永葆正义、责任和热血忠诚。

《便衣支队》的视听语言“新”。对于电视剧艺术与电影艺术的视听语言表达是否存在差异性，当下学界至少有两种不同的观点。其一认为电视剧艺术有着独特的方式，早已具备了有别于传统意义上的电影视听表达的一类特征，其二是认为电视剧艺术与电影艺术的视听语言表达同质而异名，二者没有本质上的差异。《便衣支队》则试图走出一条新路，既保持各自独特个性，又化裁杂糅，例如片中“大场面告别战友”“不同花色的伞阵”“病房婚纱求婚”等，很多场面的调度和镜头运用，似乎在长篇电视剧的生活化的语言表达中尚不多见，而在长于渲染浪漫的电影语言中则屡见不鲜。诸如此类的场景运用，在理论上对于拓展影视剧的视听语言表达方法上已经具有了探索意义。

五、破解谍战剧的学理密码：《摩西密码》

近年来，自《潜伏》始，谍战剧频现荧屏。此类电视剧扩大了创作者的题材观照视域，拓宽了广大观众的收视面，不能不说是中国电视剧艺术生产的一大现实景观。由麒麟影业、宁夏电影集团出品的《摩西密码》，讲述了二战时期上海“船王”之子陆昊然受世界反法西斯同盟组织委托，为一笔犹太巨额捐款从英国护送重要人物安妮来到上海。陆昊然与中共地下组织一道粉碎了日本侵略者一个又一个的阴谋：抵制中储券，智毁伪钞板，计除假银行家，保护华商撤离……最后为救安妮，陆昊然与日军同归于尽，而安妮也无法割舍对中国的无限眷恋而永久地留在了上海……《摩西密码》的成功播出，提供了具有启示意义的谍战剧学理密码。

就史学而言，谍战剧《摩西密码》等的问世有着艺术史学的必然因素。“谍”之于世，由来已久。《左传》有“使女艾谍浇”记载，《孙子兵法》中有因、内、反、死、生“五间”之分。印度孔雀王朝的开国君主，熟稔间谍技巧，并撰有《政事论》，而美国文学史上第一部民族题材的小说，作者自称这是一部“纯正美国式的作品”，就是《间谍》。可以说，描写间谍生活和谍战故事，从古至今都是文学作品的重要内容。严格来说，中国古典作品中《三国演义》《水浒传》中就充满了不少谍战元素，其中对谍报人员还常作“细作”“耳目”“内应”之谓。而先于电视剧问世的电影艺术，“反特片”早已是反映谍战生活这一“无形的战线”电影题材的专有名词。《古刹钟声》《黑三角》《东港谍影》等，观众更是耳熟能详。因此，亦可以说，在当下，拥有辐射面广、渗透性强、接受者众的具有现代电子传媒优势的诸如《摩西密码》等电视剧获得观众的喜爱，就契合了谍战题材的史之所有、时之所需的文艺作品继承与创新的内在必然规律。

就美学而言，谍战剧《摩西密码》等的问世有着艺术美学的审美学理基础。谍战剧之所以能够在当下赢得观众，原因之一是谍战生活的小众化，满足着普通生活的大众化的审美需求。文艺心理学告诉我们，从接受美学角度看，支配或制约接受者接受动机的心理依据是人类的好奇心，即猎奇欲望。没有哪一种动机中没有猎奇的因素。猎奇是接受动机的最深沉、最隐秘的基础。就《摩西密码》而言，它不仅有卧底、特务、情报交换、悬疑、爱情、暴力刑讯等元素，关键是它运用史家笔法，将该剧置于宏阔的历史背景中，以一笔犹太巨款为起点，通过共产党地下组织、国民党军统、国际友人、本地黑帮、汪伪政权、日本特务之间对巨款的各种斗争为脉络，还原了歌舞升平却又危机四伏的旧上海，为观众展现出一个原汁原味的抗战时期的大上海。可以说，对于那“十里洋场”里的爱恨情仇，观众领略了“不熟悉的事件和熟悉的感情，而不是熟悉的事件和不熟悉的感情”。

《摩西密码》还有值得称道的艺术拓展。首先，在发挥谍战剧娱乐功能的同时，并未忘记艺术作品应有的历史担当。该剧既有中国气派、中国风格的娱乐优势，娱乐而不过度，避免柏拉图所说“过度快感可以扰乱心智”；该剧还有艺术的思想与思想的艺术和谐统一的特征。陆昊然为了自己崇高的事业追求，将妻子安妮驱逐，而违心地说出“我爱的是诗瑶”。而在大结局中，他为了将安妮从日本人手中救出，甘当人质而深入敌船，并与敌船同归于尽。这样，陆昊然既有为了爱情的自律性崇高，更为重要的是他出于集团、阶层、民族、国家的崇高利益，将自身淹没在整体之中，生命在历史“顿变”中释放能量，他的毁灭引起观众的叹惋与崇敬。因此，该剧既发挥了“猎奇”审美的娱乐功能，又发挥了塑造崇高理想追求的育人功能。

其次，《摩西密码》既充分发挥了电视剧写实的美学特征，又没有忽视写意抒情的民族审美个性。剧中除必要的斗智斗勇的情节展示外，没有追求“谍战专业化”，而是在情感上做足了功课。深入剧情：德川先生在间离陆氏兄弟时赌上了女儿的婚姻与幸福,而为了不暴露自己的身份，她又在“来生偿还”声中亲手枪毙了自己最爱的女儿，当日本人来调查时，邪恶的她也号啕大哭，真是“无情未必真豪杰，怜子如何不丈夫”。诸如此类，《摩西密码》并未在细节上过多逞能卖巧，而是在符合人物性格走势中写意抒情。

总之，在众多的谍战剧中，《摩西密码》颇有新意，其经验值得总结与借鉴。谍战剧作为文艺作品，虽然对传统美学和史学有了传承与创新，丰富了电视荧屏，拓展了题材视域，但在某一时期过多地展示，却有淡化正面战场之虞。毕竟，以战争的手段消灭战争主要还是依靠正面战场，否则打垮日本帝国主义、取得人民政权将无从谈起。

第五节　荧屏再现改革开放史诗

一、为何而“绝”，因何而“生”：《绝地逢生》

一部优秀的艺术作品，总是给人以理性思考的快感和诗意鉴赏的美感。由中共贵州省委宣传部、八一电影制片厂、央视文艺中心影视部联合出品的电视连续剧《绝地逢生》① 讲述了改革开放以来，在贵州乌蒙山区石漠化严重的“绝地”上，盘江村村民求生存、求发展，最后依靠科学发展成为小康村的曲折故事。观罢此片，不由得反复思考这样一个问题：盘江村以至整个中国农村的发展，是如何绝地逢生的?

为何而“绝”?《绝地逢生》的故事在改革开放以来农村发展历程中具有典型意义。改革之初，盘江村还是一个远近闻名的光棍村。一群大男人还在蒙羞吃救济粮，小牛娃刚一落地，便母死父劳改，嗷嗷待哺吃百家饭。九妹为了哥哥能娶上媳妇而在恋人面前含泪出嫁。光棍村集体顶风开荒、砌石围土，仍然食不果腹……盘江村缺少劳动力吗？不是。村民们不勤劳吗？更不是。这里有一呼百应的村支书，也有一大群身强力壮的光棍，他们每天都在土里“刨食”，即使在农村已经实行家庭联产承包责任制后，这样的状况也没有得到根本的改善。政府的投入不可谓不大——送救济粮、送良种、送家禽、变输血式扶贫为造血式扶贫……可还是缺衣少食。一幕幕凄婉的故事中，人们无不呼唤一种能使盘江村人离苦得乐，走向康庄的法宝。即使随着剧情的深入，观众逐步得出这样的结论，那就是人们向这片贫瘠的土地、向脆弱的自然环境索取太多而给予太少，也就是未能走上科学发展的“生”路。

---

①编剧：胡琤；导演：欧阳黔森；主演：杜源、童蕾、党昊、何苗苗等。

《绝地逢生》剧照

因何而“生”？正如《绝地逢生》运用真实可信的人物形象、荡气回肠的传奇故事、娴熟的叙事技巧所展示的那样，勤劳朴实的盘江村人逐渐懂得，如果要在这片石漠化的土地获得自然的更多恩赐，就必须尊重客观规律，变开荒为还林、变索取为呵护，走一条人与自然和谐相处的可持续发展的道路。盘江村人筚路蓝缕，历经 30 年，在石漠化的“绝地”上最终建成了乌蒙山区最美丽的地方：花椒树保持水土、花椒油闻名遐迩、桃李飘香引来游人如织、民族歌舞展现农家风情……当他们扬眉吐气的时候，观众无不为这群人的成功而欢欣鼓舞、“含笑而泪”。盘江村走上康庄大道的伟大历程所探索出的科学发展的经验，上升到一个民族的发展层面，经验就会变成一种可贵的观念，那就是通过这部艺术作品反映出的令人心悦诚服而倍加珍惜的科学发展观。此剧的艺术魅力就在于观众能得到一种“生”的思考，同时对一个民族曾经的彷徨迷茫而惋惜，对一个民族拥有正确思想而喜悦与庆幸。

虽然《绝地逢生》明显强化了发展理论在剧情内容中的统领作用，但是它并非将科学发展观作为一种空洞的说教和乏味的图解，而是让这种“生”的哲理从情节中自然地流露出来，更高明的是，此剧并非只是从人与自然和谐的一极来诠释农民的智慧、政府的决策，而是从更高层即人与人和谐的一极来展开故事，显然后者比前者更为重要。诚如剧中所反映的，如果没有盘江人自强不息、共克时艰的精神，盘江村人与自然的和谐绝不可能实现，更不可能实现经济、社会与自然的可持续发展。人们在自己创造的艺术中总能看到自己的影子：老支书幺爸殚精竭虑、为民奔走，终至积劳成疾；号丽虽然是个姑娘，但毅然不顾众议，当起了牛娃的母亲；个体户二棍心系乡亲，慷慨奉献，最终为救他人而牺牲在泥石流中……真实感人的人物形象、荡气回肠的传奇故事、娴熟可信的叙事技巧，让如此凝重的发展主题在艺术的铺展中焕发出新的活力。

毛泽东曾说，代表先进阶级的正确思想，一旦被群众掌握，就会变成改造社会、改造世界的物质力量。如今，科学发展观已经成为一种执政兴国的发展理念，而运用包括电视连续剧在内的艺术手段对科学发展予以真情的观照，必将使艺术生产过程和艺术作品内容焕发出新的活力。史中觅诗，《绝地逢生》确实赋予了农村改革开放30年历史的艺术价值，确实能给观众以理性思考的快感和诗化鉴赏的美感。

二、电视剧生态与生态电视剧：《永远的田野》

电视连续剧作为一种受众众多、渗透性强的具有中国风格的艺术形式，在反映民生、启迪民智、塑造民魂等方面起到了其他艺术形式难以替代的作用。但是，在和谐语境下，较之文艺理论，在反映人与自然的关系上，电视剧艺术的视野还未深入到生态层面进行实践落实。可以说，用电视剧这一叙事方式对自然环境进行贴近观照的作品并不多，典范之作更是寥寥无几。究其原因，至少有三：一是因为创作者对环境重要性的认识觉醒需要有一个过程；二是因为用电视剧叙事方式反映生态哲理从叙事策略上尚处于探索阶段，这一类型典范之作甚少，自然难以蔚然成风；三是因为在某种片面追求收视率思潮的“引领”下，生态题材甚至农村题材在整个电视剧的制播环境（剧作者的创作热情、播出时段、媒体宣传、社会关注度等）尚处于弱势一极。

不过，仅就处在“童年期”的生态电视剧而言，也有几部难能可贵的作品实有开山之功。如讲述改革开放以来，在贵州乌蒙山区石漠化严重的绝地上，盘江村村民求生存、求发展，最后依靠科学发展成为小康村的曲折故事的《绝地逢生》；讲述上水村村主任钱大宝的女儿钱多多引进观光项目，与父亲发生观念上的冲突，而村主任的弟弟钱二宝利欲熏心将花岛的石材作为中饱私囊的摇钱树等一系列曲折故事的《清凌凌的水蓝莹莹的天2》等。

《永远的田野》① 是这类电视剧的又一部力作，再次拓宽了电视剧创作的视野。故事说的是由于望海村的村民对向海自然保护区的破坏，有关部门决定将望海村从行政区划中撤掉，身患癌症的村主任黄榆回到望海村，决定用行动保住自己的家乡。其间，他主动想促成自己的女儿与“刺头”乔海山的儿子的婚事，将政府给村里的救灾款买了树苗和草籽，乔海山向乡县两级政府反映了黄榆挪用救灾款的事情，这使黄榆陷入了极大的困境。然而这一切并没有击倒黄榆，他用生命最后的力量吹响了保卫家园的号角，使村民认识到保护自然的重要，向海又恢复了它的美丽。这部作品播出以来，好评不断，其学理意义值得探讨。

首先，生态电视剧是电视剧生态多样化的体现。每一门艺术的表现内涵应当是丰富多彩的，作为极具综合性的电视剧艺术也不例外，它理应是全方位反映人类历史进程中作为有情感的人的所历、所思、所盼。但是，由于电视剧艺术在收视率的片面考核下，通过“看不见的手”的牵引，电视文艺工作者不得不将视角向外，投向了荧屏热播剧，并加以模仿，而不是将视角向内去感悟万物、体察民意、触摸灵魂。这样一来，电视剧这种本应全方位拓展的艺术创作视域变得窄小，其表现就是撞车、跟风，窒息了其他题材电视剧的问世。生态电视剧《永远的田野》的播出并受到好评，从一定程度来说，调控了电视剧艺术生态，使其向着应有的多样性方向延展。正如曾永成所说：“只有尊重多样性，才能保证个性发展的广阔空间，才能在多样性的综合中生成更高的形态，并且保证人性生成过程中的生态平衡，使多样性的人性可能互补共生，甚至相辅相成。”

其次，生态电视剧要在反映人与人的关系中反映人与自然的关系。虽然生态电视剧理应强化科学发展理论在剧情内容中的哲理统领作用，但是它不应将科学发展观作为一种空洞的说教和乏味的图解而成为新闻的人工复制，而是让这种关系哲理从情节中自然地流露出来。正如电视剧《永远的田野》，并非只是从人与自然和谐的一极来诠释政府的决策以及与之对

---

①编剧：冯延飞；导演：孙沙、阚小龙；主演：程煜、艾丽娅、王新军、姜鸿波、周小斌等。

应的基层村官的智慧，而是从更高层即人与人和谐的一极来展开故事。剧中的村主任黄榆与乔海山、“米沙子”的对手戏做得很真、很活，矛盾设置自然流畅，黄榆身上“土皇帝”的霸气、大家族的族权彰显；而矛盾解扣又在意料之外、情理之中，如促成女儿与乔海山儿子的婚事、以德报怨接“米沙子”回村等。这些故事的铺排目的只有一个，那就是在人与人的和谐关系中解决人与自然的矛盾关系。的确，如果没有望海村的整体意识觉醒和一致行动，解决望海村与向海自然保护区的矛盾将成为空谈。更进一步讲，如果没有国家的意志、社会的共识，解决一个国家发展中人与环境的矛盾就断难完成。

再次，生态电视剧要以现实主义手法写“人的想象”而不是写“想象的人”。所有电视剧故事都应具有时代特征与地域特征，生态电视剧更应如此，理应将故事架设在火热建设的现时代和广袤的农村，毕竟这种环境的脆弱性在现实的中国农村表现得最为突出。这就需要生态电视剧表现现实中的活生生的农民，通过引人入胜的故事完成生产发展、生活富裕、生态良好的协调统一的主题。整体而言，现时代的中国，农民的性格厚道而不愚蠢、农民的生活朴实而不肮脏、农民的语言幽默而不油滑。农村题材电视剧不能将农民写成想象的难以教化、满嘴油滑、生理缺陷的丑陋群体，不能让几亿农民在辛勤劳动之余还成为饱受嘲笑的对象，不能让他们面对荧屏说“那不是我”，而应让农民在电视荧屏上找到自我。《永远的田野》的人物形象就较为真实可信，身患不治之症的黄榆开着拖拉机“巡视自己的江山”、带着村民拆毁环保局架设的防护网，其霸道、执拗的性格形象，就是一个活脱脱的村主任；而大灾之后政府决定撤村，他才在残酷的现实中醒悟，一经转变，他的奋争又是那么的执着坚定……当然，电视剧塑造人物形象的方法是法无定法，正如恩格斯所说：“（写农民运动）至少还有十种同样好的或者更好的其他方法。”展示环境保护这一重大主题的手法理应多样，而《永远的田野》的寓意表达就成功地拓展了生态电视剧的表现方法，如以村主任的疾病寓意向海保护区遭受的毁坏，以人之血液五脏寓意大地的河流、矿产、湿地，以撤村寓意人类被大自然的遗弃，以回村寓意人类对美丽环境的真诚归依等，给观众在剧情阅读中留存了足够的审美空间。

总之，生态电视剧《永远的田野》拓展了和谐语境下的电视剧艺术新视野。而这部作品在中央电视台黄金时间播出，更反映了国家电视台对电视剧生态的一种清醒的调控，也体现了创作主体的难能可贵的眼睛向下的创作良知和播出主体敏锐的文化自觉、文化自信、文化自强的引领胆识。因为没有人与自然的和谐，人与人的和谐就无所附丽；没有农民对生存环境的保护意识的觉醒，就谈不上一个民族的真正觉醒，更谈不上一个民族理应拥有的复兴舞台。

三、以人道写商道：《十万人家》

“东南形胜，三吴都会，钱塘自古繁华。烟柳画桥，风帘翠幕，参差十万人家。云树绕堤沙，怒涛卷霜雪，天堑无涯。市列珠玑，户盈罗绮，竞豪奢……”北宋词人柳永一首《望海潮》以工笔手法把当时杭州的繁华富丽写得栩栩如生让人仿佛身临其境。28 集电视连续剧《十万人家》就讲述了“东南形胜”钱塘镇乡镇企业沈氏集团繁华富丽背后的艰辛创业史。该片以深邃的主题揭示、紧凑流畅的叙事展现、富于生活气息的情节呈析，让观众“博我以文，约我以礼，欲罢不能”。

“石韫玉而山辉，水怀珠而川媚。”《十万人家》的珠玉精髓，就在于主创者有自觉的历史意识和严肃的人性思考。

中国特色的乡镇企业发轫、发展最初是一种民族智慧的自发展现，而艺术地、理性地反映这段历史却需要一种自觉的历史意识。沈氏集团从卖货郎起家发展到跨国公司、从贴牌企业经历磨难发展到拥有自主知识产权的民族企业，其艰辛的创业史可谓“艰难困苦，玉汝于成”。此剧从一个侧面讴歌了我国经济社会转型期乡镇企业为民族兴盛、国家发展所做出的不可磨灭的伟大贡献。

此剧以“蚕理”说事理，讴歌了一种至死丝尽、百折不回的精神。可以说，剧中沈氏集团的发展就是中国乡镇企业发展的一个缩影，其艰辛历程也是改革开放和民族复兴的缩影。剧中的“白条子”事件、意大利贸易壁垒、将野蚕培育成彩丝家蚕、沈氏集团接班人的选定等诸多困局一波三折，人们在看故事时必定会感受到民族工业的生存是何种艰难。荀子在《蚕赋》中说：“三俯三起，事乃大已。夫是之为蚕理。”以经营缫丝、印染服装为主的沈氏集团最根本的原材料就是蚕丝，而沈氏集团的起起落落、纷纷扰扰的曲折发展，就是靠着一种具有深刻意蕴的“蚕理”在生存。观众为剧中沈氏集团的至死丝尽、百折不回的精神所感叹、所震撼。其实，和剧中的沈氏集团一样，中国的乡镇企业、民族企业都是靠着一种

“天行健，君子以自强不息”的精神生存着，这与其说是主创者对改革开放以来民族工业艰难前行的讲述，不如说是对民族精神的礼赞。艺术品使观众鉴赏时获得理性思考及其快感，才会使创造者的创作动机和接受者的鉴赏效果达到统一，《十万人家》完成了这样一种审美约定。

如果说历史层面是一种接受美学中的深层思考，那么生活层面就是影视作品最为直接的视听感受，这即是电视剧需要的“思想知觉化”的理论要求。《十万人家》还从经商之道中透出一种做人之理：商道即人道。此剧中蚕农利益、集团利益、地方利益、国家利益等各种利益诉求相互交织，而矛盾的焦点就集中在沈氏集团的老董事长沈百弦不将家业交给心狠、有闯劲的长子沈万忠和心细、有算计的次子沈万全，而是交给了新点子多、做事毛毛糙糙的三儿子沈万家。答案只有一个，即是老董事长沈百弦认为沈万家诚信、善良。的确，深入剧情，我们可以看到沈万家心灵深处有较之大哥、二哥缺失的难能可贵的商道素质，这也是他们成功的原因——为了能让小时候故事中的“缫丝婆婆”们都能盖上又轻又暖的蚕丝被，他满怀雄心壮志接掌了身陷困局的沈氏集团；当蚕农阻挡老爷子出殡时，他在老爷子的灵柩前许下承诺——为了十万人家，生死与共；当沈氏集团解体以后，他为女工生计着想，不惜一切代价主动接受了这些女工；当爱情和事业发生冲突时，他选择了隐忍与避让；当自己的万家集团重新站起来的时候，他对曾给他带来永久伤痛、此时已经落魄的大哥、二哥选择了以德报怨……兄弟分而复合，故事在三兄弟向老爷子遗像焚香祷告中结束。至此，剧情完成了对诚信的颂扬、对善良的呼唤，观众也终于明白老董事长沈百弦当初选定接班人的远见，也定会对大哥、二哥失败的原因进行思考，即诚信与善良是保证一个商业集团、一个社会健康发展的必需的素质要求，商道如此，人道亦然。

当然，《十万人家》也描写了商界的倾轧、婚外的喟叹，如大哥、二哥的“断尾求生”，韦绢的恶意排污、沈万家与韦绢及梅同春的感情纠葛等，但是此剧对此剧情拿捏得当，纷争而不恶斗，戏谑而不恶搞。文化“化”人，艺术“养”心，此为正理。电视者，入人深，化人速，如《十万人家》这样的好剧能够使观众的思想受到启迪、心灵受到净化、行为得以匡正，只有这样，才能通过艺术手段把人的素质提高，境界养高。

四、下海人精神的文学观照：《下海》

改革开放以来，勤劳的中国人民获得了极大丰富的物质财富，共和国史册的这一页流光溢彩。电视连续剧《下海》[①] 就选择了改革开放艰辛历程的一段，以艺术的形式饱含深情地回味了那一历史阶段特有的“下海人”的10年创业史。此剧展现和讴歌了以陈志平一家为代表的或主动、或被迫的“下海人”，在商海中他们或坚守底线、或随波逐流，一番挣扎，几多心酸，沧海横流方显英雄本色，最后，他们有的盆满钵溢，有的行囊空空。观罢此剧，不禁让人出乎意料，感悟到主创者澎湃的思想，与时代同悲喜，感受着剧中人的痛感，品味着剧中人的精神。

首先，《下海》的主创者具有清醒的创作意识和纯洁的思想高度，那就是始终秉持现实主义精神，思考着历史，映射着当下。改革开放以来，我们最大的收获是什么？是解放了思想。“代表先进阶级的正确思想，一旦被群众掌握，就会变成改造社会、改造世界的物质力量。”而《下海》的剧情，就是艺术地反映这一掌握正确思想的过程。剧中，周芸初次下海战战兢兢如探汤，赵永明义无反顾如归依，转瞬之间整个历史洪流奔腾起来，追梦者“孔雀东南飞”如万水朝宗、渴马奔泉。该剧主创者清醒地认识到这一历史阶段的艺术价值，他们真实地反映了下海人的所思所想所感，而不是做时代物质成果的无知享用者。可以说，时下一些艺术作品收获历史的精神遗产并不严肃，一些作品并不是以高度的文化自觉和文化自信践行文艺作品“提升民族素质，塑造高尚人格”和“引领社会，教育人民，推动发展”的宗旨，并不是认认真真学习历史、老老实实感悟历史、小心翼翼地走进反映历史人物艺术形象的心灵，并不是通过艺术感悟、艺术创作、艺术传播去引领艺术鉴赏，从而汲取历史智慧和营养，而是反过来篡改历史人物，去包装明星、骗取观众、谋求票房。而《下海》的主创者通过惊心动魄的故事，为民族的思想解放而庆幸、而鼓呼。真实地记录先行者的足迹，并从中升腾出对解放的思想的由衷赞美，这也许就是《下海》的现实意义。

其次，《下海》的人物命运总是带着一种普遍性，而这种普遍性又往往通过具有特殊性的故事情节表现出来。深入此剧，我们不难发现剧作者对“下海人”始终呵护备至，并未对他们在改革开放初期思想的蒙昧和行动上的莽撞而大肆挞伐，而是在他们身上始终注以温情的人性关怀。毕竟，共和国在改革开放以来这一路走来实属不易，以陈志平一家为代表的

---

①编剧：袁克平；导演：王晓明；主演：张嘉译、刘蓓、范明、李歌等。

“下海人”实在太难太难。他们中每人都有追求幸福生活的权利，他们的梦想都是那么纯洁，正如剧中3次出现的“我们为美好的生活而来，九死不悔”，历史并未远去，往事尚未如烟，在《下海》真实可信的细节中我们始终能看到自己的影子。赵永明夫妇变卖了家产，他们在深冬临行的前夜里相拥取暖；学医的陈志芳初到广东不会说粤语，遭到同行挤对，最后凭借自身本领获得了事业的成功；周芸初到广东“开窗口”帮人卖皮蛋而卖了一堆糟糠包裹的土豆，开饭店又承包了拆迁铺面，差点“鸡飞蛋打”。对此逼近历史真实的细节，当年的“下海人”无不感同身受、潸然泪下。我们可以看到，正是《下海》的主创者顾及了宏阔的历史背景，才使得这些人物真实可信。当下文艺创作有一种伪现实主义的倾向，一些作品的人物总是远离百姓生活，暴发户享受着治外法权，成年人醉心于异域恋爱的童话，贫乏的技巧穿凿肤浅的思想。《下海》的人物形象塑造对这些作品不能不说有一种可贵的启示意义。

《下海》剧照

当然，虽然主创者对“下海人”的创业苦旅采取了一种“同情之理解”的态度，甚至是一种“始困终亨”的传统剧作法，但并未对故事进行无谓的呈列，而是充分发挥了艺术作品的反思功能，那就是深入思考我们应当从改革开放的这几十年中获得什么，摒弃什么。深入剧情，主创者力图在故事中通过主人公陈志平艺术形象的塑造获得一种解答。大哥陈志平在旧体制中安于现状，即使面临改制而被迫“工资断粮”去开办养猪场，他用呵护家人的办法对工人也隐忍与包容，他为妻解难南下广东是不得已而为之。但是，几番沉浮，事业上他最终成功了，而工于心计的旷大成和为金钱而迷失的赵永明却失败了。作品通过苏克的话“干干净净挣钱，问心无愧致富”以及旷大成的反思“这些年来缺少一种淡定”，可谓“夺他人之酒杯浇心中之块垒”道出了主创者在该剧中蕴含的主题追求，而这种精神确实是当下“商海”中最需要的定海神针。

总之，具有现实主义精神的《下海》透析出可贵的、清醒的艺术创作意识，自强不息的“下海人”为共和国积累了物质财富，也积淀了精神财富。江海不拒细流，历史不应遗忘，当年的“下海人”理应受到祭奠，他们的痛楚理应用艺术的方式去感受。周芸们的第一声叫卖，饱含太多的悲苦，而他们的先行为民族检验着真理，又谱写了历史的喜剧。

第六节　现实英模的艺术表达

一、先进文化与时代审美：《任长霞》

12 集电视剧《任长霞》① 是以原登封市公安局局长任长霞为原型创作的公安题材纪实剧。本剧一经播出便创下了当年中央电视台一套黄金时段电视剧的最高收视纪录。它的成功证明，弘扬主旋律的现实英雄模范题材的长篇电视剧，完全可以拍得具有强烈的吸引力和感染力，可以以自身较高的思想性（历史品位）和艺术性（美学品位）赢得广大观众的青睐。时代呼唤英雄，人民需要《任长霞》这样的优秀作品，《任长霞》这样的优秀作品更离不开人民。伟大的时代和伟大的人民培育了任长霞，任长霞平凡而伟大的人生又孕育了电视剧《任长霞》，而电视剧《任长霞》又必将反作用于生活，激励亿万人民群众踏着英雄的足迹，继承和弘扬任长霞精

①编剧：革非；导演：沈好放；主演：刘佳、白凡等。

神。何谓任长霞精神？导演沈好放说得好：“任长霞是一种精神，是在新的历史条件下，保持共产党员先进性的一种时代精神，是在与最普通的人的交往中始终保持善良、友好、亲切、坦诚的精神，也是在与邪恶势力作斗争时那种不屈不挠的精神。”

《任长霞》成功的启示之一，是作品的吸引力、感染力，归根到底，源于其有艺术的思想性与有思想的艺术性的和谐统一。无疑，《任长霞》自始至终贯注着践行“三个代表”重要思想的鲜明的时代精神和强烈的思想性，但这种时代精神和思想性，不是公式化、概念化和说教式的，而是审美化、艺术化地通过精巧的戏剧构思和矛盾冲突呈现出来的。开篇从任长霞登封上任写起，到职第一天便深入基层调查研究，雷厉风行地整顿警纪，既温柔又严厉，以赤诚的心和丰富的人性征服了大家。紧接着，与房聪犯罪团伙短兵相接，亲自化装，深入敌穴，生死较量，大获全胜。再往后，她为百姓解忧，设立“局长接待日”制度，第一天就接待了 124 名上访群众，一直工作到次日凌晨一点。范村的人命案，白坪乡的耕牛被盗案，陈大娘的被砍案，乃至已沉寂了 12 年的旧案，一桩桩、一件件，都被精心编织到环环相扣的剧作中，真正做到了每集集首有呼应、集中起高潮、集末留悬念，引人入胜，感人至深。

有一种误解，以为对案件戏的量的限制可以取代对质的判断，甚至以为案件最好不能入戏。《任长霞》的成功再次证明问题不在于案件能不能写，而在于写得怎么样。像《任长霞》这样，写破案，以正压邪，充分展示英雄一心为民、疾恶如仇的精神境界和人格魅力，理应大力提倡。题材是重要的，是应当予以必要的宏观调控的；但题材不是决定一切的，同样的题材在平庸的创作者那里可能被写歪、被糟蹋掉，而在有社会责任感和艺术才华的创作者那里则会被写得很精彩，开掘出深刻的主题。另一方面，《任长霞》所讲究的艺术技巧和戏剧构思，都不是脱离内容玩弄的花哨；相反，都承载着丰富的思想内蕴、时代精神和人性风采。诸如任长霞对违纪的民警杨志清的处理、与丈夫的吵架、与儿子的沟通、向刑侦专家严教授请教、对知情者伍老头的感化、同副局长黄可力的通力配合等等情节和细节，都令人回味无穷，过目难忘。

《任长霞》剧照

《任长霞》成功的启示之二，是现实英雄模范题材的文艺创作，同样必须坚持与时俱进的唯物史观，艺术地处理好英雄与人生、与历史的辩证关系。任长霞绝非孤胆英雄。任长霞精神，生长于、扎根于她所挚爱的生她养她的人民群众，这一点，《任长霞》在荧屏上有着极为充分的体现。再一点，任长霞精神，也生长于、扎根于她所敬业的锻造她的人民公安群体。她决不鹤立鸡群，而是与身边共事的战友们，如副局长董可力、中队长杨志清、刑侦专家严教授心心相印，通力合作，共创大业。荧屏上，不仅塑造了任长霞的英雄形象，而且成功地塑造了人民公安的群体英雄形象。绿叶扶红花，艺术的辩证法在这里得到了完美体现。这证明，不仅历史题材的文艺创作必须坚持唯物史观，而且现实题材的文艺创作也同样必须坚持唯物史观。

《任长霞》成功的启示之三，是弘扬主旋律的文艺创作必须坚持先进文化前进方向的指引和时代美学理想映照下的真实观。正如导演所言，《任长霞》的美学追求是真实、朴实、亲切、感人。作品的基石，是源于生活真实的艺术真实。可以说，真实是这部作品最重要的品质。从导演到主演刘佳流淌贯注于全剧的真情，再到匀称分布于全剧的感人细节、场景再现，都让人体味到真实的魅力，领悟出这种真实内蕴的精神、人格、人性的巨大能量——这便是当今中华民族构建社会主义和谐社会、促进人的全面发展和社会的全面进步的历史潮流所呼唤的精神力量。这与那些趋时媚俗的文艺作品醉心呈现那些无聊的真实、消解民族的优秀传统和优秀精神的真实、有悖于构建和谐社会的真实、妨碍人的全面发展和社会的全面进步的真实，形成了鲜明对照。《任长霞》给我们的启示，值得珍视。

二、英模题材只能以情动人：《远山的红叶》

由中央纪委监察部电化教育中心、中央电视台中国电视剧制作中心联合出品的电视连续剧《远山的红叶》①，以“全国优秀共产党员”“全国纪检监察系统先进工作者标兵”、四川省南江县原县委常委、县纪委书记王瑛的先进事迹为原型，艺术地再现了一位基层优秀女纪委书记感人的生命历程。此剧荡气回肠，堪称一首用真诚和挚爱谱写的生命绝唱，一部将铁骨和柔情融合的醒世佳作，一部有思想的艺术性与有艺术的思想性完美和谐统一的精品。

说它是生命绝唱，是因为此剧是一曲用生命谱就的具有彪炳意义的操守颂歌。王瑛同志对党的事业的忠诚是那样的纯粹，没有半点的杂色和矫情。她的廉洁，是一种人性的真情流露。这正如明代著名思想家薛瑄所认为的廉洁有高低层次之分。他说：“世之廉者有三：有见理明而不妄取者，有尚名节而不苟取者，有畏法律、保禄位而不敢取者。见理明而不妄取，无所为而然，上也；尚名节而不苟取，狷介之士，其次也；畏法律、保禄位而不敢取，则勉强而然，斯又为下矣。”王瑛同志的廉洁不是“畏法律、保禄位”的“勉强而然”，而是一种纯粹的“无所为而然”。她的生命形式恬淡而自然，有一种纯粹的真诚而磅礴于美的天宇。她将救过她命的公安局副局长郎小泉无情地下放到村子里做科技员而招致郎家的憎恨，她在地震后将个别干部中饱私囊的赈灾品分发给灾民而遭来干部家属“癌症报应”的谩骂，她组织的企业对政府部门的面对面投诉会令“吃、拿、卡、要”的领导们颜面丢尽……生活中的王瑛同志如远山的红叶一样平凡安详，而荧屏上的王瑛艺术形象通过艺术家们的凝练，如一只泣血的杜鹃，其精神辉映时代，其形象肝胆照人。生活是艺术的源泉，如果没有王瑛同志的肝胆照人的生命历程，这一部堪称典范的人物传记电视剧断难完成。同理，艺术又能真切地引领生活，此片中的王瑛艺术形象所散发出来的感

①编剧：谭力；导演：雷献禾；主演：颜丙燕、耿乐、曹力、李健等。

召力，以生命的绝唱浇灌出的艺术之花，定能起到教化民众、净化环境的难以替代的作用。

说它是醒世佳作，是因为此剧是一部反腐倡廉的力作，是一部指点迷津的教科书，也是我党决不让腐败分子有藏身之处的宣言书。深入剧情，水利局副局长岳映久之流的挫败，再一次昭示了“莫伸手，伸手必被捉”的箴言。当然，打击不是目的，而是为了使千千万万干部得以警醒。“不教而杀谓之虐，不戒视成谓之暴。”惩前毖后、治病救人是党对失足干部甚至是蜕变官员惩治的目的。运用电视剧这一其他文艺形式难以替代的传播优势，就是要让老百姓看到党的好干部王瑛同志的铁骨和柔情，就是要让蠢蠢欲动者回头是岸，就是要让那些“身后有余忘缩手，眼前无路想回头”的变质分子追悔莫及甚至身败名裂。

《远山的红叶》的艺术性也堪称典范。此剧之所以能让迷者惊醒、廉者更廉，是因为此剧的主创者们有一种“写谁，为谁写”的清醒创作理念。在当下大众娱乐狂欢的“视听盛宴”中，究竟有多少人真诚地将镜头对准了那些为生活奔波的劳苦大众，对准了那些将群众安危冷暖挂在心头的基层干部？毋庸讳言，当下的一些伪现实主义作品以票房价值取代思想艺术价值而掩人耳目，一些低俗的作品以高收视率模糊收视质量而挤压艺术作品的生存空间。《远山的红叶》的主创者们严肃地小心翼翼地运用手中的笔、肩上的镜头歌颂崇高、嘲笑卑劣，这种清醒的创作理念不能不说是对当下某些影视剧“谍影重重”“阴招使尽”倾向的一种有力匡正。

此剧的艺术性还表现在高妙的情景设置上。对于《远山红叶》这类反腐倡廉的艺术作品，仅有高尚的艺术原型、严肃的创作理念还不够，还需要有高超的艺术呈现技巧，还需要将这一种情怀从情节中自然地流露出来。此剧的情景设置可谓浑然天成，毫无斧凿之痕迹。君不见，当王瑛得知自己不久于人世之后，她为家人洗涤衣物，并写上春、夏、秋、冬叠放整齐，让人体味到“无情未必真豪杰”的女性柔情；当她昏迷中，她突然睁开了为民复仇的怒眼，不能不使观众痛恨那些黄钟毁弃、瓦釜雷鸣的顽固分子；当她昏死在抗震救灾第一线时，农民们用自制担架将她抬往县城，此时余震不断，山上飞石直下，农民们甚至是被她“下放”的干部们，用门板、搏击、晒席挡住飞石，为她筑起了一道生命之墙，不能不使人想起“把人民踩在脚底下的，人民会把他摔倒；俯下身子为人民做牛做马的，人民会把他捧得很高很高”的不朽诗篇……当深夜里“背二哥”暗中保护自己的亲人王书记时、当老百姓万人空巷赶赴灵堂时、当葬礼上被她“下放”的公安局副局长手捧奖状“汇报”时、当弟弟悔恨地跪在姐姐的灵柩前时……高尚的精神使人振奋，愚顽的心灵受到洗礼。这些情景浑然天成。作为一部以现实英模为原型的剧作，《远山的红叶》让王瑛以一种视听形象定格在时代，又永远活在观众的心中。

三、剧情的生动反映现实的复杂：《永远的忠诚》

电视剧《永远的忠诚》① 以“全国优秀共产党员”“全国百名优秀村官”、安徽省凤阳县小岗村党委已故第一书记沈浩同志的先进事迹为原型，艺术再现了他在小岗村用年轻的生命诠释了一个共产党员对党和人民的无限忠诚，忠实履行共产党员神圣职责的感人事迹。该剧大气深刻，蕴含了主创者们礼赞崇高自觉的人文精神和担当意识。

该剧深刻之处在于真实地反映了当代农村生活。改革开放是一场革命，中国农村是迄今为止在这场革命中最为重要的前沿阵地。改革开放以来的农村变化，理所当然地为一切文艺创作提供了活生生的生活图景。诚如剧中“一夜越过温饱线，二十年迈不过富裕坎”“干部一茬一茬来，群众各干各的事”，就是沈浩担任小岗村第一书记时的生存环境。这种生存环境的特殊性、复杂性，恰好是中国农村改革开放处于攻坚阶段的时代特征。该剧的深刻性就在于贴近了这一时代特征。全剧以“莎士比亚化”圆润的故事和令人信服的情感逻辑将沈浩的精神磅礴于美的天宇。就个人而言，沈浩初到小岗村还带着个人的情绪，而当他到了小岗村，知道这是“大包干”的发祥地，至今还非常贫穷，却更加激发了他去任职的信心，他要给小岗村带来希望，并认准了这是实现自我价值的地方。随着他将个体的生命融入为广大农民谋福利的事业中去，逐渐认识到急需摆脱贫困又深知感恩的农民（如余奶奶、余胜利、巧珠们）对物质生活和精神生活的渴望，而这，正是他为之不懈奋斗的真正动力。这一切表明，只有激活了的“动真情”的忠诚才是真正的忠诚，才是永远的忠诚。

当然，该剧深刻之处还在于并不避讳甚至是着力突显处于改革开放攻坚阶段的农村生产关系的矛盾。全剧不仅写出了沈浩与家庭、与小岗村的情绪与矛盾，更写出了现实农村的复杂性，诸如剧中村委会主任贾治国是

---

①编剧：石零；导演：张绍林；主演：张国强、陶虹、吕中、魏宗万、周舟等。

恶势力的代表，一些当年摁“红手印”的生产力的解放者，到后来反而成了生产力发展的束缚者……这些典型环境中的典型人物，这些典型人物之间形成的不和谐的生产关系及其反映这种关系的情节，足以令观众进行具有历史意义的深层思考。

该剧之深刻缘于主创者们有清醒的严肃的“写谁”“为谁写”“怎样写”的文化自觉意识。时下，在片面考核收视率的情况下，一些电视文艺工作者在进行电视剧艺术创作时不得不将视角向外，投向了荧屏热播剧，并加以模仿，而不是将视角向内去感悟万物、体察民意、触摸灵魂。尤其是近年来一些所谓的农村题材的热播剧，并没有真实而深刻地反映现时代的中国农村，他们不知道农民的性格厚道而不愚蠢、农民的生活朴实而不肮脏、农民的语言幽默而不油滑，而是将农民写成想象中的难以教化、满嘴油滑、生理缺陷的丑陋群体。我们不能让几亿农民在辛勤劳动之余还成为饱受嘲笑的对象，不能让他们面对荧屏说“那不是我”，而应让农民在电视荧屏上找到“自我”。可以说，正是由于主创者们有清醒的文化自觉意识，《永远的忠诚》才会在播出后引起社会的强烈反响，特别是农民群众的共鸣。

该剧礼赞崇高的担当意识对于当下影视剧创作具有可贵的启示意义。主创者的创作理念无疑是对“躲避崇高”“远离理想”“惧怕高雅深刻”创作倾向的匡正。毋庸讳言，当下有一种影视创作怪现象，那就是在歌颂理想、赞美崇高时反而会遮遮掩掩、吞吞吐吐。一些作品对一些真实的重要历史人物，在塑造其艺术形象时总要搞一点“人性深度”，使其“好人不好，坏人不坏”，甚至运用戏说的方式，将严肃主题、高尚人格运用娱乐化的手段进行人欲失禁、娱乐至死的无度降解。一些作品非要在高贵人格塑造的圣洁路上泼点脏水不可，对待恩格斯当年批评的“恶劣的个性化”描写、畸形的细节描摹却总是那么欣赏和宽容。此种现象令人担忧。

文化“化”人，艺术“养”心，对《永远的忠诚》这类弘扬主旋律的艺术作品的倡导，就是要使在某些方面失衡的人文生态和文化生态环境得到一种切实的、有效的调控，让人民群众能够生活在一种真正的健康向上、繁荣兴旺的文化生态环境里。并且，这类思想性与艺术性高度融合的艺术创作，不应仅仅成为节庆的献礼之作，而应成为文化自信力推动下的文化自觉之举，常态地贯穿于中华民族复兴之路的全过程。因为，只有创作众多优秀的文艺作品，才能成为前进之路的不竭动力和智慧源泉，才能实现文化自强，才能真正全面建成与之相应的政治优越、经济强大、社会和谐的中国特色社会主义强国。

第七节 家庭剧：走出“小悲欢”，关注“大世界”

一、契科夫式的幽默：《有泪尽情流》

《有泪尽情流》① 是由天津博艺影视有限公司、湖南广电传媒节目分公司、内蒙古电视台于2004年联合出品的21集电视剧。本剧改编自齐铁民的中篇小说《有泪悄悄流》及续篇《张小霜和她的姐妹们》。

关于此剧，编剧倪学礼在他《诗意的叙述——我写电视剧〈有泪尽情流〉》一文里曾这样阐述他的美学追求和美学思想：我希望我创作的作品能给人带来希望，让观众看到电视剧之后感觉生活很美好，人活得有意义。显然，编剧把现实主义的创作精神，不仅理解为对原生原态生活的还原，更要通过审美的把握，将其转化为那种诗意的叙述，将诗意的审美理想蕴藏其中。现实主义要带给人们生活的力量、美的理想。而观众在看电视剧《有泪尽情流》时，之所以被感动，被屏幕上的视听形象所吸引，也都是因为在屏幕中流淌出的一种价值取向，引导人对生活增强信心。剧中马小霜原来是一个几乎什么事情都不会做的人，但是突如其来的生活灾难，丈夫的因公逝世使她一下从蜜罐一样的生活掉到了苦难之中。人在苦难面前，在挫折面前，应持什么样的人生态度？说教是没有感染力的。只有通过具有个性的、具有人性深度的活生生的马小霜自己的言行举止、她的遭际和她的精神灵魂的轨迹的演绎，才能够感人。《有泪尽情流》做到了这一点。

由这部作品的审美取向作为参照，不得不说当下的现实题材电视剧，尤其是家庭剧的创作当中，存在着明显的两种审美取向。一种是在展示生活的真实情状，一种是在运用艺术家的眼光选择生活的细节。《有泪尽情流》这部作品选择的是有力量的真实、悲剧的真实，而且是给人力量的真

①编剧：倪学礼；导演：康洪雷；主演：徐帆、丁海峰、沙玉华、于荣光等。

实、给人美感的真实。然而有另一些作品，包括电影、电视剧，却津津乐道于描述那些无聊的真实，让人灰心丧气的真实，消减人的崇高精神的真实，亵渎中华民族优秀传统文化的所谓真实。相比这两种审美取向，《有泪尽情流》所体现的审美选择无疑是正确的，并且也只有这样的电视剧才有资格进入代表先进文化前进方向的行列，才有利于提高民众的精神素质和审美修养；而另外一种审美取向，只会消减民族精神，降低民族的伦理道德水准，涣散民心。

围绕《有泪尽情流》这部作品，我们还可以讨论现实题材电视剧创作的承传问题。正如编剧自己所坦诚表白的，他在这部作品里所流淌着的一种淡淡的幽默，是受了俄罗斯著名作家契诃夫的影响。这是对经典作品的正确态度。任何一个从事现实题材创作的艺术家，包括电视剧作家，如果要取得成绩，必定要有承传，必定要承继优秀的人类审美创作的经验，当然同时也一定会立足现实的土壤，以开拓的精神创作出有别于传统的新的东西。这里，编剧所塑造的是一个完整的人。什么是完整意义上的人？著名的人类学家兰德曼曾指出：他必须有两个特征。第一个特征，他是为优秀传统所塑造的人。第二个特征，他同时能够创造有别于优秀传统的或者说超越优秀传统之外的新的文化形态的人。拥有这两个特征的人，才是完整意义上的人。仅仅是为传统所塑造而不能创造有别于传统的新文化人，不是完整意义的人，更不存在只创造有别于传统而不承继传统的人，因为那样的人是鲁迅先生所说的“提着自己的头发想要离开地球”的人，是不可能的。因此在面对经典的态度上，是否珍视、敬畏、继承，攸关着我们对现实题材创作的成败问题。另外，《有泪尽情流》这部作品是坚持“三贴近”而产生的，故事围绕几个下岗女工的悲欢离合、辛酸苦辣而展开，这无疑相当于对当时的电视艺术创作投了一块石头，一石激起千层浪，由它迸发的浪花体现的是诗意现实主义的魅力，对那种庸俗现实主义无疑是当头一棒。

就主题上而言，《有泪尽情流》这部作品表现了和谐人际关系与和谐社会的主题。它不但在倡导我们社会生活中每个个体增进对他人的理解，协调对社会和群体的关系；同时，它还在传扬着一种伦理道德规范和人生精神，尽管主人公未必是什么英雄人物，但是他是一个实实在在的跟着社会行进的真实的人，他身上充溢着一种正直的人、善良的人、追求美的人所应有的品格和人格，这就足够了，这就是我们需要的作品。这样的作品，它既能鼓舞人的精神，又能激励人的斗志，还能帮助人们面对人生、开拓未来。

二、新时代的新型家庭关系：《婚姻保卫战》

2010 年 8 月，由赵宝刚执导的电视剧《婚姻保卫战》[①] 在北京、天津、浙江、云南、深圳五家卫视频道热播。该剧无论是解读现代青年婚恋的独特视角，还是独具风格的视听语言，都体现出鲜明的赵宝刚特色，一经播出便引发了观众对婚姻之道的讨论。

赵宝刚是一位有着明晰自觉的文化追求和美学追求的不可多得的电视剧导演。他在中国电视剧发展史上，占有一席不可替代的重要位置。从《过把瘾》到《东边日出西边雨》再到《拿什么拯救你，我的爱人》，从《奋斗》到《我的青春谁做主》再到《婚姻保卫战》，其间还有《一场风花雪月的事》和《像雾像雨又像风》，这所有作品加在一起，已经形成了他独具特色的思想文化印记、艺术美学追求和视听语言风格。他的镜头主要关注和聚焦的是当今青年一代的事业、婚姻和爱情，他的思考主要集中在当代青年的精神嬗变和道德伦理观念的演进轨迹上，他的美学基调是求真、求善、求美，并力求将传统与时尚、素朴与华丽融于一体，他的叙事策略是尽量跌宕起伏、环环相扣，集首有呼应、集中起高潮、集末留悬念，他的影像风格是台词讲究个性化、生活化和诗意化，而画面讲究抒情与意境，他的人物塑造更是注重青春活力与偶像魅力……这种极具个性化的导演审美意识和影像风格，在数以百计的职业电视剧导演群体中，显得尤为可贵。《婚姻保卫战》标志着赵宝刚导演的具有个性化品牌效应的导演美学风格已经形成。

《婚姻保卫战》的电视剧构思意识极为鲜明。它选择了各具典型意义的四对青年夫妻来结构全剧：郭洋与李梅——这对被杨丹称颂为“最美满和谐”的夫妻，却因事业与爱情的冲撞，加上张瑾的出现，险些闹到了离婚的地步，而最终又因张瑾的理智与李梅最后关头的幡然悔悟，才和好如初；许小宁与兰心——这对阴盛阳衰的夫妻，男的当了“家庭煮夫”，女的做了公司老板，却历经生意场上的欺诈与天灾人祸，在打打闹闹中平衡了阴阳，实现了家庭和谐；老常与陈梦——这对老夫少妻，男的离异后再

①编剧：魏晓霞；导演：赵宝刚、王迎；主演：佟大为、马伊琍、黄磊、袁立等。

《婚姻保卫战》剧照

婚，女的系退役模特儿初嫁，老夫要少妻待在家中做贤妻良母，少妻却偏要与老夫争4S店经营大权，于是在人生价值实现的战场上闹得不亦乐乎，最终相互理解和妥协；老袁与杨丹——这对以前夫前妻面目出场而剧终破镜重圆的夫妻，女的强悍中蕴含柔情，男的弱势中深藏坚韧，终经比较鉴别还是回到了婚姻的原点。这四对各具典型意义的青年夫妻，当然，严格说来，还要加上尚未走进婚姻殿堂的恋爱青年李刚与小小，寄托着赵宝刚导演的审美理想，艺术地演绎着他坚守的家庭文化观。他明言道："我希望通过塑造这几对不同类型现代都市家庭的夫妻形象，倡导一种'经营家庭'的文化理念，为婚姻中的'冤家'们找到一些改善关系的方式方法。""我们愿意通过塑造有一定理想主义色彩的人物，重新诠释现存的婚姻家庭状况，呼唤人们用平和的心态对待两性关系，为中国新型家庭文化的发展尽一份力。"这话，言简意赅，可视为导演阐述的思想精髓和理解感悟《婚姻保卫战》真谛的钥匙。

赵宝刚导演的审美优势主要在擅长打磨剧本、选准演员、讲好故事。从文学剧本到导演工作台本，他总是精工细作，花费大量心血。他曾提及，他的工作，每年总有大半年时间花在"磨"剧本上，不到满意决不开机。单是人物的对话，他总是在生活化、个性化——求真的基础上，进一步加工富于人生感悟和哲理色彩——求一种诗意的美。《婚姻保卫战》中的10位主要人物，其对白的生活化、个性化程度颇高，而各色人等不同的人生感悟通过语言概括出的或浅或深的哲理意味，也让人回味无穷。从演员选择上说，《婚姻保卫战》中黄磊饰许小宁、刘金山饰老常、佟大为饰郭洋、袁立饰兰心、马伊琍饰李梅、于娜饰陈梦、马艳丽饰杨丹……从外在到内在，从容貌到气质，从造型到演技，都一个是一个，选得极准，相映生辉，使整台戏栩栩如生，养眼养心。

电视剧当然也是人学，以塑造人物形象为宗旨，但电视剧又是讲故事的大众艺术，其人物形象是在讲好故事中得以塑造完成的。有一种观点认为《婚姻保卫战》讲的故事把80后、90后的青年人的婚姻状态夸张了，过于戏剧化了，不真实。这种观点是值得商讨的。要论戏剧化程度，恐怕曹禺的《雷雨》更为极致，这并不能断言一个作品的优劣。艺术从来理应是源于生活又高于生活的。至于是否真的把当下青年人的婚姻状况夸张了，若从前文引用的赵宝刚导演的那段导演阐述来看，从人物艺术形象的典型认识价值上去理解，便不难明白创作者的良苦用心。

三、小人物的精神主体意识：《老大的幸福》

电视剧《老大的幸福》① 是由江苏广播电视总台与华视影视传媒于2010年联合出品的家庭题材电视剧，本剧围绕“幸福”这个在现代社会人人追逐，却因心灵家园的失守，而越来越难感知到的情感体验展开，通过视听语言，成功地塑造了一个乐观、豁达、因他人幸福而感到幸福的傅老大形象，重新诠释了幸福。这在当前社会文化语境下具有重要的意义，堪称化人、养心之作。

首先，《老大的幸福》体现了对人才传统文化和价值观念的弘扬。

《老大的幸福》讲述了市井小人物傅老大的幸福故事，弘扬了传统文化和价值观念。从某种程度上说，这也是对中国社会转型期物质主义的反思，是对中华民族传统优秀文化的回归，是编剧对王元化先生和费孝通先生所倡导的“文化自觉”思想的践行。

---

①编剧：谢丽虹、官凯波、刘江舸；导演：李路；主演：范伟、孙宁、周浩东、贾雨岚、李威等。

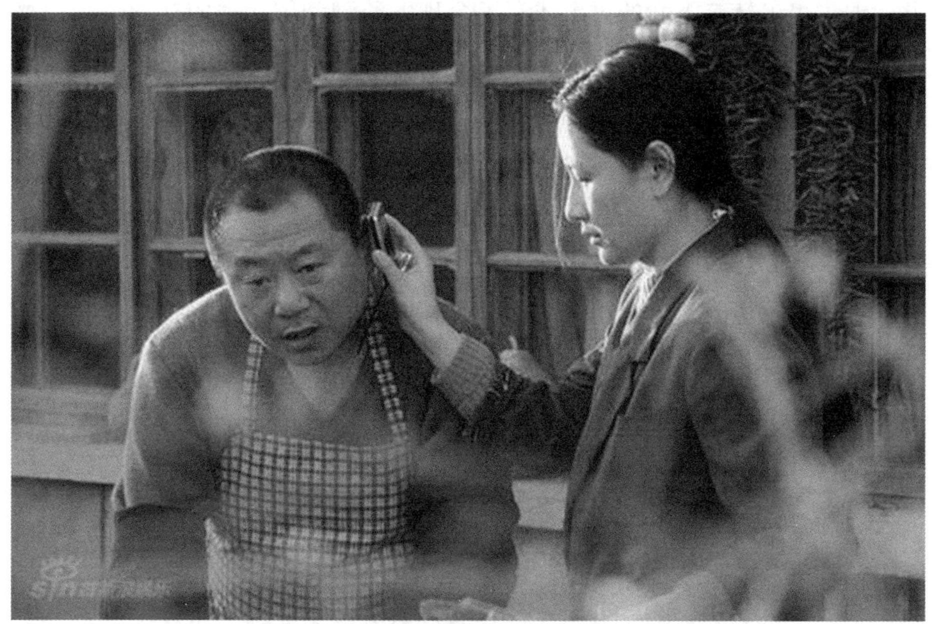

《老大的幸福》剧照

傅老大之所以幸福，就在于他“爱人若爱其身”，心甘情愿地为弟弟妹妹付出。傅老大如父亲般将弟弟妹妹们抚养成人，他们在北京有了各自的事业，享有较高的社会地位。而傅老大自己一个人在东北小城破旧的胡同里过着简单、幸福的生活。四个弟弟妹妹却坚持认为傅老大的生活是不幸福的。为了报答老大的养育之恩，他们强拉傅老大进北京，要对老大进行“幸福”改造。然而，在北京，傅老大目睹了“股疯”小五的爱情失意，飞扬跋扈的地产大亨老二面临企业破产的困境，老三因一官半职而闹得家庭鸡犬不宁，老四为了梦想中的大别墅而健康透支。于是，傅老大成了弟弟妹妹们频频出现的麻烦的解决者。最终，老二走出了失败的阴影，老三的家庭重拾和睦，老四开始重新审视自己，小五找到了自己的真爱。老二陷入破产危机时，弟弟妹妹们纷纷倾囊相助，老四和老二的误会就此解开。当弟弟妹妹们的生活重新恢复平静，傅老大倍感欣慰和幸福。傅老大的精神正是一种传统精神文化在其身上的具体呈现。

《老大的幸福》通过符合生活逻辑的戏剧化情节的设置，强化了傅老大这个人物的精神主体意识，这种意识是现实和历史的合力积淀在人的心灵深处的内在意识。傅老大内在意识实际上是一种传统文化和价值观，因此，他为弟弟妹妹不断的付出才有了合理的心理动因。他的这种传统道德观念实际上就是一种责任感和一种“仁爱”的思想。关于“仁”，《论语·颜渊》篇记载：樊迟问仁，孔子回答说：“爱人。”也就是说，一个人必须对别人存有仁爱之心，才能完成他的社会责任感。

正因为傅老大具有“仁爱”的传统精神和文化观，所以，傅老大不仅对血缘至亲倍加关爱，同时，他对别人也存有同样的情怀。他收留了陌路相逢的梅好和她得孤独症的儿子多多。为了给多多治病，他深夜到医院排队挂号。他为这对孤苦无依的母子默默地、无怨无悔地奉献着。傅老大对梅好的帮助并不期望获得任何回报。因此，当梅好准备以身体作为回报时，他生气地说：“本来挺高尚的事给整庸俗了。”傅老大就像一座大山一样成为弱者最坚实的依靠。

傅老大的这种仁厚和不知疲倦的付出精神闪烁着人性的光芒，也正是民族传统精神文化在其身上的具体呈现。而老二、老三、老四、小五各自在现代社会的人生遭际体现了现代消费社会的物质主义对传统精神文化的异化作用。“社会作为异己力量与人的自然欲求相对立，成了人的发展的对立物，造成了人性与社会的分裂。”人的自身主体价值却被不同程度地忽略了，呈现了消费社会对人性的摧残，从而对当下消费社会流行的物质主义发出了叩问。这实际上也是对传统文化和价值观的追思，是在当时社会文化语境下对传统优秀文化和价值观的理性呼唤。

其次，《老大的幸福》还通过符号化的人物形象来表征意义。

文化总是体现为各种各样的符号，所以，文化乃是借助符号来传达意义的人类行为，其核心就是意义的创造、交往、理解和解释。《老大的幸福》塑造的人物既具有戏剧张力的假定性，同时又具有现实的合理性。他们各自归属于不同的文化价值符号体系，具有特殊的表征意义。傅老大、老二、老三、老四和小五实际上是不同价值观念的符号化象征。老大是传统文化和价值观的代表。正是基于他的传统价值观，他心甘情愿的付出才有了合理的心理动因。老二是商业文化的代表。商人重利轻义，以经济利益的最大化为目标，因此，他与妻子的关系实质上是建立在纯粹的物质关系之上的，是一种赤裸裸的金钱关系。老三代表的是仕途文化。在其妻望夫成龙愿望的驱使下，老三不情愿地四处烧香拜佛，完全失去了独立的人格与尊严，其妻“哀其不幸，怒其不争”导致夫妻冲突全面升级，最终使家庭失和。老四代表的是娱乐文化。娱乐圈的潜规则通过老四的故事得以展现，其实质也不外乎赤裸裸的名利交易。而小五则代表了现代都市女性白领的爱情观。拥有豪宅、名车的夏锦涛称得上是现代大都市里众多白领丽人倾慕的“钻石王老五”。小五既爱慕夏锦涛的财富和地位，同时，又难以承受夏锦涛对自己的不屑。在对情感与金钱的反复考量中，陷入焦虑不安、欲罢不能、进退两难的状态中。老二、老三、老四、小五各自的生活经历和价值观又同构了现代消费社会的意识形态和价值观念。当物质利益成为人们日常生活的目标时，传统的价值观念也就被肢解了。这种被肢解的结果就是其精神世界的无序和混乱、焦灼和不安。

其实质揭示的是现代人精神生活的困乏和身份认同的焦虑。老二、老三、老四、小五这几个符号化人物形象的价值观念，代表了现代社会大多数人的价值观念。老二的飞扬跋扈是一种权力欲望和一种自我成功后凌驾于他人之上的地位的外在呈现。当他的企业破产，他的权力和地位丧失，他的自我身份认同错位时，他选择了极端行为，企图结束自己的生命。而老三对权力的追逐，其实质也不外乎是想要获得相对显赫的社会地位，在获得物质利益的同时得到足够的社会认同感。老四与同学攀比，为了梦想中的大别墅，甚至不惜放弃孩子。这种极端行为体现的其实也是自我身份重新定位的焦虑。小五重物质轻情感的爱情观正是当下“女人干得好不如嫁得好”观念的真实呈现。她企图以婚姻作为跳板过上物质丰富的生活。其本质依然是谋取一个物质化的身份地位。

正是基于对权力、地位、名利的追逐，老二、老三、老四、小五内心失衡，最终导致其精神世界的混乱、困惑、迷茫。这也正是现代人在消费社会中精神状态的镜像化呈现。正因为精神世界的迷茫、困惑与不安，所以，现代人寄希望于凭借物质消费来弥补精神世界的空白，以获取社会身份的认同和内心的安全感。

具有讽刺意义的是，原本是要对傅老大进行幸福改造的老二、老三、老四、小五却成了幸福的被改造者。作为传统价值观代表的傅老大转而成为老二、老三、老四、小五精神的拯救者。二者身份和地位的交替本质上是两种价值观念在对抗和博弈中孰优孰劣和最终地位的确立。对于傅家的兄弟姊妹来说，傅老大无疑居于核心的地位，是一个大家庭的灵魂人物，从而暗示出传统价值观的力量与魅力。

在现代化的都市里，由于生活方式和思想观念的差异，傅老大四处碰壁，身心俱疲，充满困惑。然而，傅老大并不迷失，他依然能主宰自己的命运。不仅如此，每当老二、老三、老四、小五陷入危机与困境时，傅老大作为救赎者的作用便显示出来。他成为弟弟妹妹们各自心理和生活危机的干预者和调节者。他代表了一种力量，而这种力量其实质就是优秀的传统文化价值观的力量。对于迷失在物质崇拜中的现代人而言，这种传统的价值观和文化观无疑具有平衡、调和和引领的作用。因此，作为老二、老三、老四、小五和傅老大两组不同的符号化形象，二者分别扮演的是迷失和找寻的角色。

《老大的幸福》正是通过一系列符号化人物在“幸福”改造的博弈中，阐述了传统价值观对现代人心理生态的拯救作用，从而突出了其在现代社会的重要意义。

再次，从主题而言，此剧对幸福进行了完美诠释。

《老大的幸福》将一群人物符号化的同时，并不将这些人物“平面化”，而是基于现实生活的逻辑对其进行艺术的雕琢，将人物各自的生活经历和价值观念作了精彩的演绎，完美地诠释了幸福的内在含义，回答了什么是真正的幸福。

幸福就在于无私的付出。别人幸福了，傅老大自己就感觉幸福了。所以，当他看到梅好终于有了一个好的归宿，虽然不免有短暂的失落，但他仍然真心地希望梅好过上幸福的生活。当看到弟弟妹妹们家庭和睦了、幸福了，他也便有了成就感，有了幸福感。正如傅老大自己所言：“那你们幸福，自然大哥就幸福了，我有啥不幸福的。”老大的幸福其实很简单，他的幸福就在于他能让别人幸福。这种宁可“天下人负我”，也不愿意“我负天下人”的立身处世方式诠释了老大的幸福观：幸福就是一种奉献，一种付出。

老大的幸福还在于他具有老庄“齐物顺性”的淡定和从容，因此少了现代都市人的焦虑与困惑。这种从容和淡定不是基于对现实的妥协与和解，相反，是一种积极向上的生活态度。傅老大生活在东北一个小城市的小胡同里，以按摩为生。按摩是傅老大最挚爱的事业。而在弟弟妹妹们看来，傅老大的这种职业显然是低贱的，他的生活显然是不幸福的。他们简单地理解为幸福就是拥有令人羡慕的职业、显赫的社会地位、物质生活的极大丰富。傅老大之所以从事按摩这个职业是源于物质生活的困乏。然而，傅老大自己却非常满足和幸福。他的幸福和满足来自于他对物质生活没有强烈的欲望。正因为如此，他热爱他的按摩职业，他没有现代都市人的浮躁和喜怒无常，相反，却有道家的“纵浪大化中，不喜亦不惧。应尽便须尽，无独多虑”儒家“一箪食、一瓢饮”也“不改其乐”的执着和坚定。这种旷达与超脱、执着与坚定使他即便在现代化的都市里四处碰壁、屡受愚弄也能迅速调节自己的心情，保持“采菊东篱下，悠然见南山”的淡远、自得的情怀。因此，他生活得开心、快乐、幸福。傅老大的幸福观暗含万物各得其所、委运任化的生命哲理，具有“天行健，君子以自强不息；地势坤，君子以厚德载物”的精神操守。

幸福其实是一种自我感觉，内心和谐才能幸福。傅老大不知疲倦地为弟弟妹妹付出，为别人付出，他觉得这是应该的。他并没有因此而认为获得别人的回报也是应该的。因此，他不失落，拥有宁静的心境。在现代化的都市里，他无所适从，闹出不少笑话，让人啼笑皆非。对此，他不免尴尬和迷茫，甚至于无奈。正是这亦喜亦悲的状态，再现了现代物欲横流的社会对人纯朴天性的扼杀。不过，尽管如此，傅老大却有对其自身进行调节的一套方法，致使其内心能够重回“依乎天理”“曲尽其态”“因其自然”的自然律动状态，从而能在喧嚣的都市生活里保持宁静、和谐、淡泊的心境。季羡林曾说：“讲和谐，不仅要人与人和谐，人与自然和谐，还要人内心和谐。”尽管傅老大也有自己的无奈，但他仍然能够快乐、幸福，其根本原因就在于他内心的和谐与安宁。老二、老三、老四、小五的幸福观与傅老大的幸福观形成鲜明的对比。对于他们来说，本来已经幸福的生活因为无休止的欲望而变得混乱不堪，因此，无法达到内心的和谐，无法体察和感知伸手可及的幸福。在这种对比之中，真正的幸福便昭然若揭。

《老大的幸福》运用“对偶美学”的表现手法，将傅老大与老二、老三、老四、小五这些符号化的人物形象所代表的价值观进行了生动的对比演绎，完美地诠释了什么是真正的幸福，从而弘扬了优秀的传统文化价值观念。虽然在叙事结构和情节设置上还有一些脱离现实逻辑之处，但瑕不掩瑜。《老大的幸福》对于现实的揭露无疑是真实而深刻的，这对正在为幸福而奔波的现代都市人来说，不能不具有振聋发聩的作用。

（本章执笔：张金尧、仲呈祥等）

主要参考文献

一、著作类

钟惦棐：《电影的锣鼓》，重庆出版社 1986 年版。

钟惦棐：《钟惦棐文集》，华夏出版社 1994 年版。

仲呈祥：《“飞天”与“金鸡”的魅力》，中国戏剧出版社 1992 年版。

仲呈祥：《艺苑问道——仲呈祥自选集》，北京广播学院出版社 2004 年版。

仲呈祥：《审美之旅——仲呈祥文艺评论选》，中国青年出版社 2008 年版。

仲呈祥：《十评“飞天奖”》，百花文艺出版社 1998 年版。

仲呈祥：《文苑问道——我与〈人民日报〉三十年》，重庆出版社 2012 年版。

仲呈祥、陈友军：《中国电视剧历史教程》，中国传媒大学出版社 2010 年版。

张金尧、仲呈祥：《新世纪电视剧史论》，中国电影出版社 2013 年版。

仲呈祥主编：《中国电视剧艺术发展史》，中国电影出版社 2014 年版。

洪深：《洪深文集》（第四卷），中国戏剧出版社 1959 年版。

程季华等：《中国电影发展史》，中国电影出版社 1963 年版。

罗艺军主编：《中国电影理论文选》，文化艺术出版社 1992 年版。

李少白：《影视権略——电影历史及理论续编》，中国电影出版社 2003 年版。

李少白：《中国电影史》，高等教育出版社 2006 年版。

陆弘石、舒晓鸣：《中国电影史》，文化艺术出版社 1998 年版。

钟大丰、舒晓鸣：《中国电影史》，中国广播电视出版社 1995 年版。

中国电影资料馆编：《中国无声电影》，中国电影出版社 1996 年版。

张伟：《纸上观影录 1921—1949》，百花文艺出版社 2005 年版。

郦苏元、胡菊彬：《中国无声电影史》，中国电影出版社 1996 年版。

孟繁树：《戏曲电视剧艺术论》，北京广播学院出版社 1999 年版。

陈墨：《中国武侠电影史》，中国电影出版社 2005 年版。

李道新：《中国电影文化史（1905—2004）》，北京大学出版社 2005 年版。

王志敏：《现代电影美学体系》，北京大学出版社 2006 年版。

陈播主编：《中国电影编年纪事（制片卷）》，中央文献出版社 2006 年版。

戴嘉枋：《样板戏的风风雨雨》，知识出版社 1995 年版。

黄建新：《〈黑炮事件〉——从小说到电影》，北京：中国电影出版社 1988 年版。

黄健中：《风急天高——我的二十年电影导演生涯》，作家出版社 2001 年版。

裴玉章：《电视纵横》，中国广播电视出版社 1988 年版。

殷陆君编译：《人的现代化》，四川人民出版社 1985 年版。

毛泽东：《毛泽东选集》第五卷，人民出版社 1977 年版。

［德］黑格尔：《美学》第一卷，商务印书馆 1979 年版。

［德］马克思：《1844 年经济学哲学手稿》，人民出版社 1979 年版。

［德］马克思、恩格斯：《马克思恩格斯选集》，人民出版社 1972 年版。

［德］爱克曼：《歌德谈话录》，人民文学出版社 1978 年版。

［俄］别林斯基：《别林斯基论文学》，上海文艺出版社 1959 年版。

［美］乔治·布鲁斯东：《从小说到电影》，中国电影出版社 1982 年版。

［法］蒂费纳·萨莫瓦约：《互文性研究》，天津人民出版社 2003 年版。

［匈牙利］贝拉·巴拉兹：《电影美学》，中国电影出版社 1978 年版。

［德］克拉考尔：《电影的本性——物质现实的复原》，中国电影出版社 1981 年版。

［英］爱德华·霍列特·卡尔：《历史是什么》，商务印书馆 1981 年版。

［美］张英进主编：《民国时期的上海电影与城市文化》，北京大学出版社 2011 年版。

报纸、期刊类

徐卓呆：《影戏者戏也》，《民新特刊》第4辑“三年以后”号，1926年12月。

张振华：《我国“影戏”传统及其文化嬗变》，《北京社会科学》1997年第2期。

史东山：《我们对于社会的两个希望》，《同居之爱》特刊，大中华百合影片公司1926年4月。

陈大悲：《有声电影之马后炮》，《电影月报》1929年第9期。

钱化佛：《亚细亚影戏公司的成立始末》，《中国电影》创刊号，1956年10月。

张石川：《自我导演以来》，《明星》半月刊第一卷第3期，1935年5月16日。

汤麟：《忆史东山老师二三事》，《电影艺术》1984年第2期。

史东山：《我们对于社会的两个希望》，《同居之爱》特刊，大中华百合影片公司1926年4月。

史东山：《我如何入此门中》，《民特新刊》第一期“冰清玉洁”号，1926年7月1日刊。

孙瑜：《导演〈野草闲花〉的感想》，《影戏杂》第一卷第9期，1930年1月。

［加拿大］托马斯·沃：《〈四万万人民〉（1938）与团结电影：介于好莱坞与新闻片之间》，《电影艺术》2009年第2期。

袁文殊：《评影片〈智取华山〉》，《人民日报》1954年1月9日。

巴金：《谈影片的〈家〉》，《大众电影》1957年第20期。

仲呈祥：《电影百年与时代风云》，《人民日报》2005年12月1日。

郭宝昌：《〈男性公民〉摄制以后》，《当代电影》1985年第6期。

张艺谋、叶坦：《“电影是感情性的东西”——与张艺谋的谈话》，《电影艺术》1998年第3期。

李俊：《〈大决战〉导演自问自答》，《当代电影》1992年第2期。

史超：《〈大决战〉的立意》，《文艺研究》1992年第3期。

贾磊磊、冯小宁：《永不言败——冯小宁访谈录》，《当代电影》2002年第2期。

李博：《拍战争片是希望人类远离战争——访电影〈兰亭〉导演肖风》，《中国艺术报》2013 年 5 月 8 日第 8 版。

丁荫楠：《〈孙中山〉影片制作构想的美学原则》，《当代电影》1986 年第 5 期。

顾长卫、谭政：《〈孔雀〉：平凡生命的平凡传奇》，《电影艺术》2005 年第 3 期。

贾磊磊：《中国电影产业的战略变局——增加美国影片进口配额对中国电影未来的影响》，《当代电影》2012 年第 5 期。

仲呈祥、张金尧：《坚持以人民为中心的创造导向——学习习近平同志在文艺工作座谈会上的讲话》，《光明日报》2014 年 10 月 17 日。

仲呈祥：《由夏公的担心想到“国产大片”》，《人民日报》2006 年 1 月 26 日。

张颐武：《〈英雄〉：新世纪的隐喻》，《当代电影》2003 年第 2 期。

王一川：《〈唐山大地震〉：面向全国人魂魄的一次新崛起》，《电影艺术》2010 年第 5 期。

贾磊磊：《关于中国“第六代”电影导演历史演进的主体报告》，《当代电影》2006 年第 5 期。

杨元婴：《百年六代影像中国》，《当代电影》2001 年第 6 期。

谭苗、董炜：《中美电影续集化生产之比较》，《当代电影》2013 年第 9 期。

冯温玉：《中国电视剧发展简述》，选自中国电视剧制作中心研究室编《电视剧研究资料选编》1984 年内刊。

冯冠军：《电视报道剧在新闻和艺术的边缘》，选自中国电视剧制作中心研究室编《电视剧研究资料选编》1984 年内刊。

齐兴家、金韬：《〈雪野〉创作谈》，《中外电视》1987 年第 3 期。

孙周：《电视连续剧〈今夜有暴风雪〉创作谈》，《中外电视》1985 年第 2 期。

杨阳：《把“难以言说”的故事说好——〈牵手〉导演阐述》，《中国电视》1998 年第 12 期。

后 记

编写此书前后经历了数年时间。在编写过程中，我们确实有颇多感触。

一方面，通过梳理百余年的中国电影史与六十余年的中国电视剧史，我们委实感到中国影视剧确已形成了具有东方气派、民族风格的独特美学特征。就电影而言，从《渔光曲》《小城之春》到《祝福》《早春二月》，从《黄土地》《红高粱》《霸王别姬》到《十七岁的单车》《三峡好人》《图雅的婚事》，我国电影艺术坚持文化上的自觉自信，将中国的历史与现实融入风格浓郁的民族表达中，走过了辉煌的历史，为世界范围内的观众奉上了别具特色的精神大餐，亦对维护世界文化的多样性发展做出了不可替代的贡献。而中国电视剧，就传播手段而言，从黑白到彩色，从地面到高塔，从高塔到卫星，从模拟到“数字”；从题材类型而言，无论是农村题材还是城市题材，无论是重大革命与历史题材，还是古装剧，无论是四大名著或红色经典改编，还是当代长篇小说的荧屏呈现等方面都证明了中国电视剧已经从演播室直播的“电视小戏”与简单直白的“报道剧”发展为至今的宏大叙事，已经形成了独特的以文学性为主要美学内蕴的艺术样式。如以《努尔哈赤》《雍正王朝》《大明王朝》等为代表的史剧，以《长征》《解放》《亮剑》《北平无战事》为代表的革命历史题材创作，以《红楼梦》《三国演义》《南行记》《围城》等为代表的文学改编剧，以及以《渴望》《牵手》《空镜子》《老大的幸福》等为代表的家庭剧，这些作品如一幅幅展于荧屏的中国历史长卷、革命长卷和现实生活长卷，诗意地呈现中国的历史与现实。

另一方面，在编写过程中，我们也深刻意识到作为大众艺术，影视剧在当下人民群众的生活中所产生的巨大影响。影视剧对观众精神世界所起到的作用，虽是潜移默化的，但却是不可忽视的。首先是审美认知作用。人们通过影视艺术作品认识了历史，认识了现实，认识了世界，一句话——认识了人。文学是人学，影视艺术亦以人为本。通过具体、有形的影像，影视艺术能够给予观众的不仅是感官享受，更重要的是其中所蕴含的对深刻人性的发现与建设。其次是审美教育作用。叙事不仅是一种讲述的方法，更是一种思考世界的方式。影视艺术将社会主义核心价值观，将对真、善、美的追求融入到观众喜闻乐见的故事讲述中，这也对人民群众的思想取向和价值观起到了引领作用。最后是审美娱乐功能。实事求是地说，一些影视艺术作品，确实为当下的百姓生活带来了轻松与欢乐。虽然我们不提倡娱乐化，但是我们也不否认艺术作品应该给观众带来娱乐的价值。

需要特殊说明的是，本书的研究内容仅限于大陆出品发行或者参与联合制作的影视艺术作品。台湾、香港与澳门地区的影视艺术自成体系，本书篇幅有限未能对其详细梳理，希望有机会通过后续著作单卷对其进行讨论。

此次编写工作，时间紧，任务重，中国传媒大学副教授刘思佳博士、副教授谭苗博士、副教授陆嘉宁博士，中国艺术研究院博士后刘一瑾等青年教师在繁重的教学任务之余，抽出宝贵的休息时间参编此书，追求学术理想，力求学术规范。如果没有他们的辛勤付出，此书断不能如时成稿。

本次编写《中国影视文学史》，史料繁杂，我们编写团队深知，缺陷在所难免，但亦已竭尽所能，尽量规避错误。一些著者在研究过程中所使用的图片源头确已不可考，在此深表遗憾！同时，向这些图片的创作者对学术研究所做出的贡献深表感谢。

张金尧　卞芸璐

2020 年冬